Gleißendes Licht und tanzende Farben im rosafarbenen Sand, blauer Himmel, der in der türkisfarbenen Weite des Meeres zerfließt. Als er aufwacht, weiß der junge Mann nicht mehr, wer er ist oder wie er an diesen Südseestrand gelangte. Die Eingeborenen nennen ihn Mauke Nuhar, Lächelnder Rücken, nach der Wunde, die er auf dem Rücken trägt. Das Einzige, was das Meer ihm gelassen hat, ist ein Gedichtband von Dylan Thomas. Langsam werden Bilder einer Frau in ihm wach, und mit ihnen ein Gefühl, das ihn ankert und ihn am Leben lässt. Er weiß, er muss sie suchen, um sich selbst zu finden. Es wird die ebenso spannende wie berührende Suche nach seiner einzig wahren, großen Liebe.

Francesco Zingoni wurde 1978 in Mailand geboren, wo er auch heute noch lebt. In seiner Jugend schreibt er Songtexte für seine Rockband, seine später im Internet veröffentlichten Gedichte finden Hunderttausende Leser. Sein erster Roman »Unter den Sternen«, den er zunächst unter dem Titel »Demian Sideherart« im Eigenverlag veröffentlicht, wird durch Mund-zu-Mund-Propaganda innerhalb kürzester Zeit zu einem Riesenerfolg, schließlich von dem italienischen Verlag *Fazi* entdeckt und in zahlreiche Länder verkauft.

FRANCESCO ZINGONI

# UNTER DEN STERNEN

Roman

*Aus dem Italienischen*
*von Verena von Koskull*

btb

Die italienische Originalausgabe erschien 2012
unter dem Titel »Forte come l'onda é il mio amore« bei Fazi
Editore, Rom.

Sämtliche Übertragungen der zitierten Dylan-Thomas-Gedichte sind dem Band *Dylan Thomas – Windabgeworfenes Licht, Gedichte in Englisch und Deutsch*, Fischer Taschenbuchverlag, Frankfurt am Main 1995, © Carl Hanser Verlag, München 1992, entnommen.

FSC
www.fsc.org
MIX
Papier aus verantwortungsvollen Quellen
FSC® C014496

Verlagsgruppe Random House FSC® N001967
Das für dieses Buch verwendete FSC®-zertifizierte
Papier *Lux Cream* liefert Stora Enso, Finnland.

1. Auflage
Genehmigte Taschenbuchausgabe Dezember 2015

Umschlaggestaltung: semper smile, München
Umschlagmotiv: © Joyce Vincent /Arcangel Images
Druck und Einband: GGP Media GmbH, Pößneck
SL · Herstellung: sc
Printed in Germany
ISBN 978-3-442-74999-7

www.btb-verlag.de
www.facebook.com/btbverlag
Besuchen Sie auch unseren LiteraturBlog www.transatlantik.de

Zur Erinnerung daran, dass diese Reise
vor nunmehr sechs Jahren unter einem anderen Titel begann:
*Demian Sideheart*

*Für Chiara*

*Ich habe die dreizehn Meere durchstreift,*
*bis zu den Pforten von Llandbyyrd*
*Ich bin nur ein Kind,*
*doch aus meiner klaffenden Brust*
*quellen riesige Strände aus Licht,*
*aus meinem stirnmittigen Auge*
*Klippengebirge und Dünen, minarettbekrönte Städte,*
*Sonnen und Monde*
*Hingestreckt auf dem kochenden Sand*
*folge ich einem Adler mit geschlossenen Augen*
*frage Gott, warum er mich drängt*
*neben der seinen andere Welten zu schaffen*

*Es war einmal ein geheimer Strand.* Wie gern hätte ich diese Geschichte so begonnen, glaub mir. Doch leider hat das, was jetzt kommt, nichts mit einem Märchen zu tun. Ich kann dir nicht einmal ein Happy End versprechen. Natürlich mag man die eine oder andere Wendung für reine Phantasie halten. Doch handelt es sich um eine wahre Geschichte. Genauer gesagt, um meine. Nein, kein Märchen.

Der *geheime Strand.* Den Namen hatten wir erfunden. Wie alle Verliebten gaben wir den Dingen neue Namen. In Wirklichkeit war es bloß eine winzige, auf keiner Seekarte verzeichnete Insel. Unterwegs mit dem Segelboot in diesen riesigen Wasserweiten musste man schon zufällig darauf stoßen.

Wir wussten nur, dass die Pazifikvölker sie *Poy'Atewa*, »rosa Perle«, nannten. Für sie war sie eine Art heiliger Ort. Wir dachten, es hätte vielleicht etwas mit einer primitiven religiösen Furcht zu tun, dass sie auf keiner Karte zu finden ist. Oder damit, dass es sich angeblich um kaum mehr als einen Ring aus rosa Sand irgendwo im Ozean handelt. Niemand verriet die exakten Koordinaten, und wenn darüber geredet wurde, dann nur flüsternd, mit verstohlenen Blicken, gefolgt von hartnäckigem Schweigen.

*Ein Juwel an der Meeresoberfläche, irgendwo im einsamen Ozean. Das letzte Tor zu Awu'kumea, dem Paradies auf Erden.*

So sagte man. Und ich will nicht verhehlen, wie unwiderstehlich verlockend ein solcher Ort für uns war. Doch dann ließen wir davon ab: Wir machten Ferien, die Suche nach unbekannten Ufern gehörte nicht zu den Nervenkitzeln, die wir uns vorgenommen hatten, und traumhafte, gut ausgewiesene Segelziele gab es genug. Garantiert war es nur eine der zahllosen

Legenden, die man den Fremden auf die Nase band, eine clevere Anekdote, um Touristen und Träumer einzuwickeln.

Doch wir irrten uns. Den *geheimen Strand* gab es wirklich.

Durch eine Laune des Zufalls oder eine Fügung des Schicksals fanden wir ihn schließlich, ohne es überhaupt zu wollen.

Jetzt sind wir dort.

Vielleicht verschollen, ich weiß es nicht mehr. Seit wir dort sind, ist mir, als träumte ich mit offenen Augen. Oder als träumte ich einen längst vergessenen Traum aus frühester Kindheit.

Da sind nur blendendes Licht und leuchtende Farbflecke. Farben, die alle anderen Sinne betäuben.

Das Rosa des Sandes. Das Blau des Himmels, das im Türkis des Meeres zerfließt. Die weißstrahlenden, kreisförmig angeordneten Felsen, ausgehöhlt vom Wind und in zauberhafte Bögen verwandelt. Überall flirren Punkte, zwischen sandbeperlten Wimpern gebrochenes Sonnenlicht.

Und dann bist da natürlich *du*.

Ausgestreckt im glühenden Sand, neben mir. Du bist die freudestrahlende Quelle dieses Lichts. Der Grund, weshalb ich hier bin, weshalb ich solch ein reines, kindliches, unbändiges Glück empfinde.

Es ist so plötzlich passiert. Ein unverhofftes Geschenk, als ich es am nötigsten brauchte. Ich fahre mir mit der Zunge über die Lippen und schmecke den süßen Geschmack des Salzes. Ein Buch in meinen Händen.

Mein einziger Wunsch ist, die Zeit anzuhalten, so zu sein, mit dir, bis ans Ende aller Tage.

Dann explodiert die Sonne.

*Die Luft wird schwarz und reißt entzwei.*
Es kreischen die Vögel im Himmel
und die Fische im Meer.
*Die Wolken und die Sterne stürzen nieder*
*und werden Schatten. Werden Wasser.*
Nichts atmet mehr.
Nichts ist mehr.

*Sechs Monate später.*

Kaum hatte ich ihr alles bis ins Detail erzählt, bereute ich es schon. Mit ironisch hochgezogener Braue und einem ungläubigen, fast mitleidigen Lächeln saß die schneeweiß bekittelte Doktor Caerdydd hinter ihrem weißen Schreibtisch und sah mich an.

*Ich Trottel! Ich Trottel!*, dachte ich und biss mir auf die Lippen. *Ich hätte ihr nur das erzählen sollen, was ich mir zurechtgelegt hatte. Kein Wort mehr.*

Doch der teilnehmende Blick der jungen Ärztin hätte selbst einen Stein zum Reden gebracht. Und bei allem, was ich durchgemacht hatte, hatte ich am Ende nicht widerstehen können. Erst jetzt wurde mir klar, was diese großen blauen Augen in Wirklichkeit waren: zwei fühllose Lote, die ihre Messungen abgeschlossen hatten.

»Du musst zugeben – ich darf dich doch duzen, oder? –, dass deine Geschichte ziemlich unglaublich klingt.«

Ich verkrampfte noch mehr. Gleich unterdrückte die Ärztin ihr Misstrauen und kehrte zu ihrer Strategie zurück. Wie ein neugieriges Mädchen lächelte sie mich mit ihren großen Augen in dem sommersprossigen, runden, von blonden Locken umrahmten Gesicht an.

»Aber eines kann ich dir versichern. Es bestand nie die Gefahr, dass du *wirklich* wahnsinnig wirst. Ich will damit sagen, alles, was du durchgemacht hast, was auch immer es gewesen ist, dürfte keine psychischen Schäden hinterlassen haben. Zumindest keine bleibenden.«

*Das glaub ich gern, Psychoziege*, dachte ich grimmig. *Mir geht's blendend.*

Die Ärztin griff nach ihrer Brille und reckte die Schultern. Sie hatte lange zugehört, nun war sie mit Reden und Erklären dran. Offensichtlich mochte sie diesen Teil ihrer Arbeit besonders.

»Was du mir geschildert hast, sind recht typische Symptome für eine sogenannte *radikale posttraumatische Amnesie.*«

Sie hielt inne, ließ den Begriff theatralisch nachklingen, und schon hing ich an ihren Lippen.

»Einige Traumata sind so heftig, dass sie selbst die tiefsten Schichten des Gedächtnisses ausknipsen«, fuhr sie fort. »Das kann so weit gehen, dass man die eigene Sprache vergisst. Man kann sich an kein Wort mehr erinnern, nicht an das kleinste.«

*Ganz genau. Red weiter*, dachte ich und nickte.

»In solchen Fällen wird es unmöglich, richtig zu sprechen oder gar zu *denken*. Die unartikulierbaren Gedanken werden zu einer willkürlichen Kette von Impulsen, zu blind durchs Hirn zuckenden, abstrakten Empfindungen. Das sogenannte *Steinberg-Syndrom*. Ein psychischer Extremzustand, der als Wahnsinn wahrgenommen werden kann. Doch das ist er nicht. Normalerweise erholt sich das Sprachgedächtnis recht schnell, und man erlangt seine mentalen Fähigkeiten vollständig wieder. Der Prozess ist allerdings nicht ohne: Häufig durchlebt man einen Zustand der Verwirrung, der einen glauben lässt, etwas erlebt zu haben« – die Ärztin betonte jedes Wort –, *»was sich in Wirklichkeit nur im Kopf abgespielt hat.*«

Sie lächelte zufrieden. Jetzt hatte sie mir die wissenschaftliche Theorie vorgesetzt, die ihre These zweifelsfrei belegte: Meine Schilderung, meine Version der Fakten, beruhte im Wesentlichen auf der Einbildung eines vernebelten Gehirns. Schweigend und mit einem unausstehlichen Pseudolächeln erwartete sie meine Reaktion. Aber ich hatte nicht mehr die Kraft, dem etwas entgegenzusetzen.

Die Ärztin irrte sich. Zwar trafen die Symptome zu, ich hatte das Gedächtnis verloren und dann wiedererlangt, allerdings nicht vollständig: Auch weiterhin konnte ich mich nicht an die

Zeit vor der Amnesie erinnern, und vor allem hatte ich keine Ahnung, welches *Trauma* sie ausgelöst hatte. Doch erstens hatte ich mir weder etwas ausgedacht, noch meinte ich, jemals den Realitätssinn verloren zu haben. Und zweitens machte es sich die Ärztin einfach, ich war tatsächlich nur einen Schritt vom Abgrund des Wahnsinns entfernt gewesen. Das wusste ich sehr gut, besser als sie, schließlich hatte *ich* es durchlitten. Und weder die medizinische Wissenschaft noch ihre psychiatrischen Theorien hatten mir helfen können.

Nein, die Rettung war von weiter her gekommen. Eine Hand, die sich mir entgegenstreckte, Zeichen, denen ich trotz der Angst und des Schmerzes folgen musste, Erinnerungen, die nach und nach wieder aufblinkten.

Dann war da *sie*. Sie, die mich rätselhafterweise bis dorthin gebracht hatte. Sie, der einzige Grund, weshalb ich alles auf mich genommen hatte. Und jetzt, da ich nach all dem Leid erkannt oder vielmehr *wiedererkannt* hatte, wer sie war, sollte ich sie endlich treffen. Zumindest hoffte ich das inständig.

Um es mit einem Wort zu sagen, die Rettung war durch die *Liebe* gekommen. So missbraucht und sinnentleert dieses Wort sein mag, ich könnte es nicht anders sagen. Der *Liebe* hatte ich es zu verdanken, dass ich überlebt, meinen Namen und mein Gesicht zurückerhalten hatte. Noch fehlte das Wichtigste: das Wiedersehen mit dem Quell dieser Liebe, mit Ursache und Wirkung, mit *ihr*. Und damit die Enthüllung des großen Rätsels, das der *Träume*.

Bald wäre alles geklärt, selbst der letzte Schattenbalken auf meiner Vergangenheit.

In einem Punkt allerdings hatte die Ärztin recht: Meine Geschichte war unglaublich. Doch das änderte nichts daran, dass alles genauso gewesen war. Nun, da die Mosaiksteinchen an ihren Platz rückten, hatte ich die Gewissheit, diese Tage tatsächlich erlebt zu haben. Ich hatte nicht bloß geträumt. Sie gehörten zu meiner Vergangenheit.

Jetzt wartete meine Geschichte nur noch auf ihr Happy End, auf die ultimative Krönung, die Liebe.

Bald schon würde ich sie wiedersehen. Ich ersehnte es mehr als alles andere. Ich ersehnte es so sehr, dass ich von vornherein die Möglichkeit ausschloss, es könnte nicht geschehen.

Doch so sehr ich die Angst auch in Schach hielt, sie wartete auf mich, grausam und geduldig.

Hinter mir das Abenteuer eines Mannes ohne Erinnerung, verschollen an den Grenzen der Welt. Ein Abgrund, der sich geschlossen hatte.

Vor mir tat sich jetzt, noch unsichtbar, eine ganz andere Schlucht auf – sie hatte sich nicht geschlossen, sondern nur die Form geändert. Noch immer erwartete sie mich, noch immer verlangte sie nach mir.

# I

# WIE EINE WIEDERGEBURT

# 1
# Erwachen

*Wir liegen bei Seesand, schauen Gelb*

Ein Sonnenstrahl durchdrang seine geschlossenen Lider.

*Und die ernste See, verhöhnen die Spötter,*

Seine Ohren nahmen das Rauschen der Meeresbrandung wahr.

*Die den roten Strömen folgen, wölben*
*Nische der Worte aus Zikadenschatten.*

Mit größter Mühe öffnete der Mann die Augen. Das Salz hatte ihm die Wimpern verkrustet und die Lider verklebt. Er reckte den Hals und versuchte, seine Umgebung zu erfassen. Er lag in einer kargen Hütte. Die Wände aus Schilfrohr, das Dach aus trockenem Laubwerk: ein von feinen Lichtstrahlen durchsickerter Kegel. Ein wehender Vorhang, hinter dem ein Stück schneeweißer Sandstrand hervorblitzte, und ein paar Meter weiter die trägen Wellen, die fast bis an die Schwelle krochen.

Er versuchte sich aufzusetzen. Ein stechender Schmerz im Rücken ließ ihn auf sein Lager zurückfallen, mit dem Gesicht in den groben Strohsack, auf dem er geschlafen hatte. Er fuhr sich mit der Zunge über die trockenen Lippen und schmeckte die Salzkristalle, die sich in der Nacht auf seinem Körper abgelagert hatten.

Wieder versuchte er hochzukommen, diesmal langsamer.

Mit zusammengebissenen Zähnen, um den Schmerz zu ertragen, richtete er sich auf. Auf dem mit Matten ausgelegten Boden standen Körbe mit Früchten und seltsame Statuetten. Er konnte sich nicht erinnern, sie am Abend vorher gesehen zu haben: Während der Nacht musste jemand in die Hütte gekommen sein. Jetzt bemerkte er auch den Spiegel, der an der Wand lehnte. Nach langem Zögern blickte er hinein. Zwischen den Blindflecken hindurch sah er sich selbst, das strohige Haar und den verfilzten Bart, die sonnengedörrte, zerschürfte Haut, die hervortretenden Rippen und Schlüsselbeine. Er mochte dreißig, vielleicht fünfunddreißig Jahre alt sein, schwer zu sagen in diesem Zustand. Ein grauer Pareo war um seine Hüften geschlungen. Andächtig wanderte sein Blick über das eigene Spiegelbild und blieb hier und da hängen. Dann traf er seine Augen, verstört und grün. Sie erschienen ihm riesig und verloren in den knochigen Augenhöhlen. Er blickte sie an, Auge in Auge mit sich selbst. Minutenlang saß er so da, dumpf und reglos. Sein Blick gehörte einem Unbekannten. Dieses Bild bot keine Erkenntnis, keine Erinnerungen, keinen Halt für sein leeres Hirn.

Schaudernd presste er die Lider zusammen und kauerte sich auf die Knie. Die Fäuste fuhren an die Schläfen, dann lösten sie sich und glitten schützend vors Gesicht.

Was war mit ihm geschehen? Seit wie vielen Tagen war er dort?

Er hatte das Gedächtnis verloren.

Nicht nur das: Er hatte auch die Worte verloren. Die Erinnerung an seine Sprache.

Ohne den Filter der Worte stürzte die Wirklichkeit in konfusen Bildern, mit zuckenden, angstgeladenen Blitzen auf ihn ein, die ihn bis hin zu physischem Schmerz bedrängten und verwirrten.

Er brauchte Worte, um seine Wahrnehmung zu ordnen und ihr einen Sinn zu geben. Er konnte es nicht mehr. Er konnte nicht mehr denken.

Er war wie ein wenige Monate altes Kind, für den die ganze Welt rein und ohne Namen ist. Er war Adam im Paradies. Es mochte als Gnade erscheinen, doch es war alles andere als das: Trotz der totalen Amnesie empfand er das vage Echo einer verlorenen Vergangenheit. Tränen rannen ihm über die Wangen.

*Vielleicht werde ich wahnsinnig.*

Er dachte diese Worte nicht, sondern fühlte zitternd ihren emotionalen Wert. Lange hockte er mit geschlossenen Augen da, den Kopf zwischen den Fäusten verborgen, und wartete darauf, dass sich der trübe Strudel auf den Grund seines Verstandes absetzte und einer Klarheit wich, in der er atmen konnte.

Ein Schatten fiel über ihn. Im Gegenlicht des Hütteneingangs stand ein Mann und lächelte ihn an. Sofort erkannte er das Gesicht wieder. Es war das erste Bild gewesen, auf das sein Blick in seinem neuen, erinnerungslosen Leben gefallen war. Er spürte, dass dieser Mann ihn vor einer ernsten Gefahr, vielleicht vor dem Tod gerettet hatte.

*Horu.*

Dieser Name echote durch sein Hirn. Er versuchte ihn auszusprechen, doch seine Stimmbänder versagten.

Horu trat näher und musterte ihn wie ein gewissenhafter Arzt seinen Patienten. Selbst als er seinen verängstigten Blick traf, blieb sein Lächeln unverändert.

»Mauke Nuha!«

Horus tiefe Stimme rief ihn. Wie ertappt fuhr er zusammen.

*Mauke Nuha*, dachte er stumm. Das war sein neuer Name. So hatte man ihn nach seinem Erwachen genannt. Obwohl er spürte, dass dies nicht sein *wirklicher* Name war, musste er sich fürs Erste damit zufriedengeben. *Mauke Nuha.* Schon bald würde er die Bedeutung dieser beiden Worte erfahren.

Horu setzte sich neben ihn und fing an, behutsam auf ihn einzureden. Seine Gesten brachten die aus Muscheln gemachten Ketten und Armbänder zum Klimpern. Seine Stimme war melodiös und angenehm, doch seine Worte waren für Mauke Nuha Geräusche ohne Bedeutung. Zwar konnte er sich an seine eigene Sprache nicht erinnern, doch wie bei seinem Namen ließ irgendetwas ihn ahnen, dass dies nicht die Sprache war, die der Gedächtnisverlust aus seinem Kopf gelöscht hatte.

Da er nichts verstand, beschränkte er sich aufs Beobachten. Horu war zwei Handbreit kleiner als er, hatte dunkle Haut, einen gedrungenen Körper und strahlte trotz des fortgeschrittenen Alters etwas Kraftvolles aus. Zahllose feine Falten furchten sein rundes Gesicht. Mund und Nase waren groß und fleischig, das Haar war schwarz und dicht, die länglichen Augen, die aussahen wie zwei dunkle Fenster, waren ebenfalls tiefschwarz.

Als er merkte, dass seine Worte ins Leere gingen, verstummte Horu. Er beugte sich über eine Kiste und holte einen Stapel Bücher hervor. Er nahm eines, setzte sich wieder und fing an, langsam darin zu blättern. Mauke Nuhas Blick folgte den Bewegungen der Seiten und blieb hier und da an Texten und Bildern hängen. Seit der junge Mann auf der Insel war, hatte sich Horu jeden Tag etwas einfallen lassen, um ihm zu seiner Erinnerung zurückzuverhelfen. Erfolglos.

So verbrachten sie mehrere Stunden und gingen die Büchersammlung durch, an die Horu irgendwie gekommen war. Mauke Nuha blieb ungerührt, für ihn waren Worte unentzifferbare Zeichen, die Abbildungen und verblichenen Fotos ohne jeden Sinn. Auch dieser Versuch war gescheitert. Dennoch hörte Horu nicht auf zu lächeln, er war ein sehr geduldiger Mann, der nie den Mut verlor.

Mit einer herzlichen Umarmung verabschiedete er sich von Mauke Nuha und ging zur Tür. Ein plötzlicher Einfall ließ ihn innehalten. Er winkte Mauke Nuha, ihm zu folgen, dann trat er aus der Hütte und verschwand im blendenden Morgenlicht.

Das von Wasser und Sand zurückgeworfene Licht war so stark, dass die Augen einige Minuten brauchten, bis sie die Schönheit des Ortes erfassen konnten. Das Erste, was Mauke

Nuha sah, war der weiße Strand, an dem die Hütte stand: geformt wie ein Bumerang, erstreckte er sich kilometerlang und umfing eine ruhige Bucht, strahlend blau wie der Himmel. Hinter der Hütte stieß das Hellweiß des Sandes an das schattige Grün eines Dickichts aus Palmen und seltsamem Strauchwerk mit wehenden Luftwurzeln. Weiter hinten stieg das Gelände an und gipfelte in perlfarbenen, von der Phantasie des Windes geformten Felsnadeln. Jenseits der Lagune schlug das dunkelblaue, von weißem Schaum gesträhnte Meer seine Wellen gegen das Korallenriff, das ab und zu aus dem Wasser blitzte und die Insel mit seinem Halbrund schützte.

Lange stand Mauke Nuha da und gab sich reglos diesem Anblick hin. Sein Sinn für Schönheit war mit der Amnesie nicht verschwunden, und er verspürte ein flüchtiges Gefühl der Erleichterung. Licht und Farben hatten die Ahnung eines Wunsches in ihm geweckt, der darauf wartete, entdeckt zu werden. Der Hauch einer Hoffnung, die sich für kaum mehr als einen Wimpernschlag festhalten ließ.

Langsam stapfte er hinter Horu her, einen Schritt nach dem anderen. Am Strand und zwischen dem Grün drängten sich zahlreiche andere Hütten zu einem kleinen Dorf zusammen. Dutzende von Menschen, die Horu ähnelten, gingen ihrer täglichen Arbeit nach. Im Wasser tummelten sich die Kinder, deren helles Lachen die Meeresbrise davontrug. Ein paar Männer am Ufer schleppten primitive Netze hinter sich her, andere reparierten ihre Boote, lange Kanus, die sie auf den Strand gezogen hatten. Eine Gruppe Frauen bestückte ein Netz aus zwischen den Hütten gespannten Schnüren mit großen Blättern. Ihr Singsang erfüllte die Luft.

Als er vorbeiging, hielten alle inne und blickten ihn an. Manche grüßten ihn mit breitem Lächeln, andere mit bekümmerten oder mitleidvollen Blicken. Die Kinder ruderten mit den Armen und riefen:

»Mauke Nuha! Mauke Nuha!«

Ohne eine Reaktion ging er weiter, verbarg das Gesicht in den Händen und versuchte die Augen möglichst geschlossen zu halten. Sein fragiles inneres Gleichgewicht konnte all diese Stimmen, Gesichter und Farben kaum ertragen. Sie bescherten ihm eine Art Schwindel und Übelkeit.

Die beiden Männer erreichten eine stattliche, von vier Palmen beschattete Hütte: das Haus von Horu, dem Häuptling der Insel. Darin stapelten sich die unterschiedlichsten und unmöglichsten Gegenstände, deren einzige Gemeinsamkeit darin bestand, dass sie von der Sonne ausgeblichen und mit einer Salzkruste bedeckt waren. Ein uraltes, augenscheinlich kaputtes Radio hatte einen Ehrenplatz auf einem Bambusregal. Daneben, durch eine Glasscheibe geschützt, prangte eine große Weltkarte. Horu schob ihn davor.

*Erinnerst du dich, woher du kommst?*, fragte ihn sein Blick. Lange betrachtete Mauke Nuha die Karte. Mit den Augen zeichnete er die farbigen Formen nach, die die Physiognomie der Erde beschrieben, doch in seinem Kopf herrschte regloses Dunkel. Horu wartete geduldig, dann lachte er laut los und umarmte ihn, als wollte er ihn trösten. Er deutete auf seine Füße und dann auf die Weltkarte, mitten auf den größten blauen Fleck. Er wiederholte die Geste etliche Male und lachte dabei weiter. *Verstehst du? Wir befinden uns auf einer Insel inmitten des Pazifischen Ozeans, umgeben von Tausenden Kilometern Wasser.*

Glücklicherweise konnte Mauke Nuha das nicht verstehen.

Und so wurde der Mann ohne Erinnerung mit einer herzlichen Umarmung aus Horus Hütte entlassen. Er würde diesen Tag verbringen wie den Tag zuvor und wie alle vorhergehenden: Er würde sich möglichst weit vom Dorf und seinen Bewohnern entfernen und sich auf die felsige und unbewohnte Seite der Insel flüchten. Sein Zustand verlangte nach Einsamkeit und Stille.

Er wanderte den ganzen langen Strand nach Osten hinunter und umging die dichte Vegetation und die kleine gebirgige Felsenkette, die das Rückgrat der Insel bildete. Die hohe Küste auf der anderen Seite fiel schroff zum Meer hin ab und bildete zahllose teils steile, teils sanftere Buchten mit sandigen Schluchten und kleinen Grotten.

Dort setzte er sich hin, ließ reglos die Stunden verstreichen und starrte auf das glitzernde Wasser. Nur in diesen Momenten kam seine Seele zur Ruhe und versank in einem trüben Nichts, die Sinne stumpf, für Durst und Hunger unempfindlich. Selbst der ständige Rückenschmerz hörte auf, ihn zu quälen. Die im Wind rauschenden Palmen schienen ihn zu beobachten, sich zu ihm zu beugen und ihn zu fragen: Wer bist du? Was machst du hier? Vielleicht wollten sie ihn vor der Gefahr warnen: Eine dichte Blase aus Finsternis drohte ihm die Luft abzudrücken. Dieser friedliche, taube Dämmerzustand barg einen Abgrund ohne Wiederkehr, von dem er nur einen Schritt entfernt war.

Kurz vor Sonnenuntergang kehrte Mauke Nuha ins Dorf zurück. Nur die Dunkelheit ließ ihn Gesellschaft suchen. Sie machte ihm Angst wie einem Kind.

Die Nacht sank herab. Wieder lag er stumm und benommen vor seiner Hütte und starrte in den schwarzen Himmel. Wie lange war er schon hier? Tage? Monate vielleicht? Er hatte völlig das Zeitgefühl verloren. Und würde es jetzt für immer so sein?

In Wirklichkeit waren seit seinem Erwachen zwei Wochen vergangen. Die Tage hatten sich vollkommen gleich aneinandergereiht und ihn Stunde um Stunde näher an den Rand des Abgrunds geschleift.

So vergingen weitere zwei Wochen.

Dann kam die Neumondnacht, die den Monat beschloss, und brachte die Offenbarung der ersten Erinnerung mit sich.

# 2
# Suche

*Chiang Kai-shek International Airport.*

Der Schriftzug prangte hoch oben auf einer Leuchttafel, dem einzigen Fixpunkt im Strudel aus Ziel- und Abflugsorten, Flugzeiten und *Gates*. Die Zeitanzeige darunter, 06:08 AM, war eines der wenigen Dinge, die Ian inmitten dieses Feuerwerks aus blinkenden Symbolen verstand. Auf all den Schildern und Werbetafeln, die er bis jetzt gesehen hatte, hatte er noch keine zwei identische Schriftzeichen entdeckt.

*Wer hatte behauptet, Flughäfen seien »anonyme und stereotype Nicht-Orte, die in der ganzen Welt gleich sind«? Bestimmt einer, der noch nie im Fernen Osten war.*

Fast unbemerkt schoss ihm dieser nebensächliche Gedanke durch den Kopf, dem die Schilder der Duty-free-Läden ringsherum zum Teil widersprachen. Versace und Marlboro, Chanel und Jack Daniel's. Abgesehen von der leicht veränderten Anordnung der Boutiquen konnte man den Eindruck haben, als wären sie noch am selben Flughafen, von dem sie rund zehn Stunden zuvor abgeflogen waren. Das galt auch für das Starbucks-Schild hinter ihm, das an jedem Flughafen der Welt zu finden war. Trotzdem ließ es sich bei Starbucks gut frühstücken, wenn man keine Lust hatte zu raten, was sich hinter Gerichten wie *jyuhiké, obìko, boba tea, aju-peng, chu-kaké* verbarg.

Er hatte sich an ein Tischchen auf der Terrasse gesetzt, die auf die große runde Halle mit den Check-in-Schaltern hinausging. Trotz der frühen Morgenstunde wimmelte es schon vor Menschen. Von hier oben sahen sie wie ein wuselnder Haufen trostlos unbedeutender Insekten aus.

Genauso fühlte er sich.

In der einen Hand hielt er einen isolierten Pappbecher mit kochend heißem Kaffee. In der anderen drehte er einen Schokoladenmuffin und konnte sich nicht entschließen, hineinzubeißen. Wie einen Anti-Stress-Ball knetete er ihn zwischen den Fingern.

»Was hat die Stewardess gesagt, in welche Richtung spürt man den Jetlag am wenigsten?«

Ian hörte die Frage, als käme sie von weither. Er reagierte nicht sofort.

»Hey, Ian, hörst du mir zu?«

Samuel, der neben ihm saß, legte ihm die Hand auf die Schulter. Sie waren beide um die sechzig, weißes, kurzes Haar, gut gekleidet, obwohl die Jacketts und dunklen Hosen von der langen Reise zerknittert waren.

»Ja, entschuldige«, schreckte er hoch. »Ich schlafe mit offenen Augen. Was hast du gesagt?«

»Ach, nichts.« Samuel gähnte. »Mach dir nichts draus, ich bin auch am Ende. Das Einzige, was ich jetzt will, ist ein acht Stunden langes Schläfchen, und das um sechs Uhr morgens.«

Sie blickten sich an. Im Gesicht des anderen sahen sie die Zeichen der eigenen Müdigkeit: tiefe Augenringe, trübe Augen, die faltige Stirn, die sich nicht mehr glätten wollte.

Und daran war nicht nur die Reise schuld.

Ihnen gegenüber saß Rachel, eine blonde Dame gleichen Alters in grauem Kostüm. Schweigend nippte sie an einem dampfenden Zitronentee und warf hin und wieder einen Blick auf die vor dem Tisch geparkten Trolleys. Ihre Stimme zitterte, als sie das Schweigen unterbrach.

»Wann ist das Treffen mit der Polizei?«

»Um halb zehn, in drei Stunden. Wir sollten sofort hinfahren und nicht erst ins Hotel«, antwortete Ian, um der vermuteten nächsten Frage seiner Frau vorzugreifen. »Wir wissen nicht, wo die Polizeistation ist, und Taipeh ist ein chaotischer Moloch. Wir dürfen nicht zu spät kommen.«

Die Frau nickte abwesend. Ian erhob sich, öffnete seinen Koffer und versicherte sich zum x-ten Mal, dass der Aktenordner an seinem Platz und sämtliche nötigen Dokumente und Formulare noch da waren. Seit ihrer Abreise hatte er das mindestens zehn Mal getan, doch er konnte nicht anders. Diese Akte war zu wichtig, seit einem Monat beherrschte sie seine Gedanken. Seine Reisegefährten nahmen seinen kleinen Tick nicht mehr wahr.

Sie standen auf und gingen den langen Gang zum Taxistand hinunter. Abgesehen von den Druckstellen, die die nervösen Fingerspitzen im weichen Teig hinterlassen hatten, blieb der Schokoladenmuffin unversehrt auf dem Tisch zurück.

Ian bemerkte, dass seine Frau ein paar Meter zurückgeblieben war. Er drehte sich um und sah, dass sie den Kopf beim Gehen gesenkt hielt und so unmerklich bebte, dass nur er es wahrnahm. Wartend blieb er stehen, dann fasste er ihr sanft unters Kinn. Ihre Augen standen voller Tränen.

»Ian, glaubst du, es bringt was?«, hauchte Rachel und wischte sich die Augen.

Ihr Mann blickte sie an und bemühte sich, weniger erschöpft und bekümmert auszusehen, als er war.

»Wir müssen es glauben. Das ist unsere einzige Hoffnung.«

*Abgesehen von einem Wunder.*

Er beendete den Satz nur in Gedanken. Er hakte sie unter und stützte sie, bis sie den Flughafenausgang erreicht hatten.

# 3
# Die erste Erinnerung

Es war ein Traum, der ihm die erste Erinnerung offenbarte.

Mauke Nuha lag auf dem kalten Sand vor seiner Hütte, das Gesicht in den mondlosen, von Millionen Sternen durchsiebten Himmel getaucht. Die Milchstraße war ein weißes, im Nichts schwebendes Feuerwerk, der Finsternis entrissen, ein von der ewig langen Reise erschöpftes Licht, das sich unmerklich aufs Wasser, auf den Sand und seine Augen legte.

Er betrachtete all das wie ein Fremder. Mit jedem Tag schwand mehr und mehr das Wenige, das ihn noch mit der wirklichen Welt verband. Er wurde verrückt, auf die einfachste und subtilste Weise: Langsam löste er sich von der Wirklichkeit ab wie alte, brüchige Folie.

Gewiegt vom Geräusch der Brandung schlief er ein.

Seit dem Verlust seines Gedächtnisses hatte er nie etwas geträumt. Schlafen war für Mauke Nuha wie in schwarzem, reglosem, undurchdringlichem Morast zu versinken. Zusammen mit seiner Vergangenheit und seinen Worten schien er auch die Fähigkeit zu träumen verloren zu haben.

Die Nacht verlief ruhig. Wegen der Schmerzen im Rücken schlief er auf dem Bauch, die Arme unter die Brust gezogen, das Gesicht verzerrt, die Zähne gebleckt. Nur der schwache Atem unterschied ihn von einem leblosen, nach langem Todeskampf verkrümmten Körper.

Gegen Ende der Nacht entspannte sich sein Gesicht, und er atmete tief. Die Lider begannen zu zittern, Hände und Füße zuckten leicht.

Auf der schwarzen Leinwand seiner Lider schimmerte etwas. Leuchtende Kugeln, durchscheinende, tanzende Kreise, die sich rhythmisch übereinanderschoben und wieder trennten.

Sein erster Traum nahm Formen an.

Die Kreise vermehrten sich und wurden schnell größer. Im nächsten Moment nahmen sie das gesamte Blickfeld ein und zerflossen in einem endlosen Raum, in einer Wüste aus reinem Licht. Offenbar war dort nichts, denn es gab keine Schatten. Einzig die Farben widerstanden dem glühenden Schein: Eine verschwommene Horizontlinie trennte ein Lachsrosa von einem leuchtenden Himmelblau, eine Erdenahnung von einer Himmelsvision.

Er streckte die Hand aus. Seine Fingerspitzen verschwanden vor seinen Augen, wie von den Farben verschluckt. Die riesige, ferne Landschaft war in Wirklichkeit ein unberührbarer, leuchtender Nebel, der seinen Körper mit nur wenigen Zentimetern Distanz einhüllte. Er versuchte, sich um sich selbst zu drehen, sich umzublicken.

*Wo bist du …?*

Eine Stimme.

*Du bist hier …*

Eine Stimme flüsterte in sein Ohr.

*… ganz nah.*

Die Stimme einer Frau.

Er konnte die Worte verstehen. Die Buchstaben tanzten vor seinen Augen, mit Licht geschrieben.

Vor allem – sein Körper fuhr zusammen, und beinahe wäre er aufgewacht – erkannte er die Stimme.

Er versuchte zu antworten, doch es gelang ihm nicht. Die Luft vor ihm bewegte sich leicht. Konzentrische Kreise dehnten sich aus wie auf einen senkrechten Wasserspiegel fallende Tropfen.

Irgendetwas trat aus dem Nebel.

*Jetzt endlich … sehe ich dich …*

Das Gesicht einer Frau.

Helle Haut, weiche Züge. Zwei große dunkle Augen, die ihn ansahen. Er erkannte dieses Gesicht. Zitternd träumte er weiter.

Die Frau lächelte, sie bewegte die Lippen, und wieder erfüllte ihre Stimme die Luft.

*Ja, du bist es. Ich erinnere mich an … deine Augen, dein Gesicht.*

*Aber nicht mehr an deinen Namen.*

Mauke Nuha streckte die Hand aus, und die Frau tat es ihm nach. Ihre weißen, zarten Finger reckten sich aus dem leuchtenden Dunst.

Ihre Hände kamen aufeinander zu.

*Wer bist du? Wer bin ich?*

Ihre Finger berührten sich fast.

*Ich kann mich nicht mehr daran erinnern, aber …*

Seine Hand versank in eisigem Schleim, und die Vision verschwand mit dem letzten Echo seiner Stimme.

*… ich muss dich wiederfinden.*

Er erwachte. Er weinte. Unter den Tränen verspürte er etwas, das wohl Freude war. Oder doch eher süßes, schmerzliches Sehnen. Wer war sie?

Er erinnerte sich nicht an sie, kannte ihren Namen nicht, und dennoch spürte er, dass zwischen ihr und ihm eine Bindung bestand, die so stark war, dass sie die dunkle Tür der Amnesie für einen Moment aufgestoßen hatte.

*Wer bist du?*

Eine Antwort brach sich Bahn, doch noch gelang es ihm nicht oder vielleicht wagte er nicht, sie zu hören. Er blickte zur aufgehenden Sonne empor. Die Schönheit des über der Lagune anbrechenden Morgens berührte etwas in ihm.

Zum ersten Mal, seit er sein Gedächtnis verloren hatte, *ersehnte* er etwas. Mit aller Macht.

Horus Hand legte sich auf seine Schulter und griff in seinen Gefühlsstrudel ein. Schluchzend, aber mit einem Blick, der nie zuvor so lebhaft gewesen war, drehte sich Mauke Nuha zu ihm um. Wie gern hätte er ihm alles erzählt, doch er konnte noch immer nicht sprechen. Es war nicht nötig: Seine strahlenden Augen sagten mehr als alle Worte. Horu ahnte, dass eine tiefe Erschütterung Mauke Nuha ins Leben zurückgebracht hatte. Lächelnd setzte er sich neben ihn und legte ihm den Arm um die Schultern, bis er sich wieder beruhigt hatte.

Mauke Nuha verbrachte den Tag wie alle anderen, allein an einem einsamen Ort, den Blick auf das Sonnenfunkeln des Ozeans gerichtet. Doch diesmal gab er sich nicht dem Vergessen hin, sondern zwang sich zum Nachdenken. Er dachte ohne Begriffe, in emotionalen Impulsen, tierhaft. Zahlreiche Fragen ohne Antworten waren in ihm geboren. Wer war die Frau aus dem Traum? Wo war sie jetzt? Was bedeutete ihre Begegnung?

Seine nackte, verwirrte, schutzlose Seele schwankte zwischen Hochgefühl und Verzweiflung, zwischen der berauschenden Erinnerung an seinen Traum und der Angst, es wäre nur ein Hirngespinst, und er würde sie vielleicht nie wiedersehen.

Bei Sonnenuntergang lag er, erschöpft vom inneren Kampf, hingestreckt auf dem Strand. Der letzte Sonnenstrahl sickerte durch die halb geschlossenen Lider. Langsam verklang das Rauschen der Meeresbrandung in seinen Ohren. Er schloss die Augen.

Im Halbschlaf verwandelte sich der Schmerz seiner sonnenverbrannten Haut in den zehrenden Wunsch, sie wiederzusehen. Diese Unbekannte, von der er jedoch spürte, dass er sie mehr liebte als alles andere, das er im Universum verloren hatte.

# 4
# Suche (2. Teil)

Zwei Stunden vor dem Termin trafen Ian, Samuel und Rachel in der Polizeihauptwache von Taipeh ein und wurden aufgefordert, im Wartebereich Platz zu nehmen. Er bestand aus drei Zweisitzern und einem Kaffeeautomaten in der hinteren Ecke eines riesigen Großraumbüros, in dem es vor Beamten, Schreibtischen, Computern, ununterbrochen klingelnden Telefonen, brüllenden Uniformierten und ohrenbetäubendem Sirenengeheul, das von der Straße hereindrang, nur so wimmelte. *Wenn Taipeh genauso ist wie seine Polizeihauptwache,* dachte Ian benommen, *müssen wir durch das reinste Chaos, ein Wahnsinn.*

Sie waren müde und angespannt und bereuten es, keinen Zwischenstopp im Hotel eingelegt zu haben, um sich wenigstens frischzumachen. Ian hockte auf der Sofakante und wippte nervös mit dem Bein. Alle zehn Sekunden legte Rachel ihm die Hand aufs Knie. Für einen kurzen Moment gab Ian Ruhe, um dann umso stärker wieder damit anzufangen.

Er beruhigte sich erst, als er den Ordner aus der Tasche zog.

Er musterte den Deckel und dachte an die glückliche Fügung, die ihm den Termin mit dem Polizeichef von Taipeh ermöglicht hatte. Würde es etwas nützen? Die Hoffnung wog nicht mehr als ein Staubkorn, doch endlich hier zu sein, verschaffte ihm eine gewisse Erleichterung.

Es war bereits ein Monat vergangen. Hektische Anrufe bei Botschaften und Konsulaten, Privatdetektive, Spezialorganisationen, mehr oder weniger vertrauenswürdige Internetseiten, E-Mail-Ketten: Es hatte zu nichts geführt. Lediglich der Tatbestand des Verschwindens ließ sich ansatzweise und mit vielen schwarzen Flecken rekonstruieren. Mit hoher Fehlerwahrscheinlichkeit hatte man das *Wann* und das *Wie* bestimmen können.

Sie konnten nicht länger warten. Also hatten sie beschlossen zu fahren und die Suche selbst fortzusetzen. Gerade noch rechtzeitig, um Pässe und Visa zu bekommen, und nun waren sie dort, in Taiwan, wo alles angefangen hatte.

Abwesend blätterte Ian durch die ersten Seiten.

AUSSERORDENTLICHE STAATLICHE KOMMISSION
FÜR VERMISSTE PERSONEN – ABTEILUNG INTERNATIONALE ZUSAMMENARBEIT
Internationale Vermisstenanzeige
Prot.Nr. ##### vom ####, c/o Dienststelle von #####.
*Zusammenfassendes Formular entsprechend der EXSO-Vorgehensweise*
Seite 8 von 52

---

Abschnitt E [Fortsetzung von Seite 7]:

E6. Waren die (in Abschnitt A meldeamtlich beschriebenen) Personen im Ausland unterwegs?
[X]JA [ ]NEIN

E7. Wenn JA, geben Sie den Namen des Ortes an:

Das Geschrei einiger Polizisten ließ Ian aufsehen. Samuel war eingenickt, der Glückliche, trotz des Durcheinanders ringsherum. Er übersprang ein paar Zeilen und las weiter.

E20. Gab es während Ihres Aufenthalts in dem unter E7 bezeichneten Ort Telefonkontakt mit den betreffenden Personen?

[**X**]JA [ ]NEIN

E21. Wenn JA, nennen Sie Datum und Uhrzeit des letzten Kontaktes:

Ian hatte das Formular so oft gelesen, dass er es fast auswendig kannte. Er überblätterte rund zwanzig Seiten.

Daraus geht hervor, dass die von den Vermissten angegebene Auslandsadresse nicht mit der letzten von ihnen tatsächlich genutzten, bislang unbekannten Adresse übereinstimmt.
Dies führt zu einem hohen Maß an Ungewissheit bezüglich des Zeitfensters und vor allem des geografischen Gebietes, in dem sich das Verschwinden ereignet haben soll.
Aus der Auswertung der Kreditkarte (siehe Anhang 4) geht die Zahlung eines Fluges nach Taipeh, Taiwan, International Airport Chiang Kai-shek, hervor. Darüber hinaus gibt es keinen weiteren, für die Untersuchungen relevanten Zahlungsverkehr. Die eventuelle Zahlung von weiteren Flug-, Zug- oder Schiffsfahrkarten, Mietwagen, Hotels oder sonstigen Unterkünften sind nicht mit Kreditkarten beglichen worden.
Die letzte geglückte Verbindung ist per Satellitentelefon erfolgt (ausgehende Telefonate an die Nummer ###-######). Der erste unbeantwortete Kontaktversuch erfolgte vier Tage später (eingehender Anruf der Nummer ###-######).
Aus der Auswertung der Telefonlisten (siehe Anhang 3) gehen drei Anrufe an eine andere Nummer hervor, die jedoch

Wieder hielt Ian nachdenklich inne. Er übersprang ein Dutzend Seiten.

Code, aus dem hervorgeht, dass das Gebiet als durch organisierte Verbrecherbanden äußerst bedroht eingestuft ist.

D) Naturkatastrophen und gefährliche Tiere
Ausgehend von:
– dem in Absatz E benannten mutmaßlichen geographischen Gebiet;
– dem in Absatz B genannten mutmaßlichen Zeitfenster
ist von folgenden (gemäß dem asymptotischen Schadensdiagramm, Anhang 9) als katastrophal eingestuften Naturereignissen auszugehen:
ein Naturereignis größeren Ausmaßes, bei dem jedoch, soweit bekannt, keine Menschen zu Schaden kamen, ist das Erdbeben der Stärke 6 mit Epizentrum in

Er hörte auf zu lesen. Rachel hatte sich an seinen Arm geklammert und blickte sich ängstlich um. Wenige Meter entfernt brüllten Beamte auf einen Jungen in Handschellen ein. Der Junge ließ die Beschimpfungen apathisch über sich ergehen und fing plötzlich an, um sich zu treten und wie wahnsinnig zu schreien. Man hörte einen dumpfen Schlag und einen Schmerzensschrei: Ein Schlagstock hatte das Gesicht des Jungen in eine blutige Maske verwandelt. Instinktiv drängte sich Rachel an ihren Mann und verbarg das Gesicht an seiner Schulter. Die brutale Atmosphäre der Polizeistation verängstigte sie. Sie fühlte sich bedroht, obwohl es dafür keinen Grund gab.

Samuel erwachte, erhob sich ahnungslos vom Sofa und reckte sich.

»Will jemand einen Kaffee?«, fragte er gähnend.

Ehe jemand antworten konnte, rief ein junger Polizist sie auf.

»Herr Direktor Kasumi ist bereit zu empfangen«, sagte er in gebrochenem Englisch. »Sie bitte folgen.«

Das Büro des Polizeichefs lag ein Stockwerk höher, gut abgeschirmt vom chaotischen Großraumbüro seiner Untergebenen. Kasumi empfing sie mit einem kräftigen, unterkühlten Händedruck und ließ sie vor seinem eleganten Schreibtisch aus Glas und gebürstetem Stahl Platz nehmen. Er beherrschte ihre Sprache fehlerfrei, wenn auch mit starkem chinesischem Einschlag.

Schon Kasumis erste Äußerungen ließen Ian den Unwillen spüren, ihr Anliegen hielt er offenbar für totale Zeitverschwendung. Ian beschloss, sofort zum Punkt zu kommen, und hielt ihm die Akte hin.

Kasumi setzte seine Lesebrille auf, vertiefte sich minutenlang in die Unterlagen und murmelte Unverständliches. Sein altersloses Gesicht zeigte keine Regung, es blieb ausdruckslos wie das einer Porzellanpuppe: helle Haut, feine Augenbrauen, glasiger Blick, regelmäßige, starre Züge.

Er blickte auf und zog die Brille auf die Nasenspitze.

»Die Unterlagen für die offizielle Suche sind in Ordnung«, grunzte er beinahe missmutig. »Ich muss Ihnen nicht sagen, dass dies eine zwar notwendige, aber in der Regel völlig ungeeignete Maßnahme ist, um etwas zu erreichen. In unserem Archiv stapeln sich Tausende Vermisstenanzeigen, und täglich kommen neue dazu. Sie werden bereits wissen, dass die Erfolgsquote bei derlei Recherchen gegen null tendiert.«

Unwillkürlich stieß Rachel ein unterdrücktes Stöhnen aus. Kasumi ging darüber hinweg und fächelte sich mit der von Ian peinlich genau ausgefüllten Akte Luft zu.

»Natürlich werden wir diese Daten in unser Computersystem einspeisen und Sie benachrichtigen, falls sich etwas ergeben sollte. Doch leider passiert das so gut wie nie. Außerdem ist der Hergang des Verschwindens in Ihrem Fall äußerst unklar.«

Ian wollte etwas erwidern, doch er hatte einen Kloß im Hals. Schweigend ging Kasumi die letzten Seiten des Berichts durch, dann stand er auf, machte auf seinem Schreibtisch Platz, holte eine lange Papierrolle aus einem Schrank und rollte sie vor ihnen aus. Es war eine Landkarte, die einen großen Ausschnitt des Pazifiks mit Taiwan, Japan, den Philippinen, Indonesien, Papua-Neuguinea und Mikronesien zeigte. Er holte einen Zirkel und einen Taschenrechner aus einer Schublade. Anhand eines

Blattes aus der Akte fing er an, Kreise und Linien auf der Karte einzuzeichnen, Berechnungen anzustellen und blitzschnell auf der Tastatur seines Computers herumzutippen.

Eine Viertelstunde später druckte er das Ergebnis aus und ordnete die rund zehn Seiten auf seinem Schreibtisch an.

»Nach den von Ihnen zusammengetragenen Informationen wäre dies das potentielle Suchgebiet.«

Auf den Blättern war eine Karte mit einem roten, dreitausend Meilen umfassenden Kreis zu sehen.

»Das ist ja riesig!«, rief Ian ungläubig.

»Nicht nur das«, fuhr Kasumi leicht gereizt fort. »Es umfasst auch verschiedene Nationen, zwischen denen keinerlei polizeiliche Vernetzung besteht. Die einzige Chance, hoffen zu dürfen und sich reinen Gewissens sagen zu können, dass man alles Menschenmögliche unternommen hat, besteht darin, sich *persönlich* auf die Suche zu machen. Man kann die Polizei in Kenntnis setzen und Privatdetektive anheuern, aber trotzdem ist es unerlässlich, *selbst vor Ort* zu sein«, schloss er und zeigte fahrig auf den Dreitausend-Meilen-Kreis.

»Genau deshalb sind wir ja hier«, sagte Ian nachdrücklich. »Wir wollen selbst Untersuchungen anstellen!«

»Sehr gut«, entgegnete Kasumi, »das ehrt Sie. Aber ehe Sie eine endgültige Entscheidung treffen, sollten Sie mir gut zuhören.«

Der Polizeichef setzte sich räuspernd auf, legte die Brille auf den Schreibtisch und musterte seine Besucher mit der Kälte eines Menschen, der es gewohnt ist, schlechte Nachrichten zu überbringen.

»Wenn Sie ausschließen, dass die fraglichen Personen ihre Spuren willentlich verwischt haben …«

»Natürlich schließen wir das aus!«, platzte Samuel heraus, der bis dahin noch nichts gesagt hatte.

»Wenn man«, hob Kasumi nochmals gereizt an, »wie in diesem Fall über mehrere Wochen keine Nachrichten von den vermissten Personen erhält, schrumpft die Palette der Möglichkeiten drastisch zusammen. Das Ausbleiben spontaner Kontakte lässt vermuten, dass die Betroffenen sozusagen *unfähig*, das heißt, nicht mehr in der Lage sind, frei zu handeln. Sie könnten verletzt oder gefangen sein oder sich an einem abgelegenen, von der Zivilisation abgeschnittenen Ort ohne Transport- und Kommunikationsmittel befinden. Des Weiteren wäre denkbar«, Kasumis Augen verengten sich zu zwei Schlitzen, »dass die Vermissten Traumen mit nachfolgenden Amnesien erlitten haben. In diesem Fall bestehen keine objektiven Hinderungsgründe, abgesehen von der Tatsache, dass man sich weder an die eigene Identität noch an die zu kontaktierenden Menschen erinnert. Und zu guter Letzt ergibt sich manchmal die unglückliche Verquickung dieser beiden Faktoren.«

Kasumi legte die Fingerspitzen zusammen. Seine metallische Stimme klang, als käme sie von einem allzu oft abgespielten Tonband.

»Natürlich dürfen wir auch die einfachste und meist zutreffende Erklärung nicht ausschließen: den Tod der Vermissten.«

Ein zweites Stöhnen entrang sich Rachels Kehle. Sie barg das Gesicht in den Händen und brach in lautloses Schluchzen aus. Kasumi redete ungerührt weiter.

»In diesem Fall sollten Sie sich fragen: Lohnt es sich, erhebliche Mittel aufzuwenden und sich großen Gefahren auszusetzen, nur um«, er unterstrich das Wort mit einer Grimasse, »den *Leichnam* zu finden? Angesichts der enormen Gesetzeswillkür bei Bestattungen und der Angst vor Krankheiten ist die Auffindung eines toten Vermissten in diesen Gegenden so gut wie unmöglich. Bestenfalls werden sie umgehend und ohne bürokratisches Drumherum eingeäschert oder beerdigt.«

Ian drückte die noch immer von Schluchzern geschüttelte Rachel an sich. Er empfand einen tiefen Hass gegen diesen Mann, der so teilnahmslos und leichthin vom Tod sprach. Wut stieg in ihm auf, und er konnte sich nur mühsam beherrschen, dieses Porzellangesicht nicht mit einem Faustschlag klirrend zu zerschlagen.

Der solche Reaktionen gewohnte Kasumi ließ sich nichts anmerken und schüttelte lediglich den Kopf. Ihre Auffassungen von Leben und Tod gingen einfach zu weit auseinander, um einen gemeinsamen Nenner zu finden. Es war offensichtlich, dass das Treffen beendet war.

Der Polizeichef reichte ihnen die Blätter mit dem Suchgebiet und einen Hefter mit diversen Adressen und Telefonnummern, die ihnen nützen könnten, sollten sie die Suche doch auf eigene Faust fortsetzen. Dann verabschiedete er sie noch unterkühlter, als er sie begrüßt hatte.

Um zehn Uhr dreißig morgens verließen Rachel, Ian und Samuel die Polizeistation. Ratlos und verstört gingen sie durch die schwüle Hitze Taipehs davon, um inmitten des tobenden Verkehrs ein freies Taxi zu finden. Ihre Hoffnungen hingen an einem fast unsichtbar dünnen Faden. Dennoch wollte Ian nicht aufgeben.

Er würde nicht eher nach Hause fahren, bis er nicht alles Mögliche unternommen hätte, und vielleicht noch mehr.

# 5
# Yla homa

Mauke Nuha träumte nicht wieder. Tage, vielleicht Wochen vergingen. Ständig kehrten seine Gedanken wie besessen zu dem Bild dieser Frau zurück. Es war sein Rettungsanker, um nicht durchzudrehen, aber auch eine Sturmwelle, die ihn in die Tiefen des Ozeans riss, rauf und runter, rauf und runter, immer weiter aufs offene Meer hinaus. Dieser Gefühlsstrudel war das Einzige, was ihn noch am Leben hielt.

Auch das sonnige Klima der Insel hatte sich verändert und schien das Wechselbad seiner Seele widerzuspiegeln. Stürme fegten jaulend über den Strand und drückten die Palmen nieder, und kurz darauf strahlte wieder die Sonne von einem wolkenlosen Himmel. Mit jedem Regen verwusch das Bild dieses geliebten Gesichts mehr, und die Sonne bleichte seine Farben.

Allmählich schloss sich der vom Traum geöffnete Spalt, und die Welle der Emotionen zog sich ins Dunkel zurück. Schon bald würde er sich wieder in seine Welt wortloser Gedanken einschließen.

Da kam der Taifun.

Nach einem strahlenden Morgen tauchten riesige dunkle Kumuluswolken am Horizont auf, Berge kurz vor dem Einsturz. Ohne Vorwarnung schoben sie sich über die Insel. Der Himmel wurde schwarz, der Gesang der Vögel erstarb, die Natur versank in unwirkliches Schweigen. Mauke Nuha begriff, dass dies kein vorübergehender Sturm sein würde. Eine animalische Urangst packte ihn. So schnell er konnte rannte er durch die dichte Vegetation Richtung Dorf.

Die ersten Regentropfen fielen, groß wie Walnüsse. Die Lagune schwoll an, schon leckten die Wellen an den Hütten.

Der erste Donner explodierte.

Ein Blitz entlud sich in einer der großen Palmen, gefolgt von einem Brüllen, das die Luft erzittern und die Erde beben ließ. Mauke Nuhas Ohren gellten, die Kinder fingen an zu weinen, alle drückten sich auf den Boden und legten die Arme schützend über die Köpfe. Von der in Splitter gehauenen Palme blieb nur noch ein qualmender Stumpf. Heftiger Wind erhob sich, blies Sandwolken in den Himmel, drückte die Bäume nieder, deckte die Hütten ab. Blitzsalven tauchten die Insel in gespenstisches weißes Licht, der Wind wirbelte immer stärker, entwurzelte Mangroven und riss sie zusammen mit trockenem Geäst, Kleidungsstücken, Körben und Arbeitsgerät in einem kreiselnden Tanz in den Himmel. Die Frauen schrien vor Angst, die Männer starrten einander wie gelähmt an. Jetzt hatten die schwarzblauen Wellen die Vegetation erreicht und zogen alles mit sich, was sie fassen konnten.

Wenige Minuten der Angst erschienen wie Stunden. Dann zog der Taifun ohne weitere Schäden davon.

Die Dorfbewohner waren sichtlich aufgewühlt, einige fielen sich in die Arme, andere suchten ihre Kinder. Horu vergewisserte sich, dass alle unverletzt waren, und streichelte Mauke Nuha über den Kopf. Binnen weniger Stunden lösten sich die Wolken auf, und die Sonne brach hervor. Um sich zu beruhigen, kehrte Mauke Nuha auf die felsige Seite der Insel zurück. Bis zum Sonnenuntergang streifte er allein umher und gab sich dem Schauspiel der tobenden Wellen hin, die die Trümmer der Sturmflut an die Küste warfen.

In jener Nacht sah er sie wieder.

Im Schlaf erschienen die leuchtenden Kreise. Wie beim ersten Traum vervielfältigten sie sich und dehnten sich zitternd zu einem Raum aus reinem Licht. Doch diesmal begann der leuchtende Nebel sich aufzulösen. Umrisse einer Traumlandschaft erschienen, wabernd wie eine Fata Morgana: ein kleiner, weißer Sandstrand zwischen grauen Felsen, umspült von Wellen, deren Gischt die Luft erfüllte.

Mauke Nuha war es, als kenne er diesen Ort. In der Ferne ein Aufblitzen. Dann noch eins und noch eins, wie ein winziger Spiegel, der ihn mit Sonnenstrahlen blendete.

Das war sie.

Vor den Felsen kam sie ihm entgegen.

Nackt, nur verhüllt vom Gegenlicht. Geschmeidige Bewegungen, schlanker blasser Körper, strahlendes Lächeln.

Dann war sie bei ihm. Erst da bemerkte er die weiße Kugel in ihren Händen. Sie streckte die Arme nach ihm aus.

Auch er streckte seine Arme aus, überwältigt vom Wunsch, sie zu umarmen.

Wieder waren sie kurz davor, einander zu berühren.

Er schreckte aus dem Schlaf. Die Hütte war in fahles Licht getaucht, das den Sonnenaufgang ankündigte. Er fühlte sich merkwürdig klar. Von einem neuen Gefühl erfüllt, sprang er auf: Zum ersten Mal, seit er auf der Insel war, wusste er genau, was zu tun war.

Er fing an zu laufen, doch sein von der langen Apathie steifer Körper rebellierte, nach nur wenigen Schritten schlug er hin. Sand spuckend rappelte er sich hoch und rannte stolpernd weiter. Er durchquerte das noch schlafende Dorf, erreichte das Ende des Strandes, nahm Kurs auf die felsige Inselseite und ließ drei kleine Sandbuchten hinter sich. Als er die steile Klippe über der vierten Bucht erreicht hatte, blieb er stehen und blickte hinab.

Er erkannte den Strand aus seinem Traum.

Er war sich ganz sicher. Das war der Ort.

Die Sonne ging auf. Hals über Kopf kraxelte er die Felswand hinunter, ohne auf die scharfen Kanten zu achten, die ihm Hände und Füße zerschnitten. Als er keuchend unten angelangt war, starrte er erwartungsvoll in die Richtung, aus der die Frau im Traum aufgetaucht war. Dann ließ er den Blick suchend über jeden Zentimeter der kleinen Bucht wandern.

Nichts.

Er wurde unruhig. All seine Hoffnung hing an diesem winzigen Augenblick, doch es passierte nichts.

Die rote Scheibe der Sonne stieg schnell, schon teilte der Horizont sie mittendurch.

Etwas funkelte zwischen den Klippen. Genau dort, wo sie aufgetaucht war.

Das Funkeln verschwand, erschien wieder, verschwand. Mauke Nuha stand da, ohne sich zu rühren, mit angehaltenem Atem und starrem Blick.

Er begriff, dass es der Widerschein von etwas war, das zwischen den Klippen klemmte und sich im Rhythmus der Wellen hob und senkte.

Er ging näher heran.

Als er nur noch wenige Meter entfernt war, sah er sie, tanzend im Schaum der Wellen. Er traute seinen Augen nicht.

Die Kugel aus dem Traum.

Er ging ins Wasser und umkreiste die Klippen. Und da war sie, zum Greifen nah, von der Meeresströmung ans Ufer getrieben.

Eine zusammengeknüllte Plastiktüte. Er wusste, was es war, obwohl er wie auch für alles andere kein Wort hatte, es zu benennen. Behutsam, als wäre es eine Reliquie, die in seinen Fingern zu Staub zerfallen könnte, griff er danach und kehrte ans Ufer zurück. Er drehte die zerknüllte Plastiktüte, um das Wasser aus den Falten tropfen zu lassen, und öffnete sie vorsichtig. Sie war mehrmals um sich selbst gewickelt und fest verschlossen. Er löste die Henkel. In der Tüte befand sich eine weitere, die etwas Weiches enthielt. Mit zitternden Fingern öffnete er auch diese. Er steckte die Hand hinein und zog einen triefenden, aufgequollenen Gegenstand hervor. Etwas, das irgendwann einmal ein Buch gewesen sein musste.

Der Buchdeckel ließ sich nicht mehr entziffern, die durchtränkten Seiten waren zu einem dunklen, festen Klumpen verschmolzen. Er bemerkte, dass es sich an einer Stelle noch öffnen ließ: Dort klebte eine Plastikhülle als Lesezeichen zwischen den Seiten. Mit pochendem Herzen schlug er das Buch auf den einzigen beiden Seiten auf, die das Wasser verschont hatte.

Darauf waren lange, ordentliche Reihen unverständlicher Symbole, genau wie in den Büchern, die Horu mit ihm durchgeblättert hatte. Enttäuschung stieg in ihm auf und wurde zu Wut. Er musste sich auf die Lippen beißen, um das Buch nicht wieder ins Wasser zu schleudern.

Dann bemerkte er ein Detail. Etwas Gekritzeltes am unteren Seitenrand. Er sah genauer hin: Die Buchstaben waren verwaschen und ebenfalls unlesbar.

Doch während er sie betrachtete, regte sich in seinem Kopf etwas.

Abermals starrte er sie an, bis sie vor seinen Augen verschwammen. Alles wurde doppelt, dann grau, dann schwarz. Als er wieder hinsah …

*yla homa*

Er erkannte diese Zeichen. Es waren Buchstaben. Buchstaben des Alphabets, das er vergessen hatte. Was bedeuteten sie? Es war gleichgültig. Seine Hände bebten vor Erregung, und das Buch fiel in den feuchten Sand. Panisch bückte er sich danach und öffnete es wieder.

Er betrachtete die Seite und spürte, wie seine Beine versagten.

Er konnte *lesen*.

*Dieser Tag läuft ab nun*
*Am Gott-voran-befohlenen Sommerende*
*In heißstürzender Lachssonne*
*In meinem see-erschütterten Haus*
*Auf einem felsigen Halsbrecher*
*Umstrickt von Tschilpen und Flöten,*
*Früchten, Finnen, Federn und Schaum*

Langsam, Buchstabe für Buchstabe, formten sich die Worte in seinem Kopf. Er konnte wieder ihre Bedeutung verstehen. Ein Schauder durchzuckte ihn wie ein elektrischer Schlag.

*Unterm tanzenden Huf des Blätterdachs,*
*an der Flutlinie beschäumten Seesternsands*
*Mit den Fischweiberkreuzen*
*Bei Möwen, Strandläufern, Muscheln und Fels,*
*Die Männer im Wolkenbehang*
*Auf Knien, krähschwarz, in der Außenwelt*
*Vor Netzen niedergeholter Sonne,*
*Jesus, beinah wie Gänse am Himmel,*
*Und Reiher, schlitzende Jungen*
*Und Muscheln, die in sieben Meerschaum*
*Zungen lauten, von den Städten der neun*
*Tägigen Nacht in ewiger Wasserflucht*

Die geheimnisvollen Worte durchströmten seinen Kopf. Manche wälzten sich zäh und schwer voran und hoben sich wie riesige Skulpturen schwarz vom Sonnenlicht ab. Andere segelten sanft und von den Luftströmungen getragen dahin. Die vergessenen Worte waren wieder da: Er lief ihnen nach, hielt sie fest, wägte sie ab, kostete sie.

*Auf diesen der See abgegriffenen Blättern,*
*Sie fliegen und fallen nieder*

*Wie Baumesblätter und*
*Zerstäuben also unsterbend und dämmern*
*In die hundstagende Nacht*

Während er las, stieg ein undeutliches Grunzen in seiner Kehle auf.

*Sieh: Ich bau meine lärmende Arche*
*So gut wie ich liebe,*
*Da die Flut beginnt*
*Aus dem Quellmund*
*Von Angst, Rotwut, Mannaleben*
*Geschmolzen und bergig zu strömen*
*Über den Schlaf der Wunde*
*Schafweißer Talfarmen*
*Nach Wales in meinen Armen.*

Das Grunzen verwandelte sich auf seinen halb geöffneten Lippen in ein Wispern. Eine immer stärkere Silbenfontäne sprudelte hervor wie aus der Amnesiewunde austretendes Blut. Sie wurde Stimme.

*Wir wollen allein ausreiten und dann,*
*Unter den Sternen von Wales,*
*Rufen: Unzahl von Archen! Kreuzen*
*Über wassergelidertes Land,*
*Mit Lieben bemannt, werden sie*
*Hügel zu Hügel, waldiger Inselsaum.*
*Holla, meine stolz-schiffsschnäblige Taubenflöte!*
*Ahoi, seebeiniger Fuchs der Brecher*

Seine Stimme brach aus in einen Schrei, der über den Strand wirbelte.

*Meine Arche singt in der Sonne*
*Am Gott-voran-befohlenen Sommerende,*
*Und die Flut erblüht nun.*

Die Seite war zu Ende.

Der Klang seiner Stimme, dieser seltsamen, vergessenen Stimme, hallte ihm in den Ohren. Schwer atmend vor Ergriffenheit sah er von dem Buch auf.

Alles erschien anders. Sengendes Licht durchstieß Iris und Pupille, durchfloss ihn. Er verlor das Gleichgewicht, fiel hin und brach in irres Gelächter aus.

Die Lichtwoge zog sich zurück, strömte ihm aus den Augen, verebbte und versickerte im Sand seines Bewusstseins. Jeder Buchstabe war in den Sand geschrieben. Sämtliche Worte waren wieder da, für ihn, in diesen endlosen Strand geritzt, den er in sich trug.

Er sah seine Hände, und das Wort, das er suchte, erschien klar vor seinem inneren Auge. Wieder musste er lachen. Dann holte er tief Luft und brüllte zum Himmel hinauf.

»*Hände*, das sind meine Hände! Und du bist der *Himmel!*«, schrie er so laut er konnte und mit ausgebreiteten Armen. Und so benannte er alles, von einer unbändigen Freude gepackt.

»*Wasser!* Und das ist *Sand*! Und du bist eine *Muschel*!«, erschreckte er einen Einsiedlerkrebs, der sich an seine Handfläche klammerte.

Es war wunderbar, die eigene Stimme zu hören: Sie klang eigenartig und sehr vertraut zugleich. Als würde nach Jahren das Lieblingslied aus der Kindheit ertönen.

Johlend, mit den Armen rudernd, stolperte Mauke Nuha den Strand entlang. Er sah aus wie ein Wahnsinniger.

»Horu! Horu!«, rief er, kaum waren die ersten Hütten in Sicht. »Ich kann wieder sprechen! Versteht ihr mich? Ich kann *SPRE-CHEN*!«

Entgeistert starrten die Dorfbewohner ihn an: Hatte er jetzt endgültig den Verstand verloren? Doch Horu, dessen feines Gespür einem sechsten Sinn gleichkam, ahnte, was los war. Lachend schloss er Mauke Nuha in die Arme, der nicht aufhören konnte zu reden. Horu begriff, dass Mauke Nuha von seinem rätselhaften Leiden, das ihn zum Schweigen verdammt hatte, geheilt war.

Er freute sich für ihn. Er mochte diesen merkwürdigen Jungen, den der Ozean gebracht, den er dem Tod entrissen hatte und der sein Sohn hätte sein können. Gerührt drückte er ihn an sich, und das ganze Dorf brach in Freudenschreie aus.

# 6
# Lächelnder Rücken

Horu spürte etwas Warmes, Klebriges seinen Arm bis zu den Fingerspitzen hinabrinnen. Er löste sich aus der Umarmung mit Mauke Nuha und schreckte zurück: Seine Hände waren voller Blut.

Der Jubel der Dorfbewohner verstummte abrupt, die Mienen verfinsterten sich, ein paar Frauen schrien auf. Mauke Nuha verstand nicht, dann bemerkte er das Blut, das seinen Pareo durchtränkt hatte und auf den Sand troff.

Er fühlte sich entsetzlich schwach. Sein Kopf fiel kraftlos nach vorn, ein Schmerz durchfuhr seinen Rücken.

Er war der Ohnmacht nahe.

Die Welt versank in Schatten. Während er wie ein leerer Sack zu Boden ging, überkam ihn die Angst, seine kaum wiedergewonnene Sprache erneut zu vergessen. *Nein, nicht jetzt*, dachte er verzweifelt. Während er das Bewusstsein verlor, sah er sich den Strand entlang den Worten aus seinem Kopf nachjagen. Er stellte sie sich wie Schwärme von Schmetterlingen vor, die in alle Richtungen davontaumelten.

Dann wurde es dunkel.

Er erwachte eine Stunde später, in seiner Hütte liegend. Stechende Schmerzen durchfuhren seinen fest bandagierten Rücken. Um ihn herum waren viele Menschen, Stimmengewirr, verschwommene Gesichter. Als Erstes erkannte er Horu. Er lächelte ihm zu wie immer, und sein strahlendes Lächeln linderte den Schmerz.

»Was ist mir passiert?«, stammelte er und versuchte den Kopf zu heben. »Was ist mir passiert?«, wiederholte er, obwohl er wusste, dass niemand ihn verstand. »Bin ich verletzt?«

Horu half ihm, sich aufzusetzen, und eine Frau löste den Verband. Zwei kleine Jungen zeigten ihm mit verrosteten Spiegeln seinen Rücken.

Es war kein schöner Anblick.

In seinem Fleisch klaffte eine lange und fingerbreite Wunde, die sich in einem ungleichmäßigen Bogen vom Hals bis zum Kreuzbein zog. Die rot und gelblich gefärbte Mitte schien zu pulsieren, doch es blutete nicht mehr. Die Ränder waren fransig und trocken und trugen die Zeichen einer älteren, fast verheilten Naht, die von seinem irren morgendlichen Lauf wieder aufgeplatzt war.

Ungläubig betrachtete sich Mauke Nuha im Spiegel. Er hatte sich so weit von der Wirklichkeit entfernt, dass er seinen Zustand nie wahrgenommen hatte.

*Wodurch kann ich mir eine so schwere Wunde zugezogen haben?* Er erinnerte sich an nichts, der Grund für die Verletzung verlor sich jenseits der verrammelten Tür der Amnesie.

Er sah Horu direkt in die Augen. Trotz des Schmerzes war sein eigener Blick zum ersten Mal klar und wach, frei von dem Schleier, der ihn bis dahin getrübt hatte. Jetzt, da er sich mitteilen konnte, brannte er darauf, alles zu erfahren. Er hatte tausend Fragen. Doch er wusste nicht, wie er sie stellen sollte.

Horu kam eine Idee. Er klopfte sich selbst auf den Rücken und wiederholte mehrmals, wobei er die Silben deutlich betonte:

»Mauke! Mauke!«

Dann spreizte er den Zeige- und den Mittelfinger und schob die Mundwinkel zu einem Lächeln hoch. Mit verzogenen Lippen nuschelte er:

»Nuha! Nuha!«

Über den komischen Effekt mussten alle kichern. Anschließend wiederholte Horu die Gesten mehrmals. Er versuchte, ihm etwas mitzuteilen. Mauke Nuha sprach ihm die Worte nach, die seinen Namen bildeten. Endlich begriff er.

»Mauke … das bedeutet *Rücken*. Nuha, das muss *Lächeln* heißen. Mauke Nuha … Rücken, Lächeln … *lächelnder Rücken*. Ja, jetzt verstehe ich! Wegen meiner Rückenverletzung, die wie ein Lächeln aussieht!«

Er nickte nachdrücklich. Dann war Horu an der Reihe, die Worte zu wiederholen, die Mauke Nuha ihm langsam vorsagte:

»Rücken … Lächeln …«

»Rùcken … Làcheln …«

Alle lachten. Ermutigt von diesem ersten Erfolg fuhren die beiden mit ihren Verständigungsversuchen fort. Horu probierte es sogar mit einer kleinen Unterhaltung.

»*I'roupu moa'ha*«, sagte er und breitete die Arme in Richtung Lagune aus.

»Inmitten des Ozeans«, deutete Mauke Nuha nach mehreren fruchtlosen Versuchen.

»*Atewa'y'motwy*«, fuhr Horu fort und tat so, als würde er davongehen.

»Weit weg von der Insel«, begriff Mauke Nuha.

Stück für Stück, mit Gesten, Worten beider Sprachen, Fehldeutungen und zahlreichen Unsicherheiten erzählte Horu ihm, wie sie ihn aus dem Meer gefischt und auf die rettende Insel gebracht hatten. In diesem Moment schufen sie die Basis dessen, was zu ihrer unverzichtbaren gemeinsamen Sprache werden sollte.

Schließlich war Mauke Nuha wieder allein in seiner Hütte und verspürte das große Verlangen, sich auszuruhen. Die Wunde quälte ihn. Auf dem Bauch liegend biss er in den köstlichen Grillfisch, den die Frauen des Dorfes ihm gebracht hatten.

Und *dachte nach*.

Nun, da er seine Sprache wiedergefunden hatte, konnte er vollständige und vernünftige Gedanken fassen. Erst jetzt wurde er sich der Gefahr bewusst, der er ausgesetzt gewesen war. *Es hätte nicht viel gefehlt, und ich wäre verrückt geworden*, dachte er und zog sich eine dicke Gräte aus dem Mund.

Ihm fiel das Buch ein. Panisch und mit angehaltenem Atem schaute er sich um. Da lag es, auf dem Strohsack, zusammen mit den Plastiktüten, die es auf seiner Reise über den Ozean geschützt hatten. Mühsam streckte er die Hand danach aus und schlug es auf den einzigen beiden lesbaren Seiten auf.

*Was ist das für ein Buch?*, fragte er sich und las die Verse des seltsamen Gedichtes noch einmal.

*Woher kommt es? Wovon erzählt es?*

*Und was ist »yla homa«?*

Ihm fiel ein, dass ausgerechnet diese beiden rätselhaften handgeschriebenen Worte die Rückkehr seiner Erinnerung in Gang gebracht hatte. Was bedeuteten sie? Außerdem waren es unvollständige Worte: Auf dem Seitenrand standen noch weitere, die nicht mehr lesbar waren.

Seufzend klappte er das Buch zu. Jetzt, da er wieder in Ruhe nachdenken konnte, wurde ihm klar, dass er nur einen winzigen Teil seiner Erinnerungen zurückerobert hatte.

Seinen Namen nicht. Und auch nicht, wie er auf die Insel gelangt oder wo er eigentlich zu Hause war. Oder wer die Frau aus dem Traum war.

Er hatte eine Eingebung. Eine Eingebung, die sich im Laufe der Tage bestätigen sollte. Er hatte nur einen Bereich seines Gedächtnisses wiedererlangt oder war dabei, ihn wiederzuerlangen, nämlich den kulturellen und semantischen. Den Schlüssel zu seinen einzigartigen, persönlichen Erinnerungen hatte er noch nicht gefunden. Wenn er sich überhaupt finden ließ.

Diese Gedanken betrübten ihn, doch jetzt war er bereit zu handeln. Er würde seiner wahren Identität auf die Spur kommen. Er würde die Frau finden, die ihn durch seine Träume gerettet hatte. Darin bestand von nun an sein Lebenszweck.

Seine Willenskraft wirkte auf seinen Körper. Er setzte sich auf, mit geballten Fäusten, um den Schmerz zu ertragen. Er schrie. Ein weißer Blitz durchzuckte seinen Kopf.

*Nach Wales in meinen Armen.*

Vom Schmerz durchbohrt, war plötzlich dieser Gedichtvers in ihm aufgeflackert.

*Wales*, versuchte er sich zu erinnern, *das ist ein Land! Ja, so ist es. Und vielleicht…*

Mit dem Buch in der Hand wankte er aus der Hütte. Langsam durchquerte er das Dorf und erwiderte lächelnd und winkend die Begrüßungen der Dorfbewohner, die froh waren, ihn wieder auf den Beinen zu sehen.

Er erreichte Horus Hütte und spähte hinein. Niemand war da, doch er beschloss, dennoch einzutreten. Er ging zu der Wand mit der großen Weltkarte und sah sofort, dass sie nicht in seiner Sprache und nicht einmal in seinem Alphabet beschriftet war. Es waren chinesische oder vielleicht japanische Symbole. Er starrte auf das verschossene Blau des Meeres und das Blassgelb der Landmassen. Mit einem Finger zog er die Umrisse aller fünf Kontinente nach, und allmählich kehrten die Namen zurück, die er leise vor sich hin murmelte: *Amerika… Europa… Afrika… Asien… Ozeanien…*

Nach und nach stiegen auch die Namen der einzelnen Länder an die Oberfläche, die er erkannte. Er suchte ein bestimmtes. Sein geografisches Gedächtnis kam auf Touren: Er vermutete Wales in Europa, sein Blick traf Großbritannien, und endlich fiel ihm die Lage im Südwesten des Landes wieder ein.

Er legte den Zeigefinger darauf und betrachtete diesen winzigen Winkel der Welt. Auf der Karte sah er fast zum Greifen nah aus.

Lange stand er in Gedanken versunken da, auch als er spürte, dass Horu hinter ihm stand.

»Ich glaube, ich weiß, wo ich hinmuss«, flüsterte er, ohne sich umzudrehen. »An einen Ort, der Wales heißt. Ich fürchte, das ist sehr weit von hier.«

Horu stellte sich neben ihn, sah den Finger auf der Karte und verstand. Stumm legte er seinen Zeigefinger mitten in die riesige blaue Fläche des Pazifischen Ozeans. *Wir sind hier*, wollte er sagen. Dann fuhr er mit dem Finger langsam Richtung Nordost, zweitausend Meilen endlosen Wassers entlang, bis zu einer südlich von Japan gelegenen Inselgruppe.

»*Awu'Taypune*«, sagte Horu. »*Okinawa*«, fügte er mit einem Lächeln hinzu und betonte jede Silbe.

»*Okinawa*«, wiederholte Mauke Nuha und nickte.

Von Okinawa aus zog Horu eine zweite Linie. Er überquerte das riesige China, den Himalaya, Afghanistan, das Tote Meer, Griechenland und Italien und blieb neben Mauke Nuhas Finger in Wales stehen.

Sie blickten sich an. Horu sah die Bestürzung des jungen Mannes. Erst jetzt begriff er, wie weit er von seiner Welt entfernt war, wo immer sie auch sein mochte.

Beruhigend redete Horu auf ihn ein. Mauke Nuha verstand keines der Worte, doch er spürte ihre Bedeutung.

*Mach dir keine Sorgen. Bald wirst du wieder wohlbehalten zu Hause sein.*

Das versprach Horu ihm, wohl wissend, wie lang und gefährlich der Rückweg war. Und nicht nur das: Bald sollte sich noch etwas mit Mauke Nuhas Schicksal verflechten, ein dramatisches Geheimnis, das Horu schweigend hütete. Er wartete geduldig auf den richtigen Moment, es ihm zu enthüllen.

# 7
# Das Netz der Erinnerungen

Am nächsten Morgen wurde Mauke Nuha bei Sonnenaufgang von Horus ältestem Sohn Aruke geweckt. Im Vergleich zu den übrigen Dorfbewohnern war Aruke ein außergewöhnlich großer junger Mann Mitte zwanzig. Mit einer stummen Kopfbewegung forderte Aruke ihn auf, ihm nach draußen zu folgen, und führte ihn zum noch menschenleeren Strand. Vor den Booten – riesigen, mit Auslegern versehenen Kanus – blieb er stehen. Ordentlich aufgereiht lagen sie in den ersten Sonnenstrahlen auf dem Strand und warfen lange Schattenstreifen über den Sand.

»*Wa'hay*«, sagte Aruke feierlich und zeigte auf die Kanus. Dann blickte er Mauke Nuha in die Augen und fing an, streng und ernst auf ihn einzureden. Mit Kopfschütteln, Achselzucken und entschuldigendem Lächeln versuchte Mauke Nuha ihn zu unterbrechen: Er verstand kein Wort. Seufzend begann Aruke von Neuem, diesmal lauter und ungehaltener. Sein ebenmäßiges Gesicht hatte einen harten, stolzen Ausdruck angenommen. Wie Horu war auch er ein geborener Häuptling, er strahlte Autorität und Würde aus. Doch anders als der stets freundliche, herzliche Vater wirkte Aruke schroff, vielleicht, um seine Unsicherheit zu überspielen.

Mauke Nuha brauchte eine Weile, bis er die Bedeutung seiner Rede begriff.

Er würde eine lange, gefährliche Reise antreten.

*Die Reise nach Okinawa*, dachte er.

Bis dahin würde noch viel Zeit vergehen.

*Weil ich mich erst von dieser verdammten Verletzung erholen muss,* überlegte er weiter.

Er würde mit einem dieser *Wa'hay*, den großen Kanus, reisen. Aruke würde es ihm beibringen. Oder ihn vielleicht sogar begleiten, er war nicht sicher, ob er diesen Teil richtig verstanden hatte.

Inzwischen hatte der Strand sich belebt. Aruke führte Mauke Nuha zu einer Lichtung, die am hinteren Saum des Strandes jenseits der Hütten lag. Im Schatten der Palmen saß eine Gruppe von Alten und Kindern, Männern und Frauen, dicht gedrängt um einen Berg heillos verhedderter Fischernetze herum. Mit einem Kopfnicken zeigte Aruke auf die Netze und sah Mauke Nuha an.

*Ich glaube, Aruke weist mir meine erste Aufgabe zu,* dachte Mauke Nuha nickend. Ohne ein weiteres Wort drehte Aruke sich um und ließ Mauke Nuha stehen, der neugierig die ihm soeben übertragene Arbeit beobachtete. Alle Anwesenden lächelten ihm grüßend zu und machten ihm Zeichen, näherzutreten und sich zu ihnen zu gesellen. Ein Kind nahm ihn bei der Hand und half ihm, im Kreis Platz zu nehmen. Behutsam setzte er sich.

Die Arbeit bestand darin, die großen Netze zu flicken, die die Fischer durch die Lagune zogen und die wegen des schweren Fangs, der messerscharfen Korallen oder der langen Benutzung häufig rissen. Zuerst suchte man sich den Saum eines Netzes und versuchte es sehr geduldig aus dem Haufen zu befreien. Dann wurden die morschen oder kaputten Stellen mit neuen Schnüren aus Kokosfasern geflickt.

Mauke Nuha wusste nicht, ob diese Arbeit mit der Vorbereitung auf seine Reise zusammenhing. Eher schien es, als wolle man ihm etwas zu tun geben: eine einfache, leichte, für Alte und Kinder bestimmte Arbeit, die er trotz seiner Verletzung ausführen konnte. *Wie auch immer,* dachte er, *diese Menschen haben mich gerettet, sie haben mir eine Hütte zugewiesen, mich tage-*

*lang gepflegt und ernährt, es ist höchste Zeit, dass ich ihnen zur Hand gehe.* Frohen Mutes machte er sich ans Werk. Es war gut, nach so langer Zeit düsterer Isolation ins aktive Leben zurückzukehren.

Gegen Mittag kamen Mädchen mit Tabletts voller Essen für alle. Zwei von ihnen untersuchten seine Wunde: Kichernd nahmen sie die Binden ab, trugen eine gelbe, entsetzlich stinkende, aber wohltuende Salbe auf und erneuerten seinen Verband. Auch Horu erschien, um sich zu vergewissern, dass es Mauke Nuha gut ging. Einen Moment lang blieb er vor ihm stehen und blickte ihn schweigend an, als wolle er ihm etwas sagen und fände nicht die richtigen Worte.

Mauke Nuha wurde die Dringlichkeit bewusst, sich mit ihnen verständigen zu können. Er wollte die Insel so bald wie möglich verlassen, aber vorher musste er alles lernen, was er für seine Reise brauchte. Zuerst musste er sich von seiner Verletzung erholen und ihre Sprache sprechen. Diese beruhigende Arbeit war eine perfekte Gelegenheit für beides.

So fing er an, sich in das Inselleben einzufügen. Die Tage glitten dahin, die Zeit flog. Mauke Nuha widmete sich seiner neuen Aufgabe mit Leib und Seele. Netze flicken war eine nur scheinbar leichte Gruppenarbeit, bei der alle mit erstaunlicher Präzision und Schnelligkeit zusammenwirken mussten. Er war mit Abstand der Langsamste und Ungeschickteste, der die anderen häufig behinderte, doch jeden Tag lernte er etwas dazu und wurde immer besser.

Hin und wieder, wenn er sich wegen seiner Verletzung ausruhen musste, betrachtete er versunken die Netze. *Dieser Haufen ähnelt mir*, dachte er. *Ein Knäuel unbeantworteter Fragen. Ich bin hier, auf dieser aus der Zeit gefallenen Insel, zu Gast bei Eingeborenen, weit weg von meinem Zuhause und meiner Familie, wo auch immer sie sein mögen. Als würde ich mein Leben bei null beginnen.*

Dass er keine Erinnerungen hatte, machte diese Erfahrung noch seltsamer. Seine Tage glichen seinen Träumen, ein kräftiger Windhauch würde genügen, alles hinwegzufegen. Vielleicht lag ihm die Arbeit auch deshalb am Herzen. Jeder Kratzer an seinen weichen Händen, jede Blase, jede neue Hornhaut halfen ihm, die Verbindung mit der Wirklichkeit zu halten, die ihm im Glitzern der Lagune, im warmen Sand, in der von Gesängen und Düften gesättigten Luft abhandenzukommen schien.

Im Laufe der Tage wurde ihm bewusst, dass sich die Arbeit vorteilhaft auf sein Gedächtnis auswirkte. Während er Fischernetze flickte, knüpfte er langsam auch die Fäden seiner Erinnerungen zusammen. Es war, als ginge beides Hand in Hand, als bestünde ein geheimnisvoller Zusammenhang. Jede neu verknotete Schnur schien einer wiederhergestellten neuronalen Verknüpfung zu entsprechen. Eine Synapse nach der anderen, bis sich plötzlich ein mentaler Kreislauf schloss: Eine Erinnerung entstand, die Erinnerung beschwor einen Namen herauf, der Name brachte ein Geräusch, einen Geschmack, einen Geruch mit sich. Allmählich kamen die verschiedensten Dinge in ihm wieder hoch, Zahnpasta und Cola, Kaffee und Pizza. Er erinnerte sich, dass es Gegenstände wie Handys und Fernseher gab, Wolkenkratzer und Flugzeuge, Wollpullover und Shampoo. Dass er einmal Schuhe an den Füßen und einen lächerlich herabbaumelnden Stoffstreifen namens Schlips um den Hals getragen hatte.

Leider waren dies immer nur unpersönliche Erinnerungen, Gegenstände und Situationen, wie sie jeder erlebt haben konnte. Weder Namen noch Personen tauchten auf, keine Gesichter oder Orte. Verzweifelt versuchte er zwischen diesen wenigen, wieder an die Oberfläche gestiegenen Bruchstücken einen Anhaltspunkt für seine Identität zu finden. Doch die Tür zu *seinen* einmaligen Erinnerungen blieb verschlossen.

Bei Sonnenuntergang versammelten sich die Dorfbewohner um große Lagerfeuer, die am Strand entfacht wurden, und bereiteten sich auf einen heiteren Abend voller Spaß und Entspannung vor, der mit einer Art Festmahl begann. Essen und Wasser gab es auf der Insel reichlich: Man fing die unterschiedlichsten Arten Fisch, züchtete Hühner, sammelte Wildfrüchte und baute eine süße Knollenfrucht namens *Aumara* an. Gekocht wurde auf Grills am Lagerfeuer, die so groß waren, dass es drei Leute brauchte, um sie zu bedienen, oder in glutgefüllten, mit Sand bedeckten Kuhlen, in denen Fisch und Fleisch in einem Mantel aus Palmblättern garten. Alle aßen andächtig und in vollkommenem Schweigen, als handele es sich um ein heiliges Ritual. Mauke Nuha tat es ihnen gleich und stellte fest, dass die Aromen auf diese Weise eine unglaubliche Intensität bekamen. Wer gegessen hatte, blieb lange mit geschlossenen Augen sitzen und sprach ein stummes Dankgebet. Sobald alle satt waren, füllte sich die Luft erneut mit Geräuschen, und der Abend verging mit Geplauder, Spielen, Gesängen und Tänzen um die Lagerfeuer, die die Abendfeuchte vertrieben. Manche Männer spielten auf *Towere*, großen Trommeln, und *Arywane*, kleinen, primitiven Gitarren, deren Klang Mauke Nuha bezauberte.

Die Abende mochte Mauke Nuha am allerliebsten. Die heitere Stimmung lenkte ihn von seinen düsteren Gedanken ab und gab ihm das schöne Gefühl, dazuzugehören. Der Fremde war ohne es zu wollen zur Hauptattraktion jener Momente geworden. Alle bestürmten ihn mit Fragen über seine Vergangenheit, und er breitete die Arme aus und versuchte zu erklären, dass er sich an nichts erinnerte. Doch offenbar war ihnen die Vorstellung einer »Amnesie« völlig fremd. Mit Horus Hilfe fand er schließlich einen passenden Ausdruck: *Waraky'nega*, »leerer Kopf«. Und so bestand ihr neuestes Spiel darin, ihm ihre Sprache beizubringen. Er war mit Feuereifer bei der Sache und nutzte jede Gelegenheit, neue Wörter zu lernen. Die Dorfbewohner, vor allem die Kinder, halfen ihm und hatten einen Heidenspaß daran, ihn mit seinen Fehlern aufzuziehen. Mauke Nuha lernte schnell, und in kurzer Zeit konnte er kleine Unterhaltungen über die Themen führen, die ihn am meisten interessierten.

Eines Abends ließ er sich die Einzelheiten seiner Rettung erzählen.

Er erfuhr, dass er auf hoher See gefunden worden war, rund hundert Meilen westlich der Insel, besinnungslos, dehydriert, am Rücken verletzt, in einem weißen nussschalenförmigen Wrackstück liegend, das von einem zerstörten Boot stammte. Sechs Männer hatten ihn gefunden, darunter Horu. Zwischen ihren Versionen bestanden geringfügige Unterschiede. Zwei von ihnen hatten einen kleinen weißen Gegenstand bemerkt, der neben ihm gelegen hatte und dort zurückgelassen worden war. Doch alle hielten seine Rettung für einen derart unglaublichen Zufall, dass sie wie ein Wunder, wie ein Wink des Schicksals erschien.

Weil ihn das Thema nicht losließ, brachte Horu eines Abends ein *Re'wellib* mit: ein dreidimensionales Gitterwerk aus dünnen, gebogenen Holzstäbchen. Es sah aus wie ein dichtes Spinnennetz, in dem kleine Muscheln hängengeblieben waren. Horu brauchte eine Weile, um Mauke Nuha begreiflich zu machen, dass er eine komplexe Seekarte vor sich hatte, in der die Muscheln die Inseln und die Stäbchen je nach Dicke die Seerouten oder die Meeresströmungen darstellten. Horu versuchte ihm den exakten Punkt seiner Rettung zu zeigen. Doch so offensichtlich die Dinge, die dieser Gegenstand erzählte, für Horu sein mochten, für Mauke Nuha waren sie unbegreiflich.

Wenn die Nacht hereinbrach und alle schliefen, blieb er wach, bedrängt von zahllosen Gedanken. Er lag in seiner Hütte und lauschte der Lagunenbrandung oder wanderte über den kalten Strand und starrte in die Sterne. In solchen Momenten der Einsamkeit stieg ein Bild in ihm auf und durchdrang jede Faser seines Körpers. Dann konnte Mauke Nuha nicht anders, als den Blick nach innen zu richten und es zu betrachten.

*Ihr Gesicht. Ihre Stimme. Ihr Körper.*

Dieses Bild war stets gegenwärtig, tagsüber als leises Grundrauschen, als harmonisches, kaum wahrnehmbares Kontinuum, und wenn es ringsherum still wurde, stand das Bild dann klar und leuchtend vor ihm. Er dachte an die beiden Träume, prägte sich jede Linie und jeden Schatten dieses Gesichtes ein, das seine Zuflucht war.

Häufig musste er an das wiedergefundene Buch denken, daran, dass sie *gewusst hatte, wo es war,* und es ihr gelungen war, es ihm *im Traum* zu sagen. Unermüdlich suchte er nach möglichen Erklärungen.

Um sich zu beruhigen, streckte er sich auf seinem Strohsack aus und griff zu dem Buch. Er las das Gedicht noch einmal und suchte seine rätselhaften Zeilen nach versteckten Bedeutungen und Hinweisen ab. Immer und immer wieder las er sie, bis die Worte jeden Sinn verloren. Er grübelte über die Worte *yla homa* nach: Wer weiß, ob sie in Horus Sprache einen Sinn ergaben. Eine einfache Frage hätte genügt, doch eine Ahnung hielt ihn davon ab. Er mochte seine Überlegungen nicht teilen, vor allem nicht die, die seine Träume betrafen.

Wenn ihn endlich der Schlummer überkam und sein Bewusstsein trübte, blitzte stets ein letzter, immergleicher Wunsch in ihm auf, Nacht für Nacht, und war zu einer Art Gebet geworden.

Der Wunsch, wieder von ihr zu träumen.

Und jeden Morgen galt sein erster, trauriger Gedanke der Erkenntnis, dass sein Flehen nicht erhört worden war. Dann wurde er von einer fernen Sehnsucht gepackt. Er folgte dem gewundenen Pfad dieser Empfindung, der sich in das Dickicht seiner Seele schlängelte. Doch jedes Mal endete er vor dem düsteren, unüberwindlichen Tor der Amnesie.

So blieb er liegen, bis die ersten Geräusche der erwachenden Insel erklangen, die Kinderstimmen, der Gesang der Frauen, das dumpfe Aufklatschen der ins Wasser geschobenen Boote. Dann wischten Energie und Optimismus die Traurigkeit fort. *Bisher hat sie mich gefunden*, dachte er. *Sie hat mir das Buch gegeben, mich vor dem Vergessen gerettet und mir den Weg gewiesen. Jetzt bin ich dran, ich muss meine Mission erfüllen. Jetzt ist es an mir, sie wiederzufinden.*

Dieser Gedanke gab ihm die Kraft, aufzustehen und einen neuen Tag zu beginnen.

Eines Tages, während er Netze flickte und seine Hände die inzwischen verinnerlichten Griffe ausführten, träumte er mit offenen Augen von ihrer Begegnung. Unversehens stiegen die Bilder in ihm auf und legten sich für einen Moment wie ein Schleier über die Wirklichkeit ringsum.

Ein Flugzeug landete auf einer riesigen sandigen Ebene. Das Meer war nicht zu sehen, doch aus irgendeinem Grund wusste er, dass diese Wüste in Wirklichkeit ein endloser Strand war. Die Flugzeugtür öffnete sich, er ging die Treppe hinunter und blickte sich ratlos um: Hier war nichts und niemand. Doch kaum hatte er den Fuß in den Sand gesetzt …

*Wir wollen allein ausreiten,*
*Unter den Sternen von Wales.*

*Ich flüstere die Verse des Gedichts, und plötzlich kann ich mich an unsere Namen erinnern. Ich weiß, wo ich dich wiederfinde.*

*Die Sandpiste verwandelt sich in einen wunderschönen rosa Strand mit glasklarem, ruhigem Wasser.*

*Da bist du.*

*Du stehst mit dem Rücken zu mir und blickst auf das Meer. Die Beugung deines Rückens verrät mir, dass du tieftraurig bist. Ein leises Schluchzen lässt dich erbeben. Du weinst.*

Doch gleich verschwanden die Bilder, und mit ihnen die schöne Illusion, *sich erinnert zu haben*. Jetzt waren da wieder der Netzhaufen, die Palmen, die ahnungslosen Gesichter der Dörfler.

Tage später kehrte der Tagtraum zurück, diesmal allerdings in einer traurigeren Variante. Das Flugzeug landete, er stieg die Treppe hinunter, doch als er den Fuß auf den Boden setzte, passierte nichts. Sein Kopf blieb leer, die Erinnerungen kamen nicht, und er stand da, unter dem Flugzeugbauch, mit kraftlosen Armen und zitternden Knien. Sie fehlte.

Ihn quälte eine dunkle Ahnung.

Vielleicht war alles sinnlos. Er würde nach Wales kommen und sich an nichts erinnern. Er würde ein Schiffbrüchiger sein, genau wie jetzt, verschollen inmitten des Pazifiks.

Trotz allem war diese Insel, die ihn beschützte, sein Zuhause. Wer würde ihn schützen, wohin würde er gehen, wenn er dort in der Ferne nicht sein Gedächtnis wiederfände?

Er folgte den kümmerlichen Spuren eines Gedichtes, das von Wales und Fahrten zur See erzählte. Irgendwie schien es von ihm zu sprechen. Und wenn es sich nur um Zufall, nur um Wunschdenken handelte?

Das war seine schwärende Wunde, seine tiefste Angst. Und zugleich seine einzige Hoffnung.

Fünf Wochen vergingen. Die Rückenverletzung war inzwischen verheilt, und Mauke Nuha begann unruhig zu werden. Etwas drängte in ihm: Er musste sofort handeln, oder es wäre zu spät.

Eines Morgens fällte er eine lang überdachte Entscheidung. Statt wie gewöhnlich zur Lichtung zu gehen und Netze zu flicken, suchte er Horu auf, um ihm von dem Buch zu erzählen. Er ließ die Träume unerwähnt und erzählte lediglich, wo und wie er es gefunden hatte. Horu hörte ihm gebannt zu.

»Am Tag nach dem Taifun, nach der großen Flut«, wiederholte Horu nickend. »Folge mir«, sagte er dann feierlich. »Wir kehren zu dem Strand zurück. Es könnte dort noch etwas für dich sein.«

Entschlossen machten sie sich auf den Weg zur felsigen, steilen, geheimnisvollen Seite der Insel und verschwanden zwischen Palmen und Mangroven im Dickicht.

# 8

# Suche (3. Teil)

Die Luft im Dorf Gyakyshu war so feucht, dass man kaum atmen konnte. Wie ein Fluss wälzte sich der Schlamm durch die Straßen und bedeckte Bäume, Häuser und sogar die zerfurchten Gesichter der Menschen. Es hatte gerade aufgehört zu regnen, doch schon machte sich ein neuer Sturm bereit, weiteren Schlamm zu bringen.

Ian stieß einen tiefen Seufzer der Erschöpfung aus und lehnte seine fünfundsechzig Jahre gegen die abgeblätterte Mauer. Von hier aus konnte er den vor Menschen wimmelnden Platz überblicken und sich ein paar Minuten ausruhen, ohne allzu sehr aufzufallen. Noch war sein Informant nicht zu sehen.

Seit seiner Ankunft in Taiwan war ein Monat vergangen. Trotz Kasumis Pessimismus und der entmutigenden Größe des Suchgebietes hatten Ian und Samuel beschlossen weiterzumachen. Rachel war, wenn auch widerwillig, nach Hause geflogen. Mit dem Argument, dass sich die ohnehin schwindelerregenden Reisekosten zu dritt unnötig erhöhen würden, hatte Ian sie überreden können. Doch der wahre Grund war ein anderer, und Ian bekam ihn bereits am eigenen Leib zu spüren: die Unannehmlichkeiten und Gefahren, die diese Suche mit sich brachte. Rachels Beistand fehlte ihm schrecklich, dennoch war er überzeugt, dass es so besser war. Wenigstens für sie sollte das Leben möglichst normal weiterlaufen.

Nach ein paar Tagen der Organisation und Planung in Taipeh hatten Ian und Samuel beschlossen, getrennt vorzugehen. Sie teilten den von Kasumi gezogenen Kreis unter sich auf: Ian würde die nördlichen Gebiete übernehmen, die Küstenregion von Shanghai und die Inselgruppen nordöstlich von Taiwan; Samuel die südlichen mit der Küstenregion von Hongkong und den Archipeln östlich der Philippinen.

Samuel war sofort nach Fuzhou in der chinesischen Provinz aufgebrochen, die Taiwan gegenüberlag. Ian war geblieben und einen Monat später noch immer dort. Sie standen in täglichem E-Mail- oder Telefonkontakt und hielten sich über ihre jeweiligen Ortswechsel auf dem Laufenden. Die Schwierigkeiten waren sofort offenkundig geworden: Ihr fortgeschrittenes Alter, das Klima, die Sprachbarriere, die großen Entfernungen, das soziale und urbanistische Chaos, das Misstrauen der Menschen – alles schien gegen sie zu sein. In diesem Monat hatten sie nicht den Funken eines Hinweises aufgetan. Sie waren allein und den Anforderungen einfach nicht gewachsen.

Dennoch hatten sie tatkräftig und entschlossen losgelegt. Sogleich hatte Ian die mit Samuel akribisch ausgeklügelte Strategie in die Tat umgesetzt und Ortswechsel sowie die jeweilige Aufenthaltsdauer entsprechend der Bevölkerungsdichte und der Anzahl der zu kontaktierenden Personen berechnet: Polizeiwachen, Krankenhäuser, Herbergen, Hilfsorganisationen. Seinen Kalkulationen zufolge wäre er mit seinem Gebiet innerhalb von zwei Monaten durch.

Doch er musste sich nur aus dem Zentrum Taipehs entfernen, um zu begreifen, wie sehr er die Situation unterschätzt hatte. Kaum jemand sprach Englisch, nicht einmal die Taxifahrer, und selbst sein GPS versagte regelmäßig im Labyrinth der stinkenden Vorstadtgassen. Wenn nicht ein Wunder geschähe, würde seine Suche weit länger als die veranschlagten zwei Monate dauern. Allein, um die örtliche Polizei zu kontaktieren, eine Vermisstenanzeige zu erstatten und die Fahndungsfotos abzugeben, brauchte es einen ganzen Tag. Dazu zwang die blühende Korruption zu endlosen, ermüdenden Verhandlungen. Man ste zahlen, um überhaupt angehört zu werden, und mit pigen Belohnungen für nützliche Hinweise winken.

Die Krankenhäuser und Organisationen, die sich um Vermisste und Obdachlose kümmerten, zeigten sich zwar solidarisch, doch niemand konnte ihm wirklich weiterhelfen.

Niemand bis auf einen gewissen Jacques, ein Franzose, dem er in den letzten Tagen begegnet war. Jacques hatte das verlebte Gesicht und das verwahrloste, skurrile Äußere eines Straßenkünstlers, für die Ian eigentlich nicht sonderlich viel übrighatte, doch dieser war ihm sogleich instinktiv sympathisch. In knapp einer halben Stunde hatte ihm Jacques – fünfundvierzig, hager, langes, strohiges Haar – seine Geschichte erzählt. Vor elf Jahren hatte er in Südkorea Frau und Sohn bei einem Flugzeugunglück verloren. Am Ende des Landungsmanövers hatte die alte Boeing 747 Feuer gefangen. Fast alle Passagiere waren in den Flammen umgekommen oder an den austretenden Gasen erstickt. Von seiner Familie hatte nur er sich wundersamerweise retten können, wenn auch mit schwersten Verbrennungen. Nach seiner Genesung hatte er seine zerstörte Welt verlassen und sich in der vergeblichen Hoffnung nach Linderung mit Leib und Seele der Wohltätigkeitsarbeit verschrieben. Seit elf Jahren lebte er wie ein Nomade und arbeitete für Hilfsorganisationen in verschiedenen ostasiatischen Ländern: China, Taiwan, Korea, Laos, Kambodscha. Mit Vermisstenfällen kannte er sich einigermaßen aus und riet Ian zu einer zwar nicht besonders orthodoxen, aber seiner Meinung nach wirkungsvollen Vorgehensweise. Er meinte, in eine erfolgreiche Suche müssten *gewisse Orte* einbezogen werden, die man nur mit bestimmten Führern erreichte.

»Es gibt Orte, die ich, wenn du meine Wortwahl entschuldigst, als *infernals* bezeichnen würde«, hatte Jacques ihm mit französischem Nuschelakzent zugeraunt. »Orte, *tief wie Gräber*, würde *notre cher* Baudelaire sagen, von denen sich jeder mit gesundem Menschenverstand fernhält. Aber du, lieber Ian, musst da leider runter, wenn du bei deiner Suche nichts auslassen willst. Du wirst allerdings deinen *Charon* brauchen, wie *notre cher Dante* sagen würde. Du verstehst, *non*? Einen Führer, der dich durch die Hölle bringt.«

Mit rollenden Augen hatte er ihm ins Ohr geraunt:

»Such im *Wu-Fu Nightmare*.«

Dann hatte er ohne weitere Erklärungen das Thema gewechselt und mit normaler Stimme weitergeredet.

Jacques' wirre Andeutungen hatten Ian dennoch neugierig gemacht, und er fing an, sich für dieses geheimnisvolle *Wu-Fu Nightmare* zu interessieren und ein wenig herumzufragen. Inzwischen hatte er Tausende Flyer mit Fahndungsfoto und der Aussicht auf großzügige Belohnung drucken lassen, die er an den belebtesten Kreuzungen aufhängte und jedem in die Hand drückte, dem er über den Weg lief. Er ahnte nicht, dass er sich dadurch in ernste Gefahr begab.

Die Gedanken, denen Ian nachhing, während er in Gyakyshu an einer bröckelnden Mauer lehnte, wurden von der Ankunft seines Informanten Shu-Sheing unterbrochen. Er war ein winziges Männchen mit Mäusegesicht, dessen Augen sich hinter dichten grauen, lang gelockten Augenbrauen verbargen, die ihm etwas Lächerliches gaben. Er war der Charon, von dem Jacques gesprochen hatte.

Tags zuvor hatte Ian über den Barmann des *Wu-Fu Nightmare*, einem finsteren Lokal in den Vororten von Kaishin, Kontakt mit ihm aufgenommen. Angeblich war Shu-Sheing der richtige Mann, wenn man sich an den gefährlichsten und unzugänglichsten Orten Taiwans unbehelligt umtun wollte: in Gefängnissen, Arbeitslagern, Irrenhäusern und sogar auf Militärbasen. Ian hatte ein mulmiges Gefühl, machte aber keinen Rückzieher. Er war sich der Risiken bewusst, die der illegale Besuch dieser Orte mit sich brachte, doch sie auszuschließen, hätte bedeutet, bei seiner Suche nicht bis auf den Grund zu gehen.

Shu-Sheing erkannte Ian, trat auf ihn zu und drückte ihm verstohlen die Hand.

»Sie folgen mir, halten bisschen Abstand. So tun, wir uns nicht kennen«, sagte er in englischem Singsang.

Dann humpelte er die schlammige Straße hinunter. Er trug einen abgetragenen viktorianischen Forscheranzug, der ihn wie die Miniaturversion des Doktor Livingstone auf der Suche nach den Nilquellen aussehen ließ. Als sie außerhalb des Dorfes und fern von neugierigen Blicken waren, kam Shu-Sheing sofort zum Punkt.

»Hundert Dollar im Voraus wie abgemacht, mein Freund.« Er streckte die Hand aus.

Wortlos reichte Ian ihm den Schein.

Sie wanderten einige Meilen in den immer dichter werdenden tropischen Regenwald hinein und versanken bis zu den Knöcheln im Matsch. Der Pfad wurde zusehends schmaler und verlor sich im Unterholz. Immer wieder musste Shu-Sheing stehenbleiben und mit einer Machete den Weg freischlagen. Die feuchte Hitze wurde mit jedem Schritt drückender. An manchen Stellen standen die Bäume so eng, dass kein Sonnenstrahl hindurchdrang, und bildeten dämmrige, grüne Tunnel. Rascheln, dumpfe Töne und Kreischen zerriss die Stille, manchmal so nah, dass sie zusammenfuhren. Ian war außer Atem und zutiefst beunruhigt. Die Situation samt seiner Begleitung hätte schlimmer nicht sein können, aber er zwang sich zum Weitergehen.

»Gibt es denn keine Straße, die man mit dem Auto befahren kann?«, fragte er keuchend.

»Hauptstraße zu gefährlich«, rief Shu-Sheng ohne stehenzubleiben oder sich umzudrehen. »Viele Militärs kontrollieren Straße, wir nicht können alle bestechen!« Er unterdrückte ein Kichern.

Ian atmete erleichtert auf, als sich der Tropenwald zu einer weiten Lichtung öffnete. In der Mitte stand einsam ein fensterloser Klotz aus Wellblech und rohem Beton.

»Irrenhaus von Gyakyshu«, verkündete Shu-Sheing mit einer feierlichen Verbeugung. »Hier Irre lachen, und Verbrecher weinen«, fügte er geheimnisvoll hinzu und ließ abermals sein unangenehmes kleines Kichern hören. Er rückte seinen Hut zurecht und schüttelte den Staub vom Anzug.

»Hier warten!«, befahl er. Vorsichtig ging er auf die Wache zu, die vor dem einzigen Eingang, einer winzigen Eisentür, saß. Sonst war niemand zu sehen. Ein paar Minuten lang redeten die beiden lebhaft miteinander, und Shu-Sheing drückte dem Militär etwas in die Hand. Dann drehte er sich zu Ian um und winkte ihn heran.

»Viel Glück, mein Freund«, grinste er.

Die Wache hatte die Tür aufgesperrt und forderte ihn zum Eintreten auf. Unsicher trat Ian über die Schwelle. Nach der strahlenden Nachmittagssonne schien im Inneren des Gebäudes tintenschwarze Finsternis zu herrschen. Krachend fiel die Eisentür ins Schloss. Der Polizist stieß ihn unsanft Richtung Flur.

Ein entsetzlicher Gestank schlug ihm entgegen, dicht wie eine Mauer. Nur mühsam konnte er einen Brechreiz unterdrücken. Ein Geruch nach Tod und Krankheit, potenziert durch die verheerende Feuchtigkeit. Binnen Sekunden war er schweißgebadet.

Die Wache drückte ihm eine Taschenlampe in die Hand, mit der er in die Zellen leuchten sollte, um die Gesichter der Gefangenen zu erkennen. Er musste die Essensklappe öffnen und mit der Taschenlampe hineinstrahlen, ohne jedoch zu nah heranzutreten: Die Wache packte sich würgend an den Hals, um ihm klarzumachen, welche Gefahr drohte. Mit rasendem Herzen hielt Ian sich peinlich genau an die Anweisungen. Als er die erste Zelle öffnete, schlug ihm ein Gestank entgegen, den er sein Leben lang nicht vergessen würde.

Er brauchte über eine Stunde, bis er das ganze Gefängnis gesehen hatte. Schreie und Stöhnen erfüllten die unerträgliche

Luft. Beim Anblick des Lichtes brachen die Gefangenen in irres Gelächter oder verzweifeltes Heulen aus. Kurz darauf hallte das gesamte Gebäude von einem dämonischen Gesang wider, den die Wache mit genauso wahnsinnigem Gebrüll zu ersticken versuchte.

*Das ist ein Irrenhaus für Kriminelle. Die Irren lachen, und die Verbrecher weinen. Die Irren lachen, und die Verbrecher weinen.*

Völlig grundlos drehte sich Shu-Sheings Satz in Ians Kopf.

Die Gesichter, die er im Schein der Taschenlampe sah, waren schmerzverzerrte, aus Schwären, schorfigem Dreck und Krankheit herausgehauene Masken. Die unmenschlichen Zustände ließen Ian erschaudern. Jedes Mal, wenn er in ein neues Gesicht blickte, war er sogar erleichtert, dass es nicht das Gesuchte war.

Als er den Rundgang beendet hatte, drückte er dem Wächter wortlos, fast schlafwandlerisch die Taschenlampe in die Hand und stolperte ins Sonnenlicht hinaus. Ein paar Sekunden lang rang er wie nach einem langen Tauchgang keuchend nach Luft.

Er wollte nach Hause, er wollte weinen. Er dachte an Rachel, und dass sie glücklicherweise nicht dabei war. Der Gedanke an seine Frau richtete ihn ein wenig auf. Er schluckte die Tränen hinunter und machte sich abermals Mut. Er durfte nicht resignieren. Er hatte eine Mission zu erfüllen.

*Weiter geht's. Das ist erst der Anfang.*

Er wankte auf Shu-Sheing zu, der ihn auf dem Pfad erwartete, und gab ihm Zeichen, sich in Bewegung zu setzen.

# 9
# Das Bruchstück

Der Waldstreifen, der die Insel der Länge nach durchzog, machte Mauke Nuha Angst. Die Vegetation wurde zusehends dichter, und die Pfade verengten sich zu finsteren Gassen aus verschlungenem Geäst. Der Grund war schlammig und mit faulen Kokosnüssen, verrottetem Laub und Zweigen bedeckt. Die Rufe kleiner Tiere hallten, unzählige winzige Augenpaare lauerten im Verborgenen und beobachteten jeden, der vorüberging. Es war keine rationale Angst: Diese Dunkelheit barg keine ernsten Gefahren, und wenn er sich verlief, würde er schlimmstenfalls ein paar Stunden im Kreis laufen. Es war das unerklärliche Unbehagen, das einen an *gewissen Orten* überfällt, eine leise Verstörung der Sinne, das Erwachen einer in den Urzeitgenen verborgenen Ahnung.

Deshalb hatte Mauke Nuha auf seinen Wanderungen zur unbewohnten Inselseite den Wald gemieden, obwohl es einen großen Umweg bedeutete. Doch jetzt mit Horu war er ruhig. Der Stammeshäuptling besaß eine geheimnisvolle Kraft, eine nicht zu benennende Ausstrahlung, die der bedrohlichen Stimmung des Waldes den Stachel nahm. In dem Labyrinth aus Pfaden und kleinen Lichtungen, das Horu mit geschlossenen Augen hätte durchwandern können, konnte Mauke Nuha ihm kaum folgen. Das Gelände stieg allmählich an, die Pflanzen lichteten sich, und vor ihnen erhob sich eine rund zehn Meter hohe, steile Felswand: Sie hatten den kleinen Felsenzug erreicht, der das Rückgrat der Insel bildete.

Erstaunlich behände kletterte Horu eine natürliche Treppe

hinauf, die geradewegs nach oben führte und sich im Blau des Himmels verlor. Bald hatten sie den Gipfel erreicht. Von dort konnte man die ganze Insel übersehen: auf der einen Seite die friedliche blaue Lagune und die üppige Vegetation, hinter der sich der Strand und das Dorf verbargen; auf der anderen nur eine schroff ins Meer abfallende Klippenwand. Wenige Meter weiter unten erkannte Mauke Nuha den Pfad, der die felsige Küste säumte und den er so viele Male entlanggewandert war. Er musste daran denken, dass er seit dem Tag, an dem er das Buch gefunden hatte, nicht wieder dort gewesen war.

Mauke Nuha überholte Horu und kraxelte auf den vertrauten Pfad zu. Sie hangelten sich die Felswand hinab. Das letzte Stück war steil und rutschig, und Mauke Nuha wurde sich bewusst, was er riskiert hatte, als er, von der Vision seines Traumes getrieben, Hals über Kopf den Abhang hinuntergestürzt war.

Die sandige Bucht sah anders aus als das letzte Mal: Das Wasser stand niedriger, viele Klippen, die vorher bedeckt gewesen waren, lagen jetzt frei, der Sand war mit Strandgut übersät. Offenbar hatten die Wellen und Strömungen dort alles Mögliche angespült, was das Meer während des Taifuns verschlungen hatte: Äste und Blattwerk, zwei dicke Stämme, zerbrochene Paddel, Taustücke, Stofffetzen, rund geschliffene Glasscherben, die Horu interessiert aufhob.

»Dort habe ich das Buch gefunden.«

Mauke Nuha deutete auf eine Reihe von aus dem Wasser ragenden Klippen.

Horu nickte, ging entschlossen darauf zu und sprang ins Wasser. Die beiden Felsenreihen, die die Bucht als natürliche Barriere umschlossen und den Sand vor den Strömungen schützten, erstreckten sich Dutzende Meter ins Meer. Gefolgt von Mauke Nuha schwamm Horu um sie herum. Am Fuß der steil abfallenden Felswand hielt er inne. Direkt unter dem Wasserspiegel bildete eine Einbuchtung eine Art Grotte. Die Strömung war dort stärker und drückte sie gegen den Fels.

»Folge mir«, sagte Horu.

Schwimmend drückten sie sich unter der Felsendecke entlang, die sich in der Dunkelheit verlor. Ein natürlicher, fast vollständig unter Wasser gelegener Tunnel, der sich nach hinten immer mehr verengte. Das Wasser war tief, man konnte den Grund nicht berühren, die Decke hingegen war an einigen Stellen so niedrig, dass sie ein paar Meter tauchen mussten. Nachdem er sich zweimal den Kopf am Felsen gestoßen hatte, schwamm Mauke Nuha mit einer Hand und stützte sich mit der anderen an der Decke ab, um seinen Kopf zu schützen. In der immer schwärzeren Dunkelheit konnte er sich nur an Horus hellen Fußsohlen orientieren, die vor ihm das Wasser aufwirbelten. Weiter vorn begann es grünlich zu schimmern, es musste also eine Lichtquelle geben.

Allmählich wurde die Decke höher und das Wasser flacher, sodass sie schließlich in leicht gebückter Haltung durch hüfthohes Wasser waten konnten. Das Licht vor ihnen wurde stärker.

Der Tunnel mündete in eine runde Grotte, in einen kleinen unterirdischen See. Auf der gegenüberliegenden Seite konnte man einen grauen Kieselstrand erkennen. Ein gespenstischer grünlicher Schimmer erleuchtete den Raum und schien vom Wasser selbst auszugehen.

Mauke Nuha blickte empor. Die Höhlendecke war unglaublich hoch, ein unregelmäßiger Kegel, dessen Wände sich im Dunkel verloren. Ganz hoch oben war ein leuchtender, hellblauer Punkt zu sehen.

»Das ist der schö …«

»Psst!«, zischte Horu. »Sie schlafen, es ist besser, sie nicht zu wecken.«

Mauke Nuha blickte sich um und begriff. In den dunklen Furchen, Nischen und Felsenbögen konnte man das träge Zucken schwarzer, im Schlaf gestörter Leiber wahrnehmen.

Die Grotte wimmelte von Fledermäusen, die die Felswände wie ein Teppich bedeckten.

Mauke Nuha hatte keine Zeit, sich zu gruseln.

Seine gesamte Aufmerksamkeit wurde von einem Gegenstand eingenommen, der am anderen Ufer lag.

Er war weiß, leicht konkav, rund drei Meter lang und halb so breit, mit splittrigen, scharfen Kanten.

Das Stück eines Bootskörpers.

Sein Herz begann zu rasen. Ein leichter Schwindel packte ihn, und er hatte das Gefühl, vornüberzufallen.

Das war das Wrackstück. *Sein* Wrackstück.

Darauf hatte er gelegen, als er besinnungslos über den Pazifischen Ozean getrieben war. Er hätte Horu fragen können, ob er recht hatte, doch das war nicht nötig. Er wusste es.

Vorsichtig näherten sie sich dem Bootsteil. Es bestand aus einem Material, das Horu nicht kannte, es sah aus wie Holz, war aber viel leichter und glatter. Mauke Nuha strich darüber. Dieses Wrack war ein Bruchstück von etwas, das ihm vertraut sein musste. Aber was? Sie hoben es hoch und suchten nach Beschriftungen oder Aufklebern, doch die Oberfläche war makellos. Lautlos ließen sie es ins Wasser gleiten und schoben es Richtung Tunnelmündung.

*Wenn das wirklich mein Wrackteil ist … wenn es von der Sturmflut hierhergespült wurde, am selben Tag, an dem ich das Buch gefunden habe …*

Sie folgten dem Tunnel zurück und zogen das Wrackteil hinter sich her.

*… dann gehörte das Buch auch mir?*

Sie kamen aus dem Tunnel und legten es auf den Strand, um es im Sonnenlicht genauer zu untersuchen.

*Hatte ich das Buch bei mir, auf diesem Bootsteil, während ich über das Meer trieb?*

Sie drehten es mehrmals um, doch es waren nur Kratzer und Dellen zu sehen. Die Entdeckung warf neue Fragen auf, statt Antworten zu geben.

»Horu«, sagte Mauke Nuha schließlich, »was bedeutet in deiner Sprache *yla homa*?«

# 10
# Auf den Wa'hay

Horu zuckte mit den Achseln: *yla homa* bedeutete in seiner Sprache nichts. Sie nahmen das Wrackstück auf die Schultern, trugen es ins Dorf und verstauten es unter trockenen Matten. Dann ging Mauke Nuha wieder an die Arbeit.

In jenen Wochen hatte Aruke Mauke Nuha jeden Nachmittag heimlich bei seiner Arbeit an den Netzen beobachtet: Er blieb ein paar Minuten stehen und ging dann ohne ein Wort zu sagen davon. Doch an diesem Tag blieb Aruke länger. Ihm war nicht entgangen, dass Mauke Nuhas Rückenverletzung geheilt war und seine inzwischen harten, schwieligen Hände mühelos und geschmeidig an den Netzen knüpften.

Mauke Nuha war bereit, sich auf seine Reise vorzubereiten. Aruke beschloss, dass sie sofort damit anfangen würden.

Am Strand zeigte er Mauke Nuha ein riesiges Kanu mit drei asymmetrischen Auslegern und einem zentralen Segel.

»Das ist das *Wa'hay*, mit dem du nach *awu'Taypune*, Okinawa, gelangen wirst«, verkündete er und sah ihm in die Augen. »Ich werde mit dir reisen. Ich werde steuern, du musst mir helfen. Du wirst das Boot nur ein paar Stunden am Tag lenken, während ich schlafe. In der Zeit wirst du mit dem Ozean allein sein. Dein Leben wird von mir abhängen«, schloss er, »so wie meines von deinem. Wir haben nicht viel Zeit, und du musst eine Menge lernen.«

*

Das Training war von Anfang an hart. Die ersten Tage fuhren sie mit einem kleinen Kanu mit einem Ausleger und ohne Segel hinaus, das mit *hoe*, kleinen Paddeln, gesteuert wurde. Mauke Nuhas erste Aufgabe war, einmal die ganze Insel zu umrunden.

Aruke zeigte ihm, wie es ging, nur ein einziges Mal und ohne ein Wort der Erklärung. Dann setzte er sich mit verschränkten Armen an den Bug und sah zu. Wenn Mauke Nuha Fehler machte, verzog Aruke angewidert das Gesicht und stieß ab und zu einen lauten Fluch aus. Wenn er es richtig machte, blieb er stumm und ausdruckslos.

Entlang der Lagune gestaltete sich die Inselumrundung einigermaßen einfach. Schwierig wurde es auf der felsigen Seite, wo es kein Korallenriff gab, das die Küste vor Wellen und Strömungen schützte. Dort wurde das Kanu gefährlich nah an die Klippen gedrückt, und immer wieder verlor der unerfahrene, panische Mauke Nuha völlig die Kontrolle. Dann griff Aruke ein: Wütend spuckte er ins Meer, riss Mauke Nuha das Paddel aus den Händen, ruderte, bis sie außer Gefahr waren, ließ ihn zu der Stelle zurückkehren, von der sie gekommen waren, und von vorn anfangen.

Und so jeden Tag, von Sonnenaufgang bis Sonnenuntergang, ohne Pausen, um zu essen oder sich vor den Gewittern oder der sengenden Sonne zu schützen. Schon nach dem ersten Tag war Mauke Nuha am Ende, mit schmerzenden Muskeln und blasenbedeckten Händen. Als er ausgehungert und dehydriert ins Dorf zurückkam, stürzte er sich auf Wasser und Nahrung. Sofort wies Aruke ihn zurecht. »Mauke Nuha«, herrschte er ihn vor allen an, »mach dich mit Hunger und Durst vertraut. Wenn wir mitten auf dem Ozean sind, kannst du dich nicht mehr vollstopfen.«

Nach einer Woche konnte Mauke Nuha die Insel umrunden. Jetzt wählte Aruke ein neues Kanu mit einem kleinen zentralen Segel und zwei seitlichen Auslegern, ähnlich dem, mit dem sie die Reise antreten würden.

Sie fuhren aufs offene Meer hinaus, jeden Tag ein bisschen weiter.

Allmählich wurde Mauke Nuha mit dem *Wa'hay* sicherer. Das raue Tau, mit dem er das Segel manövrierte, glitt ihm rasch durch die Hände und fügte ihm tiefe Schnittwunden zu, doch er zwang sich, den Schmerz zu ignorieren. Arukes harte Schule begann Früchte zu tragen.

Nach weiteren zwei Wochen aufreibenden Trainings fuhren sie so weit hinaus, dass die Insel nicht mehr zu sehen war. Aruke weihte ihn in das Grundwissen seines Volkes ein, anhand der wertvollen Zeichen des Windes und der Strömungen, des Vogelflugs, der Wolkenformationen und der Wellenrichtung den Kurs zu bestimmen. Wie immer zeigte er ihm alles nur ein einziges Mal und ohne ein Wort. Diesen wertvollen Moment, den Aruke ihm gewährte, durfte Mauke Nuha nicht verpassen. Die Lehrmethode war hart – Aruke wusste das, er hatte es vor Jahren selbst durchgemacht –, sorgte jedoch für einen stets äußerst aufnahmebereiten und konzentrierten Schüler.

»Wenn du einen Fehler begehst«, sagte Aruke ihm eines Abends auf der Rückfahrt, »wenn du die Chance verpasst, eine Sache gut zu machen, wird diese Chance nie wiederkommen. Es wird andere Chancen geben, aber *diese* nicht, sie ist unwiederbringlich verloren. Vielleicht gibt es eine andere, sehr ähnliche, aber niemals *dieselbe Chance*. Vergiss das nie. Wenn wir auf Reisen sind, kann das zwischen Leben und Tod entscheiden.«

Das war die einzige Lehre in drei Wochen Training, die Aruke mit Worten ausdrückte.

Mit der Zeit wurde das Manövrieren des Kanus für Mauke Nuha selbstverständlich. Er entspannte sich langsam und spürte bald die wilde Freude, den Wind mit dem Segel zu zähmen und über die Wellen zu jagen. Er fühlte sich frei und hatte Lust, zu lachen und zu schreien. Wenn er den endlosen Ozean durchpflügte, der sich ringsum bis zum Horizont erstreckte, fühlte er sich wie auf dem Gipfel einer riesigen, aus Wasser gemachten Hochebene, die sanft zum Himmel hin abfiel: Täler und Ebenen aus Himmel und Wolken, die sich unter ihm auftaten. Deutlich spürte er die Rundung der Welt.

Jetzt, da er sich bereit fühlte, kehrten auch die quälenden Fragen und Zweifel wieder. Wie hatte es ihn überhaupt hierher-verschlagen, in diesen hintersten Winkel des Planeten, wo der Ozean eine fraglose Gottheit war, Tausende Meilen von seiner Welt entfernt, der Welt der *Landmenschen*, wie die Insulaner sie nannten?

Seit der ersten Ausfahrt aufs offene Meer waren sechs Wochen vergangen. Mauke Nuha beschloss, dass der Moment gekommen war, mit Aruke einen entscheidenden Punkt zu klären.

Den Tag der Abfahrt.

Mit gesenktem Kopf hörte Aruke ihm zu. Seine Miene hatte sich verfinstert und einen besorgten Ausdruck angenommen.

»Sehr bald brechen wir auf«, sagte er. »Dies ist die einzige Zeit des Jahres, in der die Winde und Strömungen für unsere Überfahrt günstig sind. Sie wird nur noch wenige Wochen andauern. Danach wäre es zu gefährlich, und du müsstest noch ein Jahr warten.«

Den Rest des Tages blieb Aruke in Gedanken versunken, kümmerte sich weder um Mauke Nuha noch um das Kanu und wirkte ungewohnt abgekehrt.

Es geschah drei Tage später, urplötzlich. Seit vier Stunden hatten sie die Insel aus den Augen verloren und segelten mit hoher Geschwindigkeit vor dem Wind.

Das Meer unter ihnen schwoll an wie eine Blase kurz vor dem Platzen. Das Kanu wurde gefährlich schwankend emporgehoben und stürzte mit einem dumpfen Aufklatschen wieder hinab. Mauke Nuhas Herz raste, seine Beine zitterten. Doch er hatte die Kontrolle über das Kanu behalten.

Dann sah er sie.

Für einen Augenblick schien es, als hätten Sturmwolken die Sonne verhüllt. Doch es war ihr Schatten, ein dunkelblauer, hoch über ihnen aufragender Schirm.

Eine riesige Welle. Sie erschien wie ein Berg, als erhöbe der Meeresgott *Tayga'ha* seine gigantische Pranke, um seinen Zorn zu entladen.

Mauke Nuha spürte es, es pulsierte in seinem Blut.

*Ich sterbe.*

Er schloss die Augen und spürte es heftig gegen die Lider pochen.

Es war das Letzte, was er spürte. Oder nein, zuerst hatte er ein heftiges Déjà-vu, eine Stimme rief ihn, der entsetzte Schrei einer Frau.

Eine übermächtige Kraft zog ihn in die Tiefe. Es ertönte ein unfassbares Dröhnen, das er nie mehr vergessen würde, das Tosen einer herabstürzenden Lawine aus flüssig gewordenen Wolken. Ohnmächtig erwartete Mauke Nuha den Sekundenbruchteil, der ihn vom Aufprall dieser herabstürzenden Wassermassen trennte.

Dann verklang das entsetzliche Brüllen hinter seinem Rücken zu einem schwachen Echo, das Wasser drang ihm in die Ohren und dämpfte alle Geräusche, er war in der Wasserwand, es gab weder oben noch unten, das Wasser füllte seine Lungen, die Lungen explodierten, rangen nach Luft und fanden Wasser, rangen nach Luft und fanden …

Luft.

Die Luft war wieder da.

Er hustete heftig, um das geschluckte Wasser loszuwerden, und öffnete die Augen. Er saß noch auf seinem Platz. Ihm gegenüber saß Aruke mit ungerührter Miene und hielt die Taue des vom Mast gerissenen Segels in der Hand. Abgesehen davon schien das Kanu unversehrt zu sein.

Sie hatten die Welle unbeschadet überwunden, Aruke hatte

sie am einzig möglichen Punkt durchquert. Gleich darauf war von ihr nichts mehr zu sehen. Es war unglaublich, wie eine so riesenhafte Welle aus dem Nichts auftauchen und gleich wieder im Nichts verschwinden konnte.

»Du darfst nie die Augen schließen.«

Aruke hatte gesprochen, ohne ihn anzusehen, und fixierte den Horizont. Mauke Nuha zitterte so sehr, dass er auf seinem Sitz auf und ab hüpfte. An dem Tag war er nicht mehr in der Lage, das Kanu zu steuern. Aruke reparierte das Segel und sprach kein Wort mehr, auch erzählte er niemandem von der Welle.

Am nächsten Tag sprach Aruke noch einmal mit ihm. Seine Stimme klang eigenartig herzlich und ähnelte der seines Vaters Horu.

»Du darfst vor dem Ozean keine Angst haben«, sagte er. »Er ist nicht dein Feind, auch nicht, wenn er zornig und gnadenlos erscheint. Lass dir nicht einfallen, gegen ihn zu kämpfen. Das wäre dein sicherer Tod. Niemand kann ihn besiegen. Ihn zu überqueren bedeutet nicht, ihn herauszufordern«, fuhr er fort. »Wir Seeleute sind nur seine Gäste, wir reisen, weil der Ozean uns ein kleines Stück seiner ewigen, unerschütterlichen Kraft schenkt. Lerne, ihn zu verstehen, ihm zuzuhören und zu folgen: Er wird dich bringen, wohin du willst. Aber in dir drin«, Aruke blickte ihn durchdringend an, »in dir drin muss das Ziel klar sein. Sonst wird der Ozean dich nicht erhören. Denk dran«, schloss er, »du darfst nie wieder Angst haben. Dein Geist muss frei sein, sonst kannst du die Gedanken des Ozeans nicht verstehen und er kann deine nicht verstehen. Lass dich nicht von Überflüssigkeiten ablenken, beschwer deine Reise nicht mit nutzloser Last.«

Mauke Nuha dachte lange über Arukes zweite und letzte gesprochene Lehre nach. Dennoch hatte das Erlebnis ihn gezeichnet. Die tolldreiste Sicherheit weniger Stunden zuvor war verschwunden und banger Unruhe gewichen. Jetzt wusste er: Sein Leben hing an einem Faden, der sehr viel dünner war als die der Fischernetze, die er zu reparieren gelernt hatte.

In den drei folgenden Wochen ging die Ausbildung unermüdlich weiter. Sie fuhren auch nachts hinaus, um das Segeln in der Dunkelheit zu üben. Mauke Nuha fragte sich, wann sie losfahren würden, denn die reisegünstige Zeit neigte sich dem Ende zu.

Mit jedem Tag verfinsterte sich Arukes Miene mehr. Sein stolzes, selbstsicheres Gebaren war von Sorge durchsetzt. Mauke Nuha kannte den Grund nicht, doch er glaubte, dass er die Ursache für Arukes Missmut war. In all der Zeit war es ihm nicht gelungen, die Kunst der Seefahrt so zu erlernen, dass die Überfahrt eine realistische Erfolgschance hatte. Und das, meinte er, bereitete seinem Lehrer Gewissensqualen.

Doch der wahre Grund war ein anderer, wie er noch in dieser Nacht erfahren sollte.

Die achte Ausbildungswoche ging zu Ende. Über drei Monate waren vergangen, seit er das Buch gefunden hatte. Als er kurz vor dem Einschlafen auf seinem Lager lag, hörte Mauke Nuha entsetzliche Schreie, die die Stille der Insel zerrissen. Mit wild klopfendem Herzen sprang er auf die Füße und stürzte im Licht des Vollmondes aus der Hütte.

# 11

# Die Traumdeutung

Abermals wehte der Nachtwind herüber. Mauke Nuha lauschte erstarrt.

Es klang wie Arukes Stimme.

Er durchquerte das Dorf und wunderte sich, dass sonst niemand aufgestanden war, um zu sehen, was geschah. Alle schliefen oder waren so verängstigt, dass sie zumindest so taten.

Er hielt inne. Neues Gebrüll zerriss die Stille.

Es waren weder Hilferufe noch Schmerzensschreie. Es schien Wutgebrüll zu sein. Als er Horus Hütte erreicht hatte, erkannte er zweifelsfrei Arukes rasende Stimme. Dann ertönte die tiefere, gedämpfte des Vaters. Arukes Zorn kochte über, voller Verachtung rief er seinen Namen: *Mauke Nuha.*

Es traf ihn wie ein Faustschlag ins Gesicht.

Aruke wiederholte ihn noch einmal, sein Gebrüll erreichte den Höhepunkt, dann brach ein Schluchzen seine Stimme.

Er sah Aruke aus der Hütte stürmen und mit gesenktem Kopf in seine Richtung rennen. Als er an ihm vorbeikam, hob er ohne anzuhalten den Blick. Seine tränennassen Augen waren eisig und vernichtend.

Mauke Nuha stand mit hängenden Armen da. Die ganze Welt, diese winzig kleine Welt, die sein einziger Bezugspunkt war, brach über ihm zusammen. Wieso hatte Aruke, sein Lehrer, sein Freund, ihn derart hasserfüllt angestarrt?

Horu erschien in der Hüttentür und war erstaunt, Mauke Nuha zu sehen. Er winkte ihn zu sich. Er begriff, dass Mauke

Nuha den Streit mit angehört und genug verstanden hatte, um verstört zu sein.

Mit dem Rücken gegen die Hüttenwand ließ sich Horu in den Sand gleiten und forderte Mauke Nuha auf, sich neben ihn zu setzen.

Er seufzte tief.

»Es ist nur recht, dass du etwas erfährst, Mauke Nuha«, begann er. »Ich hätte schon längst mit dir darüber sprechen sollen.«

Mauke Nuha hielt den Atem an.

»Wir treten diese Reise nicht nur an, um dich nach Hause zu bringen. Es gibt einen weiteren traurigen Grund, der uns zwingt, nach Okinawa zu segeln. Wie du selbst erlebt hast, führen wir ein freies Leben nach den Traditionen unserer Vorväter und folgen einzig den Gesetzen des Ozeans. Wir verzichten bewusst auf die Annehmlichkeiten der *Tan'y'fenwa*, der *Landmenschen*, und leben von dem, was die Natur uns schenkt. Wir wissen, dass unser Leben manchmal sehr hart sein kann. Doch das ist unsere Maxime, der Quell unseres Glücks. Es ist alles, was unser Herz begehrt. Leider gibt es Situationen, die unsere Gewissheiten, unseren Mut, unseren Wunsch nach Freiheit und Unabhängigkeit, unsere Maxime insgesamt gefährden. Es gibt Situationen, die uns zwingen, die *Landmenschen* um Hilfe zu bitten. Sie wissen, wie man bestimmte Krankheiten heilt«, seufzte Horu voller Bitterkeit, »denen wir genau wie unsere Väter schutzlos ausgeliefert sind. Wenn eine dieser Krankheiten uns befällt, sind die *Landmenschen* unsere einzige Hoffnung.«

Der Mond kam hinter einer Wolke hervor und tauchte die beiden Männer in sein Licht. Horu sah den fragenden Ausdruck in Mauke Nuhas Gesicht.

»Einige von uns beschließen zu sterben. Sie wollen nicht riskieren, ihre letzten Tage fern der Heimat zu fristen, sie wollen keine Hilfe von den *Tan'y'fenwa*. Doch diesmal kann ich das nicht zulassen. Jemand auf unserer Insel ist schwer erkrankt. Sie heißt Same. Sie ist meine *Wa'hinie*, meine Frau. Arukes Mutter.«

Mauke Nuha saß reglos da, den bestürzten Blick auf Horus faltiges Gesicht gerichtet.

Same war eine starke, fröhliche Frau, er sah sie oft mit den anderen Frauen des Dorfes arbeiten. Sie war nicht mehr jung, doch die Zeichen ihrer einstigen Schönheit waren noch nicht verwelkt. Ihr Gesang war unverwechselbar. Nur ein einziges Mal hatte er sie vor Schmerzen stöhnend und umringt von ihren Freundinnen im Schatten der Palmen liegen sehen. Damals hatte er gedacht, es handelte sich um vorübergehende Beschwerden, niemals hätte er geglaubt, dass es Symptome einer ernsten Erkrankung wären.

»Jetzt verstehe ich Arukes Zorn und Trauer«, murmelte Mauke Nuha. »Es tut mir leid, Horu, ihr hättet längst losfahren müssen. Meinetwegen habt ihr gewartet. Ihr müsst sofort aufbrechen, ohne mich.«

Horu schüttelte den Kopf.

»Du irrst dich. Dass wir noch hier sind, hat nichts mit dir zu tun. Aruke hat mir schon vor einiger Zeit gesagt, du seist bereit. Das Problem ist ein anderes. Wir werden in Okinawa Geld brauchen, sowohl für Sames Behandlung als auch für dich. Bei uns gibt es kein Geld, wir brauchen es nicht. Doch wir haben ein wertvolles Tauschmittel.«

Horu erhob sich, verschwand in der dunklen Hütte und tauchte mit einem Holzkästchen wieder auf. Es war voll mit Perlen. Perlen in verschiedensten Farben und Größen, die den Mondschein widerspiegelten wie vom Himmel gefallene Tropfen aus Licht. Ihr Glänzen warf einen weißlichen Schimmer auf ihre Gesichter.

»Es sind viele«, sagte Horu, »aber nicht genug. Die Behandlung meiner Frau wird teuer sein. Und dann ist da noch deine Fahrkarte zurück nach Wales. Und wir müssen dir auch Papiere mit einem den *Landmenschen* genehmen Namen kaufen, und Kleidung, du musst ordentlich geschert und entlaust werden, damit du vorzeigbar bist. Und dir literweise Parfüm kaufen … du stinkst entsetzlich!«

Horu unterdrückte sein Lachen. Doch es lag darin ein bitterer Unterton, den Mauke Nuha nie zuvor wahrgenommen hatte.

»Wir müssen die Abfahrt so weit wie möglich hinausschieben und noch mehr Perlen finden«, fuhr Horu fort. »Deshalb ist Aruke wütend. Er fürchtet, wenn wir noch länger warten, könnte die Reise zu gefährlich werden und seine Mutter es nicht schaffen. Aber es wird nicht mehr lange dauern, es fehlen nur noch ein paar Dutzend Perlen«, schloss Horu.

Mauke Nuha spürte, wie ihm das Blut in den Kopf schoss. Er sprang auf.

»Das sollst du nicht für mich tun!«, schrie er mit erstickter Stimme. »In Okinawa werde ich einen Weg finden, um an Geld zu kommen. Ich werde arbeiten oder mich an die Polizei wenden, irgendjemand wird mir schon helfen. Wir müssen aufbrechen, gleich morgen!«

Mit einem unergründlichen Lächeln schüttelte Horu den Kopf.

»Nein, mein Sohn, das wäre zu gefährlich. Du weißt nicht, wer du bist, du hast weder eine Identität noch Papiere. Du würdest keine Arbeit finden, und die Polizei würde dir nur Scherereien machen. Du würdest nie wieder heim nach Wales kommen. Ich werde nicht zulassen, dass das geschieht. Der Ozean hat dich in meine Obhut gegeben, du bist mein *Fa'wa'amu*. Ich werde mich dieser Verantwortung nicht entziehen, möge es kosten, was es wolle.«

Horu hatte als Häuptling gesprochen. Dies war kein Vorschlag, sondern ein Befehl, das Gesetz der Insel. Mauke Nuha wagte nicht zu protestieren.

Minutenlang saßen sie in angespanntem Schweigen da. Dann

stand Mauke Nuha auf, ging den mondhellen Strand hinunter und hockte sich auf einen Baumstumpf neben dem fast verglommenen Lagerfeuer. Er stocherte in der Glut herum und brachte ein kleines Feuer in Gang, an dem er sich die vom feuchten Sand kalten Füße wärmte. Den Blick in die Flammen gerichtet, hing er seinen Gedanken nach. Einerseits war er unendlich dankbar für Horus Großherzigkeit, der ihm ohne zu zögern seine uneingeschränkte Hilfe anbot. Andererseits hatte er entsetzliche Gewissensbisse. Er wollte nicht, dass andere für seine Rettung Opfer bringen mussten.

Horu gesellte sich zu ihm. Zusammen starrten sie in die Funken.

»Du musst dich nicht schuldig fühlen«, brach Horu das Schweigen. »Wenn es etwas brächte, würde ich mir die Augen ausreißen, um Same zu retten. Doch dies ist nun einmal unser Schicksal, das Gesetz unseres Volkes. Auch Aruke wird das bald begreifen.«

»Horu«, stammelte Mauke Nuha, »und wenn all eure Opfer umsonst wären?«

Er wusste, wie dünn die Spur war, die ihn nach Wales führte. Bislang hatte er mit niemandem über seine Träume gesprochen, er hatte nie den Mut gehabt. Vielleicht würde man ihn für verrückt halten, oder sie könnten, wenn er sie erzählte, zu unwirklichen Erinnerungen verblassen, sich in Luft auflösen. Doch jetzt war der Moment gekommen, seine Zweifel mit Horu zu teilen. Er erzählte ihm alles: die Vision der Frau, die ihn vor dem Wahnsinn bewahrt hatte, der Fund des Buches, die Rückkehr der Sprache und der ersten Erinnerungen, der Fingerzeig nach Wales, den er zwischen den Zeilen eines Gedichtes gelesen hatte.

Er war ein überbordender Fluss. Zum ersten Mal sagte er laut, was ihm passiert war, und das mehr zu sich selbst als zu Horu. Ohne es zu merken, mischte er seine Muttersprache mit der Sprache der Insel. Nickend und mit geschlossenen Augen hörte Horu zu. Trotz der Gedankensprünge und der fremden

Worte besaß Horu die natürliche Gabe, den Sinn dieser Rede zu erfassen.

»Ich habe keine Erklärung dafür, woher dieses Buch stammen könnte. Nach dem Fund des Wrackstücks habe ich gedacht, dass es vielleicht mir gehört hat oder vielleicht sogar *von mir geschrieben* sein könnte. Doch der entscheidende Punkt ist ein anderer: Spricht dieses Buch *von mir*? Bin ich derjenige, der *nach Wales* fahren muss? Um ehrlich zu sein, kommt es mir unwahrscheinlich vor, dass das Buch eine Art Schicksalswink für mich enthält. Und wenn ich nichts damit zu tun habe, wäre Wales eine falsche Spur und sämtliche für mich gebrachten Opfer nutzlos! Deshalb ist meine Reise nach Wales ein Schuss ins Blaue«, schloss er. »Es gibt keinerlei Gewissheit, nur Vermutungen, die auf einem Traum basieren.«

Mauke Nuha hielt inne. Es gab noch etwas Wichtiges zu sagen. Aber er zögerte. Er hatte Angst, sich vollends zu öffnen. Er musterte Horus versonnenes Gesicht, das im Feuerschein leuchtete.

In dem Moment nahm er Horus Gabe deutlich wahr.

Horu war ein außergewöhnlicher Zuhörer, schien die Worte seines Gegenübers mit dem ganzen Körper aufzusaugen, deren versteckten Sinn zu erfassen und sich damit in Einklang zu bringen. Für Mauke Nuha war es, als würde er die Wunden seiner Seele in Salzwasser baden. Und deshalb ging er sehr viel weiter:

»Was ich mir am sehnlichsten wünsche und was mich am meisten quält, ist, den wahren Kern meiner Träume zu erfahren. *Den wahren Kern meiner Träume*«, wiederholte er langsam. »Ich habe mir Tag und Nacht den Kopf zerbrochen und glaube, eine schlüssige Erklärung gefunden zu haben. Ich glaube, dass unser Verstand in einer Extremsituation die Kraft für eine letzte, verzweifelte Reaktion findet. In meinem Fall hat er sich an eine Erinnerung geklammert, an die einzige, die das schwarze Loch der Amnesie überwinden konnte: das Gesicht des Menschen, den ich liebe. Aus dieser Erinnerung hat mein Hirn einen Traum gesponnen, und diese Vision hat mir die Kraft gegeben, dem Vergessen zu widerstehen. Dieser Traum ist eine Art Selbstheilung meines Verstandes. Auch für den zweiten Traum, der mich zu dem Buch geführt hat, gibt es eine Erklärung. Täglich bin ich auf der felsigen Seite der Insel umhergewandert. Ohne es zu merken, könnte ich das Aufblitzen eines Gegenstandes zwischen den Klippen wahrgenommen haben. Nachts hat mein Verstand dieses unbewusste Bild verarbeitet und es mir im Traum gezeigt.«

Mauke Nuha blickte Horu an, der feierlich nickte, die Augen zu Schlitzen verengt.

Jetzt kam er zum wichtigsten Geheimnis.

»Doch tief in mir drin«, fuhr er eindringlich fort, »hat ein anderer Gedanke zu nagen begonnen und ist zu einem Glauben angewachsen, so abwegig er auch sein mag. Diese Gewissheit hat mich Tag und Nacht begleitet, sie hat mir Kraft gegeben, mich getröstet und manchmal erschreckt. Ich glaube«, fuhr er flüsternd fort, »dass diese Träume tatsächlich Nachrichten sind, die *sie mir geschickt hat*. Dass sie sich irgendwie mit mir in Verbindung gesetzt hat. Sie hat mich das Buch finden lassen, damit ich mein Gedächtnis wiedererlange und einen Anhaltspunkt habe, um nach Hause zurückzukehren. Und wenn dem so ist, bin ich überzeugt, dass die Reise nicht umsonst sein wird. Sie würde mich zu ihr zurückbringen.«

Der Gesang eines Nachtvogels erklang, gleichförmig, hypnotisch und süß zugleich. Als er im Unterholz verklang, sprach Mauke Nuha weiter.

»Ich weiß nicht mehr, was ich denken soll. Ich habe dir nie davon erzählt, weil ich fürchtete, du würdest mich für verrückt erklären. Es war ein Fehler, denn so ernst, wie die Lage ist, hätte ich schon viel früher mit dir sprechen sollen. Aber jetzt, da du alles weißt, muss ich wissen, was du denkst, Horu. Ist Sames Leben wegen wirrer Hirngespinste in Gefahr?«

Eine ganze Weile lang saß Horu schweigend da, dann seufzte er. Seine Stimme schien aus der Insel selbst, aus den Flammen und der Brandung zu kommen.

»Mauke Nuha, mein Sohn. Ich bin glücklich, dass du mir deine kostbarsten Gedanken anvertraut hast. Und sei versichert: Ich glaube nicht, dass Sames Leben umsonst auf dem Spiel steht. Deine Geschichte ist kompliziert, es gibt Symbole und geheimnisvolle Fingerzeige, du musst einen ungewissen Weg gehen. Als du hierhergekommen bist, warst du in einem Dunkel ohne Wiederkehr verloren, dein Blick war verloschen, dein Geist leer, dein Körper die Hülle einer leblosen Seele. Dann ist die Liebe zu dir gekommen und hat dir den rettenden Anker zugeworfen, so schmal der Pfad des Traumes auch sein mag. Und du hast ihn mit Mut und Glück zu fassen gekriegt und dich gerettet. Das ist das, was ich denke: Deine Deutungen sind beide richtig.«

Diese Worte bewegten Mauke Nuha, konnten seine Zweifel aber nicht zerstreuen.

»Horu«, fragte er schließlich, »ich möchte, dass du ganz direkt auf meine Frage antwortest: Hältst du meine Träume für eine Ausgeburt meines Verstandes, oder glaubst du, es sind tatsächlich Botschaften, die sie mir geschickt hat?«

Horu lächelte.

»Du hast das Gedächtnis verloren«, entgegnete er, »aber denken tust du noch immer wie die *Tan'y'fenwa*! Ich will es mit anderen Worten versuchen. Es gibt eine feine Trennlinie zwischen dem, was du *Ausgeburt des Verstandes* und *Botschaft* nennst. Alles, was in uns wächst, hat seine Wurzeln woanders. Dein Traum mag deinem Verstand entspringen, doch zugleich stammt er von *Tayga'ha*, von Gott. Er legt seine Botschaften in die Strömungen des Himmels und des Ozeans, um sie über die verschlungensten Pfade an das Herz dessen zu entsenden, der sie vernimmt.«

Mauke Nuha begriff noch immer nicht. Horus Erklärungen klangen ebenso einfach wie hochkompliziert.

»Mach dir keine Sorgen«, fuhr er fort, »ich habe deinen Zwiespalt verstanden, auch wenn unsere Ansichten in mancher Hinsicht weit auseinandergehen. Und ich glaube, dass die Frau aus dem Traum, die Frau, die du liebst, mit Gott gesprochen hat. Ich glaube, dass sie darum gebeten hat, dir helfen zu können. Und Gott hat sie erhört. Er hat zugelassen, dass ihr euch begegnet.«

*Mit Gott sprechen.*

Mauke Nuha verscheuchte den Gedanken, der sich in seinen Kopf stehlen wollte wie feiner, vom Wind hergetragener Sand. Ein Gedanke, der ihn nicht zum ersten Mal überkam, der entsetzlichste Gedanke überhaupt, der ihm den Boden unter den Füßen wegzog und ihn jeder Willenskraft beraubte. Doch am Ende kam ihm die angstvolle Frage doch über die Lippen.

»Willst du damit sagen … du glaubst, sie ist tot?«

Horu blickte ins Feuer und antwortete nicht.

Am Horizont versank die rote Scheibe des Mondes im Meer. Die Sterne glommen wieder auf und erhellten mit ihrem matten Schein das Schwarz des Himmels. Der Schmerz und die Angst, ihre geliebten Frauen zu verlieren, machte diese beiden so unterschiedlichen Männer in der nächtlichen Stille zu Brüdern. Beide waren zu allem bereit. Der eine, um sie zu retten, der andere, um sie zu finden.

Die gleiche Reise erwartete sie.

# 12
# Unterwassermond (1. Teil)

Mauke Nuha bekam kein Auge zu. Bei Morgengrauen lag er mit starr zum Himmel gerichteten Blick vor seiner Hütte. Zum ersten Mal seit Wochen kam Aruke nicht, um ihn zu wecken und mit ihm aufs Meer hinauszufahren.

Dieser Gedanke bedrückte ihn. Er beschloss, selbst zu Aruke zu gehen.

Suchend wanderte er durchs Dorf und sah ihn schließlich mit einer Gruppe junger Männer an der äußersten Spitze des Korallenriffs stehen. Er begriff sofort, was los war.

Er rannte zu ihnen. Die spitzen Korallen zerschnitten ihm die Fußsohlen, doch er merkte es nicht.

»Aruke, lass mich euch helfen!«, rief er außer Atem. »Ich gehe mit euch Perlen tauchen!«

Aruke blickte ihm entgegen. Der eisige Ausdruck der vergangenen Nacht war aus seinem wiewohl strengen, hochmütigen Gesicht verschwunden. Er nickte bedächtig und drückte ihm ein Messer in die Hand. Dann sprang er ins Meer und forderte Mauke Nuha mit der vertrauten, knappen Kopfbewegung auf, ihm zu folgen.

Die Gruppe der *Wa'kiydo*, der Perlentaucher, bestand aus acht Frauen und zehn Männern. Das waren nicht viele, doch die Arbeit war anstrengend und gefährlich, und nur die Jungen und Kerngesunden konnten sie leisten.

»Dagegen werden dir die Tage auf dem Kanu wie harmlose Spazierfahrten vorkommen«, warnte Aruke ihn grimmig.

Einer nach dem anderen sprangen die Perlensucher ins Wasser und schwammen allein mit körpereigener Kraft und ohne Leinen und Gewichte mit energischen Zügen zum Grund. Mauke Nuha konnte nicht sehen, wie tief sie tauchten, doch bestimmt waren es mehrere Dutzend Meter.

Aruke zeigte ihm, wie er sich aufs Apnoetauchen vorbereiten musste: Er musste tief und schnell einatmen, um Brust und Bauch mit der erforderlichen Luft zu füllen. Doch ein Atemzug zu viel, ein Quäntchen Sauerstoff mehr als nötig konnte ihn das Leben kosten.

Mauke Nuha folgte den Anweisungen und begab sich unter Wasser.

Die ersten Meter waren leicht und sogar beglückend. Das Sonnenlicht fiel auf das Riff und brachte die Farben der überwältigend schönen Unterwasserwelt zum Leuchten. Bis in die schattigsten Schluchten pulsierten die Korallen vor vielgestaltigem, friedlich sich wiegendem oder blitzschnell umherzuckendem Leben, das sich an seinem Eindringen kaum störte.

Je tiefer er kam, desto kälter wurde das Wasser, die Farben verblichen, und Schwarz gewann die Oberhand. Die größte Schwierigkeit bestand darin, die Angst zu überwinden, die ihn in dieser düsteren, fahlen Welt überfiel, in der die vertrauten physischen Gesetzmäßigkeiten nicht mehr galten. Sobald er an seiner Fähigkeit zur Apnoe zu zweifeln begann, erlitt er regelrechte Panikattacken: Hektisch mit Armen und Beinen rudernd kraulte er Richtung Licht, bis er verängstigt und keuchend die Wasseroberfläche durchbrach.

Von Aruke ermutigt, gewann Mauke Nuha mit jedem Tauchgang an Sicherheit und Tiefe. Er spürte den Druck auf dem Trommelfell und stechende Schmerzen in den Ohren.

Als er zum ersten Mal die Zehn-Meter-Marke überwand, verlor er einen Moment lang die Orientierung, fühlte sich wie einen Kreisel um sich selbst drehen, obwohl er völlig reglos geblieben war. Der Druck hatte seinem Gleichgewichtssinn einen Streich gespielt. Diese Schwankungen konnten Traumata erzeugen, von denen Mauke Nuha nicht einmal etwas ahnte. Sein Herzschlag spielte verrückt, seine Lungen zogen sich zusammen, und sein Brustkorb füllte sich anstelle der Luft mit Blut, um dem steigenden Wasserdruck standzuhalten. Aruke erklärte ihm, dass er zum Ausgleich die Luft in die zugehaltene Nase blasen und die Zunge gegen den Gaumen pressen musste. Er riet ihm auch, etappenweise hinabzutauchen und zwischendurch kleine Pausen einzulegen.

Das letzte Problem war, den eisigen Temperaturen der unteren Wasserschichten standzuhalten. Jedes Mal, wenn er an die Oberfläche zurückkam, traktierte ihn die Kälte wie Peitschenhiebe. Mindestens eine Viertelstunde lang musste er auf dem Korallenriff in der warmen Sonne liegen, ehe er wieder ins Wasser gehen konnte.

Schließlich zahlten Arukes Erfahrung und Mauke Nuhas Zähigkeit sich aus. Nach stundenlangen erfolglosen Versuchen berührte Mauke Nuha endlich den Grund, an dem sich die Perlenaustern befanden. Er war mit Rayaru, einem Perlensucher, hinabgetaucht und ihm in dichtem Abstand bis zu dem Punkt gefolgt, wo der Fuß des Korallenriffs in Fels überging, der sich nach innen wölbte und eine Art Unterwassergrotte bildete. Schatten ließen Einbuchtungen und Tunnels erahnen, die in unbekannte Tiefen führten. Mauke Nuha sah Rayaru in der Dunkelheit verschwinden. Er versuchte ihm zu folgen, schreckte jedoch zurück und flüchtete sich so schnell er konnte an die sonnige Wasseroberfläche.

Gleich stürzte er sich begeistert wieder ins Wasser, fest entschlossen, diesmal seine erste Auster zu holen. Rasch erreichte er den Grund, tastete ihn ab, bis er eine Auster zu fassen bekam, und tauchte nach knapp einer Minute an die Oberfläche. Glücklich hievte er sich auf die Klippen, um seinen Kameraden die Beute zu zeigen, und war gespannt, ob sie seine erste Perle enthielt.

Kaum war er aufgestanden, wurde alles schwarz.

Eine geheimnisvolle Kraft hob ihn empor und ließ ihn in der Luft kreisen. Die anderen sahen, wie er taumelte und der Länge nach auf das spitze Korallenriff schlug.

»*Tara'wanay! Tara'wanay!*«, riefen sie aufgeregt.

Aruke lief herbei, hob seinen Kopf und untersuchte seine Augen. Mauke Nuha zitterte und röchelte, war jedoch bei Bewusstsein. Das Schlimmste schien überstanden zu sein.

»Das war *Tara'wanay*, die Perlentaucherkrankheit«, sagte Aruke. »Äußerst unangenehm. Für heute reicht es«, sagte er, an alle gewandt.

Mauke Nuha konnte sich nicht auf den Beinen halten. Von zwei Kameraden gestützt, schleppte er sich in seine Hütte. Er fieberte und zitterte unkontrolliert, seine Ohren gellten. Den Rest des Tages und die darauffolgende Nacht wälzte er sich halb bewusstlos auf einem Lager. Er nahm Schatten um sich herum wahr, die besorgt *Mauke Nuha … Tara'wanay …* raunten.

In der Nacht hatte er einen Albtraum.

Er war auf einem Kanu mitten auf dem sonnigen Ozean. Jemand saß vor ihm am Bug, doch er konnte das Gesicht nicht erkennen. Das Meer schwoll an, eine riesige Welle erhob sich wie ein flüssiger Berg und verdunkelte die Sonne. Jetzt war er nicht mehr auf dem Kanu, sondern auf einem anderen, größeren Boot, er erkannte den leuchtend weißen Bug. Die Welle war noch immer da, beängstigend riesig, und würde im nächsten Moment auf ihn niederstürzen.

Er hörte eine Frau, sie schrie etwas, dann wurde ihre Stimme vom Tosen der Welle verschluckt, *wo bist du*, dachte er und kämpfte gegen die tobende Gischt.

Schweißgebadet und schreiend wachte er auf. Für einen winzigen Augenblick hallten die Worte klar und deutlich in ihm nach, dann waren sie vergessen.

Was hatte er gerade geschrien? Was hatte die Frau im Traum geschrien? War *sie* es? Er konnte sich an nichts mehr erinnern.

Ohnmächtige Enttäuschung stieg in ihm auf. Am liebsten hätte er den entsetzlichen Traum gleich noch einmal geträumt, um seine Botschaft zu verstehen. Stattdessen fiel er in einen bleiernen, traumlosen Schlaf.

Als er erwachte, waren die Symptome der Krankheit, die ihn befallen hatte, verschwunden. Und auch die Mattigkeit verschwand, nachdem er etwas gegessen hatte. Er beschloss, sich sofort wieder ans Perlentauchen zu machen. Alle waren erstaunt, ihn bereits auf den Beinen zu sehen: Normalerweise war man nach *Tara'wanay* tagelang erschöpft. Er kehrte zum Korallenriff zurück und erreichte nach einigen kurzen Übungstauchgängen den Grund.

Er sammelte sechs Austern, die leider alle leer waren. Müde und frustriert legte er eine Pause ein. Dann tauchte er wieder hinab, allein.

Da sah er sie.

Leuchtende Kreise. Zart und blinkend.

Wie weit waren sie entfernt? Er vermochte es nicht zu sagen. Er erinnerte sich an die leuchtenden Kugeln, die sich zu Beginn seiner Träume vervielfacht und ausgebreitet hatten.

Er verspürte den gefährlichen Drang, zu ihnen hinzuschwimmen, obwohl er nicht wusste, was diese Lichter waren. Er zögerte: Er musste nach oben, sonst würde es eng werden.

*Gleich geht mir die Luft aus*, dachte er. Dennoch machte er ein paar Züge auf die Lichter zu.

Panik ergriff ihn: Er würde es nicht schaffen.

Dann durchzuckte ihn eine nebelhafte Vision, eine rasche Abfolge von Bildern, Sames leidendes Gesicht, Horus Lächeln, Arukes Schreie. Und jetzt sah er *sie*, als wäre sie direkt vor ihm, unter Wasser, er sah ihren liebenden Blick. Mut packte ihn, *weiter, weiter*, dachte er und tat noch ein paar Züge. Die Lichter verschwanden wabernd in einem Felsenloch und erleuchteten es matt. Sein Herz war kurz vorm Zerspringen, eine seltsame Musik erklang in seinen Ohren, die aus einem einzigen dissonanten Akkord bestand.

Er schwamm weiter. Noch vier Züge. Er erreichte die Lichter.

Sofort erloschen sie. Doch zuvor sah er etwas auf dem Grund: eine Auster, anders als die anderen, riesig und schwarz, schwarz wie der Grund des mörderischen Ozeans. Mit letzter Kraft packte er sie und drückte sie an sich. Dann verschlang ihn die Finsternis.

Stimmengewirr.

*Schnell, nehmt ihn an den Schultern … nein, so … drück ihm auf den Bauch!*

Ein Brechreiz holte ihn ins Leben zurück, ein heftiger Schauder ließ ihn emporschnellen. Er erbrach sich auf seine Beine. Das Meerwasser schoss ihm durch Speiseröhre, Kehle und Nasenlöcher und riss wie Sandpapier an seinen Schleimhäuten. Er hustete und röchelte, als wolle er sich die Luftröhre aus dem Leib würgen. Dann, nach einem letzten Stöhnen, fing er wieder an zu atmen.

Alles war unscharf. Nur ein Gesicht war zu erkennen. Ein strahlendes Lächeln.

*Horu*, dachte Mauke Nuha.

Doch vor ihm kniete, eine Hand auf seiner Schulter, Aruke. Es war unglaublich, wie sehr er seinem Vater ähnelte, wenn er lächelte.

»Willkommen zurück!«, rief er mit leuchtenden Augen. »Du hast dir gerade einen Platz in den Legenden unseres Volkes erobert. Du hast *Warama'ay'mitwy*, den *Unterwassermond* gefunden.«

# 13
# Nachrichten aus der Ferne

Mauke Nuha war nur knapp dem Ertrinken entronnen. Doch weit überwältigender war, Aruke nach all den Monaten das erste Mal lächelnd zu erleben.

*Ich muss wieder ohnmächtig geworden sein*, dachte er. *Oder vielleicht bin ich tot.*

Er blickte auf und sah die Antwort zwischen den Fingern seines Freundes schimmern: eine vollkommen runde pechschwarze Perle, größer als jede andere zuvor.

»Schau, Mauke Nuha! Das ist der *Unterwassermond*, eine unserer Legenden!«

Die Umstehenden redeten aufgeregt durcheinander. Er brachte noch immer kein Wort heraus, seine Kehle brannte wie Feuer. Was war dort unten auf dem Meeresgrund passiert?

»Als ich hinabgetaucht bin«, erzählte Aruke, »habe ich dich in einer Höhle verschwinden sehen. Ich habe mir Sorgen gemacht und bin dir gefolgt. Als ich bei dir war, hattest du gerade das Bewusstsein verloren und hieltest eine riesige Auster umklammert.«

Aruke deutete auf zwei geöffnete Muschelschalen zu seinen Füßen, deren Perlmutt das Sonnenlicht in allen Farben funkeln ließ.

»Ich habe dich gepackt und nach oben gezogen. Während wir die Auster öffneten, bist du wieder zu dir gekommen, und das haben wir darin gefunden!«

Aruke hielt ihm die riesige Perle unter die Nase.

»Solche gibt es nur ganz selten. Die letzte wurde gefunden, als ich noch ein Kind war. Die *Warama'ay'mitwy* ist der größte Schatz, den es für unser Volk gibt!«

Aruke war elektrisiert. Johlend rannten sie ins Dorf zurück und hielten die Perle hoch. Ihr wertvoller Fund löste unvorstellbaren Jubel aus. Das ganze Dorf eilte herbei, um die *Warama'ay'mitwy* zu sehen, jeder wollte sie in der Hand halten und im Sonnenlicht betrachten, und alle juchzten wie verzückte Kinder über dieses vom Meer geschaffene Schmuckstück. Auch Horu strahlte.

»Sie ist wunderschön. Riesig, makellos, von perfekter Form und Farbe!«, sagte er und klopfte Mauke Nuha auf die Schulter. »Ich weiß nicht, wie viel sie in Yen einbringt und kann nicht mit Sicherheit sagen, ob sie all unsere Probleme lösen wird, aber dieser wundersame Fund ist ein Zeichen: Wir dürfen nicht länger warten und müssen sofort aufbrechen. Der *Unterwassermond* ist ein gutes Omen für unsere Reise!«

Das ganze Dorf war in Aufruhr. Niemand kehrte an seine Arbeit zurück, sogleich begannen die Vorbereitungen für einen Festabend zu Ehren der *Warama'ay'mitwy*, der angesichts der Umstände auch etwas von einem Abschiedsfest für Mauke Nuha und seine Mitreisenden hatte, die in Kürze nach Okinawa aufbrechen würden.

Doch der Fund der Perle war nicht das einzige außergewöhnliche Ereignis des Tages.

Die Sonne war gerade untergegangen, und der Himmel wurde allmählich dunkel. Das große Feuer brannte, bunte Lampions hingen an den Palmen, schon war die Luft von Musik und Gesang und dem köstlichen Duft von gegrilltem Fisch erfüllt.

Da erschienen zwei winzige Lichter am Horizont.

Die Kinder sahen sie als Erste und zeigten sie aufgeregt den Erwachsenen. Nach wenigen Minuten war klar, dass es sich um näherkommende Boote handelte.

Mauke Nuha traute seinen Augen nicht. Er war verwirrt, erschreckt, aufgewühlt. Seit seiner Ankunft hatte es keinen Kontakt zur Außenwelt gegeben: Niemand hatte sie verlassen, niemand hatte sie betreten. Die Insel schien ein Fleck im Nirgendwo zu sein. Und ausgerechnet jetzt, da er drauf und dran war, sie zu verlassen, kam jemand über den Ozean.

Nach einer halben Stunde erkannten sie die Schemen zweier *Wa'hay*, die sich von denen der Insel geringfügig unterschieden.

Aufgeregt und ohne den Blick vom Wasser abzuwenden, wandte Mauke Nuha sich an Aruke.

»Wer ist das?«

»Freunde. Sie kommen von einem anderen *Motwy*, einer anderen Insel. Ihren *Wa'hay* nach zu urteilen, kommen sie von *Mahana'mo*. Es muss etwas passiert sein. Nachrichten aus Nordwesten werden uns von den Boten *Mahana'mo*s überbracht.«

»Es ist etwas passiert? Was denn? Und wo?«, drängte Mauke Nuha mit sich überschlagender Stimme. Er hatte eine seltsame Ahnung.

»Wir werden es gleich erfahren. Wenn es auf den Inseln eine wichtige Neuigkeit zu verbreiten gibt, schickt derjenige, der sie zuletzt erhalten hat, Boten zur nächsten Insel los. Es ist eine Art Staffellauf. Die Inseln liegen Wochen voneinander entfernt, so verbreiten sich Nachrichten schnell, und man teilt sich die Last der langen Reisen.«

*Schnell?* Die Vorstellung, dass diese Männer ungeheure Mühen und tödliche Gefahren auf sich nahmen, nur um sich eine Nachricht zukommen zu lassen, machte Mauke Nuha sprachlos.

»Ich weiß, was du denkst«, grinste Aruke. »Auch wir kennen die Apparate, die den *Tan'y'fenwa* dazu dienen, Radios, Telefone und so weiter. Aber wir brauchen all das nicht. Wir sagen uns nur solche Dinge, die eine lange Reise wert sind, anstatt uns den Mund und die Ohren mit sinnlosen Worten vollzustopfen.«

Die beiden Kanus erreichten den Strand, und sechs Seeleute stiegen an Land und wurden mit Umarmungen und Freudenrufen empfangen. Sie waren erschöpft und dehydriert. Sofort wurden ihnen aufgebohrte Kokosnüsse in die Hände gedrückt, die sie gierig austranken. Dann wurden sie ans große Feuer gesetzt und mit Fisch und Obst bewirtet.

Horu konnte sich nicht verkneifen, ihnen sofort die Perle zu zeigen. Er ließ sie vor ihren sprachlosen Gesichtern im Flammenschein funkeln.

»Jetzt stelle ich euch den Fischer dieser Schönheit vor«, sagte er feierlich. »Mauke Nuha, geselle dich zu uns!«

Mauke Nuha hatte ein wenig abseits gestanden. Zum ersten Mal, seit er auf die Insel gekommen war, hatte er sich seltsam fehl am Platz gefühlt, als hätte das Auftauchen dieser Männer ihn an seine Andersartigkeit erinnert. Gerne hätte er sich davongestohlen, doch die Menge drängte ihn mit solcher Begeisterung, dass er im nächsten Moment den Neuankömmlingen gegenüberstand.

Die Reisenden machten große Augen, plötzlich einen *Tan'y'fenwa* vor sich zu haben. Sie begrüßten ihn, musterten ihn mit unverhohlenem Staunen, das noch wuchs, als sie hörten, dass er ihre Sprache sprach.

»Ich bin seit mehreren Monaten hier«, erklärte Mauke Nuha. »Leider weiß ich nicht mehr, wie ich hergekommen bin, ich habe mein Gedächtnis verloren. Horu hat mich verletzt und bewusstlos draußen auf dem Meer gefunden und mich als seinen *Fa'wa'amu* aufgenommen. Ihm verdanke ich mein Leben.«

Alle hörten ihm aufmerksam zu.

»Seit heute Morgen verdanke ich mein Leben auch Aruke, seinem Sohn. Er hat mich während des Tauchgangs, der mich zum *Unterwassermond* führte, vor dem Ertrinken gerettet. Dass wir sie haben, ist sein Verdienst«, fügte er hinzu und deutete auf die Perle.

Staunend hingen die Seeleute an seinen Lippen.

»Jetzt ist die Zeit gekommen, dass ich heimreise nach Wales, das ist ein Land in weiter Ferne. Deshalb werde ich bald nach Okinawa aufbrechen.«

»Aruke und ich werden ihn begleiten«, sagte Horu, »damit wir ihm das Leben ein weiteres Mal retten können, wenn es nötig ist.« Alle lachten. »Doch jetzt, da ihr euren Hunger gestillt habt, erzählt uns, weshalb ihr diese Reise auf euch genommen habt. Wir können es kaum abwarten, eure Neuigkeiten zu erfahren.«

Suro, der Leiter der Expedition, erhob sich, schluckte den letzten Bissen hinunter und fing an zu sprechen.

»Du hast Okinawa genannt. Genau daher kommt die Nachricht, die wir euch überbringen. Sie ist von Waremu, Sames Bruder.«

Sein Blick wanderte von Horu zu Same, die in eine Decke gehüllt blass und zitternd neben ihm saß.

»Hör genau zu, Horu. Es scheint, dass in Okinawa eine *Bodhisattwa*, eine heilige Seele aufgetaucht ist, die die Gabe hat, Kranke zu heilen. Sie versteckt sich an einem geheimen Ort, womöglich in einem buddhistischen Tempel auf Kudaka, zu dem nur sehr wenige Zutritt haben. Waremu ist mit den Mönchen befreundet, und wie es aussieht, besitzt sie die ihr zugeschriebenen Wunderkräfte tatsächlich.«

Er verstummte. Mit unbewegter Miene ließ Horu die kurze Nachricht auf sich wirken. Dann erschien ein hoffnungsfrohes Lächeln auf seinem Gesicht.

Sein Schwager Waremu war vor vielen Jahren nach Okinawa ausgewandert, auf die Insel Tokashiki. Er hatte dem Ozean den Rücken gekehrt und genoss nun einige Annehmlichkeiten der *Landmenschen*, obwohl er noch immer am Strand lebte. Er wusste von Sames Krankheit. Deshalb hatte er diese dringende Nachricht geschickt.

Horu ließ sich von Suro alles erzählen, was er wusste. Dann stand er auf. Die Ereignisse der letzten Stunden hatten eine nie dagewesene Aufregung ausgelöst, doch sobald Horu die Arme hob, verstummten alle. Eine unwirkliche Stille senkte sich herab, in der nur die Brandung und das Rauschen des Windes in den Palmen zu hören war.

»Heute hat Gott uns zwei Zeichen gesandt, die wir nicht ignorieren können.«

Seine Stimme dröhnte. Der Häuptling sprach, und was er sagte, war Gesetz.

»Zuerst der Fund der *Waramaʼayʼmitwy*, dann die Ankunft unserer Freunde mit dieser Nachricht. Der Zeitpunkt und die Art und Weise, wie diese Zeichen sich gezeigt haben, sind kein Zufall.«

Er hielt die Perle hoch, damit alle sie sahen. Wie ein schwarzer Stern hob sich der *Unterwassermond* vom Himmel ab und verschluckte den Feuerschein.

»Dies ist das würdige Geschenk für unsere Freunde, die uns eine solch wichtige Nachricht überbracht haben! Ich bitte euch, es anzunehmen, zusammen mit unserer Dankbarkeit.«

Horu legte die *Waramaʼayʼmitwy* in Sorus Hände. Sämtliche Blicke hingen an der schwarzen Perle. Es herrschte vollkommene Stille, alle hielten den Atem an. Horus feierliche Geste glich einem uralten Ritual.

Nur Mauke Nuha blickte sich ungläubig um. *Was macht er da?*, dachte er irritiert. Er hoffte vergeblich, jemand würde einer solch unbedachten Geste widersprechen. *Ich habe die Perle gefunden! Same braucht sie! Wenn sich diese Heilerin nun als Scharlatanin entpuppt oder gar nicht existiert, was dann?*

»Gleich morgen brechen wir auf.«

Horus Stimme traf ihn wie ein kalter Wasserstrahl.

»Es gibt keinen Grund mehr zu warten. Die Zeichen sind eindeutig. Same kann auch ohne Geld geheilt werden. Wir werden uns in die Hände der *Bodhisattwa* in Okinawa begeben und ihren Wunderkräften vertrauen.«

Die Aufregung, die bis eben noch die Luft erfüllt hatte, erstarb vollends. An ihre Stelle trat angespanntes, unruhiges Warten.

»Es tut mir leid, unser Fest so früh zu beenden«, fuhr Horu fort, »aber in den nächsten Stunden gibt es viel zu tun. Dies sind meine Befehle. Merkt sie euch gut, denn ab morgen bin ich für zehn Wochen nicht mehr bei euch, vielleicht auch länger, je nach dem, was der Ozean will. Suro und unsere Freunde aus *Mahana'mo* bleiben auf der Insel, bis sie sich erholt haben und bereit für die Rückreise sind. Behandelt sie stets mit der Achtung, die willkommenen Gästen gebührt. Morgen bei Tagesanbruch werden zwei *Wa'hay* zur Insel *Wuri'a'ku* segeln, um die Nachricht weiterzutragen.«

Horu betraute vier Männer damit. Mit einem Schrei traten sie vor wie Soldaten vor ihren General.

»Nach den nötigen Vorbereitungen werden die fünf *Anwy'wa'hay*, die großen Kanus, gen Okinawa in See stechen. Auf dem ersten werden Same und ich sein. Der kleine Iruie wird uns begleiten, denn Same ist nicht in der Verfassung, das Boot zu steuern. Auf dem zweiten folgen Aruke und Mauke Nuha. Jetzt brauchen wir sechs Freiwillige, die uns auf den anderen drei Kanus begleiten. Geht sorgfältig in euch, ehe ihr euch meldet, die Reise wird gefährlich. Die günstige Jahreszeit ist fast vorüber, und wir haben es sehr eilig. Wir werden den schnellsten und direktesten Weg nehmen und reisen mit leichtem Gepäck. Sollte *Tayga'ha* uns gewogen sein, können wir eine Nacht auf der Insel Wapitame rasten. Jedenfalls werden Wasser und Nahrung so rationiert, dass wir Okinawa auch ohne Zwischenstopp erreichen. Dann allerdings wird es richtig hart.«

Während Horu sprach, spürte Mauke Nuha, wie die Angst in ihm hochkroch und ihm die Kehle zuschnürte. Es war eine neue, heftige, totale Angst. Was ihm bevorstand, war keine Trainingsfahrt mit Aruke. Nun fürchtete er sich vor dem grenzenlosen Ozean, vor dem Ungewissen, vor dem Tod.

Ein heftiges Déjà-vu überfiel ihn. Hatte er in seiner vergessenen Vergangenheit schon einmal die gleiche Angst verspürt?

Heimlich stahl er sich vom Feuer davon und wanderte ruhelos über den Strand. Kurz darauf gesellte sich Aruke zu ihm.

»Was für ein Jammer, eine so unglaublich schöne Perle wegzugeben, findest du nicht?«, fragte Aruke.

Mauke Nuha nickte und musste darüber lächeln, dass Aruke genauso empfand. Dann kam ihm wieder die Frage in den Sinn, die er seit dem Morgen mit sich herumschleppte.

»Aruke, als du mir unter Wasser gefolgt bist… hast du sie gesehen? Hast du die leuchtenden Kreise gesehen?«

»Leuchtende Kreise? Ich weiß nicht, was du meinst.« Aruke runzelte die Stirn. »Es war dunkel. Von weitem habe ich deinen davonschwimmenden Schemen gesehen und bin dir gefolgt. Dass du noch am Leben bist, hast du deiner hellen Haut zu verdanken!«

»Dann hast du sie nicht gesehen? Dabei bin ich doch nur in diese Höhle geschwommen, weil ich den Lichtern folgen wollte.«

»Vielleicht hast du sie dir eingebildet. Das passiert, wenn man noch nicht besonders erfahren ist. Der Druckausgleich erzeugt diese Halluzinationen, so ähnlich wie der *Tara'wanay*, den du am eigenen Leib durchgemacht hast.«

»Aber sie haben den Grund erleuchtet!« Mauke Nuhas Stimme klang ungehalten. »Wie kann das eine Halluzination gewesen sein? Nur durch sie habe ich die Auster der *Warama'ay'mitwy* überhaupt sehen können!«

»Solche Dinge lassen sich nicht erklären«, schnitt Aruke ihm das Wort ab. »Die Hauptsache ist, dass du die Perle gefunden hast. Jetzt gehen wir schlafen, ab morgen erwarten uns schwere Tage. *Poywa'yrana*, Mauke Nuha. Gute Nacht.«

»Einen Moment, Aruke. Da ist noch etwas. In den vergangenen Monaten habe ich in dem Glauben gelebt, dass es auf der Welt nur uns und diese Insel gibt. Es ist mir nie in den Sinn gekommen, es könnten noch andere existieren, wie *Mahana'mo*. Morgen brechen wir auf, und vielleicht werde ich diese Insel nie wiedersehen. Aber … ich kenne nicht einmal ihren Namen!«

Aruke lachte.

»Du hast recht. Für uns, die wir auf ihr leben, ist sie lediglich *motwi*, die Insel. Aber in der übrigen Welt hat sie natürlich einen Namen. Sie heißt wie du: *Motwy Mauke'nha*. Die *Insel mit dem lächelnden Rücken.*«

Aruke hielt inne, um sich die blanke Überraschung in Mauke Nuhas Gesicht nicht entgehen zu lassen.

»Ist dir das nie aufgefallen? Die Form der Insel entspricht genau der Narbe, die du auf dem Rücken trägst. Ein seltsamer Zufall?«

Aruke sah ihn eindringlich an.

»Für unser Volk gibt es keine Zufälle.«

# 14
# Der Aufbruch

Auch in dieser Nacht konnte Mauke Nuha nicht schlafen. Kurze, von wirren Träumen durchsetzte Schlafphasen wechselten mit endlosen Stunden des Wachliegens. Ein seltsam inniges Gefühl befiel ihn, eine Art vorzeitiges Heimweh. Er wanderte über den kalten Sand, um sich von der Insel zu verabschieden, und fragte sich, ob er sie jemals wiedersehen würde. Die anrollenden Wellen der Lagune, die bunten Fische, die Krabben auf dem Strand, das Rauschen der Palmen, die sich im Wind wiegenden Mangroven.

Irgendwo in seinem Inneren spürte er, dass sie nunmehr sein Zuhause geworden war.

Er wusste, dass ihn sein *wahres Zuhause* auf der anderen Seite der Welt erwartete. Doch jetzt erschien ihm diese Gewissheit vage und substanzlos im Gegensatz zu der Fasslichkeit dieses Blätterdachs und dieser Schilfwände, die ihn so viele Tage beherbergt und geschützt hatten.

Als der Morgen graute, gab er sich noch immer seinen Grübeleien hin. Die Rufe und geschäftigen Geräusche der Reisevorbereitungen holten ihn in die Wirklichkeit zurück.

Er rannte ins Dorf. Die vier jungen Männer, die die Nachricht von der *Bodhisattwa* überbringen sollten, waren zum Aufbruch zur Insel *Wuri'a'ku* bereit. In wenigen Wochen würden sie wiederkehren, doch dann würde der *Waraky'nega*, der Mann ohne Gedächtnis, ihr guter Freund Mauke Nuha, nicht mehr da sein. Sie verabschiedeten sich mit einer Umarmung und dem Versprechen, einander wiederzusehen. Ein solches Versprechen war für dieses Volk keine leere Floskel, sondern eine feierliche Verpflichtung, ein Zeichen, das die Abschiede von denen, die man wirklich liebte, besiegelte. Es zeigte, wie sehr die Inselbewohner Mauke Nuha während dieser wenigen Monate in ihr Herz geschlossen hatten.

Als die beiden Boote am Horizont verschwunden waren, machten sich alle wieder an die Arbeit. Die Vorbereitung der fünf für die Ozeanüberfahrt ausgewählten *Anwy'wa'hay* verging wie im Flug. Jedes der rund ein Dutzend Meter langen Kanus war beidseits mit einem großen, ungefähr sechs Meter langen Ausleger versehen. Auf der linken Seite war ein zweiter, kleinerer Ausleger angebracht. In der Mitte erhob sich das mittels eines genial einfachen Tauwerks zu bedienende Segel. Am Fuß des Mastes war das Kanu mehrere Meter breit, und dort stand ein bescheidenes Zelt, das als Unterschlupf und Schutz für die Wasser- und Nahrungsvorräte diente. Mauke Nuha, der bisher nur auf kleineren *Wa'hays* gelernt hatte, erschienen diese Kanus übergroß und schwer zu steuern.

Sämtliche Männer des Dorfes arbeiteten an den Booten, prüften ihren Zustand und nahmen kleinere Reparaturen vor. Der Bootsrumpf wurde mit gummiartigem Schaum abgedichtet, die Segel geflickt oder ersetzt, die Knoten, mit denen die Ausleger befestigt waren, verstärkt. Die Frauen und Kinder bereiteten den Proviant vor: Räucherfisch, Obst und fest in große Blätter eingeschnürte *Aumara*. Das Wasser wurde in große lederne Flaschen oder in ausgetrocknete und mit Rindenpfropfen verschlossene Kokosnüsse gefüllt. Die Vorräte nahmen fast den gesamten verfügbaren Platz ein. Schweren Herzens musste Mauke Nuha die im Laufe der Monate erhaltenen Geschenke zurücklassen: kleine Statuen, Gemälde, Ketten, Werkzeug. Das Einzige, was er mitnahm, war das Buch. Er wickelte es in die weißen Plastiktüten, in denen er es gefunden hatte, und band es an den Bodenplanken das Kanus fest.

Über das Durcheinander der Vorbereitungen hatte Mauke Nuha die Sorge um das, was ihn erwartete, fast vergessen. Arukes Stimme rief ihn in die Wirklichkeit zurück.

»Es ist so weit, Mauke Nuha. Gleich brechen wir auf.«

Dutzende Feuer wurden am Strand entzündet, obwohl die Sonne noch hoch am wolkenlosen Himmel stand. Ringsherum erklangen Trommeln, und die Frauen sangen mit gedämpften Stimmen. Das war das *Wahi'mane*, das Abschieds- und Segensritual für die lange Reise, die nun begann.

Der Moment des Abschieds war gekommen.

»Wir werden von dir erzählen, wenn wir nach Hause zurückkehren«, sagte Suro im Namen aller Seeleute von *Mahana'mo*. »Der weiße Mann ohne Gedächtnis, der die *Warama'ay'mitwy* gefunden hat. Du wirst für unser Volk zur Legende werden!«

Suro umarmte ihn herzlich.

»Ich hoffe, ich sehe dich eines Tages wieder, Mauke Nuha.«

Mauke Nuha spürte einen Knoten in der Kehle, doch er wollte nicht vor allen weinen. Als er aufblickte und auch in den anderen Gesichtern die gleiche Rührung sah, konnte er nicht länger an sich halten. Er umarmte jeden Einzelnen. Tränen flossen. Erst jetzt wurde ihm klar, wie sehr er diese Menschen liebte. Er schloss die Augen und ließ sich von den Trommelklängen und Gesängen durchdringen. Er wollte diese Schwingungen in sich tragen, für immer, egal, was die Zukunft für ihn bereithielt.

Suchend blickte er sich nach Aruke um, der sich zärtlich von seiner *Wa'hinie* Nashara verabschiedete und sie in die Arme schloss. Dann machte er sich mit einer letzten zärtlichen Geste und einem Kuss von ihr los und ging mit gesenktem Kopf zu den Kanus.

Same trat von zwei Frauen gestützt aus der Hütte. Es ging ihr sehr schlecht. Sie war in eine schwere Decke gehüllt und zitterte trotz der Mittagswärme heftig. Alle sahen besorgt zu, als sie mithilfe ihres jüngsten Sohnes Iruie das nächstgelegene Kanu bestieg und ins Zelt gebracht wurde. Horu, der alles sorgenvoll beobachtet hatte, wirkte plötzlich alt und müde. Mit dem Perlenkasten unter dem Arm, dem kleinen Schatz, den er in Okinawa verkaufen würde, gesellte er sich zu seiner Frau.

Jetzt hieß es aufbrechen. Mit zugeschnürter Kehle, trockenem Mund und pochenden Schläfen folgte Mauke Nuha Aruke zum *Wa'hay*. Sein letztes Abschiedswinken traf auf reglose Stille. Auch die Trommeln schwiegen. Zusammen schoben sie das Boot ins Wasser, schwangen sich hinein, lösten die Segel und paddelten los.

Er begriff nicht, was er tat. Er war nicht bei sich, hatte den Eindruck, sich verdoppelt zu haben und sich von oben zu beobachten. In ihm mischte sich die Trauer des Abschieds mit wilder Erregung und panischer Angst vor dem Unbekannten, das ihn jenseits der friedlichen Lagune erwartete. Sie erschien ihm als ein warmer Mutterbauch, der ihn austrieb wie ein ungeborenes Kind.

Lautlos glitten die fünf Boote hintereinander her durch die Lagune.

Niemand sagte ein Wort, kein Geräusch war zu hören bis auf das rhythmische Klatschen der Paddel und die dunklen Rufe eines einsam durch den Himmel segelnden Vogels. Alle waren in Gedanken versunken, mit starrem Blick und gesenktem Kopf, als würden sie beten.

Mauke Nuha erinnerte sich nicht, ob er vor der Amnesie an Gott geglaubt hatte oder Mitglied irgendeiner Religion gewesen war. Doch jetzt hatte das keine Bedeutung mehr. Er verspürte das primitive, uneingeschränkte Bedürfnis, sich einem höheren Wesen anzuvertrauen, das alles in der Hand hatte, selbst den wilden, unberechenbaren Ozean. Er wollte ein Gebet sprechen, doch er erinnerte sich an keines. Das, was einem Gebet am nächsten kam, war das Gedicht aus seinem Buch, das er inzwischen auswendig kannte. Die Worte gingen ihm fast von selbst über die Lippen.

*Sieh: Ich bau meine lärmende Arche*
*So gut wie ich liebe,*
*Da die Flut beginnt*
*Aus dem Quellmund*
*Von Angst, Rotwut, Mannaleben*
*Geschmolzen und bergig zu strömen*
*Über den Schlaf der Wunde*
*Schafweißer Talfarmen*
*Nach Wales in meinen Armen.*

Immer wieder sagte er die Verse vor sich hin wie ein Mantra, bis sie jeden Sinn verloren und zu reinem Geräusch wurden, zu Schwingung und Prophezeiung. Die beginnende Flut war seine Reise über den Ozean, sein Kanu die Arche, der geschmolzene Berg die riesenhafte Welle, der er nie mehr begegnen wollte. Und die Arme, die ihn nach Wales tragen würden … er hoffte von ganzem Herzen, es wären die Augen eines liebenden Menschen, die während dieser langen Fahrt über ihn wachten.

Tausende Kilometer entfernt fiel ein Mann in den Schlaf und träumte einen Traum. Er würde sie alle sehen, dort, mitten auf dem Ozean, auf ihren Kanus. Er würde sie sehen, von oben, als würde er übers Wasser schweben. Mauke Nuha wusste es nicht, doch irgendwie hatte Gott sein seltsames Gebet erhört. Er würde dem Mann, der ihn so fieberhaft suchte, sein Auge leihen. Nur für einen Moment, in einem flüchtigen Traum, dem der Mann womöglich nur wenig Bedeutung beimaß.

Sie erreichten den *Moa'te'awa*, die passierbare Öffnung im Korallenriff, die die Lagune mit dem Ozean verband. Wie auf ein gemeinsames Zeichen hin standen alle auf und drehten sich zum Strand um, der inzwischen weit hinter ihnen lag. Dann reckten sie die Arme gen Himmel und stießen einen wilden Schrei aus. Es war ein Kriegsruf, eine gewaltsame Entladung, ehe es aufs Schlachtfeld ging, der Schrei, der ihnen Kraft verlieh und die Angst vertrieb. Vom Strand her hallte ein unbändiges Echo zurück.

Mauke Nuha konnte dem Drang nicht widerstehen, in ihr Gebrüll einzufallen. Er sprang auf und schrie, mit zum Himmel gereckten Armen, schrie so laut er konnte, bis ihm die Kehle schmerzte.

Danach fühlte er sich besser. Die Unruhe der letzten Stunden war verflogen, sein Kopf war wieder klar. Er rief sich Arukes Lehre ins Gedächtnis: *Dein Geist muss frei sein, sonst kannst du die Gedanken des Ozeans nicht verstehen und er kann deine nicht verstehen. Lass dich nicht von Überflüssigkeiten ablenken, beschwer deine Reise nicht mit nutzloser Last.*

Ja, jetzt war er bereit für die Aufgabe, die ihn erwartete. Er musste klarbleiben und sich in einen Einklang mit dem Ozean begeben. Horu und Aruke waren bei ihm, doch durfte er sich auf diesen Trost nicht allzu sehr stützen.

Er gab sich der tiefen Stille hin, die dem Schrei folgte. Eines nach dem anderen glitten die Kanus über das Korallenriff hinweg und fuhren hinaus auf den gewaltigen Ozean.

# 15
# Suche (4. Teil)

*Ich bin zu alt für solche Sachen.* Das war das Letzte, was Ian dachte, ehe er, angezogen und mit Schuhen, auf dem Bett des gemieteten Zimmers am nördlichen Stadtrand von Shanghai zusammenbrach.

Er schlief noch, als das Telefon klingelte. Er träumte, er würde fliegen. Er segelte über ein leicht gekräuseltes Meer, das sich bis zum Horizont erstreckte. Es war ein wunderschöner Traum, er empfand das absolute Glück, das es nur im Traum gibt. Dann sah er in der Ferne etwas, es sah aus wie winzige Boote, er kam näher und …

Die Melodie von Kirk Franklins »My Desire«, seinem Lieblingsgospel, dudelte vor sich hin. Er tastete nach seinem Handy. Es war seine Frau.

»Hallo, Rachel.«

»*Hallo, Ian. Geht es dir gut?*«

»Ich habe gerade geschlafen. Ich hab was geträumt … fällt mir nicht mehr ein.«

»*Oh, entschuldige. Ich wollte dich nicht wecken. Aber ist es bei dir nicht drei Uhr nachmittags?*«

»Ja, doch, es ist drei, mach dir keine Sorgen. Ich bin nur ein bisschen müde. Ich bin weggepennt, ohne es überhaupt zu merken. Ein Glück, dass du angerufen hast, in einer Stunde habe ich eine Verabredung, die wäre mir beinahe durch die Lappen gegangen.«

Am anderen Ende der Leitung atmete Rachel schwer, doch Ian hörte es nicht. Die verzögerte Übertragung und das für

Überseegespräche typische nervtötende Echo machten es mühsam, miteinander zu reden. Immer wieder kreuzten sich ihre Stimmen, und sie mussten alles mehrmals wiederholen, bis sie einander verstanden.

*»Ein bisschen müde? Ian, ich mache mir ernsthaft Sorgen. Du bist seit über vier Monaten weg. Auch wenn du's mir nicht sagst, ist mir klar, dass du am Ende bist. Und ihr habt noch nichts gefunden.«*

Sie hielt kurz inne. Dann redete sie mit zitternder Stimme weiter.

*»Ian, ich hab Angst, all das führt nur dazu, dass ich dich auch noch verliere.«*

»Hey, hey«, fiel er ihr beschwichtigend ins Wort, »willst du damit sagen, dass ich ein alter, nichtsnutziger Sack geworden bin? Na komm, mach dir keine Sorgen. Bestimmt ergibt sich bald was, du wirst sehen. Jetzt bin ich noch drei Wochen hier in Shanghai, und dann fahre ich nach Okinawa und…«

*»Diese Sache mit Okinawa verstehe ich wirklich nicht!«*, brach es aus Rachel heraus. *»Das stand doch gar nicht auf Kasumis Karte!«*

»Ich weiß, ich weiß. Sagen wir, es war so eine Eingebung. Aber ich verspreche dir, Weihnachten bin ich wieder zu Hause, egal, was kommt.«

*»Bis Weihnachten ist es noch so lang hin… Ich weiß nicht, Ian, ich weiß einfach nicht, ob wir das Richtige tun. Vielleicht ist das alles eine Nummer zu groß für uns. Vielleicht sollten wir die Sache an den Nagel hängen und die Suche den offiziellen Stellen überlassen. Uns dem Willen Gottes ergeben.«*

»Aber Rachel, darüber haben wir schon x-mal gesprochen«, erwiderte er ungehalten. »Du weißt doch selbst, dass offizielle Ermittlungen nicht ausreichen. Wenn ich jetzt nach Hause käme, wie könnten wir dann mit der Schuld leben, nicht alles Mögliche unternommen zu haben? Samuel sieht die Sache genauso!«

Unwillkürlich war Ian laut geworden. Rachel brach in Schluchzen aus.

*»Oh, Ian, es ist nur … das alles zu ertragen … ich …«*

Sie brach in Tränen aus.

*»Ich schaffe das nicht«*, gestand Rachel. *»Ich bin am Ende meiner Kräfte.«*

»Aber du musst es schaffen. Wir müssen es schaffen, gemeinsam. Noch besteht Hoffnung, dass all diese Mühen nicht umsonst sind. Und außerdem sind wir in Gottes Hand, das hast du selbst gesagt. Jetzt reicht es mit diesen trüben Gedanken, sonst werde ich auch ganz traurig.«

Ians warmherzige Stimme war wie eine zärtliche Geste aus Tausenden Meilen Entfernung, und Rachel beruhigte sich.

»Erzähl mir lieber, wie es dir geht, wie läuft es zu Hause so?«

*»Mir geht's gut, uns allen geht es gut. Auch mit der Gemeinde geht es voran. Pater Esteban tut alles, um dich zu ersetzen. Aber zwischen deinen Predigten und seinen liegen Welten.«*

Ian fühlte sich geschmeichelt. Es war sehr selten, dass seine Frau ihm Komplimente machte.

*»Alle fragen mich, wie es dir geht und wann du zurückkommst. Auch Jakie fragt ständig: Wann kommt Opa zurück? Du fehlst ihr sehr.«*

Bei diesen Worten ergriff Ian heftige Rührung. Er merkte, dass er das Telefonat sofort beenden musste, wenn er nicht vor seiner Frau in Tränen ausbrechen wollte, denn das durfte unter keinen Umständen passieren.

»Sie fehlt mir auch, grüß sie ganz doll von mir.« Seine Stimme zitterte. »Es ist spät, ich muss Schluss machen. Tschüs, Rachel.«

*»Ist gut. Tschüs, Ian. Pass auf dich auf.«*

Kaum hatte er aufgelegt, brach Ian in heftiges Schluchzen aus. Von einem Moment zum anderen hatte die Liebe zu seiner Enkelin den Panzer geknackt, den er sich während all dieser Monate zugelegt hatte: Die Gewissheit, das Richtige zu tun, war die treibende Kraft, die ihn unermüdlich weitermachen ließ, trotz der Erschöpfung, der Angst und der Enttäuschung, mit der er jeden Tag fertigwerden musste.

Und wenn er derjenige war, der sich irrte? Wenn seine Frau recht hatte? War es nicht egoistisch, das eigene Leben derart aufs Spiel zu setzen? Hatte ihn der eigene Schmerz blind gemacht? Und wenn er hier sterben würde, in der Fremde, weit weg von seinen Lieben, ohne jemals einen von ihnen wiederzusehen und in die Arme zu schließen?

Erschöpfung und Ohnmacht drückten ihn nieder, fraßen ihn auf.

Er fuhr sich mit dem Handrücken über die Augen, öffnete die Nachttischschublade und zog seine Bibel hervor, ein ledergebundenes, vor Lesezeichen strotzendes Exemplar. Er brauchte Trost, besser gesagt, Antworten. Rasch ging er mit dem Daumen durch die eng bedruckten, schon so oft gelesenen Seiten. Dann hielt er inne, und sein Blick fiel auf einen Satz aus dem Lukasevangelium.

> Welcher Mensch ist unter euch, der hundert Schafe hat und, so er denn eines verliert, der nicht lasse die neunundneunzig in der Wüste und hingehe nach dem verlorenen, bis daß er's finde?

Er las den Vers wieder und wieder, jedes Mal ein wenig gestärkter. Diese alten Worte schienen für ihn geschrieben worden zu sein. Er trocknete sich die Tränen und legte die Bibel zurück in die Schublade.

Ian ging ins Bad und spritzte sich eiskaltes Wasser ins Gesicht, um die letzten Tränenspuren fortzuwaschen, und zog die verschwitzten, zerknitterten Sachen aus, in denen er geschlafen hatte. Als er sich das saubere Hemd zuknöpfte, hielt er nachdenklich inne.

Er lehnte die Stirn gegen das Fenster und blickte hinaus. In der Ferne zogen die Möwen über dem Hafen von Shanghai ihre Kreise. Er schaute ihnen eine Weile zu.

»Wenn ich die Welt von oben sehen könnte wie ihr … über die Meere fliegen, mich auf jedes Fensterbrett setzen … dann wäre vielleicht alles viel einfacher.«

Seine Stimme ließ das Glas leicht beschlagen und machte es warm und feucht. Als der Dunstfleck verschwunden war, breitete sich die Kälte über seine Stirn auf den ganzen Körper aus, und ein Schauder durchfuhr ihn wie eine dunkle Vorahnung.

*Höre am Strand der See dunkelvokale Vögel.*

Unwillkürlich war ihm der Vers eines alten Gedichtes in den Sinn gekommen.

Was war das für ein Gedicht? Von wem?

Auf einmal fiel ihm der Traum wieder ein, den der Anruf seiner Frau unterbrochen hatte. Er hatte geträumt, über den Ozean zu fliegen wie ein Vogel. Er war glücklich gewesen.

Er trat einen Schritt vom Fenster zurück.

Der Traum war abgerissen, als er gerade etwas in der Ferne entdeckt hatte. Kleine Boote. Kanus ähnlich. Er verscheuchte diese Gedanken. Er hatte eine Verabredung. Sein Shanghai-Informant wollte ihn in ein Auffanglager für Evakuierte und Opfer von Naturkatastrophen bringen. Das würde kein Spaziergang werden, und er wollte nicht zu spät kommen oder innerlich unvorbereitet sein. Dies war nicht der richtige Moment, sich mit kuriosen Träumen aufzuhalten.

Er steckte Handy, Brieftasche und Schlüssel ein, griff sich eine Regenjacke und trat unter den bleiernen Himmel Shanghais hinaus.

Schon bald hatte er den Traum vergessen.

Doch hätte er in genau diesem Moment gen Südosten über den Pazifik fliegen können wie eine Möwe, hätte er mit ein bisschen Glück die fünf Kanus gesehen, klein und leicht wie Nussschalen in der Weite des Ozeans.

Auf dem ersten hätte er eine schwerkranke Frau und ihren Mann gesehen, einen alten Mann, der alles riskierte, um sie zu retten.

Auf dem anderen, aufrecht stehend, die Zügel des Windes fest in den Händen, einen starken und kühnen jungen Mann, den Sohn des unglückseligen Paares. Und neben ihm einen Mann ohne Vergangenheit, der Mauke Nuha genannt wurde, ohne seinen wahren Namen zu kennen, und jetzt schnell dahinsegelte, getrieben von dem Wunsch, seine Identität und mit ihr die Frau wiederzufinden, die er liebte. Er segelte nach Okinawa, nach Wales. Und vielleicht nach Hause.

Am selben Tag würde Ian einen Flug nach Okinawa buchen. In drei Wochen würde er fliegen.

Zur selben Zeit planten die Männer auf den Kanus, die riesige Wasserweite zu überqueren, die sie von der japanischen Südküste trennte.

Würden sie sich in Okinawa begegnen, dort, wo sich ihre Wege kreuzten,

*jenseits der dreizehn Meere,*

*hinter den Schlammwüsten*

*hinter den Klippen des Zufalls,*

*hinter der riesigen Welle der Angst,*

*der Vater und sein Sohn?*

# II

# DIE SUCHE NACH DEN ERINNERUNGEN

# 16

# Nach Wales in meinen Armen

Die fünf *Wa'hay* schossen über den Ozean, Gewehrkugeln aus Holz und Tau, Haut und Fleisch. Ringsum die endlose Weite aus Wasser und Himmel.

Horu steuerte das erste Kanu. Mit seiner Weisheit lenkte er die anderen, die ihm in einer Reihe folgten, entlang unsichtbarer Leitfäden. Mit dumpfen Schlägen klatschten die Boote auf die Wellen. Die prallen, leuchtenden Segel knarrten und ächzten unter dem Druck des Windes.

Im Schatten des Segels sitzend, steuerte Aruke das vorletzte Kanu. Hinter ihm kniete Mauke Nuha und prüfte die Knoten, die den Bootsrumpf, die Ausleger und das Tauwerk zusammenhielten. Hatte sich einer gelockert, zurrte er ihn mit ein paar gezielten Handgriffen wieder fest.

Er hielt das Gesicht in den kühlen Wind und reckte sich. Salz bedeckte seine Haut und verklebte ihm die Wimpern, die Sonne brannte ihm auf den Kopf, seine Gelenke schmerzten, weil er auf Knien arbeiten musste. Dennoch lächelte er: All das war er bereits gewohnt.

*An andere Dinge werde ich mich nie gewöhnen.*

Das Dahinschnellen übers Wasser … der in den Ohren pfeifende Gegenwind … das heftige Aufzucken im Kraftfeld zwischen Himmel und Erde … Die Schönheit dieses Tanzes auf den Wellen hatte jede Angst fortgewischt. Er fühlte sich glücklich, voll eines fiebrigen, kindlichen Glücks, das er verloren hatte und an das er sich nicht mehr erinnern konnte. Wohin war er unterwegs? Was hielt die Zukunft für ihn bereit, welche Rätsel würde er jenseits des Ozeans lösen? In diesem flüchtigen, wahrhaftigen Moment waren all diese Dinge unwichtig.

Mit zu engen Schlitzen zusammengekniffenen Lidern beobachtete er Aruke, bewunderte die Anmut und Perfektion, mit der er das Kanu von Welle zu Welle springen ließ.

Die Dämmerung brach über dem ersten Reisetag herein. Die Sonne setzte die sich wattig am Horizont türmenden Kumuluswolken in Flammen. Sie sahen aus wie riesige, fliegende Festungen, von feindlichen Rittern angezündet. *Heute Abend kehren wir nicht zur Insel zurück*, dachte Mauke Nuha unruhig und betrachtete die Farbe des Wassers, die langsam in Schwarz überging.

»Offenbar steht der Beginn unserer Reise unter einem guten Stern«, rief Aruke ihm zu und winkte ihn zu sich heran. »Heute war das Wetter optimal. Die *Wa'hay* sind gut in Schuss, und wir kommen schnell voran.«

Mauke Nuha blinzelte zu den vorwegsegelnden Kanus hinüber.

»Weißt du, worüber ich mich wundere?«, sagte er und setzte sich. »Über die Mannschaft, die uns nach Okinawa begleitet. Das sind fast noch Kinder, Iruie inbegriffen. Ich hätte mir ein … *erwachseneres* Geleit gewünscht. Wie die Perlentaucher.«

»Mein Bruder mag klein sein«, entgegnete Aruke, auf das Segel konzentriert, »aber im Segeln ist er fast so gut wie ich. Und bestimmt besser als du!« Er prustete los. »Das sind zwar Jungs, aber dafür haben wir mehr Platz für Vorräte und Wasser. Und das werden wir brauchen. Bis zum letzten Tropfen.«

Ein paar Minuten saßen sie schweigend da und schauten zu, wie die Dunkelheit nach und nach alles umfing. Die *Wa'hay* änderten ihre Formation. Sie drosselten die Geschwindigkeit und bildeten zwei parallele Reihen. Rufend und lachend winkten die Seeleute einander zu, bester Laune.

»Ich habe mich noch nicht bei dir entschuldigt«, sagte Aruke.

»Für das, was während der letzten Ausbildungstage passiert ist. Und für den vorigen Abend, für den Groll gegen dich und dass ich auf dich losgegangen bin.« Er stotterte fast vor Erregung.

Mauke Nuha schüttelte den Kopf.

»Mach dir keine Gedanken, ich habe das völlig verstanden. Ich muss mich bei dir entschuldigen, denn ich habe das Leben deiner Mutter aufs Spiel gesetzt und …«

»Das ist nicht alles«, unterbrach ihn Aruke nervös. »Da ist noch etwas, das mir Sorgen bereitet. Und zugleich macht es mich unendlich glücklich.« Er räusperte sich verlegen. »Nach meiner Familie bist du der Erste, der es erfährt. Es geht um Nashara«, murmelte er. Mauke Nuha dachte an die Zärtlichkeit, die er beim Abschied zwischen Aruke und seiner Frau gesehen hatte. »Meine *Wa'hinie* ist schwanger. Wir erwarten ein Kind.«

Aruke klang feierlich, doch seine Stimme verriet, wie gerührt er war. Einen Moment lang war Mauke Nuha sprachlos, dann schloss er seinen Freund lachend in die Arme.

»Das ist ja wunderbar! Ich freue mich so für euch! Seit wann wisst ihr es?«

»Seit ein paar Tagen, im Dorf weiß es noch niemand. Ich habe mir nicht nur um meine Mutter Sorgen gemacht, sondern auch um Nashara. In solch einem heiklen Moment wollte ich sie nicht allein lassen. Aber bald sind wir ja wieder zurück. Wenn alles gut läuft, ist sie dann im vierten Monat.«

Aruke hielt nachdenklich inne. »Leider werden wir ohne dich zurückkehren. Und das wird mich traurig machen. Ich hätte mir gewünscht, dass du mein Kind siehst. Du wärst ein perfekter *T'wana*, Mauke Nuha, ein perfekter Onkel.«

»Aruke …«, Mauke Nuha war sehr bewegt. »Danke. Du bist wie ein Bruder für mich.«

Als die Dunkelheit Wasser und Himmel verschmelzen ließ, kroch Mauke Nuha ins Zelt. Er streckte den Kopf hinaus, um die Wellen zu sehen, die neben ihm dahinschossen. An diesem Tag war der Ozean ruhig gewesen und hatte sich nur leicht unter dem Wind gekräuselt: das ideale Wetter für einen Reisebeginn. Doch es war eine angespannte Ruhe, das spürte Mauke Nuha, unter deren Oberfläche alles verschlingende Soge lauerten, unbändige Kräfte, die drauf und dran waren, loszuschlagen.

Ein rötlicher Mond tauchte auf, und das Wasser reflektierte sein Licht in zahllosen silbrigen Tönen. Jetzt wirkte der Ozean wie ein riesiger quecksilberner Spiegel, auf dem ein schillernder Strahl sich bis zum Horizont dehnte und dahinter in der Finsternis versank.

Aruke weckte ihn. Der Himmel war noch schwarz, doch am Horizont glimmte bereits ein fahler Schimmer, der den Sonnenaufgang ankündigte.

»Du musst nichts anderes tun, als dem *Wa'hay* vor dir zu folgen«, sagte Aruke und überließ ihm das Steuer. »Wenn es Probleme gibt, weck mich.«

Dann legte er sich ins Zelt und schlief sofort ein.

Mauke Nuha ergriff die Segeltaue. Es war nicht schwer, das *Wa'hay* zu lenken. Er hatte es wochenlang geübt.

Nach rund einer halben Stunde tauchte die Sonne im glasklaren Himmel auf. Während er sich überwältigt dem perfekten Übergang von Weiß zu Tiefblau hingab, entdeckte er auf einmal einen seltsamen Fleck am Himmel, vielleicht ein Wolkenfetzen.

*Das da oben … das sind ja wir!*

Er rieb sich die Augen. In diesem Spiegel aus Licht sah er die fünf *Wa'hay*, die durchscheinend und kopfüber im Himmel segelten.

Das Bild war klein und weit weg, aber dennoch gestochen scharf.

»Aruke«, rief er, »schau nur!«

Aruke schreckte hoch und kroch alarmiert aus dem Zelt. Dort saß nur Mauke Nuha, starrte gebannt in die Höhe und deutete auf einen Punkt im Himmelsblau.

Es war keine Einbildung, Aruke sah es ebenfalls.

»Das sind unsere *Wy'yn*«, sagte er ungläubig. »Unser himmlischer Geist folgt uns. Das ist ein gutes Omen. Das günstige Wetter bleibt uns erhalten.«

Seine Vorhersage traf zu, zumindest ein paar Tage lang. Die *Wy'yn* hingegen waren im nächsten Augenblick verschwunden und sollten sich nicht mehr blicken lassen. Mauke Nuha kam zu dem Schluss, dass es sich um eine Art optische Täuschung gehandelt hatte, ungewöhnlich, aber plausibel, und dachte nicht mehr daran.

Wären sie ein paar Wochen eher aufgebrochen, mitten in der günstigen Jahreszeit, hätten das ruhige Wasser, der kräftige Rückenwind und die klare Sicht sie die ganze Fahrt über begleitet. Doch sie hatten zu lange gewartet, und die Bedingungen sollten sich ändern.

Sechs Tage vergingen. Aruke wirkte heiter, fast fröhlich, und Mauke Nuha ließ sich von seinem Optimismus anstecken und begann nur allmählich, die ersten Anzeichen von Hunger und Durst zu spüren. Sicherheitshalber hatte Aruke bereits angefangen, die Wasser- und Nahrungsvorräte streng zu rationieren.

»Halt noch ein wenig aus«, sagte er beschwichtigend, »in ein paar Tagen erreichen wir Wapitame. Dort können wir so viel essen und trinken, wie wir wollen, und unsere Vorräte aufstocken. Ab da wird die Reise einfacher.«

Dieser Gedanke half Mauke Nuha, alles klaglos zu ertragen. Doch in dieser Nacht, der sechsten, wurden all ihre Hoffnungen und Erwartungen zunichtegemacht.

# 17
# Der Durst

Mauke Nuha hatte nur vage Erinnerungen an das, was geschehen war, eine wirre, zusammenhanglose Abfolge von Momentaufnahmen.

Aruke hatte ihn geweckt, oder nein, er war von selbst aufgewacht, weil er mit dem Kopf gegen die Bootswand stieß.

Wellen. Wasserklingen, die böse im mattrötlichen Mondlicht funkelten. Immer größer und schneller wurden. Schwarze Wassermauern, die sich auftürmten und ins Dunkel stürzten.

Das Kanu bäumte sich auf, ein-, zwei-, dreimal.

*Mit einen ohrenbetäubenden Zischen zerreißt das Segel.*

*Die Kameraden auf den anderen* Wa'hay *verschwinden und tauchen durchnässt und panisch wieder auf.*

*»Wir haben sämtliche Vorräte verloren!«, schreit Aruke. »Die Wellen haben sie fortgerissen!«*

*Und mein Buch? Mein Buch!*

*Im heftigen Wind versucht Aruke das Segel zu flicken.*

Noch eine Erinnerung.

*Es müssen ein paar Tage vergangen sein.*

*Jetzt sind die fünf* Wa'hay *ganz dicht beieinander.*

*Reglos.*

*Der Ozean ist so glatt, als wäre er mit Öl bedeckt, die Segel hängen schlaff herab wie die Lumpen eines am Galgen baumelnden*

*Gehängten. Himmel und Wasser haben die gleiche bleierne Farbe. Leichter Dunst hängt über allem und verdeckt die Sonne.*

*»Der Sturm hat uns vom Kurs abgebracht!«, ruft Horu uns allen von seinem Kanu aus zu. »Wir werden in Wapitame keinen Halt mehr machen können. Wir müssen direkt nach Okinawa weiter. Rationiert die Vorräte. Verschwendet nicht den kleinsten Tropfen Wasser. Widersteht dem Hunger und dem Durst, so lange ihr könnt.«*

*Mit dumpfem, bedrohlichem Glucksen schaukeln die Boote auf dem platten Meer.*

*Todesgeräusche.*

*»Beten wir, dass diese Flaute bald vorübergeht. Sonst haben wir keine Chance«, schließt Horu eisig. Für einen Sekundenbruchteil spüre ich oder meine zu spüren, wie sein Blick mich durchbohrt.*

*Behutsam trocknet Horu Sames Gesicht.*

Eine letzte Erinnerung.

*»Ich bitte dich, Aruke, gib mir was zu trinken! Ich sterbe vor Durst, ich sterbe, ich bitte dich …«*

*Ich heule wie ein Kind, bin verzweifelt, habe noch nie so gelitten.*

*Aruke hat blutunterlaufene Augen, er sieht wie ein Wahnsinniger aus. Er brüllt.*

*»Hör auf! Hör auf zu heulen! Begreifst du denn nicht? Begreifst du nicht, dass das deine Schuld ist?«*

Zusammengekrümmt wie ein Fötus lag Mauke Nuha da, den Kopf auf dem Bootsrand, die Hand im reglosen Wasser. Die Flaute schien nicht enden zu wollen.

Er hatte jedes Zeitgefühl verloren. Seit wie vielen Tagen war er Gefangener des Ozeans? Er wusste nichts mehr. Der Durst beherrschte sein Sein. Er hatte keine Wünsche mehr, keine

Empfindungen, er spürte weder Hände noch Füße. Er wollte nur trinken.

*Unglaublich*, dachte er, während er das sanfte Schaukeln des Kanus betrachtete.

*Da ist man von so viel Wasser umgeben … der größten Wassermasse des Planeten …*

*… und verdurstet.*

Er musste lachen. Ein irres Geräusch an einem unwirklichen Ort.

Wo war Aruke? Er sah ihn nicht mehr. Es war ihm egal.

*Es ist seine Schuld, er hat mir das Wasser weggenommen. Ich weiß, dass es noch welches gibt. Aber er hat es versteckt … er will alles für sich haben!*

Er hob die Hand. Träge und kalt rannen die Tropfen über seine Haut und hinterließen lange, salzige Spuren.

Er beschloss es zu tun, obwohl er die tödlichen Folgen kannte.

Er rappelte sich auf die Knie. Lehnte sich nach vorn und schöpfte mit den Händen Wasser. Führte sie an den Mund.

Trank zwei große Schlucke.

*Mmmh … erfrischend! Mehr, ich will noch mehr.*

Das Salzwasser rann ihm wie Säure durch die Speiseröhre, doch er spürte es nicht. Nur die Flüssigkeit, die Kühle, den Geruch und den herrlichen Geschmack von Wasser.

Gierig trank er weitere zwei, drei, vier Schlucke. *Wie gut … wie gut …*

Leise Musik erklang in seinen Ohren. Ein eintöniger Gesang, der aus dem Wasser aufstieg und die Luft erfüllte.

Ein stechender Schmerz durchfuhr seinen Schädel.

Schreiend kippte er zur Seite: Etwas hatte ihn an der Schläfe getroffen. Er spürte, wie das warme Blut ihm über die Wange rann.

Vor ihm stand Aruke, in der Hand das Paddel, mit dem er ihn wutentbrannt geschlagen hatte. Sein Blick war matt, doch seine Lippen zitterten.

»Wenn du dich umbringen willst«, zischte er mit unnatürlich beherrschter Stimme, »hättest du das schon auf der Insel tun können. Dann hättest du uns allen diese Hölle erspart.«

Dann brach es aus ihm hervor.

»Verflucht! Verflucht! Du bist schuld, wenn wir sterben. Verflucht seist du!«

Seine Augen schienen aus den Höhlen zu springen. Er schleuderte das Paddel hin, ein Schrei verzerrte sein Gesicht. Er war drauf und dran, sich auf Mauke Nuha zu stürzen, doch dann hielt ihn etwas zurück, er drehte sich um, schleppte sich schwankend zum Bug und verschwand hinter dem leblos herabhängenden Segel.

Mauke Nuha war von dem gleichen Hass erfüllt. Blinder, ungebremster Hass, genauso heftig wie sein Durst. In seinem wirren Hirn waren Durst und Hass zu einem einzigen Klumpen verschmolzen.

Er würde ihn töten.

Ja. Wenn er das täte, würde er sein Wasser wiederbekommen.

Er versuchte aufzustehen, doch ein heftiger Brechreiz warf ihn zurück, verkrümmte ihm Rücken und Nacken. In drei Krämpfen erbrach er alles Salzwasser, das er in langen Zügen getrunken hatte. Mit dem Gesicht nach unten blieb er in der lauwarmen, schaumigen Brühe liegen.

*Mir geht es schlecht… o Gott, geht's mir schlecht… ich werde… sterben.*

Forderte der Ozean ein Opfer, um sie zu befreien? Wie in den alten Seemannsgeschichten, die er an den Abenden am Lagerfeuer auf der Insel gehört hatte?

*Ja, Aruke hat recht…*
*Ich bin schuld.*
*Und ich muss… sterben…*

Mauke Nuha schloss die pochenden, brennenden Augen. Noch immer hörte er den Klang, der aus dem Ozean aufstieg. Diesen monotonen, süßen Akkord, der ihn wiegte.

*Ich weiß, dass es diese Musik nicht gibt… aber sie ist schön…*
Er gab sich der Ohnmacht hin.
*So ist es weniger traurig…*
*Ich bitte dich… bleib bei mir bis zum Ende.*

Es ging langsam, jedoch ohne die befürchteten Schmerzen. Es war eine Art Taubheit, die sich von den Händen und Füßen über Arme und Beine ausbreitete. Dann verlosch auch der Durst. Er spürte nichts mehr. Nur das überirdische Singen des Ozeans, das ihn in den Tod begleitete.

Ein weiteres Geräusch gesellte sich hinzu.
Anfangs war es nur ein fernes Summen, das sacht einfiel, ohne wirklich hörbar zu sein, ähnlich einer warmen, flüchtigen Strömung auf eisigem Meeresgrund.
Doch es wurde stärker. Bis Mauke Nuha es klar und deutlich vernahm.
Es klang wie ein Heulen, ein dreitöniger Ruf. Es wurde noch lauter, bis es sich schließlich misstönend von der Musik abhob.
Mauke Nuha begriff den Unterschied zwischen den beiden Klängen: Der zweite war keine Einbildung, er war echt.
Es war ein Klagelaut.
Es waren die Stimmen von Horu und Aruke.
Mauke Nuha riss die Augen auf.

# 18
# Das Opfer

Aruke kniete, die Arme vor der Brust verschränkt, als wäre sein Herz verwundet, sein schönes Gesicht war schmerzverzerrt, und ein klagender Laut entrang sich seinem aufgerissenen Mund.

Ein Stück daneben kniete Horu, das Gesicht ebenfalls vom Leid entstellt, und heulte wie ein tödlich verletztes Tier.

In seinen Armen lag Same.

Der Kopf hing zur Seite, die leeren Augen starrten ins Nichts, die Haut war erdfahl.

Same war tot.

Es durchfuhr Mauke Nuha wie eine heftige Woge.

Die Frau, deren Schicksal sich unauflöslich mit seinem verbunden hatte, deren Rettung der eigentliche Grund für diese Reise war.

Die starke Same, die ihrem Volk trotz Krankheit stets Leitlicht und Trost gewesen war.

Same, mit der ätherischen Stimme und der nie verblühten Schönheit, hatte sie verlassen.

Der Schmerz entlud sich und erstickte jede andere Empfindung seines leidzerfressenen Körpers. Und mit ihm kam, eisig und erstickend, das Schuldgefühl.

Aruke hatte recht.

Er war schuld an Sames Tod.

*

Schluchzend und den Kopf zwischen ihren Knien vergraben hielt der kleine Iruie die Füße seiner Mutter umklammert. Sein schmaler Körper bebte. Die *Wa'hay* hatten sich um Horus Kanu geschart, alle blickten ungläubig und bestürzt.

Niemand bemerkte es, aber in dem Moment erhob sich eine leichte Brise. Die Segel blähten sich sacht, knarzend wie steif gewordene Glieder.

Also stimmte es.

Der Ozean hatte ein Opfer genommen, um sie vom Albtraum der Flaute zu befreien.

Doch wieso hatte er nicht ihn genommen? Er war so kurz davor gewesen! Wieso nicht ihn, der keinen Namen trug und niemanden auf der Welt hatte?

Horu bettete Sames Leichnam ins Zelt. Er drückte ihr die Augen zu. Er strich ihr Kleider und Haar zurecht. Er nahm seine Muschelkette ab, die er stets trug, Symbol ihrer Einheit, und wickelte sie ihr um die Hand. Dann schlug er ein kleines Loch in den Bootsboden und sprang ins Wasser. Doch vorher musste er den kleinen Iruie vom Körper seiner Mutter losreißen, der ihr Gesicht mit Küssen bedeckte und um sich trat, sich gegen den Griff des Vaters wehrte.

Sie schwammen zu einem der übrigen Kanus und hievten sich hinein. Trudelnd driftete Sames *Wa'hay* davon und nahm ihren Körper für immer mit sich. Ohne den Blick davon loszureißen, stimmten die Männer einen süßen, herzzerreißenden Gesang an, der völlig anders war als alles, was Mauke Nuha bisher gehört hatte: ein Totengesang.

Die Klage dauerte lang, und während die Männer sangen, erhob sich der Wind. Sames *Wa'hay* wurde immer kleiner, der Bootsrumpf und das Segel sanken tiefer: Durch das Loch, das Horu geschlagen hatte, strömte das Wasser herein und ließ das Kanu langsam untergehen. Der Ozean würde Sames Leichnam in seine Obhut nehmen.

Der Gesang verklang, nur das Pfeifen des Windes war noch zu hören. Von seinen neuen Reisegefährten gestützt, stand Horu auf. Sein Gesicht war nicht wiederzuerkennen. Das stets lachende, gütige Antlitz des Mannes, der andere Menschen lesen konnte wie ein offenes Buch, glich nun einer dunklen, schwärenden Wunde, und dort, wo seine Augen einst gewesen waren, klafften zwei Löcher.

»Die Flaute ist vorüber«, sagte er mit fremder Stimme. »Lasst uns unsere Reise nach Okinawa fortsetzen. Wir haben es nicht mehr weit.«

Von Schmerz und Schuldgefühlen überwältigt, wagte Mauke Nuha es nicht, Aruke anzusehen. Eins nach dem anderen nahmen die *Wa'hay* ihre Fahrt auf, den Wind im Rücken, der die Segel wieder füllte. Mauke Nuha sah ihnen nach und wartete darauf, dass auch sie sich in Bewegung setzten. Doch als die anderen Kanus bereits weit entfernt waren und ihres noch immer richtungslos vor sich hindümpelte, fasste er sich ein Herz und drehte sich zu Aruke um.

Der lag hingestreckt im Bug, das Gesicht auf dem Boden, die Arme unter die Brust gezogen. Er sah aus wie besinnungslos, nur das unmerkliche Heben und Senken des Brustkorbs verriet, dass noch Leben in ihm war.

»Aruke …«, flüsterte Mauke Nuha. Er streckte die Hand nach ihm aus und hielt inne.

Jetzt konnte er nur eines für ihn tun. Es war fast schon zu spät.

Er durfte die anderen *Wa'hay* nicht aus den Augen verlieren. Er musste in ihrem Fahrwasser bleiben, sonst wäre es das Ende.

Plötzlich war er wieder hellwach, der Durst hatte sich in einem verborgenen Winkel seiner selbst verkrochen. Er schöpfte neue Kraft aus den geheimen Quellen, die das Leben für den härtesten Moment bereithält. Jetzt war es an ihm, sie beide zu retten.

Er griff nach den Segeltauen und schoss los. Obwohl die *Wa'hay* bereits sehr weit weg waren, konnte er sie gut erkennen, der Wind hatte den Dunst aufgelöst. Inzwischen hatten die Kameraden ihr Fehlen bemerkt und die Geschwindigkeit gedrosselt, um sich einholen zu lassen. Kurz darauf hatten sich die vier übrig gebliebenen *Wa'hay* wieder formiert und setzten ihre Reise fort.

Es vergingen zwei Tage und zwei Nächte. Den Blick auf die *Wa'hay* vor ihm gerichtet, hatte Mauke Nuha die Segeltaue nicht einen Moment losgelassen. Da er weniger Erfahrung hatte als die anderen, kostete es ihn unendliche Mühe, in ihrem Kielwasser zu bleiben. Außerdem konnte er nicht erwarten, dass sie für ihn langsamer fuhren, denn diese kostbaren windigen Tage zu vertrödeln, hätte für alle den Tod bedeutet. Sie mussten so schnell wie möglich nach Okinawa segeln, hin zu Wasser und Nahrung, hin zum Leben. Währenddessen lag Aruke starr und besinnungslos da, belebt nur von unmerklichem Atmen.

Am dritten Tag begann Mauke Nuha zu wanken.

Jäher Schlaf übermannte ihn, zuerst sporadisch, dann öfter. Es war ein partieller Schlaf, der nur einige Bereiche seines Gehirns befiel. Ein Teil von ihm blieb ständig wach. Er schlief, und zugleich sah er in immer weiterer Ferne das Kanu vor sich, dem er folgte. Er schlief, doch seine Hände hielten die Segeltaue fest umklammert. Nach wenigen Minuten dieses seltsamen Schlafes wurde die Leinwand vor seinen Augen schwarz, das ganze Hirn forderte Erholung. Die Schwärze ließ ihn hochschrecken und wieder vollends wach werden.

Die winzigen, anfangs nur wenige Sekunden dauernden Tiefschlafphasen wurden länger und länger. Nachts wurde es noch schlimmer. Sein Kanu geriet außer Kontrolle, er wurde langsamer und driftete immer wieder ab. Die Gefahr, die Kameraden zu verlieren, war gewaltig. In der Dunkelheit konnten sie ihn kaum sehen und würden sein Fehlen erst viel zu spät bemerken.

*Wenn ich die Nacht durchhalte, schaffen wir es*, dachte er in einem letzten klaren Moment. Gleich darauf fiel er in tiefen Schlaf.

Er schreckte hoch und riss die Augen auf.

Es war heller Tag.

Um ihn herum war niemand mehr.

So sehr er den erbarmungslosen, kreisrunden Horizont absuchte, es war nichts und niemand mehr zu sehen. Nur die endlose, blauschimmernde Weite.

Er verspürte nicht einmal Angst. Er begriff, dass ihm nichts mehr am Leben lag. Sofort schloss er die Augen wieder. Er wollte sich nur dieser seligen Taubheit hingeben. Sein unausweichlicher Tod war ihm egal. Zum zweiten Mal ließ er zu, dass sich das Nichts sanft seines Körpers bemächtigte. Er hatte versagt, doch das zählte nichts. Jetzt würde er schlafen. Bald wäre alles vorbei.

Mauke Nuha erfuhr nie, ob das, was geschah, ein Wunder oder eine Sinnestäuschung war.

Etwas streichelte sein Gesicht, und er schlug die Augen auf.

Blendendes Licht umfing ihn. Er konnte nur einen Schatten erkennen, eine zarte Hand, die ihn halb hochzog und ihm half, sich aufzusetzen. Dieselbe Hand führte ihn zu den Segeltauen zurück. Ein heißer Schauder durchströmte ihn. Ein Ruf aus der Ferne, ein süßes Versprechen.

Das Licht verschwand.

Er war aufgewacht.

Was war passiert? Wer hatte ihn gestreichelt, hochgezogen, aus diesem tödlichen Schlaf gerissen? Neben ihm lag nur Aruke, noch immer ohnmächtig hingestreckt.

Der Lebenswille hatte wieder die Oberhand gewonnen.

Der Ozean ringsherum war ein perfekter Kreis, und sie bildeten seine Mitte.

Er bekam Panik.

Sie waren mitten im Nichts.

Vielleicht würden die Reisegefährten ihr Fehlen bemerken und auf sie warten. Doch was würde das nützen? Mauke Nuha hatte nicht die leiseste Ahnung, welche Richtung er einschlagen musste.

Arukes sämtliche Lehren zur Kursbestimmung hatten sich zusammen mit der Flüssigkeit seines ausgedorrten Hirns in Luft aufgelöst.

Was konnte er tun? Blind drauflossegeln und auf die verschwindend geringe Chance vertrauen, dass die Richtung stimmte? Sich nicht vom Fleck bewegen und darauf hoffen, dass die anderen Kanus umkehrten und sie suchten? Doch wie sollte er sich auf diesem ständig bewegten Wasserteppich nicht vom Fleck bewegen?

»Aruke! Aruke, wach auf!«, flehte er mit erstickter Stimme, den Tränen nah, doch seine Augen hatten nicht einmal genug Flüssigkeit, um zu weinen.

Aruke antwortete nicht. Bäuchlings und kraftlos lag er da wie tot, *vielleicht ist er tot*, dachte Mauke Nuha, und er war allein, mutterseelenallein, dem Ozean ausgesetzt.

Er blickte zum Himmel auf.

Schaute weit, weit nach oben.

Etwas ließ in seinem Herzen einen letzten Funken Hoffnung aufglimmen.

# 19
# Die Wy'yn

Dort oben, wo der hellblaue Himmelsspiegel gegen die unsichtbare Leere stieß – gegen den schwarzen Kosmos jenseits der Atmosphäre, das Gegenstück dieses Ozeans aus Wasser – sah Mauke Nuha sich selbst, kopfüber gespiegelt, sein *Wa'hay* mit umgedrehtem Mast, das durch die Luft segelte.

*Das… bin ich… gespiegelt im Himmel…*

*Das ist mein* Wy'yn*…*

Fieberhaft suchte er die Himmelskuppel ab und schluchzte erleichtert auf: Dank einer optischen Krümmung der Sonnenstrahlen entlang der Himmelskugel, einer gerade in diesem Moment einzigartigen Lichtbrechung, spiegelte der Himmel auch das, was für Mauke Nuha unsichtbar und jenseits des Horizonts verborgen war.

Hoch oben im Blau sah er die anderen drei *Wa'hay*, die in weiter Ferne kopfüber durch das Firmament segelten.

Sofort ergriff er die Segeltaue, zog das Segel in den Wind und nahm die Verfolgung der drei Spiegelbilder auf, die irgendwo jenseits des Horizonts auf ihn warteten.

Mit Höchstgeschwindigkeit trieb er das *Wa'hay* voran und überschlug anhand des Abstandes zwischen seinem Spiegelbild und denen der anderen Kanus den Kurs. Unermüdlich betete er, die Erscheinung möge nicht plötzlich verschwinden und ihn wieder allein lassen.

Nach vielen Stunden tauchten die drei *Wa'hay* – die echten

aus Holz und Tauen – vor ihm auf. Völlig verausgabt sank er in sich zusammen.

Er hatte sie eingeholt.

Auch wenn er nicht ganz bei sich war, vernahm Mauke Nuha die Freudenschreie seiner Freunde, die Aruke aus seinem Dämmerzustand holten.

»Mauke Nuha …« Arukes Hand legte sich auf seine Schulter. Ein mühsames Lächeln erhellte sein ausgezehrtes, rissiges Gesicht.

»Du hast mir das Leben gerettet. Das werde ich dir nie vergessen.«

Der halb besinnungslose Mauke Nuha hörte ihn kaum.

»Überlass alles mir, du musst dich ausruhen.«

Mauke Nuha nickte mit letzter Kraft.

»Verzeih meine Schwäche, verzeih, was ich zu dir gesagt habe«, fügte Aruke hinzu und brach in Tränen aus. Doch Mauke Nuha hörte ihn nicht mehr: Er war in einen fiebrigen Schlaf gefallen und klammerte sich an das Fädchen, an dem sein Leben über dem Abgrund eines grausamen, schmerzhaften Todes baumelte: dem Verdursten.

Nur der Wechsel von Licht und Dunkel hinter den geschlossenen Lidern vermittelte Mauke Nuha noch ein vages Zeitgefühl. In raschem Wechsel trieb er durch wirre, aber äußerst lebhafte Träume.

Eine Möwe ließ sich auf seiner Schulter nieder und schrie ihm ins Ohr:

»Land! Laaaaand!«

Nein. Es war keine Möwe.

Es war Aruke. Rau und atemlos barst seine Stimme aus dem Nichts hervor.

»Mauke Nuha! Laaaand! Laaaaand!«

Seine Gesichtshaut spannte schmerzhaft: Zum ersten Mal seit einer Ewigkeit hatte er gelächelt.

So gut er konnte, stützte er sich auf und legte den Kopf auf den Bootsrand. Er versuchte die Augen offenzuhalten, doch vergeblich. Haltlos schlingerte er zwischen Schlafen und Wachen. Und so sah er die Welt der *Tan'y'fenwa* wieder: Sie zeigte sich ihm in grellen Momentaufnahmen, die aus der Dunkelheit aufblitzten.

Fliegende Möwenschwärme.

Zwei in der Ferne ankernde Fischkutter.

Ein riesiges Stahlschiff – vielleicht ein Öltanker.

Die dunkelgrüne Silhouette zweier großer Inseln.

Dann glitt eine lange Küste an ihm vorbei. Strände und Bäume, Klippen und kleine Häfen, Häuser und Autos im ständigen Wechsel, eine flüchtige Fata Morgana.

Endlich steuerten die vier *Wa'hay* dürstend auf einen kleinen, von Palmen gesäumten und einer Felswand geschützten Strand zu.

Nach zehn ewig erscheinenden Minuten spürte Mauke Nuha das Boot auf den sandigen Grund laufen, ein knirschendes, schleifendes Geräusch, das seinen ganzen Körper durchdrang.

Die Reise war zu Ende. Sie waren gelandet.

Sie kletterten aus den Kanus.

Schwankend, einander stützend und vom Schwindel der Landkrankheit erfasst, betraten die zehn überlebenden Seeleute das trockene Festland von Okinawa. Sie waren auf der Insel Tokashiki angekommen.

Ein Mann trat aus einer Hütte, dem einzigen Gebäude am Strand. Nach kurzem Zögern erkannte er sie und eilte auf sie zu.

*Waremu. Das muss Waremu sein*, dachte Mauke Nuha. Die Erde schien sich unter seinen Füßen zu drehen.

*Ja, das ist Waremu, Sames Bruder.* Die Ähnlichkeit mit seinem Neffen Aruke war verblüffend.

»Horu! Horu!«, rief Waremu und rannte mit rudernden Armen auf sie zu. »Ihr habt meine Nachricht bekommen! Ihr seid da!«

Dann blieb er abrupt stehen. Sein Lächeln verlosch. Er griff sich an die Brust, als wolle er sich vor einem Säbelhieb schützen.

»Same? Wo ist Same?« Seine Stimme zitterte.

»Waremu …«, sagte Horu und stolperte nach vorn.

»Same …« Horu fiel auf die Knie.

»… ist tot.«

Dann kippte er vornüber in den Sand.

Mauke Nuhas einzige Erinnerung an jene Stunden war der Moment, in dem er wieder Wasser schmeckte. Dieses Gefühl brannte sich unauslöschlich in ihm ein, und er sollte es für den Rest seines Lebens nicht vergessen. Waremus Kelle, die sich an seinen Mund legte. Das Wasser, das die Lippen benetzte, über die Zunge rann, den ausgedörrten Gaumen berührte. Das Wasser, das die Speiseröhre hinabfloss, eine fast schmerzhafte Verzückung. Die einzelnen Tropfen, die sich in seinem Körper verteilten und seine sterbenden Zellen wiederbelebten.

Drei Tage vergingen. Die zehn Seeleute taten nichts anderes, als Tag und Nacht zu schlafen. Hin und wieder erwachten sie hungrig und durstig und stürzten sich so gierig auf Essen und Wasser, dass ihre durch die Entbehrung geschrumpften Mägen oft alles wieder von sich gaben. Waremu wachte über sie, und eine Japanerin half ihm.

Am vierten Tag kehrten nach und nach alle aus ihrer Lethargie zu einem beinahe normalen Lebensrhythmus zurück. Sie hatten sehr viel Gewicht verloren, waren äußerst schwach, hatten starken Muskelkater und konnten sich nur mühsam bewegen. Doch das Schlimmste schien vorüber, und glücklicherweise hatte keiner ernste körperliche Schäden davongetragen.

An jenem Abend beteten sie für Same.

Als es dunkel wurde, entzündeten sie entlang des Strandes

Dutzende kleine Feuer und setzten sich im Kreis in den Sand. Jeder stimmte reihum ein Klagelied an, und die anderen fielen mit ein. War ein Gesang zu Ende, wurde eines der Feuer gelöscht. Dann erhob sich die nächste Stimme. Stunden ging es so, bis alle Feuer gelöscht waren und der Strand wieder dunkel dalag. Waremu und Iruie hatten die ganze Zeit über leise geweint. Horus und Arukes Schmerz hingegen verriet sich nur durch ein leises Zittern in ihren Stimmen. Als das letzte Feuer verloschen war, saßen alle schweigend da, bis die Erschöpfung sie übermannte und sie im Sand einschliefen.

Nur Mauke Nuha konnte nicht schlafen. Während der Totenwache hatte er sich so gut es ging im Abseits gehalten und nicht gesungen, und das nicht nur, weil er die Melodien nicht kannte. Schuldgefühl zerfraß ihn. Seit sie an Land gekommen waren, hatte niemand mehr ein Wort mit ihm gewechselt. Was hätten sie ihm auch sagen sollen? Same war Waremus Schwester. Horus Frau. Arukes und Iruies Mutter. Und er war schuld an ihrem Tod. Er spürte, dass ihr Schweigen eine versteckte Anklage war. Vielleicht Hass. Er war ein Fluch, er war auf ihrer Insel gelandet und hatte den Tod gebracht. Doch schon bald wären sie ihn los, vielleicht würde sein Verschwinden sie ein wenig erleichtern.

Oder vielleicht auch nicht, vielleicht würde Horu ihm verzeihen und ihm trotzdem helfen und seine Perlen für ihn verkaufen. Doch das wäre für Mauke Nuha noch unerträglicher gewesen. Er musste sofort weg. Es war das Einzige, was er tun konnte. Heute Nacht würde er sich davonmachen.

Als er sicher war, dass alle schliefen, stand er lautlos auf. Nur eines wollte er mitnehmen. Leise schlich er zu seinem *Wa'hay*, tastete den Boden ab und fand das in Plastik eingewickelte Buch. Er band die Schnüre los, mit denen es die ganze Reise über sicher vertäut gewesen war. Das weiße Plastik schimmerte.

*Jetzt muss ich es alleine schaffen.*

Er wanderte den Strand hinauf und erklomm einen steilen Pfad hinter der Hütte.

*Jetzt bleibt mir nichts anderes übrig, als zur Polizei zu gehen. Vielleicht hat jemand eine Vermiss…*

»Mauke Nuha!«

Er war halb den Pfad hinauf, als eine tiefe Stimme ihn rief. Erschreckt fuhr er zusammen und blieb stehen. Dann drehte er sich langsam um. Trotz seiner pechschwarzen Augen funkelte Horus Blick in der Dunkelheit.

»Ich weiß, was du vorhast«, raunte er, der am Fuß des Pfades stand. »Aber komm zurück, ich bitte dich.«

Wieder hatte Horu alles durchschaut und ihn wie ein offenes Buch gelesen. Mauke Nuha blieb stumm und rührte sich nicht.

»Bereite mir nicht noch mehr Schmerz«, sagte Horu. »Lass unsere Reise nicht sinnlos gewesen sein.«

*Lass Sames Tod nicht umsonst gewesen sein.*

Doch Mauke Nuha konnte nicht darauf eingehen. Überrascht war er nicht: Er hatte gewusst, dass Horu so zu ihm sprechen und ihn von jeglicher Schuld befreien würde. Doch Horus Vergebung war das Letzte, was er wollte. Lieber hätte er sich von ihm zusammenschlagen lassen. Wie Gischt brodelte das Schuldgefühl in ihm hoch und entlud sich in blindwütigem Zorn.

»Du wusstest es!«, bellte er, und die Tränen schossen ihm in die Augen. »Du hast gewusst, dass Same es nicht schaffen würde… wieso hast du das alles gemacht? Wieso?«

»Nein, du irrst dich!« Horus aufgebrachte Stimme übertönte ihn. »Ich habe immer an unsere Reise geglaubt, bis zum Schluss habe ich gehofft, es möge nicht so enden. Doch das ist das Gesetz des Ozeans. Er hat sich uns von seiner grausamsten Seite gezeigt. Die Überfahrt war bestialisch, wir alle haben riskiert zu sterben.«

»Der Ozean hat damit nichts zu tun! Wärt ihr rechtzeitig losgefahren, wäre all das nicht passiert. Ich bitte dich, Horu, lass mich gehen! Ich ertrage es nicht länger, bei euch zu sein … ich habe Same getötet!«

»Warum sagst du so etwas?« Horu schüttelte den Kopf. »Hast du vergessen, in welchem Zustand du warst, als du auf die Insel kamst? Wehrlos, ohne Vergangenheit. Wir haben dich gepflegt wie ein Neugeborenes. Du warst höheren Mächten ausgeliefert, größeren Zusammenhängen, von denen du nur rätselhafte Bruchstücke erfassen konntest. Verzweifelt hast du nach deinem Namen, nach deiner Geschichte, deinem Weg gesucht, genau wie ein Kind. Was sonst hättest du in deiner Lage tun sollen? Wenn sich das mit Sames Schicksal verwoben hat, trifft dich keine Schuld!«

»Das ist nicht wahr!« Wütend schüttelte Mauke Nuha die gereckte Faust. »Wie kannst du das nicht begreifen? Jede deiner Entscheidungen, um mir zu helfen, hat sich gegen dich gerichtet!«

»Hör zu«, fuhr Horu geduldig fort. »Für mein Volk bist du ein Geschenk des Ozeans gewesen. Und der Ozean hat dich mir anvertraut. Du bist mein *Fa'wa'amu*. Weißt du, was das bedeutet? Du bist wie ein Sohn für mich, wie ein Adoptivkind. Mehr noch: ein vom Ozean geschenktes Kind.«

Horus liebevolle Worte empfand Mauke Nuha als eine Ohrfeige. Er ballte die Fäuste, bis sich die Nägel ins Fleisch bohrten.

»Ich kann deine Fürsorge nicht mehr annehmen. Von nun an werde ich es allein schaffen. Behalt die Perlen, ich will euch nicht länger zur Last fallen, ich will nicht …«

»Die Perlen sind mir gleichgültig«, fiel Horu ihm ins Wort. »Der Meeresgrund wird uns noch viele andere schenken. Es sind deine, sie sind mein Geschenk an dich, das Geschenk meines Volkes für unsere Freundschaft. Sie ist das Einzige, was zählt.«

*Freundschaft?* Bei diesem Wort hielt Mauke Nuha es nicht länger aus. Er drehte sich um und lief weiter.

»Ich bitte dich, Mauke Nuha, warte! Geh nicht einfach fort! Bereite mir nicht noch mehr Kummer … Mir, Aruke …«

Horus Stimme war flehentlich, den Tränen nahe. Verblüfft hielt Mauke Nuha inne. In all diesen Monaten hatte er ihn nie so gehört, hatte nie erlebt, dass er seinen Stolz und seine Würde als Stammesoberhaupt hatte fahren lassen.

Wieso hing Horu so sehr an ihm, nach dem, was passiert war?

Seine Wut verflog und wich unendlicher Erschöpfung. Er machte alles falsch. Er konnte nicht einfach verschwinden. Wenn das wirklich ihr Wunsch war, musste er bleiben. Horus aufrichtige Liebe hatte ihn berührt wie eine zärtliche Geste.

Er kletterte den Pfad hinab. Horu lächelte ihm entgegen und umarmte ihn. Die Wut, der Schmerz, die unmenschliche Erschöpfung von der Reise – alles zerfloss zu stillen Tränen, die in den Sand fielen.

»Vergiss nicht, dass du Aruke das Leben gerettet hast«, sagte Horu und löste sich aus der Umarmung. »Dafür stehe ich ewig in deiner Schuld.«

Sie blickten einander lange in die Augen.

»Also ist es beschlossen. Morgen verkaufen wir die Perlen. Wir werden bloß ein Zehntel ihres Wertes ausgezahlt bekommen, aber es wird für alles reichen, was du brauchst, du wirst sehen.«

Mauke Nuha schien zu zögern, dann nickte er.

Sie kehrten zum Strand zurück. Nur eine ferne Musik unterbrach die Stille. Niemand schien sie gehört zu haben, alle schliefen.

»Jetzt hast du es fast geschafft«, sagte Horu plötzlich. »Bald wirst du in deinem Wales sein. Steht dein Entschluss noch immer fest?«

Die seltsame Frage überraschte Mauke Nuha.

»Ja, sicher. Was sollte ich sonst machen. Die wenigen Hinweise, die ich habe, führen dorthin. Was mich in Wales erwartet, wird sich erweisen. Aber wieso fragst du mich das ausgerechnet jetzt?«

»Weil, nun ja«, Horus Stimme zitterte leicht, »auch wenn Same tot ist, will ich in den nächsten Tagen die *Bodhisattva* von Okinawa aufsuchen. Ich habe lange mit Waremu darüber gesprochen, es scheint, als verfügte sie tatsächlich über besondere Kräfte, es ist kein Betrug. Ich will mit ihr reden. Vielleicht heilt sie nicht nur körperliche Leiden, sondern auch seelische. Ich dachte, ehe du nach Wales aufbrichst…«, Horu räusperte sich, »könntest du uns zu ihr begleiten. Überleg es dir, Mauke Nuha. Vielleicht befreit dich die *Bodhisattva* von den Nebeln, die deine Erinnerungen umwölken.«

Er schwieg und blickte abwartend zum Horizont.

Doch die Vorstellung einer weiteren Verzögerung widerstrebte Mauke Nuha. Was sollte es für einen Sinn haben, mit dieser Heilerin zu reden? Und selbst wenn sie heilende Kräfte besaß, schien es dennoch unwahrscheinlich, dass sie ihm zu seinen Erinnerungen verhelfen konnte. Zweifellos war die Reise nach Wales ein Wagnis, aber auch deshalb wollte er so schnell wie möglich dorthin, um endlich die Wahrheit herauszufinden.

»Wie lange hat die Reise gedauert?«, brach Mauke Nuha das Schweigen.

»Ungefähr sechs Wochen. Doppelt so lange wie geplant.«

Mauke Nuha seufzte.

»Ich kann dir nicht sagen, warum, aber seit einiger Zeit verspüre ich eine Unruhe in mir, so als müsste ich mich mit irgendetwas beeilen, obwohl ich noch immer nicht weiß, was es ist. Ich danke dir für dein Angebot. Und ich würde so gern bei euch bleiben. Aber es ist Zeit, dass ich nach Hause zurückkehre.«

Horu schloss die Augen und nickte schwer. Auch er hatte eine Vorahnung. Doch war sie das Gegenteil von Mauke Nuhas.

»Hast du sie noch einmal wiedergesehen?«, fragte Horu wie aus dem Nichts.

Die Frage ließ Mauke Nuha zusammenfahren.

»Hast du weitere Botschaften bekommen?«, setzte Horu nach.

Doch Mauke Nuha schwieg, reglos stand er da und starrte auf die harmlosen Wellen hinab, die seine Füße umspülten. Er dachte an die leuchtenden Kreise unter Wasser. An die rätselhafte Erscheinung, die ihm auf dem *Wa'hay*, als er gerade sterben wollte, auf die Beine geholfen hatte. Er fragte sich, ob dies *Botschaften* waren. Ob sie irgendetwas mit den Träumen zu tun hatten, mit *ihr*. Er musste an die Geschichten denken, die er auf der Insel gehört hatte, von Seeleuten in Todesnot, die Halluzinationen hatten: Sie glaubten, rätselhafte Wesen würden ihnen helfen, doch in Wirklichkeit hatten sie ihre letzten Lebensenergien aufgeboten.

Horu begriff, dass Mauke Nuha nicht antworten würde. Er sagte nichts mehr und versuchte nicht weiter, in ihn zu dringen. Er fühlte sich ohnmächtig. Mit seinem übernatürlichen Gespür konnte er den Schatten erahnen, der in diesem Moment auf Mauke Nuhas Schicksal fiel.

# 20

# Ein neuer Name

Am nächsten Morgen ging Horu mit Waremu und Aruke los, um die Perlen zu verkaufen. Als sie zum Strand zurückkehrten, war es bereits nach Mittag. Anstelle des blass schimmernden Kästchens hielt Horu einen prallen gelben Umschlag in der Hand, den er vor Mauke Nuha öffnete.

»Um sicherzugehen, habe ich von allem etwas genommen«, lachte er.

Die Tüte enthielt ein dickes Bündel Yen, dazu amerikanische Dollar, englische Pfund und Euro. Es war viel Geld, auch wenn die Perlen lächerlich unter Wert weggegangen waren.

Den Nachmittag verbrachte Mauke Nuha in der Obhut von Waremu und seiner Frau Yukiko, einer zierlichen Japanerin mit einem blauen und einem braunen Auge. Sie hatten die heikle Aufgabe, ihm wieder zu einem ansehnlichen Äußeren zu verhelfen, mit dem er sich in der zivilisierten Welt sehen lassen konnte, ohne allzu sehr aufzufallen. Sie schnitten ihm die Nägel, die noch nicht abgerissen waren und schwarzen spitzen Krallen glichen. Sie stutzten ihm das inzwischen schulterlange, von Sonne und Salz aschblond gebleichte Haar. Dann nahmen sie ihm mit einer scharfen Klinge den struppigen rotblonden Bart ab, der seit Wochen sein Gesicht überwucherte.

»Willkommen zurück im Licht!«, sagte Waremu und hielt ihm einen alten Spiegel vor die Nase. Sofort drehte sich Mauke Nuha weg und stieß den Spiegel hektisch beiseite. Er fiel auf den Hüttenboden und zerbarst.

»Entschuldige«, flüsterte Mauke Nuha. »Du magst es komisch finden, aber ich will mich lieber nicht im Spiegel sehen.«

Er erinnerte sich noch gut an das schmerzhafte Gefühl, das er vor Monaten empfunden hatte, als ihm sein Gesicht völlig fremd erschienen war. Seitdem hatte er es vermieden, seinem Spiegelbild zu begegnen, und sich hinter einem dichten Bart versteckt.

Waremu begleitete ihn hinter die Hütte, wo ein Bottich mit Seifenwasser stand, und schrubbte ihn mit einer harten Bürste ab.

»Hey! Nicht so doll! Du tust mir weh!«, jaulte Mauke Nuha. Seine sonnenverbrannte Haut hatte sich in raues, rotes Leder verwandelt. Inzwischen hatte Yukiko den grauen Pareo gewaschen, sein einziges Kleidungsstück. Als er fertig gebadet hatte, trocknete er sich ab und zog sich an.

»Jetzt ist *shopping time*«, verkündete Waremo theatralisch. »Schließlich kannst du nicht für immer mit diesem Lumpen herumlaufen!«

»Ein paar Kilometer von hier auf der anderen Seite des Waldes liegt eine Feriensiedlung«, sagte Yukiko strahlend. »In einer der Buden entlang der Straße finden wir alles, was du brauchst, ohne zu sehr aufzufallen.«

Sie gingen den Strand hinauf, durchquerten ein nach Harz duftendes Wäldchen und erreichten eine schmale, von Palmen und Schilf gesäumte Asphaltstraße, an der nach rund zwanzig Minuten ein hölzerner Kiosk mit einer riesigen japanischen Werbetafel erschien. Auf Tischen und Regalen türmten sich Unmengen von Zeitungen, Büchern, Strandspielzeugen, Badeanzügen, Rettungswesten, aufblasbaren Gummibooten, Angeln und Keschern. Es gab sogar einen Passbildautomaten.

Yukiko wechselte ein paar Worte mit dem Kioskbesitzer, zeigte erst auf Mauke Nuha und dann auf die Regale mit Anziehsachen und Schuhen. Mauke Nuha wählte einen großen beigeblauen Reiserucksack, ein schwarzes Lederportemonnaie, zwei Jeans, eine olivgrüne Shorts, zwei Leinenhemden, ein dunkelblaues und ein sandfarbenes, Unterwäsche, ein Paar Stoffschuhe und ein Paar Trekkingstiefel. Waremu drückte ihm eine Baseballkappe mit dem Logo der Chunichi Dragons auf den Kopf und setzte ihm eine Sonnenbrille mit Seitenschutz auf.

»Solltest du mal dein Gesicht verstecken müssen«, sagte er mit einem vielsagenden Zwinkern.

Während Yukiko zahlte, stand Mauke Nuha hinten im Laden und schlüpfte zum ersten Mal seit langer Zeit wieder in Anziehsachen. Es war ein seltsames Gefühl: vertraut und lästig zugleich. Er hatte sich daran gewöhnt, fast nackt zu sein, diese Kleidungsstücke engten ihn ein. Außerdem scheuerte der raue Jeansstoff schmerzhaft über die sonnenverbrannte Haut.

Waremu schob ihn in den Passbildautomaten und fütterte den Schlitz mit einer Münze. Nach ein paar Sekunden entlud sich ein Blitzlichtgewitter in sein Gesicht, dann spuckte der Automat einen Streifen mit vier Fotos aus. Waremu fing ihn auf und musterte ihn.

»Nicht schlecht. Willst du sie sehen?«

Mauke Nuha schüttelte den Kopf.

Als sie zurückkamen, wurde der neue, saubere, glattrasierte und westlich angezogene Mauke Nuha mit Johlen, Gelächter und ironischen Pfiffen empfangen.

»Du bist nicht wiederzuerkennen!«, lachte Aruke ihm entgegen. »Du siehst aus wie ein anderer Mensch!«

Mauke Nuha ließ die Witzeleien über sich ergehen, doch in Wirklichkeit war er tief verstört.

*Du siehst aus wie ein anderer Mensch*, dachte er mit bitterem Lächeln. *Aber wie welcher? Wie wer genau?*

*Bald werde ich von hier weggehen. Ich werde nicht mehr Mauke Nuha sein.*

Ein Schatten legte sich über ihn.

*Wieder werde ich allein sein. Und dann bin ich nichts mehr, für niemanden.*

Bald würde er seinen Namen ablegen. Er würde von vorn anfangen, seinem nackten Spiegelbild gegenübertreten müssen.

Er klammerte sich an den einzigen Grund, weshalb er all das auf sich nahm, an die einzige Kraftquelle, die ihm blieb. Er rief sich das Gesicht, das Lächeln, die großen dunklen Augen der Frau, die er liebte, ins Gedächtnis und unterdrückte die Tränen.

*Bald werde ich dich wiederfinden. Nur das zählt jetzt.*

Als er am folgenden Morgen erwachte, stellte er fest, dass Horu, Waremu und Aruke vor Tagesanbruch mit einem *Wa'hay* losgesegelt waren, ohne ihm etwas zu sagen. Yukiko konnte ihre Besorgnis nicht verhehlen. Als er sie fragte, wohin sie gefahren seien, begann sie zu stottern.

»Diese Männer … ohne Skrupel … hoffen wir, dass alles gut geht …«

Ihm dämmerte, was es mit der Unternehmung auf sich hatte. Er wurde wütend. Wieso ohne ihn? Wieso brachten sie sich ein weiteres Mal in Gefahr, um ihm zu helfen?

Zwei Tage vergingen. Als der dritte Tag anbrach, kehrte das *Wa'hay* zum Strand zurück, und alle atmeten erleichtert auf.

»Wie befürchtet haben uns diese beiden *Kleinigkeiten* das gesamte Geld gekostet«, sagte Horu und sprang aus dem Kanu.

Er hielt Mauke Nuha ein kleines dunkelbraunes Buch hin, in dem ein langer heller, bunt beschrifteter Pappstreifen lag. Mit klopfendem Herzen griff er danach.

»Ist das …«, fragte er zögernd. Horu nickte.

Es enthielt seine nächste Zukunft.

Bedächtig öffnete Mauke Nuha seinen neuen Pass.

Oben links klebte eines der Passbilder, von einem roten Stempel verschmiert. Darunter stand:

Nachname: Haller
Vorname: Sebastian

Dies war sein neuer Name.

Seine neue Identität. Genauso falsch wie der Pass, der sie enthielt.

Darunter seine Daten:

Nationalität: britisch
Geboren in: Swansea (Wales)
Am: 13/07/1977

Mauke Nuha sah auf.

»Sebastian Haller. So heiße ich?«

Mit einem leicht belustigten Lächeln sah er Horu an. In Wirklichkeit war er verwirrt und voller Bitterkeit.

Alle standen im Kreis um ihn herum, schweigend, fast befangen. Sie spürten die Last, die sich in diesem Moment auf seine Schultern legte.

Noch ein Name. Noch eine Identität. Noch einmal bei null anfangen.

Er zog das Flugticket aus dem Pass und studierte es. Sein Flug würde vom Flughafen Naha, Okinawa, gehen und in Cardiff, Wales, landen. Das Abflugdatum war der 29. September um 22:45 Uhr.

»Welcher Tag ist der *29. September*?«, fragte er und zwang sich zu einem unbeschwerten Lächeln.

»Heute. Dein Flug geht heute Abend«, antwortete Horu.

Mauke Nuha nickte benommen, so schnell hatte er nicht damit gerechnet.

»Der nächste passende Flug wäre erst wieder in zwei Wochen gegangen, und deshalb haben wir gedacht, dass du …«, sagte Horu.

»Das war goldrichtig«, unterbrach er ihn. »Es hätte keinen Zweck, noch länger zu warten. Meine Reise hat lange genug gedauert.«

»Jetzt hast du also einen neuen Namen«, murmelte Horu

traurig. »Einen Namen, mit dem du nach Hause zu den *Tan'y'fenwa* zurückkehren kannst. Ich hoffe, er wird dich nur kurze Zeit begleiten, nur so lange, bis du deinen *wirklichen* Namen gefunden hast. Aber denk dran«, fuhr er fort und legte ihm die Hand auf die Schulter, »egal wo du bist, egal, wie dich die *Tan'y'fenwa* nennen, für uns wirst du stets Mauke Nuha bleiben, *lächelnder Rücken*, und so werden wir dich stets in unserer Erinnerung, in unseren Gebeten und unseren Herzen behalten.«

Alle nickten.

»Ich habe ein Geschenk für dich!«, rief Horu schließlich. Er legte ihm ein dichtes Flechtwerk aus zusammengeknüpften, mit Muscheln und bunten Steinen besetzten Zweigen in die Hand. Mauke Nuha kannte diesen kostbaren Gegenstand inzwischen genau, es war das Peilinstrument, mit dem man den Navigationskurs berechnete. In den vergangenen Monaten hatte er ansatzweise gelernt, es zu benutzen.

»Das ist mein *Re'wellib*. Keine Sorge, ich habe mir in den letzten Tagen ein neues gebaut, sonst würden wir ja nicht nach Hause kommen!« Horu lachte. »Solltest du uns eines Tages besuchen wollen, weißt du hiermit, wo es langgeht!«

Auch Aruke hatte ein Geschenk für ihn. Einen breiten Ledergürtel, auf dem er ihre Namen und mehrere stilisierte Darstellungen der gemeinsam erlebten Momente eingraviert hatte: das Training auf den *Wa'hay*, die Monsterwelle, die sie überrollt hatte, die Perlenjagd, der Fund der *Warama'ay'mitwy*. Mauke Nuha fuhr mit dem Finger über die Bilder und war zutiefst bewegt.

»Ich weiß, dass ich dich nicht bitten darf, zu uns zurückzukehren«, sagte Aruke und drückte Mauke Nuha fest an sich, »Aber vergiss unsere Freundschaft nicht, vergiss Arukes und Mauke Nuhas Geschichte nicht. Sie wird das Erste sein, was ich meinem Kind erzähle!«

Arukes Augen füllten sich mit Tränen.

»Vergiss nicht, dass wir nun Brüder sind«, fügte er hinzu. »Ich wünsche dir von ganzem Herzen, dass deine Suche erfolgreich sein wird. Dass du deinen Namen wiederfindest und die Frau, die du liebst.«

»Was werdet ihr jetzt tun?«, fragte Mauke Nuha und löste sich aus der Umarmung.

»In ungefähr einem Monat werden die Winde drehen und Richtung Heimat blasen, dann machen wir uns wieder auf den Weg. Und vorher …«

»Werden wir die *Bodhisattva* aufsuchen«, fiel Horu ihm ins Wort. »Zwar hat sie Same nicht heilen können, aber vielleicht kann sie unsere Rückfahrt segnen. Und sollte sie wirklich Wunderkräfte haben … würde sie vielleicht …«

Waremus Ruf unterbrach ihn.

»Dreht euch mal um!« Waremu hielt eine alte Polaroidkamera in der Hand. »Dieses Ding hab ich vor ein paar Tagen gekauft und hatte noch keine Gelegenheit, es auszuprobieren. Das muss irgendwie so gehen …«

Weißes Licht blitzte auf, und wenige Augenblicke später spuckte der Apparat ein hübsches Foto von Horu, Aruke, Iruie und Mauke Nuha aus, die sich lächelnd umarmten.

Der Moment des Aufbruchs war gekommen. Mit tränenverschleierten Augen öffnete Mauke Nuha seinen Rucksack und verstaute Arukes Gürtel und Horus *Re'wellib*, den er schützend zwischen seine Anziehsachen schob. Dann steckte er das noch immer in die weißen Plastiktüten eingewickelte Buch hinein und den Umschlag mit dem wenigen Restgeld.

Ein letztes Mal sah er alle an und verließ ohne ein weiteres Wort die Hütte. Langsam stapfte er über den Strand davon und kraxelte den Pfad hinauf.

Oben angekommen, drehte er sich um. Diese außergewöhnlichen Männer waren dort und blickten ihm nach, wie er für immer wegging. Er würde sie ewig in seinem Herzen tragen.

»*May'hruru!* Danke!«, rief Mauke Nuha.
*Ich werde euch nie vergessen.*
Dann rannte er davon, ohne noch einmal zurückzuschauen.

# 21

# Die sich kreuzenden Straßen

*Flughafen Naha, Okinawa*
*29. September 2009*
*12:30 Uhr*

»Wachen Sie auf, Sir, wir sind da!« Eine hübsche japanische Flugbegleiterin rüttelte ihn sanft an der Schulter.

*Verdammt!*, dachte Ian und schreckte aus dem Tiefschlaf hoch, der ihm den Mund verklebt hatte. *Ich hab noch nicht mal gemerkt, dass wir gelandet sind.* Er löste den Sicherheitsgurt, verabschiedete sich freundlich von der Flugbegleiterin und steuerte zwischen den leeren Sitzreihen auf den Ausgang zu.

*Endlich, Okinawa!*, dachte er, während er die Gangway hinunterstieg. Die Recherchen in Shanghai hatten einen Monat länger als geplant gedauert, und zweimal hatte er diesen Flug verschieben müssen. Es war bereits früher Nachmittag, und er hatte Hunger. Er machte sich auf den Weg über das Rollfeld.

***

*Der Touristenhafen von Tokashiki, Okinawa*
*29. September 2009*
*12:50 Uhr*

Es war drei Stunden her, dass Mauke Nuha Waremus Hütte verlassen und sich von seinen Freunden verabschiedet hatte. Zu Fuß hatte er den kleinen Touristenhafen von Tokashiki erreicht und bestieg jetzt die Fähre, die ihn in rund vier Stunden nach Naha, der Hauptstadt der Präfektur Okinawa, bringen sollte.

Schon bald würde er auch endgültig Abschied vom Pazifischen Ozean nehmen.

Er würde das Leben dieser Monate und den Namen Mauke Nuha hinter sich lassen. Niemand würde ihn je wieder so nennen.

Ein anderer Mensch namens Sebastian Haller würde die Fähre verlassen. Er war kurz davor, in ein neue, unbekannte Identität zu schlüpfen.

Die Vorstellung machte ihm Angst. Wie lange würde dieses Spiel noch gehen?

Hoch am Himmel kreischten ausgelassen die Möwen. Auf dem Oberdeck saß ein junges japanisches Touristenpärchen und küsste sich.

*Wo bist du jetzt? Kannst du mich sehen?*

*Weißt du, dass ich noch am Leben bin?*

***

*Flughafen Naha, Okinawa*
*13:40 Uhr*

Seit nunmehr einer Viertelstunde kreisten nur noch eine alte Reisetasche und ein ramponierter, mit Kordel zusammengehaltener Pappkarton traurig auf dem Gepäckband. Ian lehnte als einziger verbliebener Passagier auf dem Geländer, das die Gepäckausgabe des Fluges JD912 Shanghai–Naha abgrenzte.

*Okay, ganz ruhig. Die werden doch wohl nicht meinen Koffer verschlampt haben. Der wird sich schon wieder finden.*

Am Tresen des *lost baggage claim* bat ihn eine Japanerin mit viel *please* und *arigatò*, Ruhe zu bewahren – er war doch ganz ruhig, er war lediglich ein wenig lauter geworden – und das Anzeigeformular auszufüllen.

*Verdammter Mist! Das hat mir noch gefehlt!*

Ian war mit seiner Geduld am Ende.

»Hören Sie, Madam, ich habe noch keine Adresse, zu der man mir den Koffer nachsenden könnte, wenn, *falls*, er denn gefunden wird. Was machen wir da?«

»Geben Sie mir Ihre Handynummer, wir melden uns, sobald wir etwas wissen«, entgegnete die Angestellte liebenswürdig und entließ ihn mit einem durch und durch japanischen Lächeln und einer Verbeugung.

***

*Fähre Tokashiki – Naha, Okinawa*
*14:00 Uhr*

Die Fähre legte ab. Der Mann ohne Erinnerung lehnte auf der Brüstung am Bug und sah die Insel Tokashiki langsam im leuchtenden Dunst verschwinden. Er starrte auf den weißen Gischtstreifen und überlegte, wie viel einfacher es doch war, so zu reisen.

Wenn er Waremus Anweisungen folgte, würde er gegen sieben Uhr abends am Flughafen sein und bis zum Abflug noch reichlich Zeit für die Formalitäten haben: Check-in, Boarding und so weiter. Er hoffte, er würde sich wenigstens ansatzweise erinnern, was man dabei zu tun hatte und wie man sich in der sogenannten *zivilisierten* Welt benahm.

Das Dröhnen der Schiffsmotoren wurde vom durchdringenden Klingeln des Handys der Frau neben ihm übertönt. Eine Gruppe Jugendlicher filmte sich gegenseitig mit einer digitalen Videokamera. Ein Kind knabberte Kartoffelchips und trank aus einer Blechdose.

Eine seltsame Unruhe machte sich in ihm bemerkbar. Sein Gedächtnis bebte wie ein eingesperrtes wildes Tier. Vielleicht war es nur eine Frage der Zeit. Sehr kurzer Zeit.

***

*Flughafen Naha, Okinawa*
*15:05 Uhr*

Nervös und hungrig hatte Ian in der *Lounge Area* haltgemacht, um etwas zu essen. Obwohl es drei Uhr an einem sonnigen Nachmittag war, lag über dem riesigen Saal ein bläuliches Dämmerlicht, das einem das Gefühl gab, in einem Aquarium zu sitzen. Kaum hörbare Wohlfühlmusik waberte durch die klimatisierte Luft. Im Restaurantbereich standen Tischchen und Stühle und dazu Liegen, falls man sich ausstrecken wollte. Nachdem er Sashimi gegessen und eine Tasse grünen Tee getrunken hatte, überkam Ian eine bleierne Schläfrigkeit, der er nicht widerstehen konnte.

Ein beharrliches Vibrieren in seiner Hosentasche riss ihn aus dem Schlummer. Ian ging ran, nuschelte etwas und klappte das Handy wieder zu.

*Wie lange habe ich geschlafen?*, überlegte er und reckte sich. Er blickte auf die Uhr. *Fast zwei Stunden!*

Er hatte gute Nachrichten bekommen: Sein Gepäck war wieder da. Es war auf den falschen Wagen geladen worden und nach einer ausführlichen Rundtour über die Rollbahnen bei der Fundstelle gelandet. Um 17:30 Uhr sollte er sich dort melden, und man würde ihm seinen Koffer »ohne weitere Scherereien« aushändigen, hatte ihm die Angestellte vom *baggage claim* versichert. Dann konnte er diesen Flughafen endlich verlassen, an dem er schon zu viel Zeit verplempert hatte.

***

*Flughafen Naha, Okinawa*
*19:05 Uhr*

*Du heißt nicht mehr Mauke Nuha. Jetzt bist du Sebastian Haller. Denk dran. Du musst reagieren, wenn man dich anspricht. Fall nicht aus allen Wolken. Zögere nicht. Sonst stellst du dir selbst ein Bein.*

Das dachte der Mann ohne Erinnerung, während er durch die automatischen Schiebetüren in die internationale Abflughalle trat.

Sebastian zog sich die Baseballkappe der Chunichi Dragons in die Stirn und nahm die Sonnenbrille ab. Mit einem allzu versteckten Gesicht wäre er aufgefallen.

Er war aufgeregt, seine Hände schweißnass, sein Mund trocken.

Außerdem versuchte er, mit einem falschen Pass zu reisen. Er vertraute Horu und Waremu blind, doch illegale Emigration war nicht gerade ihr Spezialgebiet. Womöglich hatten sie sich in den zwei Tagen ihrer Abwesenheit an irgendeine lokale Mafia, an eine Unterabteilung der Yakuza gewandt. Sie hatten viel für ihn riskiert.

Doch jetzt war er in Gefahr. Was, wenn er aufflog? Festgenommen wurde? Das wäre das Ende.

Die Haupthalle empfing ihn mit einem Feuerwerk leuchtender Bildschirme, hektischer Menschen, Kofferbergen, müden Reisenden, Werbetafeln und Schildern voller unentzifferbarer Schriftzeichen. Ein plötzliches flaues Gefühl in der Magengegend erinnerte ihn daran, dass er noch nichts gegessen hatte. Er ging zu einem kleinen Kiosk, an dem eine amerikanische Flagge steckte.

Das Wasser lief ihm im Mund zusammen, als er sich einen Hotdog und eine Cola kaufte. Mit genüsslichem Schaudern schlug er die Zähne in das Brötchen. Vergessene Geschmäcker ploppten aus der Erinnerung auf und durchliefen seinen Körper wie Stromschläge.

***

*Flughafen Naha, Okinawa*
*19:30 Uhr*

*Von wegen ohne weitere Scherereien!*, grummelte Ian. Um seinen Koffer wiederzubekommen, hatte er weitere nervtötende zwei Stunden warten müssen.

*Es ist einfach unglaublich! Die haben es sogar geschafft, ihn bei der Fundstelle für verlorenes Gepäck zu verschlampen!*

Jetzt konnte er endlich gehen. Mit einem erleichterten Seufzer durchquerte er die automatischen Schiebetüren der *internationalen Ankunftshalle*. Dann blieb er abrupt stehen, machte auf dem Absatz kehrt und schlüpfte durch die sich schließenden Glastüren wieder hinein.

Es gab noch eine Sache, die er am Flughafen Naha erledigen musste.

***

*Flughafen Naha, Okinawa*
*19:40 Uhr*

Seit rund zwanzig Minuten hockte Sebastian in einem Sessel in dem breiten Gang, der zu den *Gates* führte. Vor sich hatte er – mit Sicherheitsabstand – den Eingang der Flughafenpolizei. Die Höhle des Löwen.

Nervös blickte er sich um, die Kappe in die Stirn gezogen, den Rucksack auf den Knien. Hin und wieder erhob er sich und vertrat sich die Beine, ohne die Tür aus den Augen zu lassen. Beamte kamen und gingen. Niemand würdigte ihn eines Blickes.

*Vielleicht sollte ich zur Polizei gehen. Sagen, was mir zugestoßen ist. Vielleicht können die mir helfen, irgendjemand wird mein Verschwinden doch gemeldet haben …*

*… oder nicht?*

*Jedenfalls werden sie mich bestimmt nicht verhaften. Ich habe nichts Schlimmes getan, zumindest noch nicht.*

*Wenn sie mich mit einem falschen Pass erwischen, bin ich dran. Ich weiß nicht genau, was mir dann blüht, aber nach Wales komme ich ganz sicher nicht. Und vielleicht würden sie mir die*

*Geschichte mit der Amnesie nicht mehr abnehmen. Sie würden glauben, ich habe sie mir ausgedacht.*

Doch er spürte, dass es Horu gegenüber Verrat wäre, zur Polizei zu gehen. Horu, der keinen Funken Vertrauen in die Polizei hatte und alles getan hatte, um ihn zurück nach Wales zu bringen: Er hatte seinen Schatz verkauft, das Leben seiner Frau riskiert und sie am Ende für ihn geopfert.

*Das Flugticket ist auf Sebastian Haller ausgestellt. Wenn ich zur Polizei ginge, müsste ich es vorher zusammen mit dem Pass wegwerfen. Und ich hätte nicht genug Geld, um mir ein neues zu kaufen. Aber vielleicht gibt es solchen Fällen finanzielle Unterstützung.*

Er musste sich schnell entscheiden. Wenn er fliegen wollte, blieben nur noch wenige Minuten bis zum Check-in.

Ein Blitz durchzuckte ihn und brachte jeden Zweifel zum Schweigen: Es war besser, zur Polizei zu gehen.

***

*Flughafen Naha, Okinawa*
*19:43 Uhr*

Ian hastete den Gang zu den *Gates* hinunter.

*Verdammt! Den halben Tag habe ich damit verplempert, auf mein Gepäck zu warten, und darüber das Einzige vergessen, was ich hier zu erledigen hatte!*

Auf einem Schild las er:

DIENSTSTELLE FLUGHAFENPOLIZEI

Er folgte dem Pfeil und bog um die Ecke.

***

*Flughafen Naha, Okinawa*
*19:45 Uhr*

Der Mann ohne Erinnerung nahm die Kappe der Chunichi Dragons vom Kopf.

Ja, er würde zur Polizei gehen.

Die Entscheidung stand fest. Nun war er ganz ruhig.

Er würde sein Schicksal in andere Hände legen, jemand anderes würde für ihn entscheiden. Ihm wäre jetzt alles recht. Die Polizei würde sich daranmachen, seine Vergangenheit und seinen Namen herauszufinden.

Vorbei mit falschen Identitäten, vorbei mit *Sebastian Haller*. Jetzt wollte er nur sich selbst loswerden.

Er erhob sich aus dem Sessel und ging den ersten Schritt.

Abrupt blieb er stehen, machte einen Satz zurück und ließ sich erneut in den Sessel fallen. Instinktiv setzte er die Kappe wieder auf und senkte den Kopf.

Ein Mann war an ihm vorbeigegangen und steuerte zielsicher auf dieselbe Tür zu. Er war westlicher Herkunft, rund einen Meter achtzig groß, um die sechzig.

Er trug einen sandfarbenen Anzug, hatte graumeliertes Haar und sonnenverbrannte Haut. Feine Züge, die allerdings eine tiefe Erschöpfung erkennen ließen.

Und die Augen. Diese Augen, die er gerade eben nur flüchtig gesehen hatte und die ihn an seine eigenen erinnerten, mit denen er sich vor Monaten aus dem Spiegel heraus angestarrt hatte.

Dieser Mann hatte etwas so Vertrautes.

Ihm wurde schwindelig.

*Aber warum?*

Weil dieser Mann sein Vater war.

*Natürlich, wie blöd von mir, kein Wunder, dass ich das denke. Er ist der erste westliche Mensch, der mir über den Weg läuft, den ich mir ein bisschen genauer angesehen habe. Vielleicht ist er sogar ein Landsmann.*

Er hatte das unwiderstehliche Verlangen, ihn anzusprechen.

*Und was sollte ich ihm sagen? »Verzeihen Sie, ich habe mein Gedächtnis verloren, und Sie erinnern mich an jemanden«? Oder: »Verzeihen Sie, sind Sie vielleicht aus Wales?«*

Eindringlich musterte er den Mann, der mit dem Rücken zu ihm stand. Eine unerklärliche Welle der Zuneigung überkam ihn, eine instinktive Sympathie. Dann sah er ihn hinter der gepanzerten Tür der Polizeiwache verschwinden.

*Ach was, es wäre absurd gewesen, diesen Mann zu belästigen.*

Horus dröhnendes Lachen klang ihm in den Ohren.

Jetzt zur Polizei zu gehen, nach all dem, was er durchgemacht hatte, was *sie*, seine Freunde und er, durchgemacht hatten, wäre absurd gewesen.

Er wusste nicht, warum, doch diese Begegnung hatte ihn umgestimmt. Sie hatte ihm wieder Mut gemacht. Ein Rätsel wartete darauf, gelöst zu werden, und nur er konnte es lösen, nicht die Polizei.

Entschlossen erhob Sebastian sich und ging zu den inzwischen fast leeren Check-in-Schaltern.

*Jetzt werden wir sehen, ob das Glück noch auf meiner Seite ist.*

Mit pochendem Herzen und feuchten Händen schob Sebastian der Mitarbeiterin von Celtic Airlines Ticket und Pass hin.

*Sebastian Haller*, las sie stumm. Sie warf einen flüchtigen Blick auf das Foto, dann auf sein vor Aufregung starres, fahles Gesicht. Sie tippte etwas in den Computer, fragte ihn, ob er nur Handgepäck habe – ja, antwortete er –, reichte ihm seine Bordkarte und erklärte ihm kurz, wie er zu seinem *Gate* gelangte.

*Okay. Alles okay.*

Sebastian atmete tief durch, um sich zu beruhigen.

Auch am Metalldetektor schien alles glattzugehen. Er hatte den Rucksack auf das Laufband gelegt, das ihn durch den Röntgenautomaten schob. Dann war er – vielleicht etwas zu hastig – durch den Metalldetektor geschritten. Keine seltsamen Geräusche, keine Fragen. Alles in Ordnung.

Ein japanischer Polizist mit einer großen Narbe unter dem rechten Auge hatte kurz seinen Pass angeschaut und ihn ihm zurückgegeben. Offenbar hatte er keine große Lust zu arbeiten, vielleicht hatte er gleich Feierabend.

Eilig ging Sebastian davon, zitternd vor Anspannung, aber mit einem Lächeln. Geschafft!

»Sir!«, rief eine Stimme ihm nach.

Seine Muskeln gefroren.

*Ganz ruhig. Vielleicht will er nichts von mir.*

Er ging weiter, als wäre nichts, nur etwas langsamer.

»Sir, bleiben Sie bitte stehen!«

Zwei kalte Schweißtropfen rannen seine Wirbelsäule hinab. Er drehte sich um.

Der Polizist mit der Narbe winkte ihn zu sich zurück.

»Könnten Sie bitte Ihren Rucksack öffnen?«, verlangte er streng.

*Aber wieso?*

Sebastian gehorchte.

Mit andächtiger Vorsicht holte der Polizist das Kleiderbündel hervor und wickelte es auseinander. Triumphierend hob er den Gegenstand in die Höhe und zwinkerte seinem Kollegen hinter dem Bildschirm zu.

»Was hab ich dir gesagt? Ein *Rebellib*, und es scheint echt zu sein!«

*Re'wellib*, korrigierte Sebastian ihn in Gedanken, doch er traute sich nicht, es auszusprechen.

»Diese Objekte sind selten und wertvoll, Sir«, sagte der Polizist ernst. »Sie gehören zu einer inzwischen untergegangenen Kultur. Ich weiß zwar nicht, wie Sie daran gekommen sind«, argwöhnisch kniff er die Augen zusammen, »aber passen Sie bloß gut darauf auf!«

Er gab es ihm zurück. Sebastian nickte und schluckte etwas Weintraubengroßes.

»Natürlich. Das mache ich«, antwortete er heiser und verstaute Horus Geschenk wieder in seinem Rucksack.

Pünktlich um 22:15 Uhr bestieg Sebastian das Flugzeug.

In rund zwanzig Stunden, mit Zwischenstopp in Shanghai, würde er in Cardiff aussteigen, im alten Land Wales. Dort, wo die Wahrheit, welche es auch sein mochte, ihn erwartete.

# 22
# Unter den Sternen von Wales

Als die Flugbegleiterin mit dem Zeitungswagen vorbeikam, schnappte sich Sebastian die *South Wales Evening Post*. Er hatte so viel Adrenalin im Blut, dass er kaum stillsitzen konnte. Obwohl ihn der Sicherheitsgurt an den Sitz fesselte, ging sein Atem noch immer schnell, und sein Herz raste. Doch alles war gut gegangen, er hatte es geschafft.

Er befühlte das Zeitungspapier und sog dessen Geruch ein. Endlich etwas, das er lesen und verstehen konnte! Er blickte sich um: Die Passagiere sahen fast alle westlich aus und sprachen seine Sprache. Ihre Gesichter wirkten vertraut.

Er kehrte heim.

Mit zitternden Händen blätterte er durch die Zeitung. Seine Sinne waren hellwach, bereit für den kleinsten Hinweis, ein Foto, einen Namen, der den Funken der Erinnerung entzünden könnte.

Bald darauf verschwammen die Buchstaben vor seinen Augen. Schläfrig hing er süßen Träumereien nach. Er dachte an den Tagtraum, den er beim Reparieren der Netze gehabt hatte: wie er die Flugzeugtreppe hinunterstieg, die ersten Schritte auf walisischem Boden, die Erinnerungen, die in ihm hochkamen wie eine emporsprudelnde unterirdische Quelle.

»*Meine Damen und Herren, hier spricht der Kapitän.*«

Eine knarzende Stimme aus dem Lautsprecher über dem Sitz weckte ihn.

»*In wenigen Minuten werden wir in Cardiff landen. Es ist*

*16:30 Uhr. Der Himmel ist bewölkt, es sind fünfzehn Grad. Vielen Dank, dass Sie mit Celtic Airlines geflogen sind.«*

Das Flugzeug berührte den Boden.

Sebastian nahm seinen Rucksack und folgte der Schlange, die sich Richtung Flugzeugtür schob. Er verabschiedete sich von einer lächelnden Flugbegleiterin und trat in die windige Luft hinaus. Von oben zählte er die Stufen, die ihn vom Erdboden trennten.

Dieses merkwürdige Gedicht, seine Weissagung, wurde Wirklichkeit.

Noch sieben Stufen …

*Wir wollen allein ausreiten und dann,*
*Unter den Sternen von Wales*

Noch fünf Stufen …

*Über wassergelidertes Land,*
*Mit Lieben bemannt*

Drei Stufen …

*Meine Arche singt in der Sonne*
*Am Gott-voran-befohlenen Sommerende*

Letzte Stufe …

*Und die Flut erblüht nun.*

Sebastian schloss die Augen und hielt inne, verharrte vor diesem Augenblick. Dann berührte er den Boden.

Doch der Augenblick ging vorüber, und noch weitere. Eine Welle der Erinnerungen blieb aus. Er erinnerte sich nicht plötzlich an seinen Namen und auch nicht an den der Frau, die er suchte.

Es geschah nichts, genau wie in seinen düstersten Erwartungen. Es gab lediglich ein Gefühl des Verlorenseins, das so stark war, dass ihm schwindelte.

*Bleib ruhig*, sagte er sich und schluckte die gallenbittere Enttäuschung hinunter. *Was hast du erwartet? Du bist gerade erst ausgestiegen, bist noch auf dem Rollfeld. Keine Eile. Es wird etwas passieren.*

*Ich spüre es.*

Er überquerte das Rollfeld und betrat das Flughafengebäude. Er las die Werbetafeln und Leuchtschriften, er verstand die Lautsprecheransagen und Gesprächsfetzen, sah die Gesichter, die seinem ähnelten, und dennoch …

*Bleib ruhig. Ist doch klar, dass hier im Flughafen nichts passiert.*

Ein Satz ging ihm durch den Kopf.

*»Flughäfen sind auf der ganzen Welt gleich.«*

Woher kamen diese Worte? Aus seinen vergessenen Erinnerungen schien eine ferne Stimme herüberzuklingen.

Vielleicht passierte etwas …

*»Croeso y Cymru!«*

Eine zwitschernde Stimme holte ihn in die Wirklichkeit zurück. Eine junge Frau in knallblauem Kostüm und leuchtendem Halstuch mit der Aufschrift *Celtic Tourism* hielt ihm einen Urlaubsprospekt von Wales hin.

»Danke«, erwiderte Sebastian und griff danach.

»*Prynhawn da!*«, sagte die Hostess zu einem anderen Passanten.

»*Sut mae?*«, sprach ihn die Hostess abermals mit einem strahlenden Lächeln an.

»Entschuldigen Sie, ich verstehe nicht …«

Das Mädchen lachte hell auf.

»Ich sagte: *Willkommen in Wales. Wie geht es Ihnen?* Machen Sie hier Ferien?«

Er nickte lahm.

»Dann lernen Sie doch ein paar Wörter *Cymraeg*. Die Einheimischen werden Ihnen noch herzlicher begegnen. In dem Faltblatt finden Sie auch ein Miniwörterbuch Englisch-*Cymraeg*.«

Sebastian wurde unruhig.

»*Cymraeg*? Und was soll das sein? Eine Art lokaler Dialekt?«

»Pssst! Wenn das jemand hört!«, rüffelte sie ihn scherzhaft. »*Cymraeg*, die Engländer sagen *Welsh* dazu, ist die eigentliche Sprache der Waliser. Alle kennen sie und sprechen sie und sind sehr stolz darauf und hüten sie wie einen Schatz. Es ist eine uralte Sprache.«

Mit offenem Mund stand Sebastian da, während das Mädchen weiter seine Prospekte verteilte.

*Alle Waliser kennen diese Sprache …*

»*Hwyl!*«, sagte das Mädchen lächelnd zu ihm, »das heißt *Auf Wiedersehen!*«

Benommen, als hätte er eine Ohrfeige bekommen, ging Sebastian davon.

*Cymraeg, die Sprache Wales'… wieso kenne ich sie nicht? Vielleicht ist sie unter der Amnesie begraben. Trotzdem komisch, dass sie überhaupt nichts Vertrautes hat. Kein bisschen. Als hätte ich sie noch nie gehört!*

Er trat auf einen großen Vorplatz hinaus. Taxis, Autos und Pendelbusse flitzten vorüber. Die Menschen hasteten an ihm vorbei, schleiften Trolleys hinter sich her oder stemmten mit Koffern und Taschen beladene Gepäckwagen. Alle hetzten irgendwohin.

Nur er hatte in diesem Chaos kein Ziel.

Langsam wanderte er zwischen den Überlandbussen umher und las die Reiseziele. Er hoffte, einen vertrauten Namen zu entdecken.

*Bristol… nein, Newport… auch nicht, Gloucester… nein, nein.*

Ein alter Busfahrer kletterte aus seinem Fahrzeug, lehnte sich dagegen und zündete sich eine Zigarre an. Sebastian blieb stehen und musterte ihn: In seinen Zügen lag etwas Altehrwürdiges, das ihn in seiner Busfahrerkluft seltsam verkleidet aussehen ließ. Sebastian blickte zur Stirnseite des Busses auf. Ein roter LED-Schriftzug lief über das Anzeigenfeld.

DIE DYLAN-THOMAS-TOUR:
CAERDYDD – SWEYN'S EY – TALACHARN
(CARDIFF – SWANSEA – LAUGHARNE)

Eine Art sechster Sinn rührte sich in ihm. Er zog das Buch aus dem Rucksack und ging auf den Busfahrer zu, dessen Name, Sullivan Dodger, auf einem Schildchen an seiner Jacke prangte.

»Entschuldigen Sie«, sagte er schüchtern. »Vielleicht können Sie mir helfen. Können Sie mir etwas zu diesem Buch sagen?«

Äußerst behutsam hielt Sebastian ihm das aufgeklappte Buch hin. Der Busfahrer griff beherzt danach. Doch gleich verdrehte er die Augen.

»Willst du mich auf den Arm nehmen? Verdammte Hippies, kommen hierher auf der Suche nach Erleuchtung und machen nur Ärger! Jetzt wollt ihr einen auch noch verarschen!«

Dann traf der Busfahrer Sebastians Blick und erstarrte. Etwas in diesen verlorenen, flehentlichen Augen rührte ihn. Ein höchst seltener Anflug von Mitleid überkam den alten Sullivan Dodger. Er murmelte eine Entschuldigung.

»Na ja, ich meine nur, das ist, als würde einer durch London laufen und fragen, von wem die *Sonette* sind, oder in Florenz nach dem Autor der *Göttlichen Komödie* fragen. Wäre schon schräg, oder?«

Sebastian starrte ihn mit großen Augen an. Er verstand kein Wort.

»Also«, fuhr Sullivan fort, »man fragt nicht in Wales nach Dylan Thomas! Die Seite, die du mir gezeigt hast, ist der *Author's Prologue*, eines seiner berühmtesten Gedichte. Wo kommst du eigentlich her? Vom Mond? Dylan Thomas ist unser größter Dichter! Und dieses Buch hier ist total verschimmelt.«

*Dylan Thomas…*, wiederholte Sebastian in Gedanken.

»Schau«, der Busfahrer klappte das Gedicht wieder auf, »hier steht's doch.«

Er tippte auf den unteren Seitenrand.

yla homa

»*Dylan Thomas*. Bisschen ramponiert. Ist das Buch in der Waschmaschine gelandet oder was?«

*yla homa*

*D – yla – n… T – homa – s…*

Ein Schwindel. Sebastian musste sich am Bus abstützen.

»Alles in Ordnung, Junge?«, fragte Sullivan, der gesehen hatte, wie Sebastians sonnenverbranntes Gesicht plötzlich fahl geworden war. »Aber wenn dich Dylan Thomas interessiert, bist du bei mir goldrichtig. Mein Bus ist extra für Touristen auf den Spuren des großen Dichters da.« Mechanisch rasselte er die üblichen Informationen herunter. »Die Tour beginnt hier am Flughafen und endet in Laugharne, dem Dorf, wo Thomas seine fruchtbarste Schaffensperiode hatte. Und wo meine Wenigkeit wohnt.« Sullivan deutete ein Lächeln an und sah zu den Menschen hinüber, die sich vor dem Bus drängten.

»Also, wenn du Lust hast, die Tour kostet achtzehn Pfund.«

Sebastian zahlte wie in Trance. Er stieg ein, ließ sich auf den ersten freien Sitz neben dem Fahrer fallen und vergrub den Kopf in den Händen.

*Yla homa … Dylan Thomas … Der Verfasser dieses Gedichtes, ein walisischer Dichter!*

*Mein Gott, ich habe alles falsch gemacht. Das hat nichts mit mir zu tun.*

Seine Lippen verzogen sich zu einem verbitterten Lächeln.

*Und ich habe geglaubt, es wäre eine Botschaft für mich. Ein Zeichen, dem ich folgen sollte. Meine Weissagung, die es zu verwirklichen galt. Aber stattdessen …*

*Ich bin verloren.*

Dylan Thomas. Der Name hallte in seinem Kopf, als hätte er ihn schon immer gekannt. Der Bus füllte sich, die Türen schlossen sich mit einem Schnaufen. Die Fahrt begann.

Graue, trostlose Landschaft zog am Fenster vorbei und spiegelte seine Bedrückung. Der Himmel bestand aus düsteren Wolkenwalzen. In der Ferne Richtung Norden waren nebelverhangene Berge zu sehen. Im Süden das Meer, schwarz wie Erdöl.

*Llangewydd, Cefn Cribwr, Llandarog, Ystalyfera, Glynneath, Gwan-Cae-Gurwen …*

Die Ortsnamen auf den vorbeiziehenden Straßenschildern sagten ihm nichts. Diese Sprache, das *Cymraeg*, klang mindestens genauso seltsam und fremd, wie es die Sprache Horus getan hatte.

Er stammte nicht von hier, aus Wales.

Das Opfer seiner Freunde war sinnlos gewesen.

Nach einer Stunde Fahrt durchquerten sie eine große Innenstadt. Der Busfahrer drehte sich zu ihm um.

»Das ist Swansea, ursprünglich *Sweyn's Ey*. Hier wurde Dylan Thomas geboren.«

Der Bus hielt. Der Fahrer sagte das Gleiche noch einmal durchs Mikro, dann öffnete er die Türen. Ein paar Fahrgäste stiegen mit ihrem Gepäck aus. Sebastian war wie gelähmt. Wäre er aufgestanden, hätte er sich übergeben.

Eine Stunde später erreichten sie Laugharne, *Talacharn* in *Cymraeg*, wie der Fahrer durchs Mikrofon erklärte. Der Bus hielt auf einem weiten Platz, umstanden von alten, geduckten, mit abfallenden Dächern bedeckten Holz- und Ziegelhäusern. Nicht weit davon war eine Flussmündung zu sehen, träge dahinfließendes, graues Wasser auf dem Weg zum Meer.

Sebastian stieg aus dem Bus und blickte sich verstört um.

Der düstere Traum wurde Wirklichkeit.

Nach all dem Leid, all dem sinnlosen Tod, war sein Kopf leer geblieben. Genau wie vorher.

Und jetzt war er allein. Hatte keinen Ort, wo er hingehen konnte. Hatte kein Geld mehr.

Doch am meisten quälte ihn, dass sie ihn verlassen hatte.

Er stolperte eine Kopfsteinpflasterstraße hinunter, die Hauptstraße von Laugharne. Eisige Böen peitschten ihm ins Gesicht. Wie aus einem Nebelschleier tauchte vor ihm der Eingang zu einer Herberge auf.

THE DYLAN THOMAS' INN

Er stemmte die schwere Holztür auf und trat ein.

In einem riesigen Kamin prasselte ein Feuer. Ein paar Gäste saßen stumm um klobige, von eingeritzten Kritzeleien bedeckte Holztische und tranken Bier. An den Wänden hingen Rahmen mit alten Fotografien, alle zeigten dasselbe Motiv: einen teigigen, bohemehaften Mann beim Trinken, Rauchen oder Schreiben.

Sebastian ging auf den Wirt zu, der mit den Ellenbogen auf dem Tresen lehnte. Ein Gesicht wie aus Stein gehauen, weißes Haar, dichter Bart, zwischen den Lidern zwei leuchtend blaue Augen.

»Guten Abend«, grüßte Sebastian. »Haben Sie für heute Nacht ein Zimmer?«

»Denke schon«, gab der Wirt mürrisch zurück und warf

einen Blick ins offene Register. »macht zwanzig Pfund die Nacht, Zahlung im Voraus.«

Sebastian überschlug den nunmehr spärlichen Inhalt des Umschlages.

»Aha.« Sein Blick wanderte nervös durch den Gastraum. »Etwas Billigeres haben Sie nicht zufällig?«, stammelte er.

Der Wirt grunzte und musterte ihn von oben bis unten.

»Ich hab noch eine Kammer. Ein bisschen staubig, aber geheizt und mit Bad. Fünfzehn Pfund die Nacht.«

»In Ordnung, ich nehme sie für eine Nacht.«

»Ich brauche einen Ausweis«, sagte der Wirt und schrieb etwas in sein Register.

Zögerlich legte Sebastian das Geld und seinen Pass auf den Tresen.

»*Sebastian Haller*«, las der Wirt vor. »Hier steht, du bist Waliser. Hast du nicht noch einen anderen Ausweis?«

»Leider nein.« Sebastians Gesicht glühte.

»Macht nichts. Hier unterschreiben … bestens … und das war's. Das ist der Schlüssel. Das Hotel schließt um elf. Frühstück gibt's bis zehn. Bis morgen Nachmittag um vier muss das Zimmer frei sein. Schönen Abend noch.«

Sebastian nahm den Schlüssel und wollte nach seinem Pass greifen, doch die Hand des Wirts hielt ihn zurück.

»Den behalte ich noch ein bisschen«, sagte er brüsk. Das gefiel Sebastian gar nicht.

Er drehte sich um und ging zur Treppe. An einem Tisch sah er Sullivan Dodger, den Busfahrer, sitzen, immer noch in Uniform und mit blauer Mütze. Sebastian winkte ihm zu, doch er reagierte nicht.

»Seltsamer Junge, findest du nicht, Balth?«, rief der Busfahrer zum Wirt hinüber, kaum dass Sebastian auf der Treppe verschwunden war. »Ich hab ihn vom Flughafen mitgenommen. Stell dir vor, er hat mir zwei Seiten vom *Author's Prologue* unter die Nase gehalten und mich gefragt, ob ich ihm was dazu sagen könnte. Haha! Unglaublich! Der Kerl hat nicht alle Tassen im Schrank. Scheint ein netter Junge zu sein, aber an deiner Stelle würde ich ein Auge auf ihn haben.«

»Da kannst du deinen alten Hintern drauf verwetten, dass ich ein Auge auf den habe«, zischte der Wirt eisig.

Er wedelte mit dem Pass.

»Bei Myrddins Bart, dieser Pass hier ist nicht echt.«

# 23
# Dylan's Walk

Als Sebastian aufwachte, brauchte er eine ganze Weile, ehe er wusste, wo er war. Zum ersten Mal, seit er sich wieder erinnern konnte, hatte er in einem richtigen Bett geschlafen, tief und ohne Unterbrechung.

Er stand auf. Instinktiv griff er nach dem Rucksack und riss ihn auf. Alles war noch genauso, wie er es am Abend zuvor hinterlassen hatte.

*Okay, okay. Aber ich habe zu tief geschlafen. Jeder hätte hier hereinspazieren können.*

Er öffnete die Badezimmertür und ging, ohne in den Spiegel zu sehen, zum Waschbecken. Er drehte den Hahn auf und blickte mit kindlichem Lächeln auf den Wasserstrahl. Mit dem gleichen belustigten Ausdruck betätigte er die Klospülung.

*Das alles ist mir vertraut. Aber wo haben sich meine persönlichen Erinnerungen versteckt? Wieso kehren sie nicht zurück?*

*Was muss ich denn noch tun, verdammt?*

Wütend hieb er mit der Faust gegen die Wand. Der Spiegel erzitterte und wäre fast hinuntergefallen. Ein Blutfleck klebte an der Fliese.

Er musste sich beruhigen. Er zog sich aus und stellte sich unter die Dusche. Fast eine halbe Stunde lang stand er in dem lauen Wasserstrahl, der ihm auf Kopf und Schultern prasselte, bis er an nichts mehr dachte.

Er trocknete sich ab, zog saubere Sachen an, wühlte in seinen Taschen und warf einen Blick in den Geldumschlag: Nur siebzehn Pfund waren übrig von Horus Perlengeld. Das reichte gerade noch für eine weitere Übernachtung. Er nahm den Rucksack und verließ das Zimmer.

Der Gastraum im Erdgeschoss war leer. Er durchquerte ihn mit bedächtigen Schritten. Die breiten Holzdielen knarrten unter seinem Gewicht.

»Du bist spät dran. Frühstück gibt's bis zehn«, rief ihm der Wirt aus der Küche zu.

»Kein Problem, das macht nichts«, rief Sebastian zurück. »Kann ich jetzt meinen Pass wiederhaben?«

»Klar. Den kriegst du, wenn du das Zimmer freimachst.«

»Aber …«

Die Küchentür schlug zu und erstickte jede Diskussion im Keim. Beim Hinausgehen bemerkte Sebastian einen Zettel am Eingang.

*Suche rundum versierte Vollzeithilfskraft.*
*Angemessene Bezahlung.*
*Bitte an der Rezeption melden.*

Neben der Eingangstür zeigte ein Tageskalender das Datum an: 1. Oktober. Darunter ein Bibelzitat in Frakturschrift.

Zähle die Wege meiner Flucht.
Ohne Zweifel,
du zählst sie.
(Psalm 56,9)

Mit leisem Unbehagen stieß Sebastian die Tür auf und trat hinaus unter den feuchtgrauen Himmel von Laugharne. Es war der erste Oktober. Er war in Wales. Er hatte nicht die leiseste Ahnung, was er tun oder wohin er gehen sollte.

Fröstelnd überquerte er die Straße und gelangte zu dem Platz, auf dem er am Abend vorher aus dem Bus gestiegen war. Der alte Sullivan Dodger war nicht da. Stattdessen stand dort ein anderer leerer Bus mit einem Schild hinter der Windschutzscheibe: »*Fahrten nach Camarthen: £.5*«

*Camarthen … noch eine Stadt, noch ein Name, der mir nichts sagt.*

*Was mache ich hier?*

Ein eisiger Windstoß fuhr ihm ins Gesicht.

*Hast du mich wirklich hierhergeführt? Oder war es eine Laune des Zufalls, eine elende Verkettung von Willkürlichkeiten?*

Er sah auf und betrachtete zum ersten Mal das Panorama. Es war eindrucksvoll. Die Häuser blickten hinunter auf eine weite grüne Flussmündung, breit wie ein See. In der Ferne schlängelte sich das Wasser durch dunkles Heideland und mündete in einen zweiten Fluss. Und dort, wo die beiden Mündungen sich vereinten, flossen sie gemeinsam ins ferne, diesige Meer.

Sebastian wurde von einer überwältigenden Traurigkeit ergriffen. Dieser Blick war ihm kein bisschen vertraut, und dennoch gab es da etwas, das er nicht benennen konnte … aber das vielleicht …

Er kletterte über die kleine Mauer, die den Platz säumte, und wanderte zum nächstgelegenen Ufer hinunter. Der Boden verwandelte sich in schlammigen Morast, durchzogen von Entwässerungsgräben, nur windgebeuteltes Gestrüpp wuchs hier. Er ging ein paar hundert Meter, versank knöcheltief im Matsch und erreichte eine schmale, trockene Straße. In der Ferne, geschützt vom Wasser, waren die Ruinen einer Burg zu sehen. Auf einem Schild stand:

Castell Talacharn
Castell yn nhref Talacharn,
yn ne Sir Gaerfyrddin
Yw Castell Talacharn ar aber Afon Taf
§
Laugharne Castle
An der Mündung der Flüsse Taf, Tywi
und Gwendraeth gelegen, die hier
aufeinandertreffen, um gemeinsam in
die Bucht von Camarthen zu fliessen

*Ausgerechnet dann, wenn die beiden Flüsse ineinanderfließen wollen, verschwinden sie im Meer.* Tränen schossen ihm in die Augen. Er musste sie gewaltsam zurückhalten, um nicht wie ein Kind loszuschluchzen.

Was passierte mit ihm?

Die Straße führte zum Flussufer hinunter und bog in Richtung Burg ab. Weiter unten ging der Morast in einen grauen Kieselstrand über, der die Mündung säumte. Er zog sich an dem der Burg gegenüberliegenden Flussufer entlang und endete zwischen dem Fluss und einer Reihe von wild wachsenden Eichen.

Die Arme vor der Brust verschränkt, um sich gegen den Wind zu schützen, ging Sebastian zum Strand hinunter. Sand und Kies blieben an seinen schlammigen Schuhen kleben und machten das Gehen mühsam.

Auf halber Strecke blieb er stehen.

Brodelnd und von grauem Schaum bedeckt wälzte sich der dunkle Fluss dahin. Auch am Himmel schoben sich die fahlen, trägen Wolken umeinander, schwarze Insektenschwärme.

In dem Moment vernahm er zum ersten Mal die Kinderstimme.

*Besonders dann, wenn der Oktoberwind*
*Mit Frostgefinger mir das Haar bestraft*

Er fuhr zusammen, als hätte sich plötzlich eine Hand auf seine Schulter gelegt. Doch da war niemand. Er hatte es in seinem Kopf gehört. Eine ferne, gedämpfte, zarte Stimme. Nervös schlug er sich die Hände gegen die Ohren. Woher kamen diese Worte? Wer raunte sie ihm zu?

*Geh ich entflammt im Griff der Krabbenfischer-Sonne,*
*Und werfe eine Schattenkrabbe auf das Land*

Er befand sich im Auge eines Strudels, Geräusche und Bilder wirbelten um ihn herum.

*Am Strand der See, wo Vogellärm ich höre,*
*Den Raben husten hör im Winterdickicht,*
*Mein weiblich Herz geschäftig, zitternd wenn sie spricht,*
*Vergießt ihr Silbenblut, leert ihre Wörter aus*

Alles drehte sich, die Burgruinen, die Flussschnellen, die Häuser von Laugharne kreiselten mehrmals um sich selbst. Er verlor das Gleichgewicht und landete vornüber im Sand.

Langsam rappelte er sich hoch.

Wem gehörte diese Stimme? Wurde er wahnsinnig? Oder bemühte sich jemand, ihm zu helfen?

*Besonders dann, wenn der Oktoberwind…* Sebastian sagte die Worte vor sich hin und versuchte sich zu erinnern. Vielleicht waren sie wichtig. Vielleicht waren sie eine Botschaft.

Er wollte nur noch weglaufen.

Jenseits der Bäume, die den Strand säumten, zog sich eine schmale Straße am Fluss entlang, und auf sie rannte er zu, gepackt von unkontrollierbarer Angst. Als er sie erreicht hatte, blieb er keuchend stehen. Die Straße schlängelte sich zwischen den Bäumen durchs Unterholz und führte von den Häusern weg. Keine Menschenseele war zu sehen, selbst die Vögel schwiegen. Nur das Pfeifen des Windes war zu hören.

Er kam an einem pfeilförmigen Holzschild vorbei.

DYLAN'S WALK

Die Vegetation wurde spärlicher, und man konnte wieder bis zur Flussbiegung sehen. Der Strand war fast verschwunden, und die von zwei steinernen Brüstungen begrenzte Straße verlief direkt auf dem Damm. Ein paar hundert Meter weiter vorn endete der kurvige Weg vor einer eigenartigen Konstruktion. Es war eine Art kleine Villa mit abfallendem Dach und einer umlaufenden Terrassierung. Das Haus klebte an einer Felswand, so dass es über dem Fluss zu schweben schien. Auf einem Schild stand:

CARTREF DYLAN THOMAS YN TALACHARN
(DYLAN THOMAS BOATHOUSE IN LAUGHARNE)

BESUCHEN SIE DAS BOATHOUSE VON DYLAN THOMAS!
EINTRITTSKARTE ERWACHSENE: 3,75 PFUND

Neugierig trat Sebastian näher.

*Hier hat Dylan Thomas gelebt? Was für ein seltsamer Ort …*

Inmitten des kleinen Vorplatzes war auf einem Steinsockel eine große Messingtafel angebracht. Von einer unerklärlichen Unruhe gepackt fing Sebastian an zu lesen.

DYLAN MARLAIS THOMAS
SWANSEA, 17. OKTOBER 1914
NEW YORK, 9. NOVEMBER 1953

HIER IN LAUGHARNE, IN SEINEM AN DER MÜNDUNG
DES TAF GELEGENEN, VON MYSTISCHER, SUGGESTIVER
LANDSCHAFT UMGEBENEN BOATHOUSE, DAS IN DER WELT
SEINESGLEICHEN SUCHT, VERLEBTE DER GROSSE WALISISCHE

Dichter Dylan Thomas einige seiner schaffensreichsten Jahre und wurde zu vielen seiner bedeutendsten Werke inspiriert. Im Mai 1938 kam er nach Laugharne, wo er laut eigenen Worten »aus dem Bus stieg, um niemals wieder einzusteigen«.

*»Er stieg aus dem Bus, um niemals wieder einzusteigen.« Der Satz klang wie ein unheilvolles Orakel.*

Laugharne und seinen Bewohnern hat Dylan Thomas sein Werk »Unter dem Milchwald« gewidmet. Schauplatz ist das Dorf Llareggub, Pseudonym für Laugharne, für seine Strassen, Häuser und Bewohner und deren Laster und Tugenden. Zahlreiche Orte im Umland haben Thomas zu seinen berühmtesten Dichtungen angeregt, so St John's Hill und Fern Hill, der Farnhügel.

Sebastian erlebte ein heftiges Déjà-vu. *Kannte* er diese Namen und Orte bereits? War er schon *hier* gewesen?

Heute lebt in Laugharne der berühmteste Sammler und Kenner der Werke von und über Dylan Thomas, Sir Ashton Llendebux. Ihm gilt der besondere Dank der Stadt, nicht zuletzt wegen seines grossen Engagements für die Erhaltung des Boathouse.

Er sah auf. In seinen Ohren rauschte es, als hätte sich plötzlich der Luftdruck geändert. Er betrachtete das *Boathouse* genauer: die breite Steintreppe, die zur Haustür führte, die vier kleinen Fenster in der ausgeblichenen strohgelben Fassade, die rostfarbene Brüstung rings um den umlaufenden Balkon im ersten Stock.

*Wäre interessant, sich das näher anzusehen …*

Er kramte in seinen Taschen und ließ die letzten Pfundmünzen klimpern.

*Aber wenn ich hier reingehe, wird nichts aus der zweiten Nacht im Gasthaus. Ich könnte den Wirt um ein paar Pfund Nachlass bitten, aber das ist wohl keine gute Idee.*

Sebastian gab nicht auf. Er schlüpfte in den engen Durchgang zwischen Felswand und Hausrückseite, zwängte sich zwischen Zweigen und Unkraut hindurch und spähte in ein staubiges Fenster. Dahinter lag eine Art Kammer, die offenbar nicht zu besichtigen war. Von innen lehnten gegen das Fenster ein paar mit bedruckten Plakaten bespannte Holztafeln, die womöglich für eine Ausstellung gedient hatten. Neugierig versuchte er sie zu entziffern. Das war nicht leicht, das Fenster war schmutzig und die Kammer dunkel. Endlich hatte er den richtigen Blickwinkel gefunden.

*Prolog*

*Dieser Tag läuft ab nun*
*Am Gott-voran-befohlenen Sommerende*
*In heißstürzender Lachssonne*
*In meinem see-erschütterten Haus*

Er hielt inne. Er wusste, wie es weiterging: Es war das Gedicht aus seinem Buch. Das Symbol all seiner enttäuschten Hoffnungen.

Dann blickte er auf das Plakat daneben und schreckte zusammen.

*Zehntes Gedicht*

*Besonders dann, wenn der Oktoberwind*
*Mit Frostgefinger mir das Haar bestraft,*
*Geh ich entflammt im Griff der Krabbenfischer-Sonne,*

*Und werfe eine Schattenkrabbe auf das Land,*
*Am Strand der See, wo Vogellärm ich höre,*
*Den Raben husten hör im Winterdickicht,*
*Mein weiblich Herz geschäftig, zitternd wenn sie spricht,*
*Vergießt ihr Silbenblut, leert ihre Wörter aus.*

Es waren die gleichen Worte, die er am Strand gehört hatte, gewispert von einer geheimnisvollen Stimme. Auch das waren also Verse von Dylan Thomas?

*Ein paar lass mich Dir machen von vokalen Buchen,*
*Ein paar von Eichenstimmen und Dir Kurzes*
*Sagen aus vieler Dornbezirke Wurzeln.*
*Ein paar lass mich Dir machen von Gewässerreden.*

*Wieso schon wieder du? Was, verdammt noch mal, hast du mit mir zu schaffen? Was willst du mir sagen?*

*Besonders dann, wenn der Oktoberwind*
*(Ein paar lass mich Dir machen von den Zaubersprüchen*
*Des Herbstes, spinnenzüngelnd, und von Wales' lautem Hügel)*
*Mit Rübenfäusten straft das Land,*
*Ein paar lass mich Dir machen Wörter, herzlos.*
*Das Herz ist leer, das deutend in des Blutes*
*Jagender Alchemie, von nahem Zorn gewarnt hat.*
*Höre am Strand der See dunkelvokale Vögel.*

Sebastian schrie auf und stieß mit der Faust so heftig gegen die Scheibe, dass sie beinahe zerbrach.

Schritte näherten sich, jemand hatte den Krach gehört. Mit einem Satz versteckte sich Sebastian im Unterholz. Reglos hockte er da, bis die Schatten hinter dem Fenster verschwanden. Dann gab er sich einen Ruck und rannte durch den Wald davon.

Es war nach fünf Uhr, als er wieder ins Gasthaus kam. Der Empfang fiel nicht gerade herzlich aus.

»He, du bist spät dran!«, plärrte der Wirt. »Um vier Uhr sollte das Zimmer frei sein!«

Sämtliche Gäste drehten sich zu ihm um. Darunter auch Sullivan Dodger, der mit drei weiteren Männern an einem Tisch saß. Einer von ihnen trug eine schwarze Soutane, womöglich der Dorfpriester.

»Stimmt, Sie haben recht«, erwiderte Sebastian befangen. »Aber ich würde das Zimmer gern noch behalten, wenn das für Sie kein Problem ist.«

Ohne aufzusehen, legte er fünfzehn Pfund auf den Tresen.

Er spürte den bohrenden, misstrauischen Blick des Wirts.

»Nein, kein Problem«, knurrte er und griff nach dem Geld. »Und wieso willst du plötzlich länger bleiben?«

Im Bruchteil einer Sekunde ließ sich Sebastian eine plausible Erklärung auf die unerwartete Frage einfallen.

»Na ja, ich mache Recherchen zu Dylan Thomas. Ich dachte, in ein paar Stunden wäre ich damit durch, aber ich brauche doch mehr Zeit.«

»Bist du Student? Nein, zu alt. Professor? Was glaubt ihr Literaten eigentlich, hier noch entdecken zu können! Es sind schon ganze Bibliotheken über Dylan Thomas vollgeschrieben worden!«

»Ja, Sie haben recht. Meine Recherche ist eher … existenzieller Natur. Eine psychoanalytische Arbeit, die etwas mit dem Gedächtnis zu tun hat.«

Die Augen des Wirts verengten sich zu zwei hellblauen Schlitzen.

»Aber denk dran, morgen verlässt du das Zimmer *pünktlich.*«

»Eigentlich wollte ich fragen, ob ich noch mehr Tage bleiben kann.«

»Wie viele genau?«

»Das weiß ich leider noch nicht. Sehen Sie, ich …«, Sebastians

Stimme wurde leise, »ich dachte, wir könnten einen Tausch machen. Ich habe Ihr Jobangebot gelesen und…«, er wurde rot, »wollte fragen, ob ich den Job haben kann, falls er noch frei ist.«

Der Wirt musterte ihn.

»Hier arbeiten? Ich nehme an, es ist sinnlos, dich nach einem Empfehlungsschreiben zu fragen«, sagte er ohne zu lächeln. »Na, für das, was ich brauche, reicht es, wenn du ein bisschen Saft in den Armen hast. Du siehst zwar ziemlich dürr aus, aber immerhin bist du jung und bestimmt einigermaßen zäh.«

»Auf jeden Fall! Ich mache alles, kein Problem.«

»Ich muss drüber nachdenken. Ich schlag mich nicht gern mit Unbekannten rum. Morgen sag ich dir Bescheid.«

Sebastian bedankte sich und ging auf sein Zimmer. Im Vorbeigehen blickte er verstohlen zum Tisch des Busfahrers hinüber. Die Männer hatten die ganze Zeit über geschwiegen, um kein Wort der Unterhaltung zu verpassen.

»Sieh dich vor mit dem Jungen!«, krächzte Pater Wynngid, der alte Priester, kaum dass Sebastian auf der Treppe verschwunden war. »Ich hab die Geschichte von dem falschen Pass gehört!« Mit seiner Hakennase, den runden, schrulligen Augen und dem schlaffen Kinn sah er aus wie eine gerupfte Möwe. »Meinst du nicht, du solltest zur Polizei gehen?«

Der Wirt warf ihm einen vernichtenden Blick zu.

»Der Junge hat was in seinem Blick, nicht wahr, Balth?«, schaltete sich der Busfahrer ein. »Ich hab das auch sofort bemerkt. Ich weiß, an wen er dich erinnert, und es stimmt, er könnte sogar das gleiche Alter haben.«

»Jetzt reicht's, Schluss mit dem Schwachsinn!« Der Wirt hieb die Fäuste auf den Tresen, so dass alle Anwesenden herumfuhren.

»Ich lasse ihn ein paar Tage für mich arbeiten und behalte ihn im Blick«, sagte er, schon ruhiger. »Ich weiß, wie man mit Landstreichern umgeht. Und sollte es nötig sein, gehe ich zur

Polizei.« Er zeigte auf den Priester. »Und zwar allein und dann, wenn es mir passt.«

Wütend stapfte er in die Küche und schickte ein blondes sommersprossiges Mädchen an den Tresen.

Eine Stunde später öffnete sich die Tür des Wirtshauses, und die kleine Männergruppe trat auf die Straße hinaus und fing an, heftig zu diskutieren.

»Ich verstehe ihn einfach nicht!«, gickste Pater Wynngid. Sein Atem verwandelte sich in silberne Wölkchen. »Hat er denn keine Angst, so einen unter seinem Dach zu haben, einen, der mit einem falschen Namen aus dem Nichts auftaucht?«

»Er ist nicht mehr ganz bei Trost«, sagte Sullivan Dodger. »Ich wette, er sieht Llywelyn in ihm. Vielleicht glaubt er irgendwann, er ist es wirklich.«

»Wie kann man nur so blöd sein!«

»Aber versteht ihn doch, außerdem ist Aeronwy gerade erst gestorben.«

»Wenn er nicht die Polizei ruft, mach ich's!«

»Nein, wir sollten uns jetzt nicht einmischen. Balth kann sehr gut auf sich allein aufpassen.«

»Aber man muss ihn im Auge behalten«, sagte der Pater. »Wenn es wirklich so ist, wie wir denken, könnte der Kerl ihn ausnutzen wollen.«

Gegen Mitternacht wurde Sebastian von einem sachten Klopfen an seine Zimmertür geweckt. Mit pochendem Herzen fuhr er hoch und öffnete. Es war niemand da, der Flur lag in Dunkelheit. Er hörte Schritte die Treppe hinuntergehen.

Jemand hatte ein Tablett auf den Boden gestellt, mit einem Brötchen, einem Apfel und einem Zettel.

*Meinetwegen geht es in Ordnung. Morgen fangen wir an.*
*Balthasar*
*P.S.: Irre ich mich, oder hast du noch nicht einmal Geld, um dir was zu essen zu kaufen?*
*Guten Appetit.*

Lächelnd schloss er die Tür. Seit fast vierzig Stunden hatte er nichts mehr zu sich genommen. Das Geldproblem schien – zumindest fürs Erste – gelöst.

# 24
# Talacharn

Am nächsten Morgen wurde Sebastian bei Tagesanbruch geweckt und begann seine neue Arbeit im Dylan Thomas Inn in Laugharne.

»Du kannst mich Balth nennen und mich duzen, das machen alle«, sagte der Wirt, als er ihn mit seinem Pick-up zu seiner ersten Aufgabe kutschierte: Holzhacken im eisigen Morgennebel, der weiß wie Milch aus dem Unterholz aufstieg.

»Von deinem ersten Lohn solltest du dir was Anständiges zum Anziehen kaufen«, meinte Balth. Sebastian hatte seine beiden Hemden übereinandergezogen und klapperte trotzdem mit den Zähnen. »Klotz richtig ran, dann wird dir schon warm«, sagte Balth und ließ ihn mit ein paar hundert Stämmen, die zu Kaminholz zerkleinert werden sollten, im Wald.

Sebastian hatte die Arbeitsbedingungen widerspruchslos akzeptiert: vierzehn Stunden schwere Arbeit täglich gegen Kost, Logis und ein paar Pfund Lohn.

»Nachmittags hast du ein paar Stunden für dich«, hatte Balthasar spöttisch gesagt. »Dann kannst du deine Recherchen vorantreiben.«

Offenbar hatte er die Ausrede mit Dylan Thomas nicht geschluckt.

Die Tage vergingen schnell. Balth nahm ihn hart ran und gönnte ihm keine Pause. Von Sonnenaufgang bis zum Einbruch der Dunkelheit spaltete Sebastian im Wald Holz, lud es auf einen Traktor, kehrte zum Gasthaus zurück und stapelte es in den

Holzschuppen. Kaum hatte er geduscht und etwas gegessen – von wegen Freizeit –, musste er in den Gastraum hinunter, um bis Mitternacht Essen und Bier zu servieren.

Im Vergleich zu dem, was er bis dahin durchgemacht hatte, war die Arbeit leicht, doch draußen auf dem Ozean hatte er ein Ziel gehabt, das die Qualen erträglich machte und ihnen einen Sinn gab. Jetzt begriff er den Sinn nicht mehr. Es ging hier einzig ums Überleben, bis endlich etwas passierte, das er sich nicht einmal vorstellen konnte. Etwas, das vielleicht niemals geschehen würde.

Der Albtraum, der Mauke Nuha monatelang gequält hatte, wurde Wirklichkeit. Nach Wales kommen und erkennen, dass er alles falsch gemacht hatte. Die Mauer der Amnesie nicht niederreißen können. In eine Sackgasse geraten und ohne Geld, ohne Namen, ohne eigenes Leben in irgendeinem Kaff festsitzen.

*Sie nicht wiedersehen.*

Die harte Arbeit hatte einen Vorteil: Sie befreite ihn von jeglichem Nachdenken, jeglichem Gefühl. Am Ende des Tages schleppte sich Sebastian völlig erledigt in sein Zimmer. Ihm war es recht. Er war gekommen, um seine verlorenen Erinnerungen wiederzufinden, doch inzwischen wollte er nur noch die wenigen verbliebenen auslöschen. Er wollte sich in Luft auflösen, nichts und niemand mehr sein.

Tatsächlich fehlte dazu nicht viel.

Die Abende hasste er am meisten. Er spürte, wie die Dörfler im Gastraum ihn pausenlos angafften. Vor allem der Priester schien ihn auf dem Kieker zu haben. Immer wieder ließ er provozierende Bemerkungen fallen. Sebastian hatte den Eindruck, als kämen die meisten nur, um ihn zu beobachten und hinter seinem Rücken über ihn zu tuscheln. Niemand sah ihn gern in Laugharne.

Er war allein und von allen isoliert. Wenn er seine Arbeit

beendet hatte, zog er sich in sein Zimmer zurück, und gepackt von einer quälenden Sehnsucht begaben sich seine Gedanken auf Wanderschaft. Zuerst hatte es ihn auf eine winzige Insel verschlagen, doch er hatte sich frei und irgendwie glücklich gefühlt, alle hatten ihn gekannt, respektiert und geliebt. Jetzt musste er in einem Zimmer hocken, in einem Dorf, in dem jeder ihm feindselig begegnete. Absurderweise kam er sich hier viel fremder vor als bei jenem kleinen Volk irgendwo im Pazifik.

Stundenlang lag er schlaflos da, betrachtete Horus und Arukes Geschenke und dachte an sie. Wer weiß, wo sie jetzt waren, ob sie die *Bodhisattva* getroffen hatten, ob sie wieder auf dem Heimweg waren. Er dachte über das sinnlose Opfer nach, das sie für ihn gebracht hatten. Wenn Horu ihn jetzt sehen könnte … Ein nagendes Schuldgefühl quälte ihn, seine albernen Träume hatten ein unschuldiges Leben gekostet, das hätte gerettet werden können.

Die Einsamkeit war die einzige Dimension, in der er seine Tage bemaß. Er redete mit niemandem. Sowohl das Personal des Gasthauses, ein verschüchtertes, sommersprossiges Mädchen und eine alte Frau mit Lockenwicklern, als auch die wenigen anderen Dörfler, denen er begegnete, behandelten ihn mit furchtsamer Zurückhaltung, fast so, als wäre er ein gefährlicher Krimineller auf freiem Fuß oder als hätte er eine ansteckende Krankheit. Der Einzige, mit dem er ab und zu redete, war Balthasar. Doch der war ein schweigsamer, verschlossener Mensch, der nur das Allernötigste sprach und ihm nie eine Frage stellte.

Ausnahmsweise ein Mal war es zwischen ihnen zu einem eingehenderen, persönlicheren Wortwechsel gekommen.

»Hätte nicht gedacht, dass ein Gasthaus so viel Arbeit macht«, hatte Sebastian keuchend gesagt und einen riesigen Sack Rüben in die Küche geschleift. »Wer hat dir denn vorher geholfen?«

»Die schweren Arbeiten habe ich selbst erledigt«, hatte Balthasar knapp geantwortet. »Zumindest bis vor ein paar Monaten. Dann ist im Juli meine Frau Aeronwy gestorben.« Er hatte sich geräuspert. »Jetzt muss ich mich auch um ihre Aufgaben kümmern, aber ich kann nicht hinter allem her sein. Also habe ich Hilfe gesucht.«

»Das tut mir leid. Das von deiner Frau wusste ich nicht … es tut mir leid«, hatte Sebastian beklommen gestammelt.

»Ist schon in Ordnung. In unserem Alter waren wir nur noch erfolgreiche Geschäftspartner. Klar fehlt sie mir ein bisschen, das kann ich nicht leugnen. Aber vor allem, weil sie mich mit dieser elenden Kaschemme alleingelassen hat!«

Balthasar hatte den Lappen in die Spüle geworfen und war aus der Küche gestapft. So zynisch er sich gab, der Tod seiner Frau hatte ihn tief getroffen. Er liebte sie noch immer, obwohl er das nie zugegeben hätte, und der Schmerz des Verlustes hatte ihn zutiefst erschüttert und physisch geschwächt: In drei Monaten war er um zehn Jahre gealtert. Das Atmen fiel ihm schwer, und sein Herz ächzte wie die knarrenden Dielen seiner heruntergekommenen Kneipe.

Balthasar war es gewohnt, seine Gefühle zu verstecken. Doch trotz seines mürrischen, schweigsamen Auftretens hatte Sebastian gespürt, dass er ein gutes Herz besaß. Er war darauf bedacht, es allen gut gehen zu lassen, auch wenn er sich davor hütete, das zu zeigen. Am ersten Abend seiner Arbeit hatte Sebastian im Zimmer eine gefütterte Lederjacke und zwei Pullover gefunden, brandneu, noch mit Etiketten. Als er sich bedankt hatte, hatte Balthasar ihm den Rücken zugekehrt und etwas Unverständliches gebrummelt.

Irgendwie erinnerte Balthasar ihn an Horu: Beide hatten ihn bei sich aufgenommen und ihm allein aus Gutherzigkeit geholfen. Beide hatten gerade ihre Frau verloren und litten still.

Sebastian fragte sich, ob ihm das gleiche Schicksal blühte. Wo war die Frau, nach der er sich trotz allem noch immer verzehrte? Hatte es Zweck, weiter nach ihr zu suchen, obwohl alles dagegensprach? Selbst die Träume waren zu einer vagen Erinnerung verblasst, die Tausende Meilen und Hunderte Tage überdauert hatte, ohne neue Nahrung zu erhalten.

So vergingen drei Wochen in einer Spirale aus Apathie und Verzweiflung. Wieso blieb er? Die Antwort war einfach: Hier hatte er Arbeit und Unterkunft. Doch es gab einen weiteren Grund, der vertrackter und drängender war, eine Vorahnung, die er nicht benennen konnte, eine immer lauter werdende innere Stimme. Als er an jenem Abend in sein Zimmer zurückkehrte, beschloss er, einen Weg zu finden, um diese Stimme zu befreien.

Er nahm das Buch in die Hand und befühlte den soliden Block, zu dem das Meerwasser es zusammengebacken hatte. Nach einigen Mühen gelang es ihm schließlich, zwei Seiten mithilfe einer Klinge voneinander zu trennen. Sie waren trocken, gewellt und zerbrechlich wie uraltes Pergament. Er holte einen Stift aus der Schublade und ließ die Mine über dem Papier verharren. Die Bedeutung dieser Geste machte ihn schaudern.

Er war dabei, ein Tagebuch zu beginnen.

*Laugharne, 21. Oktober.*
*Dort, wo ich jetzt bin, komme ich mir vor wie unsichtbar. Ich könnte mich in Luft auflösen, und niemand würde es bemerken. Ich bin allein. Niemand kennt mich, alles andere würde mich auch überraschen, schließlich weiß ich selbst nicht, wer ich bin. Ich bräuchte nur meinen Rucksack zu nehmen und zu gehen. Ein kleines Stück weiterziehen. Ziellos umherirren.*
*Hättest du bloß nicht mit mir geredet. Wäre ich dir bloß nicht mehr begegnet. Jetzt nähme ich dieses Vergessen auf mich. Schweigend würde ich mein neues Nicht-Leben beginnen. Würde nichts mehr von der Vergangenheit wollen. Würde meine Strafe hinnehmen und meinen Weg fortsetzen. Sich dreinfügen wäre eine Erleichterung, eine Befreiung. Vielleicht hätte ich irgendwann bei null anfangen und ein neues Leben beginnen können.*

Doch jetzt geht das nicht mehr. Der Wunsch, zu wissen, wer du bist, wo du bist, was du gerade tust, der Wunsch, dich wieder zu sehen... all das brauche ich mehr als Wasser. Und glaub mir, das ist nicht so dahingesagt, ich habe am eigenen Leib erfahren, was es bedeutet, fast zu verdursten.
Ich weiß nur eines: dass es dich wirklich gibt, dass du wahr bist. Die Liebe, die uns verbunden hat, muss groß gewesen sein. Sie lässt nicht zu, dass ich dieses neue Leben einfach hinnehme. Wärst auch du von der Amnesie verschluckt worden, hätte ich es tun können. Doch du bist in mir lebendig, bist der Stoff meiner Träume.
Aus ihnen bist du aufgetaucht, du bist die erste und einzige Erinnerung meines Lebens. Ich kann nicht glauben, dass die Zeichen, denen ich bis hierher gefolgt bin, nur Einbildung und Hirngespinste gewesen sind. Auch wenn ich mich jetzt verloren fühle, in einer Sackgasse gefangen, kann ich nicht aufhören – und das sollst du wissen –, dich bis zu meinem letzten Atemzug zu suchen.

Es waren bereits zwanzig leere, sinnlose Tage vergangen.

Doch etwas rührte sich. Wie fallende Dominosteinchen, die die verschlungenen Wege eines Labyrinths nachzeichnen, strebten die zahllosen denkbaren Geschichten auf eine einzige Wahrheit zu. Am folgenden Tag sollte Sebastian in Laugharne wieder einen winzigen Zipfel seiner Vergangenheit zu fassen kriegen.

# 25
# Das Labyrinth

Am nächsten Tag regnete es in Strömen, und der Markt in Cwmfelin-Hywel fiel aus. Sehr viel früher als gedacht kehrte Sebastian zum Gasthaus zurück. Er wollte gerade die Hintertür öffnen, als eine erregte Stimme aus der Küche drang.

»Überleg doch mal, Balth!« Es war das Krächzen von Pater Wynngid. »Er kann nicht Llywelyn sein!«

»Das weiß ich genau, du blöder Pfaffe!«, knurrte Balthasar zurück. »Aber er ist ein Junge in Schwierigkeiten, und ich werde ihm helfen, komme was wolle!«

Sebastian begriff, dass es um ihn ging.

»Ich erkenne dich nicht wieder. Du warst immer ein vernünftiger Mensch, hast immer gewusst, wie man Fremden begegnet, denn er ist keiner von uns. Sag mir nicht, dass du nicht …«

Das Klappern von Geschirr und Gläsern übertönte kurz die Stimme des Priesters.

»… selbst gesehen, dass sein Pass gefälscht ist! Wir können ihm nicht trauen …«

Wieder Geschirrklappern.

»… vom Teufel geschickt, ausgerechnet jetzt, wo Aeronwys Tod dich geschwächt hat. Ich weiß nicht, was er von dir will, aber es kann nichts Gutes sein. Du musst sofort zur Polizei gehen. Sonst tue ich es!«

»Ohne meine Zustimmung machst du gar nichts! Der Junge ist mein Gast.«

»Balth! Komm wieder zu dir!«, kreischte der Priester. »Sei doch vernünftig. Er ist nicht Llywelyn. Llywelyn … ist tot!«

Es folgte ein langes, angespanntes Schweigen.

»Jetzt reicht's, geh. Raus hier, sonst…«

Sebastian stolperte rückwärts. Er wusste nicht, wer dieser Llywelyn war, aber das, was er gehört hatte, genügte ihm.

Sie hatten ihn entdeckt.

Sie wussten, dass sein Pass falsch war. Er musste sofort fliehen, sonst würde er womöglich für immer hierbleiben. Vielleicht war der Priester schon unterwegs zur Polizei.

Die Hintertür flog auf. Sebastian konnte sich gerade noch hinter die Büsche werfen, ehe der Priester an ihm vorbeihastete und durch das Hoftor verschwand. Sebastian schlich ins Gasthaus, huschte in sein Zimmer hinauf und schnappte sich den Rucksack, der stets für einen plötzlichen Aufbruch bereitstand. Dann schlüpfte er mit gesenktem Kopf zur Tür hinaus und lief zum Busparkplatz. Zwei Busse standen dort, beide nicht im Dienst. Dazu ein Taxi, doch das hätte er nicht zahlen können.

*Ganz ruhig. Ich muss nachdenken.*

Mit flatterndem Atem und pochendem Herzen war das schwer.

*Ich darf jetzt nicht die Nerven verlieren!*

Was sollte er tun? Abhauen? Sich verstecken? Die Apathie der letzten Tage war wie weggeblasen. Aber wenn sie ihn wirklich hierhergeführt hatte, musste es einen Grund dafür geben. Den galt es herauszufinden, und zwar schnell.

*Ich habe an dich geglaubt… lass mich jetzt nicht im Stich!*

Und nach wochenlangem Brüten kam ihm endlich die Idee.

Wie ein Irrer rannte er zu Dylan Thomas' *Boathouse*, stürzte zur Messingtafel vor der Tür und las die letzten Zeilen:

*»Heute lebt in Laugharne der berühmteste Sammler und Kenner der Werke von und über Dylan Thomas, Sir Ashton Llendebux.«*

Er betrat das *Boathouse* und erkundigte sich bei einer alten Dame mit langem weißem Haar, die am Eingang saß und Eintrittskarten verkaufte.

»Sir Llendebux? Der alte Irre? Der hat im Dorf einen Laden namens ›Alte Drucke – Das Labyrinth‹. Er liegt ein wenig versteckt in einem Gässchen im Zentrum. Folgen Sie Caer-Fyrddin bis zur Kirche, dort gibt es einen kleinen Platz mit einem Brunnen. Es ist gleich dort.«

Sebastian folgte der Beschreibung und strich dicht an den Häusern entlang, um so wenig wie möglich gesehen zu werden. Die Dörfler, denen er begegnete, musterten ihn finster und misstrauisch und drehten sich tuschelnd nach ihm um. Oder bildete er sich das nur ein? Er kam an der Kirche vorbei und bog in die krummen Gässchen des alten Laugharne ein.

Seine Schritte hallten von den Häusern wider. Die Sonne ging unter, und keine Menschenseele war mehr unterwegs. Er durchschritt einen niedrigen Steinbogen und gelangte auf einen von Arkaden gesäumten kleinen Platz. Eine feine Moosschicht bedeckte die Mauern, die Luft roch klamm.

Auf dem Platz stand ein von einer großen Steinplatte abgedeckter Brunnen. Im Vorbeigehen sah Sebastian, dass ein ungewöhnliches Relief sie schmückte: ein Geflecht ineinander verschlungener Linien, die ein hypnotisches Labyrinth bildeten. Gebannt blieb er davor stehen, die Linien begannen vor seinen Augen zu tanzen. Alles um ihn herum schien zu verschwinden, als wäre er der Zeit enthoben.

Dann erkannte er die Inschrift. Wirre Buchstaben säumten das Labyrinth, aufgerissene Münder mit hängenden Zungen. Er versuchte sie in die richtige Reihenfolge zu bringen.

Ein Schatten.

*Beth yw eich enw…*

huschte unsichtbar

*O le i chi'n dod…*

hinter seinem Rücken vorbei.

*Ydych chi wedi bod yma o'r blaen…*

Etwas packte seinen Arm.

Für einen kurzen Moment war er wie gelähmt vor Schreck. Dann fuhr er herum. Ganz dicht vor ihm war das Gesicht eines Mannes: möwenhafte Züge, krumme Nase, filziger weißer Haarschopf.

Pater Wynngid hatte ihn von hinten überrascht.

»Faszinierendes Bild, junger Mann«, krächzte der Pater, ohne den Griff zu lockern. »Das ist ein *maze*. Aber als Waliser kennst du die bestimmt, nicht wahr?«

Sebastian bekam kein Wort heraus.

»Wales ist voll von diesen *mazes*. Sie sind eines der vielen Geheimnisse, die uns unsere Vorfahren hinterlassen haben. Darstellungen von Labyrinthen. Keiner weiß, ob sie nur als Schmuck dienen oder richtige *Landkarten* sind. Dieses hier hat eine Besonderheit: die Worte in *Cymraeg* zwischen den Linien. Weißt du, was sie bedeuten?«

»Nein«, hauchte Sebastian.

»*Beth yw eich enw*, Wie lautet dein Name? *O le i chi'n dod*, Woher kommst du? *Ydych chi wedi bod yma o'r blaen*, Bist du schon einmal hier gewesen? Und, wie lauten deine Antworten? Wieso bist du hier, Junge?«

»Ich… ich weiß es nicht«, stammelte Sebastian. »Es reicht! Lassen Sie mich los!«, stieß er schließlich hervor. Er versetzte dem Pater einen Stoß, der mit einem erstickten Schrei zu Boden fiel.

Sebastian rannte in die nächstbeste Gasse davon.

Aber Pater Wynngid, erstaunlich flink für sein Alter, war ihm auf den Fersen. Sebastian witschte in eine enge Seitengasse, und der Pater rannte geradeaus weiter, ohne ihn zu bemerken. Vielleicht hatte er ihn abgehängt. Keuchend und die Hände auf die Knie gestützt stand Sebastian da.

In der Hauswand gegenüber, halb verdeckt von einer Kletterpflanze, war eine kleine Glastür mit einem Messingschild daneben.

ALTE DRUCKE »DAS LABYRINTH«

Er atmete durch. Zaghaft drückte er die Tür auf und betrat Sir Ashton Llendebux' Laden.

# 26

# Das Geheimnis des Buches

Das Kristallklangspiel über der Tür klingelte leise, als Sebastian eintrat. Der Laden war so schummrig, dass er zuerst nichts sah. Dann konnte er im schwachen Licht einer Tischleuchte einen von einer steinernen Gewölbedecke überspannten verwinkelten Raum erkennen. Überall quollen Bücher aus Regalen und stapelten sich bis zur Decke. Es war niemand da, doch aus einer angelehnten kleinen Tür hinter dem Tresen fiel Licht.

Auf Zehenspitzen durchquerte Sebastian den Raum. Sein Blick fiel auf ein paar antik aussehende Bände, die einen roten Samtsessel besetzten. Dann bemerkte er ein Buch, das, geschützt von einer Glasglocke, auf einem Lesepult lag. Er las den in verschlungenen metallenen Lettern gedruckten Titel:

DAS MABINOGION

Neugierig hob er das Glas und streckte die Hand danach aus.

»Halt!«, tönte es ärgerlich durchs Zimmer. »Dieses Buch ist unverkäuflich!«

Sebastian machte einen Satz zurück und stieß dabei gegen das Lesepult, das beinahe umgestürzt wäre.

»Entschuldigen Sie, ich wusste nicht …« Linkisch versuchte Sebastian, alles wieder in Ordnung zu bringen. Das alte Männchen, das vor ihm stand, schien einem viktorianischen Gemälde entsprungen zu sein: schlohweißer langer Bart, Kneifer auf der spitzen Nase, eleganter, dunkelgrüner Tweedanzug. Das goldfarbene Hörrohr, das er sich ans Ohr hielt, gab seinem distinguierten Äußeren etwas Lächerliches.

»Sind Sie Mr. Ashton Llendebux?«, fragte Sebastian laut.

»Ich bin *Sir* Ashton Llendebux«, korrigierte ihn der Buchhändler. »Und du musst nicht schreien, ich höre ausgezeichnet! Wie kann ich dir helfen, junger Mann?«

»Ich habe hier ein Buch von Dylan Thomas, das ich Ihnen gerne zeigen würde. Leider ist es in einem kläglichen Zustand. Aber vielleicht können Sie mir trotzdem etwas dazu sagen.«

»Höchstwahrscheinlich.«

Sebastian öffnete den Rucksack und hielt ihm das Buch hin.

»Es ist nicht mehr viel davon übrig, aber jede noch so kleine Information wäre hilfreich.«

Mit wachsender Verblüffung drehte der Buchhändler den brüchigen, vom Wasser zusammengeleimten Klumpen zwischen den Händen. Sie zitterten.

»Mein Gott!«, entfuhr es ihm. Sebastian zeigte ihm die einzigen beiden noch lesbaren Seiten.

»Mein Gott!«, zischte er noch einmal. »Junge, was ist mit diesem Buch passiert?«

»Nun ja, also …«, stammelte Sebastian, doch der Buchhändler ließ ihn nicht ausreden.

»Hast du es so ramponiert?«

»Ja … das heißt nein, nein!«

»Gehört das Buch dir?«

»Ja, ja, klar.«

Der alte Buchhändler streichelte den Buchdeckel und machte ein grimmiges Gesicht.

»Zwar ist nicht mehr viel davon übrig, aber es besteht kein Zweifel: Wir haben hier eine Ausgabe von BrynCoedwyg aus dem Jahr 1951. Sie ist, oder besser, sie *war* sehr selten.« Llendebux warf ihm einen vernichtenden Blick zu. »Es gibt keine weiteren Exemplare davon.«

»Ah! Das wusste ich nicht.«

»Und wo hast du dieses Buch erstanden?«

»Sagen wir, ich habe es gefunden. Es wurde … weggeworfen. Glaube ich.«

Llendebux blinzelte ihn misstrauisch an.

»Weggeworfen? Diese Ausgabe ist ein Vermögen wert! Den Ignoranten, der so eine Schande begehen konnte, würde ich gern mal kennenlernen!«

»Sie haben recht, Sir. Ein Glück, dass ich es gerettet habe.«

»Es gibt keine Ehrfurcht mehr vor der Kultur!«, krähte der Alte und schüttelte die Faust. »Das ist ein Sakrileg!«

»Glauben Sie mir, Sir: Ich bin genauso entrüstet wie Sie. Aber könnten Sie mir noch mehr zu diesem Band sagen? Warum ist er so wertvoll?«

Seufzend gewann Llendebux die Fassung wieder. Er legte das Hörrohr auf den Verkaufstisch, legte die Fingerspitzen gegeneinander und räusperte sich. Sebastian überfiel ein schwindelerregendes Déjà-vu, als hätte er diese Situation schon einmal erlebt.

»Nun, mein Junge, die einzigartige Besonderheit an diesem Buch ist die Tatsache, dass es sich um einen *Fehler* handelt. Ein verlegerischer Fehler. BrynCoedwyg war ein winziger Verlag in Camarthen, der nach dem Krieg die Rechte an einer Ausgabe von Dylan-Thomas-Gedichten erworben hatte. Doch irgendetwas ging schief. Oder vielleicht, so vermuten einige, ist alles absichtlich geschehen. Zunächst einmal wurden die Druckmatrizen falsch zusammengelegt. Der *Author's Prologue* beispielsweise, der den Anfang bilden sollte, ist auf Seite 52 gelandet.« Er zeigte auf die Stelle neben dem Schriftzug *yla homa*, an der einmal die Seitenzahl gestanden hatte.

»Außerdem waren die Gedichte, die in den Druck gingen, philologisch gesprochen, völlig *falsch*. Einige Verse waren verändert, die Worte versetzt oder im Vergleich zu den allbekannten Versionen sinnverfälscht, sodass sie noch rätselhafter und unverständlicher erschienen als ohnehin schon. Was hatte das alles zu bedeuten? War es ein Scherz? Oder existierten von einigen Gedichten tatsächlich mehrere Versionen? Dylan Thomas hat die Sache nie aufgeklärt, und BrynCoedwyg ging bald darauf ein und nahm das Geheimnis mit sich. Aber ich habe meine Theorie.«

Sir Llendebux hielt inne. Er hatte sich von seiner Leidenschaft allzu sehr mitreißen lassen. Dann redete er in verschwörerischem Flüsterton weiter.

»Ich habe berechtigten Anlass zu glauben, dass es sich bei den Gedichten in der BrynCoedwyg-Ausgabe um die *Ursprungsversionen* handelt. Also ohne Korrekturen und Überarbeitungen, die der Autor zuweilen auf Anraten seiner Verlage vorgenommen hat. Dies wäre dann das einzige Dokument, das die *Originale* einiger Gedichte enthält, die hingeworfenen Skizzen, ohne nachträgliche *labor limae.* Hinzu kommt, dass der Druck des Buches fast umgehend und unter nicht ganz geklärten Umständen gestoppt wurde, weshalb es nur wenige Kopien gab. So wurden sie zu einem begehrten Sammlerobjekt, und der Preis schnellte in den Himmel.«

»Das ist alles sehr interessant, Sir, aber ich …«

»Interessant? Und ob, mein Junge! Wir sind in Wales, das Land strotzt nur so vor Magie und Aberglauben.«

Er verstummte. Mit langen Schritten durchquerte er den Raum und trommelte mit den Fingern auf den Tresen.

»Pah! Sammler, Werte!«, platzte er heraus. »Der Grund, warum wir Waliser dieses Buch für einen einzigartigen Schatz halten, ist ein anderer! Diese Seiten enthielten *reine Inspiration*. Verse, die Dylan Thomas' Seele entströmten, gerade so, wie sie ihm – nach Ansicht einiger Leute – von *dort oben* eingegeben wurden. Verstehst du, was ich sagen will? Um eines klarzustellen: Ich bin Linguist, Wissenschaftler und damit von Natur aus skeptisch. Ich glaube nicht an all diesen pseudoreligiösen Schnickschnack. Dennoch lässt sich nicht leugnen, dass seinen Werken tatsächlich etwas Übernatürliches innewohnt …«, Sir Llendebux breitete die Arme aus, und sein auf die Bücherwand geworfener Schatten schien einen riesigen Bücherstapel umreißen zu wollen, »... *literarische* Magie! Versuch einmal, eines seiner Gedichte aufmerksam zu lesen. Schließ die Augen und rezitiere es leise. Du wirst hören, wie die Worte aneinanderstoßen und unter der unerträglichen Last der Symbole zerbrechen. Bis du darunter das wirbelnde Chaos erahnst, das pulsierende Magma der nackten Wirklichkeit. Ist das vielleicht keine *Magie*?«

Llendebux' Augen funkelten im Halbdunkel.

»Dylan Thomas war ein liederlicher Alkoholiker. Er starb mit nur neununddreißig Jahren im Delirium tremens. Und dennoch verehren wir ihn wie einen Propheten. Tatsächlich hat sein Leben Ähnlichkeiten mit denen einiger rebellischer Bibelpropheten, die Gottes Stimme hörten, von ihr angezogen waren und dennoch vor ihr zu fliehen versuchten, in einem zermürbenden Hin und Her von Faszination und Grauen. Wie Jonas oder Jeremias. Aber in Dylan Thomas' Fall handelt es sich um einen geheimeren, furchtbareren Gott, den Schöpfer der Finsternis und der Insekten, der wüsten Ebenen und vergessenen Worte, der blutigen Geburten und entsetzlichen Tode, der Zyklen, die erschaffen und zerstören. Um den Gott eines altüberlieferten Geheimkults, zu dessen unfreiwilligem Priester Dylan Thomas wurde. Das alles war ihm nicht einmal bewusst. Oder wenn doch, verwahrte er sich entschieden dagegen. Er floh nach Amerika, wo er schließlich starb.«

Mit dem Daumen deutete Sir Llendebux hinter sich auf eine Schwarzweißfotografie.

»Haben Sie ihn kennengelernt?«, fragte Sebastian und griff ihm vor.

Der Buchhändler nickte feierlich. Auf dem alten Foto posierten zwei Männer vor einer Hütte. Der zwanzigjährige Llendebux war noch ein ganz anderer Mensch.

»Das, was du im Hintergrund siehst, ist das *Writing shed*, wo Thomas sich tagelang einschloss, um zu dichten. Es steht hier in Laugharne, gleich hinter dem *Boathouse*.«

Sebastian nahm Llendebux das Buch aus der Hand.

»Also war dieses Buch eine Art keltische Heilige Schrift«, schloss Sebastian leicht skeptisch. »Und das hier ist das letzte Exemplar, das es gibt.«

Der Buchhändler schien zu zögern. Aber dann nickte er entschieden.

»Wieso sind Sie da so sicher? Es ist doch nur ein Haufen schimmeliges Papier, es könnte sonst was sein.«

»Junge!«, kreischte Llendebux, in seiner Ehre getroffen. »Du wagst es, meine Kompetenzen anzuzweifeln? Ich kann mich nicht irren, und zwar aus zwei einfachen Gründen. Der erste lautet, dass ich ohne falsche Bescheidenheit der weltweit größte Experte für Veröffentlichungen von und über Dylan Thomas bin. Der zweite und noch triftigere Grund lautet, dass niemand anderes als ich das letzte Exemplar dieser Ausgabe verkauft habe. Hier, in meinem Laden.«

Sebastian fuhr zusammen.

»Sie? Hier? Und Sie… glauben, es ist genau dieses Exemplar?«

»Ich glaube es nicht, ich bin mir absolut sicher. Wenn ich mich recht erinnere, ist das rund ein Jahr her.« Der Buchhändler dachte angestrengt nach. »Die Käuferin war eine hübsche junge Frau.«

Sebastians Herz klopfte schneller.

»Eine wahre Kennerin! Sie hat den unschätzbaren Wert des Buches sofort erkannt. Ich hätte mich niemals davon getrennt, aber leider lief es letztes Jahr finanziell nicht sonderlich gut. Außerdem war mir das Mädchen sympathisch. Und sie wollte es um jeden Preis! Dieses Buch, kein anderes. Ich glaube, sie wollte es verschenken. Hätte ich gewusst, dass es so endet, hätte ich es niemals hergegeben!«

»Entschuldigen Sie«, Sebastians Stimme zitterte, »erinnern Sie sich, wie das Mädchen aussah? Könnten Sie sie mir beschreiben?«

»Tja, das liegt schon eine Weile zurück, mein Gedächtnis ist nicht mehr so gut. Sie war groß, hatte langes hellbraunes Haar und große, sanfte Augen, wie ein *Hirschkalb*, hätte Dylan Thomas gesagt.«

*Das ist sie.*

Sebastian packte den Buchhändler beim Arm.

»Erinnern Sie sich an ihren Namen? Haben Sie irgendetwas, womit ich sie finden kann? Die Quittung, irgendetwas?«

»Junge, lass meinen Arm los! Also wirklich! Dies ist ein seriöser Laden, und ich achte die Privatsphäre meiner Klienten. Wer bist du überhaupt, platzt hier mit einem zerstörten Meisterwerk herein, von dem ich noch nicht einmal weiß, wie es in deine Hände geraten ist. Warum sollte ich dir diese Auskunft geben?«

»Sehen Sie, Sir, ich würde sie gern finden … um ihr das Buch zurückzugeben. Und um zu begreifen, wodurch es zerstört wurde und wie ich daran gekommen bin.«

»Na also.« Llendebux nickte zufrieden. »Das klingt wie eine hervorragende Idee. Doch leider habe ich keinen Hinweis auf die Dame. Sie hat bar gezahlt und …«, Llendebux blickte sich verstohlen um, »… wollte keine Quittung.«

»Ich bitte Sie, Sir, strengen Sie sich an, irgendetwas muss es doch geben! Hat sie Ihnen nicht ihren Namen genannt? Immerhin handelte es sich um ein seltenes, wertvolles Exemplar. Das ist äußerst wichtig für mich!«

»Ich habe dem nichts mehr hinzuzufügen, junger Mann. Und jetzt raus hier!«

Freundlich, aber bestimmt schob der Buchhändler Sebastian zur Tür. »Mein Junge«, er musterte ihn ein letztes Mal, »bist du sicher, dass du nicht schon einmal hier warst? Irgendwie kommst du mir bekannt vor.«

Ohne eine Antwort abzuwarten, knallte er Sebastian die Tür ins Gesicht und schloss ab.

Mit vor Aufregung weichen Knien lehnte sich Sebastian gegen die Hauswand.

*Sie war hier …*

Er schloss die Augen und ballte die Fäuste. Er musste sich zusammenreißen, um nicht laut zu schreien.

*Ich habe mich nicht geirrt. Es war nicht alles Einbildung!*

Er war auf eine Spur seiner Vergangenheit gestoßen, auf eine kaum wahrnehmbare Fährte. Irgendetwas an diesem Ort hatte mit ihm zu tun. Vor einem Jahr hatte sie in dieser Gasse das Buch gekauft, dieses rätselhafte Buch, das mit ihm den Ozean überquert hatte.

Fiebrige Hoffnung stieg in ihm auf. Sie hatte ihn auf seiner langen Reise geführt. Vielleicht tat sie es noch.

Eines war sicher: Allen Drohungen zum Trotz konnte er Laugharne jetzt nicht verlassen.

Es war Abend geworden. Eine Stunde lang streifte Sebastian ziellos umher, möglichst unauffällig und mit adrenalinwirren Gedanken. Vielleicht war es nur Einbildung, aber auf einmal kamen ihm Laugharnes Gassen, Arkaden und Plätze bekannt vor, als würde sich bei jedem Schritt ein Nebelschleier lichten. Doch so angestrengt er hinsah, der letzte Rest des Geheimnisses blieb im Dunkeln.

Der Wind peitschte ihm ins Gesicht und riss ihm die Lippen auf. Er musste einen Unterschlupf für die Nacht finden. Er steckte die Hand in die Tasche und bekam einen kleinen metallenen Gegenstand zu fassen.

*Der Schlüssel für die Hintertür … Ich könnte die Schließzeit abwarten und mich dann in die Küche schleichen.*

Er würde auf dem Boden schlafen. Bei Sonnenaufgang, ehe Balth zum Frühstück hinunterkäme, würde er sich aus dem Staub machen. Das war ein kühner Plan, aber einen besseren hatte er nicht.

Er erreichte das Dylan Thomas Inn und versteckte sich im Gebüsch. Um halb zwölf verlosch das Licht in der Küche. Er wartete ein paar Minuten, schlich zur Hintertür und steckte den Schlüssel ins Schloss.

Leere in den Fingern, ein plötzlicher Luftzug.

Mit einem Ruck war die Tür aufgeflogen, und Balth hob sich gegen die Dunkelheit ab.

»Sebastian … nein! Lauf bitte nicht weg.«

Sebastian hatte einen Satz zurückgemacht.

»Ich will dir doch nur helfen.«

Er hatte keine Wahl, er musste ihm trauen. Schweigend folgte er ihm ins Lokal. Der Gastraum war bereits kalt und dunkel, die letzte Glut verbreitete ihren rötlichen Schimmer und warf lange Schatten. Balthasar setzte sich vor den Kamin und forderte Sebastian auf, sich neben ihn zu setzen.

»Ich weiß, dass du Pater Wynngid getroffen hast«, sagte Balth und stocherte in der Glut herum, um das Feuer wieder anzufachen. »Bestimmt hast du begriffen, wie heikel deine Lage ist. Die Nachricht von deiner falschen Identität hat sich mittlerweile herumgesprochen. Die Leute haben Angst vor dir, vor dem Fremden, und machen sich Sorgen.«

Balthasar blies ins Feuer und kratzte sich den grauen Bart.

»Aber mir siehst du nicht besonders gefährlich aus. Ich werde dich verstecken, solange es nötig ist. Hier bist du sicher.«

Sebastian nickte und warf ihm einen dankbaren Blick zu.

»Frag mich nicht, weshalb ich das alles tue. Normalerweise hätte ich längst die Polizei gerufen. *Irgendetwas* in deinen Augen hat mich davon abgehalten. Ich habe gespürt, dass ich dir helfen muss.«

Das Holzscheit im Kamin ließ einen Funkenregen explodieren.

»Allerdings musst du mir erzählen, wer du bist und was du hier in Laugharne verloren hast.«

Sebastian schwieg.

»Du bist nicht hier, um zu Dylan Thomas zu recherchieren, stimmt's?«

»Nein … oder besser, ich weiß es nicht. Eigentlich bin ich hier gelandet, weil ich den Spuren eines seiner Bücher gefolgt bin.«

»Ein Buch?«

Balth kniff die Augen zusammen. Er mochte diese kryptischen Sätze nicht.

»Wie lautet dein richtiger Name?«

»Ich weiß es nicht. Ich erinnere mich nicht mehr«, gestand Sebastian und breitete die Arme aus.

»Was soll das heißen, du erinnerst dich nicht mehr?«, seine Stimme klang drohend. »Gleich am ersten Tag hab ich gesehen, dass dein Pass gefälscht ist. Ich hätte dich anzeigen können. Und stattdessen, Gott weiß warum, habe ich dich unter meinem Dach beherbergt und dir Arbeit gegeben. Ich habe dir vertraut. Jetzt musst du bitte auch mir vertrauen!«

Sebastian seufzte. Er blickte den Wirt an. Im rötlichen Flackern des Kamins wirkte sein knorriges Gesicht wie eine antike Maske. Er musste an die Nacht am Strand denken, in der er mit Horu am Feuer gesessen und geredet hatte. Es hatte die gleiche erwartungsvolle Atmosphäre geherrscht, die Spannung vor einer Offenbarung.

»Also gut, ich erzähle dir alles. Du musst mir nicht glauben, doch so unglaublich es klingen mag, es ist wahr.«

Er stand auf und fing an, unruhig vor dem Kamin auf und ab zu wandern.

»Ich kann mich an meinen richtigen Namen nicht erinnern, weil mein Gedächtnis vor ein paar Monaten geleert wurde. Ich bin auf einer kleinen Insel irgendwo im Pazifik aufgewacht, ohne eine Erinnerung an mein vorheriges Leben, ohne zu wissen, weshalb ich dort bin. Dann habe ich einen Traum gehabt.«

Sebastian redete lange, und Balthasar unterbrach ihn kein einziges Mal. Als er fertig war, schwiegen beide.

»Du hattest recht«, murmelte Balth skeptisch. »Das alles klingt unglaublich.«

Sebastian sprang auf, riss Pullover und Hemd hoch und zeigte seinen nackten Rücken. Die riesige rote Narbe leuchtete im flackernden Feuer.

»Das ist das Zeichen meines Schiffbruchs, der Grund, weshalb sie mich Mauke Nuha nannten, *lächelnder Rücken*!«

»Ich brauche keine Beweise«, beruhigte ihn Balth. »Ich glaube dir. Jeden anderen hätte ich ausgelacht, aber dir musste ich nur in die Augen sehen, um zu begreifen, dass es wahr ist, was du durchgemacht hast und noch immer durchmachst.«

Konfuse Gedanken schossen dem Wirt durch den Kopf.

»Und was willst du jetzt machen?«, fragte er schließlich.

»Ich weiß es noch nicht. Bis gestern bin ich nur wegen der Unterkunft und der Arbeit geblieben. Aber nun weiß ich, dass *sie* das Buch gekauft hat, vor einem Jahr in Llendebux' Laden. Und vielleicht bin ich auch schon einmal hier gewesen.«

Von irgendwoher kam ein eisiger Lufthauch und drohte die Flamme im Kamin zu ersticken.

»Genug jetzt, es ist spät.« Balth stand auf. »Wir gehen besser schlafen. Geh in dein Zimmer, morgen überlegen wir, wie wir dich ein Weilchen verstecken können.«

Sebastian lächelte. Er hätte Balth gern so viel gefragt, doch fehlte ihm die Kraft.

Erschöpft kroch er ins Bett und schlief sofort ein.

Balth hingegen bekam kein Auge zu. Seit er diesen Jungen zum ersten Mal gesehen hatte, trieb ihn eine diffuse Ahnung um. Es war absurd, unmöglich, und dennoch schien jeder Tag ihm neue kleine Indizien zu liefern. Bislang hatte er sie vor Sebastian versteckt gehalten. Doch in dieser Nacht würde er ihm alles erzählen.

# 27
# Das verlorene Kind

*Ich träumte meine Genesis im Schweiß des Schlafes, breche*
*Durch die kreisende Muschel, stark*
*Wie die bohrende Kraft des Muskels, dränge*
*Durch Gesichte und den gegürteten Nerv…*

Sebastian schreckte hoch. Feine Lichtstrahlen sickerten durch die Fensterläden und fielen auf die Zimmerwand. Der Wecker auf dem Nachttisch zeigte 03:13.

Er spitzte die Ohren und vernahm ein Geräusch, kaum lauter als ein Vibrieren.

Was hatte ihn geweckt?

Er schlüpfte aus dem Bett und öffnete vorsichtig die Tür. Die knarrenden Dielen verfluchend, schlich er auf den langen Flur hinaus. Alles war dunkel, nur aus einer angelehnten Tür reckte sich ein Lichtstrahl bis zur Treppe. Es war Balths Arbeitszimmer.

Daher kam das Geräusch. Sebastian spähte hinein. Mit dem Rücken zur Tür hockte Balth zusammengekauert am Schreibtisch und weinte. Vor ihm ein Durcheinander von Fotos und eine leere Flasche Cutty Sark. Whiskygeruch erfüllte das Zimmer. Balth musste stockbesoffen sein. Er zog die Nase hoch und nuschelte etwas unter Tränen.

»Ausgerechnet jetzt… hast du gesehen? Er ist zurück… du bist gegangen… wiedergefunden… Aeronwy…«

Wieder brach er in verzweifeltes Schluchzen aus.

Sebastian begriff, dass er um seine tote Frau weinte, und empfand heftiges Mitleid. Am liebsten wäre er hineingegangen, hätte ihn umarmt, ihm Tröstendes gesagt, doch etwas riet ihm, sich nicht vom Fleck zu rühren und zu lauschen.

»Aber jetzt hab ich kapiert…« Balthasar versuchte aufzustehen. Sebastian erstarrte, bereit, wegzulaufen, sollte Balth sich umdrehen. Doch der ließ sich mit hängendem Kopf wieder in seinen Sessel fallen.

»Ja, ich hab's kapiert. Das warst du. Das ist ein Zeichen. Llywelyn ist hier, ausgerechnet jetzt, wo du nicht mehr da bist.« Er nahm ein Foto und hielt es sich dicht vor die Augen. »Aeronwy, sag was! Ich muss es wissen! Hast du ihn mir zurückgebracht? Hast du ihm vom Himmel aus den Weg nach Hause gezeigt?«

Dann sackte er wieder auf dem Tisch zusammen. Sebastian hielt den Atem an, um seine Worte zu verstehen.

»… die Frau, von der der Junge geträumt hat… das warst du… die gerade verstorbene Mutter. Es ist unglaublich, und dennoch… diese grünen Augen… das Alter… und er hat das Gedächtnis verloren…«

Die Stimme verebbte zu einem unverständlichen Grunzen. Nach einer Minute stemmte er sich ächzend auf die Ellenbogen und steckte das Foto mit fahrigen Bewegungen in ein Kästchen zurück.

Wie gelähmt starrte Sebastian ihn an, erschüttert von der möglichen Bedeutung dieser Worte. Dann stand Balth auf und stieß dabei den Stuhl um. Sebastian fuhr hoch und huschte lautlos in sein Zimmer zurück. Ein paar Minuten später hörte er Balth aus dem Büro kommen, die Tür schließen und die Treppe hinunter zu Bett gehen. Sebastian wartete eine Viertelstunde, dann schlüpfte er wieder hinaus und schlich zur Bürotür. Balth musste wirklich stockbetrunken sein: Zum ersten Mal hatte er vergessen abzuschließen. Er drückte die Klinke hinunter und trat ein.

Durch ein großes Fenster, das auf den Fluss Taf hinausging, fiel das Mondlicht auf einen Schreibtisch und einen Stuhl in der Mitte des Zimmers. Hohe Bücherregale säumten die Wände. Neben dem Fenster stand eine große, antik aussehende Pendeluhr. Sebastian knipste das Licht an und suchte nach dem Kästchen. Er fand es von mehreren Büchern versteckt ganz oben in einem Bücherregal. Er stellte es auf den Schreibtisch und öffnete es.

Zahlreiche Fotos waren darin, alt und ausgeblichen und meist in Schwarzweiß. Vorsichtig nahm er sie hoch und betrachtete sie. Viele zeigten Balths Hochzeit: Hochelegant und strahlend hob er das Glas und küsste die Braut, eine schöne, rund zehn Jahre jüngere Frau mit langem rotem Haar und sanftem Lächeln. Die Rückseite vermerkte: *Balthasar und Aeronwy Llanwymmyr, 16. Mai 1972.*

Auf einem Foto hielt Balth ein Baby im Arm.

*Balth hatte also ein Kind …*

Und noch mehr Familienfotos, das Kind, inzwischen herangewachsen, Aeronwy mit kurzen Haaren, der Wirt mit den ersten Falten. Das letzte Foto in Farbe zeigte den Wirt Hand in Hand mit seinem inzwischen fünfjährigen Sohn. Sebastian erkannte den Hintergrund: Es war der Strand auf der anderen Flussseite. Die Rückseite besagte:

*Letztes Foto von Llywelyn – 1. Oktober 1981*

Unter den Fotos lag im Kästchen ein ledernes Notizbuch. Eine Art Tagebuch. Balth hatte hier Termine und kurze Gedanken versammelt, nichts allzu Persönliches oder Tiefgreifendes. Sebastian blätterte rasch durch die Seiten, bis er etwas las, das ihm den Atem stocken ließ.

*17. Oktober 1981*
*Schon elf Uhr, und Llywelyn ist noch immer nicht zurück. Habe im ganzen Dorf gesucht, aber er ist nicht zu finden. Niemand scheint ihn gesehen zu haben. Wo zum Teufel steckt er bloß? Diesmal wird er sein blaues Wunder erleben.*

Er blätterte um. In der Stille der Nacht vernahm er das Pochen seines Herzens, so laut, dass er fürchtete, jemand könne es hören.

*19. Oktober 1981*
*Wir suchen überall. Wir haben das ganze Dorf und die Umgebung durchkämmt, zwanzig Freiwillige und die Polizei. Llywelyn ist weg, wie vom Erdboden verschluckt. Schon zwei Tage sind vergangen. Nicht auszudenken, was ihm zugestoßen sein könnte. Er war immer ein folgsamer, vernünftiger Junge. Ich hab den alten Ratgoed sagen hören, er könnte in den Fluss gefallen sein. Ich habe so getan, als hätte ich das nicht gehört, sonst hätte ich ihm den Schädel einschlagen müssen. Llywelyn weiß genau, wo er spielen darf und wo nicht.*
*Wo bist du abgeblieben, mein Junge? Ich weiß nicht mehr, was ich denken soll. Die Angst lässt mich nicht schlafen. Und Aeronwy weint die ganze Zeit.*

*22. Oktober 1981*
*Wir werden den Suchradius erweitern. Die Polizei hat ein paar Hypothesen aufgestellt, aber ich glaube, sie irren sich. Sie halten es für möglich, dass Llywelyn einen Bus über die Cambrian Mountains bis zu den Breacon Beacons genommen haben könnte. Absurd, ein so kleines Kind! Sie meinen, vielleicht ist er nicht allein gewesen…*

*Die Dorfbewohner tun alles, um mir zu helfen. Doch ich kann ihr mitleidiges, fatalistisches Schulterklopfen nicht ausstehen. Ich lege meine Hand dafür ins Feuer, dass mein Sohn lebt. Balthasar Llanwymmyr wird sein Kind wiederfinden, ich werde ihnen zeigen, dass ich recht habe. Llywelyn lebt, ich spüre es in meinen Adern.*

*25. Oktober 1981*
*Die Polizei geht einer möglichen Entführung nach. Kinderräuber. Doch das ist unmöglich. Llywelyn wusste, dass er sich nicht auf Fremde einlassen sollte, unmöglich, dass er entführt wurde.*

Hier brach das Tagebuch ab. Zwischen den folgenden Seiten steckten Zettel, einige mit brüchig gewordenen Klebestreifen befestigt. Die bei der Polizei erstattete Vermisstenanzeige. Ein Ausschnitt aus einer Lokalzeitung über das Verschwinden des Kindes. Ein paar Flyer, die Balth offenbar hatte drucken lassen, um sie zu verteilen. Ein paar Landkarten der Orte, in denen gesucht worden war, voller Anmerkungen und Kürzel. Alles deutete auf eingehende, gründliche Nachforschungen hin, die Balth über Monate oder gar Jahre betrieben hatte.

Mit zitternden Fingern legte Sebastian alles sorgfältig in das Kästchen zurück.

Jetzt begriff er, weshalb der Wirt so gut zu ihm war, und den Sinn der Unterhaltungen, die er bei ihm und den Dörflern mitangehört hatte.

*Balth glaubt, ich könnte sein Sohn Llywelyn sein.*

Nein, ausgeschlossen.

Balths Leben war vom Verlust seines Sohnes zerstört worden, und der Tod seiner Frau hatte ihm den Gnadenstoß versetzt. Dann war Sebastian aufgetaucht: das gleiche Alter des Sohnes, die gleiche Augenfarbe, ähnliche Züge. Ein falscher Name, ein

Mann ohne Erinnerungen, eine leere Hülle, die Balth mit seinen geheimsten Wünschen füllen konnte. In ihm hatte er die Antwort auf all seinen Schmerz gefunden.

*Nein, das ist absurd, und trotzdem… Okay. Nehmen wir einmal an, Balth hat recht.*

*Ich bin fünf. Ich renne von meinem Zuhause weg und verlaufe mich oder falle in den Fluss oder werde entführt. Ich lande in einem Heim oder werde vielleicht an eine Familie verkauft, die zu allem bereit ist, um ein Kind zu haben. Das Trauma, die Tatsache, dass ich noch so klein bin, und ein paar andere Faktoren sorgen dafür, dass ich ein neues Leben beginne, meine wahre Familie und das kurze, dort verbrachte Leben vergesse. Ohne etwas davon zu wissen, werde ich groß.*

*Dreißig Jahre später hat etwas eine totale Amnesie bei mir ausgelöst. Ich erwache auf einer Insel inmitten des Pazifiks. Rätselhafte Zeichen führen mich nach Wales und lassen mich meine verschüttete Vergangenheit erkennen: meine wahre Herkunft, die ich sonst niemals erfahren hätte. Ich finde mein Elternhaus und meine Eltern wieder. Und so entdecke ich, dass die Vergangenheit, die ich so verzweifelt suche, in Wirklichkeit auf einer Lüge fußt.*

Verwirrt schüttelte er den Kopf.

*Und wer bist dann du?*

*Wer bist du, Mädchen meines Traumes?*

Ein dumpfer, metallischer Schlag hallte durch die Nacht. Sebastian schreckte zusammen. Doch es war nur die Pendeluhr, die vier schlug. Er war schon zu lange hier. Er schloss das Kästchen, stellte es an seinen Platz zurück und schlich wieder in sein Zimmer.

Seine Schläfen pochten. Tausend Fragen drehten sich in seinem Kopf. Sollte er offen mit Balth reden? Zugeben, dass er ihn belauscht hatte und von seiner Vermutung wusste? Oder so tun, als wäre nichts? Vielleicht war es noch zu früh, um darüber zu sprechen. Im Grunde handelte es sich nur um seltsame Zufälle, um einen Haufen haltloser Mutmaßungen.

Eines war sicher: Zunächst musste er sein Gedächtnis wiederfinden. Und er spürte, dass sich der Schlüssel zu allem in diesem rätselhaften Buch verbarg.

*Die Tatsache, dass sie es ausgerechnet hier gekauft hat, vor einem Jahr…*

Er beschloss, fürs Erste nicht mit Balth darüber zu reden. Stattdessen musste er noch mehr über das Buch herausbekommen und der Spur nachgehen, dass er vor einem Jahr womöglich schon einmal hier in Laugharne gewesen war.

*Das Gästebuch des Gasthauses! Ich könnte ihn bitten, einen Blick ins Register werfen zu dürfen, vielleicht hat sie hier übernachtet. Wenn ich ihren Namen sähe, würde ich ihn vielleicht wiedererkennen…*

Mit diesem Gedanken schlief er ein.

Doch sollte das, was er beschlossen hatte, ohnehin keine Rolle spielen. Denn die Geschichte des Buches und die Llywelyns waren miteinander verwoben, wie Balth selbst ihm am nächsten Tag erzählen würde.

Alles begann mit einer seltsamen Begegnung vor sechzig Jahren, die einen noch kleinen Balth, Dylan Thomas und einen geheimnisvollen Strand in Form einer Sanduhr betraf.

# 28

# Die sich kreuzenden Straßen (2. Teil)

*Tokashiki-jima, Okinawa*
*24. Oktober 2009*

Ian hatte sich verlaufen.

Ein Labyrinth enger Pfade schlängelte sich zwischen Bäumen und Hecken hindurch. In der reglosen Luft von Tokashiki war nur die ferne Meeresbrandung zu hören. Ian folgte dem Geräusch, um sich orientieren zu können und nicht im Kreis zu laufen, doch das Meer versteckte sich beharrlich hinter den Palmen- und Bambuswipfeln. Hin und wieder tauchten kleine Holzhäuser im okinawischen Stil auf, umgeben von hinreißenden Gärten: sprudelnde Fontänen in Natursteinbecken, Holzwege, blütenstrotzende Bäume. Betörende Düfte gingen von diesen hingebungsvoll gehegten Orten aus. Eine Frau in rotem Kimono erschien in einem Fenster und verschwand wieder.

*Die berühmten Gärten von Okinawa*, dachte Ian beeindruckt. Doch er sollte noch mehr ins Staunen geraten.

Hinter der letzten Kurve öffnete sich der überwältigende Ozean. Eine friedliche blaue Bucht, ein langer Strand, von Bäumen mit bronzefarbenem Blattwerk beschattet. Sacht ließ die Brise das Laub auf den Strand regnen, metallisch schimmernder Flitter, der in der Sonne blinkte.

Mit offenem Mund stand Ian da. Die Schönheit dieses Ortes war herzzerreißend. Er zog die Schuhe aus und versank mit den Füßen im Sand. Die Nachmittagsluft war noch warm, das tiefblaue Wasser vollkommen ruhig. Er setzte sich auf einen langen weißen Stamm, den die Strömung angespült hatte. Am Himmel kreischte eine Möwe.

Seit drei Wochen war Ian jetzt in Okinawa. Er hatte die Gegend um Naha und ein paar weitere Inseln abgesucht. Dann war er, geleitet von einer seiner unerklärlichen Eingebungen, mit dem Schiff ein paar Dutzend Meilen weiter westlich zu den Kerama-Inseln gereist, nach Tokashiki.

Er dachte an Samuel. Bei ihm lief es alles andere als gut. Seit über einem Monat war er auf den Philippinen und lag seit einer Woche im Krankenhaus von Clavaria, an der Nordspitze des Archipels. Er hatte sich einen Darmvirus eingefangen, übergab sich fortwährend und litt an ständigen Durchfallattacken. Er lief Gefahr zu dehydrieren. Ian hatte zu ihm fahren wollen, doch sein Freund hatte ihn beruhigt: Das Schlimmste sei überstanden und das Krankenhaus gar nicht so übel, es sei sauber und man behandele ihn gut.

In der Ferne tauchte ein großes Dampfschiff auf und ließ die Sirene ertönen. Ian wählte Samuels Nummer. Er wollte ihm ein wenig von seiner positiven Energie vermitteln, wie er sie schon seit Monaten nicht mehr gespürt hatte.

»*Hallo, Ian.*«

»Hallo, Samuel. Wie geht's dir?«

»*Gut. Die Ärzte haben gesagt, ich sei putzmunter, und haben mich heute früh entlassen. Ich hab auch ein bisschen zugenommen. Sie meinen, das sei eine gewöhnliche Grippe gewesen, deshalb müsste man nicht gleich ins Krankenhaus rennen. Offenbar sind die Leute hier härter im Nehmen. Auf jeden Fall haben sie einen stärkeren Magen.*«

»Stärker als deiner allemal, Sensibelchen«, lachte Ian und war erleichtert, seinen Freund wieder guter Dinge zu hören. »Mir wäre das nicht passiert.«

»*Na klaaar. Das hätte ich sehen wollen!*«, sagte Samuel pikiert, aber dann musste er auch lachen. »*Ich mach fast die Grätsche, und der lacht!*«

»Und du übertreibst mal wieder. Wo bist du gerade?«

»*Im Hotel, ein bisschen ausruhen. Was gibt's bei dir Neues?*«

»Du errätst nie, wo ich gerade bin.«

»*Schieß los.*«

Ian beschrieb den Zauber der Bucht. Samuel hörte die leise Freude in seiner Stimme und ließ sich davon anstecken.

»*Das heißt, du machst dir ein paar schöne Tage.*«

»Okinawa ist alles andere als ein nettes Extra. Ich weiß schon, du hältst es für Zeitverschwendung. Aber ich glaube an diese plötzlichen Eingebungen.«

»*Ja, ich weiß. Du bist der Mann der göttlichen Offenbarungen*«, lachte Samuel und verfiel in nachdenkliches Schweigen. »*Es muss wirklich wunderschön dort sein. Wer weiß, ob unsere Kinder gerade an einem ebenso schönen Ort sind. Ich hoffe es von ganzem Herzen.*«

Sie verabschiedeten sich. Denselben Wunsch hatte Ian auch. Ihm hatte er diesen Glücksmoment zu verdanken.

# 29

# Gesicht und Gebet

Balthasar weckte Sebastian kurz nach Sonnenaufgang. Er sah grauenhaft aus, er taumelte und stank nach Whisky. Sebastian musterte ihn und fragte sich, ob dieser Mann wirklich sein Vater sein konnte.

»Ich werde sagen, du hast Laugharne verlassen«, nuschelte der Wirt und stellte ein Tablett auf den Schreibtisch. »Aber erstmal ist es besser, du bleibst hier drin und hältst die Vorhänge geschlossen. Gut möglich, dass Pater Wynngid herumschnüffelt, um herauszukriegen, ob du wirklich weg bist. Ich hab dir Essen für den ganzen Tag gebracht.«

Sebastian schwieg. Die Vorstellung, im Zimmer hocken zu müssen, schmeckte ihm nicht. Beim Hinausgehen hielt Balthasar inne, lehnte sich gegen den Türrahmen und schüttelte den Kopf.

*Jetzt ist es so weit*, dachte Sebastian unwohl. *Der Moment der Geständnisse*. Doch Balth drehte sich um und sagte etwas, das Sebastian niemals erwartet hätte.

»Möchtest du ein heiles Exemplar des Buches sehen?«

Sebastian erhob sich vom Bett und starrte ihn verblüfft an. Balth war blass geworden, seine Oberlippe zitterte.

»Aber … Sir Llendebux hat gesagt, meines sei das einzige Exemplar.«

»Ich kenne die Geschichte dieses Buches gut. Ich weiß Dinge, die noch nicht einmal er erzählen könnte. Doch Llendebux hat dich angelogen: Es gibt ein weiteres Exemplar.«

Er lächelte bitter. Dann kam er ins Zimmer zurück und schob die Tür hinter sich zu.

»Wenn sie wüssten, dass ich mit einem Fremden darüber rede, würden sie mich umbringen.«

*Aber ich weiß, dass du kein Fremder bist*, fügte er stumm hinzu. Er setzte sich auf die Bettkante und holte tief Luft.

»Es gibt da einen Strand, versteckt zwischen den Klippen, am Südhang von Llan-Caed-Pennug. Es ist ein einzigartiger Ort: ein Strand in Form einer Sanduhr. Ich hab ihn zufällig entdeckt, als Kind. Ich erzählte niemandem davon und ging zum Spielen hin, voller Angst, die Erwachsenen könnten wütend werden. An diesem Ort herrschte eine seltsame Atmosphäre, das … Nichts schien ihn zu umgeben. Eines Tages traf ich dort unten Dylan Thomas. Diese Begegnung hat sich mir so tief eingebrannt, dass sie zur ersten lebendigen Erinnerung meines Lebens wurde. Ich war gerade einmal fünf Jahre alt.«

Balth legte die Hände auf die Knie, die Handflächen nach oben gekehrt. Er starrte darauf, als stünde das, was er sagen wollte, in den Furchen der Innenhand.

»Ich wusste bereits, wer Dylan Thomas war. Wir Kinder hielten ihn für einen komischen Kauz, der das Haus in Pyjama und Morgenmantel verließ und ständig betrunken war. Bis dahin hatte ich nie *vor ihm Angst gehabt.* Erst später erfuhr ich, dass er diesen Strand aufsuchte, seit er selbst ein Junge war, um nach Inspiration zu suchen und Gedichte zu schreiben. Er kletterte auf den verfallenen Leuchtturm hinauf und betrachtete die Wellen, die gegen die Klippen brandeten, und wer weiß, was noch. Doch an all meinen Nachmittagen auf dem Sanduhr-Strand hatte ich ihn bis dahin nie getroffen.«

Er schwieg einen Moment und blickte zur Decke.

»Kannst du dir vorstellen, wie ich mich an dem Tag erschreckt habe, als plötzlich Dylan Thomas zu mir an den Strand kam und mir von hinten eine Hand auf die Schulter legte. ›*Junge!*‹, sagte er mit fahlem, bebendem Gesicht zu mir. Es war Spätherbst, der Wind war eisig, und dicke Wolken hingen über Land und Meer. Das schwarze Haar des Dichters wehte ihm um den Kopf, seine Augen glühten finster. Verängstigt begann ich zu stammeln: ›*Entschuldigung, Sir, Entschuldigung, ich werde Sie nicht mehr stören, Verzeihung.*‹ Er hielt mich am Arm fest. ›*Ich hab dir beim Spielen zugesehen!*‹, schrie er mir ins Gesicht. ›*Ich hab dich vom Leuchtturm aus beobachtet, wie du vor den Wellen standest und deinen kleinen Schatten auf den Strand warfst. Und ich habe*‹, er packte mich noch fester, ›*die Sanduhr der Zeit gesehen, die dünne Mauer, die Geburt und Tod trennt, das Grollen des Bauches, der erst hervorbringt und dann verschlingt.*‹ Das ist wortwörtlich das, was er mir damals sagte, es hat sich unauslöschlich bei mir eingebrannt. ›*Junge!*‹, rief er abermals mit schwerer Whiskyfahne, ›*ein entsetzlicher Schmerz erwartet dich, ein Schmerz, der dich auf ewig begleiten wird wie ein unlösbares Rätsel!*‹ Sein Gesicht war blau angelaufen. Ich hatte schreckliche Angst, konnte mich aber aus seinem Griff befreien. ›*Warte*‹, sagte er schließlich ganz ruhig. ›*Nimm das*‹, und er drückte mir ein zerknittertes Stück Papier in die Hand. Darauf waren Worte gekritzelt, die wie geometrische Figuren aussahen. Links bildeten die Verse eine Art Raute, in der Mitte eine Sanduhr. Ich konnte damals noch nicht lesen, aber die Schrift war so zittrig, dass ich sowieso nichts begriffen hätte. ›*Diese Worte sind aus dem Schatten geboren, den du auf die Zukunft geworfen hast. Ich habe sie gesammelt und in der Form zu Papier gebracht, in der sie mir erschienen sind. Nun schenke ich sie dir. Aber denk dran, Worte gehören uns nicht, genauso wie der Schatten nicht dem Menschen gehört, der ihn wirft!*‹ Ich schnappte nach dem Blatt und rannte davon, ohne mich noch einmal umzudrehen. Ich versteckte es sorgfältig und erzählte niemandem von dieser Begegnung. Ich maß seinen Worten keine Bedeutung bei und verbuchte sie als das Gefasel eines durchgedrehten Säufers. Doch vergessen habe ich den Vorfall nie. Jahre später kontaktierte mich BrynCoedwyg, ein kleiner Verlag aus Camarthen. Ich hatte keine Ahnung, wie sie von der Existenz dieser Fragmente erfahren hatten, doch sie meinten, sie seien sehr interessiert, einen Blick darauf zu werfen. Schließlich veröffentlichten sie sie in dieser seltsamen Ausgabe, von der du ein Exemplar besitzt.«

Balths Stimme begann zu zittern.

»Diese Begegnung hatte mich so sehr gezeichnet, dass ich dreißig Jahre später beschloss, meinen Sohn nach Dylan Thomas' Erstgeborenem zu nennen: Llywelyn. Vielleicht war das mein Fehler. Ich zog die düstere Weissagung des Dichters auf mich.«

Balthasars Atem ging in ein aufgebrachtes Keuchen über.

»Ja, denn ich hatte einen Sohn … der mit fünf Jahren vom Erdboden verschluckt wurde. Fast dreißig Jahre sind seitdem vergangen, ohne dass ich irgendetwas von ihm erfahren hätte. Und das ist mein *unlösbarer Schmerz*, den Thomas irgendwie gesehen hat, im …«

Balth wurde von lautem Tellerklappern aus dem Erdgeschoss unterbrochen. Es war, als würde er aus einer Trance erwachen.

»Ich muss gehen. Heute Abend komme ich wieder. Heute bleibst du hier drin, und dann denken wir uns was aus.«

Er zog einen Umschlag aus der Tasche und drückte ihn Sebastian in die Hand.

»Schau mal rein.«

Sebastian schloss hinter ihm ab und öffnete den Umschlag.

Er enthielt einen in eleganter Handschrift verfassten Brief vom 21. November 1981, der Sir Llendebux' Unterschrift trug.

*Lieber Balthasar,*
*das Dokument, das Du mich zu beurteilen gebeten hast, ist zweifellos echt und von unschätzbarem Wert. Ich habe die Handschrift genauestens untersucht, und es besteht kein Zweifel, dass es sich um die von Dylan Thomas handelt. Meine Hände zittern vor Aufregung, während ich Dir schreibe. […]*

Diese beiden Fragmente bilden wahrscheinlich den zentralen Kern, aus dem »Vision and Prayer« entstand. Das vollständige Gedicht besteht aus zwölf Teilen von jeweils rund siebzehn Versen. In den ersten sechs Kompositionen sind die Verse in Rautenform angeordnet. In den letzten sechs in Sanduhrform: Im Mittelteil verkürzen sich die Verse und werden am Anfang und am Ende länger. [...]
Was Deine Frage betrifft, muss man vor allem die Kraft der vom Dichter verwendeten Symbole in Betracht ziehen. Alles dreht sich darum.
Die Raute ist das weibliche, kreative Symbol: Es ist die Tür, durch die wir alle zur Welt kommen, die Zuflucht, zu der es uns immer zieht.
Die Sanduhr hingegen ist das männliche, destruktive Symbol: die zerstörerische Kraft der Zeit, die alles aus dem Mutterleib Geborene verschlingt.
Allerdings ist nicht zu übersehen, wie diese beiden gegensätzlichen Symbole sich ergänzen. Die Raute ist das Leben, das sich vor dem Neugeborenen auftut (»wer bist du geboren im Nebenraum ...«) und vor dem Tod wieder schließt, der wie ein umgekehrtes Spiegelbild des Anfangs begriffen wird. Die Raute teilt sich auf der Hälfte und öffnet sich, jede Hälfte kreist um sich selbst, bis sie auf der Spitze der anderen steht und somit eine Sanduhr bildet.
Versuch einmal, die einzelnen Komponenten nebeneinanderzustellen: Die Rauten und Sanduhren vermählen sich, ihre Gegensätze verschwinden, sie bilden eine ununterscheidbare Einheit. Leben und Tod treten in Verbindung. Die »beindünne Wand«, die das Zimmer der Geburt von dem des Todes trennt, ist tatsächlich hauchdünn: Dort können die Lebenden, die Toten und diejenigen, die auf der Grenzlinie dahinwandern, sich treffen.

Gegen Mittag nahm Sebastian sich ein Brötchen und ein Glas Wasser vom Tablett und zwang sich zu essen. Fiebrig erregt von dem Brief und Balths Schilderungen schien sein Kopf vor wirren Gedanken und düsteren Bildern zu bersten, doch zugleich fielen ihm die Augen zu. Von plötzlicher Müdigkeit gepackt kippte er aufs Bett.

Er spürte, dass er nur einen Schritt von der Wahrheit entfernt war. Sie lag dort, hinter einem undurchsichtigen Schleier verborgen. Doch so sehr er sich bemühte, noch konnte er ihn nicht zu fassen kriegen und wegreißen.

*Sie war vor einem Jahr hier… vielleicht waren wir zusammen hier… sie hat den Gedichtband gekauft, der mich über den Ozean begleitet hat… sie hat mich nach Laugharne zurückgeführt… ein geschlossener Kreis…*

*Der Sanduhr-Strand… das letzte, unversehrte Exemplar des wertvollen Buches… Dylan Thomas' Weissagung… Balth glaubt, ich sei sein Sohn…*

Er schlief ein und driftete einem Traum entgegen, der sich kaum von der Wirklichkeit unterschied.

In diesem Traum sollte er sie nach fast sechs Monaten wiedersehen.

# 30

# Die sich kreuzenden Straßen (3. Teil)

*Tokashiki-jima, Okinawa*
*24. Oktober 2009*

Als er an diesem Abend in seinen Bungalow zurückkehrte, bemerkte Ian den doppelt zusammengefalteten Zettel nicht, den jemand unter seiner Tür durchgeschoben hatte.

Er warf sich aufs Bett. Seit vier Tagen war er auf Tokashiki. Es war keine Urlaubszeit, und die Insel war fast unbewohnt. Ohne diese innere Stimme wäre Ian schon wieder abgereist, diese bohrende Stimme, die ihm riet, zu bleiben und seine Suche fortzusetzen. Als hätte sein Unterbewusstsein eine schwache Fährte gewittert, eine Spur, die sein Sohn auf seiner Durchreise hinterlassen hatte.

Und als er den Zettel auf dem Boden entdeckte, ihn neugierig aufhob und auseinanderfaltete, wusste er endlich, dass diese Stimme recht hatte.

Auf dem Zettel hatte jemand eine Karte von Tokashiki skizziert und mit Rotstift einen kleinen Strand auf der Südseite der Insel markiert. Er war bereits in der Gegend gewesen, dort lag ein halb verlassenes Feriendorf mit ein paar unbefestigten Straßen und einem wunderschönen, harzduftenden Wald direkt am Meer.

Noch einer von diesen Scherzen, dachte Ian. Doch gleich darauf wurde er eines Besseren belehrt.

Direkt unter der Karte klebte ein Foto.

Es war nur eine Fotokopie und eine sehr dunkle dazu. Doch Ian hatte nicht den mindesten Zweifel: Es zeigte seinen Sohn.

Das Gesicht war ausgemergelt, doch der Blick war klar, und die Lippen deuteten ein Lächeln an. Ein Passbildfoto. Darunter stand das Aufnahmedatum: *26/09/09*. Vor achtundzwanzig Tagen.

In den vergangenen Monaten hatte Ian Momente unermesslicher Erschöpfung, größter Angst und tiefsten Schmerzes erlebt. Negative Emotionen von einer Heftigkeit, die er zu ertragen niemals für möglich gehalten hätte. Doch diese eine freudige Regung, dieser eine Moment der Hoffnung, der einzige in all den Monaten, brachte seinen Körper zu Fall.

Während er ungläubig auf das Gesicht seines Sohnes starrte, ging in dem wunderbaren Mechanismus, der Leben durch seine Adern pumpte, etwas zu Bruch.

Er verspürte eine bleierne Schwere in der Brust. Sie drückte ihn so machtvoll nieder, dass er auf die Knie brach.

*Das Herz …*

Eine Klinge durchbohrte ihn und ließ ihn so heftig zusammenkrampfen, dass er noch nicht einmal stöhnen konnte. Der stechende Schmerz schoss ihm den Arm hinauf, und er krümmte sich.

*Ich muss raus … damit ich gefunden werde …*

Mit übermenschlicher Anstrengung erreichte er die Tür und warf sich dagegen. Das Schloss sprang krachend auf, und er kollerte die Stufen hinunter und landete mit dem Gesicht in der feuchten Erde des Pinienwaldes.

Er betete, dass jemand ihn entdeckte. Doch vielleicht war das sinnlos.

*Kommt so der Tod?*

Ein letztes Gebet, ein letztes Aufsprudeln von Gedanken, dann Dunkelheit.

*Herr, wieso … tust du mir das an …*
*ausgerechnet jetzt … wo ich ihn wiedergefunden habe?*

*Aber vielleicht … bin ich derjenige … der nichts versteht …*
*… wie immer.*

Ians letzte Regung war ein Lächeln.

*Das ist nichts anderes als ein Geschenk von Dir …*
*… der sterbende Vater …*
*… der seinen Sohn gerettet weiß.*

# 31
# Der dritte Traum

*Um mich herum ist sehr viel Licht, gelbes, warmes Licht. Sonnenlicht. Eine kühle Brise weht mir ins Gesicht und schmeckt nach Salz.*

*Ich drehe mich um und sehe sie.*

*Ihr Gesicht ist so dicht vor mir, dass ich im kastanienbraunen, duftigen, lauen Schatten ihrer riesigen Augen zu versinken scheine. Ein kurzes weißes Aufblitzen, ihr zwischen den Lippen leuchtendes Lächeln.*

*Unter den Fingerspitzen spüre ich ihre Haut. Sie ist kühl und weich, ein lustvoller Schauder durchzuckt mich.*

*»… ich finde es ein bisschen düster«, sagt sie gerade lachend, und ihre Stimme hallt ein wenig nach wie in einem großen leeren Zimmer. »Aber im Grunde ist es meine Schuld. Ich habe es schließlich geschenkt, ich kann mich nicht beschweren. Und außerdem … ist es auch sehr romantisch.«*

*Ihre Lippen nähern sich langsam meinem Mund, ein zartes Ideogramm aus Licht.*

*Plötzlich verwandelt sich die Brise in eisigen Wind. Das Licht wird fahl. Ich liege auf feuchtem, festem Sand.*

*Um mich herum ein von Wellen und Wind gepeitschter Strand. Der Himmel ist mit schwarzen Wolken bedeckt, die aussehen wie riesige Nachtfalter, sie flattern mit den Flügeln und verdecken die transparente Sonnenscheibe.*

*Neben mir die Reste eines Schiffes, das weiße Bruchstück eines Bootskörpers. Ich würde es unter Tausenden wiedererkennen.*

*Ich stehe auf. Jetzt bin ich allein.*

*Der harte Strand, über den meine Füße wandern, öffnet sich in Form einer Sanduhr: zwei große dreieckige, spiegelgleiche Streifen, die sich an der Spitze berühren, eingeschlossen vom Meer und von einem schroffen Klippenzug. Über mir erhebt sich ein verfallener Turm, ein alter Leuchtturm vielleicht. Die dem Meer zugewandte Seite ist eingestürzt, man kann das von Trümmern übersäte Innere sehen.*

*»Wo bist du hin?«, rufe ich.*

*Ein Kinderstimmchen antwortet mir im Pfeifen des Windes.*

*»Du bist leer, stehst auf der Grenze. Du kannst unsere Begegnung wahr machen.«*

*Ich fahre herum und starre zum Turm empor. Niemand.*

*Die Wolken drängen sich zu einer riesigen schwarzen Heuschrecke zusammen.*

*»Willst du mich begleiten?«, fährt die Stimme fort. »Lass mich meinen Vater wiedersehen, dann findest du dich selbst.«*

*Die Heuschrecke setzt zum Sprung an, schwebt über mir, die Welt verdunkelt sich. Ich schreie Ja!, Ja!, doch der Himmel, das Meer, der Strand, der Turm, alles zergeht in der schwarzen Milch des Traumes.*

Schweißgebadet wachte er auf. Irgendetwas stimmte nicht. Es war nicht nur der Eindruck dieses beunruhigenden Traumes. Er blickte sich um: Alles erschien wie hinter einem feinen grauen, fast unsichtbaren Schleier, der die Wirklichkeit unerreichbar machte.

Hatte man ihn unter Drogen gesetzt? Er sprang auf und griff nach dem Rucksack.

*Ich sollte das Zimmer nicht verlassen.* Doch wie eine Marionette holte er den Schlüssel hervor und öffnete die Tür. Eine unwiderstehliche Kraft drängte ihn auf den Flur hinaus. Am Treppenabsatz blieb er stehen und blickte hinunter.

Der Gastraum war voller Menschen, alle standen gedrängt und gegen die Wände gelehnt, nur ein schmaler Mittelkorridor zur Eingangstür war freigeblieben. Alle warteten auf ihn, schweigend starrten sie ihm entgegen.

Er ging die Stufen hinunter. Am Fuß der Treppe stand Balth und blickte ihn streng an.

»Woher weißt du von dem Sanduhr-Strand?«, fuhr er ihn an. »Niemand kann dir davon erzählt haben, es ist unser Geheimnis!« Seine Stimme wurde sanfter. »Aber das beweist, dass du wirklich mein Sohn bist. Wie solltest du diesen Ort sonst kennen?«

»Nein, das stimmt nicht!«, krächzte Pater Wynngid. »Und das wird der Junge bald herausfinden!«

Sebastian schritt an den zurückweichenden Gesichtern entlang. Dann drehte er sich zu Balth um.

»Ich … ich habe von ihm geträumt. Aber was ist dieser sanduhrförmige Strand? Und wo liegt er?«

Sullivan Dodger, an dem er gerade vorbeiging, antwortete ihm.

»Der Strand von Dylan Thomas ist uns Kelten heilig. Du bist keiner von uns, du hast kein Recht, das zu wissen!«

»Er existiert doch gar nicht, er ist nur ein symbolhafter Ort, eine Metapher!«, krähte Pater Wynngid von hinten.

»Es ist ein gefährlicher Ort, halt dich von ihm fern«, zischte Dodger und schüttelte ihn am Arm.

*Der Strand von Dylan Thomas. Der Sanduhr-Strand.* Sebastian war, als hätte er eine ähnliche Situation bereits erlebt. Menschen, die sich vor einem Ort fürchteten, den er suchte. Ein geheimer Strand. War das schon einmal passiert? Wann? Und wo? Alles lag unter der Amnesie begraben.

Er schritt weiter an den Gesichtern entlang. Das Schweigen war gebrochen, gedämpftes Murmeln erfüllte die Luft.

*Das ist gefährlich … nein, es ist nicht so, wie du denkst … da sind ganz viele Risse … Gefahren … du musst vorsichtig sein … vorsichtig …*

Ein paar Alte traten zur Seite, um ihn durchzulassen. Hinter ihnen erblickte er Horu und Same, Hand in Hand, strahlend vor Glück. Er wollte zu ihnen laufen und sie umarmen.

»Mauke Nuha«, rief Horu und zeigte mit dem Finger auf jemanden neben der Tür. »Geh jetzt, du musst deine Gabe erhalten.« Mit einem Handzeichen forderte er ihn auf, seinen Weg unverzüglich fortzusetzen.

Erst da bemerkte Sebastian, dass die Tür sperrangelweit offenstand und von draußen blendendes Licht hereinfiel. Neben der Tür lehnte ein rund sechzigjähriger, weißhaariger, erschöpft dreinblickender Mann in einem sandfarbenen Anzug.

Wo hatte er diesen Mann schon einmal gesehen? Sebastian war sich sicher, ihm bereits begegnet zu sein, und das erst vor kurzem. Doch in dem Moment konnte er sich einfach nicht mehr erinnern, dass es der westlich aussehende Mann war, den er am Flughafen von Okinawa ansprechen wollte.

Als er Sebastian sah, leuchteten seine Augen. Er richtete sich auf, machte ihm ein Zeichen, ihm zu folgen und trat ins Licht hinaus.

Sebastian folgte ihm. Einen Augenblick lang ging er, ohne etwas zu sehen, geblendet von der Helligkeit, die sich gleich darauf in einen Wirbel aus schwarzen und weißen Kugeln verwandelte. Er konnte die Anwesenheit des Mannes vor ihm nur spüren. Dann verschwand das Leuchten. Als seine Augen sich wieder ans Tageslicht gewöhnt hatten, fand er sich am Kieselstrand gegenüber von Laugharne wieder. Jetzt war niemand mehr bei ihm.

Er machte ein paar Schritte auf den Fluss zu. Das Gefühl, nicht ganz da zu sein, hatte ihn noch nicht verlassen. Alles war geschwärzt, wie in dünne Gaze gewickelt, für seine Sinne unerreichbar. Selbst der eisige Wind, der ihm ins Gesicht peitschte, erschien stumpf, als wäre er betäubt.

Ein unbestimmtes Wispern drang an sein Ohr.

*An dem Morgen bin ich dort spielen gegangen … ich habe nicht gehorcht … bin nicht mehr wiedergekommen …*

Es war die Kinderstimme aus dem Traum.

*Wer bist du? Wieso höre ich deine Stimme?*, schrie Sebastian in seinem Kopf.

*Bist du es, Llywelyn?*

*Ich selbst als Kind, jenseits der Amnesie verloren …*

*… jenseits der dünnen Wand, die jeden Menschen von seinen Kindheitserinnerungen trennt?*

Sebastian spürte einen leichten Druck in der Handfläche. Er blickte hinunter. Eine kleine Hand hatte sich in seine gelegt.

Das Kind stand da, neben ihm. Strubbeliger Blondschopf, helle Haut, Augen mit tiefen Augenringen, als hätte er nächtelang nicht geschlafen.

Der Kleine begann am Ufer entlangzugehen, und zog Sebastian mit sich. Lange wanderten sie so dahin, Seite an Seite, die Füße in Sand und Schlamm, auf dieser unsichtbaren Straße, die sie zum Sanduhr-Strand führte, zum Strand von Dylan Thomas, zum geheimen Strand, dem Strand der Erinnerungen.

# 32
# Llywelyns Reise

*Ich träumte meine Genesis im Schweiß des Todes, zweifach*
*Gefallen in nährende See, schal*
*Geworden der Adamstränen seither, strebe ich*
*In Ahnung neuer Menschenkraft der Sonne zu …*

Eine öde Ebene, so weit das Auge reichte, eine Weite aus weißem rissigem Schlamm, von salzigen Böen gepeitscht. Ein paar trockene Gestrüppballen rollten darüber hin. Vom Meer war nur ein schmaler Streifen am Horizont zu sehen, die schwarzen, gischtgekrönten Wellen, vom diesigen Dunst verschleiert. Dichter, feiner Regen sättigte die Luft, benetzte die Wimpern und brach das Licht in schillernde Strahlen. Mitten im Nichts stand schief ein altes, rostiges Schild:

ACHTUNG:
GEFÄHRLICHES TERRAIN – NICHT WEITERGEHEN!

Sebastian wusste nicht, wo er war. Er fühlte sich, als wäre er soeben aus tiefem Schlaf erwacht. Doch dies war nicht sein Zimmer. Er erinnerte sich an den Traum.

*Sie, die mit ihm redete.* Der Sanduhr-Strand und der verfallene Turm. Der Mann, der jenseits der Lichttür verschwand. Die Begegnung mit dem Kind. Ihre lange Wanderung.

Das war kein gewöhnlicher Traum gewesen. Hatte er sein Zimmer wirklich verlassen? War er die ganze Zeit wie ein Schlafwandler umhergeirrt?

Jetzt fühlte er sich vollkommen wach. Er öffnete und schloss die Finger, rollte mit den Augen. Er hatte die Kontrolle über Körper und Willen wiedererlangt. Doch er kannte diesen Ort nicht. Wenn er gelaufen war, konnte er nicht weit von Laugharne sein.

In der Ferne, Richtung Meer, hob sich eine dunkle Silhouette vom Horizont ab. Er kniff die Augen zusammen und versuchte, sie zu erkennen. Es sah aus wie ein kleiner verfallener Turm.

Der Leuchtturm aus dem Traum?

Begierig rannte er darauf zu.

Sein Fuß trat ins Leere, und sein Herz schoss ihm in die Kehle, das Gefühl, als hätte er eine Stufe verpasst. Nur, dass seine Füße nirgends Grund fanden. Das ohrenbetäubende Prasseln von einstürzender Erde und Steinen. Ein halbsekündlicher Sturz, der wie eine Ewigkeit erschien.

Dann der Aufprall, umherspritzende Splitter, wie Maschinengewehrsalven. Er war auf morastigem Boden gelandet, der den Sturz abgemildert hatte. Doch das Grollen war noch nicht versiegt, die Erde stürzte nieder und begrub ihn unter sich, drang ihm in Nase, Mund, Ohren, kroch unter die Kleider.

Jetzt lag er auf dem Rücken, bedeckt von einer Schicht aus Erde, Steinen und toten Wurzeln. Er konnte nicht atmen. Er konnte nichts mehr sehen. Panisch fing er an, mit Händen und Füßen zu graben, bis er wieder einen Lufthauch wahrnahm. Hustend und spuckend setzte er sich auf. Er spürte einen heftigen Schmerz an der linken Schulter und am Rücken: Die Narbe war aufgeplatzt. Die Kleider waren zerrissen und entblößten tiefe, blutende Kratzer. Er konnte das rechte Auge nicht mehr öffnen, das nicht aufhörte zu tränen.

Aber er war noch immer heil und am Leben.

Er blickte nach oben. Er war in eine schmale, rund ein Dutzend Meter tiefe Erdspalte gestürzt. Eine verdammte, von einer dünnen Schicht staubiger Wurzeln bedeckte Spalte, die seinem Gewicht nicht standgehalten hatte. Nur ein schmaler Strich grauer Himmel war zu sehen. Die Sonne war gerade untergegangen.

Er versuchte emporzuklettern, aber ein stechender Schmerz in der Schulter hielt ihn davon ab. Er versuchte es nur mit den Beinen und dem rechten Arm, doch die steinige Erde gab nach und ließ ihn immer wieder nach unten rutschen. Allein würde er es nie schaffen.

*Ganz ruhig. Vielleicht kommt Balth drauf, dass ich hier bin, und sucht mich.*

Es war dunkel geworden. Der Himmelsstreifen hob sich kaum noch von den gerölligen Wänden ab.

*Aber wo ist »hier«? Ich war wie ein Schlafwandler unterwegs, keine Ahnung, wie lange und in welche Richtung ich gewandert bin.*

Er zwang sich, nicht zu schreien. Jetzt in der Finsternis war es besser, den nächsten Morgen abzuwarten und die Stimme zu schonen.

Panik überkam ihn.

*Wieso sollte Balth mich suchen? Er wird glauben, dass ich mich eingesperrt gefühlt habe und abgehauen bin. Alle halten mich für einen Landstreicher mit falschen Papieren. In ihren Augen hat mich nichts in Laugharne gehalten. Balth wird es bereuen, nicht eher mit mir über seine Vermutungen zu Llywelyn gesprochen zu haben…*

Seine Beine gaben nach, und er fiel auf die Knie.

Niemand würde ihn finden.

Er fing an zu schreien und zu rufen und zu fluchen, bis die brennende Kehle ihn zum Aufhören zwang.

Kalter Wind drang heulend bis auf den Grund der Erdspalte.

»*Besonders dann, wenn der Oktoberwind*«, sagte Sebastian leise vor sich hin, »*mit Frostgefinger mir das Haar bestraft…*«

Er prustete los, ein irres Lachen, das in einem Hustenanfall erstickte.

Dann hörte er die Stimme des Kindes.

Ein Singsang von im Wind tanzenden Worten.

*Wer*
*Bist du*
*Geboren*
*Im Nebenraum*
*So laut in meinem,*
*Dass ich den Schoß höre*
*Aufgehn und das Dunkel ziehn*
*Über Geist und geworfenen Sohn*
*Hinter der vogelbeindünnen Wand?*

»Aufhören! Ich will dich nicht mehr hören, verdammt! Lass mich in Ruhe!«

Doch die Stimme fuhr fort und schrieb sich mit Feuer in die Luft.

*Ich*
*Muss still*
*Sein wie Stein*
*An der Vogel-*
*Beinwand und hör'n das*
*Gestöhn der Verborgnen*
*Und das Schattenhaupt der Qual*
*Dornengleich die Zukunft werfen*
*Und Wehmütter vom Wunder singen,*
*Bis mir das wilde Geborne*
*Namen und Flamme einbrennt*
*Und die Wand von seiner*
*Glutkrone klafft und*
*Von seinem Leib*
*Fällt Nacht ins*
*Helle*
*Licht.*

*Ich besteh das Gebet und brenne*
*Im Segen plötzlicher Sonne.*
*Im Namen der Verdammten*
*Will ich zurückfliehn ins*
*Verborgene Land, doch*
*Laut vom Himmel*
*Die Sonne*
*Tauft. Ich*
*Bin*
*Erkannt.*
*O lasst ihn*
*Mich glühen und*
*Mich ertränken in*
*Seiner Weltwunde. Sein*
*Blitz antwortet meinem Schrei.*
*Meine Stimme brennt in seiner*
*Hand. Ich bin in seinem Glanz verlorn.*
*Die Sonne dröhnt am Ende des Gebets.*

In diesem Moment begriff Sebastian.

Wie wahnsinnig fing er an, in die Mauer aus getrocknetem Schlamm zu graben. Trotz abgebrochener Nägel und blutender Finger hörte er nicht auf, bis die Wand einbrach. Eine kleine felsige Nische kam zum Vorschein, die ein Erdrutsch fast dreißig Jahre zuvor unter sich begraben und versiegelt hatte.

Sebastian wusste, was er darin finden würde. Dennoch nahm ihm das, was er sah, den Atem.

Auf dem Fels lag das Skelett eines Kindes, zusammengekrümmt wie ein Fötus, die kleinen Knochen von zerschlissenen, moderigen Kleidungsstücken zusammengehalten.

»Llywelyn«, keuchte Sebastian und brach in Tränen aus.

Er streichelte die Überreste des Kindes, das ihn vorhin im Traum an die Hand genommen und hierhergeführt hatte.

*Ich bin nicht Balths Sohn.*

*Llywelyn … was für ein entsetzlicher Tod …*

Alles lief vor seinen Augen ab. Llywelyn, der seiner Mutter einen Abschiedskuss gibt, der heimlich an einem verbotenen Ort spielen geht. An den gleichen Ort wie dreißig Jahre zuvor sein Vater. Doch für Llywelyn ist der Ungehorsam fatal. Er rutscht in eine Erdspalte. Eine Schlammlawine begräbt ihn unter sich und drückt ihn gegen den Fels, sodass er für die, die ihn suchen, unsichtbar wird.

*Balth hat seinen Sohn nicht gefunden*, dachte Sebastian, den Kopf in den Händen vergraben. *Und mich wird er auch nicht finden.*

# 33

# Die sich kreuzenden Straßen (4. Teil)

Absolute, reglose Dunkelheit.

Ohne Zeit und Raum.

Bis die erste Spritze auftaucht. So zumindest stellte es sich für Ian dar: eine lange, dünne Spritze aus Licht.

Das Wahrnehmen von etwas, das dieses Dunkel durchbrach. Als würde man sich wieder des eigenen Ichs bewusst werden, der Tatsache, dass man existierte. Doch *wo* existierte er? Was war dieser Ort? Ein Traum? Der Tod? Der Raum, in dem sich ein Todkranker im vegetativen Stadium bewegt? Auf jeden Fall befand sich Ian gerade nicht in seinem Körper. In Wirklichkeit konnte er sich solche Fragen gar nicht stellen. Er beschränkte sich aufs Beobachten und stellte fest, dass die Lichtspritze immer stärker zitterte und sich schließlich verdoppelte. Dies geschah noch einmal und drei weitere Male, bis sich fünf Lichtspritzen ins Unendliche reckten.

Ihr Vibrieren folgte einem exakten geometrischen Plan, mal schneller, mal langsamer, gemeinsam, immer zwei zusammen, sie wechselten sich ab, das Zittern wurde schwächer und versiegte ganz. Ian begriff: Er sah Töne. Das Vibrieren war Musik. Er konnte sie nicht hören, oder besser, er hörte sie *sehend.* Und er war sich sicher, dass er die Melodie kannte.

*Wenn ich nur wieder in meinen Körper zurückkönnte.*

Der Wunsch, diese Musik wirklich zu hören, brannte in ihm.

Allmählich nahm er schwache Töne wahr, die die Vibrationen

aussandten. Sie tauchten aus dem Nichts auf und verschwanden wieder wie schreckhafte Fische.

Der Schmerz durchrollte ihn. Er spürte die brennende Kehle, den heftig pulsierenden Schädel, den wie flüssig gewordenen Körper. Dennoch lächelte Ian: Endlich konnte er die herrliche Musik *hören.*

Matt bewegte er die Hände. Er öffnete die Augen, musste sie jedoch sofort wieder schließen, weil sich zahllose Nadeln in seine Augäpfel bohrten. Als der stechende Schmerz nachließ, wagte er es noch einmal. Langsam versuchte er seine Umgebung zu erkennen: ein Krankenhauszimmer und das lächelnde Gesicht einer japanischen Krankenschwester, die neben ihm stand.

»Was ist … das für Musik?«, grunzte Ian. »Ich … kenne sie.«

»Die *Moldau* von Smetana«, antwortete die Frau überrascht. »Guten Morgen! Sie haben drei Tage lang geschlafen.«

»Ich habe von meinem Sohn geträumt«, flüsterte Ian und rief sich die Bilder wieder ins Gedächtnis. »Er war in einer Art Kneipe voller Menschen, er hat mich gesehen, ich wollte ihm einen Weg zeigen. Dann sind wir durch eine lichtstrahlende Tür getreten, ich sollte ihn irgendwo hinführen.«

Die Krankenschwester blinzelte skeptisch. Ian unterbrach sich, ihm fiel die Nachricht ein, die er kurz vor dem Infarkt erhalten hatte.

Das Foto seines Sohnes. Die Karte.

»Schwester«, sagte er bittend, »ich weiß, Sie werden Nein sagen, aber es geht mir wieder gut, und ich muss das Krankenhaus sofort verlassen.«

# 34
# Der Sanduhr-Strand

*Ian … Ian …*

Ein fernes Rufen hallte durch Sebastians Kopf und vermischte sich mit den Stimmen seiner Träume. Ohne es zu merken, war er an Llywelyns Knochen geschmiegt eingeschlafen.

*Ian … Ian …*

Die Stimme hörte nicht auf zu rufen, doch noch immer konnte er sie nicht von dem Bilderwust unterscheiden, der ihn die Nacht über verfolgt hatte.

*Iaaaan … Iaaaan …*

Er riss die Augen auf. Diese ferne Stimme war kein Traum, seine Ohren hatten sie gehört. Er blickte auf und sah den Himmel, der langsam heller wurde. Gleich würde die Sonne aufgehen.

*Tiaaan … Stiaaan …*

Die Stimme kam näher.

*Bastiaaan …*

Jemand rief nach ihm. Sebastian schrie aus Leibeskräften.

»Ich bin hier! Ich bin hiiiier!«

»Sebastiaaaan! Sebastiaaaan!« Die Stimme war jetzt ganz nah.

»Hier! Hiiiier!«

Der Boden über ihm erzitterte, Steine rieselten herab, dann wischte der Strahl einer Taschenlampe durch das Dunkel der Erdspalte und leuchtete ihm ins Gesicht.

»Sebastian! Mein Gott, da bist du!«

Es war Balth.

»Wie geht es dir? Rede mit mir!«

»Balth! Ich bin abgestürzt«, rief er verwirrt. »Es geht mir gut, aber ich komme nicht raus!«

»Warte! Ich hole dich sofort. Bist du sicher, dass du in Ordnung bist?«

»Ja! Eine Schulter tut mir weh, aber es ist nichts Schlimmes.«

Er hörte das Geräusch von sich entfernenden Schritten. Dann ein paar endlose Minuten lang nichts mehr. Er fürchtete schon, alles geträumt zu haben, als er endlich das lauter werdende Knattern eines Motors vernahm. Noch mehr Geröll löste sich von den Wänden und prasselte auf ihn nieder. Die Scheinwerfer des Pick-up durchschnitten die Luft über der Spalte. Balth warf ein Seil herab.

»Ich komme!«

Sebastian antwortete nicht mehr. Schweigend hockte er sich in die Nische und wartete.

Als Balth das kleine Skelett auf dem Grund des Erdspalts erblickte, zerriss etwas in seinem Herzen. Obwohl die Zeit nicht viel davon übrig gelassen hatte, erkannte er die kleine Jacke und die Hose, mit denen sein Sohn an jenem verdammten Morgen das Haus verlassen hatte, sofort wieder. Die Antwort, die er sein Leben lang gesucht und gefürchtet hatte, lag dort vor ihm. Llywelyn war tot.

Balth fiel auf die Knie und beugte sich über die Überreste seines Sohnes. Er brach in tränenloses Weinen aus, in röchelndes Schluchzen, und hielt die kleinen Knochen seines Kindes fest umklammert. Eine ganze Weile kauerte er so da, von Klagelauten geschüttelt, Liebes- und Schmerzenslaute ohne Sinn. Als er sich beruhigt hatte, legte Sebastian ihm schüchtern eine Hand auf die Schulter.

»Ja, lass uns gehen«, murmelte Balth mit leerer Stimme. Er nahm Llywelyns winzigen Körper in die Arme. Es war herzzerreißend zu sehen, wie die Kleiderreste ihm als Beutel für die Knochen dienten. Mühsam, mit nur einem Arm, die Füße gegen die Wände gestemmt, zog sich Balth am Seil hoch. Oben öffnete er die Tür des Pick-up und bettete die Überreste seines Sohnes behutsam auf den Rücksitz. Dann kehrte er zurück und half Sebastian aus der Erdspalte.

Die Sonne war gerade aufgegangen. Erschöpft ließen die beiden Männer sich von den ersten blassen Strahlen bescheinen, den Rücken gegen den Pick-up gelehnt, den Blick auf die öde, weiße Ebene gerichtet.

»Wie oft bin ich hier gewesen, um ihn zu suchen«, flüsterte Balth. »Mein Gott, wie oft … Am Tag nach seinem Verschwinden, und dann mit den Hunden, mit der Polizei …«

»Er war hinter einer Mauer aus Schlamm gefangen, Balth. Zwölf Meter unter der Erde. Niemand hätte ihn bemerken können.«

»Vielleicht hat er meine Stimme gehört. Aber ich habe sein kleines Stimmchen nicht gehört! Mein Gott, wie sehr muss er gelitten haben … Mein armes Kind …«

Tränen rannen ihm über die Wangen. Doch auf seinem gequälten Gesicht lag ein neues Leuchten. Jetzt würde er Frieden finden, so schmerzhaft es sein würde.

»Danke, Sebastian, danke.« Balth schloss ihn in die Arme. »Endlich kann ich meinen Sohn beerdigen.«

»Ich habe nichts getan, Balth. Ich muss dir danken. Wenn du nicht gewesen wärst, wäre ich dort unten auch gestorben.«

Er legte dem alten Wirt den Arm um die Schultern. Eine ganze Weile standen sie schweigend da und sahen zu, wie die Sonne den Morgennebel durchbrach und in den Himmel stieg.

»Wo sind wir hier?«, fragte Sebastian schließlich. »Und wie hast du mich gefunden? Woher wusstest du, dass ich hier bin?«

Balth starrte gen Horizont.

»So schließt sich der Kreis«, murmelte er wie zu sich selbst. »Hier hat alles angefangen und hier endet alles.«

Dann richtete er sich auf, als wäre ihm etwas Wichtiges eingefallen.

»Komm mit, da ist ein Ort, den du sehen musst.«

Sebastian musterte ihn, ohne sich zu rühren.

»Er ist hier, nicht wahr? Hinter diesem Felszug.«

Sie wanderten zum Leuchtturm. Der Untergrund wurde uneben, und sie mussten lange Umwege gehen, um nicht in Spalten oder Schluchten zu stürzen, die sich vor ihren Füßen auftaten. Mit sicheren Schritten bewegte sich Balth im Zickzack voran, als folge er einem Weg in seinem Kopf. Das Meer war jetzt nah, man konnte das Brüllen der Wellen hören. Dann blieb Balthasar stehen.

»Ja, er ist hier«, antwortete er.

Sie standen am Saum der öden Ebene, dort, wo die Klippen steil ins Meer abfielen. Rechts von ihnen erhob sich der verfallene Leuchtturm. Ein paar Meter weiter unten, zwischen den Klippen und dem Wasser, lag ein Strand, der die Form einer Sanduhr hatte.

»Hier ist mein *geheimer Strand.*«

Sebastian zuckte zusammen. Etwas in ihm rührte sich heftig und versuchte sich aus der Amnesie zu befreien.

»Weißt du, Sebastian, manche Orte sind magisch, heilig, einzig deshalb, weil wir ihnen mit unserer Geschichte diese Macht verleihen. Auf diesem Strand habe ich vor über sechzig Jahren Dylan Thomas getroffen. Hier hat er mir seine Weissagung anvertraut. Und dreißig Jahre später hat mein Kind hier den Tod gefunden. Verstehst du? Dieser Strand ist das Symbol meines ganzen Lebens. Meines ganzen Leidens.«

Er deutete auf den Leuchtturm.

»Dort oben hat Dylan Thomas *Vision and Prayer* verfasst, das

Gedicht, das das Schicksal meiner Familie gezeichnet hat. Und dort hat er auch den *Author's Prologue* geschrieben, die Verse, die dich jetzt über den Pazifik hierhergebracht haben.«

Wie von einer Eingebung erfasst, sah er Sebastian eindringlich an.

»Es ist, als gäbe es für jeden von uns einen auf der ganzen Welt einzigartigen Ort, an dem wir die Menschen wiedertreffen können, die wir in unserem Leben am meisten geliebt haben. Und sei es nur für einen Augenblick und nachdem wir uns über quälend verschlungene Pfade dorthin gekämpft haben. Dies ist mein Ort. Ein Strand unweit des Hauses, wo ich wie ein Schlafwandler mein ganzes Leben zugebracht habe.«

Balth legte Sebastian eine Hand auf die Schulter.

»Jetzt geh, mein Junge. Dieser Ort hält auch für dich eine Gabe bereit. Etwas Kostbares, das du schon allzu lange suchst. Du weißt es noch nicht, aber du bist auch schon einmal hier gewesen. Und du warst nicht allein.«

Sebastian blickte ihn entgeistert an, er wolle etwas sagen, doch Balth hielt ihn davon ab.

»Nein, frag mich nichts. Ich kann dir nicht sagen, woher ich das alles weiß. Letzte Nacht ist vor meinen Augen eine Art Wunder geschehen. Jetzt ist nicht der Zeitpunkt, um darüber zu sprechen. Jetzt musst du gehen.«

Der Mann ohne Namen ging zum Strand hinunter. Balthasar sah ihm nach.

»Dieser Junge hat eine Gabe«, murmelte Balth. »Und er weiß es noch nicht einmal. Eine Gabe oder vielleicht eine unerträgliche Last, genau wie Dylan Thomas.«

Der Mann ohne Namen verschwand hinter den Klippen und aus seinem Blick.

»Aber es ist nicht an mir, ihm das zu sagen. Jetzt gibt es Wichtigeres für ihn. Der Mann, der von diesem Strand zurückkehrt, wird nicht derselbe sein, den ich gerade verabschiedet habe.«

## 35

# Die Welle der Erinnerungen

Der Sand an diesem Sanduhr-Strand rieselt horizontal und misst die unerbittlich verrinnende Zeit. Weder Schwerkraft noch Wind bewegen ihn, einzig die unfassbare Kraft der Zeit. Eine Kraft, die nie an Energie verliert, niemals nachlässt.

Er erreichte den Strand. Er zog die Schuhe aus und stellte sie auf die Klippen. Dann machte er ein paar Schritte über den harten, eisigen Sand, der dem Gewicht seines Fußes widerstand, keine Spuren auf sich duldete. Ein Sonnenstrahl bohrte sich durch die träge Wolkendecke.

Die schaumigen Wellen leckten an seinen Waden und ließen ihn erschaudern. Er dachte an Dylan Thomas: Wer weiß, wie oft er ein halbes Jahrhundert zuvor über diesen Strand gewandert war. Er sah ihn vor sich, hoch oben im Turm, während er das sich mit den Jahreszeiten verändernde Farbenspiel bestaunte und Verse schrieb.

Er dachte an das Buch in seinem Rucksack. Dieses Buch, das ihn bis hierher gebracht hatte und das geheimnisvolle Bindeglied zwischen ihm und der Frau war, die er liebte. Zwischen ihm und seiner Vergangenheit.

Er spürte es: Hier würde es geschehen. Etwas würde ihm nur hier widerfahren können, an keinem anderen Ort der Welt.

Er drehte sich zu dem Turm um. Im Licht der blassen Sonne sah er gespenstisch aus. Die dem Meer zugewandte Seite war eingefallen, und wären die dunklen Schatten der Mauern nicht gewesen, hätte er hineinschauen können. Das Fundament hingegen war unversehrt und von einer umlaufenden Steintreppe umgeben.

Vorsichtig stieg er die rutschigen Stufen empor.

Zahllose Zeichen waren in den Granit geritzt, unverständliche Wörter in *Cymraeg* und Darstellungen von Labyrinthen, *mazes*, wie er sie schon aus Laugharnes Gassen kannte.

Er ging durch einen Torbogen und betrat das Zimmer, das er vom Strand aus gesehen hatte. Durch die zerbrochene Mauer fiel mattes, gleichförmiges Licht herein. Es war leer, abgesehen von einem großen steinernen Zylinder: das Becken, in dem einst die Flamme des Leuchtturms gelodert hatte. Jetzt hatte man es in eine Art Altar umgewandelt, auf dem ein Holzkästchen stand. Obwohl das Gebäude eine Ruine war, gab es weder Schutt noch Staub. Alles schien sorgfältig gereinigt worden zu sein.

Er trat an das Steinbecken, strich mit der Hand über das Kästchen und öffnete es.

Darin lag ein Buch.

*Die Sanduhr von*
*Dylan Thomas*
Ed. BrynCoedwyg, 1951

Es war ein Exemplar seines Buches. Das vielleicht letzte, unversehrte Exemplar, das es davon noch gab.

Er griff danach. Ein Schauder lief ihm über den Rücken.

Er war kurz davor, sich zu erinnern.

Fieberhaft blätterte er bis Seite 27.

Dann blickte er auf das von der Zeit vergilbte Papier.

*Wir liegen bei Seesand, schauen Gelb*
*Und die ernste See, verhöhnen die Spötter,*
*Die den roten Strömen folgen, wölben*
*Nische der Worte aus Zikadenschatten,*
*Denn im gelben Grab von Sand und See*

*Ruft nach Farbe ein Ruf mit dem Wind*
*Der ernst ist und froh wie Grab und See*
*Schlafend rechter und linker Hand.*
*Die Mondenstille, die stille Flut*
*Die leckt die stillen Kanäle, der trockne Gezeiten-Meister,*
*Gerippt zwischen Wüste und Wassersturm,*
*Sollt unsre Übel vom Wasser heilen*
*Mit einfarbiger Flaute;*
*Die Himmelsmusik über dem Sand*
*Klingt mit den Körnern, die eilen,*
*Verbergen die goldenen Hügel und Häuser*
*Des ernsten, frohen Küstenlandes.*
*Fest in einem Hoheitsstreifen liegen wir,*
*Schauen Gelb, wünschen der Wind bliese hinweg*
*Die Schichten der Küste und ertränke den roten Fels;*
*Doch Wünschen gebiert nicht, noch*
*Können wir wehren der Ankunft des Felsens,*
*Liegen, Gelb schauend, bis das goldene Wetter*
*Umschlägt, o Blut meines Herzens, wie Herz und Berg bricht.*

Kaum hebe ich den Blick vom Buch, versinkt die Wirklichkeit um mich herum in milchigem Nebel. Einen Moment lang verliere ich das Raumgefühl, das Gleichgewicht. Aus dem Nebel steigt eine neue Landschaft empor. Das fahle Halbdunkel weicht blendender Helligkeit.

Ich merke, dass ich in rosa schimmerndem Sand liege. Eine wohlige Wärme steigt von ihm auf und breitet sich in meinem Körper aus.

Ich drehe mich auf die Seite und *sehe dich.*

Du liegst im rosa Sand, die entspannten Arme längs ausgestreckt, die Beine leicht angewinkelt, das strahlende Gesicht dem Himmel zugewandt, die im Sonnenlicht flatternden Lider geschlossen. Ich empfinde ein unbändiges Verlangen, dich zu berühren, doch hier, wo ich bin, ist es meinem Körper nicht gestattet. Dennoch kann nichts meine Erregung zurückhalten, die jede Zelle erbeben lässt.

Du rollst dich auf die Seite und blinzelst. Du redest mit mir.

»All das hier … erinnert dich das nicht an diesen seltsamen Strand in Wales?«, fragst du mich lächelnd. »Der mit der Sanduhrform.«

»Klar doch, der Strand von Dylan Thomas«, antworte ich.

»Ach, genau!«, rufst du und schlägst dir die Hand vor die Stirn. »Was hast du mich genervt, weil du unbedingt dahinwolltest. Weißt du was? Dieser hier ist tausendmal schöner!« Du lachst glücklich. »Und natürlich war es meine Idee. Ein Glück, dass du mich hast und ich dich an Orte bringe, die es wirklich wert sind!«

»Aber es stimmt«, sage ich. »Ihn zu finden, war genauso mühsam. Da haben auch alle ganz geheimnisvoll getan und wollten mit nichts rausrücken. Wer weiß, warum!«

»Und dann haben wir ihn auch zufällig gefunden.«

Dann drehst du dich wieder der Sonne zu.

»Tja, inzwischen sind wir wahre Entdecker!«, rufst du ausgelassen. »Entdecker sagenumwobener, geheimer Orte. Wir könnten zur Archäologie wechseln, oder?«

»Da kommst du ein bisschen spät …«

»Wie meinst du das?«

»Nenn mich doch Jones, Schatz. Indiana Jones.«

»Ach, hör auf! Immer musst du dich lustig machen.«

Du versetzt mir einen Stoß mit dem Fuß, aber ich spüre nichts. Ich kann nichts spüren.

»Jetzt erinnere ich mich, wer du bist«, sage ich plötzlich ernst.

»Was redest du da?« Du prustest los und schaust mich an, als wäre ich ein Kind, dem die Fantasie durchgegangen ist.

Jetzt erinnere ich mich, wer du bist.

Ich habe mich nicht geirrt. Ich lag von Anfang an richtig.

Du bist die Frau, die ich liebe.

*Mehr als alles andere im Universum.*

Du bist die einzige Frau, die ich je in meinem Leben geliebt habe.

Ein Stich reißt mir das Herz entzwei, als mir alles einfällt.

Du heißt Karin.

Wenn ich könnte, würde ich für immer hierbleiben, mit dir, an diesem seltsamen Strand aus Licht. Das ist mein einziger Wunsch: die Zeit anzuhalten, so zu sein, mit dir, bis ans Ende aller Tage.

Auch wenn das nicht die Wirklichkeit ist, ich wünschte, ich müsste nie mehr umkehren.

Doch ein Donnern reißt uns auseinander. Die Sonne brüllt, die Erde bebt, ich drehe mich um und sehe eine riesige Welle, hoch wie ein Berg. Sie ist schneeweiß, reines Licht, eine schaumige Wand aus Energie, die mich im nächsten Moment erreicht und auf mich niederstürzt. Das Licht durchdringt mein Fleisch, setzt es in Flammen, löst es auf, aus den glühenden Krumen meines Körpers brechen neue Strahlen hervor und nähren das salzige Leuchten. Dann flaut die Welle ab, verläuft sich und lässt mich in kaltem Halbdunkel zurück.

Alles ist vorbei. Alles ist jetzt wie vorher.

Nein, das stimmt nicht.

*Ich* bin nicht mehr wie vorher.

Ich bin nicht mehr Mauke Nuha, ich bin nicht mehr Sebastian Haller.

Ich setze den Rucksack ab. Öffne ihn und hole *mein* Buch hervor.

Mit den Fingernägeln puhle ich Vorsatz und Buchdeckel auseinander. Das ist nicht leicht, der Ozean hat sie fest verschweißt. Aber schließlich schaffe ich es. Und jetzt habe ich ihn vor Augen.

Natürlich ist die Seite vollkommen leer. Der Ozean hatte alles ausgewaschen und unleserlich gemacht.

Und dennoch, als stünde er noch immer dort, mit schwarzem Stift deutlich in die obere rechte Ecke geschrieben, kann ich den Namen desjenigen lesen, dem dieses Buch gehört.

Endlich kann ich meinen wirklichen Namen lesen.

*Demian Sideheart*

# III

# FAST EINE HEIMKEHR

# 36

# Ende der Suche

Das Handy klingelte mitten in der Nacht. Das kleine Display leuchtete auf und tauchte das Zimmer in mattes, blinkendes Licht. Samuel schreckte so heftig hoch, dass er aufrecht im Bett saß. Er reckte sich zum Nachttisch und griff das Telefon.

Seit drei Tagen versuchte er vergeblich, Ian zu erreichen. Jedes Mal sagte ihm eine metallische Stimme zuerst in einer unverständlichen Fremdsprache und dann in Englisch, dass der Teilnehmer nicht erreichbar sei. Samuel war beunruhigt. Am Abend zuvor hatte er mit Rachel gesprochen, sie war in Tränen ausgebrochen.

»Hallo?«

Eine Stimme sprach Englisch mit ihm, mit starkem chinesischem Akzent, hastig stellte sie sich vor: Es war Kasumi, der Polizeichef von Taipeh.

»Ganz meinerseits. Aber wieso rufen Sie mich um diese nachtschlafende …«

Er brach ab. Er hatte verstanden. Sein Herz machte einen Satz.

»*Bitte entschuldigen Sie die Uhrzeit*«, sagte Kasumi, »*aber angesichts der Dringlichkeit der Sache werden Sie mir verzeihen. Es handelt sich um eine Auffindung, die höchstwahrscheinlich mit Ihrer Tochter Karin übereinstimmt.*«

»Was soll das heißen, Auffindung? Haben Sie sie gefunden? Ist sie … ist …«

Ein kurzes Schweigen, ein tiefer Abgrund, der bis in die Hölle reichte. Dann redete Kasumi weiter.

*»Leider nein, es ist nichts mehr zu machen. Sie müssten schnell hierherkommen, um den Leichnam zu identifizieren. Bedaure.«*

Wie fremdgesteuert schrieb Samuel auf, wohin er sich begeben sollte. Eine Stimme hallte durch seinen Kopf und drängte ihn, sofort einen Flug zu buchen.

Dann fiel ihm das Handy aus der Hand und zerschellte auf dem Fußboden. Nach Luft schnappend ruderte er mit den Armen, als wollte er sich an etwas festklammern, das nicht da war. Ein entsetzlicher Schmerz fuhr ihm durch die Brust bis in den Magen. Ein Schmerz, der so heftig war, dass er nach außen barst, eine endogene Explosion, die auch seinem Körper eine unheilbare Wunde schlug, direkt unter dem Brustbein.

Es war der 26. Oktober. Seit Demians und Karins Verschwinden waren sechs Monate vergangen.

# 37
# Demian Sideheart

Ich laufe an einem endlosen Strand entlang.

Meine Füße versinken im nassen Sand, unsteter Berührungspunkt zwischen Festland und Meer. Der Strand zieht sich bis jenseits des Horizonts, Düne auf Düne, Welle auf Welle, eine Sandwüste gegen eine Wasserwüste.

Ich bin darin das Zentrum.

Das Licht vergewaltigt die Farben. Der Himmel ist milchiges Blau, die Erde durchsichtiges Glas, das Meer weißer, schwebender Flaum über einem schwarzen Abgrund. Mikroskopische Tropfen sättigen die Luft, gerade hat sich ein heftiger Sturm gelegt.

Die Wellen lecken an meinen Füßen. Jeder Rückfluss lässt etwas auf dem Sand zurück, dort unten, in der Ferne.

*All das existiert nicht. Es ist in mir, eine Projektion meines Bewusstseins.*

Die Wellen zerren Erinnerungen ans Land, die ich verloren hatte. Jetzt muss ich nur warten, bis alles sich beruhigt, damit sie sich eine nach der anderen setzen können.

*Ich heiße Demian.*

*Demian Sideheart.*

Aber ich muss ganz von vorn anfangen.

Ich drehe mich um.

»Das kannst du nicht«, urteilt eine kindliche Stimme.

Ich bleibe stehen.

»Du kannst nicht ganz zurückschauen. Du kannst nicht weiter zurück.«

»Wieso nicht?«, frage ich.

Keine Antwort.

Dann ahne ich es: Hinter mir liegen die pränatalen, die fetalen Erinnerungen. Die Erinnerungen an die allerfrüheste Kindheit. Mein Gedächtnis hatte nie die Erlaubnis, dorthin zurückzukehren.

Ich kann nur weiter am Strand entlanggehen. Meine vergessene Geschichte wiedererleben.

*Starke Arme tragen mich empor. Ein sonniger Garten, Spritzer von Gelb, meine Großmutter erzählt mir ein rätselhaftes Märchen.*

Die ersten Erinnerungen sind vom Wind erodiert, Momentaufnahmen mit schattenhaften Rändern, versunkene Träume.

*Ein Gutenachtkuss. Ein Versteck im Keller. Die Aufteilung der Klassen am ersten Schultag. Ein Streit. Eine Faust im Magen. Die Angst vor dem Dunkel hinter der Tür. Heiligabend, das Auspacken eines Geschenks vor dem Kamin.*

Langsam gehe ich weiter, die sandigen Erinnerungen werden schärfer, fein ziselierte Bilder mit überraschenden Details.

*Die Schuljahre, die Schwärmerei für Emily, die Jahresabschlussfahrt. Dann bricht die Pubertät herein, der Basslauf von* Under Pressure, *Verstecke, Herzklopfen, Einsamkeit, Ekstase. Kostbare Pulver, die sich mit Sand mischen, fauliges Strandgut, Scham, Lüge, Schuld. Verschlossene Flaschen, unbewusste Splitter, die der Verstand nicht begriffen und durchschaut hat.*

Ich bleibe stehen.

Auf einmal erscheinst du.

*Karin.*

Mit einem strahlenden Lächeln kommst du mir aus der Ferne entgegen.

*Unsere* Treffen umgeben dich. Es sind so viele und sie leuchten so hell, dass ich sie nicht richtig erkenne. Dann bin ich bei dir, doch ich kann dich nicht berühren, der direkte Kontakt mit der Vergangenheit ist mir verwehrt.

Ohne miteinander reden zu können, gehen wir Seite an Seite weiter.

*Seite an Seite auf einer Bank im Seymour Lake Park. Du wirst rot. Ich drücke dich an mich, als wir zu* Still Remains *tanzen. Der Duft deines nackten Rückens. Ein Abschied von einem Jahr, der Himmel von schwarzen Kabeln durchschnitten, tausend Kurven bis nach Cottage Grove, ein geklautes Auto. Spaziergänge in Versailles, Keukenhof, Haar, das im Wind trocknet, das Wasser schmiegt sich um deine Schenkel, hinreißend in deinem Brautkleid, und wie in jedem Augenblick gegenwärtig, jetzt, jetzt und jetzt, die aufgeknöpfte Bluse, dein Herz, das schneller schlägt, das zittert…*

Doch es währt nicht lang.

Vom Himmel herab fällt ein riesiger Schattenkegel vor uns nieder und verdunkelt den Strand. Eine Mauer aus Finsternis ragt auf und versperrt uns den Durchgang. Sie ist so dicht, dass sie aussieht wie eine pulsierende Membran. Das Licht unserer Erinnerungen bricht sich daran und kann ihr nichts anhaben.

Vorsichtig nähere ich mich und strecke die Hand danach aus. Ich versuche, deine Hand zu ergreifen, um dich an mich zu ziehen. Doch du rinnst mir durch die Finger, gleitest fort. Dann drehst du dich um und winkst mit einem traurigen Lächeln.

Versteinert sehe ich zu, wie das Dunkel dich verschluckt.

Ich will dir folgen, doch so sehr ich mich auch bemühe, ich komme keinen Schritt näher.

Ich gebe nicht auf. Ich werde um den Schattenkegel herumlaufen.

Ich renne in die Dünen und lasse das Meer hinter mir. Hier ist der Strand eine Wüste, eine blendend helle Ebene aus trockenem Sand. Ich kämpfe mich die weichen Hänge hinauf und hinunter, den Blick starr auf das Monstrum gerichtet. In seinem Inneren wirbeln weiße Flocken und scheinen etwas darzustellen, vielleicht Gesichter, doch sobald ich versuche, ein Bild zu erkennen, löst es sich auf und eine neue ätherische Figur entsteht. Ich laufe drum herum, bis ich wieder das Meer sehe. Als meine Füße im nassen Sand versinken, durchschießt mich brennende Sehnsucht.

Du bist nicht da.

*Kann ich hierbleiben? Kann ich hier auf dich warten? Auch wenn dieser Ort mir Angst macht, auch wenn es für immer sein sollte, es ist mir gleich.*

Doch ich weiß, dass meine Wanderung weitergehen muss. Es ist unvermeidlich.

Weitere Erinnerungen tauchen jenseits des Schattenkegels vor mir auf. Lebendig und pulsierend, sie zappeln und schnappen nach Luft wie Fische auf dem Trockenen. Im gleißenden Sonnenlicht sehe ich, von Lichtkreisen überlagert, Horus Gesicht. Dann durchfährt heftiger Schmerz meinen Rücken. Ich richte den Blick ein Stück weiter in die Ferne. Die Träume, das Buch, Aruke, der mir das Segeln auf den *Wa'hay* beibringt, die Reise nach Okinawa, Sames Tod, die Ankunft in Wales, die Arbeit im Gasthaus. Sämtliche Erinnerungen, die der Amnesie folgten, bis zu diesem Augenblick.

*Ich heiße Demian Sideheart. Ich bin zweiunddreißig Jahre alt. Ich bin Amerikaner. Ich bin in San Francisco, Kalifornien, geboren und aufgewachsen.*

Jetzt bin ich wieder ich selbst, aber nicht mehr derselbe wie vorher. Obwohl nur sechs Monate vergangen sind, ist es, als hätte ich noch zwei Leben gelebt: In mir trage ich nun auch die Seelen von Mauke Nuha und Sebastian Haller.

Meine Zeit auf diesem Strand läuft ab.

Ich drehe mich um. Es überkommt mich wie eine jähe Erleuchtung, plötzlich weiß ich, was der Schattenkegel ist.

Aber ich habe keine Angst davor. Ich will keine haben.

Ich werde in ihn eindringen und dich wiederfinden.

Warte auf mich, Karin. Ich komme dich holen.

# 38
# Ende der Suche (2.Teil)

*San Francisco*
*26. Oktober 2009*
*05:07 Uhr*

Rachel war wach. Die ganze Nacht hatte sie in der Küche gesessen, das Telefon immer neben sich. Seit drei Tagen hatte sie nichts von Ian gehört und nicht mehr schlafen können. Oder besser, nicht mehr schlafen *wollen.* Sie wartete nur darauf, dass das Telefon klingelte.

Als das Klingeln durch das halbdunkle Zimmer gellte, zuckte sie zusammen. Dann fuhr sie auf dem Stuhl hoch und legte die Hand auf den Hörer. Ehe sie abhob, schloss sie die Augen und atmete tief durch.

»Hallo?«, sagte sie.

Kurze Stille. Seltsame Hintergrundgeräusche, die für Ferngespräche üblichen Störungen. Eine heisere, zögernde Stimme am anderen Ende der Leitung.

»*Mama …?*«

Der Boden tat sich unter ihr auf.

»De … an …?«

Die Stimme war ihr im Hals steckengeblieben. Wieder Stille, die verzögerte Übertragung, nur ein winziger Moment, der sich in Rachel jedoch ausweitete wie ein blauer Himmel, wie ein helles Licht, das sechs Monate blinder Verzweiflung verschwinden ließ.

»*Mama, ich bin's! Demian!*«

»Oh, mein Gott! Demian? Demian?«

*»Ja, Mama, ich bin's!«*

»Demian, du bist es! Oh, gütiger Himmel!«

Rachel brach in Tränen aus. Sie umklammerte den Hörer mit beiden Händen, als fürchte sie, die Stimme des Sohnes könne ihr zwischen den Fingern zerrinnen, sich in Luft auflösen.

»Demian!«, stammelte Rachel unter Tränen. »Wie geht es dir? Wo bist du?«

*»Mama, beruhige dich, mir geht es gut. Das ist eine lange Geschichte. Wie geht es euch? Ich hab versucht, Karin auf dem Handy und zu Hause zu erreichen, aber sie geht nicht ran. Wo ist sie?«*

»Ich weiß es nicht, Demian … O Gott …«

*»Du weißt es nicht? Geht es Karin gut?«*

»Ja, ja, entschuldige, ich verstehe überhaupt nichts mehr, ich bin so glücklich!«

*»Okay, okay, aber jetzt beruhige dich! Hör zu, ich hab nur ganz wenig Zeit, ich bin bei der Polizei. Sag Karin Bescheid, dass es mir gut geht. Wo ist Papa? Jemand müsste mich abholen.«*

»Papa ist nicht da, aber wo bist du?«

*»Ich bin jetzt in Wales. Ich hatte das Gedächtnis verloren, Mama. Ich habe keine Papiere mehr. Ich glaube nicht, dass die Polizei mich einfach so laufen lässt, es sei denn, jemand bestätigt meine Identität und bürgt für mich.«*

»Wir kommen! Ich rufe sofort Papa an! Er ist in Japan, glaube ich, wie lange wird das wohl brauchen? Keine Ahnung, keine Ahnung!«

*»Mama, atme tief durch! Du kriegst sonst noch einen Herzschlag. Du willst mich doch wieder in die Arme schließen, oder nicht?«*

Rachel musste trotz der Tränen lachen.

»Aber ja doch, natürlich! Wie kann ich dich denn erreichen?«

*»Ich bin jetzt auf dem Polizeirevier in Cardiff. Warte, ich geb dir die Nummer des Hotels, in dem ich wohne. Es heißt Dylan Thomas Inn.«*

Völlig abwesend und wie ferngesteuert notierte die vor Glück überwältigte Rachel die Nummer. Erst Minuten nachdem sie aufgelegt hatte, erinnerte sie sich daran, dass ihr Mann seit nunmehr drei Tagen spurlos verschwunden war.

***

In den drei Tagen hatten Samuel und Rachel verzweifelt versucht, Ian zu erreichen, und pausenlos seine Nummer gewählt. Ian lag während dieser Zeit im künstlichen Koma im Funakoshi-Krankenhaus in Nishihara.

Als er erwachte, hatte er nur einen einzigen Gedanken: den Zettel mit Demians Foto. Zwanzig Tage zuvor hatte jemand seinen Sohn getroffen und ihn fotografiert.

Seinem Gesundheitszustand und dem Rat der Ärzte zum Trotz hatte er das Krankenhaus sofort verlassen, oder besser, er war auf nicht ganz legale Weise geflohen. Als er seine Anziehsachen wiederhatte, hatte er zuerst fieberhaft die Taschen durchwühlt. Geld und Papiere waren noch da, aber der Zettel fehlte. Macht nichts, dachte Ian, die Landkarte hatte sich in seinem Hirn eingebrannt, und er wusste haargenau, wo er hin musste. Sein Satellitentelefon hingegen war verschwunden, womöglich in der Aufregung nach dem Infarkt verlorengegangen. Der Sturz, der Rettungswagen, der Transport ins Krankenhaus. Ian wusste, dass er sofort Rachel anrufen musste, um sie zu beruhigen und ihr von Demian zu erzählen, doch momentan hatte er dazu weder die Zeit noch die Möglichkeit. Ohne daran zu denken, dass er gerade erst einen Herzinfarkt hinter sich hatte, verließ er das Krankenhaus und rannte los. Ziel: die Insel Tokashiki. Er musste zwei Busse und zwei Fähren nehmen. Er hörte erst auf zu rennen, als er den kleinen Strand auf der Südseite der Insel erreicht hatte. Die Sonne war gerade untergegangen.

Am Strand stand eine Hütte, in der eine zierliche Japanerin mit zweifarbigen Augen namens Yukiko lebte. Ein kleiner Junge aus dem nahegelegenen Feriendorf fungierte als Dolmetscher, und die beiden unterhielten sich fast drei Stunden lang. Yukiko erzählte Ian die unglaublichste Geschichte, die er je gehört hatte. Die Geschichte von Mauke Nuha, dem Mann ohne Erinnerungen, der den Ozean überquert hatte. Die Geschichte seines Sohnes.

Ian hastete den Pfad hinauf, der vom Strand wegführte, und durchquerte den dunklen Wald. Jetzt hämmerte ein neuer Gedanke in seinem Kopf: Er musste sofort seine Frau anrufen. Seit drei Tagen hatten sie einander nicht gesprochen, und bestimmt war Rachel schrecklich in Sorge. Er rannte zum Feriendorf, und obwohl es schon sehr spät war, bat er darum, telefonieren zu dürfen. Er konnte es kaum abwarten, ihr diese großartige Nachricht zu überbringen.

# 39

# Die Psychologin

*Polizeistation Cardiff*
*26. Oktober 2009*
*15:10 Uhr Ortszeit*

»Nur, dass ich das richtig verstehe, Mr. Sideheart.« Der ältere Polizeibeamte kratzt sich am Kopf. »Sie sind aus den Vereinigten Staaten nach Wales gekommen, und dann haben Sie aufgrund eines Ereignisses, an das Sie sich nicht erinnern, das Gedächtnis verloren. Man hat Ihnen die Papiere, das Handy und das Geld geklaut. Dann sind Sie eine Weile in der Gegend von Breacon Beacons herumgeirrt und wurden von dem hier anwesenden Mr. Balthasar Llanwymmyr aufgenommen.« Der Beamte blickt Bestätigung suchend zu Balth hinüber. »Und heute Morgen haben Sie sich plötzlich wieder an Ihren Namen erinnert und konnten sich mit Ihren Familienangehörigen in Verbindung setzen. Ist das korrekt?«

Ich nicke mit sehr ernster Miene. Der Polizist vergräbt die Finger in den Haaren.

»Und wieso sind Sie nicht sofort hierhergekommen und haben den Diebstahl und alles andere angezeigt?«

Ich weiß nicht, was ich antworten soll. Ich zucke mit den Achseln und sage nichts, das ist in solchen Fällen das Beste.

»Okay, okay«, seufzt der Beamte. »Soweit ich es mitgekriegt habe, werden ein paar Ihrer Familienangehörigen anreisen und Sie abholen.«

»Ja, meine Frau und meine Eltern.«

»Gut. Eine Identifizierung von deren Seite wird genügen, um die provisorischen Papiere für die Heimreise auszustellen. Um alles andere kümmert sich dann die *amerikanische* Polizei.« Er kräuselt geringschätzig die Lippen. »Zunächst müssen Sie auf der Wache bleiben. Nein, das ist keine Haft«, der Beamte hebt beschwichtigend die Hände, »lediglich eine Vorsichtsmaßnahme. Außerdem ist ein Treffen mit einem Psycho … also mit einem Psychiater oder einem Psychologen vorgesehen – na ja, mit einem Seelenklempner halt, damit wir ein genaues Bild davon bekommen, was Ihnen passiert ist. Wenn Sie das Protokoll bitte unterschreiben würden.«

Er hält mir ein Schriftstück hin, das auch Balthasar als Zeuge unterschreibt. Wir werfen uns einen verstohlenen Blick zu. Wir haben eine Menge Details verschwiegen, aber die Polizei muss schließlich nicht alles wissen.

Eine halbe Stunde später sitze ich in der Praxis von Doktor Caerdydd, der Polizeipsychologin von Cardiff. Sie ist sehr jung, oder vielleicht wirkt sie nur so wegen ihres kindlichen, sommersprossigen, von wilden blonden Locken umrahmten Gesichts, das von zwei übergroßen blauen Augen beherrscht wird. Sie sind ständig in Bewegung, wie zwei natürliche Lote, die die Seelen der Menschen vermessen und womöglich der Grund dafür sind, weshalb sie Psychologin geworden ist.

Ich weiß nicht, was mich reitet, doch ermutigt von ihrem Blick, kann ich mich am Ende nicht zurückhalten und erzähle ihr alles. Ich widerspreche der Version, die ich soeben dem Polizisten aufgetischt habe, und spare sogar kompromittierende Details nicht aus: der falsche Pass, die Reise nach Japan, die Träume und Dylan Thomas' Gedichte. Überflüssig zu sagen, dass ich es sofort bereue.

*Jetzt zeigt sie mich an,* denke ich.

Die Ärztin scheint meine Gedanken zu lesen, als wäre ich ein offenes Buch.

»Keine Sorge, Mr. Sideheart, Sie haben ja schließlich niemandem etwas zuleide getan. Und es gibt die ärztliche Schweigepflicht. Das bleibt alles unter uns.«

Sie lächelt mich freundlich an, aber ich bin nicht beruhigt.

»Außerdem ist es offensichtlich, dass Sie nicht im vollen Besitz Ihrer geistigen Kräfte gehandelt haben.«

»Was soll das heißen, bitte?«

»Du musst zugeben – ich darf dich doch duzen oder? –, dass deine Geschichte ziemlich unglaublich klingt.«

Sie zieht die Augenbraue hoch. Ich begreife nicht, worauf sie hinauswill.

»Nun, Demian – ich darf dich doch Demian nennen, ja? –, mit der Amnesie ist das so eine Sache. Es kann passieren, dass uns das Gedächtnis in der Phase, in der die Erinnerungen zurückkehren, böse Streiche spielt.«

Mit anderen Worten, sie hält mich für einen Spinner.

»Hast du irgendwelche handfesten Beweise, die deine Geschichte bestätigen können?«

»Natürlich!« Ich schreie fast und fahre ärgerlich auf meinem Stuhl hoch. »Dieser handgearbeitete Gegenstand hier kann Ihnen zeigen, wo ich gewesen bin.«

Ich öffne den Rucksack und suche den *Re'wellib*. Doch zwischen den Kleidern finde ich nur ein unförmiges Knäuel aus Muschelscherben, Stöckchen und Schnur.

*O mein Gott, nein! Horus Geschenk …*

Mir dämmert, was passiert ist: Es ging kaputt, als ich in die Erdspalte gestürzt bin. Fast fange ich wie ein Kind an zu weinen. Sie mustert mich halb gutmütig, halb genervt, und macht mich damit noch wütender.

»Schon gut, beruhige dich«, seufzt sie scheinbar unendlich geduldig. »Wir wollen lieber versuchen, das, was dir passiert ist, nüchtern zu analysieren. Wir müssen sorgfältig zwischen *Wirklichkeit* und *Symbolen* unterscheiden. Vor allem, was die Träume angeht, die du mir geschildert hast. Du hast deine Frau gesehen, und obwohl du sie nicht wiedererkannt hast, hast du sofort die starke emotionale Bindung zwischen euch gespürt. Das ist ein Zeichen des Unterbewusstseins. Der Traum war ein verzweifeltes Aufzucken, eine Reaktion des Gehirns, ein Rettungsanker, um eine neue …«

Während sie redet, muss ich an die Nacht denken, in der ich Horu das Gleiche erzählt hatte. Seine Deutung war der dieser Ärztin genau entgegengesetzt. Für Horu waren diese Visionen *reale* Botschaften, eine Brücke zwischen *dir* und *mir.* Für die Ärztin sind sie lediglich eine Ausgeburt meines Verstandes, eine von meinem Hirn ausgelegte Rettungsleine.

»Dann sind das die Dylan-Thomas-Gedichte, richtig?« Die Frage unterbricht meinen Gedankenfluss.

»Ja. Auch wenn ich noch nicht begriffen habe, welche Rolle sie in der ganzen Sache spielen.«

Die Ärztin holt tief Luft.

»Nun, mein lieber Demian, die Psyche ist ein unvorhersehbares Labyrinth. Hättest du all diese Etappen nicht durchlaufen, all diese Orte nicht besucht und das, was du erlebt hast, nicht erlebt, hättest du dein Gedächtnis vielleicht niemals wiedererlangt. Für deinen Verstand war es notwendig, dass genau das in genau dieser verworrenen Reihenfolge passierte. Du hast Glück gehabt. Viele Opfer posttraumatischer Amnesien haben ihre Erinnerungen komplett verloren. Häufig reicht es nicht, an einen vertrauten Ort zurückzukehren oder das Gesicht eines lieben Menschen wiederzusehen, im Gegenteil, oft wird dadurch alles noch …«

»Aber klar doch!«, schreie ich und haue mit der Faust auf den Tisch. Die Ärztin kriegt fast einen Schlag. »Ich habe ihn gesehen! Das war er, am Flughafen von Okinawa!«

Sie starrt mich an, dann kritzelt sie etwas in ein Heft, womöglich hat sich der bei mir vermutete Wahnsinn soeben für sie bestätigt.

»Ich habe vor einem Monat meinen Vater getroffen, am Flughafen von Okinawa!«, erkläre ich und kann meine Aufgebrachtheit kaum im Zaum halten. »Ich habe ihn gesehen, aber habe mich nicht bemerkbar gemacht, obwohl dieser mir unerklärlicherweise vertraut erscheinende Mann meine Neugier geweckt hatte. Ich musste es mir verkneifen, nach ihm zu rufen. Erst jetzt begreife ich, dass es mein Vater war!«

Die Ärztin nickt und lächelt dieses elend unergründliche, halb skeptische, halb wohlmeinende Lächeln.

»Das bestätigt doch nur, was ich gesagt habe. In dem Moment war es ein Gutes, dass er dich nicht gesehen hat, es wäre zu früh gewesen. Du hättest einem vollkommen Unbekannten gegenübergestanden, der mit der Behauptung, er sei dein Vater, versucht hätte, dich zu umarmen. Aber das hätte dir nicht geholfen, dein Gedächtnis wiederzuerlangen, vielmehr hätte es dich noch mehr verwirrt.«

Ihre Worte lassen mich sprachlos werden.

»Warum geschah es dann hier?«, frage ich. »Warum ausgerechnet *so*? Welchen Sinn hat das alles?«

»Da kann ich dir nicht helfen. Für solche Dinge gibt es meist keine Erklärung. Außerdem sind Amnesien nicht mein Fachgebiet. Ich rate dir, einen Spezialisten aufzusuchen, wenn du wieder zu Hause bist, der könnte dir ein wenig mehr dazu sagen.«

»Das mache ich bestimmt. Aber … da ist noch eine letzte Sache. Ich glaube, sie ist wichtig.«

Die Psychologin beugt sich zu mir herüber und ist ganz Ohr.

»Ich höre, Demian.«

»Meine Erinnerungen … sind noch nicht alle da! Wie sehr ich mich auch bemühe, weiß ich nicht, was die Amnesie ausgelöst hat. Ich habe sogar von der Zeit unmittelbar davor keine Ahnung. Es könnten Monate sein. Es ist, als würde über diesem Teil meines Lebens ein Schatten liegen.«

Die Ärztin nickt nachdenklich.

»Ja, auch das ist ein ziemlich übliches Phänomen. Ich will

versuchen, es zu erklären. Nach einer radikalen Amnesie kehrt die Erinnerung nicht mit einem Schlag wieder. Normalerweise braucht es dazu drei unterschiedliche Phasen, das nennt man *3-step recovery*. In der ersten Phase erlangt der Patient die *semantische* Erinnerung wieder, die an die automatischen Grundfunktionen des Gehirns gekoppelt ist: Denkvermögen, Sprache, kulturelles Substrat und so weiter. Das ist vergleichbar mit der neuronalen Regeneration nach einem Schlaganfall: Das Gehirn rekonstruiert seine mentalen Verknüpfungen und lernt das, was es verloren hatte, neu. Dann die zweite Phase: Der Patient erlangt sein *persönliches* Gedächtnis wieder, die einzigartigen Erinnerungen seiner eigenen Geschichte. Und das ist dir vor wenigen Stunden passiert.«

Die Ärztin setzt eine ernste Miene auf.

»Doch häufig reicht das nicht. Es braucht einen dritten Schritt, um die *unmittelbar mit der Amnesie* verbundenen Erinnerungen ans Licht zu holen. Du musst bedenken, dass die Amnesie ein Schutzmechanismus des Gehirns ist, die Abwehr einer unerträglichen Wirklichkeit, kurz *Trauma* genannt. Das Gehirn wehrt sich gegen sämtliche Ereignisse, die gleich Kettengliedern in einer Ursache-Wirkung-Beziehung mit dem Trauma verknüpft sind. Die dritte Phase verfolgt deshalb die Glieder dieser Kette Stück für Stück zurück. Im Gegensatz zu den ersten beiden irrationalen und unvorhersehbaren Phasen ist dieser Schritt kontrollierbar, deduktiv, doch das macht ihn nicht leichter. Es handelt sich um einen Kampf gegen das eigene Gehirn, das sich weigert, mitzuspielen. Es muss mit unwiderlegbaren Indizien konfrontiert werden, ehe es diese so sehr gefürchteten Erinnerungen zulässt. Mit wenigen Worten, Demian, du musst das *Trauma aufarbeiten*. Da ist noch etwas, das dein Gehirn vor dir verbergen will. Du musst die Ursachen der Amnesie freilegen. Natürlich nur, wenn du es wirklich wissen willst. Aber lass auf jeden Fall ein wenig Zeit vergehen. Jetzt, in deinem Zustand, könnte der

Versuch, dich zu erinnern, dein psychisches Gleichgewicht gefährden.«

*Wieso*, frage ich mich, *wieso liegt noch immer dieser Schatten auf meiner Vergangenheit? Bald werde ich zu Hause sein. Du wirst da sein. Alles wird gut gehen. Was muss ich denn noch wissen?*

»Aber du wendest dich besser an einen Spezialisten, falls …«

Ich höre nicht mehr zu.

Alles verschwimmt vor meinen Augen, das Zimmer dreht sich, meine Ohren pfeifen. Mir wird abwechselnd kalt und heiß, mein Herz rast.

»Demian …«, die Stimme der Ärztin klingt weit weg, wie in Watte. »Geht es dir gut? Du bist kreidebleich.«

»Nein, es geht mir nicht gut«, stammle ich. »Wo ist Balth? Ich muss … mit ihm sprechen …«

Ein heftiges Fieber packt mich. Jetzt, da mein Körper das Ende der Reise näherkommen spürt, stürzen all die Anstrengungen, der Schmerz, die Mühen dieser endlos langen Monate mit einem Mal auf mich nieder.

Doch das ist egal. Endlich kann ich mich gehen lassen, ohne Angst. Ich muss nicht mehr einsam gegen alles und alle kämpfen. Jetzt darf ich schlafen.

Bald werde ich aufwachen und zu Hause sein. In deinen Armen.

# 40

# Die erste Begegnung

*San Francisco*
*14. Mai 1994*
*Vor fünfzehn Jahren (Demian ist siebzehn)*

Schwüle Hitze und das ohrenbetäubende Kreischen der Grillen.

»Hey, Dem! Lass mir einen Zug übrig!«

Chris springt hinter einem Busch hervor, die Hosen in den Kniekehlen, schlurfender Schritt, die Militarytasche schleift fast über den Boden, das aufsässige Kindergesicht versteckt sich hinter einem Wirrwarr blonder Zöpfe. Ich strecke ihm die Hand hin, und ehe ich mich versehe, hat er schon mein *Modell Fidel* im Mund, ein Joint so dick wie eine kubanische Zigarre.

»Hallo, *kleiner Christopher*«, sage ich mit einem Gähnen. Er kann es nicht ausstehen, wenn ich ihn so nenne.

»Fick dich, Dem.« Gierig zieht er an dem bisschen Hasch, das noch im Filter steckt, und bugsiert seinen Hintern auf die Rückenlehne der Bank.

Das Läuten zum Schulschluss ertönt wie ein ferner Befreiungsschrei. Es klingt herüber, von den Hecken und Pinien des Seymour Lake Park gedämpft. Der ideale Ort, um sich abzuseilen, wenn man mal einen Tag Ferien braucht.

»Bist du früher raus, Chris?«

»Ja, ich hab's einfach nicht mehr gepackt.«

»Versteh' ich.«

»Du Drecksack, hättest mir ruhig sagen können, dass du rausbist! Dann hätte ich mir die olle Bigley und drei Stunden von ihrem Gelaber erspart. Ich hab geschlafen wie ein Murmeltier, auf'n Tisch gesabbert hab ich, so tief hab ich geratzt.«

»Ach ja?«

»Ja! Ich hab so gesabbert, dass Dorothy gekreischt hat, als sie's gesehen hat. Ich war grad mitten in einem Traum und hab gleich mitgeschrien vor Schreck. Als ich den Kopf gehoben hab, hing mir der Spuckefaden noch an der Lippe, und alle haben sich fast in die Hosen gemacht vor Lachen. Da hat die Bigley mich rausgeschmissen und gekeift ›*McKean, du kannst draußen weitersabbern!*‹.«

»Das hat sie gesagt?!«

»Scheiße, ja!«

Ratlos breitet er die Arme aus. Wir sehen uns an und prusten los.

Obwohl ich Chris erst knapp ein Jahr kenne, ist er schon mein bester Freund geworden. Er spielt E-Bass in einer Band, die versucht, ihre eigenen Stücke zu schreiben, mal was Neues, nicht die üblichen Coverversionen von Nirvana und Pearl Jam. Ich schreibe ihm die Texte.

»Und was hast du so getrieben?«

»Weißt du noch, das Stück von gestern Abend, *waaaah wah waah*«, singe ich den verzerrten Gitarrenriff vor mich hin. »Heute Morgen beim Frühstück hab ich angefangen, ein paar Worte auf die Serviette zu kritzeln.«

»Hast du was fertig? Lass mich mal sehen, na komm schon.«

Ich halte ihm die Serviette hin. Chris überfliegt sie und rollt sich dabei noch einen Joint.

»Hey! Nicht schlecht, echt. Darf ich's behalten? Dann fang ich an, ein paar Noten drunterzulegen.«

»Nein, das ist zu früh. Ich muss noch ein bisschen dran feilen. Morgen Abend bring ich's mit zur Probe.«

Er zündet sich die Tüte an, zieht zweimal dran und hält sie mir hin.

»Ist vielleicht ein bisschen kompliziert. Was soll das überhaupt bedeuten?«

»Na ja, seit ein paar Tagen geht mir das im Kopf herum.«

»Schieß los.«

Weiße Blütenblätter taumeln über unseren Köpfen. In weiten Kreisen segeln sie auf uns herunter und drehen sich wie irre Propeller um sich selbst.

»Das Problem ist, dass das alles nicht so bleiben wird.«

»Und wieso sollte es nicht?«

»Keine Ahnung, aber ich glaube, irgendwann passiert was, in den Köpfen der Menschen. Man *spürt* nicht mehr alles wie wir jetzt. Die Dinge beginnen sich zu wiederholen, sich im Kreis zu drehen. Oder besser, in Spiralen, die immer weiter abwärtsführen. Ist wohl eine Frage der Wahrnehmung, denke ich.«

»Wie meinst du das?«

»Je mehr Zeit vergeht, desto weniger aufnahmefähig ist man. Man nimmt die Dinge weniger deutlich wahr, weil sich die Erfahrung schon gefestigt hat und einem die Welt egaler wird. Die Wahrnehmungsfähigkeit vermindert sich und bleibt an der Oberfläche. Die Zeit, die man nur in einem kurzen Moment fühlt, scheint immer schneller zu werden. Und immer sinnloser.«

»Du bist breit wie ein Hamster, Sideheart! Das Gras hat dich auf eine merkwürdige Reise geschickt. Und wann, bitte, soll diese Sache mit der Wahrnehmung anfangen?«

»Hm, weiß nicht. Wenn ich mir die Typen im Rotten Apple so angucke, vielleicht mit zwanzig.«

»Zwanzig? Und da denkst du jetzt schon drüber nach? Bis dahin sind's noch drei, vier Jahre, Kumpel. Das ist ein ganzes Leben! Vielleicht schaffen wir's gar nicht bis dahin!«

Chris grinst zufrieden und macht dem Joint, der dauernd zwischen uns hin und her gewandert ist, den Garaus.

»Ich hab Hunger, Dem. Kommst du mit zu mir?«

»Nee, ich geh nach Hause.«

»Dann komm ich um vier bei dir vorbei, okay?«

»Hä? Ach ja, klar, tschüs.«

Ich höre nicht mehr zu. Am Ende des Parkweges ist ein Mädchen in weißen Shorts und hellblauem Top aufgetaucht, der Schuluniform der Volleyballmannschaft.

Das bist du.

Ich kenne dich nur vom Sehen. Ich weiß, dass du Karin heißt und zwei Jahre jünger bist als ich. Du wohnst irgendwo hinterm Seymour Lake Park, denn nach der Schule kommst du immer diesen Weg entlang. Ist das der Grund, weshalb mir diese Parkbank seit einiger Zeit so gut gefällt?

Ich kann's mir nicht erklären. Ja, du bist fraglos sehr hübsch, aber das ist nicht alles. Zum ersten Mal empfinde ich so. Als würde ich dich bereits kennen. Ich bin mir sicher, sobald das Eis gebrochen wäre, wäre sofort alles in Ordnung.

Mir wird ein wenig flau. Das muss an dem Zeug liegen, das ich den ganzen Morgen geraucht habe. Und dann diese schwüle Hitze …

Ich sehe dir entgegen, inzwischen bist du nicht mehr weit weg. Ich muss aufhören, dich anzustarren, oder du hältst mich für einen Besessenen. Bestimmt hast du es schon bemerkt. Ich muss mir sofort eine unschuldige Frage einfallen lassen, vielleicht eine, die mit der Schule zu tun hat. Ich drehe mich um, um sicherzugehen, dass Chris jenseits der Hecken verschwunden ist. Eine Biene summt mir ums Ohr.

»Auch heute keine Schule?«

Mich trifft fast der Schlag. Dein Gesicht ist genau vor meinem. Aber du stehst im Gegenlicht, ich kann dich nicht gut sehen.

»Ah … Hallo …«

»Was ist das, ein Einkaufszettel? Oder ein Liebesbriefchen?« Mit einem übermütigen Lachen reißt du mir die Serviette mit dem Liedtext aus der Hand.

»Hey! Nein! Gib das sofort wieder her …«, protestiere ich lahm. Hätte nicht gedacht, dass du so zupackend bist.

Du machst einen Schritt zurück und liest. Deine Stirn kräuselt sich ein wenig, deine Augen huschen hin und her.

*»Signs of time«*
*das Styropor*
*die Glaswolle*
*die Langeweile bei der Bestätigung der Wahrheit*
*der Nachgeschmack des U-Bahn-Tickets*
*die Qual des Lebens hab ich oft erfahren*
*ich war es selbst, gespiegelt in den unterirdischen Scheiben*
*zwischen Broadway und Bowery, mit riesigen roten Augen*
*von Hofmann'schem, SuperSimpson unter der Zunge, weißt du noch?*
*kaum neun Monate sind vergangen, doch es erscheint wie ein anderes Leben*
*patton massive attack ist demagogie blasphemie politiki*
*an einem Tag vor vielen Jahren, an dem wir völlig breit nicht mehr*
*aus der U-Bahn kamen und ich fast in Tränen ausbrach*

»Interessant. Hast du das geschrieben?«

Ich nicke.

»Ziemlich heftig. Hat was Gequältes. Trotzdem schade.«

»Was ist schade?«

»Ach, nichts.«

»Na, los.«

»Schade, dass du einen Vers von einem italienischen Dichter geklaut hast. Glaubst du, du bist der Einzige, der sich mit Literatur auskennt?« Du lachst, und ich spüre, wie ich rot werde. Leicht genervt reiße ich dir die Serviette aus der Hand und murmele, »das ist nicht abgeschrieben, sondern ein Zitat«.

»Jetzt sei nicht gleich beleidigt!« Du kannst einfach nicht aufhören zu lachen. Ich bemühe mich, beleidigt zu sein, doch dein Lachen hat eine Strahlung, die mir ein gutes Gefühl gibt.

»Inhaltlich nicht ganz kompatibel, aber sehr originell. Was ist das, ein Liedtext?«

»Erraten«, seufze ich betont gleichgültig.

»Dann spielst du in einer Band?« Du streifst dir den Rucksack von den Schultern und setzt dich neben mich.

»Nein, ich kann kein Instrument. Ich schreib ein paar Freunden die Texte.«

»Und was spielen die so? Bestimmt dieses Zeug, das gerade in Seattle angesagt ist.«

»Zeug? *Grunge* nennst du Zeug?!«

Ich würde dir gern noch ein paar Takte dazu sagen, aber du wechselst sofort das Thema.

»Entschuldige, wenn ich dich so überfallen habe! Vielleicht wartest du auf jemanden.«

»Nein, nein, keine Sorge«, sage ich scheinbar obenhin. »Und außerdem laufen wir uns schon seit einer ganzen Weile über den Weg und tun so, als wär nichts, langsam wurde es ein bisschen absurd.«

»Eben! Wenigstens haben wir das Eis gebrochen.«

Du siehst mir kurz in die Augen, den Kopf zur Seite geneigt. Ich fühle mich beobachtet, wie ein Versuchskaninchen im Labor.

»Du bist ein komischer Typ.« Es ist nicht ganz klar, ob das ein Kompliment oder eine Beleidigung sein soll. »Jojo erzählt mir hin und wieder von dir.«

»Jojo Summer? Die aus meiner Klasse?«

»Genau die. Tja, ich weiß noch nicht genau, was ich finden soll. Ist schon ungewöhnlich irgendwie, dass du dich für Gedichte interessierst … Keine Ahnung, wie ich dich definieren sollte.«

»Du sollst mich gar nicht definieren. Ist schließlich nicht so toll, eine Person *definieren* zu wollen, oder?«

Du antwortest nicht. Du siehst auf und starrst auf einen Punkt in der Ferne. Vielleicht war ich ein bisschen schroff und vielleicht denkst du, etwas Falsches gesagt zu haben. Es herrscht peinliches Schweigen.

Ich muss handeln. »Da du ja was von Gedichten verstehst, will ich dir eins zeigen«, sage ich.

Ich mache meinen Rucksack auf und hole ein altes, schmales, abgegriffenes Büchlein hervor, dessen Seiten mit Tesafilm zusammengeklebt sind. Ich schlage es auf und halte es dir hin.

»*Besonders dann, wenn der Oktoberwind*«, liest du laut vor. »Dylan Thomas. Klingt interessant.«

»Ist es auch. Dieses Gedicht hat mein Leben verändert. Das mag dir übertrieben erscheinen, aber es stimmt.«

*Besonders dann, wenn der Oktoberwind*
*Mit Frostgefinger mir das Haar bestraft,*
*Geh ich entflammt im Griff der Krabbenfischer-Sonne,*
*Und werfe eine Schattenkrabbe auf das Land,*

*»Mir wird schwindelig…«, denkt Karin in dem Moment. »Vielleicht liegt es an dem Haschgeruch, der Demian umgibt.«*

*Während sie diese seltsamen Worte las, fühlte sie sich umzingelt, belagert.*

*Am Strand der See, wo Vogellärm ich höre,*
*Den Raben husten hör im Winterdickicht,*
*Mein weiblich Herz geschäftig, zitternd wenn sie spricht,*
*Vergießt ihr Silbenblut, leert ihre Wörter aus*

*»Demians Stimme, der Duft des sonnigen Parks… es ist so wunderbar und zugleich so seltsam…«*

*Ein paar lass mich Dir machen von vokalen Buchen,*
*Ein paar von Eichenstimmen und Dir Kurzes*
*Sagen aus vieler Dornbezirke Wurzeln.*
*Ein paar lass mich Dir machen von Gewässerreden.*

*Besonders dann, wenn der Oktoberwind*
*(Ein paar lass mich Dir machen von den Zaubersprüchen*
*Des Herbstes…)*

*»Nein, ich darf mich nicht gehen lassen. Ich muss etwas tun, sofort! Komm wieder zu dir, Karin…«*

»Das ist aber ganz schön düster!«, rufst du und blickst auf. »Wär ein Liebesgedicht nicht besser, Neruda oder so, wenn du bei einem Mädchen Eindruck schinden willst?«

Sofort wirst du rot und beißt dir auf die Lippen.

»Du hast recht. Aber ich will bei niemandem Eindruck schinden«, antworte ich leicht gekränkt und lenke sofort ein. »Zumindest erst, wenn ich sicher bin, dass ich es mit jemandem zu tun habe, der mich wirklich versteht.«

»Du spielst dich vielleicht auf! Schlimmer als jedes Mädchen. Du bist echt ganz schön verspult, Demian!« Lachend lässt du die angestaute Spannung verpuffen.

»Nein, ich mein's ernst. Dieses Gedicht ist mir sehr wichtig. Ich zeig es nur her, wenn ich wissen will, ob mein Gegenüber mich wirklich versteht. Das ist ein großes Privileg, weißt du?«, schließe ich gespielt feierlich.

Du hörst auf zu lachen und siehst mich verwundert an. Du weißt nicht, ob ich es ernst meine oder dich auf den Arm nehme. Einen Moment lang treffen sich unsere Blicke.

»Und womit habe ich diese Ehre verdient?«, fragst du mit einem ruhigen Lächeln.

»Ich weiß es nicht. Ich mag dich. Schon beim ersten Mal, als ich dich gesehen hab, dachte ich, du bist in Ordnung. Auch wenn du ein bisschen rüberkommst wie das typische nette Mädel. Wenn ich dich definieren sollte, würde ich sagen… du bist ein *wohlerzogener* Mensch.«

»Ach ja?!« Jetzt bist du die Beleidigte. »So schätzt du mich ein? Wie ein *wohlerzogenes* Mädchen? Ich fass es nicht! Ich bin doch keine Klosterschülerin aus dem neunzehnten Jahrhundert!«

»Hey, komm schon, das war ein Witz, jetzt hab dich nicht so!« Innerlich muss ich lachen, aber ich will es dir nicht zeigen. Ich spüre, dass ich ein bisschen kühner geworden bin. Ich bücke mich und pflücke ein Gänseblümchen.

»Hier. Eine Blume aus San Francisco, damit du mir verzeihst.«

»Oh, wie galant. Kaum zu glauben, dass du auch so wohlerzogen bist! Hör mal …« Deine Finger spielen nervös mit dem Gänseblümchenstiel. »Kommst du zum Abschlussfest?«

Das Abschlussfest, würg! Da krieg ich Pickel. Wenn man nicht hingeht, wird man als asozial abgestempelt, aber dieses Jahr pfeif ich drauf. Die Pärchen, die Einladungen … zum Kotzen.

»Ich glaub nicht. Mir geht das ziemlich auf den Sack.«

Du wirkst enttäuscht, und das verschafft mir eine leise Genugtuung.

»Ja, mir geht's auch auf den Sack.« So, wie du es sagst, merkt man, dass das Gegenteil stimmt. »Ich hab schon Einladungen bekommen, und es ist immer das gleiche Problem, man möchte niemanden vor den Kopf stoßen.«

Das kommt kokett und zugleich so ehrlich rüber, dass ich einen Stich in der Magengegend verspüre. Ganz offensichtlich spielst du dich nicht auf, sondern es tut dir wirklich leid, jemanden zu enttäuschen. *Glaub ich gern, dass du schon einen Haufen Einladungen bekommen hast … du bist ein Hammer!*, denke ich und behalte es natürlich für mich. »Wieso fragst du?«, frage ich mit unschuldigem Blick.

»Halt so, ich wollte nur wissen, was für einen Typ Mädchen du zum Fest einlädst. Aber wenn du nicht kommst, bleibt das ein Geheimnis.«

»Ja, interessant. Ich würde auch gern wissen, welcher Typ ein *wohlerzogenes* Mädchen wie dich …«

Blitzschnell haust du mir eine runter. Ich kann gerade noch

schützend die Arme hochreißen, da hallt schon das *Klatsch* deiner Hand durch die dösige Parkluft.

»Au! Das wohlerzogen nehme ich zurück! Dazu bist du viel zu gewalttätig!«

Wir prusten los.

»Jetzt mal im Ernst, mit wem gehst du hin?«, hake ich nach. »Mit jemandem, den ich kenne?«

»Hm, ich weiß es noch nicht. Irgendwie gibt's keinen, der mich überzeugt oder bei dem eine Art Feeling aufkommt.«

»*Wie das gerade zwischen uns*«, was würde ich geben, dich das sagen zu hören.

»Hey«, ich suche deinen Blick, »irre ich mich, oder ist es das erste Mal, das wir allein miteinander reden?«

»Du irrst dich nicht. Wenn man das eine Mal nicht zählt, als wir uns auf dem Rugbyfeld gestritten haben, wer dran ist. Aber das zählt wirklich nicht, das muss zwei Jahre her sein, und ich wusste noch nicht mal, wie du heißt.«

»Ach, stimmt! Du hast mich echt ganz schön rundgemacht.«

»Du warst unausstehlich, ein Kotzbrocken.«

»Okay, ich bitte dich um Verzeihung für jede begangene Tat. Ich hoffe, in Zukunft wirst du deine Meinung über mich ein wenig ändern.«

»Hmmm, mal sehen, ich geb dir Bescheid.« Du lachst, und der helle Klang deines Lachens erinnert mich an Wellenrauschen.

»Ich rede gern mit dir.« Als ich es sage, schlägt mein Herz schneller.

»Liegt das nicht vielleicht an dem Zeug, das du geraucht hast?«, fragst du und zeigst angewidert auf das Kippenhäufchen unter der Bank. »Ich geh jetzt, meine Haare stinken schon total nach deinem Haschdunst.« Du zwinkerst mir zu, aber etwas sagt mir, dass du es ziemlich ernst meinst. »Tschüs, Demian!«

»Tschüs, Karin. Man sieht sich in der Schule, wenn ich mal wieder da bin. Ansonsten warte ich hier im Park auf dich.«

Ich sehe dir nach. Verdammt, bist du schön. Die weißen Shorts stellen deine nackten Beine zur Schau, und dein Hintern … ich denke besser nicht weiter. Deine Haare fallen weich über das hellblaue Top und flattern im Wind. Sie sind kastanienbraun, doch die Sonne hat sie an den Spitzen blond gefärbt. Ich streichele sie mit meinem Blick und fühle mich leicht wie sie.

Ich denke an das *wohlerzogen* und muss grinsen. In Wirklichkeit finde ich es schwer, dich zu definieren. Du gibst mir ein Gefühl wie ein Ozean, er erscheint ruhig und friedlich, aber auf seinem Grund verbergen sich unbändige Strömungen und tödliche Strudel. Und diese Gefahren scheinen einen noch verborgeneren Schatz zu hüten. Einen Schatz, den ich um alles in der Welt entdecken und ganz für mich allein behalten möchte.

Ich sehe dir nach und spüre eine erdrückende Last auf meiner Brust. Sie ist süß und zugleich sehr schmerzhaft.

Ich frage mich, ob ich den Mut finden werde, dich zu diesem elenden Schulball einzuladen.

# 41
# Fast eine Heimkehr

Das Fieber ist ein glühender Filter, der mich von der Wirklichkeit trennt. Hände und Gesichter bewegen sich um meinen reglosen Körper, zu schnell für meinen verwirrten Blick. Sie geben mir eine Spritze. Schlafen und Wachen wechseln sich unermüdlich ab.

Dann endlich vertraute Stimmen. Jemand streichelt mir sanft übers Gesicht. Ich versuche die Hände auszustrecken, aber schaffe es nicht.

»Was ist los, Herr Doktor?«, fragt eine ferne Stimme.

»Keine Sorge, es ist nichts Schlimmes. Ein wenig Ruhe, und alles wird gut.«

Ich will mich aufsetzen, doch mein Kopf hängt schlaff am Hals, als wäre er aus Butter. Arme heben mich hoch. Wie ein Kind lasse ich mich wehrlos von stärkeren Händen tragen. Ich schlafe wieder ein.

Als ich die Augen öffne, ist das Fieber brennendem Durst und unendlicher Mattigkeit gewichen.

Ich bewege die Augen.

Die Sonne fällt durch die angelehnten Fensterläden und malt feine Linien aus Licht auf den Schrank und die Bettdecke. Im Halbschatten kann ich die hellblauen Wände und den großen schmiedeeisernen Spiegel sehen. Die weißen Vorhänge bewegen sich leicht im Luftzug und geben immer wieder dein Lächeln auf unserem Foto aus Laugharne frei. Das war im Sommer vor einem Jahr, wenn ich mich richtig erinnere.

Ich bin in unserem Schlafzimmer.

Ich kann es kaum glauben. Ich bin zu Hause.

Die Tür ist angelehnt. Ich sehe meine Mutter, die im Türrahmen lehnt und den Blick nervös zwischen Schlaf- und Esszimmer hin und her wandern lässt. Sie hat noch nicht bemerkt, dass ich die Augen geöffnet habe und sie beobachte. Hinter ihr sehe ich meine Schwester Rebecca auf dem Sofa, auf deinem Platz.

»Rachel, setz dich.« Das ist die Stimme meines Vaters. »Und du, kleiner Frechdachs, komm sofort hierher, sonst weckst du deinen Onkel noch!«

»Ja, Opa!«

Ein helles Lachen erfüllt die Luft. Das ist Jakie, meine Nichte.

»Was hat Onkel denn?«, höre ich sie fragend stammeln.

»Er hat eine lange Reise hinter sich und ist sehr müde. Jetzt muss er ganz viel schlafen.«

Ich höre auch die Stimme von Chris, meinem besten Freund und Geschäftspartner.

Mit den Händen befühle ich die Matratze, streichle über den Stoff der Bettdecke, ertaste die Konsistenz der mich umgebenden Welt.

Es ist kein Traum.

Aber ich bin so erschöpft, dass ich noch nicht einmal so glücklich bin, wie ich gern wäre.

Außerdem fehlt etwas.

»Karin?«, rufe ich matt. Dann lauter. »Karin!«

Plötzlich herrscht Stille im Esszimmer.

»Demian!«, meine Mutter schlägt die Hand vor den Mund.

Im nächsten Moment stehen alle um mich herum und reden durcheinander. Meine Mutter umarmt mich, küsst mich, dann drückt mich mein Vater fest an sich, Jakie klettert aufs

Bett und kräht: »Onkel! Onkel Demian!« Ich umarme meine Schwester und spüre sie leise zucken, ihre Tränen benetzen mein Gesicht.

»Mama, Papa … wie schön, euch wiederzusehen.«

»Du hast uns einen ganz schönen Schrecken eingejagt, Dem. Du bist mir vielleicht einer!«

»Chris … hallo.«

Ungläubig starren sie mich an, berühren mich, als wäre ich ein Geist, sie hatten die Hoffnung aufgegeben, mich lebend wiederzusehen.

Dennoch hängt ein schwarzer Schatten im Zimmer.

»Wo ist Karin?«, frage ich.

Schweigen.

»Mama, Papa, wo ist Karin?«, wiederhole ich angstvoll.

Niemand sagt etwas, niemand rührt sich. Der schwarze Schatten senkt sich auf uns herab, es wird eiskalt.

»Sagt mir sofort, wo Karin ist!«, schreie ich heiser, fast hysterisch.

Meine Eltern sehen sich an, bleich und angespannt. Dann redet meine Mutter.

»Demian, kannst du dich gar nicht erinnern, was passiert ist?«

»Nein … an nichts.«

»Karin ist nicht hier. Wir haben gehofft, du könntest uns etwas sagen. Ihr seid vor sieben Monaten aufgebrochen, erinnerst du dich? Und dann haben wir nichts mehr von euch gehört.«

Die einzige Hoffnung, die mich die ganze Reise über am Leben erhalten hat. Dass du zu Hause bist und auf mich wartest. Dass du mich zu dir führst.

*Dass dich nicht das gleiche Schicksal ereilt hat wie mich.*

Ich denke an das, was ich in diesen Monaten durchgemacht habe.

Warst du bei mir, als alles angefangen hat? Sind wir zusammen verlorengegangen?

Alles, worauf ich gehofft hatte, worauf ich hatte hoffen *müssen*, war falsch. Meine Reise ist noch nicht zu Ende.

*Vielleicht hört sie niemals auf.*

»Wo ist Samuel?«

»Er ist fort, seit Monaten schon. Er sucht nach ihr.«

»Ich will mit ihm reden, lasst mich mit ihm reden.«

»Okay, Demian. Später rufen wir ihn an.«

»Ich will sofort mit ihm reden!«

»Wir haben es vorhin schon mehrmals versucht, aber offenbar ist sein Handy heute abgeschaltet. Vielleicht können wir ihn später …«

»Nein, ich muss jetzt mit ihm sprechen! Wieso darf ich nicht mit Samuel sprechen?«

»Demian, was tust du da! Du sollst im Bett bleiben! Der Arzt hat …«

»Lasst mich, ich muss sie suchen gehen!«

»Du bist zu schwach, mach keinen Blödsinn!«

»Lasst mich gehen! Lasst mich!«, schreie ich wie ein Irrer.

Doch nach ein paar Schritten merke ich, dass ich meine Kräfte überschätzt habe. Das Zimmer fängt an, sich zu drehen, wird von Schwarz überblendet, die Geräusche rücken in die Ferne, und ich breche zusammen.

Meine Energie reicht nicht aus, sie haben recht. Ich schaffe es nicht.

***

»Ich weiß nicht, ob das eine gute Idee ist.« Ians Stimme zittert. »Hast du gesehen, wie er reagiert hat?«

»Vielleicht ist es nur eine Phase, Ian, und es geht vorüber«, antwortet Rachel. »Lass uns abwarten!«

»Aber wir haben keine Zeit! Die Ärztin hatte gesagt …«

»Okay, okay! Aber wie bitte, wird er dann erst reagieren?«

»Ich weiß es nicht, aber wir müssen den Ärzten vertrauen. Was sollen wir sonst tun?«

»Das ist alles so absurd.«

Ein langes, angespanntes Schweigen stellt sich wie eine Mauer zwischen Ian und Rachel.

»Früher oder später kommt die Wahrheit von allein ans Licht.«

»Aber es ist zu seinem Besten!«

»Ihn in so einem entscheidenden Punkt anzulügen, ist zu seinem Besten? Wir können das Schicksal seiner Frau doch nicht auf die leichte Schulter nehmen!«

»Die Gesundheit unseres Sohnes hängt davon ab. Erinnerst du dich, was die Psychologin gesagt hat? Sein Leben steht auf dem Spiel!«

»Du brauchst es mir nicht noch mal zu sagen!«

»Das führt zu nichts. Wir sind beide todmüde, lass uns versuchen zu schlafen. Morgen früh, wenn wir einen klaren Kopf haben, entscheiden wir, wie es weitergehen soll.«

Doch in dieser Nacht bekommen weder Ian noch Rachel ein Auge zu. Das Glück, ihren Sohn wiedergefunden zu haben, wird sofort von der Angst verdunkelt, ihn abermals zu verlieren. Auf eine andere, aber womöglich ebenso furchtbare Weise.

***

*Bin ich zu Hause? Ja, du bist zurück … Wie heißt du? Ja, ich erinnere mich an alles, ich war an einem Strand … Dylan Thomas … Wo bist du? Wir liegen bei Seesand …*

Die wirren Stimmen morgendlicher Träume schwirren mir durch den Kopf. Vollkommen desorientiert schlage ich die Augen auf. Dann kehren die letzten Ereignisse wieder, die Erinnerungen, das Fieber, die Rückkehr nach Hause … und Karin … Karin …

Ich hebe den Kopf aus dem Kissen, verschlucke mich an meiner Spucke und muss husten, alle wissen jetzt, dass ich wach bin. Die Tür geht auf, und mein Vater, meine Mutter und Chris betreten zaghaft das Zimmer. Weder Rebecca noch die kleine Jakie sind da.

»Demian …«

»Mama … wie lange habe ich geschlafen?«

»Seit gestern Nachmittag. Jetzt ist es zehn Uhr morgens. Du warst sehr müde.«

Mühsam richte ich mich auf.

»Wo ist Rebecca?«

»Sie musste fahren, sie ist mit Jakie zurück zu sich nach Hause. Sie ruft dich an, sobald sie da ist.«

»Gefahren? Sie wohnt doch nur einen Block weiter.«

»Dem«, meine Mutter macht ein alarmiertes Gesicht. »Deine Schwester ist vor einem Jahr nach San Diego gezogen.«

»Das … hab ich nicht gewusst. Das heißt, ich hab's vergessen. Ich kann mich an nichts von dem erinnern, was in den Monaten vor der Amnesie passiert ist.«

»Das wissen wir, die Psychologin in Cardiff hat's uns gesagt. Aber das geht vorüber. Bald.«

Dann herrscht Schweigen. Sie sehen sich nervös an. Eine unerträgliche abwartende Spannung liegt im Raum. Ich spüre, dass sie mir etwas verheimlichen, und ich ahne, dass ich mich auf das Schlimmste gefasst machen muss. Mein Vater sieht meiner Mutter in die Augen, ein schier endloses Zögern.

Dann beginnt er langsam zu sprechen.

Ich will mir die Ohren zuhalten und schreien, doch ich kann mich nicht rühren.

Er sagt, Karin sei tot.

*Wir haben es vor vier Tagen erfahren. Am Tag, nachdem du uns angerufen hast. Samuel hat den Leichnam identifiziert. Er ist noch dort.*

Alles erscheint wie in Zeitlupe, als wäre die natürliche Weltordnung aus der Fassung geraten. Die Worten klingen sinnentleert, wie nach meinem Erwachen auf der Insel.

Doch ein Teil von mir zwingt mich, nüchtern zu bleiben, er will wissen, stellt gnadenlos rationale Fragen. *Wo ist sie? Was ist ihr zugestoßen? Wo ist ihr Leichnam? Fahr zu ihr! Ruf Samuel an!*

*Dann kommt die Welle.*

Ein Teil von mir verlässt meinen Körper. Er erhebt sich in die Luft und betrachtet das Zimmer von oben. Er ist geflohen, um den Schmerz nicht zu spüren. Er blickt auf mich herab, sieht, dass ich jetzt schreie, meine Eltern wegstoße, die versuchen, mich zu beruhigen. Hier oben höre ich nichts von dem, was wir sagen. Ich wehre sie ab, schreie noch immer, bis sie zurückweichen und schweigend in der Haustür stehen. Dann gehen sie fort.

Ich krümme mich zusammen wie ein verdorrtes Blatt und falle zu Boden. Ich schlage mir das Kinn auf, und Blut, gemischt mit Spucke, rinnt auf den Fußboden. Doch ich spüre nichts. Weder den eisigen Boden noch den Schmerz, der mir bei jedem Atemzug durchs Brustbein fährt.

Stattdessen erlebe ich die Szene von vor drei Monaten noch einmal.

Es ist tiefe Nacht auf der Insel, ich sitze an den Resten des großen Lagerfeuers am Strand.

*Ich glaube, sie hat mit Gott gesprochen. Sie hat ihn gebeten, dir zu helfen*, sagt Horu.

*Glaubst du, sie könnte tot sein?*

Horu schüttelt den Kopf und schweigt.

*Wieso all dieser Schmerz?*, sagt eine warme, beruhigende Stimme zu mir. *Warst du nicht darauf vorbereitet? Im Grunde hast du es immer gewusst. Karin ist tot, und ihr letzter Wunsch war es, dass du gerettet wirst. Dass du heil und gesund wieder nach Hause kommst.*

*Ich werde einen Himmelswinkel suchen, in dem ich dich küssen kann.*

Mein Körper reagiert nicht. Reglos liege ich am Boden, bis der letzte Krümel Eigenliebe mich zwingt, meinen Körper Richtung Bad zu schleppen, damit ich mir nicht in die Hosen mache. Ich spritze mir Wasser ins Gesicht und lehne die Stirn gegen den Spiegel.

Das Wasser läuft ins Becken und krümmt sich,

der Staub wirbelt in einem Sonnenstrahl, schreit,

die Dinge rutschen hinter meinen Rücken,

Sandkörner kleben zwischen den Fingern,

meine Hände weiße seifige Lappen, die das Wasser nicht mehr zudrehen können

– sieh mich jetzt nicht an, ich würde dir Angst machen, die roten Augen pressen heftig gegen das kalte Glas,

endlich zerbirst der Spiegel und bringt mich an den einzigen Ort der Welt, an dem ich dich wiedersehen kann.

# 42

# Im Schattenkegel

»Demian ist nicht da.«

»Was? Wo ist er hin?«

»Ich weiß es nicht, er geht nicht ran. Ich hab's schon dreimal versucht.«

»O Gott! Und wenn er …«

»Beruhige dich, Rachel!«

»Hast du nicht gesehen, wie außer sich er war? Wir müssen ihn suchen!«

»Vielleicht will er nicht rangehen. Wir sollten ihn in Ruhe lassen. Er muss ein bisschen allein sein.«

»Und wenn er irgendeine Dummheit macht?«

»Rachel, du übertreibst.«

»Vielleicht haben wir uns falsch verhalten. Wir hätten nicht …«

»Jetzt können wir nicht mehr zurück. Demian muss das vergessen.«

»Ian, wir sprechen hier von seiner Frau! Wir haben es nur noch verschlimmert. Es geht ihm schlecht, wir müssen mit ihm reden!«

»Aber die Ärztin hat gesagt …«

»Diese Psychologin hat keine Ahnung! Er wird uns für den Rest seines Lebens hassen!«

»Viel wichtiger ist, dass es ihm gutgeht. Er steht auf der Kippe, hast du seine Augen nicht gesehen? Er muss vergessen, zumindest für eine Weile. Er muss sich stabilisieren.«

Rachel funkelte Ian zornig an.

»Wie kannst ausgerechnet du so reden? Du bist Priester, hast du keinen Respekt vor dem Tod?«

»Das hier ist etwas anderes. Es geht um unseren Sohn. Wir müssen ihn schützen.«

»Nein, Ian! Wir müssen mit ihm reden, und zwar sofort. Demian muss wissen, was geschehen ist. Wenn du es nicht tust, tue ich es.«

»Rachel, warte!«

»Ich gehe ihn suchen.«

***

Ich schleife die Füße durch den eisigen Sand, die Arme gegen den Wind ausgebreitet, den Blick nach oben gerichtet,

von blauen Flecken bedeckter Himmel, Kerker zweier verdammter Schicksale, eine letzte Reise grauer Wolken und blauer Koffer,

Himmel über der Bucht von San Francisco.

Tausende Vogelscheuchen stehen auf dem Strand, windschief in endlosen Reihen nebeneinander, und heben sich gegen die ferne Silhouette der Golden Gate Bridge ab. Ihre Lumpen wehen matt im Wind, eitern Stroh. Einzelne goldfarbene Fäden lösen sich und tanzen kreiselnd Richtung Meer.

Aber ich weiß, dass es nicht stimmt. Dass der Schmerz mir das Hirn vernebelt.

Nach und nach verschwinden die Dinge unter Schwärze. Doch selbst in der Finsternis höre ich nicht auf zu laufen. Bei jedem Schritt rutsche ich tiefer, verschluckt vom Schattenkegel.

Die Sonne zerdehnt mich. Als wäre ich aus Gummi, verflüssigt sie meine Arme und Beine und zieht sie endlos in die Länge.

Vielleicht warst du es, die mich wirklich gemacht hat. Und jetzt, da ich weiß, dass du nicht mehr da bist, löse ich mich auf. Ich schmelze wie ein Schneemann.

Ich rinne über die Straße,

zu Fuß, Zebrastreifen
rinne ich
vertikale Linien, Bäume
rinne ich
langsam, ganz langsam
                Ampel
rinne ich
grau wie der Himmel
rinne ich
weiß wie Eis
rinne ich

Jetzt bin ich mitten auf der Straße, und alles wirkt so langsam und fern, doch es ist hier, ganz nah, um mich zu überrollen. Ich breite die Arme aus und warte nur auf den Aufprall, stumm, in Zeitlupe, und dann folgt das Geräusch einer Hupe und das Kreischen von Bremsen.

»Was machst du denn da? Volltrottel!«

Autotüren schlagen. Hände packen mich.

»Wirf dich wem anders vors Auto, wenn du dich umbringen willst, verstanden?«

Die Hände schütteln mich, doch ich sehe nichts.

»Lass gut sein, merkst du nicht, wie der guckt? Der ist bis obenhin mit Drogen vollgepumpt.«

Noch eine Stimme, die einer Frau. Ein Stoß, und ich falle hin. Noch mehr Schreie. Das Motorgeräusch entfernt sich röhrend.

Ich rappele mich vom Bürgersteig hoch. Ganz allmählich tritt die Welt aus dem Schatten, wie ein sich entwickelndes Polaroid.

Ich bin im Zentrum von Sausalito angekommen.

Die Hausboote färben die Mole mit ihrem windschiefen Charme. Du bist gern hier spazierengegangen, weißt du noch?

»Demian! Hey, Demian!«

Eine Stimme ruft mich aus der Ferne. Ich drehe mich in die Richtung und sehe eine Frau, etwa fünfzig Jahre alt, die mit den

Armen rudert, um mich auf sie aufmerksam zu machen. Sie ist angezogen wie ein Hippie, mit einem bodenlangen geblümten Kittel und einem Haufen verschiedener Schmuckketten. Zwei graue Zöpfe umrahmen ihr braungebranntes Gesicht. Sie überquert die Straße und kommt mit einem breiten, gelben Raucherlächeln auf mich zu, das ihr Gesicht in unzählige Falten legt.

»Wo bist du abgeblieben?«

Sie schlingt mir die Arme um den Hals, als würden wir uns seit Ewigkeiten kennen, aber ich könnte schwören, dass ich sie noch nie gesehen habe. Stumm und mit schlaff herabhängenden Armen stehe ich da.

»Demian, alles in Ordnung?« Sie rückt ein Stück von mir ab, fasst mich an den Schultern und mustert mich mit gerunzelter Stirn. Ich fühle mich unwohl und blinzle nervös über ihre Schulter hinweg.

Die Frau ist aus einem verwahrlosten, leuchtend weiß und rosa gestreiften Hausboot gekommen. Über der Tür hängt ein Schild und quietscht im Wind.

SEGELSCHULE »SYLVIA UND JACK«

»Sylvia?«, murmele ich und starre sie mit großen Augen an. Ihr Gesicht taucht aus dem trüben Spiegel der Amnesie auf und zeichnet sich klar in meinem Gedächtnis ab.

»Höchstselbst! Aber was ist mit dir los, Dem?« Sie sieht mich noch immer besorgt an. »Du hast dich nach der Reise nicht mehr gemeldet! Wie war's? Alles gut?«

Eine rasende Folge wirrer Momentaufnahmen legt sich über ihr Gesicht, ein rückwärts ablaufender Film.

»Demian«, Silvia wirkt erschrocken. »Deine Augen. Mein Gott, du hast einen Blick wie einer, der … Was ist dir zugestoßen?«

»Karin … Das Geschenk … Die Segelschule …«, stammele ich vor mich hin, ohne auf sie zu hören.

Es ist genau so, wie die Psychologin gesagt hatte. Dieses Knäuel hat einen Anfang, das erste Glied der Kette, die zum sogenannten *Trauma* führt. Und ich bin dabei, ihn zu finden. Das erste Ereignis, der Schlüssel, der mich in den Schattenkegel einlässt. *Durch ihn kann ich dich finden.*

»Sylvia? Ja, du bist es …«

»Demian, *jetzt musst du zum Cradle of Salt*«, sagt Silvia. Doch es ist nicht sie, die das sagt. Es ist mein Verstand, der ihre Lippenbewegungen mit diesen Worten überblendet.

»Ja, natürlich, das Cradle of Salt … entschuldige, Sylvia. Ich muss gehen.«

Sylvia steht wie versteinert da und starrt mich entgeistert an. Ich kehre ihr den Rücken zu und laufe davon.

Keuchend renne ich zum Cradle of Salt. Dorthin, wo alles angefangen hat. Wo der Schattenkegel sich aufzulösen beginnt. Nebelhafte Erinnerungen steigen auf. Unser letzter Hochzeitstag. Dein Geschenk.

# 43
# Das Geschenk

*San Francisco, 12. September 2008*
*Vor einem Jahr und zwei Monaten*
*– Noch sieben Monate bis zur Amnesie –*

Ich drehe das Lenkrad und biege in eine Schotterstraße ein, die sich von der malerischen Conzelman Road durch den dichten Piniensaum zum Meer hinunterschlängelt. Eine Staubwolke wirbelt hinter uns auf, beleuchtet von den langen Strahlen der untergehenden Sonne.

»Jetzt sind wir fast da. Es ist gleich hinter der nächsten Kurve. Hoffentlich gefällt's dir.«

Es gefällt dir. Kaum taucht das Cradle of Salt vor uns auf, beginnen deine Augen zu leuchten. Eine alte, zu einem Restaurant umgewandelte Mühle, die sich auf einem hinreißenden Küstenabschnitt südlich von Sausalito an die Klippen klammert. Im puderigen Licht der Abendsonne heißt es uns mit seinen steinernen Feuerbecken, die die Terrasse über dem Meer beleuchten, willkommen. Einen Moment lang stehen wir verzaubert da.

»Es ist hinreißend!« Du reißt die Augen auf wie ein Kind vor einem riesigen Geschenk. »Wie hast du das gefunden?«

»Na ja, letzte Woche bin ich hier zufällig spazierengegangen …«

»Jaja, erzähl mir keine Märchen. Schau mal, da unten, die Golden Gate! Sieht aus, als würde sie schweben.«

»Stimmt. Und wie sie heute Abend leuchtet.«

»Der Ausblick ist wirklich grandios.«

»Und wenn du wüsstest, was für Spaghetti ai frutti di mare die hier machen … mmmh …!«

Kichernd gehen wir Hand in Hand den Pfad hinauf. Es ist der 12. September, und an diesem Abend feiern wir unseren dritten Hochzeitstag.

Am Eingang klingt uns ein Bossa nova von Nicola Conte entgegen. Wir sind die einzigen Gäste, das hätte ich gar nicht zu hoffen gewagt. Wir setzen uns an einen Tisch am Rand der Terrasse. Es ist, als wäre man auf einem Schiff: Das Meer umgibt uns von drei Seiten und zieht sich bis zum diesigen Horizont. Wir sehen zu, wie es in allen Farben der Dämmerung changiert und schließlich in Schwarz übergeht. Bald werden die vorbeiziehenden Schiffe winzige Leuchtpunkte im flüssigen Dunkel sein. Ein älteres Paar taucht auf und setzt sich ein wenig abseits. Sie haben etwas Rührendes, wie sie hochelegant gekleidet und händchenhaltend dasitzen. Ich weiß schon, was du denkst: Es wäre schön, in vielen Jahren so zu sein, ich und du, vielleicht genau hier. Der Wein steigt uns allmählich zu Kopf. Vielleicht kommen später noch andere Gäste, doch wir achten nicht mehr darauf.

»Wenn ich mich nicht irre, haben wir heute Abend was zu feiern«, flüsterst du mir mit strahlend schönen Augen durch die Kerze zu. »Da gibt's doch wohl Geschenke, oder? Ich würde sagen, der Moment ist gekommen … du *hast* doch ein Geschenk für mich, stimmt's?« Du siehst mich misstrauisch an. »Ich hab nicht gesehen, dass du eins dabeihast.«

»Vertrau mir.« Ich grinse in mich hinein.

»Nein, warte!« Du hältst meinen Arm fest. »Diesmal will ich anfangen.«

Langsam öffnest du deine Tasche und holst ein rechteckiges Päckchen hervor. Wahrscheinlich ein Buch. Ich öffne es halb, stecke die Hand hinein … ja, ich hatte recht. Ich packe es ganz aus, drehe es um. Starre auf den Einband und fühle, wie mir das Herz stehenbleibt. Dies ist nicht irgendein Buch.

*Die Sanduhr von Dylan Thomas*
Ed. BrynCoedwyg, 1951

»Wie hast du …«

Es verschlägt mir die Sprache.

»Du bist also nicht der Einzige, der überraschende Geschenke machen kann«, sagst du strahlend.

»Aber wann hast du es gekauft? Und der Buchhändler? Wie hast du den rumgekriegt?«

»Überredungskünste. Ich hab ihm nur ein bisschen Zeit gewidmet, die richtigen Fragen gestellt und mich *überaus empfänglich für den unschätzbaren Wert dieses Werkes* gezeigt.«

Du ahmst die getragene Stimme des Buchhändlers nach, und wir prusten los.

»Und was hast du dafür bezahlt?«

»Das fragt man nicht, es ist ein Geschenk!«

Ich halte das kostbare Buch in den Händen und finde kaum den Mut, es aufzuschlagen.

»Und, willst du es dir nicht ansehen? Bist du nicht neugierig?«

Und ob ich das bin. Sterbensneugierig. Doch ich genieße die Vorfreude, streichle den alten, rauen Einband. Dieses Geschenk hat eine lange Geschichte. Angefangen hat sie vor zwei Monaten, im vergangenen Juli, während unserer kurzen Ferien in Wales.

***

*Laugharne, Wales, 12. Juli 2008*
*Vor einem Jahr und vier Monaten*
*– Noch neun Monate bis zur Amnesie –*

Ein ungewöhnlich schwüler Juli in Wales. Es ist sechs Uhr nachmittags, und wir schlendern durch die schattigen Gassen der Altstadt von Laugharne, auf der Suche nach ein wenig Erfrischung. Du bist seit einer Woche in England, um eine Fotoausstellung zu kuratieren, ich bin gestern Morgen aus San Francisco eingeflogen, um das Wochenende mit dir zu verbringen. Ich weiß noch immer nicht, wie, aber ich habe es geschafft, dich zu überreden, London zu verlassen und nach Wales zu kommen. Obwohl, ich weiß es doch: Du kennst meine Leidenschaft für Dylan Thomas, und schließlich hast du meinem »leisen« Drängen nachgegeben.

»Karin, schau mal! Alte Drucke. ›Das Labyrinth‹. Das ist der Laden, von dem sie beim *Boathouse* gesprochen haben, der Dylan-Thomas-Fachmann! Wäre interessant, den kennenzulernen, nicht wahr?«

»Ja, irre aufregend«, seufzt du und kannst es nicht fassen, London für dieses von der Zeit vergessene Kaff verlassen zu haben.

Das gespenstische Klingeln eines Klangspiels ertönt, als wir die Buchhandlung betreten. Das Halbdunkel ist vollgestopft mit deckenhohen Bücherstapeln. Ein Buch, das unter einer Glasglocke liegt, zieht mich sofort an: *Die Sanduhr von Dylan Thomas.*

Ich strecke die Hand aus.

»Hey, nicht anfassen!«, schimpfst du, als wäre ich ein Kind.

»Die Dame hat ganz recht«, schnarrt eine Stimme. »Ich bitte Sie, dieses Werk nicht zu berühren. Es ist unverkäuflich.«

Aus dem Dunkel tritt ein alter kleiner Mann hervor, der aussieht, als hätte er im achtzehnten Jahrhundert im House of Lords gesessen, sogar mit goldfarbenem Hörrohr am Ohr.

»Sir Llendebux?«, frage ich.

»Der bin ich.«

»Es ist mir eine Ehre, Sie kennenzulernen, Sir«, sage ich höflich und überschütte ihn dann mit Fragen zu dem Buch.

»Es handelt sich um die legendäre BrynCoedwyg-Ausgabe von 1951«, erklärt er mir. Sein knapper Tonfall lässt keinen Zweifel, dass er mich einer ausführlicheren Information nicht für würdig befindet. Aber ich habe noch eine Karte im Ärmel.

»Ich habe davon gehört, Sir. Über dieses Buch kursieren

merkwürdige Geschichten, vielleicht können Sie mir sagen, ob sie stimmen. Es heißt, es würde einige Gedichte in ihrer *ursprünglichen* Version enthalten. Aber vielleicht ist das nur eine Legende.«

Sir Llendebux sieht mich verblüfft an. Seine Augen funkeln vor Erregung.

»Von wegen Legende, das ist die Wahrheit!«, raunt er, als handele es sich um etwas Illegales. Er hebt die Glasglocke, nimmt das Buch und blättert es vor mir auf. »Lesen Sie, lesen Sie hier!«

Dann hält er uns eine halbstündige Philologie-Vorlesung. Als ich versuche, ihm das Buch aus der Hand zu nehmen, zieht er es weg.

»Leider können Sie dieses Buch nicht kaufen. Es ist äußerst selten, es gibt davon nur noch zwei Exemplare auf der Welt. Und sie befinden sich beide in Laugharne! Das eine ist dieses hier«, seine Stimme zittert vor Aufregung, »das andere wird oben im alten Leuchtturm aufbewahrt, am *Sanduhr-Strand.*«

»*Sanduhr-Strand?* Klingt interessant. Und wo soll der sein?«

Llendebux wird rot vor Ärger, weil er zu viel erzählt hat.

»Nun, Fremde wie euch geht das gar nichts an!«

»Aber, Sir …«

»Und jetzt muss ich schließen, wenn es Ihnen nichts ausmacht!«

»Nur noch einen Moment, Sir. Sind Sie sicher, dass das Buch keinen Preis hat?«

»Natürlich nicht! Ich meine: doch! Wie auch immer, es ist nicht käuflich!«

Brüsk schiebt er uns aus dem Laden und schlägt uns die Tür ins Gesicht. Ich sehe dich an und setze mein strahlendstes Lächeln auf.

»Sag nichts, ich weiß schon Bescheid«, seufzt du mit resigniertem Blick.

»Wie machst du das, mich immer sofort zu durchschauen? Bist du Hellseherin?«

»Aber denk dran!« Drohend richtest du den Zeigefinger auf mich. »Selbst wenn die Welt zusammenbricht, morgen Abend will ich wieder in London sein!«

»Okay, okay. Dann müssen wir uns eben beeilen. Wir haben weniger als vierundzwanzig Stunden, um herauszufinden, wo sich dieser sagenumwobene *Sanduhr-Strand* befindet …«

***

»Hey, Dem, bist du noch da? Gefällt dir das Geschenk?«

Um mich herum nimmt das Restaurant wieder Gestalt an. Die eleganten Tische, die Terrasse, deine Augen, in denen sich die Kerzenflamme spiegelt.

»Ja, verzeih. Ich war in Erinnerungen an unsere Reise nach Laugharne versunken.«

»Das hab ich mir gedacht.«

»Nur, damit ich's verstehe. Nachdem ich aus London abgeflogen bin, bist du nach Laugharne zurückgekehrt, um dieses Geschenk für mich zu kaufen?«

»Ganz genau, mein Süßer. Eine kleine Liebestorheit.«

»Das ist das schönste Geschenk, das du mir hättest machen können.«

»Aber das ist nicht dein Geburtstag«, sagst du spöttisch, »sondern unser Hochzeitstag. Solltest du nicht auch etwas für mich haben? Dieses Jahr komme ich einfach nicht drauf!«

Du beugst dich vor, um über die Tischkante zu lugen. Ich stecke die Hand in die Innentasche meines Jacketts und hole einen rauen, mit einer Bastschleife umwickelten Papierumschlag hervor. Ich weiß, dass du für diese kleinen Details etwas übrighast, und versuche, immer daran zu denken.

»Wie hübsch! Was ist es?«

»Mach's auf, dann wirst du's sehen.«

Du holst die zusammengefaltete, mit meiner unsteten Handschrift beschriebene Karte hervor. Beim Lesen beginnen deine Augen zu strahlen. Dann brichst du in ein glückliches Lachen aus.

»Du bist verrückt! Warum denn das? Das wolltest du doch gar nicht machen.«

»Ganz genau, meine Süße. Eine kleine Liebestorheit.«

»Ein Segelkurs … fünf Monate Meer, Sport, Reisen, wie herrlich!«

»Und fünf Monate Kälte, Feuchtigkeit und Seekrankheit für mich.«

»Ach, hör auf! Du wirst dich sofort dran gewöhnen. Du darfst dich nicht so auf die kleinen, negativen Erfahrungen der Vergangenheit fixieren!«

»Wenn es dich nicht gäbe, die mir neue Horizonte eröffnet, richtig?«

»Richtig! Übrigens, was ist *Sylvia und Jack* für eine Segelschule?«

»Ach, die musst du sehen, die sind irre! Das ist ein altes Hippiepärchen, das auf einem Hausboot in Sausalito lebt. Sie geben uns Unterricht.«

Deinem Blick nach bist du nicht sonderlich überzeugt.

»Vertrau mir. Die haben ihr ganzes Leben auf dem Segelboot verbracht und die Welt umrundet. Und außerdem sind sie ein nettes Paar. Es wird dir Spaß machen, mit denen rauszufahren.«

»Wenn du es sagst. Aber ich bin der Kapitän und du mein Bootsmann, okay?«

»Schon geht's los. Ich wusste, ich würde ein Monster erschaffen.«

Du musst lachen.

»Danke, Dem. Davon hab ich geträumt, seit ich klein war: die Wellen, die einen wiegen, Sonnenuntergänge über dem Meer, die Brise, die einen in die Ferne bringt …«

»Klingt romantisch.«

»Das wird es sein.«

»Dann bleibt zwischen Stampfen und Rollen vielleicht auch noch eine klitzekleine Überraschung für mich übrig?«

»Blödmann. Auf dem Segelboot darf man sich nicht ablenken lassen, das kann sehr gefährlich werden.« Deine Stimme hat einen weichen, sinnlichen Unterton. »Man muss verdammt aufpassen …«

»Ich werde aufpassen wie ein Luchs.«

»Wir werden ja sehen, was du auf dem Wasser zustande bringst. Wenn du brav lernst, dann wäre in fünf Monaten vielleicht …«

»Fünf Monate? Nein, nix da. Ich würde viel früher anfangen.« Ich beuge mich zu dir hinüber. »Wieso nicht jetzt?«

Den verstohlenen Blicken von den Nebentischen zum Trotz lege ich dir den Arm um die nackten, nur von den schmalen Trägern des zarten schwarzen Seidenkleides bedeckten Schultern und ziehe dich an mich. Wir küssen uns, während die Leidenschaft aus dunklen Tiefen aufsteigt und uns überrollt wie eine Sturmwelle.

# 44
# Der wiederkehrende Albtraum

Völlig außer Atem von meinem Lauf lehne ich mich an einen Baumstamm. Kaum schimmert zwischen den Pinien die Terrasse des Cradle of Salt hindurch, überkommt mich die Erinnerung an unseren letzten Hochzeitstag mit niederschmetternder Wucht. Es ist wenig mehr als ein Jahr vergangen, und doch kommt es mir vor wie ein anderes Leben.

*Unsere Reise nach Wales. Dein Geschenk, das Buch von Dylan Thomas. Der Segelkurs.*

Mir dreht sich alles, ich taumle.

Sylvia muss Angst um mich gehabt haben und ist mir gefolgt. Sie findet mich halb ohnmächtig am Boden. Sie hilft mir auf und setzt mich in ihren alten, mit Blumen bemalten Volkswagen-Transporter. Ein vertrauter Geruch nach Marihuana und Brackwasser steigt mir in die Nase. Ich muss schon einmal hier dringesessen haben.

»Demian, es geht dir nicht gut«, sagt sie. »Ich bring dich nach Hause.«

»Sylvia …«, lalle ich wie ein Betrunkener. »Karin und ich … haben wir bei dir und Jack einen Segelkurs gemacht?«

Sie nickt und sieht mich sorgenvoll an. Sie sagt nichts weiter und schweigt auch die ganze Fahrt über. Vor einem viktorianischen Häuschen am oberen Ende einer der für San Francisco typischen steilen Straßen bleibt sie stehen. Im zweiten Stock, umgeben von einem schmiedeeisernen Balkon und mit einer Mansarde versehen, liegt eine kleine hübsche Wohnung: unser Zuhause.

Ich steige aus und stammle eine Art Dank.

»Dem …«, Sylvia legt mir die Hand auf den Arm. »Wo ist Karin?«

»Sie lebt nicht mehr«, murmele ich und schlage matt die Tür zu.

Ich muss mich an die Mauer lehnen, um nicht umzufallen. Ich drehe den Schlüssel im Schloss. Die Haustür ist ein Filter, der mich einsaugt, und ich weiß nicht, was von mir mit hineinkommt. Meine Beine geben nach, ich breche auf die Knie. Wie ein abgetriebener Fötus rolle ich mich auf dem Fußboden zusammen. Ich habe noch immer nicht um dich geweint.

***

»Samuel, ich bitte dich.« Ian redete aufgeregt in den Hörer. »Geh ihn besuchen, okay, aber versprich mir, dass du ihm nichts sagst!«

»*Wie kannst du so etwas von mir verlangen? Ich dachte, ich würde dich kennen, Ian, aber jetzt …*«

»Gib ihm wenigstens ein bisschen Zeit!«

»*Ich muss es wissen, und zwar sofort!*«

»Ich werde mit ihm reden, ich werde ihn alles fragen, was wichtig sein könnte. Noch erinnert er sich an nichts.«

»*Aber wenn ich mit ihm rede, hilft es ihm vielleicht, sich wieder zu erinnern.*«

»Das darf er noch nicht! Du verstehst das nicht, er …«

»*Du bist derjenige, der nicht versteht!*«, fällt Samuel ihm ins Wort. »*Du bist blind vor Angst! Schon bald wird Demian alles wissen, und du wirst bereuen, was du getan hast.*«

Ian konnte nichts mehr erwidern. Samuel hatte wutentbrannt aufgelegt.

***

Im Halbschlaf nehmen die Erinnerungen an den Segelkurs Gestalt an und werden so lebendig, dass ich die Brise im Gesicht spüre, die Feuchtigkeit, die unter das Ölzeug kriecht, die steifen Hände, den Geruch nassen Taus, das ohrenbetäubende Pfeifen des Segels und das knarrende Deck unter meinen Füßen. Etwas kitzelt mich im Gesicht, es sind deine feuchten Locken, die mir die Wangen peitschen.

*»Mach das Großsegel los, Karin.«*

*»Was?!«*

*»Du sollst die Schot fieren!«, ruft Jack dir zu. Mit seinem zerfurchten Gesicht, dem Seemannsgebaren und dem Hippieaufzug sieht er aus wie ein alter Pirat. Fehlen nur die Augenklappe und das Holzbein.*

*»Hey! Der da kommt direkt auf uns zu!«*

*»Was machst du denn da, Karin, du darfst die Augen nicht schließen!«, schreie ich leicht panisch.*

*Es ist die dritte Kurswoche, und die bisherigen Ergebnisse sind nicht sonderlich ermutigend.*

*»Mach weiter, Karin!«, sagt Jack wie immer mit Engelsgeduld. »Segelboote haben Vorfahrt vor Motorbooten. Sie werden dir ausweichen.«*

*»Aber denkt dran«, schaltet sich Sylvia ein und klopft mir auf die Schulter, »Arbeitsschiffe haben immer Vorfahrt, auch wenn sie einen Motor haben.«*

*»Und woran erkenne ich die? Das alles ist ein Riesendurcheinander!«, piepst du wie ein frierendes, nasses Küken unter deiner gelben Öljacke hervor. Wir drei sehen dich an und brechen gleichzeitig in Gelächter aus, und am Ende lachst du mit.*

Die Erinnerungen verschwimmen, überlagern und mischen sich. Ich gleite in einen tiefen Schlaf. Ich träume.

*»Hey, Bootsmann Sideheart!«, rufst du mir stolzgeschwellt zu. »Hast du gesehen, was für ein nettes kleines Manöver ich gemacht habe?«*

*»Ja, hab ich, hab ich. Aber wir haben einen Fahrtensegelkurs belegt, keinen Regattakurs. Sei bitte ein bisschen vorsichtiger.«*

*»Mensch, Bootsmann, du nervst. Ich bin schließlich der Kapitän, oder nicht? Also, sei kein Spielverderber!«*

Ich spüre deine Nähe. Deinen Atem, deinen Duft, deine Stimme, als wärst du wirklich hier.

*»Schau mal, da hinten, das ist Angel Island!«*

*Ich drehe mich um. Auf der Mole von Sausalito stehen Sylvia und Jack, die uns traurig nachwinken. Mit den Armen rudernd winkst du zurück, dann wendest du dich dem Meer zu. Ich hingegen lasse sie nicht aus den Augen, weil ich weiß, dass sie mir etwas sagen wollen. Doch sie sind zu weit entfernt, und allmählich verschwindet der Kai im Dunst.*

*»Hey, lass uns umkehren!«, rufe ich dir zu. »Siehst du nicht den Sturm?«*

*»Was redest du denn da? Es ist herrlichster Sonnenschein!«*

Plötzlich verwandelt sich der strahlende Traum in meinen schlimmsten Albtraum.

*Eine dunkle, unförmige Masse, eine gewaltige Membran aus flüssigem Dunkel, erhebt sich riesenhaft aus dem Wasser. Sie kommt uns entgegen, und wir können ihr nicht entgehen. Sie verschluckt uns.*

*Du schreist verzweifelt. Es ist ein so entsetzliches Geräusch, dass mein Verstand sich weigert, es wahrzunehmen, ich höre deine Schreie, du sagst etwas, aber ich kann es nicht verstehen, ich kann nicht …*

Schweißgebadet wache ich auf.

»Wieso lässt du mich nicht in Ruhe, du Elende?«

Mein Atem entringt sich meiner Brust, begleitet von einem unheimlichen Pfeifen.

»Elende … Welle …«

Es ist der gleiche Albtraum, den ich auf Horus Insel hatte.

Die gleiche schwarze Welle, die gleichen Schreie. Aber damals wusste ich nicht, dass es deine Stimme war.

Ich atme tief durch, bis ich mich beruhigt habe. Jetzt, wo ich wach bin, spüre ich eine andere Erinnerung an ihren Platz rücken. Es ist ein seltsamer Vorgang, als würde mein Verstand mich zwingen, einen Film zu sehen, der ohne Vorwarnung beginnt. Doch ich will nicht die winzigste Sequenz dieses Films verpassen: Es sind Erinnerungen von letztem September bis Februar, so lang hat unser Segelkurs gedauert. Ich erlebe die Schönheit jener sorglosen Monate noch einmal, die Freundschaft, die sich mit Sylvia und Jack entwickelt hat, trotz des Altersunterschieds und deiner offensichtlichen Aversion gegen ihren Hippie-Stil.

Dann eine letzte Erinnerung: Als der Kurs zu Ende war, haben wir zwei einen kurzen Segeltörn allein gemacht. An einem Wochenende, von der Bucht von San Francisco bis Monterey, über Moss Beach und Santa Cruz.

Und dann?

Dann war dein Geburtstag, am 27. Februar. Aber davon weiß ich nichts mehr. Von da an, so sehr ich mich auch bemühe: nur der Schatten der Amnesie. Er ist schmaler geworden, aber dafür eher noch dunkler und dichter.

Draußen ist es finster. Ich sehe mein Spiegelbild im Fenster. Ich sehe mir in die Augen und mache mir selbst Angst. Wie lange habe ich mich nicht im Spiegel gesehen? Auf meiner Haut entdecke ich Abschürfungen und Verletzungen, von denen ich noch nicht einmal wusste, dass ich sie mir zugefügt hatte.

Doch es ist eine andere Kleinigkeit, die meine Aufmerksamkeit erregt. Etwas im Hintergrund des Spiegelbildes.

Mein Blick bleibt an der unteren rechten Ecke hängen, unter dem Telefon, dort, wo du argwöhnisch deine *Schachtel* aufbewahrst. Ich schiebe eine mit buntem Sand gefüllte Vase beiseite, eine deiner eigentümlichen Kunstkreationen, und ziehe die kofferähnliche Holzkiste vorsichtig hervor. Das einstige Blumenmuster ist mit der Zeit unter einer Schicht Aufkleber verschwunden, Souvenirs unserer gemeinsamen Reisen.

Ich öffne sie. Sie ist vollgestopft mit Zettelchen, Tüten, Anhängern, Stoffpüppchen. Obenauf liegt wie ein Briefbeschwerer ein Schlüsselbund, der Zweitschlüssel zum Haus deines Vaters. Gleich darunter ein mit einer Bastschleife umwickelter Umschlag aus rauem Papier, datiert *12. September 2008*: die Karte des Segelkurses.

Darunter ein weiterer Umschlag, an den ich mich nicht erinnere:

für Karin, in Liebe
– 27. Februar –

Mit zitternden Händen hole ich ihn heraus. Es ist deine Geburtstagskarte.

Ein Rascheln, ein dumpfer Aufprall. Eine CD, die sich mit dem Umschlag verhakt hatte, ist zu Boden gefallen. Die Plastikhülle bricht entzwei, und die CD hüpft über den Fußboden. Ich verfluche meine Ungeschicklichkeit und hebe sie auf. Das ist keine x-beliebige CD: Du hattest sie schon immer und hast sie gehütet wie das Kostbarste auf der Welt.

Obwohl ich weiß, dass ich mir abermals wehtun werde, lege ich sie nicht zurück. Ich schalte die Stereoanlage an und schiebe sie ein. Dann wähle ich Stück Nummer 5.

Was hat es für einen Sinn, sich zu erinnern?

Vielleicht ist es das Einzige, was mir noch bleibt: das Warum zu verstehen. Gibt es einen Grund für all diesen Schmerz?

Ich hocke auf dem Boden unserer Wohnung, umgeben von Gegenständen unserer Vergangenheit, das Booklet in der Hand, obwohl ich es nicht brauche, denn ich kenne den Text auswendig, und als ich *die beiden Verse* lese, steigt etwas auf und verschluckt mich. Der Fußboden brodelt, bricht ein, der Mond stürzt in den Ozean, eine Welle rollt über mich hinweg und ich weiß nicht, woran ich mich klammern kann – du warst bei mir.

Ich drücke *Play*.

# 45

# Still Remains

*San Francisco,*
*27. Mai 1994*
*Vor fünfzehn Jahren (Demian ist siebzehn)*

*Scheiße! Oh, Scheiße! Lauf!*

Schatten, Licht, Schatten, Sträucher und Bäume schießen an mir vorbei, während ich den Seymour Lake Park durchquere. Es ist halb neun und schon brüllend heiß. Ich schlage einen Haken, um zwei Enten und einer Dicken mit ihrem Hund auszuweichen. Dann verlangsame ich.

Jetzt erreiche ich unsere Bank.

Ich komme zu spät zur letzten Englischprüfung, aber das ist mir egal. Auch heute habe ich einen Umweg genommen.

*In der Hoffnung, dich wiederzusehen.*

Schon zwei Wochen sind seit unserer ersten und letzten Unterhaltung vergangen, als wir genau hier nebeneinandersaßen. Ich kann mich noch an deinen Duft erinnern, denke an die Halbsätze, die wir einander gesagt haben.

Aber die Dinge sind ganz anders gelaufen, als ich gehofft hatte.

In der Schule herrscht ein ziemliches Durcheinander, über Nacht ist es Sommer geworden, die Ferien sind greifbar nah. Man hat Lust, alles zu berühren, ein Blick und *Peng*, die Körper stehen in Flammen, die Flammen breiten sich aus, es gibt unkontrollierte Verbrennungen, Detonationen des Lebens. *Und ich?*, frage ich mich und gehe schneller. *In diesem Sommer bin ich siebzehn, verdammt! Und was mache ich?*

Der Unterricht schleppt sich endlos dahin. Die sperrangelweit geöffneten Fenster gehen auf den Hof oder den Sportplatz hinaus, und man sieht die Glücklichen, die draußen Sport haben oder mit den Schulmannschaften trainieren. Hin und wieder winkt ihnen sogar jemand verstohlen zu. Immer mehr Zettelchen gehen unter den Bänken hin und her. Die Lehrer seufzen resigniert, tun so, als würden sie den schleichenden Ungehorsam nicht bemerken, und überlegen, wie sie sich auf den Prüfungslisten rächen können.

Und alle haben bloß noch eines im Kopf: das Abschlussfest.

Um die Wahrheit zu sagen, ich fand dieses elende Fest immer bescheuert. In den vergangenen Jahren bin ich nur hingegangen, um mich danebenzubenehmen und sie von innen heraus zu sabotieren. Diesmal hatte ich mit Chris und den anderen abgemacht, gar nicht erst hinzugehen. Aber dann bist du gekommen und hast meine Pläne durcheinandergebracht. Meine ganze Existenz.

Seit zwei Wochen lasse ich meinen Blick in den Pausen und beim Raumwechsel erwartungsvoll durch die Flure streifen und hoffe, du würdest plötzlich auftauchen. Aber die wenigen Male, die wir uns über den Weg gelaufen sind, konnte ich dich allenfalls mit den Augen grüßen, was du mit einem rätselhaften Lächeln erwidert hast. Eine Gelegenheit zu reden hat sich nicht mehr ergeben. Du bist immer bei deinen Freundinnen oder ich bei meinen Freunden, da gibt es praktisch keine Berührungspunkte. Man ignoriert sich, oder besser, man hegt stummen Hass aufeinander. Ein psychologisches Duell zwischen den Montagues und den Capulets, in dem einander zu schneiden die schlimmste Form der Gewalt ist. Das hilft nicht gerade, das Eis zu brechen. Und dann kommt mir der Gedanke, dass diese krassen Unvereinbarkeiten ein klares Zeichen dafür sind, dass wir im Grunde nicht zueinanderpassen. Angefangen bei dieser Sache mit dem Schulfest.

Seit drei Tagen kiffe ich nicht mehr. Chris macht sich Sorgen, er hat mich gefragt, ob irgendwas nicht in Ordnung ist, aber ich musste eine Pause machen, es ging nicht mehr. Ständig landete ich in einer seltsamen Paranoia aus kryptischen Sehnsüchten und sinnlosen Fragen, in einem Labyrinth aus Tunnels, die sich in meinem Kopf unermüdlich dehnten und wieder zusammenschrumpften. Das war nicht mehr lustig. Und seit ich mit dir gesprochen habe, habe ich nicht mehr masturbiert. Gaz hat mal gesagt, das sei das sicherste Zeichen, dass man *verliebt* sei. Aber das ist ein großes Wort.

Die drei Tage ohne Gras haben mir geholfen, ein bisschen Klarheit zu bekommen und mich vielleicht endgültig in die Scheiße zu reiten. Am Ende beschließe ich, zumindest einen Versuch zu machen, um zu wissen, was du von mir hältst, aber deshalb zwingt mich noch keiner, dich zum Fest einzuladen. Wir könnten einfach miteinander ausgehen, wie Freunde, ohne besonderen Grund. Auf neutralem Boden sozusagen.

Nach fünf Minuten habe ich begriffen, dass das nicht funktionieren wird.

Es fällt mir schwer, es zuzugeben, aber dieses Jahr komme ich um den ganzen Zauber wohl nicht herum. Denn ich weiß, dass du einen hinreißenden Abend verleben könntest, von dem ich ausgeschlossen bin. Zu diesem beschissenen Fest zu gehen, ist das Letzte, was ich will, aber zu wissen, dass du dort mit einem anderen bist… ich darf gar nicht dran denken, sonst wird mir ganz schlecht.

Okay, jetzt reicht's mit der Hirnwichserei, ich muss was tun. Vielleicht hat sich das alles nur in meinem Kopf abgespielt, und du sagst Nein, dann kann ich meinen Frieden machen. Dich direkt zu fragen, kommt gar nicht in die Tüte. In zwei Wochen hab ich's nicht mal geschafft, dich anständig zu grüßen, dabei war ich noch nie schüchtern! Bleibt das gute, alte Telefon.

Zuerst muss ich deine Nummer rauskriegen. Ich gehe das Telefonbuch durch, es gibt zwei Weilands: Scott und Samuel.

Bei der ersten Nummer geht eine Frau ran, offenbar hat sie den sechsten Sinn, denn ehe ich den Mund aufkriege, sagt sie mir, dass ich mich verwählt habe. Also wähle ich die zweite Nummer und warte. Es klingelt einmal, dreimal, fünfmal … Ich will gerade auflegen, als jemand abhebt.

»*Hallo.*«

Verdammt, das muss dein Vater sein.

»Hallo?«

»*Hier spricht Samuel Weiland. Wer ist denn da?*«

»Äh … hallo. Ich würde gern mit Karin sprechen.«

»*Die ist nicht zu Hause. Wer bist du denn?*«

»Ach, niemand, ein Schulkamerad.«

»*Soll ich ihr was ausrichten?*«

»Nein, nicht nötig, danke. Ich versuch's noch mal.«

»*Bist du der vom Schulball? Richard, Robert, ich erinnere mich nicht mehr …*«

»Nein, nein … keine Sorge. Auf Wiederhören.«

Okay, okay. Zumindest haben wir es an der Wurzel bekämpft. Anfangs ist es fast eine Erleichterung, wenn auch eine sehr bittere. Dann packt mich eine Traurigkeit, wie ich sie nie zuvor verspürt habe, ein derart negatives Gefühl, dass sich einen Moment lang alles vor meinen Augen verdunkelt. Aber ich muss mich damit abfinden. Es gibt schon diesen Robert oder Richard. Die Lust, dich zu fragen, ob du mit mir ausgehen willst, ist restlos verpufft.

Es vergehen weitere drei Tage, und ich gebe mich ganz dem Kiffen hin, trotz der häufigen Paranoiaanfälle. Meine Freunde kriegen nicht mit, was ich durchmache. Wenn ich hin und wieder das Fest erwähne, glotzen sie mich an, als wäre ich ein Alien. In ihrer Welt, die übrigens auch meine sein sollte, existiert dieses Fest gar nicht, es ist eine Nichtigkeit, von der nichtige Menschen reden. Ihre Gesellschaft sollte mir helfen, wieder hochzukommen und die Sache zu vergessen, aber es funktioniert nicht. Ich habe mich noch nie so allein gefühlt.

»Samstag findet ein Wahnsinnskonzert statt, Leute!«

Der da so schreit, dicke Ketten um die Hüften und ein halbes Dutzend Piercings im Gesicht, ist Gaz.

»Von wem?«, fragt Chris, der schlaff am Colaautomaten hängt.

»Soundgarden.«

»Nicht schlecht«, sagt Jay und fängt an zu singen: »*And you stare at me in your Jesus Christ pose …*«

»*… Arms held out, like you've been carrying a load!*«, singt Chris weiter.

»Nein, Leute, das Album ist alt. Es gibt ein neues, *Superunknown*. Ein Meis-ter-werk, meine Lieben.«

»Okay, ich glaub dir. Kopier mir die CD, ich will vorbereitet hingehen.«

»Sehr gut, kannste mir gleich mitkopieren.«

»Erst bringt ihr mir Leerkassetten, oder ihr könnt mich mal. Ich bin kein Wohltätigkeitsverein. 90er reichen.«

»Okay, okay, Geizhals.«

»Wie viele Karten soll ich kaufen?«

»Bist du dabei, Sid?«

Ich falle aus allen Wolken. Ich bin in Gedanken ganz woanders und hab den Mund noch nicht aufgemacht.

»Wann ist das Konzert noch mal?«

»Samstag.«

»Aber ist Samstag nicht das Fest? Gehen wir da nicht hin?«, frage ich mit ungewollt kieksiger Stimme.

»Das Fest? Meinst du das *Schulfest*?«, fragt Chris ungläubig.

»Ach, das Fest«, seufzt Gaz. »Welch traute Erinnerungen! Dieses Jahr ohne uns wird sich keiner amüsieren.«

»Wisst ihr noch, wie wir den DJ Joe Cormans entführt haben?«

»Und ob! Und wir haben eine halbe Stunde lang volle Pulle Sepultura und Obituary laufen lassen.«

»Und Cormans hat aus dem Klofenster im dritten Stock geschrien, *ich bin hier, ich bin hier!* Und keiner hat ihn gehört!«

Wir brüllen vor Lachen.

»Dann wollte er uns wegen Entführung anzeigen! So ein Idiot.«

»Au Mann, das war was, Jungs.«

»Ja, das waren noch Zeiten.«

*»Aber diefef Jahr krieg ich fon bei der Vorftellung Aufflag, ich müffte diefef traurige Marionettentheater mitmachen, bei dem Füler Erwachfene fpielen und ffeigen, wie geil und ftinkreich fie find*«, ahmt Chris unseren Philosophielehrer Moorlock nach.

Alle grölen los. Unter anderen Umständen hätte ich mitgelacht, aber diesmal kriege ich von Chris' arrogantem Gehabe einen dicken Hals. Ich will etwas sagen, da kommst du vorbei.

Umgeben von deinen Freundinnen, die aussehen wie deine verdammten Bodyguards, lächelst du mir zu. Ich glaube, ich glotze dich völlig verblödet an, mit halboffenem Mund und ohne ein Wort zu sagen, und ich spüre, dass ich mich gerade zum Volltrottel gemacht habe. Am liebsten würde ich brüllen und meinen Kopf gegen die Wand schlagen, bis er platzt.

»Ah, das Abschlussfest, jetzt verstehe ich«, raunt Chris mir ins Ohr, ohne dass es die anderen mitkriegen.

Ich mag ja als Trottel dastehen, aber das ist zu viel. Ich strafe ihn mit einem Ozzy-Osbourne-Blick erster Güte. Aber in Chris' Augen sehe ich nicht die Spur Ironie, ganz im Gegenteil. Er legt mir den Arm um die Schultern und zieht mich ein paar Meter zur Seite.

»Hey, Dem, du hast mir ja gar nicht verraten, aus welchem *Grund* du zum Fest willst. Ein Spitzengrund, ich muss schon sagen.«

»Leider nein. Es gibt keinen Grund.«

»Aber …«

»Lass stecken, Chris. Kauf mir lieber ein Ticket für diese beschissenen Soundgarden.«

»Bist du dir sicher? Weil nämlich …«

»Ich bin mir sicher. Und … Chris?«

»Ich höre.«

»Trotzdem danke.«

Der nächste Tag, der 31. Mai, ist der letzte Schultag. Als ich in der Pause ein wenig abseits im Schulgarten hocke, eine rauche und das Gekreisch überhöre, das vom Sportplatz herüberhallt, legt sich eine Hand auf meinen Arm. Ich schrecke auf.

»Hey, was, verdammt …«

Vor mir steht ein blondes Mädchen. Es ist Chrystal, eine deiner Freundinnen.

»Du bist nicht nur ein Idiot, sondern auch noch ein Schisser.« Ihr aggressiver Ton lässt keinen Zweifel, dass das nicht als netter Witz gemeint ist. »Hör mal, Dem, Sid oder wie zum Teufel du dich nennst. Wenn du nur einen Spritzer Grütze im Kopf hättest, wär ich jetzt nicht hier, um mit dir zu reden. Und du kannst dir nicht vorstellen, wie sehr mir das auf den Senkel geht.«

Ich glotze sie ratlos an und zeige dabei wahrscheinlich den dämlichsten Gesichtsausdruck, den mir Mutter Natur geschenkt hat.

»Kommst du nicht von alleine drauf?«

»Ich … weiß nicht, hat's was mit Karin zu tun?«

»Bingo!«, seufzt sie genervt. »Von welchem Planeten stammst du eigentlich?«

Ihren Gesten und dem leisen Zittern in ihrer Stimme nach zu urteilen, verbirgt sich hinter ihrer Aggressivität eine gewisse Aufregung. Doch die ist nichts im Vergleich zu meiner.

»Hast du gecheckt, dass morgen in dieser Schule ein Fest stattfinden wird? Und dass die Jungs normalerweise die Mädchen dazu auffordern?«

»Ja … klar.«

»Dann denk mal an Karin und rechne zwei und zwei zusammen!«

»Aber sie ist doch schon eingeladen, und ich …«

»Klar ist sie schon eingeladen, was denkst du denn, das hier ist schließlich keine Blindenschule! Aber sie hat noch keinem zugesagt.« Das Gesicht deiner Freundin wird brandrot. »Wie kann man bloß so vernagelt sein? Sie wartet nur auf dich!«

*Sie wartet auf mich?* Ein Schmetterlingsschwarm flattert in meinem Bauch, mein Herz schlägt Saltos, es gibt keine Droge, die diese Wirkung hat.

»Ist dir klar, dass wenn sie heute nicht irgendjemandem zusagt, sie am Ende zu Hause bleibt?«

»Ah … ja, verstehe«, stammle ich. »Aber, weißt du, dieses Fest …«

»Und ist dir klar, dass wenn das passiert, sie dich für den Rest des Lebens hassen wird?«

»Ja … ich glaub schon.«

»Also, rufst du sie an oder nicht?«

»Ja … Klar, natürlich, mach ich.«

»Hm, gut.« Ihre grimmige Miene entspannt sich. Ihr Tonfall allerdings nicht. »Tu mir einen Gefallen, geh vor dem Fest in die Badewanne, rasier dich und benutz Aftershave, und zwar nicht zu knapp. Und kauf dir was Anständiges zum Anziehen.« Mit angewidertem Blick mustert sie die Brandlöcher, die mein legendäres Sonic-Youth-T-Shirt schmücken. Tatsächlich sehe ich nicht besonders ansprechend aus.

»Aber vor allem«, sie zeigt drohend mit dem Zeigefinger auf mich, »Karin ist mir sehr lieb. Behandle sie, wie es sich gehört, verstanden? Sonst kill ich dich. Und sag ihr nicht, dass ich mit dir geredet habe, sonst killt sie mich!«

Dann macht Chrystal auf dem Absatz kehrt und geht grußlos davon.

»Hey, Chrystal!«, rufe ich ihr nach und erwache aus meiner Erstarrung. »Mir ist sie auch sehr lieb!«

Vielleicht bilde ich es mir nur ein, aber ich könnte schwören, dass Chrystal lächelt.

Also werde ich auf das Fest gehen. Meine Freunde halten mich prompt für eine Art Verräter. Sie schütteln den Kopf, starren auf ihre Schuhspitzen und sehen aus, als wären sie auf der Beisetzung eines alten, zu früh verblichenen Freundes. Wie immer ist Chris der Einzige, der mich versteht.

»Jungs, ihr habt den *Grund* für das Fest nicht gesehen.«

»Und wenn schon«, grummelt Gaz wenig überzeugt. »Hast du dir die *Superunknown* richtig angehört? Ich glaub, du lässt dir das Konzert des Lebens durch die Lappen gehen.«

»Jaaa, jaaa«, beschwichtigt ihn Chris, »aber heute Abend würde Sid noch nicht mal kommen, wenn Jesus Christus persönlich auf der Bühne stünde. Heute Abend hat Sid eine Verabredung mit der Begegnung *seines* Lebens.«

Wenn er will, kann Chris ganz schön theatralisch sein.

1. Juni, 19 Uhr und ein paar Zerquetschte. Ich habe gerade geduscht, und in einer Stunde hole ich dich ab. Den Nachmittag habe ich in Rebeccas Klauen zugebracht, die die Situation sofort überrissen und mich aus lauter Begeisterung, ihr Brüderchen endlich vorzeigbar herzurichten, regelrecht gekidnappt hat. Aber ich sehe mich einfach nicht in eleganten Klamotten. Und die Witzeleien meines Vaters und der strahlende Blick meiner Mutter haben bestimmt nicht zu meinem Wohlgefühl beigetragen.

Als die Vorbereitungen vollendet sind, stürze ich aus dem Haus, parke vor deiner Tür und hupe ein paar Mal. Du winkst mir vom Fenster aus zu und gibst mir zu verstehen, dass du noch fünf Minuten brauchst. Stattdessen warte ich gut zwanzig, dann geht die Haustür auf. Hinter deinem Rücken kann ich deinen Vater erkennen, der dir nachwinkt. Doch er ist nur ein Schatten, überstrahlt von deiner Erscheinung. Du trägst ein kurzes schwarzes schulterfreies Kleidchen. Als du auf mich zukommst, stelle ich überwältigt fest, wie schön du bist, mein verlegener Blick weiß nicht, wo er sich lassen soll. Du bist bereits ein wenig gebräunt, im Gegensatz zu mir, der stolz seine winterliche Blässe und die Augenringe nächtlicher Besäufnisse pflegt. Dann drehst du dich um, um deinem Vater zu winken, und ich kriege fast einen Herzschlag, als ich deinen nackten Rücken sehe… Mein Gott, bist du sinnlich. Als du vor mir stehst, lächelst du mich strahlend an.

»Haben wir's am Ende doch noch geschafft. Unglaublich!«, sage ich, und du lachst los.

»Du siehst sehr gut aus«, antwortest du und musterst mich von oben bis unten. »Ich hab mir nämlich ein bisschen Sorgen gemacht…«

»Na, das ist ja sehr nett. Aber du siehst auch nicht übel aus. Ich werde mich mit dir nicht blamieren.«

Über jeden Schwachsinn kichernd, der uns über die Lippen kommt, steigen wir ins Auto und fahren zur Schule. Es ist noch hell. Die Zufahrt wimmelt bereits vor Schülern, und die Musik läuft auf höchster Lautstärke, man hört sie bis hier.

Dieses Jahr haben sie sich nicht lumpen lassen. Der Schulhof ist kaum wiederzuerkennen. Das Schutzdach über dem Schwimmbad ist verschwunden, ringsherum stehen flackernde Fackeln und lange Büfetttische. Mitten auf dem Basketballfeld erhebt sich eine große, von Blumenvasen gesäumte hölzerne Tanzfläche. Auch die Türen der Sporthalle stehen weit auf, und drinnen kann ich eine zweite Tanzfläche erkennen.

Das ist alles so unwirklich. Ich bin hibbelig, als müsse ich eine Prüfung ablegen, und fühle mich total fehl am Platz. Viele Leute sagen uns Hallo, manche tuscheln hinter unserem Rücken, aber dein Strahlen gibt mir zu verstehen, dass dir das völlig schnuppe ist. Am Rand des Schwimmbades treffen wir deine Freundinnen, jede mit ihrem Begleiter, wir schütteln einander die Hände, Küsschen, Lächeln. Alle begrüßen mich fröhlich und herzlich, aber ihre argwöhnischen Blicke entgehen mir nicht. *Was machst du denn hier?*, scheinen sie sich ratlos oder vielleicht neugierig zu fragen. Ich fühle mich wie ein

Steppenwolf, der aus Versehen in die Großstadt geraten ist. Oh, Himmel, ich müsste dringend was trinken, um ein bisschen locker zu werden!

Zum Glück erfasst deine weibliche Intuition die Situation sofort, und du schlägst vor, wir sollten uns einen Cocktail holen und uns ans Schwimmbad setzen.

»Und deine Freunde? Wo hast du die gelassen?«, fragst du mich, sobald wir ein stilles Eckchen gefunden haben, in dem wir nicht schreien müssen, um uns zu unterhalten.

»Die sind beim Konzert von Soundgarden.«

»Und wer ist das? Das übliche Zeug, das du so hörst, oder?« Du prustest los, und ehe ich etwas erwidern kann, drückst du mir die Hand auf den Mund.

»Hmm … beffa alf dife … hm … ufik unz unz unz …«

»Was hast du gesagt?« Du nimmst die Hand weg.

»Ich hab gesagt: Immer noch besser als diese trostlose Unz-unz-unz-Mucke!«

»Au Mann, echt öde … Hey, und wärst du nicht lieber beim Konzert?«

»Nein.« Ich sehe dir in die Augen. Sie funkeln im Licht der Fackeln. »Ich bin froh, mit dir hier zu sein.«

»Ich bin auch froh, dass du mich doch noch gefragt hast. Ich hab mir ein bisschen Sorgen gemacht. Seit dem einen Mal im Park haben wir nicht mehr miteinander geredet …«

Und sofort stellt sich zwischen uns die gleiche magische Atmosphäre ein wie an jenem Nachmittag. Dunkelheit senkt sich auf das Fest herab, und es scheint, als löse sich die Welt ringsum auf, Lichter tanzen in der Luft, ein Spektakel nur für uns. Ich weiß nicht, wie viel Zeit vergeht, eine Stunde, vielleicht zwei. Die ganze Zeit über reden wir. Es ist, als könnte ich endlich ein seit jeher in mir schlummerndes Bedürfnis befriedigen, die Worte werden eins mit den Blicken, dem Lachen, dem Lächeln, den Bewegungen der Hände und des Körpers.

»Hey, ihr beiden!«, ruft Chrystal, die uns von hinten überrascht hat, mit vor Alkohol kieksiger Stimme. Oh, bitte nicht, denke ich, der Zauber ist gebrochen.

»Gewisse Dinge macht man am Ende des Festes, jetzt wird getanzt! Du willst mich doch nicht im Stich lassen, meine Süße?« Sie packt dich am Arm und zieht dich hoch. Du lachst und wirfst mir einen besorgten Blick zu.

»Hast du Lust zu tanzen, Dem?«

»Geh ruhig, keine Sorge, das ist nicht so meine Mus…«

Aber an diesem Abend strahlt mein Glücksstern: Genau in dem Moment gellt ein unverwechselbares Gitarrenriff aus den Lautsprechern.

»Hey, aber das ist *Boys Don't Cry*!«, rufe ich erfreut und springe auf.

Ich nehme deine Hand, lachend stürzen wir auf die Tanzfläche. Das Glück will es, dass der DJ eine halbe Stunde lang Rock- und Revivalstücke spielt, und wir verausgaben uns in einem Gemenge aus Händen, Leibern und Düften. Vielleicht liegt es daran, dass ich dich vor mir habe und tanzen sehe. Ich bin so überwältigt, dass mir ganz flau im Magen ist. Ich vergesse mich selbst, Chris, die anderen, Soundgarden, die Drogen und die Gedichte. Es gibt nur dich und ein Glück, von dem ich niemals geglaubt hätte, es empfinden zu können.

Als wir uns wieder setzen, berühren sich unsere schweißfeuchten Schultern. Du drehst dich zu mir um. Du bist erhitzt, dein Haar ist zerzaust, ein herausforderndes Glühen liegt in deinen Augen. Wie gern würde ich dich jetzt an mich ziehen und küssen. Aber es ist noch nicht der Moment. Wie nebenher stelle ich eine riskante Frage.

»Wann musst du heute Abend zu Hause sein?«

»Jetzt kommt der traurige Teil, Dem. Nicht zu spät, sonst macht mein Vater sich Sorgen.«

»Geschenkt. Wie spät genau?«

»Du meinst wohl, wie früh…«

»Dein Vater war der an der Tür, richtig? Ich hab auch am

Telefon mit ihm geredet. Deine Mutter hab ich aber nicht gesehen.«

»Das würde mich auch wundern. Meine Mutter ist gestorben, als ich noch sehr klein war.«

»Ah … das tut mir leid, das wusste ich nicht.« Ich kneife die Augen zu zwei Schlitzen zusammen und weiß nicht, was ich sagen soll.

»Schon in Ordnung, Dem. Das ist lange her. Ich hab nur ganz vage Erinnerungen an sie und ein paar Fotos, auf denen sie mich auf dem Arm hat. Ich glaub, sie ist mein Schutzengel. Vielleicht sitzt sie gerade neben uns und behält dich im Blick.«

»Herrje … dann kann ich dir ja noch nicht mal einen Gutenachtkuss geben!«

Wir müssen kichern, und du wirst rot.

»Und wie läuft's mit deinen Eltern?«

»Nicht so toll. Mein Vater ist evangelischer Pfarrer, und wir verstehen uns nicht besonders.«

»Das glaub ich gern, bei so einem liederlichen Sohn! Du untergräbst seine Arbeit.«

Wir lachen wieder.

»Es fühlt sich gut an, mit dir zu reden. Hab ich dir das schon gesagt?«

»Das kannst du mir nicht oft genug sagen … ich hör's gern.«

»Kannst du eine Minute hier warten? Ich muss etwas erledigen. Bin gleich zurück.«

Du siehst mich misstrauisch an.

»Okay, aber beeil dich, ja?«

Ich schiebe mich durch das Gedränge, renne aus dem Schultor zum Auto, öffne die Tür, angle etwas vom Armaturenbrett und stecke es verstohlen in die Tasche. Dann stürze ich mich wieder ins Fest und kämpfe mich zur DJ-Kanzel durch.

»Hey, Joe!«

»Hi, Sideheart. Was willst du?« Er guckt mich schief an, den

Kopfhörer zwischen Ohr und Schulter geklemmt. Er ist nicht erfreut, mich zu sehen. Er hat das letzte Jahr noch nicht vergessen, als wir ihn gekidnappt und im Klo eingeschlossen haben, um Heavy Metal aufzulegen: eine gloriose Viertelstunde lang wildester Pogo und Geschubse ins Schwimmbad.

»Du musst mir einen Gefallen tun.« Ich halte ihm die CD aus dem Auto hin. »Du musst ein Lied spielen und eine Ansage machen.«

»Und was ist das? Metal, Punk? Das will hier niemand hören.«

»Hör mal, du weißt doch noch, wie ich dich letztes Jahr dazu gebracht habe, ein bisschen Metal aufzulegen, oder?«

Joe macht ein genervtes Gesicht, dann lächelt er mitleidig.

»Du bist alleine hier, Sideheart, ich hab's gesehen. Dieses Jahr wirst du mir nicht gefährlich. Ich würde fast meinen, du bist vernünftig geworden.«

»Okay, okay. Legst du das Stück für mich auf? Es ist die Nummer 5.«

»Hör mal, ich hab schon 'ne ganze Liste von Anfragen, die ich nicht alle erfüllen kann, sonst steh ich hier bis morgen Mittag.«

»Ich geb dir zwanzig Dollar.«

Er mustert mich argwöhnisch, um herauszufinden, ob ich ihn auf den Arm nehme. Ich hole den Schein hervor, und er grinst.

»Na, dann muss es wirklich ernst sein, Sideheart. Okay.«

Er streckt die Hand aus und steckt das Geld ein.

»Schmarotzer.«

»Hör mal, ich reiß mir den Arsch auf, kriege nix bezahlt und kann noch nicht mal jemanden abschleppen. Die eine oder andere Motivationsspritze tut da nicht weh.«

»Warte mit dem Auflegen. Ich geb dir ein Zeichen.«

»Hey, wo warst du?« Dein Schmollmund ist unwiderstehlich. »Ich dachte schon, du bist abgehauen, zu Tode gelangweilt von meiner Lebensgeschichte.«

»Ich hab's tatsächlich versucht, aber der Türsteher hat mich so früh noch nicht gehen lassen.«

»Mann, ich mein's ernst. Wo warst du?«

In deinem Blick liegt eine leise Bangigkeit, die mich überrascht. Dann meine ich zu verstehen und muss fast lachen: Du glaubst, ich hätte mich mit Entzugserscheinungen in die Büsche geschlagen und eine Tüte durchgezogen. Ich blicke dich finster an und spanne dich auf die Folter. Dann grinse ich.

»Warte noch einen Moment, es wird eine Überraschung. Komm!«

Ich nehme dich an die Hand und ziehe dich zur Tanzfläche. Ohne dass du es merkst, drehe ich mich um und gebe dem DJ mein Okay. Das *House*-Stück verklingt, und Joe verkündet die Widmung.

»Das nächste Stück ist für Karin, von Demian. Leute, ich kenne das Lied nicht, ich kann also nichts dafür.«

*Arschgesicht*, denke ich.

Lächelnd sehe ich dich an. Du bist knallrot und starrst mich mit weit aufgerissenen Augen an. Du siehst aus wie ein Kätzchen im Scheinwerferlicht.

Plötzlich erfüllt die verzerrte, hypnotische und träumerische Gitarre von *Still Remains* die Luft. Mir wird klar, dass es kein ideales Tanzstück ist, erst recht nicht auf so einer Party. Aber du solltest es einfach hören, wegen deiner Vorurteile über »das Zeug, das ich höre«, und es war die einzige Möglichkeit, deine Aufmerksamkeit zu erregen.

»Wie tanzt man dazu?«, fragst du mit vor Aufregung roten Wangen.

»Ich glaub, ein Blues ist super.«

Du drängst dich an mich, und ich lasse meine Hände auf deine Hüften gleiten. Deine Hände verschränken sich in meinem Nacken, und deine Arme legen sich sanft auf meine Brust.

Wenn es einen Moment gibt, in dem ein Leben sich in all seinen wunderbaren Widersprüchlichkeiten auf den Punkt bringen lässt, dann ist es für mich dieser hier. Dreieinhalb Minuten lang spüre ich, dass wir im exakten Mittelpunkt der Welt stehen, nirgendwo sonst geschieht gerade etwas vergleichbar Magisches. Ein regloses Kreiseln von schwerelosen Lichtern und Farben. Gut möglich, dass alle um die Tanzfläche herumstehen und uns zusehen. Aber das ist mir gleich. Und ich merke, dass du genauso denkst. Du hast die Augen geschlossen und die Stirn an meine Brust gelegt. Dein ganzer Körper schmiegt sich an meinen.

Ganz leicht hebst du den Kopf.

»Der Text dieses Liedes … er ist wunderschön«, flüsterst du, und im Schein der Lichter sieht es fast so aus, als weintest du.

»Ja … deshalb solltest du es auch hören. Warte … der Refrain.«

Wieder lässt du dich gegen meine Schulter sinken. Deine Lippen berühren meinen Hals, das leise Kitzeln deiner Wimpern

*Pick a song and sing*
*a yellow nectarine*

jetzt zitterst du

*Take a bath, I'll*
*drink the water that you leave*

du siehst mir in die Augen, Spiegel im Spiegel

*if you should die before me*
*ask if you can bring a friend*

und in dem Moment wissen wir, dass es passieren muss

*pick a flower, hold your breath*
*and drift away …*

unsere Lippen berühren sich leicht, bebend, und wir stürzen immer tiefer, trudeln hinab in den Abgrund unseres ersten Kusses.

Als das Stück verhallt, ist es wie die Rückkehr an die Oberfläche nach einem langen Tauchgang. Wir kriegen kein Wort heraus, gehen Hand in Hand davon und werden vom Chaos der Party verschluckt, die nicht mitbekommen zu haben scheint, was sich ereignet hat. Schweigend und zitternd begleitest du mich, um die CD zurückzuholen.

»Das ist der schönste Text, den ich je gehört habe.«

»Ich will, dass du sie behältst.«

»Was denn?«

»Diese CD. Ich hänge sehr daran, aber ich will, dass du sie hast.«

»Aber Dem … Danke … das ist ein herrliches Geschenk. Wenn ich mich einsam fühle, spiele ich dieses Lied und denke an diesen Abend.«

»Und warum solltest du dich einsam fühlen?«

»Ich weiß nicht … nur so ein Gefühl, das ich gerade habe.«

Du drehst die CD zwischen den Händen und betrachtest sie wie ein kostbares Schmuckstück.

»Stone Temple Pilots. Das ist doch dein *Grunge*-Zeug, oder? Und ich hab gedacht, das wäre grässlich! Ist es ja auch meistens …«

Dein wunderbares Lachen erfüllt die Luft. Und ich wünschte, sein Klang würde nie vergehen. Ich möchte ihn jeden Tag hören, für den Rest meines Lebens. Doch so wird es nicht sein.

# 46
# Die Wahrheit

Die Musik von *Still Remains* schwebt über dreieinhalb Minuten leuchtender Erinnerungen, die im dämmrigen Raum unserer Wohnung mit düsteren Echos kollidieren. Dann beginnt das nächste Stück, *Pretty Penny*, das Schlagzeug lässt die Luft erzittern, doch ich höre nichts mehr.

*If you should die before me…*

Die Erkenntnis durchbricht den Damm und überrollt mich.

Du bist nicht mehr da. Es gibt kein Stück Himmel mehr, unter dem ich dich noch in die Arme schließen und küssen kann. Endlich weine ich.

Mein Schluchzen hallt durch die leere Wohnung, erfüllt die Zimmer, streichelt deine Habseligkeiten und kehrt ohne Antwort zurück. Die Tränen verändern meinen Schmerz. Jetzt bin ich klar, Geist und Körper sind wach und aufnahmefähig, bereit, sich dieser Hölle zu stellen.

Wo ist dein Leichnam? Wieso kann ich ihn nicht sehen, ein letztes Mal in die Arme schließen? Und wieso kehrt Samuel nicht zurück? Wieso kann man nicht mit ihm sprechen?

Ich wähle die Nummer deines Vaters, trotz der Tageszeit. Nach wenigen Sekunden ertönt eine metallische Stimme: *Verizon California. Es tut uns leid, der von Ihnen gewählte Teilnehmer ist zur Zeit nicht erreichbar.*

In einem Winkel meines Hirns regt sich eine Stimme, sie ruft mir eine Warnung zu.

*Wenn Samuel im Ausland ist, wieso antwortet dann Verizon California?*

In deiner Erinnerungsschachtel, die noch immer geöffnet auf dem Fußboden steht, sehe ich den Ersatzschlüssel deines Vaters schimmern. Ich greife danach. Dann gehe ich hinaus in den kalten Novemberregen von San Francisco. Es ist tiefe Nacht, fast drei Uhr.

Ich renne, von einer irren Hoffnung getrieben.

*If you should die before me*

Dass unsere gemeinsame Reise

*ask if you can bring a friend*

noch nicht zu Ende ist.

Samuels Haus ist das zweite ganz oben in der Pacheco Street. Vor unserer Heirat war diese Tür für lange Zeit die Grenzlinie zwischen unseren Leben. Hinter ihr verschwandest du, und mir blieb nichts anderes, als mir vorzustellen, wie du in deinem Zimmer sitzt, vielleicht lernst oder aufs Meer blickst oder kurz vor dem Einschlafen unter der Bettdecke liegst.

Jetzt sieht man dem Haus den monatelangen Leerstand an: Der Garten steht voller Unkraut, die Balkonpflanzen sind verdorrt, das Eingangstor von Spinnweben überzogen. Eigenartigerweise ist der Briefkasten leer. Möglichst lautlos stecke ich den Schlüssel ins Schloss und öffne die Tür. Der Eingang liegt im Dunkel, doch ich mache kein Licht. Damit niemand die Polizei ruft.

Tastend schleiche ich bis zum Wohnzimmerfenster. Ich schiebe den Fensterladen ein wenig auf, sodass das blasse Licht der Straßenlaternen ins Zimmer fällt. Auf einem Tischchen liegt ein Stapel noch eingepackter Zeitungen, Umschläge und Werbeprospekte. Irgendein Nachbar holt die Post aus dem Briefkasten und bringt sie ins Haus. Doch seltsamerweise sind viele Briefe geöffnet worden und liegen gestapelt auf der Tischkante.

Dann bemerke ich etwas, das meine Neugier in Unruhe umschlagen lässt. Neben den Briefen liegt auch Samuels abgeschaltetes Handy. Ich greife danach und wiege es nachdenklich in der Hand. Hat Samuel sein Telefon hiergelassen? Ich drücke den Anschaltknopf, bis das Display aufleuchtet und mir grün ins Gesicht strahlt. Zum Glück ist die PIN-Abfrage abgestellt, und das Telefon hat sofort Empfang. Nach wenigen Sekunden zerreißt ein lautes Bip-Bip die Grabesstille des Hauses: eine SMS.

Nachricht von: Karin zuhause
»Habe am 1. November um 02:57 angerufen«
*Mitteilungsservice von Verizon*

Der Anruf, den ich gemacht habe, ehe ich losgegangen bin. Dieses Handymodell ist so alt, dass es im Ausland gar nicht funktionieren würde, erst recht nicht in Fernost. Bestimmt hat Samuel sich ein Satellitentelefon oder etwas Ähnliches zugelegt.

Wieso haben meine Eltern mir nicht die Nummer gegeben, damit ich ihn anrufen kann?

Immer ratloser gehe ich ins Arbeitszimmer. Ich setze mich an den Schreibtisch, lasse die Hände darübergleiten, bis ich den Anschaltknopf des Computers finde, und drücke ihn. Das Rauschen des Lüfters erfüllt die Luft, das weiße Licht des Bildschirms erhellt das Zimmer.

Ich greife nach der Maus und öffne die Chronologie des Computers. Fast alle Vorgänge liegen mehr als sechs Monate zurück, ungefähr um die ersten Tage unseres Verschwindens.

Doch dann gibt es nach der halbjährigen Lücke eine kurze Folge von Vorgängen, die gerade einmal *zwei Tage* zurückliegen.

Freitag, 29. Oktober: Samuel hat seinen Palm synchronisiert, die Post heruntergeladen und ein paar Dokumente gelesen.

Was hat das alles zu bedeuten? War dein Vater vor zwei Tagen hier in San Francisco? Wieso hat mir das keiner gesagt? Wieso ist er nicht zu mir gekommen?

Mühsam bewege ich die Maus, meine Hand zittert. Ich öffne das Mailprogramm. Das Postfach habe ich ihm vor ein paar Jahren eingerichtet, und ich möchte wetten, dass Samuel das Passwort nie geändert hat. Hastig tippe ich *Karin79* ein und drücke *Senden*.

>> Willkommen, Samuel Weiland!
Letzter Zugang: Freitag, 29. Oktober 2009.

Der Ordner *Posteingang* ist leer. Links ist ein Ordner mit Namen *Karin*. Ich klicke drauf. Da sind Hunderte Mails.

Die älteste datiert vom 12. Mai. Es ist ein Mailwechsel zwischen meinem Vater und Samuel, um zu testen, ob ihre neuen Palms funktionieren, die sie offenbar in Taipeh gekauft hatten.

Was hatten sie in Taipeh verloren?

Ich scrolle durch die Nachrichten und bekomme sofort eine Antwort: Unsere Eltern hatten sich auf die Suche nach uns gemacht. Fünf Monate lebhafteste Korrespondenz zwischen Samuel und meinem Vater, mindestens drei bis vier Nachrichten täglich, oft stichwortartige Berichte über besuchte Orte und Treffen. Ich gehe sie eilig durch und begreife, was für eine unglaubliche Reise sie auf sich genommen haben: Taiwan, Philippinen, Shanghai, Okinawa … Die von ihnen abgesuchte Gegend ist riesig, ihr Terminkalender gespickt mit ominösen Verabredungen. Ich gehe zu den letzten Nachrichten: Samuel berichtet von seinem Krankenhausaufenthalt auf den Philippinen wegen einer Grippe, mein Vater hingegen ist in Okinawa angekommen.

Dann gibt es eine seltsame Nachrichtenlücke von drei Tagen,

zwischen dem 24. und dem 26. Oktober: der Tag, an dem ich mein Gedächtnis wiedererlangt habe.

Mit gespannter Aufmerksamkeit lese ich die wenigen Mails, die diesem Datum folgen.

Mittwoch, 26. Oktober 2009, 11:15 Uhr
Von: Samuel Weiland
An: Ian Sideheart
Betreff: [ ]
Hi, Ian.
Seit drei Tagen erreiche ich Dich nicht mehr. Ich weiß nicht, was los ist, aber ich muss Dir einfach schreiben. Ich habe Manila verlassen und sitze im Flugzeug nach Taipeh. Gestern Nacht hat mich Kasumi angerufen und mir gesagt, man habe Karins Leichnam gefunden. Ich muss ihn identifizieren. Mir geht es schlecht, Ian, sehr schlecht. Ich schaffe das nicht. Wenn Du diese Nachricht liest, kommt sofort zu mir, ich brauche Dich.

Die Erde tut sich unter mir auf. Ein Schwindel.

Aber ich muss weitergehen, auf die Wahrheit zu.

Mittwoch, 27. Oktober 2009, 12:15 Uhr
Von: Samuel Weiland
An: Ian Sideheart
Betreff: Re: Re: [ ]
Ich bin noch immer hier und warte. Die Sekunden erscheinen wie Stunden, und ich meine sterben zu müssen, doch den Polizisten und Laborangestellten scheint das egal zu sein. Eine einzige Frage quält mich: Werde ich hinter dieser Stahltür den Leichnam meiner Tochter finden? Eines ist sicher, wenn es den Gott, an den Du glaubst, wirklich gibt, dann macht es ihm Spaß, mit unseren Leben ein perverses Spiel zu treiben. Wie kann es sonst sein, dass binnen weniger Stunden ein Telefonat mich informiert, dass meine Tochter tot ist, während

Dein Sohn Dich gesund und wohlauf anruft? Versteh mich nicht falsch. Ich schreibe Dir, weil ich fürchte, Du könntest mich vorhin am Telefon missverstanden haben. Ich bin glücklich, dass es Demian gut geht. Aber mir will es einfach nicht gelingen, einen Sinn in all dem zu sehen [...]

Es fehlen nur noch wenige Mails. Panisch springe ich sofort zu den letzten beiden. Sie sind von gestern Nachmittag, erst wenige Stunden alt.

Sonntag, 31. Oktober 2009, 01:05 Uhr
Von: Ian Sideheart
An: Samuel Weiland
Betreff: [ ]
Hi, Samuel. Ich schreibe Dir, weil Du einfach aufgelegt hast und auf meine Anrufe nicht mehr reagierst. Aber ich will, dass Du Dir meine Gründe anhörst. Du musst mir versprechen, dass Du alles tust, was ich Dir sage, es geht um das Leben meines Sohnes. Ich weiß, es mag Dir egoistisch erscheinen, aber er ist hier, und ich will nicht riskieren, ihn noch einmal zu verlieren. Karin wäre auch einverstanden. Eines verspreche ich Dir: Sobald er wieder bei Sinnen ist, werden wir versuchen, ihm die Wahrheit zu sagen. Du hast ihn nicht gesehen, er ist nicht mehr derselbe. Er reagiert genau so, wie die Ärztin es vorhergesagt hat, darum halten wir uns besser an ihre Anweisungen. Ich bitte Dich nur zu warten. Demian erinnert sich noch nicht, das hat uns die Ärztin erklärt: Die Erinnerung an das, was die beiden durchgemacht haben, ist noch nicht zurückgekehrt.

Sonntag, 31. Oktober 2009, 02:15 Uhr
Von: Samuel Weiland
An: Ian Sideheart
Betreff: Re: [ ]
Wenigstens hast Du eines begriffen: dass es besser ist, wenn ich nicht mit Dir rede. Es ist besser, wenn ich Dir schreibe, wenigstens habe ich dann meine Wut im Zaum. Sonst könnte mir womöglich noch etwas herausrutschen, was ich eines Tages bereuen würde. Deine Worte haben mich sprachlos gemacht. Ist Dir klar, was Du da von mir verlangst? Ich MUSS sofort mit ihm sprechen! Ich erkenne Dich nicht wieder, Ian, wie kannst Du so etwas tun? Du bist völlig blind vor Angst! Begreifst Du nicht, dass Demian Dir nie verzeihen wird?
Wenn ich nicht mit ihm reden darf, sollte ich ihn besser überhaupt nicht sehen. Ich reise noch heute Abend ab. Nach Okinawa.

Das ist die letzte Mail. Es sind nur Bruchstücke von Unterhaltungen, und mir ist der rote Faden nicht klar, der sie verbindet. In meiner wachsenden Aufregung habe ich eine Mail übersprungen. Ich scrolle zurück. Sie ist von vor fünf Tagen.

Mittwoch, 27. Oktober 2009, 09:49 Uhr
Von: Samuel Weiland
An: Ian Sideheart
Betreff: Karin

Ich lese sie. Es sind wenige Zeilen, aber sie enthalten die Antwort, die *Wahrheit*, die ich so verzweifelt gesucht habe. Eine neue Flut von Fragen stürzt auf mich ein und stellt alles wieder in Zweifel.

Obwohl es vier Uhr nachts ist, renne ich zu meinen Eltern nach Hause und klingle wütend Sturm, bis die Tür aufgeht und sie vor mir stehen, weiß im Gesicht und zu Tode verängstigt.

# 47
# Ians und Rachels Geheimnis

*Militärkrankenhaus Taipeh*
*27. Oktober 2009*
*Vor fünf Tagen*

»Sind Sie Mr. Samuel Weiland?«

»Ja, das bin ich.«

»Kommen Sie, Sie sind dran.«

Die Identifizierung des Leichnams war entsetzlicher als alles, was sich Samuel vorstellen konnte und zu ertragen in der Lage war.

Der Geruch nach Formaldehyd, die Kälte des Kühlraumes. Werkzeug und Gerätschaften, Becken, Waagen, sterile, spiegelglatte Metalloberflächen.

Der Stahltisch.

Das gnadenlos auf diesen nackten Körper gerichtete Neonlicht.

Der Körper, der vielleicht seine Tochter war.

Die fahle, durchscheinende Haut, das aufgedunsene Gesicht, die geschwollenen Gliedmaßen, der geblähte Bauch, es gab nicht mehr viel, woran sich eine Identifizierung festmachen ließe.

»Aber wie kann ich …«, stammelte Samuel mit roten, tränenverschleierten Augen hinter der Schutzmaske.

»Fangen Sie hier an.« Der Laborant drückte ihm einen Hefter in die Hand. »Das sind die Analyseergebnisse, der Gebissabdruck und alles andere. Sollten Zweifel bestehen, gehen wir tiefer.« Er warf einen vielsagenden Blick auf den geschundenen Körper unter dem blendenden Neonlicht.

***

*Cardiff, Polizeihauptwache*
*28. Oktober 2009*
*Vor vier Tagen*

»Ist Ihnen eigentlich klar, was Sie da von uns verlangen?!«, schrie Ian entnervt und konnte seinen Ohren nicht trauen.

»Sie dürfen tun, was Sie für richtig halten«, antwortete Doktor Caerdydd gelassen. »In solchen Fällen gibt es keine allgemeingültigen Regeln. Ich habe Sie zu mir bestellt, weil Demians Zustand kritisch ist. Etwas, das wir noch nicht kennen, hat seine Psyche auf eine harte Probe gestellt. Ihr Sohn ist am Rand des Wahnsinns entlangbalanciert, und so einen Weg bewältigt niemand unbeschadet. Noch erinnert er sich nicht an die unmittelbare Vergangenheit. Er glaubt, dass er zu Hause seine Frau wiedersehen wird. Doch Sie sagen mir, dem ist nicht so. Demian ist noch nicht bereit für so ein psychologisches Trauma.«

»Aber was bedeutet *in Gefahr*?«, fragte Rachel, weiß wie ein Laken.

»Er zeigt bereits deutliche Anzeichen von Schizophrenie. Sie haben die Aufnahmen unserer Gespräche gehört: Er hat sogar zwei Identitäten erfunden. Er befindet sich ganz offensichtlich in einem Zustand der Verwirrung und hat über Monate regelrechte Halluzinationen durchgemacht, die zudem äußerst komplex konstruiert waren.«

»Entschuldigen Sie«, schaltete Ian sich ein. »Haben Sie zumindest überprüft, ob Demians Schilderungen vielleicht der Wahrheit entsprechen? Ob es vielleicht wirklich einen Flugpassagier namens Sebastian Haller gab, der vor einem Monat von Okinawa nach Cardiff geflogen ist?«

Die Ärztin muss lachen.

»Wie soll das gehen? Eine Flugreise mit falschen Papieren! Die heutigen Anti-Terror-Maßnahmen in Großbritannien sind viel zu scharf. Es wäre sinnlos, das zu überprüfen, ich würde in Ihnen nur falsche Vermutungen wecken und Ihre Rückreise nach Hause verzögern. Nein, Sie können mir glauben: An Demians Schilderungen ist nichts *Wahres* dran.«

***

»Das ist sie nicht!«, rief Samuel unter Tränen. »Der Gebissabdruck und dieses Muttermal am Handgelenk … Nein! Das kann unmöglich Karin sein!«

Der Laborant unterdrückte nur mühsam ein Grunzen. Die Identifizierung war fehlgeschlagen. Ein weiterer Leichnam, der namenlos bleiben würde.

***

Dann lebst du noch.

*Nein, warte.*

*Klammere dich nicht an eine so winzige Hoffnung. Sonst läufst du Gefahr, all diesen Schmerz ein weiteres Mal durchzumachen. Das würdest du nicht überstehen.*

*Du weißt noch nicht, was mir passiert ist. Du weißt nicht, wo ich gerade bin. Du weißt nicht, ob du mich wiedersiehst.*

***

»Sie verlangen also von uns, zum Wohl unseres Sohnes so zu tun, als wäre seine Frau tot!«, würgte Rachel das Herumlavieren der Ärztin ab, das ihr zusehends auf die Nerven ging.

»Ich sage gar nichts«, lächelte die Ärztin freundlich. »Aber sehr verkürzt ausgedrückt, meine ich genau das. Und letztlich wissen wir ja gar nicht, ob dies nicht doch der Wahrheit entspricht. Egal, was geschehen ist, nach all dieser Zeit ist es ziemlich unwahrscheinlich, dass die Betroffene noch lebt.«

»Ja, danke, die Leier kennen wir bereits«, fauchte Rachel

aggressiv und zugleich verwirrt und verängstigt. »Gerade gestern ist es wieder zu einem angeblichen Fund ihres Leichnams gekommen. Ihr Vater ist völlig umsonst nach Taipeh gejettet: Sie war es nicht. Alles bleibt offen, und wir werden die Hoffnung bestimmt nicht aufgeben.«

»Das wünsche ich Ihnen von ganzem Herzen, Mrs. Sideheart. Aber weder reden wir hier vom Schicksal Ihrer Schwiegertochter, noch wollen wir uns darüber Gedanken machen, ob es moralisch ist zu lügen. Ich sage Ihnen nur meine Meinung zum Schutz der geistigen Gesundheit Ihres Sohnes. Wenn Demian nach Hause kommt, braucht er klare Tatsachen, an die er sich halten kann, so schmerzhaft das auch sein mag. Für ihn ist es augenblicklich sehr viel leichter, einen tiefen, aber *fraglosen* Schmerz zu verarbeiten als ein Wechselbad aus Zweifeln, Ängsten und Hoffnungen, das in seinem Zustand verheerend wirken kann. Man muss ihn emotional stabilisieren, selbst wenn das bedeutet, ihm Leid zuzufügen.«

Die riesigen blauen Augen der Ärztin wanderten prüfend zwischen Rachel und Ian hin und her.

»Natürlich kann das nur eine vorübergehende Lösung sein: Wenn – falls – sich die Sache klärt, werden Sie einen Weg finden, um ihm die Wahrheit zu sagen.«

»Aber wie soll das gehen?«, schaltete Ian sich ein. »Demian wird den Leichnam sehen wollen. Es müsste eine Beisetzung geben.«

»Sie können eine schlüssige Ausrede erfinden, keine Ahnung, Schwierigkeiten bei der Rückführung des Leichnams zum Beispiel. Das kann manchmal Wochen und Monate dauern. In der Zwischenzeit muss Demian unter Beobachtung gehalten werden. Wenn die Gefahr überstanden ist, wird es reichen, ihm zu sagen, dass es bei der Identifizierung einen Irrtum gab oder etwas in der Art.«

Ian und Rachel starrten sich entgeistert an.

»Ich gebe Ihnen die Kontaktdaten eines äußerst fähigen Kollegen in San Francisco.«

Dr. Caerdydd zog eine Visitenkarte aus einer Schublade und hielt sie Rachel mit breitem Lächeln hin.

***

»So ist das gelaufen. Jetzt weißt du alles«, sagt meine Mutter mit zitternder Stimme.

Es herrscht knisterndes Schweigen. Ungläubig starre ich in die Gesichter meiner Eltern. Wie konnten sie mich so anlügen? Und warum? Weil irgendeine dahergelaufene Möchtegern-Psychologin es ihnen gesagt hat?

»Dann glaubt ihr, ich sei verrückt?«, platze ich heraus und schleudere ihnen all meine Wut entgegen.

»Demian, ich bitte dich.« Mein Vater versucht mich zu beruhigen. »Weißt du noch, wie du aufgewacht bist? Wir haben dir sofort die Wahrheit gesagt. Und du hast darauf haargenau so reagiert, wie die Psychologin es vorausgesagt hatte, und das hat uns sehr erschreckt.«

»Alles ist so schnell passiert, innerhalb weniger Stunden«, schaltet sich meine Mutter ein, »wir haben intuitiv gehandelt. Wir haben Panik bekommen und gegen unseren Willen beschlossen, dir diese entsetzliche Lüge aufzubinden. Aber wir haben sofort gemerkt, dass das nichts nützen würde.«

»Wie konntet ihr glauben, dass es mir besser geht, wenn ihr mir sagt, meine Frau sei tot?«, zische ich eisig. »Die Verrückten seid ihr! Was habt ihr erwartet? Ein paar Tränchen und dann Frieden?«

»Um Himmels willen, nein! Aber die Ärztin meinte, zumindest erst einmal wäre es für dein Wohl …«

Sprachlos raufe ich mir die Haare.

»Wie lange hättet ihr mich denn noch angelogen?«

»Nein, Demian, hör zu: Wir wollten heute Morgen zu dir, weil uns klar geworden war, dass wir einen Fehler gemacht haben. Wir wollten dir die Wahrheit sagen, aber du warst nicht zu Hause, wir hatten keine Ahnung, wo du bist.«

»Begreift ihr denn nicht, dass ihr mich genau damit in den Wahnsinn oder sogar in den Tod getrieben hättet? Dann hätte ich auch gleich draufgehen können, statt erst nach Hause zu kommen und mich von meinen Eltern umbringen zu lassen!«

Reglos und wie vom Blitz getroffen stehen die beiden da.

»Das ist ungerecht von dir, Demian. Ja, wir haben einen Fehler gemacht. Aber du hast keine Ahnung, was wir durchlitten haben. Dein Vater war Monate fort, um dich zu suchen, er hat die halbe Welt …«

»Lass gut sein, Rachel. Ich habe es nicht getan, damit er mir dafür dankbar ist. Und du, Demian, wirst das verstehen, wenn du selbst einmal Kinder hast.« Er sagt es mit der Gelassenheit, die ich als Junge gehasst habe und die mir auch jetzt noch das Blut in die Wangen treibt.

»Was redest du da für einen Scheiß?«, brülle ich und ramme die Faust gegen die Tür. Aber sofort überkommt mich eine eisige Ruhe. »Wie kannst du nur«, zische ich, »wie kannst du nur von Kindern reden, jetzt, wo Karin …«

Ich bringe den Satz nicht zu Ende.

»Ich werde euch das nie verzeihen. Ich will euch nicht mehr sehen.«

Ich haue ab, renne nach Hause, blind vor Wut, von einer neuen Hoffnung berührt. Kaum habe ich die Tür hinter mir zugeworfen, packt mich das schlechte Gewissen dafür, wie ich meine Eltern behandelt habe.

Nach einer Stunde klingelt es. Meine Mutter. Sie ist allein.

»Was willst du noch?«, herrsche ich sie an, sobald sie vor mir steht. Ich bin erleichtert, sie zu sehen, aber das lasse ich mir nicht anmerken.

»Demian, ich bitte dich, hör mir zu. Eine Minute. Dann brauchst du auch kein Wort mehr mit uns zu reden. Nur das eine sollst du wissen.«

Seufzend lasse ich sie herein. Sie macht zwei schüchterne

Schritte. Ich bleibe auf der Schwelle stehen, die Hand auf der Klinke.

»Okay, schieß los. Eine Minute.«

»Du kannst dir nicht vorstellen, wie sehr er dich liebt. Papa hat sein Leben riskiert, um dich und Karin zu suchen. Er hat mit Samuel den halben asiatischen Kontinent bereist, die gefährlichsten Ecken aufgesucht, ohne jemals an sich selbst zu denken. Er hat Taiwan durchkämmt, Shanghai ...«

»Das weiß ich bereits, Mama.«

»... die schlimmsten Orte gesehen, Gefängnisse, überfüllte Flüchtlingscamps...«

»Ich hab ihn gesehen, Mama.«

»... Krankenhäuser ...«

»Ich bin ihm in Okinawa begegnet.«

Endlich sickert das, was ich sage, zu ihr durch, und sie hält inne.

»Was?«

»Ich habe Papa gesehen, am Flughafen von Naha. Ich wollte mich gerade bei der Polizei melden, als er plötzlich vor mir stand. Wegen der Amnesie habe ich ihn nicht erkannt. Ich hab nur etwas sehr Seltsames empfunden, eine Art heftiges Déjà-vu. Er hat mich nicht gesehen, ich hatte mich versteckt.«

Meine Mutter hört mir mit offenem Mund zu.

»Aber ... unglaublich! Du hast deinen Vater nicht erkannt! So eine Amnesie ist wirklich etwas Entsetzliches!«

»Trotzdem hat diese Begegnung mich aufgerüttelt. Ich habe mich plötzlich umentschieden. Ich habe beschlossen, nicht zur Polizei zu gehen und meine Reise fortzusetzen.«

Meine Stimme zittert.

»Die Psychologin meint, es war besser so. Ich musste diesen langen Weg nehmen, um mein Gedächtnis wiederzuerlangen. Es hätte nicht gereicht, Papa über den Weg zu laufen und mit ihm nach Hause zu fahren. Ihr wärt Unbekannte für mich geblieben.«

Lange stehen wir schweigend da. Dann brechen in mir Dämme, und ich lasse alles aus mir heraus. Ich erzähle meiner Mutter etwas, das ich noch niemandem erzählt habe.

»Ich hab ihn nicht nur am Flughafen gesehen. Es ist noch mal passiert, kurz bevor ich meine Erinnerung wiedergefunden habe. Bin ich jemals geschlafwandelt?«

»Nein, nie, soweit ich weiß.«

»Papa ist mir in einer Art Traum erschienen. Ich war im Dylan Thomas Inn und habe geträumt, ich wäre in den Gastraum hinuntergegangen, und habe es *wirklich* getan, im Schlaf. Da waren viele Leute. Er ist erschienen, hat mir ein Zeichen gemacht, ihm zu folgen, und ging durch eine hell erleuchtete Tür. Irgendwie war Papa das Bindeglied zwischen mir und einem Kind oder besser dem *Geist* eines Kindes, das heute so alt wäre wie ich, wenn es nicht mit fünf Jahren gestorben wäre. Ich bin an den Ort gelangt, an dem sein Leichnam fast dreißig Jahre lang verborgen lag. Und genau dort habe ich plötzlich mein Gedächtnis wiedererlangt.«

Meine Mutter starrt mich mit großen Augen an. Vielleicht war es ein Fehler, ihr das zu erzählen, jetzt wird sie glauben, ich ticke nicht mehr richtig.

»Das ist unglaublich«, murmelt sie. »In dem Moment, vielleicht …«

Sie bricht ab.

»Was?«

»In Okinawa hatte dein Vater einen Herzinfarkt. Er hat es mir erst gestern gestanden, ›damit ich mir keine Sorgen mache‹, meinte er. Er lag drei Tage lang im Koma. Und er hat von dir geträumt. Es klingt wie der gleiche Traum, aber von *seinem Standpunkt aus*. Da war dieses Kind, das ihn gerufen hat, dann warst da du …«

Wieder schweigen wir lange.

Eine seltsame Ahnung bricht sich in mir Bahn. Vielleicht hätte ich ohne ihn und das Opfer, das er gebracht hat, nie mein Gedächtnis zurückerlangt.

Doch kaum merke ich, dass sich ein Lächeln in mir regt, erwacht meine Wut erneut. Ich will mehr über Papas Infarkt erfahren, wissen, wie es ihm geht, aber ich bleibe stumm, die Fäuste geballt, den Blick auf den Boden gerichtet. Ich kann ihnen noch immer nicht verzeihen.

»Warum habt ihr auf die Psychologin gehört?« Meine Stimme ist ein metallisches Zischen. »Warum glaubt ihr mir nicht? Ich habe mir das alles nicht ausgedacht!«

»Nein, Demian«, sagt meine Mutter verzweifelt. »Wir haben dir immer geglaubt! Demian, hör mir zu. Trotz allem, was die Psychologin gesagt hat, wissen wir, dass deine Schilderungen *wahr sein müssen*. Und das nicht nur, weil wir dir glauben. Die Insel von Okinawa, auf der Papa seinen Infarkt hatte, war Tokashiki.«

Der Name versetzt meinem Herzen einen Stich.

»Dort hat Papa eine Japanerin kennengelernt, Yukiko. Sie hat ihm deine Geschichte erzählt, von Mauke Nuha. Von deiner Reise, von dem, was du durchgemacht hast, um bis dorthin zu gelangen, von deinem Aufbruch nach Wales.«

»Papa … hat Horu kennengelernt?«

»Nein, nicht direkt. Er hat nur mit Yukiko geredet. Die Männer, mit denen du unterwegs warst, waren zu einer anderen Insel aufgebrochen, zu einer Art religiösen Pilgerfahrt.«

»Ja, natürlich … die *Bodhisattva* von Okinawa.«

Ich schweige. Denke an Papa, stelle ihn mir in Waremus Hütte vor, wie er mit Yukiko über mich redet. Wärme durchflutet meine Brust, ein zärtliches, dankbares Gefühl. Aber ich darf nicht einknicken.

»Dann wusstet ihr, dass ich nicht verrückt bin. Und trotzdem …«

»Als wir nach Wales gekommen sind, lagst du bewusstlos im Krankenhaus, wir hatten wahnsinnige Angst. Und die Psychologin mit ihrem Gerede über Schizophrenie …«

»Es reicht, die Geschichte kenne ich bereits! Du hast gesagt, was du sagen musstest. Und jetzt lass mich bitte allein.«

»Gut. Dann gehe ich jetzt.«

Sie streichelt mir über die Wange. Die Berührung ihrer Hand lässt mich zusammenzucken.

»Demian … wirst du uns verzeihen?«

Ich schließe die Tür. Während sie die Treppe hinuntergeht, höre ich, wie meine Mutter sich nicht mehr beherrschen kann und in haltloses Schluchzen ausbricht.

Doch ich empfinde nichts.

Ich halte mir die Ohren zu, um sie nicht hören zu müssen. Um nichts mehr hören zu müssen. Mit geschlossenen Augen, den Rücken gegen die Wand, lasse ich mich auf den Fußboden sacken.

Ich bin so müde. Eine Muschelschale, zerbrechlich, leer, vom Sturm verweht und zurückgelassen auf einem fernen, unbekannten Strand, der von keiner Landkarte erfasst ist und noch nie von einem menschlichen Wesen betreten wurde.

Ich bin einsam und müde, aber ich darf nicht aufgeben. Unsere Reise ist noch nicht zu Ende.

# 48
# Das leere Haus

Ich warte bis Sonnenaufgang. Dann greife ich zum Telefon, rufe Samuel an. Endlich erreiche ich ihn. Er ist gerade in Okinawa und führt die Recherchen fort, die mein Vater dort abgebrochen hat. Kaum höre ich seine Stimme, breche ich in Tränen aus, doch leise, ich will nicht, dass er es hört, und ich spüre, dass er das Gleiche tut. Wir sind die einzigen beiden Menschen auf der Welt, die einander wirklich verstehen, sich im Schmerz des anderen spiegeln können.

Dein Vater stellt mir Fragen über Fragen, doch ich bin ihm keine große Hilfe. Mir fehlen zu viele Erinnerungen, und dazu noch die wichtigsten. Dann sagt er mir etwas Beunruhigendes: Es geht ihm schlecht, er hat sich von der Krankheit, die er sich auf den Philippinen eingefangen hatte, noch nicht erholt. Gleich nach seiner Ankunft in Okinawa musste er sich ins Krankenhaus von Nishihara begeben, in dasselbe, in dem auch mein Vater gelegen hatte.

»Samuel, komm sofort nach Hause«, versuche ich ihn zu überzeugen. »Ich werde mit den Recherchen weitermachen!«

»Nein, Demian.« Seine Stimme klingt bitter. »Im Augenblick schaffe ich es noch. Und du musst bleiben, wo du bist. In deinem Zustand ist das zu gefährlich.«

Zwei Wochen vergehen. Ich verbringe sie wie ein Genesender, der sich von einer langen Krankheit erholt. Gott allein weiß, wie sehr ich wieder aufbrechen und nach dir suchen will. Meine einzige Beschäftigung, während ich im Bett liege, besteht darin, die einzelnen Seiten des Buches mit unendlicher Geduld voneinander zu trennen. Jetzt, da ich weiß, woher es kommt, dass es dein letztes Geschenk an mich war, ist es mir noch kostbarer.

Unsere Wohnung scheint mich zu beobachten, mich zu fragen, wo du bist. Deine verdorrten Pflanzen, die ich nicht auszuzupfen und wegzuschmeißen wage, stehen noch auf dem Balkon. Sie starren übers Meer zum Horizont, warten auf dich. Ich fühle mich wie sie. Ich habe versucht, Radio zu hören, eine CD einzulegen, aber ich schaffe es nicht. Jedwede Musik lässt mich in Tränen ausbrechen. Gestern Abend habe ich zufällig ein Lied gehört, das mich an uns beide erinnert hat, *Landslide*, in der Version der Smashing Pumpkins:

»*Well, I've been afraid of changin', 'cause I've built my life around you …*«

Eines Abends kommt mir eine Idee. Ich ziehe einen alten Standordner aus dem Schrank, in dem ich die zu Schulzeiten geschriebenen Gedichte und Liedtexte aufbewahrt habe. Sie sind willkürlich hineingestopft, dazwischen offene Zigarettenpäckchen, ausgerissene Buchseiten, beschriebene Seitenränder, Servietten, Werbeflyer, sogar Bierdeckel: Jede Oberfläche war gut genug, dem plötzlichen Schreibdrang abzuhelfen. Eines nach dem anderen ziehe ich diese Fragmente hervor und lege sie ordentlich auf die ausgeblichenen Buchseiten. Ich hoffe, Dylan Thomas dreht sich nicht im Grab um. Bestimmt pfeifen Sir Llendebux in diesem Moment die Ohren.

Ich weiß nicht, weshalb ich das tue. Nachdem ich dich kennengelernt habe und wir ein Paar geworden sind, habe ich stets das Bedürfnis gehabt zu schreiben. Nach und nach habe ich durch dich zu meinem Gleichgewicht gefunden, und das brennende Gefühl, das mich zum Schreiben drängte, als wäre ich auf der Suche nach etwas Unerreichbarem, hat allmählich nachgelassen. Vielleicht kehrt jetzt, da du nicht mehr da bist, die vor langen Jahren empfundene Verlorenheit wieder zurück. Diese

Leere, die ich mit anderen Augen zu erkennen suchte, mit den Augen der Dichtung.

Wie besessen mache ich die ganze Nacht lang weiter. Gegen Morgen schlafe ich erschöpft auf dem Küchentisch ein.

Um elf weckt mich das Klingeln des Telefons. Es ist Samuel. Er sagt, er komme nach Hause. Es gehe ihm sehr schlecht.

Direkt nach seiner Landung fahren ihn meine Eltern ins Krankenhaus. Sein Zustand hat sich weiter verschlechtert. Die Ärzte wissen noch nicht, was er hat, es ist eine Virusinfektion, deren Symptome Ähnlichkeiten mit einigen Tropenkrankheiten aufweisen. Samuel muss sich noch immer übergeben, teilweise blutig, er leidet an Durchfallattacken und verliert zu viel Flüssigkeit. Drei Tage liegt er auf der Isolierstation, bis man sich sicher ist, dass er nicht ansteckend ist. Endlich kann ich ihn besuchen.

Diesmal sind wir nicht stark genug, um unser Weinen zu verbergen, unsere lange Umarmung löst sich in Tränen auf. Eines ist sicher: Weder mein Vater noch Samuel schaffen es, die Suche fortzuführen. Jetzt bin ich an der Reihe, muss dort weitermachen, wo sie aufgehört haben. Samuel gibt mir ihre Unterlagen, und ein kurzes Durchblättern genügt, um das ganze Ausmaß ihres riskanten Unterfangens zu begreifen.

»Ich weiß, was du denkst, Demian«, sagt Samuel und drückt meine Hand. »Aber du hast doch gesehen, wie gefährlich es ist. Ich bin krank geworden, dein Vater hat einen Herzinfarkt erlitten. Du hast das Leben noch vor dir.«

Seine Augen füllen sich mit Tränen, und ich kann nichts erwidern, obwohl ich innerlich koche. Dann flüstert Samuel mir etwas zu, das wie ein Segen und ein Appell zugleich klingt.

»Aber vielleicht, wenn du dich erinnern würdest…«

Ja. Zuerst muss ich mich erinnern. Es ist unerlässlich, mir über diese beiden Monate klar zu werden, die noch immer im Dunkeln liegen. Nachzuvollziehen, was uns zugestoßen ist.

Meine Erinnerungen zerbrechen an einem ganz bestimmten Tag, am 27. Februar 2009, deinem Geburtstag. Ich kenne den nächsten Schritt: Ich muss deine *Erinnerungsschachtel* öffnen und die Karte dieses Tages lesen. Sie liegt dort drin, zusammen mit ihrem Geheimnis.

Aber ich habe Angst.

Angst, alles *noch einmal* zu erleben. In den Schattenkegel vorzudringen und auf etwas zu stoßen, das ich nicht wissen will.

In jenen Tagen, als ich dich tot glaubte, hatte ich keine Angst, vielmehr brannte ich darauf, die Wahrheit herauszufinden. Doch jetzt ist es anders. Die Hoffnung birgt Angst. Manchmal würde ich am liebsten für immer im Niemandsland der Ungewissheit bleiben.

Also beschließe ich zu warten. Ich bleibe in der Wohnung, mit weit geöffneten Fenstern, die den eisigen, mit brackigen Düften und düsteren Stimmen aufgeladenen Novemberwind hereinlassen. Das Leben rauscht an mir vorüber, ohne mich zu berühren. Häufig klingelt das Telefon, doch ich gehe nicht ran. Die Stunden bestehen aus Grübeleien, Ängsten, Zweifeln. Sie werden zu Tagen.

Dann überwinde ich mich.

Ich öffne deine Schachtel und nehme mir deine Geburtstagskarte vor.

# 49
# Die Reiseeinladung

Ich ziehe die Jacke an, trete auf den Balkon hinaus, hocke mich mit dem Rücken gegen die Wand auf den Boden, einen Sonnenstrahl im Gesicht. Ich atme tief durch und fange an, die Karte zu lesen, die ich dir zu deinem Geburtstag vor neun Monaten geschrieben habe. Ich versuche, die ersten Zeilen zu überspringen, ihre Liebesbezeugungen würden mir nur wehtun und alles noch schwieriger machen. Ich überfliege sie hastig, bis ich finde, was ich suche.

»… wie auch immer, ich hoffe, Du freust dich! Leider lässt sich das Geschenk in diesem Fall NICHT umtauschen. Was kann das bloß sein, fragst Du Dich bestimmt …
Versuch Dir Folgendes vorzustellen.
Eine gewaltige türkisblaue Weite, die Dich umgibt, so weit das Auge reicht. Das Wasser ist kristallklar, nicht zu tief und sehr warm. Hin und wieder schauen leuchtende Sandbänke daraus hervor. Die dunklen, wogenden Wurzeln der Mangroven sehen aus wie seltsame Tiere. Fische in allen erdenklichen Farben umgeben Dich. Du bist in einem Archipel aus Hunderten winziger Atolle und Inselchen, die kaum größer sind als der Rücken eines Wals. Die Korallenriffe liegen dicht an dicht und bilden ein Netz, das sich meilenweit durch den Ozean zieht und eine riesengroße, stille Lagune umgibt.
Und jetzt stell Dir ein Segelboot vor, das friedlich durch dieses Paradies gleitet. Am Steuer sind wir beide, Du und ich und sonst niemand. Ja, Du hast richtig verstanden: sonst niemand. Keine

Gruppenferien, kein Skipper, keine festgelegten Routen, ich weiß, wie sehr Dir so etwas zuwider ist.
Okay, okay. Jetzt starrst Du noch ungläubig auf diese Karte. Aber bevor Du anfängst, Dir Sorgen zu machen, sollst Du wissen, dass alles hundertprozentig sicher ist, nichts kann uns gefährlich werden. Vertrau mir: Sideheart-Organisation! Sylvia und Jack bilden unsere Garantie: Sie haben vor fast zwanzig Jahren die gleiche Reise gemacht, als Segeln noch längst nicht so sicher war wie heute, und sie haben mir versichert, dass die Tour absolut unsere Kragenweite ist.
Und jetzt halt Dich fest - am 16. März geht's los, in zwei Wochen! Ich weiß, das kommt ein bisschen unverhofft, aber es ist die beste Jahreszeit, und die dürfen wir uns nicht entgehen lassen. Uns bleibt gerade genug Zeit, alle Vorbereitungen zu treffen, und dann haben wir fünfundzwanzig Tage völlige Freiheit, endlose Himmel und Farben, von denen Du nie geglaubt hättest ...«

Ich kann nicht weiterlesen.

Ich falte die Karte wieder zusammen und schließe die Augen.

Neue Flashs. Neue Bilder, die wie ein Film in meinem Kopf ablaufen. Noch ein letzter Schritt zum Kern des Schattens.

***

*San Francisco*
*27. Februar 2009*
*– Noch vierzig Tage bis zur Amnesie –*

»Dem, du bist verrückt!«

Ein wenig bang schaue ich dich an und versuche deinen Gesichtsausdruck zu deuten. Wir sind im Schlafzimmer, um elf Uhr morgens, heute ist dein Geburtstag, und wir haben uns den Tag freigenommen. Das Tablett mit den Frühstücksresten steht auf der Bettdecke, ein Strauß gelber Tulpen streichelt dein Knie. In der Hand hältst du die Karte.

»Gefällt es dir nicht?«

»Es ist der Hammer! Es … es ist … ein Traum!« Du schlingst mir die Arme um den Hals und drückst mir einen Kuss auf den Mund, der nach Kaffee schmeckt. Meine Hände gleiten unter dein Nachthemd und spüren deine nackte Haut.

»Aber wird das nicht gefährlich?«

»Ach was, der Archipel ist total friedlich, das Wasser ist flach und ganz leicht zu besegeln.«

»Wenn ich dran denke, läuft's mir heiß und kalt den Rücken runter.«

»Hast du Angst?«

»Ein bisschen … vor allem vor Aufregung! Das wird herrlich, ich weiß es.«

Aber du scheinst nicht vollends überzeugt zu sein, und ich hake nach.

»Ich hab nur an Papa gedacht. Der kriegt einen Herzschlag, wenn ich es ihm sage.«

»Musst du ihm denn immer alles erzählen? Vielleicht denken wir uns eine Ausrede aus. Wieso soll er sich unnötig Sorgen machen. Du könntest sagen, wir wollen den Südwesten Asiens bereisen. Es wird nur schwierig, ihm beizubringen, dass das Handy drei Wochen lang nicht funktioniert.«

»Und wenn wir uns ein Satellitenhandy zulegen? Ich kann nicht so lange einfach abtauchen. Und dann müssen deine Eltern mitspielen, sonst verraten sie uns.«

»Okay, okay, kein Problem. Super, oder? Wir machen was, von dem die Eltern nichts wissen, wie damals, als wir noch ein Schülerpärchen waren.«

»Ich hab nie was gemacht, von dem sie nichts wissen!« Lachend stehst du auf und setzt dich rittlings auf meinen Schoß. »Aber hör mal … wenn wir nur noch zwei Wochen bis zur Abreise haben, müssen wir jetzt ranklotzen, findest du nicht?«

»Puh … Ich wusste, dass ich mir damit selbst ins Knie schießen würde«, stöhne ich gespielt genervt. In Wirklichkeit kann ich es kaum abwarten, damit anzufangen.

»Außerdem hast du ganz richtig gesagt: *Ich habe ein Monster erschaffen.*«

»Na, dann komm her, du kleines Monster, dass ich dich mit Küssen zur Strecke bringe.«

Prustend drückst du mir das Kissen aufs Gesicht, aber du entwischst mir nicht mehr. Wir kugeln übers Bett, ohne uns um das Frühstückstablett und die gelben Tulpen zu scheren, die sich auf den Laken verteilen.

***

Ganz allmählich nimmt der Brennpunkt der Amnesie, das sogenannte *Trauma*, Formen an. Die Zeiten und geographischen Entfernungen der Erinnerungen nähern sich meinem Schiffbruch.

Ich mache mich aufs Schlimmste gefasst. Doch jetzt habe ich diesen Weg eingeschlagen und kann nicht mehr zurück. Jetzt gibt es nur noch zwei Menschen, die mir helfen können. Und sie leben hier, in San Francisco. Ohne einen weiteren Gedanken zu verschwenden, suche ich sie auf.

Festgemacht an der Mole von Sausalito wiegt sich das rosaweiß gestreifte Hausboot von Sylvia und Jack auf dem Wasser. Das große, zwei Geschosse hohe holzvertäfelte Wohnzimmer erinnert an das Unterdeck eines alten Schiffes, eines »mitten in einem Woodstock-Gathering gestrandeten Piratenschiffes«. So pflegt Jack sein Zuhause zu beschreiben mit den unglaublichen Mengen an Seefahrergerümpel und psychedelischem Hippieplunder, der sich in den Ecken stapelt und einen gewissen künstlerischen Anspruch erhebt.

Mit klingelndem Teelöffel rühre ich in der alten Porzellantasse herum.

»Ist das der übliche *Spezialtee*?«, frage ich.

»Ganz genau, mein Lieber.« Sylvia lächelt vielsagend. Jack fläzt sich lachend in den Patchworksessel. Sylvias »Spezialtee« auf Marihuanabasis. Der enthaltene Wirkstoff ist zu schwach, als dass er irgendeinen Effekt haben könnte, zumindest behauptet sie das immer. Doch ich erinnere mich, dass du dich stets geweigert hast, ihn zu trinken, selbst wenn wir durchnässt und halb tot nach den winterlichen Segelstunden etwas zum Aufwärmen brauchten.

»Dann sollte ich ihn vielleicht besser nicht trinken. Zur Zeit ist es mit meinem Kopf nicht so weit her.« Ich stelle die Tasse auf das Tischchen, das aus einem alten, mit lilablauen Mustern bemalten Steuerruder gemacht ist.

»Das habe ich gemerkt. Ich hab mir Sorgen gemacht, neulich.«

Obwohl ich versuche, mich auf das Wesentliche zu beschränken, brauche ich über zwei Stunden, um zu erzählen, was ich in diesen Monaten erlebt habe. Als ich fertig bin, bestürmen mich Sylvia und Jack mit Fragen. Schließlich gebe ich den wahren Grund meines Besuches preis: Ich brauche ihre Erinnerungen.

»Heute Morgen habe ich eine Karte vom 27. Februar gefunden. Darin schrieb ich Karin, wir würden eine lange Segelreise machen. Das war mein Geburtstagsgeschenk für sie. In der Karte habe ich nicht allzu viel verraten, aber euch erwähnt. Offenbar habt ihr mir Tipps gegeben. Könnt ihr euch daran noch erinnern?«

»Natürlich«, antwortet Sylvia. »Das muss Mitte Februar gewesen sein, ihr wart gerade mit dem Segelkurs fertig. Du hast uns besucht und gefragt, ob wir einen *wirklich* schönen Ort kennen, wo man segeln kann, ein Südseeparadies mit Lagunen und Korallenriffen, das aber für zwei Anfänger wie euch geeignet ist. Jack und ich haben uns angesehen und …«

»Es gibt nur einen solchen Ort auf der Welt«, schaltet Jack sich ein. »Wir hatten einander versprochen, ihn möglichst für uns zu behalten, doch du und Karin wart – *seid* – uns besonders ans Herz gewachsen, deshalb haben wir wie aus einem Mund gesagt: *Kanku-Shi.*«

»Klingelt es da bei dir? Geht bei dem Namen irgendein Film in deinem Kopf los?«, fragt Sylvia halb neugierig, halb besorgt.

Ich schüttle den Kopf. Nichts. Jack fährt fort.

»Wir haben viele herrliche Orte auf der Welt gesehen, aber der Archipel von Kanku-Shi ist unvergleichlich. Und wir reden von einer nunmehr zwanzig Jahre zurückliegenden Reise! Er besteht aus zahllosen winzigen Inseln, Sandbänken und Atollen, die alle sehr dicht beieinanderliegen und eine hundert Meilen lange Kette aus hinreißend schönen blauen Lagunen bilden. Es gibt keinen Flughafen weit und breit, nicht einmal richtige Häfen, nur winzige Dörfer und einfache Menschen, die von der Fischerei und dem Geld der sich bis dorthin vorwagenden Touristen leben. Keine Ferienanlagen, kein Touristenservice, keine Tankstellen. Einzig mit dem Segelboot lässt sich diese unberührte Gegend erkunden. Sie ist bis heute so gut wie unbekannt, und wer sie bereist, behält sie möglichst für sich.«

»Außerdem ist Kanku-Shi das ideale Ziel für Segelanfänger«, fügt Sylvia hinzu. »Flaches, immer ruhiges Wasser ohne Strömungen oder besonders starke Winde. Der einzig schwierige Teil ist die Überfahrt dorthin. Doch heute gibt es lokale Organisationen, die die Reisenden mit Begleitbooten lotsen oder vor Ort Segelboote verleihen. Das Risiko liegt also praktisch bei null.«

»Bestimmt hast du mit einer dieser Organisationen Kontakt aufgenommen«, schließt Jack.

»Hab ich euch vor unserer Abreise gesagt, an wen ich mich gewandt hatte?«, frage ich hoffnungsvoll.

»Vielleicht schon, wer weiß das noch«, antwortet Sylvia bedauernd. »Wer konnte denn ahnen, dass das eines Tages so wichtig werden würde.«

»Aber es erscheint mir unmöglich, dass euch etwas in Kanku-Shi zugestoßen sein soll!«, sagt Jack mit Nachdruck.

Ich muss mehr darüber wissen, ich brauche ein Bild, das meine Erinnerungen in Gang setzt.

»Ihr wart doch da, versucht es mir zu beschreiben.«

»Damals war Kanku-Shi noch vollkommen unbekannt«, fängt Sylvia an. »Wir haben es zufällig entdeckt. Wir hatten die Nase voll vom Mount Tamalpais und sind in den Orient aufgebrochen. Anfangs haben wir uns wie viele andere Hippies auf den Weg nach Indien gemacht: Wir sind per Anhalter durch Europa bis Istanbul, mit dem Zug durch die Türkei bis nach Erzurum und dann mit dem Bus durch den Iran bis nach Maschhad. Von dort aus sind wir in Herat über die afghanische Grenze und dann runter bis Kandahar, Kabul, über den Khyberpass, dann Pakist…«

»Fass dich kurz, Sylvia!«, lacht Jack. »Demian will was über Kanku-Shi wissen!«

»Ich komme ja gleich dazu. Als wir endlich da waren, hatten wir Katmandu und die Strände von Goa bald satt. Zu überlaufen. Also haben wir Indien verlassen und sind auf der Suche nach neuen Eindrücken nach Fernost aufgebrochen. Bis nach Taiwan. Ein paar Monate lebten wir dort in einer sehr durchmischten Kommune, lauter Künstler, Surfer, Anhänger fernöstlicher Religionen und Spinner auf der Suche nach neuen Drogen. Die Kommune hieß *The Soul Travellers* und befand sich auf einer verlassenen Militärbasis an der Ostküste. Unser Strand lag dem Archipel von Kanku-Shi direkt gegenüber, es war nur wenige hundert Meilen entfernt. Mein Gott, war das wunderbar! Das ist jetzt so lange her…«

Gebannt höre ich Sylvia zu, doch ihre Schilderungen lösen nichts in mir aus, die Amnesie gibt nicht nach. Inzwischen ist es dunkel geworden, ich beschließe, nach Hause zu gehen, und schlage ihre Einladung zum Abendessen aus. Wir verabschieden uns mit einer herzlichen Umarmung, und ich sehe, dass ihre Augen feucht sind.

»Was wirst du jetzt tun?«, fragt Sylvia.

Ich schüttle den Kopf und blicke auf das inzwischen tintenschwarze Meer. Noch weiß ich es nicht.

»Und … Demian?« Jack durchbohrt mich mit seinem Piratenblick. »Hast du den Pazifik wirklich mit einem Kanu überquert?«

Ich nicke, und meine Segellehrer sehen mich ernst und ehrfürchtig an. Doch ich habe den unguten Eindruck, als wäre ich durchsichtig und als gingen ihre Blicke durch mich hindurch wie durch ein Gespenst.

»Das ist unglaublich«, sagt Jack. »Und könntest du noch sagen, welchen Kurs du genommen hast? Erinnerst du dich, wo die Insel liegt, an die du angespült wurdest?«

»Leider nicht. Als ich von dort weg bin, hat mir der Häuptling ein *Re'wellib* geschenkt … wisst ihr, was das ist?« Jack nickt mit großen Augen. »Dieses *Re'wellib* enthielt eine Karte, um auf die Insel zurückzukehren, doch es ist mir kaputtgegangen. Ich glaube nicht, dass ich sie je wiedersehen werde.«

# 50

# Ein neuer Aufbruch

San Francisco
15. November 2009

Als ich heute Morgen den Polizeibericht über unser Verschwinden gelesen habe, fand ich einen Hinweis auf unsere Reise nach Kanku-Shi. Aus meinen Kreditkartenabrechnungen geht hervor, dass ich zwei Flugtickets nach Taipeh gekauft habe, voraussichtliche Ankunft am Flughafen Chiang Kai-shek am 16. März 2009 um 13:20 Uhr.
Nach diesem Datum gibt es keine weiteren Zahlungen mehr, offenbar haben wir ab da alles bar bezahlt. Ich habe die Wohnung auf den Kopf gestellt, aber nichts anderes gefunden. Weder ein Reisedokument noch ein Ticket noch eine Reservierung oder eine Quittung. Nichts.
Ein paar verschwommene Erinnerungen an unsere Ankunft in Taipeh sind mir ins Gedächtnis gekommen. Und wenn ich hier zu Hause bleibe, werden das auch die letzten Erinnerungen sein, denn in San Francisco gibt es nichts mehr, was ich noch entdecken könnte.

Das entsetzliche Kopfweh, mit dem ich aufgewacht bin, hindert mich am Weiterschreiben. Mein Kopf hämmert zum Zerspringen. Ich presse meine Hände gegen die Schläfen und höre einc Stimme.

*Warte, es ist noch nicht zu spät.*

In Wirklichkeit höre ich eine Mischung aus vielen Stimmen.

Ich erkenne die meiner Eltern und die von Chris. Vielleicht auch deine.

*Warte, es ist noch nicht zu spät.*

Zahlreiche Fragen schwirren mir durch den Kopf. Wie hoch ist die Wahrscheinlichkeit, dass du noch lebst? Wie hoch ist die Wahrscheinlichkeit, dich zu finden? Und dass all das ein gutes Ende nimmt? Ein Teil von mir kennt die Antwort bereits. Und welchen Sinn kann es haben, derart verbissen nach einem toten Körper zu suchen? Die Geschichte eines Schmerzes zu rekonstruieren, der derart unerträglich ist, dass man ihn besser vergisst?

*Warte, es ist noch nicht zu spät.*

Vielleicht sollte ich versuchen, zu meinem vorigen Leben zurückzukehren: weiter in unserer Wohnung wohnen, meine tägliche Arbeit wiederaufnehmen, Spaziergänge machen, ins Kino gehen, neue Menschen kennenlernen, in Ferien fahren, den Sonnenuntergang betrachten, essen, atmen.

*Warte, es ist noch nicht zu spät.*

Aber ich kann nicht darauf hören.

Das Telefon klingelt. Es ist Chris. Er ruft mich jeden Tag um die gleiche Zeit an. Und wie jeden Tag beschränkt sich unsere Unterhaltung auf wenige Sekunden. Chris will mich überzeugen, wieder ins Büro zu kommen, und sei es nur kurz, um einen Blick auf meine Sachen zu werfen. Ich kenne ihn gut und weiß, dass er es nicht aus Eigennutz tut, auch wenn meine lange Abwesenheit unserem jungen Unternehmen bestimmt geschadet hat. Vielleicht glaubt er, er könne mich ablenken und nach und nach wieder zu meinem alten Leben zurückführen. Aber ich lasse ihn stets auf nicht ganz so einfühlsame Weise wissen, dass ich mich von allem fernhalten will, was nach Routine und normalem Leben, nach *altem* Leben riecht. Wenn ich es versuchte, würde ich womöglich tatsächlich verrückt werden.

*Warte, es ist noch nicht zu spät.*

Auch meine Eltern rufen an, sind um mich besorgt, besuchen mich. Ich versuche ihnen aus dem Weg zu gehen, und wenn das nicht geht, rede ich sehr wenig, antworte einsilbig. Meine Wut entzündet sich jedes Mal neu, ich kann ihnen noch nicht verzeihen, etwas in mir hindert mich daran. Wenn ich ihnen zuhörte und sie ausreden ließe, würden sie sicher Dinge sagen wie »Demian, du musst damit fertigwerden, du musst versuchen, wieder ein normales Leben zu führen, wir haben alles Mögliche getan, du kannst nicht ewig so weitermachen«. Sie würden ihrer absurden Lüge Nachdruck verleihen: Im Grunde sei dein Verschwinden weniger wichtig als die Tatsache, dass ich wieder anfange zu leben, und deine Rettung müsse hinter meine zurücktreten.

Am 17. November bekomme ich einen Anruf von der Polizei: Mein neuer Pass ist fertig, morgen kann ich ihn abholen. Was den Führerschein angeht, dauert es noch eine Weile. Da ich nicht selbst fahren darf, muss ich meine Eltern bitten. Die Stimmung im Auto ist zum Zerreißen gespannt, niemand sagt ein Wort. Endlich bricht mein Vater das Schweigen, und ich begreife den Grund für ihre erdrückende Anspannung.

»Jetzt, wo du wieder einen Pass hast…«, sagt er zögernd, »was hast du vor?«

Ich bleibe stumm. Ich glaube nicht, dass ich darauf antworten muss.

»Demian«, sagt meine Mutter. »Geh nicht fort. Das ist zu gefährlich.«

»Macht euch keine Sorgen«, antworte ich ätzend, »ich hab zwar wieder einen Pass, aber das Visum braucht mindestens einen Monat.«

*Warte, es ist noch nicht zu spät.*

In den folgenden Tagen muss ich oft an Balth denken. An seine seltsamen Worte, die letzten, die er mir gesagt hat, ehe ich mein Gedächtnis wiedererlangte.

*»Für jeden von uns gibt es einen auf der ganzen Welt einzigartigen Ort, an dem wir die Menschen wiedertreffen können, die wir in unserem Leben am meisten geliebt haben.«*

Was meinte er damit? Ich hatte keine Gelegenheit mehr, ihn zu fragen. Ehrlich gesagt, konnte ich mich nicht einmal von ihm verabschieden oder ihm danken, und das tut mir leid, nach all dem, was er für mich getan hat. Plötzlich packt mich der Wunsch, mit ihm zu sprechen, und ich beschließe, ihn anzurufen. Noch weiß ich es nicht, aber dieser Wunsch wird nie mehr in Erfüllung gehen.

Zwei Tage lang geht im Dylan Thomas Inn niemand ans Telefon. Sehr seltsam. Ob Balth Urlaub macht? Das erscheint mir höchst unwahrscheinlich.

Am 20. November bin ich mit meinem nagelneuen Pass bereits auf dem Weg nach Laugharne. Ich muss Balth wiedersehen, doch bisher ist es mir noch nicht gelungen, ihn zu erreichen. Als ich in Cardiff ankomme, gehe ich sofort zum Busparkplatz und mache mir einen Spaß daraus, Sullivan Dodger von hinten zu überraschen.

»Entschuldigen Sie, könnten Sie mir vielleicht etwas zu diesem Buch sagen?«, frage ich und halte ihm den vom Meerwasser ausgeblichenen Band unter die Nase.

Mit eisigem Blick fährt Sullivan herum, doch kaum sieht er mich, leuchten seine Augen auf.

»Mich trifft der Schlag … Sebastian Haller! Oder wie zum Teufel du sonst jetzt heißen magst!«

Zu meiner Überraschung schließt er mich fest in die Arme.

»Demian … Sideheart …«, röchle ich.

»Aber sicher. Komm an Bord, ich muss los.«

»Wie läuft's in Laugharne?«, frage ich beim Einsteigen.

»Na ja. Du hast uns ganz schön durcheinandergebracht, und das hatten wir bitter nötig. Seit einem Monat spricht man hier nur noch von dir: der Junge, der mithilfe von Dylan Thomas' Gedichten Balths verlorenen Sohn und sein Gedächtnis wiedergefunden hat. Du bist jetzt eine Berühmtheit! Manch einer will dich sogar *Druide* nennen, mein Junge. Bist du bereit, zum nächsten Vollmond eine Jungfrau zu opfern?«

Er lacht über meine entgeisterte Miene und startet den Motor.

»Schade, dass du so zackig verschwunden bist«, ruft er, um den Motor zu übertönen. »Welcher günstige Wind hat dich hierhergetragen?«

»Ich wollte Balth wiedersehen.«

»Ach, stimmt«, Sullivans Gesicht verdüstert sich. »Du weißt ja nichts davon.«

»Wovon?« Mein Herz klopft mir bis zum Hals.

»Nun, Balth …«, Sullivan zögert, dann räuspert er sich, als müsse er etwas Heikles sagen. »Dank dir hat Balth eine Heiterkeit wiedergefunden, mit der er nicht mehr gerechnet hatte. Besser gesagt, eine Freude, eine angesichts der Umstände geradezu übertriebene Freude. Als würde sich darunter *etwas anderes* verbergen.« Sullivan dreht sich um und sieht mir in die Augen. »Zumindest war er in seinen letzten Tagen glücklich. Er ist mit einem Lächeln auf den Lippen gegangen.«

»Aber was …«

Die Worte bleiben mir im Halse stecken.

»Balth ist vor zehn Tagen gestorben.«

Ich verliere die Kontrolle, Tränen und Schluchzer brechen in heißem Schwall aus mir heraus. Die Fahrgäste sehen mich fragend und besorgt an. Ich vergrabe das Gesicht in den Händen.

»Er ist glücklich gestorben«, wiederholt Sullivan und versucht mich zu trösten.

Ich stehe vor dem Dylan Thomas Inn. Die Tür ist verrammelt, sämtliche Fenster geschlossen. Schon hängt ein Schild *ZU VERKAUFEN* an der Tür. Es erscheint mir so surreal: Noch vor einem Monat war dieser Ort mein Zuhause.

Auf dem Friedhof von Laugharne lege ich eine Blume auf sein Grab. Der Grabstein vermerkt drei Namen:

Jetzt sind sie endlich wieder zusammen.

Sullivan legt mir eine Hand auf die Schulter und bietet mir an, mich zum *Sanduhr-Strand* zu begleiten.

»Möchtest du dorthin zurück?«

»Ich dachte, das ist verboten.«

»Aber nicht für dich. Zumindest nicht mehr.«

Also kehre ich, begleitet von Sullivan, zum dritten Mal an diesen traumverhafteten Ort zurück. Ich ziehe die Schuhe aus und versinke im eisigen Sand. »Was ist dieser Ort in Wirklichkeit?« Zuerst verstehe ich meine eigene Frage nicht.

»Ein Symbol«, antwortet Sullivan. Seine Stimme klingt so uralt wie die schwarzen Felsen ringsum. »Und, um es mit Dylan Thomas zu sagen, *Symbole werden gewählt aus des Jahres langsamer Rundfahrt um seiner vier Zeiten Ufer*.«

Er lächelt mich an, sein schlohweißes Haar windzerzaust. Einen Moment lang erscheint mir das, was ich sehe, nicht wirklich. Als existierte es nur in meinem Kopf.

»Eines musst du wissen.« Sullivans Stimme kann mich gerade noch rechtzeitig in die Wirklichkeit zurückholen. »Balth wurde in seinem Arbeitszimmer gefunden, zusammengesunken über seinem Schreibtisch. Es sah aus, als würde er schlafen: Der Kopf lag auf dem Arm, er hielt den Stift noch in der Hand und lächelte. Er war sofort tot und hat nicht gelitten. Er schrieb gerade einen Brief.«

Sullivan seufzt.

»Er war an dich. Oder besser, an Sebastian Haller.«

Ich erschrecke.

»Und wo ist der Brief jetzt?«

»Pater Wynngid hat ihn an sich genommen. Ich glaube, er hat die Polizei von Cardiff gefragt, um deine Adresse zu bekommen und ihn dir zu schicken. So wie ich ihn kenne, auf Kosten des Empfängers.«

»Weißt du, was Balth geschrieben hat?«

»Ich habe ihn nicht gelesen. Auch Pater Wynngid behauptet, er hätte es nicht getan, aber in den letzten Tagen nach der Beerdigung sind Gerüchte über seinen angeblichen Inhalt aufgekommen. Seltsame Dinge, angeblich hat Balth von irgendwelchen *Träumen mit offenen Augen* geschrieben, die er dir unbedingt erzählen wollte.«

Vielleicht kann oder will Sullivan nicht auf meine Fragen antworten, und schließlich schweigen wir. Ich gehe ans Wasser und lasse mir die Knöchel umspülen, bis meine Füße taub sind vor Kälte. Als ich mich umdrehe, bin ich allein.

Taumelnd erklimme ich den Leuchtturm, der sich über dem Strand erhebt. Ich erreiche das runde, zum Meer offene Zimmer, trete an den steinernen Altar und öffne das hölzerne Kästchen. Das letzte unversehrte Exemplar der BrynCoedwyg-Ausgabe von 1951 ist noch da. Ich nehme es heraus, blättere es durch, streichle den Einband, dann lege ich es zurück. Ich hole mein Exemplar hervor, das der Ozean ausgebleicht hat, setze mich an der offenen Zimmerseite auf den Boden, lasse die Beine ins Leere baumeln und blicke aufs Meer hinab. Langsam verschwindet das stetige, hypnotische Rollen aus meinem Blickfeld, der Wind hört auf zu pfeifen. Wie hypnotisiert ziehe ich einen Stift aus dem Rucksack. Drücke ihn auf das weiße Papier. Die Worte sprudeln von selbst hervor, ein selbstständiges Fließen, das einer geheimnisvollen Quelle entspringt. Das Schreiben führt meine Hand.

*Kann ich mit dir sprechen?* Das ist der einzige Gedanke, den ich in diesem Moment fassen kann. Zum ersten Mal seit meiner Jugend schreibe ich eine Art Gedicht, das ich jetzt noch nicht verstehe. Ich schreibe es für dich.

Oder vielleicht schreibst *du* es für mich?

Bei Sonnenuntergang kehre ich nach Laugharne zurück und spreche mit Pater Wynngid. Er ist überrascht und verlegen, als er mich sieht, wie sollte es angesichts unseres letzten Zusammentreffens auch anders sein. Entschuldigungen stammelnd bittet er mich in seine karge Behausung hinter der Kirche.

»Ich habe den Brief vor einigen Tagen abgeschickt. Du wirst ihn also irgendwann bekommen«, sagt er lakonisch.

»Sie haben keine Kopie gemacht?«

»Natürlich nicht! Wofür hältst du mich, Junge? Nicht mal gelesen hab ich ihn! Nur die Anrede habe ich gesehen. ›Lieber Sebastian‹, und da hab ich gewusst, dass er für dich ist. Der Rest geht nur dich und Balthasar etwas an, Friede seiner Seele.«

Den ganzen nächsten Tag wandere ich durch die Gassen und Felder von Laugharne und denke an den Schmerz, der Balth sein ganzes Leben lang begleitet hat und der meinem so ähnlich ist. Als ich sein Tagebuch las, erschienen mir seine endlosen Mühen und jahrelangen Recherchen, nur, um einen Leichnam beerdigen zu können, absurd. Doch jetzt beginne ich den Sinn all dessen zu begreifen. Manche Dinge kann man nicht einfach hinter sich lassen.

Und was war diese überwältigende Freude, die sein Gesicht erhellte, als er am Morgen des 26. Oktober das Skelett seines Sohnes fand? Hatte das Ende der Qual, die Vorstellung, diesem Häufchen Knochen ein Grab geben zu können, die Aufdeckung der Wahrheit nach fünfundzwanzig Jahren Zweifel gereicht, ihn so glücklich zu machen? Und wie hatte er mich gefunden, woher hatte er gewusst, dass ich dort unten in dieser Erdspalte stecke?

Doch nun sind Balths Geheimnisse mit seinem Körper begraben. Oder vielleicht wird sein Brief mir Antworten geben. Ich muss auf ihn warten, mir bleibt nichts anderes übrig.

Als ich nach San Francisco zurückkomme, empfängt mich ein grauer, vor endlosem Regen triefender Himmel. Die ganze Zeit liege ich auf dem Bett oder sitze in der Küche. Ich schalte das Licht nicht mehr an. Mit jedem Tag wird der Schmerz düsterer, dichter und bitterer. Wozu habe ich den Weg nach Hause gefunden, wenn dies nicht mehr mein Zuhause ist?

Häufig greife ich zu dem Buch, lese die Worte, die ich oben im Leuchtturm hineingeschrieben habe. Ich wiederhole sie unendlich oft, lasse sie in mir nachklingen. Es ist ein Brief, den ich in jeden Winkel der Welt schicken möchte und der an dich gerichtet ist, damit er dich egal wo erreicht. Ein Gedicht, das ich in jede Straße der Welt rufen und dabei die Zeit anhalten möchte, um die Zeit zu haben, dich wiederzufinden.

Dann, eines Nachmittags, begreife ich. Du bist es, die mich ruft. Die Stimme, die mir diese Worte zugeraunt hat, ist wirklich deine. Ich weiß nicht, woher sie gekommen ist, durch welche lange Straße des Schmerzes. Das wunderbare Leben, das wir miteinander aufgebaut haben und das mich noch immer umgibt, ist ohne dich unerträglich geworden. Das Gedicht spricht zu mir und lässt mich all das wissen. Es sagt mir, dass ich sofort wieder aufbrechen muss, dorthin, wo ich dachte, die Reise sei zu Ende. Auch wenn das bedeutet, unerträglichem Schmerz entgegenzugehen. Ich komme dich suchen.

Am 16. Dezember sind meine Visapapiere fertig. Jetzt hält mich nichts mehr hier. Endlich kann ich aufbrechen.

Am liebsten würde ich ohne ein Wort abhauen, spurlos verschwinden. Aber ich weiß, dass das unmöglich und auch nicht richtig wäre. Am Abend vor meiner Abreise ist der einzige Mensch, von dem ich mich verabschieden will, Chris. Er reagiert wie erwartet.

»Das kannst du nicht bringen, Demian!« Er ist ganz aufgekratzt, eigentlich sieht er noch immer aus wie der Sechzehnjährige, der mein bester Freund wurde. »Du hast einen Job, unsere Firma. Du kannst ein neues Leben anfangen. Glaubst du nicht, dass Karin sich das wünschen würde? Du musst reagieren!«

»Aber genau das tue ich, Chris. Ich werde sie suchen gehen.«

»Das ist keine Reaktion … das ist totaler Schwachsinn!«

»Chris …« Meine Stimme bleibt erstaunlich ruhig. »Du erinnerst dich doch, was vor vierzehn Jahren in Seattle passiert ist, oder? Ich werde das nie vergessen, und ich weiß, dass es dir verdammt ähnlich geht. Du weißt, wer mich da rausgeholt und zu diesem Leben gebracht hat, oder? Ich kann nicht so weiterleben, die Zähne zusammenbeißen und den Schmerz ertragen. Ohne Karin ist das nicht mehr mein Leben.«

»Das war vor vierzehn Jahren! Jetzt bist du ein anderer Mensch. Du kannst nicht alles hinschmeißen. Samuel und dein Vater hatten nicht viel zu verlieren, aber du hast …«

Plötzlich begreift er, und die Tränen schießen ihm in die Augen.

»Du wirst nicht zurückkehren, stimmt's? Deshalb hast du von der Nacht in Seattle geredet. Aber ich will nicht, dass du gehst. Ich komme mit! Lass mich mit dir gehen!«

»Unmöglich. Und das weißt du.«

»In den Monaten, in denen ihr verschwunden wart, hatte ich eine Scheißangst. Aber ich hab mich zusammengerissen, ich wollte nicht wahrhaben, dass mein bester Freund mich verlassen hat. Und jetzt, wo ich dich wiedergefunden habe, lässt du mich wieder im Stich. Das kann ich nicht zulassen. Es wird werden wie in alten Zeiten: on the Road, zusammen.«

»Nein, Chris.« Sein aufrichtiges Freundschaftsangebot rührt mich mehr, als ich zugeben möchte. »Du musst unsere Firma voranbringen. Sollte ich Karin finden und mit ihr nach Hause kommen, werde ich mich sofort wieder hinter die Arbeit klemmen. Jetzt bin ich gezwungen zu gehen, aber ich hoffe, dass du mich irgendwann wieder als Partner haben willst. Kram meinen Schreibtisch nicht gleich mit deinem Zeug voll, verstanden?«

»Okay, okay.« Chris lacht unter Tränen. »Aber wir haben immer alles zusammen gemacht.«

»Diese Reise können wir nicht zusammen machen. Das wäre dir gegenüber nicht fair.«

»Ich habe Angst, dass ich dich nie wiedersehe.«

»Ich habe auch Angst, mein Freund.«

Unser Abschied ist eine Umarmung wie vor vielen Jahren, als wir unser Leben lebten und dachten, jeder Tag, jeder Abschied, jedes Lachen könnte das letzte sein.

Meine Eltern zu verlassen, ist noch schwerer. Dieser Abschied tut weh, und deshalb ist er distanzierter und verliert sich in überflüssigen organisatorischen Details. Meine Eltern bestehen darauf, dass ich Weihnachten abwarte, und bitten mich, es mit ihnen zu feiern. Weil ich hartnäckig Nein sage, wollen sie mir wenigstens eine Frist abverlangen, innerhalb der ich trotz allem nach Hause zurückkehre. Am Ende gebe ich ihnen ein halbes Versprechen, denn mein Visum verfällt sowieso in drei Monaten.

Es ist der 21. Dezember. Als das Flugzeug sich zum Abflug bereit macht, vergieße ich bittere Tränen. In einem Buch, das mir sehr ans Herz gewachsen ist, habe ich gelesen, dass all das nur die Kehrseite einer Medaille ist, auf deren anderer Seite die Liebe steht. Doch der einzige Sinn, den ich jetzt in der Liebe sehe, ist, dass ich nicht aufgeben darf. Ich darf nicht glauben, dass es dich nicht mehr gibt.

Das Flugzeug kriecht über die Rollbahn, dann jaulen die Motoren auf, und die heftige Beschleunigung kribbelt mir im Magen.

Wenn du irgendwo auf dieser Welt bist, dann werde ich dich bald finden. Wenn du irgendwo *jenseits* dieser Welt bist, werde ich bald, sehr bald, bei dir sein. Ich werde den richtigen Moment spüren. Das ist der Sinn des Versprechens, das wir uns vor vielen Jahren gegeben haben, erinnerst du dich?

Bezaubert starre ich aus dem Flugzeugfenster und betrachte dich, betrachte uns, unsere Spiegelbilder auf diesem blauen Spiegel aus Licht, unsere zarten Spuren, bis eine Welle sie auslöscht und uns hinwegfegt.

IV

# DIE SUCHE DER LIEBE

# 51

## Es ist ein Strand oder vielleicht eine Wüste

Nur der Sand und ich.

Blendend weiße Dünen, die sich ringsum ins Unendliche ziehen.

Die Sandkörner rieseln durch die Finger. Der Staub liegt wie ein Schleier auf den Schultern. Der Wind peitscht die Augen.

Ich bin so müde.

Wie lange laufe ich schon und versinke Schritt um Schritt? Und wohin?

Der Wind spielt mit meinem weißen Kleid, bläht es wie ein Segel, verlangsamt meine Bewegungen, zieht mich aus. Manchmal weht er zu meinen Gunsten und gibt mir das Gefühl zu fliegen.

Staub und Schweiß haben mein Haar schwer gemacht, es zerrt an den Wurzeln und juckt unerträglich.

*Ich hätte sie mir vor der Reise abschneiden sollen*, denke ich. *Aber das hättest du nie zugelassen.*

Ich lächle. Nur ein sinnloser Gedanke. Ich versuche ihn festzuhalten, aber er löst sich in der glasigen Luft auf. Alles ist so unwirklich …

Es ist ein Strand oder vielleicht eine Wüste.

Aber ich weiß, dass ich den brackigen Geruch des Meeres in der Nase hatte. Wenn ich stehenbleibe und horche, meine ich das ferne Rauschen der Wellen zu hören, gerade lang genug, um zu hoffen.

Da, jetzt.

Ich könnte schwören, im Pfeifen des Windes eine Stimme gehört zu haben.

*Dein Licht.*

Ich weiß auch, dass ich von dir geträumt habe, vor langer Zeit.

Aber wer bist du? Und wie heißt du?

Ich habe eben gesagt, dass du mich gerufen hast – aber wie heiße ich?

Es ist ein Strand oder vielleicht eine Wüste.

Und was ist eine Wüste? Nichts anderes als ein Strand, der nicht mehr zu seinem Wasser findet. Ausgedörrter Sand, der nur auf die Welle wartet, die sich über ihn legt und tief in ihn eindringt.

Eine Welle nach der nächsten. Eine rhythmische Bewegung.

Ich und du. Meer und Strand.

Aber jetzt kann ich nur durch diese endlose Weite irren.

Ich habe Angst. Du kannst dir nicht vorstellen, wie groß meine Angst ist.

Werde ich das Meer finden, werde ich *dich* finden, jenseits der letzten Düne?

# 52
# Rückkehr nach Taipeh

Ich steige aus dem Flugzeug und überquere das windgepeitschte Flugfeld, den Rucksack auf dem Rücken, alle Sinne geschärft, damit ihnen nicht der kleinste Hinweis entgeht.

Die automatischen Türen gleiten auf. *Chiang Kai-shek International Airport*, blinkt mir das riesige Leuchtschild entgegen. Ein Teil von mir weiß, dass ich schon einmal durch diese Tür gekommen bin, denselben Weg genommen habe. Erst vor neun Monaten. Mit dir an meiner Seite.

Die Rollbänder ziehen mich durch einen schwebenden Tunnel, ich gleite an holografischen Werbetafeln vorbei, nehme vier Rolltreppen hinunter und erreiche die Plattform der U-Bahn nach Taipeh. Mit roten, geschwollenen Augen lasse ich mich vom Menschenstrom weiterschleppen, Stimmen und unverständliche Schriftzeichen prasseln auf mich ein, klingelnde Handys, quietschende Bremsen, blinkende Videos und Symbole, ein perfekt organisiertes Chaos. Taipeh ist eine schillernde Qualle, ihre glibberigen Tentakel schlingen sich mir um Hand- und Fußgelenke, drücken mir die Luft ab, wollen mich einsaugen, und ich bin zu schwach, um mich zu wehren.

Hier werde ich die Spuren unserer Durchreise finden müssen.

Die ersten zwei Tage laufe ich ziellos durchs Zentrum, suche eine Bleibe, überlege, was zu tun ist. Ich durchwandere die Schatten riesiger Wolkenkratzer aus Stahl und Glas, entlang breiter, vom Verkehr verstopfter Arterien. Ich flüchte mich in einen kleinen, hinter einem buddhistischen Tempel versteckten Garten und setze mich, um *Kimchi* zu essen, den ich mir zwischen Souvenirbuden in einem malerischen Gässchen gekauft habe.

Bisher ist mir keine neue Erinnerung gekommen. Doch ich könnte schwören: Ja, wir waren schon einmal hier. Es muss ein kurzer Zwischenstopp gewesen sein: Flughafen, Hotel, zwei schnelle Taxifahrten durch die City, vielleicht nachts. Nichts, was mir im Gedächtnis geblieben wäre.

Erst jetzt wird mir klar, dass ich einfach so und ohne einen Plan aufgebrochen bin. Mein Ziel ist es, die letzten Mosaiksteinchen unserer Vergangenheit zu rekonstruieren, die Wochen vor der Amnesie, angefangen bei unseren Unternehmungen hier in Taiwan. Meine bisherigen Indizien sprechen dafür, dass wir am 16. März in Taipeh angekommen und von hier aus nach Kanku-Shi aufgebrochen sind. Aber an wen haben wir uns gewandt? Und vor allem, haben wir den Archipel erreicht?

Stundenlang hocke ich in einem Internetcafé und recherchiere sämtliche in Taiwan tätigen Reiseveranstalter. Es sind über sechzig. Nach einem zermürbenden Telefonmarathon habe ich zehn ermittelt, die Segeltörns nach Kanku-Shi organisieren. Ich drucke die Liste aus und verlasse zufrieden das Café: Unter ihnen muss zwangsläufig der richtige sein.

Weihnachten kommt und geht, ohne dass ich es merke, abgesehen von den Anrufen meiner Eltern, meiner Schwester, von Chris und Samuel, dem es glücklicherweise ein bisschen besser geht. Ich bitte sie, jeden Tag meine Post durchzusehen und mir sofort Bescheid zu geben, wenn Balths Brief aus Wales eintrifft. Sie sollen ihn mir an ein Postfach schicken, das ich in einer Fed-Ex-Filiale in Taipeh eingerichtet habe. Ich spüre, dass dieser Brief von entscheidender Bedeutung sein könnte.

Das erste Reisebüro, das ich betrete, ist das Taiwan Luxury Sailing & Tour im Zentrum. Eine Chinesin in schwarzem Kostüm empfängt mich und lässt mich in einem mit tropischen

Pflanzen und Postern europäischer Hauptstädte vollgestopften Büro Platz nehmen.

»Wie kann ich Ihnen weiterhelfen?«, fragt sie in tadellosem Englisch. Ich entscheide mich für den ehrlichen und direkten Weg.

»Vergangenen März hatten meine Frau und ich während eines Urlaubs in Kanku-Shi einen Segelunfall.« Ich versuche sachlich zu klingen, als hätte ich nichts damit zu tun. »Meine Frau ist noch immer vermisst. Durch den Unfall habe ich mein Gedächtnis verloren und versuche nun, die Ereignisse zu rekonstruieren. Ich erinnere mich nicht mehr an den Namen des Reiseveranstalters, der uns dorthin begleitet hat, möglicherweise war es Ihre Agentur. Vielleicht können Sie mir helfen. Ich heiße Demian Sideheart, meine Frau ist Karin Weiland.«

Unermüdlich lächelnd bittet die Frau mich, die Namen zu wiederholen, dann sucht sie kurz in ihrem Computer.

»Es tut mir leid.« Sie sieht vom Bildschirm auf. »Ich habe nichts. Wahrscheinlich haben Sie sich an eine andere Agentur gewandt. Ich kann Ihnen nicht weiterhelfen.«

Bei den nächsten Agenturen bekomme ich die gleiche Antwort. Doch ich habe den Verdacht, dass sie etwas vor mir verbergen, ihre Recherchen wirken allzu hastig. Vielleicht werde ich paranoid. Beim sechsten »tut uns leid« schießt mir das Blut in den Kopf, und ich explodiere.

»Wie kann es sein, dass niemand etwas weiß?«, brülle ich und schmettere die Fäuste auf den Tisch. Mit lautem Plastikgeklappere hüpfen Stifthalter, Telefon und Maus in die Luft. »Es hat einen Schiffbruch gegeben, ein zerstörtes Segelboot! Auf irgendeinem Mietvertrag, irgendeinem Versicherungsformular müssen doch unsere Namen auftauchen!«

»Bitte beruhigen Sie sich, Sir.«

»Ich zeige euch an! Ich werde die amerikanische Regierung mit der Sache betrauen!«

Na sicher, die Marines und die CIA. Ein Gorilla vom Wachdienst packt mich am Arm und schiebt mich auf die Straße.

Nach einer Woche bin ich kurz vor der Abreise und ohne neue Ideen. Ich beschließe, mich an die Polizei zu wenden, aber schon bald wird mir klar, dass es unmöglich ist, sich dort Gehör zu verschaffen. Schließlich ringe ich mich dazu durch, meinen Vater um Hilfe zu bitten, und bekomme einen Termin beim Polizeichef von Taipeh.

Am 9. Januar spreche ich bei Kasumi vor und erzähle meine Geschichte. Als er begreift, wer ich bin, und sich an den Besuch meines Vaters erinnert, tritt Verblüffung in sein kaltes, ausdrucksloses Gesicht.

»Wirklich unglaublich, was Sie durchgemacht haben, Mr. Sideheart. Aber ich begreife nicht, weshalb Sie hier sind. Ihre Eltern haben bereits alles Mögliche unternommen, und wir haben getan, was in unserer Macht steht. Was wollen Sie noch?«

»Den Fall wieder aufnehmen!« Ich rutsche auf meinem Stuhl hin und her. »Das von meinem Vater verfasste Dossier ist ungenau, das Suchgebiet geografisch viel zu weit gefasst. Doch jetzt habe ich ernsthaften Grund zu der Annahme, dass wir uns zum Zeitpunkt des Unfalls mit unserem Segelboot in der Gegend von Kanku-Shi befanden.«

Als er den Namen hört, schüttelt Kasumi grunzend den Kopf. Ich gehe darüber hinweg.

»Ich habe bereits bei sämtlichen Veranstaltern nachgeforscht, die Reisen in diese Gegend organisieren. Alles umsonst. Wie kann es sein, dass niemand einen Hinweis darauf hat, was uns zugestoßen ist? Ein Segelboot wurde zerstört, es wird doch zumindest eine Anzeige der Versicherung geben!«

»Kanku-Shi untersteht der internationalen militärischen Gerichtsbarkeit«, fällt Kasumi mir ins Wort. »Die Gegend wird von China, Taiwan und Japan beansprucht. Für das, was dort geschieht, sind wir nicht zuständig.«

Meine Schläfen pochen vor Wut.

»Und an wen muss ich mich dann wenden?«, schreie ich ungehalten.

»Keine Ahnung. Ich wiederhole, über derlei Informationen verfügt die Polizei nicht. Das Militär agiert äußerst geheim und sorgt dafür, dass nichts nach außen dringt.«

Ich atme tief durch, um mich zu beruhigen. Die Wut, die Kasumis reglose Miene in mir entfacht, hindert mich am Denken, und er nutzt das aus und lenkt das Gespräch, wohin er will.

»Seien Sie realistisch, Mr. Sideheart. Die Wahrscheinlichkeit, einen vermissten Menschen zu finden, sinkt mit der Zeit exponentiell. Nach einem Jahr liegt sie praktisch bei null. Sie hatten bereits außergewöhnliches Glück. Doch wenn Sie jetzt ein zweites *Wunder* suchen, dann finden Sie es nicht dadurch, dass Sie Detektiv spielen oder sich an die Polizei wenden. Beten sie lieber zu Ihrem Gott, falls Sie einen haben. Und falls Sie keinen haben, ist dies ein guter Moment, sich einen zu suchen. Bitten Sie ihn, Ihre Frau wiederzufinden. Oder Ihnen wenigstens ein bisschen Frieden zu schenken.«

Mit diesen Worten steht Kasumi auf und bedeutet mir, ihm zu folgen. Er will mich vor die Tür setzen. Ich protestiere und versuche Zeit zu gewinnen.

»Aber haben Sie denn keinerlei Informationen über irgendwelche Naturkatastrophen in der Gegend? Ein Taifun, ein Erdbeben? Ein Segelboot verschwindet doch nicht einfach so!«

Kasumi entlässt mich mit Ironie.

»Wenden Sie sich an das meteorologische Institut. Es liegt nicht weit von hier.«

Ich starre ihn an. Kasumi hält meinem Blick mit eisiger Reglosigkeit stand, er ist Widerworte nicht gewohnt. Gerade will ich nachgeben, da zuckt es in seinen Augen auf. Sie scheinen sich in meinem Blick zu verlieren, als sei er in die Bilder einer fernen Erinnerung versunken. Seufzend beginnt Kasumi mir eine Geschichte zu erzählen.

»Das Schiff, auf dem ich meinen Wehrdienst absolvierte, sank am zwölften August 1979, während einer als Übung getarnten Militäroperation. Die Ursache ist bis heute ungeklärt, doch ich weiß genau, dass wir von einem chinesischen Flugkörper getroffen worden waren. Tagelang trieb ich an ein Wrackteil geklammert übers Meer, ich weiß nicht, wie lange. Ich erinnere mich nur, dass eine Meeresströmung mich wie ein erbarmungsloser Fluss Hunderte Meilen mit sich zog. Von der Besatzung war ich der einzige Überlebende. Nur ein Leichnam wurde gefunden, fast achttausend Meilen von dort entfernt, wo ich gerettet wurde.«

Kasumi reißt die Augen auf. Dreißig Jahre später macht ihn die Geschichte noch immer betroffen.

»Eine gewaltige Entfernung. Diese Tatsache hat mich dermaßen beeindruckt, dass ich eine Leidenschaft für Meeresströmungen entwickelte und ein Fachmann wurde. Ich habe militärdienliche Untersuchungen mit *Nachrichten in Flaschen* unternommen. Doch als ich über einen heutzutage weithin anerkannten wissenschaftlichen Text stieß, der meine Versuche hinfällig machte, hörte ich damit auf: Es war ein Text über die *Chaostheorie*. Vereinfacht ausgedrückt, könnte es der Schwanzschlag einer Sardine gewesen sein, der den Leichnam meines Kameraden achttausend Meilen weit forttrieb. Erscheint es also angesichts dieser wissenschaftlichen Tatsache sinnvoll, den exakten Ort Ihres Unfalles zu ermitteln? Um dort mit den Recherchen anzusetzen? Es wäre völlig zwecklos. Unsere Leben unterstehen dem *Chaos*, Mr. Sideheart!«

Während ich die Polizeihauptwache verlasse, denke ich an die Warnung meines Vaters: Kasumi ist ein Mann, der die Hoffnungen der Menschen zunichtemachen kann. Jetzt weiß ich, was er meinte.

Nach nicht einmal drei Wochen stecken meine Recherchen in einer Sackgasse. Ich bin erschöpft und frustriert, doch aufgeben kann ich nicht. Irgendeine neue Idee wird mir schon kommen. Bis dahin beschließe ich, den Großraum Taipeh zu verlassen. Ich miete mir ein Motorrad und fahre Richtung Ostküste, wo sich Taiwan dem offenen Ozean zuwendet.

Die Landschaft entlang der Küstenstraßen sieht völlig anders aus als die Städte. Die tropische Vegetation ist üppig, und in den Wäldern aus Palmen und wilden Bananen verbergen sich Dörfer, in denen das Leben vor hundert Jahren stehengeblieben zu sein scheint. Drei Tage lang fahre ich ziellos umher und verliere mich unter den teils neugierigen, teils feindseligen Blicken der taiwanesischen Ureinwohner im Labyrinth unbefestigter Straßen. In jedem Dorf halte ich an, zeige dein Foto. Die Antwort ist nur hilfloses Kopfschütteln. Ich weiß nicht, warum ich weitermache, erst wenige Monate zuvor hat mein Vater an denselben Orten die gleichen Fragen gestellt und nichts erreicht. Ein Schatten senkt sich auf mich herab, die Angst, alles sei umsonst, es habe keinen Sinn, jetzt hier zu sein.

Taiwan
15. Januar 2010

Ich habe das Motorrad zwischen den Beerensträuchern versteckt und bin den Pfad entlang der Ozeanküste zu Fuß weitergegangen. Die Sonne geht gerade hinter den Bergen unter, ein rosafarbenes Licht liegt auf dem ruhigen Wasser. Nur das gemächliche Rauschen der Wellen und die fernen Rufe der Fischer sind zu hören. Die friedliche Stimmung hat etwas Surreales. Am Ende werde ich die löcherigen, unbekannten Straßen noch im Dunkeln weiterfahren müssen, aber das ist mir egal. Ich habe den Rucksack abgenommen und mich auf eine Klippe am Wasser gesetzt.
Solange es noch Licht gibt, werde ich dir schreiben.
Die Bilanz dieser Wochen ist durch und durch negativ. Keine neue Erinnerung. Keine Spur unserer Durchreise. Es scheint fast, als wäre uns jemand gefolgt und hätte alles verwischt.

*Wieso erscheinst du mir so fern, Karin? Du erscheinst mir ferner als zu der Zeit, als ich dich tot glaubte.*
*Aber wenn ich dich nicht finden kann …*

Ein fernes, leises Klingeln lässt mich auffahren. Dann erstickte Schreie.

Ich habe eine ungute Ahnung.

Ich renne zum Motorradversteck und zwänge mich ins dornige Gestrüpp. Die Kette, die ich um die Felgen geschlossen habe, ist verrutscht. Das Metall zeigt die Spuren eines missglückten Aufbruchversuchs.

Dann falle ich auf die Knie.

»Verdammte Schweine!«

Jemand hat ein Loch in den Tank gebohrt und das Benzin geklaut. Ein paar Tropfen sickern noch aus dem Blech und bilden eine kleine Pfütze, in der ein trüber Regenbogen schillert.

»Elende Mistkerle!« Ich schmeiße den Helm auf den Boden.

Hole das Handy heraus: Der Akku ist leer. Wozu sich darüber wundern, das Schicksal hat es so gewollt.

Und jetzt?

Mir bleibt nichts anderes übrig, als das Motorrad im Gestrüpp stehen zu lassen und zu Fuß weiterzugehen. Die Dunkelheit bricht schnell herein, und kurz darauf sehe ich nichts mehr. Ich taste mich voran, stolpere durch Löcher und höre die unheimlichen Geräusche, die aus dem Tropenwald dringen. Alle paar Meter bleibt etwas Klebriges in meinem Gesicht hängen … Spinnweben? Ich habe das Gefühl, als krabbele mir etwas über den Hals. Es ist nur Einbildung, sage ich mir wieder. Ich kämpfe gegen den Impuls an, loszurennen, gegen die Urangst vor der Dunkelheit.

Ich komme auf einer asphaltierten Straße heraus. Sie ist menschenleer, nur in der Ferne auf den Bergen funkeln ein paar Lichter. Mindestens eine Stunde lang wandere ich Richtung Norden, ohne einer Menschenseele zu begegnen. Ich bin am

Ende und finde mich schon damit ab, die Nacht im Freien zu verbringen. Ich entferne mich von der Straße und rolle mich unter ein paar Sträuchern auf einer Lichtung zusammen.

*Hinter dir.*

Flüstert eine Stimme. Ich fahre herum. Nichts.

Am Ende der Straße tauchen zwei große Scheinwerfer im Dunkel auf.

*Das ist ein Überlandbus. Halt ihn an.*

Wieder die Stimme. Diesmal habe ich sie klar und deutlich gehört.

Deine Stimme.

Ich stürze auf die Fahrbahn, blendendes Licht trifft mich. Ich schreie. Fuchtele mit den Armen. Jetzt hält er entweder an oder überfährt mich, denke ich panisch. Ein ohrenbetäubendes Kreischen von Bremsen ertönt, der Bus verlangsamt, ich springe zur Seite und lasse ihn an mir vorbeigleiten.

*Steig ein. Ich warte auf dich.*

Mit metallischem Schnaufen öffnet sich die Tür. Ich umklammere die Haltestange und springe in den rollenden Bus. Noch ehe ich richtig drin bin, drückt der Busfahrer aufs Gas, dann gehen die Türen hinter mir zu.

# 53
# Gigi

Abrupt bremste der Bus. Das Mädchen schlug mit dem Kopf gegen das Fenster und schreckte aus dem Schlaf. Sie war eingenickt, ohne es zu merken, zusammengekauert auf dem von dunklen Flecken übersäten Sitz. Sie riss die katzenhaft grünen, von Wimperntusche und Augenringen umschatteten Augen auf.

»*Merde!*«, fluchte sie in das besorgte Geflüster der anderen Fahrgäste hinein. Draußen tintenschwarze Finsternis. Das Glas ließ nur das Spiegelbild ihres Gesichtes erkennen: feine Züge, Stupsnase, raspelkurzes schwarzes seidenglattes Haar. Das Gesicht eines zu rasch gealterten Kindes. Piercings und im Halbdunkel glitzernde Ohrringe.

Dann ging kreischend die Tür auf. Das Mädchen beugte sich neugierig vor. Die anderen Passagiere, allesamt Taiwanesen, warfen sich ängstliche Blicke zu.

*Ah, okay,* dachte sie. *Wir haben angehalten, um einen Räuber aufzulesen.* Seufzend ließ sie sich wieder in ihren Sitz rutschen, überschlug die blassen Beine und verschränkte die Arme vor der Brust. *Was soll's, ich hab eh kein Geld.*

Ein Mann sprang in den fahrenden Bus. Die Tür schloss sich hinter ihm.

*Moment mal,* dachte das Mädchen. *Dieser Räuber scheint gar nicht übel zu sein.*

Vor ihr stand ein westlich aussehender Mann um die dreißig. Groß, zerzaust und seit mindestens einem Monat unrasiert. Er trug zerknitterte Jeans und eine braune Lederjacke. Er sah weder aus wie ein Tourist, dazu war er zu ungepflegt, noch wie ein Landstreicher. Solche Dinge bemerkte sie sofort.

Nervös und verloren blickte der Mann sich um, als suche er etwas.

»Versteht jemand meine Sprache? Sprechen Sie Englisch?«, fragte er eine alte Taiwanesin, die verlegen den Kopf schüttelte.

»Ich spreche Englisch, *un peu.*« Das Mädchen setzte sich auf, ihr Gesicht lugte hinter einer Kopfstütze hervor.

»Oh, ein Glück. Wissen Sie, wo wir hinfahren?«

»Natürlich. Bis zur Endstation *Su Hua*. Ins totale, vollkommene, kosmische Nichts.«

»Danke«, sagte er und deutete ein Lächeln an.

*Was für ein trauriges Lächeln*, dachte sie. *Schön, aber sehr traurig.*

Sie musterten sich ein paar Sekunden lang. Sein Blick jagte ihr ein Schaudern über den Rücken. Als wäre mit ihm ein kalter Lufthauch durch die Bustür hereingezogen.

***

*Steig ein. Ich warte auf dich.*

Das habe ich nicht geträumt, ich habe diese Worte ganz deutlich gehört. Ich begreife nicht … wo bist du?

Nach fünfzehn Minuten Geruckel über die holperige Straße bleibt der Bus stehen. Es ist fast elf Uhr, und wir haben die Endstation erreicht. Wie das Mädchen gesagt hatte, gibt es hier nichts: eine große unbeleuchtete, von dichter Vegetation und ein paar ebenfalls unbeleuchteten Hütten gesäumte Fläche.

»Wo sind wir?«, frage ich laut und drehe mich um. Doch die wenigen anderen Fahrgäste, auch das Mädchen, scheinen im Nichts verschwunden zu sein.

Ich knie mich hin und wühle im Rucksack. Seltsam, der Reißverschluss ist auf.

Einen Moment lang Panik.

Das Buch ist weg.

Unmöglich! Panisch durchwühle ich alle Taschen, selbst die, die für das Buch zu klein sind. *Hat man es mir geklaut? Vielleicht ist es mir im Bus rausgefallen. Hab ich's, ohne es zu merken, auf den Sitz gelegt?*

Die Bustüren stehen noch auf, die Lichter sind an, doch der Busfahrer ist nicht da. Ich springe hinein und stürze zu meinem Platz. Ich schaue unter die Sitze, dann durchkämme ich den ganzen Bus. Nichts. Ein Kloß im Hals drückt mir den Atem ab. *Verdammter Idiot! Wie konnte ich bloß das Buch verlieren?* Ich springe hinaus und umrunde den Bus.

*Unser Buch. Der Gegenstand, der mich mehr als alles andere mit dir verbindet.*

Vielleicht hat der Busfahrer es entdeckt und mitgenommen, vielleicht …

»Suchst du was?«

Auf dem Boden neben dem Bus hockt im Schneidersitz das Mädchen. Halbhohe Militarystiefel, zerschlissenes schwarzes, von unzähligen Sicherheitsnadeln zusammengehaltenes Kleidchen. Und da ist mein Buch, aufgeschlagen liegt es auf ihren Knien. Im Licht eines Feuerzeuges blättert sie darin.

»Weißt du eigentlich, dass der Kram hier gar nicht übel ist?«, sagt sie wie beiläufig mit starkem französischem Akzent. »Bist du Schriftsteller?«

»Gib es mir sofort zurück, bitte.«

»Nicht so eilig!« Sie lächelt unschuldig. »Alles auf dieser Welt hat seinen Preis.«

»Wie hast du es geschafft, es mir zu klauen?«

»Klauen! Ein großes Wort. Sagen wir, ich hab's mir geliehen. Ein kleiner Kniff, um einen interessanten Menschen kennenzulernen«, lacht sie. »Ich bin ein bisschen schüchtern, weißt du.«

»Okay, sehr witzig, gib es mir sofort wieder!« Ich werde laut. Die hat bestimmt nicht mehr alle Tassen im Schrank.

»Ist ja gut, reg dich nicht auf! Aber gibt es nicht wenigstens eine kleine Belohnung für den Finder eines so kostbaren Gegenstandes?«

»Was? Du hast vielleicht Nerven!« Ich werde wütend. »Du hast Pech, ich habe keinen Cent.«

»Wer hat denn von Geld geredet?« Sie zwinkert mir zu. »Vielleicht hast du ja noch was Interessanteres zu bieten …«

Das Blut schießt mir ins Gesicht.

»Oh, vielleicht bist du auch schüchtern, *excuse-moi*!« Lachend wirft sie den Kopf zurück, so dass ihr schlanker weißer Hals zu sehen ist. »War nur ein Witz … Hier ist dein Buch. *Et voilà!*«

Sie streckt es mir entgegen, und ich reiße es an mich. Fluchend knie ich mich hin und stecke es in den Rucksack. Als ich aufstehe, sehe ich ihre Katzenaugen, die mich in der Dunkelheit mustern.

»Weißt du, wo du heute Nacht bleibst?«, fragt sie mich plötzlich ernst.

»Ich habe ein Hotel in Taipeh. Ich werde schon was finden.«

»Taipeh ist zu weit weg, das schaffst du jetzt nicht mehr. Wenn du keinen Platz für die Nacht hast, kannst du mit mir mitkommen, ich gehe nach Hause … na ja, *Haus* ist ein bisschen hoch gegriffen.«

»Nein, vielen Dank, mach dir keine Umstände.«

»Umstände?« Sie lacht. »Wer weiß, was du dir vorstellst.«

Sie steht auf, nimmt ihre Umhängetasche und zieht sich das Kleid zurecht. Sie ist fast so groß wie ich. Trotz ihrer Ungepflegtheit hat sie etwas Elegantes an sich und bewegt sich anmutig. Die Träger ihres Kleides lassen ihren Rücken frei, und während ich sie davongehen sehe, frage ich mich, warum sie nicht friert. Sie verschwindet im Wald.

»Na los, komm!«, ruft sie aus dem Dunkel.

So riskant es auch sein mag, mir bleibt nichts anderes übrig. Obwohl es stockfinster ist, schlüpft sie zwischen den Lianen und Sträuchern hindurch, als kenne sie jeden Stein auf diesem Pfad.

Ich haste hinterher und folge dem Schimmer ihres weißen Rückens.

»Macht ein bisschen Angst, was?«, keucht sie. »Stell dir vor, wenn ich hier allein langgehe, singe ich! Im Wald klingen die Stimmen komisch, aber sie halten die Tiere fern und übertönen gewisse *Geräusche*. Du hast mir noch gar nicht gesagt, wie du heißt!«

»Demian«, antworte ich ein wenig außer Atem.

»Ich Gigi. Du bist Amerikaner, stimmt's? Man hört's an deinem Akzent.«

»Du heißt *Gígí*?«

»Mein richtiger Name ist Geneviève, aber nenn mich ruhig Gigi. Geneviève gefällt mir nicht.«

»Okay, verstanden, Gigi.«

»Hast du eine Zigarette?«

»Nein, tut mir leid.«

»Macht nichts, ich hab welche.«

Ohne anzuhalten kramt Gigi in ihrer Tasche. Ich sehe, wie sie sich im Dunkeln eine dreht und sie anzündet. Für einen kurzen Moment erhellt die Flamme ihr Gesicht und wirft unheimliche Schatten in den waldigen Tunnel über uns.

»Willst du eine?«

»Nein, danke. Ich hab seit einer ganzen Weile aufgehört.«

»Wie auch immer, was dieses Buch betrifft«, sagt sie, als wollte sie eine Sache zum Abschluss bringen, »du hast es auf dem Sitz liegenlassen. Ich dachte, das wäre ein ›Büchertausch‹ und hab's genommen. Entschuldige.«

»Mmmh … komisch, ich kann mich gar nicht erinnern, es rausgeholt zu haben. Aber in letzter Zeit bin ich ein bisschen durch den Wind. Keine Sorge, ist schon in Ordnung.«

»Okay, also Friede. Aber wieso lachst du?«

»Ich musste daran denken, dass ich meinen Lieblingsschriftsteller Dylan Thomas ausgerechnet durch einen Büchertausch kennengelernt habe. Eines seiner Bücher, *Achtzehn Gedichte,* lag in einem *Cable Car* in San Francisco. Und dieses Buch hat mein Leben verändert.«

Plötzlich endet die dichte Vegetation, und der Pfad schlängelt sich durch sandige, von Gestrüpp und Beerensträuchern bewachsene Dünen. Wir erklimmen den Gipfel einer Düne und sehen direkt unter uns den Ozean liegen. Der Mond geht auf und taucht die Landschaft in rötliches Licht. Es geht eine leichte, laue Landbrise. Wir bleiben stehen, verschnaufen.

»Es stimmt nicht, weißt du?« Gigi bricht das Schweigen, das uns umgibt. »Ich hab dir das Buch geklaut. Ich hab's aus deinem Rucksack gezogen, und du hast nichts gemerkt! Aber ich hab's nur getan, um dich kennenzulernen. Und um dir vielleicht zu helfen, genau wie ich es gerade tue.«

Gigi bricht in ein seltsames Lachen aus.

*Mir helfen? Das werden wir noch sehen.* Aber ich sage nichts mehr. Dieses Mädchen ist wirklich nicht ganz dicht.

Nach einer halben Stunde Fußmarsch taucht ein wenig abseits vom Meer eine merkwürdige Konstruktion auf. In der Dunkelheit brauche ich einen Moment, um zu begreifen, dass es eine Ruine ist, ein verlassener Bootsschuppen vielleicht. Ringsum nur Dünen und dorniges Gestrüpp.

Ein Déja-vu. Ich habe plötzlich das Gefühl, diesen Ort zu kennen, obwohl mir die Landschaft kein bisschen vertraut ist.

An der Straße steht ein in die Erde gerammtes, im *Flowerpower*-Stil angemaltes Surfbrett mit einem Schriftzug drauf:

THE SOUL TRAVELLERS

Ein fernes Raunen klingt herüber, das sich mit dem Wind und dem Rauschen der Wellen mischt: Lachen, Stimmen, Trommelklänge.

»Herzlich willkommen bei der legendären *Crew* der *Soul Travellers*!«

Gigi macht eine theatralische Verbeugung wie ein Butler, der in sein Schloss bittet. »Heute Nacht steigt hinter den Dünen eine Party. Übrigens jede Nacht. Aber du bist müde, oder? Ich seh's deinen Augen an. Vielleicht bringe ich dich besser in die Höhle, dann kannst du in Ruhe schlafen. Das Vorstellen machen wir morgen.«

Ich weiß nicht, was die Höhle ist, aber ich nicke. Wir gehen entlang der Dünen auf die Klippen zu, bis wir an eine Öffnung im Felsen gelangen.

»Keine Angst, die Wellen kommen nicht bis hierher«, versichert mir Gigi, als sie meinen fragenden Ausdruck sieht. In der Höhle sind eine verrostete Pritsche, Decken, die Reste eines Lagerfeuers und ein paar steinerne Feuerbecken. Gigi versucht eines zu entzünden. Die Flammen züngeln für wenige Sekunden und verlöschen in einer Rauchspirale.

»Mmmh, *ça va bien*, dann muss der Mond eben reichen.«

Mit einem kindlichen Seufzer lässt Gigi sich auf den Boden fallen und verschränkt die Beine. Im Mondlicht sieht ihre Haut nass und bläulich aus.

»Jetzt kannst du mir alles erzählen«, flüstert sie. »Erzähl mir von diesem seltsamen zerfledderten Buch, an dem du so hängst.«

Überrascht und misstrauisch schaue ich sie an. Ich verstehe nicht, was sie will.

»*Mais tu es stupide?*« Ihre Augen funkeln in der Dunkelheit. »Erzähl mir von der Frau, die dich zu *ces merveilleuses poésies d'amour* inspiriert hat!«

# 54
# The Soul Travellers

*Steig ein … Ich warte auf dich …*

Ein Sonnenstrahl scheint mir hartnäckig ins Gesicht und weckt mich. Dann wird es in der Höhle so hell, als hätte jemand ein Blitzlicht gezündet. Die Sonne geht direkt vor dem Eingang auf, eine riesige goldene Scheibe, die das gesamte Blickfeld einnimmt wie das bloße Trugbild eines chinesischen Morgens.

Langsam richte ich mich auf meinem Lager auf. Mein ganzer Körper ist mit einer Salzschicht bedeckt, und meine Gelenke knirschen vor Feuchtigkeit. So ist es eben, wenn man die Nacht in einer Höhle verbringt. Ich kann mich nicht mal daran erinnern, eingeschlafen zu sein. Ich hatte mit dem französischen Mädchen geredet, und als sie einfach nicht lockerließ, habe ich ihr meine Geschichte der vergangenen Monate erzählt. Glaube ich zumindest. Ich weiß nicht mehr genau, bis wohin ich gekommen bin.

Jetzt kann ich Gigi nirgendwo sehen. Bestimmt ist sie gegangen, als ich eingepennt bin. Ich kontrolliere den Rucksack und das Portemonnaie, aber alles ist noch da, auch das Buch.

Ich muss an das Motorrad denken, das ich irgendwo im Tropenwald gelassen habe.

Wo, zum Teufel, bin ich eigentlich?

Die Landschaft vor der Höhle sieht ganz anders aus als letzte Nacht im Mondlicht. Vor mir erstreckt sich eine große runde ultramarinblaue und von Dünen umgebene Bucht. An der Nordseite, auf der ich mich befinde, erhebt sich ein dunkles, von

Grotten durchlöchertes Felsenriff. Auf der gegenüberliegenden Seite ragt eine Landenge gleich einer natürlichen Brücke rund einen Kilometer weit ins Meer hinaus.

Ich gehe am Strand entlang. Der ockerfarbene Sand ist mit Resten zahlreicher Lagerfeuer übersät. Alle paar Meter erheben sich seltsame steinerne Altäre, es müssen Hunderte sein, flache übereinandergetürmte Steine.

Die Betonruine leuchtet im Morgenlicht, vermutlich ein altes verlassenes Militärgebäude. Das Dach ist in den zweiten Stock gestürzt, nur der erste Stock und das Erdgeschoss sind noch nutzbar. Die mit Graffiti bedeckte Fassade hat zahllose kleine Fensterchen, aus denen Handtücher und Unterwäsche hängen. Obwohl es aussieht, als könne es jeden Moment einstürzen, scheint es bewohnt zu sein.

Vorsichtig nähere ich mich. Ringsherum stehen alte Autos, aus deren halb geöffneten Fenstern Gerümpel quillt. Auch ein paar alte Wohnwagen sind darunter und ein mit Blumen bemalter Volkswagen-Transporter, der mich an den von Sylvia und Jack erinnert. Ein Dutzend Campingzelte verteilen sich im Gebüsch. Ich komme aus San Francisco und habe eine Menge solcher Orte gesehen: Offenbar bin ich in einer *Hippie-Backpacker*-Kommune gelandet. Ein räudiger Köter trottet schwanzwedelnd auf mich zu, schnüffelt an meinen Beinen und leckt mir die Hände. Dann streift er weiter zwischen den Zelten und Autos herum, die in morgendlicher Schläfrigkeit daliegen.

Wer weiß, wo Gigi schläft … Wie auch immer, ich glaube nicht, dass sie und ihre Freunde mir weiterhelfen können. Trotzdem lässt mich dieses Déjà-vu-Gefühl nicht los. Als hätte ich diesen Ort schon einmal gesehen …

*… aber aus einem anderen Blickwinkel.*

Ich gehe den Weg entlang der Dünen zurück. Als ich an dem Surfbrett-Schild vorbeikomme, drängt mich etwas zum Anhalten. Ich mustere die staubige Schrift:

Sylvias Stimme hallt mir durch den Kopf.

»*... bis nach Taiwan. Ein paar Monate lebten wir dort in einer sehr durchmischten Kommune, lauter Künstler, Surfer, Anhänger fernöstlicher Religionen und Spinner auf der Suche nach neuen Drogen. Die Kommune hieß ...*«

»Aber natürlich!«, murmele ich und schlage mir die flache Hand gegen die Stirn. »*The Soul Travellers!* Hier sind Sylvia und Jack vor fast dreißig Jahren gewesen.«

Ich streiche über das Surfbrett und wische den Staub weg.

»*... vom Strand der Soul Travellers aus konnte man eine ewig lange felsige Landzunge sehen. Von dort aus starteten sämtliche Schiffe Richtung Kanku-Shi ...*«

»Wer bist denn du?«

Ich fahre herum und stehe einem Kerl gegenüber, der eine Handbreit größer ist als ich, mit braungebranntem, hinter einer dunklen Sonnenbrille verstecktem Gesicht und muskulösem, über und über tätowiertem Oberkörper. Unterm Arm hat er ein lädiertes Surfbrett.

»Was machst du hier?«, fragt er noch einmal mit einem merkwürdigen Akzent, den ich nicht erkenne. »Hey, verstehst du, was ich sage?«

»Ja, ja. Ich bin gestern Abend gekommen. Ich hab in der Höhle geschlafen«, erkläre ich konfus. Der Typ sieht mich misstrauisch an.

»Gigi hat mich hergebracht, das französische Mädchen«, füge ich hastig hinzu. Verärgert kneift er die Lippen zusammen. Ich nutze seine Ratlosigkeit und gehe in die Offensive.

»Gehen von hier aus die Schiffe nach Kanku-Shi?«

Er nickt, ohne mich aus den Augen zu lassen.

»Siehst du das Kap da unten? Wer zur Inselgruppe will, fährt von dort aus los, ist so eine Art taiwanesische Tradition.«

Ja. Alles stimmt mit Sylvias Schilderungen überein.

»Aber jetzt ist nicht die Jahreszeit!«, ruft er mir nach. »Bis März wirst du da niemanden finden!«

Doch ich renne schon auf die Landzunge zu und höre ihn fast nicht mehr.

Der Wind jault mir um die Ohren und bremst mich. Ich erreiche den äußersten Zipfel der wellenumtosten Klippen.

*Hier bin ich schon einmal gewesen.*

Es gibt einen Anleger und einen Schuppen für kleinere Boote, aber wie der Surfer sagte, ist alles verrammelt. Eine Windböe fegt über die Straße und wirbelt eine riesige Staubwolke auf. Zwei Schatten bewegen sich darin.

Sie nähern sich langsam und treten aus dem ockerfarbenen Nebel. Ein Mann und eine Frau in leichter Reisekleidung. Sie ziehen zwei riesige Rollkoffer hinter sich her, die über den löcherigen Boden rumpeln.

Ich muss mir die Augen reiben, ehe ich glauben kann, was ich sehe.

*Das sind wir beide.*

Wir gehen die Landzunge entlang. Hustend treten wir aus der Sandwolke und schütteln uns den Staub von den Kleidern.

Ist das eine Halluzination?

Nein. Vielleicht ist es mehr als das: eine Erinnerung.

Wie ein Gespenst schiebt sich die Vergangenheit über die Gegenwart. Ich erlebe unseren Aufbruch nach Kanku-Shi noch einmal.

***

*Taiwan*
*18. März 2009*
*– Noch einundzwanzig Tage bis zur Amnesie –*

»Konnte uns dieses blöde Taxi nicht ein bisschen weiter vorn rauslassen?«, schimpfst du, als du wieder reden kannst, ohne zu viel Staub zu schlucken.

»Offenbar wollte der sich nicht die Reifen ruinieren. Schau dir die Löcher an! Na komm, gib mir deinen Trolley.«

Die Luft ist entsetzlich feucht, die Sonne brennt. Du bist völlig verschwitzt, was sehr selten passiert.

Der ockerfarbene Straßenstaub bedeckt deine Haut.

»Hey, du bist schon ganz braun!«

Mit säuerlichem Lächeln drückst du mir deinen Rollkoffer in die Hand. Dann drehst du dich um, und dein Gesicht hellt sich auf.

»Schau mal, das da hinten ist ein *Flohmarkt*!«

»Oh, Himmel, nein! Nicht auch noch hier…«

Weiter vorn liegt der offene Bauch unserer Fähre an der Mole. Mit Seilwinden und Gabelstaplern verladen ein paar chinesische Matrosen Kisten. Rund um die Fähre liegen Segelboote, leicht und zerbrechlich wiegen sie sich im Wind und scheinen es kaum abwarten zu können, in See zu stechen.

Und tatsächlich ist die ganze Landungsbrücke gesäumt von Ständen und von mit Blumenmustern bemalten Lieferwagen. Ein Hippie-Flohmarkt hat sich entlang der Fährzufahrt aufgebaut und macht die Mole noch enger und chaotischer. Ein Mädchen mit Gitarre singt alte französische Chansons, als wir an ihr vorbeigehen, erkenne ich ein Stück von Georges Brassens. Hin und wieder brüllen die chinesischen Matrosen den Hippies etwas zu und machen ihnen Zeichen, dass sie abhauen sollen.

Stolz lässt die Fähre die Schiffssirene ertönen und läuft aus. Die Ellenbogen auf die Heckreling gestützt, sehen wir Taiwan davongleiten und im Dunst verschwinden.

»Was ist das für ein Segelboot, das wir mieten? Wie das aus dem Segelkurs?«

»Ähnlich. Hoffe ich zumindest«, sage ich schulterzuckend.

»*Hoffe ich zumindest*?«

»Wenn wir da sind, wirst du schon sehen. Es ist ein *Aloha 27*.«

Du siehst mich mit großen Augen an und sagst nichts. Der Wind heult ohrenbetäubend.

»Ich bin ein bisschen aufgeregt, weißt du?«

Du drängst dich in meinen Arm und legst den Kopf gegen meine Brust.

»Wenn ich daran denke, dass wir bald über den Pazifik segeln … Spürst du das? Mir zittern die Knie …«

***

Ich stehe auf der äußersten Spitze des Kaps und sehe dem Schiff nach, das uns davonträgt. Am liebsten würde ich mit den Armen rudern, uns zubrüllen, wir sollen zurückkommen, doch das würde nichts nützen. Ich kann nicht eingreifen, man kann die Vergangenheit nicht ändern.

In der niedrigen Morgensonne sieht es fast so aus, als schwebe die Fähre.

Einer Monsterwelle gleich erhebt sich eine schwarze Mauer am Horizont. Ahnungslos hält das Schiff darauf zu. Dann wird es vom Schatten des Vergessens verschluckt. Und mit ihm meine Erinnerungen, du und ich.

Wird dieses Schiff uns nach Kanku-Shi bringen? Und werden wir die Inselgruppe mit dem Segelboot bereisen? Was geschieht hinter dieser Schattenmauer mit uns?

Ich weiß es nicht mehr. Ich kann meine Erinnerungen nicht über diesen Punkt hinauszwingen. Der Horizont ist die neue Grenze meiner Amnesie.

Eine Hand legt sich leicht auf meinen Arm.

»Demian.«

Es ist Gigi.

»Hey… du warst wie in Trance. Alles in Ordnung?«

Ich kann nicht antworten.

»Ich bin bei der Höhle vorbei und hab dich nicht gefunden. Dann hab ich Stefano gefragt.« Sie deutet mit dem Daumen auf den Surfer, der hinter ihr steht. »Er hat mir gesagt, dass du hier bist.«

Stefano kommt näher.

»Alles okay? Können wir gehen?«, fragt er barsch.

»Geh ruhig«, antwortet Gigi giftig.

Er schnaubt verärgert und wirft mir einen feindseligen Blick zu. Doch er bewegt sich keinen Schritt.

»Hast du an *sie* gedacht?«, fragte Gigi zögernd.

Was habe ich diesem Mädchen gestern Nacht erzählt? Was weiß sie von mir? Wieder antworte ich nicht und entziehe mich ihrer Hand. Ich blicke auf den Ozean.

»Ich muss nach Kanku-Shi.«

Meine Stimme ist kaum lauter als das Johlen des Windes.

»Dann wirst du wohl ein ganzes Weilchen warten müssen, fürchte ich«, antwortet Gigi.

»Warten? Wieso?« Ich fahre herum. »Kennst du diesen Ort? Warst du da?«

Ich drücke heftig ihren Arm.

»Hey, ganz ruhig!« Sie entwindet sich meinem Griff. »Ich weiß nicht viel darüber. Man hört unglaubliche Dinge, ein paar von den Alten sind vor Jahren dort gewesen. Aber inzwischen ist das was für Superreiche mit Segelboot. Ich weiß nur, dass wir an den Abfahrts- und Ankunftstagen einen Handwerkermarkt und ein paar Kunststückchen auf die Beine stellen. Für uns ist Kanku-Shi nur eine Gelegenheit, ein bisschen Geld zu verdienen.«

»Wann sind die Abfahrtszeiten?«

»Ende März. Die einzige Zeit im Jahr, in der die Überfahrt sicher ist. Die Ruhe vor dem Sturm, denn danach beginnt der Monsun. Aber Stefano kann's dir besser erklären.«

Ich sehe den Surfer an.

»Ach«, er zuckt die Achseln. »Das ist nicht alles. Noch nicht mal mit dem Hubschrauber könntest du da jetzt hin. Es gibt auch ein politisches Problem: Kanku-Shi wird von China, Japan und Taiwan beansprucht. Die ganze Gegend ist für den Flug- und Schiffsverkehr geschlossen, die Versorgung der Dörfer und der Tourismus mal ausgenommen, doch das ist nur zwischen März und April erlaubt. Du würdest also Gefahr laufen, torpediert zu werden.«

Ende März. Zwei Monate. Ich muss zwei Monate warten.

Ich denke an Kasumis Worte: »*Die Wahrscheinlichkeit, einen vermissten Menschen zu finden, sinkt mit der Zeit exponentiell. Nach einem Jahr liegt sie praktisch bei null.*«

Ende März wird genau ein Jahr seit unserem Verschwinden vergangen sein.

# 55
# Auf der Grenze

*Wieso bleibst du nicht hier bei uns? Zwei Monate vergehen schnell …*

Gigis Stimme kommt aus einer weiten Ferne.

Von dieser Landzunge sind wir vor zehn Monaten gemeinsam aufgebrochen, Hand in Hand.

Dies ist der einzige Weg, der mir bleibt: nach Kanku-Shi zurückkehren. Unsere Reise wiederholen, Schritt für Schritt. Nur so werde ich mich erinnern und die Suche fortsetzen können.

Dies ist der dir am nächsten liegende Punkt, den ich bisher gefunden habe. Genau hier, wo meine Füße stehen, spüre ich einen straff gespannten Faden, der uns verbindet. Wenn ich fortginge, könnte er für immer zerreißen.

»Ja, ich bleibe«, antworte ich. »Zumindest fürs Erste.«

»*Très bien!*« Gigi wirft mir die Arme um den Hals und drückt mir einen Kuss auf die Wange. »Ich freu mich! Es wird dir gefallen, du wirst sehen. Ich geb dir nur einen Rat: Grab ein Loch, wenn es keiner sieht, und versteck darin Geld und Pass. Hier herrscht ein großes Kommen und Gehen, man weiß nie.«

Ich nicke.

»Gigi … danke für deine Hilfe. Jetzt wäre ich gern allein.«

Ich bringe den ganzen Tag damit zu, auf dem Landstreifen hin und her zu wandern und mir immer wieder unsere letzten Schritte ins Gedächtnis zu rufen. Als es dunkel wird, treibt mich der Hunger zu den Lagerfeuern zwischen den Dünen.

Eine kleine Menschengruppe verteilt sich über den Strand. *Das sind also die berühmten »Soul Travellers«*, denke ich. Von Kopf bis Fuß tätowierte Körper, Dreadlocks, psychedelische Pareos, rabenschwarze bodenlange Gewänder, Hunde, die aufgeregt herumhetzen, Flaschen, die von Hand zu Hand wandern. Das Zittern einer Sitar und der Rhythmus einer Djembé mischen sich mit Geplauder und Gelächter. Ein Junge steht am Wasser und lässt Bolas wirbeln, ich höre das Zischen der Seile.

»Wah! *Que chulo*, Pedro!«, kreischt ihm eine Dunkelhaarige mit zwei riesigen Ringen in den Ohrläppchen zu.

Niemand achtet auf mich, und ich setze mich abseits an ein kleines Lagerfeuer neben eine Gruppe durchtrainierter, zutätowierter junger Leute. Sie diskutieren lebhaft über Ozeanwellen, ein interessantes Thema. Unter ihnen ist Stefano, der Surfer von heute Morgen. Eine Frau um die sechzig, von der Hüfte aufwärts nackt, gibt mir ein qualmendes Päckchen in die Hand, das nach Grillfisch riecht. Seit rund vierundzwanzig Stunden habe ich nichts gegessen, und mir läuft das Wasser im Mund zusammen. Ich bedanke mich schüchtern, wickele die Alufolie auf und verschlinge den ganzen Inhalt, Gräten inbegriffen. Neben mir sitzt ein sommersprossiger Schlacks mit wadenlangen Dreadlocks. Stechender Haschischgeruch steigt mir in die Nase. Der Junge grinst mich an und hält mir ein rauchendes Shillum hin.

»Nein, danke«, lächele ich und greife stattdessen nach einer Militärwasserflasche, die von Hand zu Hand wandert. Ich sterbe vor Durst und nehme einen langen Schluck: Zum Glück ist es nur frisches Wasser. Ich bin dermaßen schwach, dass mir schon der Rauch in der Luft zu Kopf steigt. Die Dunkelheit wird schwärzer und die Trommeln werden lauter. Jemand fängt an, zu ihrem Rhythmus zu tanzen. Gigi taucht aus dem Nichts auf und setzt sich neben mich.

»Wie geht's, Dem? Alles okay?«

Ihre Augen und ihre überdrehte Stimme verraten, dass sie irgendwelche Drogen intus hat.

Zwei Jungen springen auf und ergehen sich in einer Art simuliertem Kampf. Einer der beiden legt einen spektakulären Salto mortale rückwärts hin. Applaus und anfeuernde Rufe ertönen.

»Gefällt's dir? Die machen chinesisches *Kempo*. Sie üben für das *Koh-Ley-Reh*-Fest.«

»Wer sind die beiden?«

»Jyu und Chimte. Zwei *Gaoshan*, taiwanesische Aborigines. Eine aussterbende Rasse. Hey, Bethel!«, kreischt Gigi. »Komm mal her! Darf ich vorstellen: Bethel, israelische Deserteurin und allerliebste Freundin von mir. Sie macht Muschelschmuck.«

Ein knochiges, in ein verblichenes Tuch gehülltes Mädchen geht auf mich zu und drückt mir schlaff die Hand. Ich lächele sie an. Wieder branden Applaus und Lacher auf.

»Ganz schönes Chaos hier«, sage ich.

»So ist es. Ständiger Wechsel. Wenige bleiben länger als einen Monat, abgesehen von uns Dauerbewohnern, wir sind so um die dreißig Leute. Ich war zwanzig, als ich gekommen bin. Seit fast drei Jahren bin ich jetzt hier.«

»Ach! Hast du denn kein Zuhause, keine Familie?«

Gigi geht über meine Frage hinweg. »Hast du gegessen?«

»Ja. Diese … äh, Frau da hat mir gebratenen Fisch gegeben.«

»Ah, *Mamma Daria*. Stell dir vor, die ist fast siebzig! Unglaublich, oder? Ein Dinosaurier der Hippie-Ära!«

Gigi streckt die Beine aus und deckt sich mit einer sandverkrusteten Decke zu.

»Brrr, es wird langsam kalt! Was das Essen angeht, kommen wir über die Runden, wie du siehst. Wir teilen alles, und immer bringt jemand etwas mit. Solange du hier bist, wirst du kein Geld brauchen.«

Gigis letzter Satz stößt mich einen Moment lang auf den Boden der Tatsachen. Ich denke an das zurückgelassene Motorrad und daran, dass ich die Autovermietung noch kontaktieren muss. An das leere Handy, das reservierte Hotel in Taipeh.

Ich denke an meine Eltern, die seit Tagen nichts mehr von mir gehört haben.

»Weißt du, ich müsste ein paar dringende Anrufe erledigen. Wie kann ich mein Handy aufladen?«

»Nix zu machen, *mon doux garçon*. Hier gibt's keinen Strom. Wir leben wie im neunzehnten Jahrhundert. *Hobo*-Philosophie.«

»Dann habe ich ein ziemliches Problem. In Taipeh gibt es Dinge zu regeln. Morgen muss ich da irgendwie hin.«

»Ich auch, morgen früh. Ich begleite dich!« Gigi nimmt meine Hand in ihre Hände. »Ich werde dir ein paar Sachen zeigen, die normale Touristen nie zu Gesicht bekommen!«

Der Kontakt mit ihrer eisigen Hand versetzt mir einen unangenehmen Schauder. Ich merke, wie manche uns beobachten.

»Ich muss dich um einen Gefallen bitten«, flüstere ich und ziehe meine Hand weg. »Bitte sag niemandem, was ich dir erzählt habe.«

»Ah … okay.« Sie nickt enttäuscht. »Schade. Die anderen fänden deine Geschichte bestimmt geil. Die würden dich sofort zu ihrem Bruder machen.«

»Was soll's.«

Der Mond erscheint am Horizont, die Stimmung wird immer überdrehter. Gigi verschwindet wieder, und ich kann mich ungestört umsehen. Ich komme zur Höhle, werfe mich auf die Pritsche und schlafe ein, trotz der Musik und der Rufe, die zu mir hereinhallen. Im Halbschlaf verzerren sich die Klänge: Die Stimmen werden zu lustvollem Keuchen, die Trommeln zu rhythmisch stoßenden Becken. Ich würde mein Leben geben, um dich jetzt bei mir zu haben. Um dich umarmen, dich auf diesen Sand drücken zu können … in dich einzudringen, dich zu lieben, ein letztes Mal.

Am Morgen leiht sich Gigi einen klapprigen, nach verschmortem Öl stinkenden Volkswagen-Transporter und bringt mich nach Taipeh. Bei der Autovermietung zeige ich das gestohlene Motorrad an. Kein Problem, wird mir gesagt, die Versicherung kümmere sich darum. Ich begleiche die Hotelrechnung und mache das Zimmer frei. Dann sehe ich im Fed-Ex-Büro nach meiner Post, doch von Balths Brief keine Spur. Es ist jetzt fast einen Monat her, dass er abgeschickt wurde, und langsam befürchte ich, er könnte verlorengegangen sein. Stattdessen liegt da eine von Jakie gemalte Weihnachtskarte mit den guten Wünschen der ganzen Familie, Samuel und Chris eingeschlossen.

Ich betrete ein Phone Centre und rufe meine Eltern an. Nach ein paar Mal Klingeln ertönt, fern und abgehackt, die Stimme meines Vaters.

»*Hallo?*«

»Hi, Pa.«

»*Demian! Wie …*«

»Papa, ich hab nicht viel Zeit. Sag Mama, dass wir jetzt eine Weile nichts voneinander hören.«

»*Was? Ich hab dich nicht verstanden.*«

»Wir hören eine Weile nichts voneinander! Ich werde kein Telefon haben.«

»*Ah! Und warum? Bist du sicher, dass alles in Ordnung ist? Lass uns nicht zu lange im Ungewissen, ich bitte dich!*«

»Keine Sorge. Tschüs, Papa. Bis bald.«

»*Warte! Ich geb dir die Mam …*«

Aber ich habe schon aufgelegt, mit schwitzenden Händen und rasendem Herzen. Es tut mir so leid, aber ich bringe es nicht fertig. Ich bringe es noch immer nicht über mich, ihnen zu verzeihen.

Ich verlasse das Phone Centre. Gigi sieht mein finsteres Gesicht und weiß sofort, was los ist.

»Du hast ein schlechtes Gewissen, stimmt's?«, raunt sie sanft und streicht mir durchs Haar. »Das ist normal, wenn du jemanden hinter dir lässt. Hast du dein Portemonnaie schon versteckt?«

»Noch nicht. Wenn es nach mir ginge, würde ich mein Geld und meinen Pass am liebsten verbrennen.«

»Versteh ich. Aber das solltest du besser nicht tun.«

Ich weiß. Ich darf jetzt nicht nachlassen. Ich muss hoffen, dass Geld und Papiere mir noch nützen werden, dass ich eine neue Spur finde, dass ich früher oder später etwas von dir erfahre. Ich muss jeden Moment zum Aufbruch bereit sein. Deshalb gefällt mir die Idee, ein Loch zu graben, nicht. Stattdessen miete ich ein Schließfach. Hier in Taipeh gibt es Vorrichtungen ohne Schlüssel, die mit Fingerabdruck funktionieren. Ich lasse alles dort, behalte keinen Cent.

*Na bitte, jetzt besitze ich nichts mehr. Und habe keine Identität.*

Ich grinse. Der Wunsch, mich der Welt und ihren Regeln zu entziehen, bricht sich machtvoll in mir Bahn. Wieso habe ich nicht die Kraft, mich dagegenzustemmen? Es gibt nichts mehr, was ich wirklich bräuchte, und so kann ich diesem Wunsch nur nachgeben. Ich verwandle ihn in ein Versprechen.

*Bis ich nicht weiß, wo du bist, werde ich keinen Cent ausgeben. Ich werde mein Geld nur für die Reise verwenden, die mich zu dir bringt.*

»Siehst du, hier braucht man kein Geld«, quietscht Gigi fröhlich. »Und jetzt zeige ich dir, warum nicht!«

Sie hakt mich unter und zerrt mich zwischen den Marktständen hindurch, die sich im Schatten der City-Wolkenkratzer in den Gassen drängen.

»Mach den Rucksack auf.«

»Aber was …«

Ich kann den Satz nicht beenden: Gigi öffnet den Reißverschluss, stopft ein Bananenbündel hinein und schließt ihn wieder. Das Blut rauscht mir in den Ohren. Es wimmelt von Leuten – wenn uns jemand gesehen hat? Die Gesichter ringsum mustern uns argwöhnisch, ein zahnloser Mund öffnet sich, um

»Haltet den Dieb!« zu schreien, Zeigefinger richten sich auf uns. Schon zerstreut Gigis schallendes Lachen meinen Paranoiaanfall.

»Hast du gesehen? Kein Geld, Bananen gratis!«

»Hey, du hast geklaut!«

»*Wer* hier wem *was* klaut, wäre noch zu klären. Und jetzt weg hier!«

Sie nimmt meine Hand und flitzt mit mir durch die engen Marktgassen davon. Nach einer Weile hat sie eine Würstchenkette um den Hals hängen.

»Jetzt zeige ich dir ein paar Perlen von Taipeh, die du nicht im Lonely Planet findest!«

Wir verlieren uns in den labyrinthischen Außenbezirken der Stadt, zwischen orientalischen Trugbildern, die uns wie ein Traum verfolgen, und benebelnden Gewürzgerüchen.

Unermüdlich schlagen die Wellen auf den ockerfarbenen Strand und lecken an meinen nackten Füßen. Die Tage fließen in gleichförmiger Flüchtigkeit dahin. Ruhelos wandere ich in diesem Gefängnis aus Sand und Wasser auf und ab. Ich starre an den Horizont, wo die Mauer der Amnesie sich erhebt und die Sonnenstrahlen verschluckt. Ich bleibe wachsam, als könne von einem Moment auf den nächsten unser Schiff auftauchen und uns heil und gesund in unser Leben zurückbringen.

Aber es kommt nie.

Zwei Wochen sind seit meiner Ankunft bei den *Soul Travellers* vergangen. Das Leben im Freien ist recht angenehm, die winterliche Luft von Taiwan frisch und trocken. Ich halte mich abseits, rede mit niemandem und schlafe nachts allein in der Höhle.

»Sie haben dir den Spitznamen *Höhlenmensch* verpasst«, sagt Gigi belustigt. »Die glauben alle, du spinnst ein bisschen!«

Ich spüre das Misstrauen der anderen, sie fragen sich, wer ich bin und was ich hier zu suchen habe. Widerwillig behält

Gigi das Geheimnis meiner Geschichte für sich. Doch das Misstrauen ist gegenseitig: Ich lasse meinen Rucksack nie aus den Augen.

Schließlich gebe ich Gigis Drängen nach und leiste meinen Beitrag zur Gemeinschaft. Mit Horus Technik baue ich Netze und verbringe die Zeit mit Fischen. Abends bringe ich den Fang zu *Mamma Daria*, damit sie ihn für alle zubereitet. Abgesehen von der feuerroten Lockenmähne sieht sie aus wie Sylvias Zwillingsschwester. Während ich mit ihr plaudere, erfahre ich, dass sie Sylvia und Jack gut kannte, sie gehörten alle der Gruppe an, die die *Soul Travellers* gründeten. Doch anders als sie ist Daria nicht mehr fortgegangen.

Ein Strom von Gesichtern überflutet diese Strände, binnen zweier Wochen kommen und gehen nicht weniger als zweihundert Menschen. Im Dauerchaos gehe ich unter, und das gefällt mir. Gigi ist die Einzige, der gegenüber ich mich öffnen kann, vielleicht, weil sie meine Geschichte kennt. Irgendwie kümmert sie sich um mich, sie kommt zu mir, versichert sich, dass es mir gut geht, und bringt mir an den Abenden, in denen ich nicht in den Dünen sein will, etwas zu essen in die Höhle. Wir reden nicht viel, von ihr weiß ich sehr wenig. Ich frage nichts, und sie respektiert mein Schweigen. Trotz allem spüre ich, dass Gigi sich zu mir hingezogen fühlt, und ich fürchte, das heißt nichts Gutes.

Der 31. Januar kommt. Ich habe nichts mehr in mein Tagebuch geschrieben.

Das hat seinen Grund. Wenn ich es aufschlage, lese ich zwangsläufig die letzte Seite. Den unvollständig gebliebenen Satz.

*Aber wenn ich dich nicht finden kann …*

Ich bin wie gelähmt. Bis dieser Satz nicht vollendet ist, gibt es nichts, was ich schreiben kann. Mein Schicksal liegt in den Worten, die ich werde verwenden müssen.

Doch werde ich den Mut finden?

Eine drängende Stimme verlangt danach: Versuch wenigstens, diese Möglichkeit in Betracht zu ziehen. Aber ist ein anderes Leben ohne dich denkbar? Wie könnte ich nach Hause fahren und versuchen, dich zu vergessen?

Nein. Es gibt noch einen anderen Weg, hier, direkt vor mir. Ich habe ihn eingeschlagen, ohne es überhaupt zu merken. Ich renne ihn schon entlang. Ich kann nicht anhalten. Ich kann nicht zurück.

# 56
# Fern von Karin

*San Francisco, 2. Juni 1994*
*Der Tag nach dem Schulfest*
*(Demian ist siebzehn)*

Rücklings auf dem Bett liegend, die aufgerissenen Augen starr an die Zimmerdecke gerichtet, Sonnenstrahlen wecken den Staub. Möwengeschrei, der Müllwagen fährt vorbei.

Es ist der erste Ferientag, aber ich kann nicht schlafen. Ich kann nicht aufhören, an gestern Abend zu denken. Es ist ein überwältigend süßes Gefühl, das mir zugleich Angst macht.

Der Morgen vergeht unendlich langsam, die Minuten tröpfeln und dehnen sich in der Erwartung.

Elf Uhr. Das Telefon klingelt. Ich stürze hin und bin nur eine Sekunde schneller als meine Schwester, der Geier. Du bist es.

»*In zwei Stunden brechen wir zum Camping auf…*« Deine Stimme scheint aus dem Jenseits zu kommen.

Ich wusste es. Ich wusste es. Ich versuche, meine Enttäuschung zu unterdrücken, doch das ist schwer. In meiner Brust tut sich eine schmerzhafte Leere auf.

»*Dem…?*«

»Was soll ich sagen? Schade. Auch wenn ich schon damit gerechnet habe. Ich hab nicht geglaubt, dass du deinen Vater überzeugen würdest, dass du inzwischen zu alt fürs Campen bist. Aber ich dachte, du könntest es wenigstens noch ein paar Tage hinausschieben…«

»*Ich weiß. Aber Papa hat sich heute Morgen so gefreut, ich hab's einfach nicht übers Herz gebracht. Seit dem Tod meiner Mutter ist das eine Art Tradition.*«

»Klar, verstehe. Kein Problem.«

»*Mir tut es auch leid. Sehr.*«

Wir schweigen.

»*Und du? Bist du noch immer überzeugt davon, die Ferien zu Hause zu verbringen?*«

»Durch und durch. Du glaubst nicht, wie lange ich auf meine Eltern einreden musste, bis sie es erlaubt haben. In einer Woche fahren sie los, meine Schwester in ein paar Tagen. Und deshalb … habe ich zwei Monate lang sturmfreie Bude!«

»*An ihrer Stelle wäre ich nicht gerade beruhigt, dich allein zu Hause zu wissen.*«

»Aber ich werde nicht allein sein. Chris, Gaz, Jay und die anderen sind auch da.«

»*Noch schlimmer. Mach keinen Unsinn, okay?*«

»Hey, du redest, als wären wir …«

»*Als wärt ihr was?*«

»Nichts. Das sage ich dir, wenn du zurück bist.«

»*Genau. Zwei Monate …*«

Du unterdrückst die Tränen.

»*Dem, es tut mir leid. Ich rufe dich jeden Tag an!*«

»Na klar! Wer's glaubt! Du fährst doch in den Yosemite, oder? Das ist was für Hardcore-Camper, da gibt's keine Telefone.«

»*Wo wir hinfahren, schon. Beim Campingplatz ist eine Art Hütte. Jeden Abend um neun rufe ich dich an. Angefangen heute Abend, wenn wir ankommen. Sei zu Hause. Lässt du's ein Mal sausen, war das der letzte Anruf, verstanden?*«

»Okay. Ich werde meine Tage damit verbringen, mit klopfendem Herzen auf neun Uhr abends zu warten.«

»*Nimmst du mich auf den Arm?*«

»Nein. Ich meine es todernst.«

Du schweigst einen Moment und weißt nicht, was du glauben sollst.

*»Es wäre schön, wenn du mitkommen könntest. Aber Papa würde einen Herzinfarkt kriegen.«*

»Hmmm... Ich hätte da schon eine Idee, zum Beispiel ein wenig Geld zur Seite legen und dich besuchen. Wenn ich einen Job finde, kann ich genug für die Reise und ein bisschen Ausrüstung zusammenkratzen. Dein Vater kann mich schließlich nicht daran hindern, im Yosemite zu campen, oder?«

*»Natürlich nicht. Aber wenn dir ohne Vorwarnung ein Baum aufs Zelt fällt, hab ich dich vorgewarnt...«*

Wir lachen los. So vage sie ist, die bloße Vorstellung, dass wir uns sehen könnten, beruhigt uns.

*»Jetzt muss ich Schluss machen. JA, ICH KOMME GLEICH! Papa ruft mich. Wir können uns noch nicht mal verabschieden.«*

»Schon okay. Wir sehen uns bald, ich versprech's dir. Und bis dahin vergehen die Tage wie im Flug.«

Doch wie lang können ein paar Sommertage werden, wenn man siebzehn ist?

Dein Anruf um neun bleibt aus. In den folgenden Tagen ebenso. Die Enttäuschung verwandelt sich in die irrationale Angst, dir könnte etwas zugestoßen sein. Am vierten Abend um Punkt neun klingelt endlich das Telefon.

*»Ein Telefonmast war umgestürzt... ist das nicht Pech?! Drei Tage haben sie gebraucht, um ihn zu reparieren, ich stand kurz vorm Heulen.«*

»Hauptsache, jetzt ist alles wieder in Ordnung. Ich hab mir schon Sorgen gemacht, ich dachte, Yogi Bär hätte dich gefressen.«

*»Yogi lebt im Yellowstone«*, sagst du todernst. *»Dem, das ist noch nicht alles. Mein Vater hat beschlossen, dieses Jahr woanders hinzufahren, wir hocken hier irgendwo im Nichts. Die Hütte liegt jetzt sehr weit weg, und er traut sich nicht, mich allein hingehen zu lassen. Ich kann mein Versprechen, dich jeden Abend anzurufen, nicht halten...«*

Deine Stimme zittert. Eine unbändige Wut steigt in mir auf:

Hast du denn bei diesen Entscheidungen überhaupt nicht mitzureden? Widersetzt du dich deinem Vater nicht wenigstens ein klein wenig?

»Was soll's. Ruf mich halt an, wenn du kannst, ist egal.«

Es vergehen drei Tage. Haarklein erzählst du mir von deiner ersten Woche, von den Wanderungen, dem Bad in einem eiskalten See, vom Fischen im Wildbach. Ein bisschen beneide ich dich, denn hier in San Francisco hat es nur geregnet.

»*Und du? Wie läuft's bei dir?*«

»Ich hab einen Ferienjob im *Pier 47* gefunden. Fischkisten ausladen, Container waschen, solche Sachen. Ich hab heute Morgen angefangen, um Punkt sechs musste ich raus, verdammt.«

»*Du lädst Fischkisten aus? O Gott, das muss ja stinken! Wasch dich ordentlich, ehe du hierherkommst!*«

»Sehr witzig. Zum Glück ist Chris auch dabei, zu zweit ist es ein bisschen erträglicher.«

»*Ah, dein unzertrennlicher Partner. Ich kann noch nicht mal aufhören, mir Sorgen zu machen, wenn du unter Aalen bist …*«

Drei Tage später rechne ich mit einem weiteren Anruf, doch das Telefon bleibt eine ganze Woche lang stumm.

»*Verflixt, es tut mir leid, Papa hat die schöne Idee gehabt, sechs Tage lang zum McGee Lake zu wandern. Wir sind im Morgengrauen los, ich konnte dir nicht Bescheid sagen. Du kannst dir nicht vorstellen, wie dreckig es mir ging.*«

»Mach dir keine Sorgen, ich hatte mir schon so was gedacht. Wie war's?«

»*Entsetzlich! Aber die Höhenluft hat Papa offenbar gutgetan, er war viel entspannter als sonst. Und außerdem habe ich endlich eine gute Nachricht!*«

»Die da wäre?«

»*Ich hab Papa von dir erzählt … von uns … na ja, nichts Großartiges, ich hab nur gesagt, du seist ein guter Freund. Ich weiß nicht, wie, aber ich hab ihn überredet, dich einzuladen! Du könntest sofort kommen und bei uns wohnen!«*

»Aber dann müsstet ihr alles zahlen. Das Zelt und den ganzen Krempel.«

»*Na und, wo ist das Problem?*«

»Nein, Karin, dabei wäre mir nicht wohl. Ich bin lieber selbstständig.«

»*Dem …*«

»Mir fehlt nicht mehr viel.«

»*Okay, ich hab verstanden.*« Aber du klingst tief enttäuscht. Hastig legst du auf. »*Ich ruf dich am Sonntag an.*«

Der Sonntag kommt und diesmal ohne unschöne Überraschungen. Doch du bist unterkühlt. Lustlos erzählst du mir, was du gemacht hast, und antwortest einsilbig.

»*Leider kann ich dich vor nächster Woche nicht mehr anrufen. Ein paar ehemalige Kollegen von Papa sind mit ihren Kindern gekommen, ein paar sind so alt wie wir, und er hat gleich noch eine Sechstageswanderung organisiert.*«

»Das macht nichts. Ich werde diese Woche auch weg sein. Wir haben mit Chris und den anderen eine kleine Reise geplant. In Vallejo ist ein Rave.«

»*Ah, ein Rave.*«

Schon sind wir mittendrin im Schlamassel, und unser erster Streit entbrennt.

»*Und den Job lässt du sausen?*«

»Na ja … ich setze eine Woche aus.«

»*Also muss ich noch eine Woche länger warten.*«

Wir schweigen.

»*Weißt du, was ich denke? Du hast meine Einladung deshalb nicht angenommen, um zu diesem bescheuerten Rave zu fahren. Du hast es schon gewusst, oder? Ich hab mich überwunden, mit meinem Vater zu reden, hab mich echt ins Zeug gelegt, um ihn rumzukriegen, und alles für die Katz!*«

Dein aggressiver Ton bringt den Frust, der sich während der letzten Tage in mir angestaut hat, zum Explodieren.

»Ach ja, der große Kampf, den du ausgetragen hast, die große Unabhängigkeit, die du errungen hast!«

Ich würde mir am liebsten auf die Zunge beißen, aber ich kann nicht. Wie immer gewinnt mein Zerstörungsdrang die Oberhand.

»Hör mal, Papas Liebling, ich maloche zwischen stinkendem Fisch und stehe mitten in der Nacht auf, um zu dir in die Berge zu fahren, und ehrlich gesagt, fand ich Camping schon immer scheiße, und du regst dich auf, weil ich mir vier Tage Pause gönne? Kapierst du nicht, dass ich auch mal was Lustiges machen will, mit meinen Freunden zusammen sein möchte, mal den Stecker ziehen muss?«

Es folgt eine eisige Pause.

*»Okay. Dann geh dich amüsieren. Ich ruf dich an, wenn ich von der Wanderung zurück bin.«*

Du schmeißt den Hörer auf die Gabel. Ich sitze da, mit dem Telefon in der Hand und rasendem Herzen. Aber klar, geh doch deine Wanderung machen, meinetwegen kannst du gleich zum Teufel gehen.

Die Woche verfliegt. Beim Rave in der Wüste finden sich verschiedene Gelegenheiten, die mich von dir ablenken, und dir geht es mit deinen neuen Freunden womöglich ähnlich. Als ich wieder nach Hause komme und die Treppe hinaufsteige, klingelt das Telefon. Das könnte sonst wer sein, aber mein sechster Sinn sagt mir, dass du es bist. Wie ein Besessener rase ich nach oben, doch kaum bin ich am Apparat, hört das Klingeln auf.

»Scheiße! Verdammte Scheiße!«, schreie ich und schleudere den staubigen Rucksack auf den Boden. Eine kleine Wolke Wüstensand verteilt sich im Flur.

Weitere sieben Tage Stille. Ein lächerliches Schuldgefühl macht sich in mir breit, wegen der Dinge, die ich dir gesagt habe, weil ich weggefahren bin und sogar, weil ich es nicht rechtzeitig ans Telefon geschafft habe. Derweil stocke ich meine Arbeitsstunden auf und stelle erleichtert fest, dass ich mit der nächsten Lohntüte genug zusammen haben werde, um zu dir zu fahren.

Am Abend des 3. Juli rufst du mich an. Deine fröhliche, unbeschwerte Stimme trifft mich unvermittelt.

»*Und, wie war der Rave?*«

»Super. Wir hatten Spaß.«

»*Ich auch! Ich hab ein paar neue Leute kennengelernt. Die sind total nett, würden dir auch gefallen.*«

»Bestimmt, da bin ich mir ganz sicher«, sage ich mit knirschenden Zähnen. »Hör mal, ich bin mit dem Job fast fer…«

»*Ich muss dir was…*«

Unsere Stimmen vermischen sich, und wir hören beide auf zu reden.

»Bitte, nach dir.«

»*Ich hab eine schöne Neuigkeit. Ab morgen bin ich bei Mark zu Gast.*«

»Und wer, bitte, ist Mark?«

»*Hab ich dir nicht von ihm erzählt? Einer von denen, die ich hier kennengelernt hab. Ich würde ihn dir so gerne vorstellen. Ein total sensibler Typ, es macht riesig Spaß, mit dem zu reden! Er hat mich sofort durchschaut.*«

»Na klar.« Ohne es zu merken, beiße ich mir auf die Lippen, bis ich den metallischen Geschmack von Blut im Mund habe.

»*Der hat ein total schönes Chalet bei den Mammoth Lakes. Alles aus Holz, mit Geranien vor den Fenstern, beheiztem Schwimmbad, ein Traum! Nur schade, dass Papa lieber im Zelt schläft und ich alleine hinfahre.*«

Und all meine Anstrengungen, um zu dir zu kommen? Hast du vergessen, dass ich wie ein Blöder geschuftet habe? Ist dir das inzwischen egal?

Und wieso kann ich nichts mehr sagen?

»*Aber das hat auch was Positives. In Marks Chalet gibt's ein*

*Telefon, ich kann dich also häufiger anrufen. Oder ruf du mich doch an, ich würde ihm ungern auf der Tasche liegen. Abends sind wir immer zu Hause.*«

»Okay. Ich ruf dich an. Aber ich werde ziemlich beschäftigt sein. Vielleicht bin ich auch 'ne Weile weg.«

Ich bringe das, was in mir gärt, einfach nicht über die Lippen. Meine einzige Reaktion ist eisige, bittere Distanz.

Natürlich lasse ich den Job sofort sausen. Die Tage kommen mir unendlich leer und sinnlos vor. Ich zwinge mich, nicht mehr an dich zu denken. Aber ich scheine dich im Blut zu haben wie ein Gift, das mir durch die Adern fließt. Ich halte nur vier Tage durch. Als ich dich am Abend des 7. Juli anrufe, antwortet eine männliche Stimme unbestimmten Alters.

»*Karin ist nicht hier. Wer spricht denn?*«

»Ich bin Demian, ein Freund. Könnten Sie ihr ausrichten, dass ich angerufen hab? Danke.«

Es vergehen weitere Tage, ich weiß nicht mehr, wie viele. Dann meldest du dich endlich. Im Hintergrund höre ich Stimmen.

»Wer ist denn noch da?«

»*Hier? Niemand!*«

Das Schnauben eines unterdrückten Lachers hinter dir, dann prustest du los. Ich höre, dass du glücklich bist, und du kannst dir nicht vorstellen, wie sehr mich das verletzt. Aber ich tue so, als wäre ich genauso unbeschwert. Ich will stark wirken. Dich wissen lassen, dass du mir im Grunde scheißegal bist.

Das ist der letzte Anruf. Du vergisst sogar meinen Geburtstag am 21. Juli.

Mir bleibt nichts anderes übrig, als das Ende dieses verdammten Sommers abzuwarten. Aber wie lang kann ein Sommer *wirklich* dauern, wenn man siebzehn ist?

Am ersten Schultag sehe ich dich wieder. Ich stehe im wimmelnden Hof am Ausgang und lasse den Blick nervös über die Menge gleiten, ich suche dich, ohne es mir einzugestehen. Da bist du. Zusammen mit Chrystal und deinen anderen Freundinnen kommst du durch das alte, schmiedeeiserne Tor. Du trägst einen blauen Minirock und ein weißes T-Shirt, das in der Sonne leuchtet. Du hast dir die Haare zu einem langen Bob im Kleopatra-Stil schneiden lassen. Du bist braun, strahlend, einen Augenblick lang nimmt mir deine Schönheit den Atem.

Doch das ist ein ungutes Gefühl.

Dann siehst du mich.

»Demian!«, rufst du mit allzu schriller Stimme. Du rennst auf mich zu und wirfst mir die Arme um den Hals. »Wo hast du gesteckt? Wie geht's dir?«

»Geht so«, sage ich mit zusammengebissenen Zähnen. »Hatte ein bisschen was um die Ohren.«

»Das hab ich mir gedacht. Na ja, jetzt sind wir ja wieder hier.« Du lachst gekünstelt. Alles an dir, vom Gesichtsausdruck bis zu deiner Stimme, kommt mir unnatürlich und gezwungen vor. Meine Reaktion ist das genaue Gegenteil: Ich bleibe eisig und distanziert, vielleicht mehr, als ich möchte.

»Ja, leider geht's wieder los«, sage ich knapp. »Wir sehen uns.«

In den folgenden Tagen setzen wir alles daran, einander aus dem Weg zu gehen. Wenn das nicht möglich ist, tun wir so, als würden wir uns nicht sehen: Ich ordne die Kabel meines Walkmans oder zünde mir eine Zigarette an, du kicherst affektiert mit deinen Freundinnen oder flachst mit deinen Klassenkameraden herum.

»Manchmal muss man sich geschlagen geben, Alter«, sagt Chris und klopft mir auf die Schulter. Das ist seine Art, mit der Sache umzugehen. Ich gehe darüber hinweg. Wieder nur eine seiner Möchtegern-Weisheiten.

Eines Tages Ende September laufen wir uns im Park über den

Weg, genau vor unserer Bank. Wir sind beide allein, so zu tun, als würden wir uns nicht sehen, ist diesmal unmöglich. Wir grüßen uns. Unsere Blicke weichen einander aus, die Unterhaltung ist kalt und förmlich, die Befangenheit mit den Händen zu greifen. Als du gehst, bin ich fast erleichtert. Und zugleich tut sich ein Abgrund auf.

Es ist also aus.

Ich kann nicht sagen, was passiert ist. In mir, in dir. Gibt es einen Grund für all das? Eine Erklärung für diesen unerträglichen Schmerz?

Das Hasch, das in den nächsten Tagen rumgeht, hilft mir, mich ein wenig zu betäuben. Doch zugleich verwirrt es mich, bringt Träume und Erinnerungen durcheinander. Das Schulfest, die Ferien, die Arbeit auf dem Fischmarkt, unser Streit, alles erscheint ewig weit weg, und manchmal frage ich mich, ob es sich nur in meinem Kopf abgespielt hat.

Okay, okay. Das Leben geht weiter. Jetzt muss ich die Kraft finden, das herauszureißen, was von dir noch in mir ist. Wo war ich stehengeblieben, ehe ich dich traf?

Ich liege auf dem Bett, höre Mr. Bungle und blättere lustlos durch ein paar Zeitschriften, als mir eine bekritzelte Papierserviette in die Hände fällt. Es ist der Text, den du mir das erste Mal, als wir miteinander geredet haben, aus den Fingern gerissen hast. Deine Art, das Eis zu brechen. Ich lese ihn. Mehrmals lese ich den letzten Vers. Die letzten Worte, die ich geschrieben habe, ehe ich mich in dich verliebte. Dieses Lied handelt von einem Jungen, der es nicht schafft, sein eigenes Leben zu leben. Das bin ich. Und du hast ihn für wenige Augenblicke in eine seltsame, wunderschöne Illusion aus Licht getaucht.

Ja, genau da war ich stehengeblieben. Ich spule mein Leben zurück.

Ich kehre um, um dich zu löschen.

# 57
# Ein Blick in einen Spiegel

Geschrei zerreißt die schläfrige Nachmittagsluft. Ich erkenne Gigis Stimme. Ich sehe von meinem Tagebuch auf und habe plötzlich Herzklopfen.

»Leute, Jacques kommt!«

Die aufgeregten Rufe entfernen sich.

»Jacques! *Bienvenue!*«

Eine halbe Stunde später erscheint Gigi atemlos im Höhleneingang. Der Himmel hinter ihr ist ungewöhnlich finster, es sieht nach Regen aus.

»Dem, komm! Du musst jemanden kennenlernen…«

Mit im Nacken verschränkten Händen liege ich auf der Pritsche und ziehe eine Augenbraue hoch.

»… zufällig einen gewissen Jacques?«

»Ja, du musst ihn absolut kennenlernen!«

»Okay, okay, beruhig dich. Und wer soll das sein?«

»Ein Landsmann von mir. Er reist um die Welt und hilft verschiedenen Wohltätigkeitsorganisationen. Vor elf Jahren hat er…«

Ein ohrenbetäubender Donner ertönt.

»Los, beweg dich!«, ruft Gigi und zerrt mich aus der Höhle. »Gleich fängt es an zu gießen!«

Wenige Augenblicke später geht ein rauschender Wasserfall vom Himmel nieder. Wir rennen zum Strand und werden bis auf die Knochen nass. Wir erreichen die Kasernenruine und schlüpfen unter der Folie hindurch, die als Eingang dient.

Der große Raum stinkt nach Tabak und Schimmel. Es sind

schon alle da, um sich vor dem Gewitter zu schützen. Der Regen dringt durch die kaputten Fenster und rinnt die mit Graffiti und Plakate bedeckten Wände hinab. Die komplette Gruppe der »Dauerbewohner« steht lachend zusammen und witzelt mit einem Typen, der auf einem Eisentisch sitzt. Das muss der berühmte Jacques sein. Er sieht aus, als hätte er gerade einen zehntausend Meilen langen Fußmarsch hinter sich. Er ist mager, für seine rund fünfundvierzig Jahre vorzeitig gealtert, hat ein braungebranntes, verwittertes Gesicht, eine hohe Stirn und langes blondes, strohiges Haar. Er trägt Militärstiefel, Jeans und ein bis zum Hals zugeknöpftes Militärhemd. Er erinnert ein bisschen an Crocodile Dundee.

Jacques nickt grüßend zu Gigi hinüber und erwidert meinen Blick. Abwesend betrachtet er mein Gesicht, dann verzieht sich sein faltiger Mund zu einem überraschten Ausruf.

»Hey, dich kenne ich doch!«, ruft er mit nuscheligem französischem Akzent. Er springt vom Tisch. Die Menschentraube um ihn herum öffnet sich.

»Nein, das glaube ich kaum«, erwidere ich verblüfft.

»Ich vergesse kein Gesicht, *jamais*!«

Er beugt sich zu seinem Rucksack hinunter, holt einen Ordner hervor und blättert ihn hastig durch. Dann zieht er triumphierend ein zerknittertes Stück Papier heraus und wedelt mir damit vor der Nase herum.

»Voilà!«

Es ist der Steckbrief, den mein Vater und Samuel hatten drucken lassen. Unsere lachenden Gesichter, Wange an Wange, blicken mich von einer ein paar Jahre alten Porträtaufnahme an.

»Dein Vater hat es mir gegeben«, sagt Jacques. »Ich habe ihn vor ein paar Monaten in Taipeh kennengelernt. Ein großartiger Mann, dein Vater!«

Er mustert mich ein paar Sekunden lang abwesend.

»*Mon Dieu!*«, ruft er dann und schüttelt mich an den Schultern. »Du musst dich mit ihm in Verbindung setzen! Sofort!«

Völlig benommen stehe ich da, unfähig zu reagieren. Dieser Mann hat nicht mehr alle Tassen im Schrank.

»Beruhig dich, Jacques«, schaltet Gigi sich ein. »Du bist nicht auf dem Laufenden. Demian ist schon zu Hause gewesen und hat seine Eltern gesehen. Jetzt ist er in Taiwan, um seine Frau zu suchen.«

Gigi nimmt mir den Steckbrief aus den Fingern. Lange betrachtet sie dein Gesicht, mustert dich neugierig.

»Ah! Gigi«, antwortet Jacques mit einem Lächeln. »*J'ai quelque chose pour toi, ici.*« Er klopft auf den Rucksack und zwinkert ihr zu. Sie reißt die Augen auf.

»*Vraiment? Que tu es grand, Jacques! Merci!*«

Das Gewitter zieht genauso plötzlich ab, wie es gekommen ist. Der späte Nachmittagshimmel ist wieder blau. Ich setze mich vor die Höhle auf den kalten, zementharten Sand. Unerbittlich schlagen die Wellen gegen die Klippen.

»Allein wie immer, was?«

Gigis Silhouette hebt sich gegen das Licht der Dämmerung ab, die dünnen Beine verschmelzen mit ihrem eigenen, ellenlangen Schatten. Sie lässt sich neben mich auf den Boden fallen.

»Und wieso bist du nicht bei Jacques?«

Meine Stimme klingt unnatürlich hart. Ich bin darüber am meisten überrascht.

»Du bist doch nicht etwa eifersüchtig?« Sie prustet los, legt den Kopf nach hinten, sodass die schneeweiße Linie ihres Halses zu sehen ist. Ich funkele sie eisig an.

»Entschuldige, war nur ein Witz! Ich verrate dir das große Geheimnis. Ich habe eine Leidenschaft, von der ich dir noch nicht erzählt habe. Ich sammele *Flaschenpost.*«

Bei ihren Worten klingelt etwas in mir.

»Erwarte jetzt nicht zu viel. Hauptsächlich sind das Nachrichten, die dem Meer im metaphorischen Sinne anvertraut wurden. Ich suche vor allem Briefe, am besten Liebesbriefe oder welche, in denen sich ein Rätsel versteckt. Hin und wieder findet Jacques was Interessantes und bringt es mir mit, das ist alles.«

Ich sage nichts. Vor meinem inneren Auge entsteht das Bild einer Nachricht, die über den Ozean treibt und vergeblich versucht, mich zu erreichen. Gigi scheint meine Gedanken erraten zu haben. Sie zündet sich eine Zigarette an und raucht sie schweigend.

»Wieso redest du nicht mit Jacques?«, bricht sie schließlich das Schweigen. »Wieso erzählst du ihm nicht, was du mir erzählt hast?«

Ich schüttele den Kopf. Gigis kalte Finger legen sich um mein Handgelenk.

»Ich will dir bloß helfen, Dem. Ich will deine Freundin sein. Wirklich.«

»Lass gut sein«, antworte ich ungehalten. »Du kannst mir nicht helfen. Aber das ist nicht deine Schuld. Du machst schon viel zu viel.«

Ich stehe auf und will gehen. Nur das Rauschen der Wellen ist in der Dunkelheit zu hören. Doch ich spüre, dass Gigi den Atem anhält. Irgendetwas versetzt sie in Unruhe.

»Dem … komm, setz dich. Ich will, dass du mir noch mal die Geschichte von der Insel erzählst, als du bei den Wilden warst.«

»Das sind keine Wilden«, erwidere ich barsch.

»Du hast recht, entschuldige. Du hast gesagt, wenn überhaupt, sind wir die Wilden.«

Sie bettelt so lange, bis ich nachgebe. Vor allem der Teil mit der schwarzen Perle interessiert sie, und sie stellt einen Haufen Fragen. Ich beschreibe ihr alles ganz genau, von den ersten Tauchgängen bis zum Fund des *Unterwassermondes.* Als ich diesen Namen nenne, zuckt Gigi zusammen. Sie bittet mich, ihn zu wiederholen, dann springt sie auf.

»Entschuldige, Dem …« Sie blinzelt nervös, es sieht aus, als müsse sie weinen. »Ich …«

Sie rennt weg, ohne den Satz zu beenden.

Am nächsten Morgen ziehe ich mich auf die äußerste Spitze der Landzunge zurück. Die Sturmwellen haben sich noch nicht gelegt und klatschen wütend gegen die Felsen, die eisige Gischt benetzt meine Haut. Plötzlich steht Jacques hinter mir.

»Von hier aus hat man einen wunderschönen Blick, nicht wahr?«, schreit er, um den Wind zu übertönen.

»Ich nicht.« Verärgert wende ich ihm wieder den Rücken zu. Er quittiert meine Reaktion mit einem Lächeln und schweigt. Vielleicht bin ich zu unfreundlich gewesen.

»Du kommst doch viel rum«, fange ich an. »Dann kennst du vielleicht Kanku-Shi.«

»Ich bin nie dort gewesen, aber ich habe davon gehört. Es heißt, das soll eine Art Paradies auf Erden sein. Und Gott weiß, dass ich um solche Orte einen großen Bogen machen muss.«

Sein letzter Satz überrascht mich. Erst jetzt merke ich, dass eine fast greifbare Aura des Leidens diesen sonst so burschikosen Mann umgibt.

»Gigi hat mir deine Geschichte erzählt.«

»Ich hatte ihr gesagt, sie soll das für sich behalten«, knurre ich.

»Vielleicht hat sie es getan, weil sie glaubt, ich könnte dir helfen. Ich komme in Asien viel herum, in Krankenhäusern und Flüchtlingslagern. Ich hab das Gesicht deiner Frau genau im Kopf. Soweit ich etwas beitragen kann, hast du also meine volle Unterstützung.«

Ich nicke dankbar.

»*Et toi?*«, fragt Jacques in näselndem Französisch. »Hast du aufgehört, sie zu suchen?«

»Ich kann es nicht mehr. Ich bin Gefangener dieses Sandstreifens.«

Ich öffne die Arme Richtung Landzunge und Dünen. Jacques deutet ein bitteres Lächeln an.

»Ich verstehe dich, weißt du? Mir geht es ganz ähnlich, wobei mein Sandstreifen inzwischen so groß ist wie der halbe Planet. Seit bald zwölf Jahren ziehe ich umher, *mon cher Demiàn*, und finde keine Ruhe.«

Wir sehen uns in die Augen. Ich weiß nicht, weshalb, aber ich spüre eine tiefe Verbundenheit mit diesem Mann. Er holt zwei filterlose Gitanes aus einem zerfledderten Päckchen und hält mir eine hin.

»Nein, danke. Ich rauche schon lange nicht mehr.«

»*C'est un bon moment*, um wieder anzufangen.«

Er wedelt mit der Zigarette vor meiner Nase herum. Nach langem Zögern greife ich danach, rolle sie nervös zwischen Zeige- und Mittelfinger und stecke sie mir in den Mund. Blitzschnell entzündet Jacques beide Zigaretten mit einem alten, zerkratzten Zippo.

Ich nehme einen tiefen Zug, der Rauch wandert die Kehle hinab. Es ist seltsam, nach so vielen Jahren hatte ich etwas anderes erwartet, doch ich spüre rein gar nichts.

»Manchmal, wenn ich innehalte«, fährt Jacques fort, »merke ich, dass ich, wohin ich auch wandere, niemals mehr das finden werde, was ich suche. Und dann weiß ich, dass mir nur ein Weg bleibt.«

Langsam führt er die Hand an die Schläfe, streckt den Zeigefinger, tut so, als würde er sich erschießen, macht *bang* mit den Lippen. Ich bin wie versteinert.

»Aber weißt du, Demian… *ich bin ja bereits tot.*« Seine Stimme zittert. »Vor gut zwölf Jahren bin ich gestorben, zusammen mit meiner Frau und meinem Kind. Im Gegensatz zu dir hatte ich nie die Hoffnung, sie lebend wiederzufinden: Ich habe sie sterben sehen, mit meinen eigenen Augen. Und dennoch habe ich lange nach ihnen suchen müssen. Unsere Wege sind also gar nicht so verschieden. Du wirst in dir selbst suchen und etwas finden müssen, das dir einen Grund gibt, ins Leben zurückzukehren. Du willst deine Frau Karin wiederhaben, das verstehe ich. Doch zunächst *musst du sie in dir selbst erkennen*. Ihre

Liebe finden, in dir. Das schaffen«, er nimmt meine Hand und drückt sie, »was mir nicht gelungen ist.«

Mit offenem Mund stehe ich da, ein unkontrolliertes Gurgeln entringt sich meiner Kehle. Ich kann die Gegenwart dieses Mannes nicht länger ertragen.

Ich wende mich ab und laufe davon, verlasse die Landzunge, klettere die Dünen hinauf und renne in den Wald. Doch Jacques' Worte folgen mir, ich kann vor ihnen nicht fliehen. Sie holen mich ein, umzingeln mich. Sie sind wie Spiegel.

Aber wenn ich dich nicht hier in der Wirklichkeit haben kann, wo ich dich kennengelernt habe, dich ansehen, berühren, dich lachen, weinen und stöhnen hören kann, wenn wir uns lieben …

*Jacques hat recht. Es gibt nur noch einen Weg.*

# 58

# Der selbstzerstörerische Instinkt

Wieder besucht mich Gigi.

»Na los, gehen wir zu mir. Ich koch dir einen *tie guan yin*, damit du ein bisschen runterkommst.«

»Was ist das für ein Zeug?«, frage ich misstrauisch. Sie lacht.

»Das ist ein Tee! Sehr gut, er wird hier in Nantou angebaut. Frei von irgendwelchen Zusatzstoffen, versprochen.«

Gigis »Haus« ist ein alter herrenloser Wohnwagen, aus dem sie etwas ziemlich Beeindruckendes gemacht hat. Vor der aus den Angeln gerissenen Tür hat sie eine Art Vorzelt gebaut: Sie hat Holzbänke mit einer großen Plane überspannt und sie wie einen arabischen Harem eingerichtet, mit orientalischen Teppichen, riesigen blutroten Kissen und purpurfarbenen Wandbehängen. In der Mitte stehen ein niedriger Tisch und eine große silberne Wasserpfeife, die sie angeblich in Andalusien geklaut hat.

»Mach's dir bequem.«

Ich lasse mich in eines der Kissen fallen, und Gigi verschwindet im Wohnwagen. Ich höre, wie sie den Wasserkessel füllt und aufs Feuer stellt. Gleich erscheint sie wieder in der Tür.

»Jetzt versuch mal, nicht dran zu denken. Was hat es denn für einen Sinn, dich so zu quälen?«

Sie kommt heraus und stellt zwei leere Tassen auf das Tischchen. Dann streichelt sie mir überraschend die Wange.

»Glaub mir, ich weiß, was du durchmachst. Du bist Jacques sehr ähnlich.« Sie mustert mich mit ihren Katzenaugen. »Die gleiche gequälte Liebe … auf eure Art seid ihr ziemlich romantisch.«

Der Kessel pfeift. Gigi geht ihn holen, kommt wieder und gießt kochendes Wasser in die Tassen. Ihr Gesicht verschwindet in einer Dampfwolke.

»Ihr habt die gleiche zerstörerische Kraft in euch. Ihr bekämpft sie und gleichzeitig nährt ihr sie.«

»Das ist normal. Wir haben Menschen verloren, die wir lieben.«

»Ich bin weder besonders einfühlsam noch eine Psychologin, Dem. Aber in dir ist noch etwas anderes. Ich würde es …«, sie spielt nervös mit ihrem Zungenpiercing, »einen *selbstzerstörerischen Instinkt* nennen. Etwas, das es schon vor diesem Ereignis in deinem Leben gab.«

Gigi unterbricht sich und nippt an ihrem Tee.

»In deiner Vergangenheit, in deiner Jugend vielleicht, hat dieser Instinkt die Oberhand gewonnen. Dann hast du Karin kennengelernt, und sie hat ihn so weit neutralisieren können, dass du ihn vergessen hast. Und jetzt, wo sie nicht mehr da ist, bist du …«

»Hochinteressant«, falle ich ihr nervös ins Wort. »Aber ich weiß nicht, wovon du sprichst. Außerdem hab ich keine Lust, darüber zu reden.«

»Okay, verstanden. Richte dich ruhig ein in deinem Schmerzensschneckenhaus.«

Gigi knallt die Tasse auf den Tisch und verschwindet im Wohnwagen. Reglos und stumm bleibe ich sitzen, bestimmt eine Viertelstunde lang. Als ich gerade gehen will, höre ich leise Gitarrenlaute. Ich strecke den Kopf zur Tür hinein. Gigi liegt mit einer Gitarre im Arm im Bett und zupft die Saiten.

»Ich wusste nicht, dass du spielst.«

Sie scheint ganz in der Musik verloren und würdigt mich keines Blickes.

»Du bist sehr gut.«

»Kein Wunder. Ich hab damit meinen Lebensunterhalt verdient. Ich singe und spiele, seit ich sieben bin. Du hast mich nie gehört, aber ich habe eine schöne Stimme.«

»Eigentlich weiß ich gar nichts über dich.«

»Ich rede halt nicht gern drüber. Merkwürdigerweise hast du die Gabe, die Dämme in mir zu brechen. Hast du Lust, mir zuzuhören?«

Ohne die Gitarre beiseitezulegen, beginnt Gigi mit ihrer Geschichte, als wäre sie ein Lied.

Als Kind lebte Geneviève in Paris. Ihre Eltern waren geschieden und zu sehr mit ihren Karrieren beschäftigt, um sich um sie zu kümmern. Also hatte sie ihre Kindheit bei Georges, ihrem Großvater mütterlicherseits, verbracht. Von ihm bekam sie den Spitznamen Gigi. Während ihrer endlosen Spaziergänge durch Montmartre hatte er ihr sein anarchisches Wesen und dazu seine Liebe für die Gitarre und für die französischen Chansonniers vermacht, die sie bis heute spielt.

Am 10. Oktober 2003, Gigi war siebzehn, starb ihr geliebter Großvater. Allein in seiner Wohnung, niedergestreckt von einem Herzinfarkt. Er wurde erst drei Tage später entdeckt. Gigi war es, die ihn fand, nachdem sie weinend die Feuerwehr angerufen und die Tür hatte einschlagen lassen. Sie sollte sich das nie verzeihen, und ebenso wenig ihren Eltern, die sie ausgerechnet an dem Wochenende zu einem von ihrem Scheidungspsychologen empfohlenen Familienausflug gezwungen hatten. »Mach dir keine Sorgen, der Opa ist ein bisschen taub«, hatte ihre Mutter gesagt, als der Großvater auf den fünften Anruf in zwei Tagen noch immer nicht reagierte.

Vor Reue konnte sie nicht mehr schlafen. »Hat er gelitten?«, fragte sie sich. »Hat er nach mir gerufen? War er traurig, weil er allein war?« Einen Monat später rannte Gigi von zu Hause fort. Die vermeintliche Schnapsidee eines verwöhnten Mädchens, das den schmerzlichen Verlust nicht ertrug. Doch seit jenem

Tag hat sie auf der Straße gelebt. Sieben lange Jahre, in denen sie zur perfekten streunenden Weltenbummlerin geworden war. Die ersten drei Jahre hatte sie zwischen Granada, Malaga und Sevilla in Andalusien verbracht. Dann der große Sprung: Fernost, Taiwan und das Abenteuer mit den *Soul Travellers*. Ohne dem Leben, das sie hinter sich gelassen hatte, eine einzige Träne nachzuweinen.

»Wieso sollte ich zurück?«, sagt Gigi. »Hier geht's mir wunderbar. Ein schmerzlicher Verlust hat mich ins Vagabundenleben getrieben, aber seitdem habe ich mich von meinem Überlebenswillen leiten lassen. Der Wunsch zu leben ist alles. Die Schönheit eines ganzen Lebens in einem einzigen Augenblick zu bündeln, das hat mir mein Großvater beigebracht: besser ausbrennen, als langsam verblassen! Genau wie, hmmm … wer hat das noch mal gesagt?«

»Neil Young.«

»Ach, genau, Neil Young!«

Gigi verstummt, ihr Blick ist gesenkt, ihre Hände zittern leicht. Die Erzählung war schmerzlich. Sie ist es nicht gewohnt, ihre Geschichte zu durchleben. Sie hat mir ein kleines Privileg gewährt.

»Entschuldige wegen vorhin«, breche ich das Schweigen. »Es fällt mir schwer, es zuzugeben, aber du hast recht. Du hast das, was ich in mir trage, auf den Punkt gebracht.«

Sie hebt den Kopf und sieht mich abwartend an.

»Als Teenager habe ich davon geträumt, auf der Straße zu leben. Aber ich war anders als du. Ich war nicht so wie die fröhlichen, unbeschwerten Menschen um mich herum. Ich trug einen Schatten in mir, genau wie du gesagt hast, eine Kraft, die mich dazu drängte, mich *auszulöschen*, und langsam die Oberhand gewann. Ein Countdown, der in der Jugend begonnen hatte und etwas anzählte, das ich nicht kannte und nicht begriff. Dann ist Karin gekommen. Aber das hat nicht gereicht … Und dann war da diese Nacht … ich war achtzehn und mit meinen

Freunden in Seattle … Karin hatte ich verloren … ein *bad trip* … die Flucht … und dann … der Unfall … Chris' Eltern …«

Ich stammle wirr. Ich bin noch nicht bereit, über all das zu sprechen, meine Stimme erstirbt in meiner Kehle. Gigi springt mir bei.

»Ich weiß. Jetzt, wo Karin nicht mehr da ist, sind die Dämonen zurück.«

»Ja. Es fühlt sich wieder alles an wie in jener Nacht vor fünfzehn Jahren in Seattle. Nur wird sie diesmal nicht kommen, um mich zu retten.«

»Nein, sie wird nicht kommen.« Gigi schüttelt traurig den Kopf. »Aber weißt du, Dem, es gibt zwei Wege, die zur Straße führen. Der eine ist hell, der andere dunkel. Und der dunkle hat etwas mit dem ständigen Verlangen zu tun, sich zerstören zu wollen. Das sind Menschen, die einen Verlust durchlitten und ihre Karin niemals getroffen haben. Die auf Schmerz reagieren, indem sie jede Gelegenheit ergreifen, sich neuen Schmerz zuzufügen. Die sich vor der Welt verstecken, ihren Geist und ihren Körper mit Symbolen überfrachten, aber dennoch weiterleben.« Sie lächelt entwaffnend.

»Ich weiß nicht. Das schaffe ich nicht. Vielleicht …«, meine Stimme zittert, »brauche ich Hilfe.«

»Ja, Dem. Jetzt hast du es endlich begriffen. Du schaffst es nicht allein.«

Gigi legt die Gitarre aufs Bett.

»Na komm, setz dich zu mir.«

Sie streckt mir die Hand hin.

»Vertrau mir. Ich helfe dir zu vergessen.«

# 59

# Der selbstzerstörerische Instinkt (2. Teil)

*Jeden Tag begegne ich neuen Ängsten*
*und erniedrige mich mit Entscheidungen, die mich an die Schwelle*
*meines persönlichen Infernos führen,*
*Angst, dir wehzutun,*
*– ich wünschte, nie geboren zu sein,*
*als ich es geschehen sah,*
*– hab ich das schon gesagt? Ich wünschte, ich wäre nie geboren worden,*
*aber es wäre für alle besser gewesen zu sterben, ehe sie die eigene Unschuld verloren*

Hand in Hand steigen wir aus dem Wohnwagen und setzen uns auf die großen blutroten Kissen. Gigi beugt sich zu dem kleinen Tisch hinunter und angelt ein Tütchen Hasch aus einem Kästchen.

»Das ist *orange bud*, direkt aus Amsterdam«, raunt sie mir ins Ohr. Schon der Name lässt ferne Erinnerungen voller berauschender Düfte und süßlicher Aromen wach werden. Mit bedächtigen Bewegungen füllt Gigi die Wasserpfeife; eine Priesterin, die einen Initiationsritus zelebriert. Sie zündet sie an und reicht mir einen Schlauch. Ich lehne mich an sie und inhaliere den Rauch, der leicht in der Kehle kratzt. Bereits beim dritten Zug durchläuft eine wohlige Welle jede Zelle meines Körpers, ein vergessener Friede, ein Gefühl der Schwerelosigkeit. Gigi beobachtet mich mit einem leicht benommenen Lächeln.

»Und, fühlt es sich so an wie in deiner Erinnerung?«

»Na ja … das letzte Mal ist lange her.«

Krampfhaft versuche ich ein Lachen zu unterdrücken. Gigi scheint es ähnlich zu gehen. Plötzlich spüre ich eine tiefe Eintracht zwischen uns beiden, sie ist mir sehr nah.

»Ich wünsche mir, dass du mir eines Tages dein Buch leihst«, sagt sie.

»Du hast sie nicht mehr alle.« Ihre Bitte klingt irgendwie lustig, und schließlich pruste ich los. Es ist so seltsam, dieses Geräusch zu hören, ich hatte es vollkommen vergessen.

»Och, bitte! Nur einen winzigen Blick!«

»Hey!« Ich sehe sie misstrauisch an. »Was hast du vor?«

Der bläuliche Rauch aus der Wasserpfeife hüllt uns ein, die Zeit wird langsamer. Viele Dinge, die ich für unmöglich hielt, erscheinen plötzlich einfach und ganz naheliegend. Als die Pfeife durch ist, kuschelt sich Gigi an mich, und ich spüre die Wärme ihres Körpers auf meiner Haut.

»Erzähl mir etwas aus deiner Vergangenheit«, raunt sie. »Irgendetwas. Zum Beispiel der Abend, an dem wir uns getroffen haben …«

»Der Abend, an dem du mir das Buch geklaut hast, wolltest du sagen.«

»Geklaut! Hätte ich nicht gehandelt, hätten wir uns nicht kennengelernt, und du säßest jetzt nicht hier … bist du undankbar! An dem Abend hast du deine Leidenschaft für Dylan Thomas erwähnt und wie es dazu kam. Weißt du noch? Ein zufällig entdecktes Buch, das dein Leben verändert hat.«

»Ach, ja. Aber das ist eine lange und öde Geschichte.«

»Komm schon, tu nicht so geheimnisvoll! Wir haben alle Zeit der Welt. Es ist schön, auf der Straße zu leben, oder? Wir sind frei.«

»Okay, wie du willst. Das war, als ich meinen besten Freund Chris kennengelernt habe. Oder besser, zuerst war da meine erste Reise nach Seattle und mein erster Joint. Davor hat alles mit Dylan Thomas angefangen. Und mit Karin geendet. Wo soll ich anfangen?«

»Am Anfang, oder?«

Ich merke, dass das Hasch mir die Zunge löst, und während ich rede, tauchen längst verloren und begraben geglaubte Einzelheiten und Gefühle lebhafter denn je vor mir auf.

Das war 1991, und ich war vierzehn. Ich kannte weder Karin noch Chris. Um ehrlich zu sein, kannte ich praktisch niemanden. Ich war ziemlich verschlossen und hatte mich noch in meine kindlichen Fantasien geflüchtet. Die Jugend brach ein in Form einer namenlosen Unruhe, die ich durch lange, einsame und ziellose Wanderungen zu beschwichtigen versuchte. Auf einem dieser Streifzüge fand ich auf einem Sitz in einem San Franciscoer *cable car* ein zerfleddertes Büchlein. Auf dem Einband stand:

DYLAN THOMAS
– ACHTZEHN GEDICHTE –

Von einer unerklärlichen Erregung erfasst, griff ich nach dem Buch, schlug es irgendwo auf und fing an zu lesen.

*Besonders dann, wenn der Oktoberwind*
*Mit Frostgefinger mir das Haar bestraft,*
*Geh ich entflammt im Griff der Krabbenfischer-Sonne*

Das war eine göttliche Erleuchtung! Diese Worte führten mir eine neue Wirklichkeit vor Augen. Nackt, schwindelerregend, die *wahre* Wirklichkeit. Plötzlich war mir klar, wonach ich so verzweifelt suchte. In Hochstimmung und mit diesem neuen Fieber in mir kehrte ich nach Hause zurück. Ich schrieb Worte über Worte, Seiten über Seiten voller *Worte.*

Zwei oder drei Tage lang hielt ich mich ebenfalls für einen Dichter, alles, was aus meiner Feder floss, erschien mir großartig. Dann verlosch die Ekstase, die Welt wurde wieder grau und unbegreiflich wie zuvor, ja schlimmer als zuvor. Ich las all meine Verse noch einmal und begriff, dass sie nur ein Haufen Scheiße waren. Die Enttäuschung war unerträglich, ich weinte und wollte sterben.

Doch ich gab mich nicht geschlagen. Ich ging wieder auf Wanderschaft, auf die Suche nach einem Weg, das zu leben, was Dylan Thomas gelebt hatte, so zu schreiben, wie er geschrieben hatte, die Pforten der einzigen Dimension aufzustoßen, die ich tatsächlich als die meinige empfand. In der Bibliothek fand ich heraus, dass er Alkoholiker gewesen und an Delirium tremens gestorben war. Ich begann zu trinken, anfangs ekelte es mich an. Ich war allein, ohne Freunde, von der Kindheit in die Qualen des Erwachsenwerdens katapultiert. Sturzbesoffen ergriff mich die Magie dieses Buches abermals. Vom Regen durchtränkt, taumelte ich umher, balancierte auf Bahnschienen entlang und brüllte Dylan Thomas' Verse heraus. Ich war auf einer Schiffsschaukel, die mich auf die Gipfel der Verzückung und in die Abgründe der Verzweiflung brachte.

Die Einzige meiner Familie, die meine Veränderungen zu bemerken schien, war meine Schwester Rebecca. Sie schenkte mir eine selbst aufgenommene Kassette, die sie *Seattle Sound* genannt hatte. »Vielleicht gefällt dir dieses Zeug«, sagte sie mit einem Augenzwinkern. Darauf war *Nevermind* von Nirvana und *Facelift* von Alice in Chains.

Diese Musik war die zweite Erleuchtung. *Seattle*, dachte ich. Da passierte gerade etwas Wichtiges, da waren Menschen, die in ebendiesem Moment das Gleiche erlebten, was Dylan Thomas fünfzig Jahre zuvor erlebt hatte. Aber diesmal waren es echte, lebendige Menschen. Ich musste dorthin.

Heute lache ich, wenn ich an den Vierzehnjährigen denke, der von zu Hause ausreißt, sich Mut antrinkt und Geld für ein Ticket nach Seattle klaut. Das Geld reichte nicht, und ab Portland musste ich per Anhalter weiter. Als ich endlich dort war, sah ich einen verwahrlosten Jungen, der eine Gitarre mit sich herumschleppte. Er trug ein *Bleach*-T-Shirt von Nirvana. Ich hatte mein weißes Kaninchen gefunden und folgte ihm heimlich. Der Strom *seltsamer* Menschen wurde dichter, alle mit dem gleichen Ziel: eine Art Müllkippe an einem Kanal im Industriegebiet. Am Ufer, zwischen Schrott und Gestrüpp, hockten Gruppen von Pennern, besoffenen Jugendlichen, die Musik machten und herumgrölten, Drogenabhängigen und Dealern.

Hier war ich richtig. Ich empfand die Faszination dieses Ortes und zugleich die Gefahr. Zwei Typen vergruben etwas unter einem Baum. Noch wusste ich es nicht, doch die beiden waren Pusher, die gerade Drogen versteckt hatten. Arglos ging ich hin und suchte zwischen den Wurzeln herum.

»Was zum Teufel machst du da?« Einer der beiden schoss auf mich zu, der andere packte mich bei den Schultern. Sie wollten mir eine Lektion erteilen, *vielleicht prügeln sie mich tot*, dachte ich. »Du brauchst gar nicht so zu schreien, hier hilft dir keiner!«, bellte mir der Dealer ins Gesicht und ließ ein Messer aufschnappen. Mit der Kraft der Angst konnte ich mich befreien und kraxelte wie der Blitz einen Hügel aus verrostetem Blech und Verpackungsmüll hoch. Oben blickte ich mich um. Mein Kopf wummerte zum Zerspringen. Ich hatte keinen Ausweg.

Mir kam eine Idee. Ich holte die *Achtzehn Gedichte* von Dylan Thomas aus der Tasche und fing an, sie aus Leibeskräften herauszuschreien. Es funktionierte: Sofort horchten alle ringsum auf. Alle verstummten und hörten mir zu, es herrschte eine unwirkliche Stille, die meine Stimme noch lauter machte. Als ich fertig war, hatte sich am Fuß des Hügels eine kleine Menschenmenge versammelt. Manche klatschten, andere johlten, viele schienen tief gerührt zu sein. Ich war verblüfft. Doch ich hatte erreicht, was ich wollte: Die beiden Dealer waren verschwunden. Ich kletterte vom Schrotthügel herunter und nutzte das Durcheinander, um mich aus dem Staub zu machen.

Da traf ich Chris.

»Hey, dich kenne ich doch!«, sagte er. »Du bist auf meiner Schule, ich hab dich da gesehen.«

»Ja, ich kann mich auch an dich erinnern.«

»Du bist echt total durchgeknallt! Aber, Hut ab, du wirst bestimmt mal Schauspieler oder Dichter. Ich heiße Chris, und du?« Er streckte mir die Hand entgegen, und ich drückte sie herzlich.

»Demian. Was machst du hier so allein in Seattle?«

»Das Gleiche wie du, oder?«

Er zeigte mir einen miserabel gedrehten Joint. Wir mussten lachen und rauchten ihn zusammen. Das war die Taufe unserer Freundschaft. Ab dem Tag waren wir unzertrennlich.

Chris gründete gerade eine Rockgruppe und fragte mich, ob ich ihnen die Liedtexte schreiben wolle. Ich sagte sofort Ja. Das unglaubliche Erlebnis jener Nacht, die in unserer Erinnerung zur *ersten Nacht von Seattle* werden sollte, hatte ein enges Band zwischen uns geknüpft. Und sie hatte meine Liebe zur Dichtung noch stärker werden lassen. Mir war, als hätte ich etwas wahrhaftig durchlebt, nachdem ich es in Verse verwandelt hatte. Durch die Linse der Worte erschien die Wirklichkeit – verzerrt? Gereinigt? Zum Teil war dies dem Hasch geschuldet: Es machte alles intensiver und vernebelte zugleich die Erinnerungen, so dass sie sich von Träumen kaum unterschieden.

So vergingen zwei Jahre Chaos.

Dann lernte ich Karin kennen. Ich sah sie zufällig in der Schule. Mit einem flüchtigen Lächeln und einem einzigen Blick zeigte sie mir, was Wirklichkeit und Materie sind. Plötzlich spürte ich, dass ich aus Fleisch und Blut bestand. Bis zu dem Moment kam mir mein Leben wie Einbildung vor.

»Wie in diesem alten Lied von den Doors«, schaltete Gigi sich ein. »*You make me real.*«

»Genau. Aber nachdem wir uns kennengelernt und ineinander verliebt hatten, trennten Karin und ich uns. Noch heute könnte ich nicht sagen, warum. Ein Jahr lang gingen wir uns aus dem Weg, eine endlose Zeit. Ich fing man, meinen *selbstzerstörerischen Instinkt* wahrzunehmen, wie du es genannt hast.

Das Leben auf der Straße rief mit aller Macht nach mir. Nicht auf positive Art wie bei dir, denn du fühlst dich lebendig, frei, glücklich. Ich wollte mich nur auslöschen. Die Drogen, die anfangs Spaß und Inspirationsquelle waren, wurden Experiment und Entfremdung. Von da an stürzte ich in die vertikalen Labyrinthe der Paranoia, in einen Abgrund, dessen Ende nicht zu sehen war. Doch es gab eines, und eines Nachts erreichte ich es mit einem Knall. Damals hat Karin mich gerettet.«

»*Gerettet*. Das ist ein großes Wort. Wie denn?«

»So, wie du es geahnt hast. In jener Nacht geschah eine Art Wunder. Ich fand Karin wieder, und sie kehrte in mein Leben zurück, um nie mehr daraus zu verschwinden. Oder zumindest glaubte ich das bis vor zehn Monaten. Alles erschien mir in neuem Licht: in ihrem. Sie kreiste um ein stabiles Zentrum, und ich war ihr Satellit. Das *normale* Leben, das ich verachtet hatte, wurde das Erstrebenswerteste überhaupt, weil ich es mit ihr teilen würde.«

»Und *on the road* hatte sich erledigt.«

»Yep. Karin war kein bisschen der Typ dafür. Aber versteh mich nicht falsch, für mich bedeutete das keineswegs eine Einschränkung. Die Wünsche, die ich *habe*, wenn sie nicht bei mir ist, sind alle destruktiv. Wenn ich mir selbst überlassen bin, habe ich keine Selbstachtung mehr, weder für das, was ich bin, noch für das, was ich habe.«

»*Jeden Tag begegne ich neuen Ängsten*«, murmelte Gigi, »*und erniedrige mich mit Entscheidungen, die mich an die Schwelle meines persönlichen Infernos führen*. Das ist eines deiner Gedichte. Ich hab's an dem Abend gelesen, als ich dein Buch genommen hatte. Ich hab es nicht mehr vergessen. Hast du das gemeint, als du es geschrieben hast?«

Ich nicke.

»Und nur dank Karin habe ich über die Kraft, die mich auslöschen wollte, gesiegt. Und auch deshalb habe ich Karin so sehr geliebt, *liebe sie* so sehr. Schon bald wurde sie mein Schrein, der all mein Hoffen und Glauben barg. Sie sog die dunkle Energie aus mir heraus und verwandelte sie in etwas Positives, in eine Kraft, die unsere Liebe nährte. Und jetzt, wo sie nicht mehr da ist…«, ein Knoten im Hals schnürt mir die Worte ab, »ist alles wieder…«

Ich kann nicht weiterreden. Tränen rinnen mir über die Wangen. Ich lasse den Kopf hängen und vergrabe das Gesicht zwischen den Händen.

»Hab keine Angst, alles rauszulassen, Dem«, flüstert Gigi mir ins Ohr. Ihre Hand streichelt meinen Nacken. »Solange du noch weinen kannst, bist du lebendig.«

Dann nimmt sie mich in die Arme. Ich spüre ihren flatternden Herzschlag.

»Wir müssen uns wirklich was einfallen lassen, um dich auf andere Gedanken zu bringen.« Ihre Lippen berühren meine Ohrläppchen. »Vielleicht das Fest von *Koh-Ley-Reh*…«

Ich löse mich aus ihrer Umarmung und sehe sie an.

»Das Fest von *Koh-Ley-Reh*?«

»Das Fest des *Schattenmondes.* Hab ich dir nicht davon erzählt?«

Ich schüttle den Kopf.

»Das ist eine chinesische Tradition. Es wird zu Beginn des neuen Mondjahres gefeiert und fällt dieses Jahr auf den 14. Februar. Die Legende besagt, in diesen Tagen erscheine der Mond größer und schöner als sonst. Das stimmt natürlich nicht, aber durch den Wiederholungseffekt und mithilfe von ein paar Drogen, *voilà*, haben wir den atemberaubendsten Mond der Welt! In den nächsten Tagen kommen viele *Raver*, Leute mit Geld, und wir werden sie ein bisschen schröpfen.«

»Und schon ist es vorbei mit dem Zauber des Mondes.«

»Man muss schließlich auch was essen, *mon doux garçon.* Ich selber spiele Gitarre und zeige meine Flaschenpostsammlung.«

»Ach, deine berühmte Sammlung. Noch eines von deinen Geheimnissen.«

»Möchtest du sie sehen?«

»Ja, gern.«

Gigi verschwindet im Wohnwagen und kommt nach einer Weile mit einem alten Koffer wieder heraus. Sie stellt ihn auf den Boden und öffnet ihn: Er ist zum Bersten voll mit Papier.

»Ich müsste sie mal ordnen. Manche sind echte Raritäten.«

Sie zeigt mir Briefe und Zettel aller Arten und Epochen: Hilferufe, Schatzkarten, Liebesbriefe, Rätsel und verschlüsselte Nachrichten. Ohne dass ich es merke, vergehen Stunden.

»Ah, die hier ist besonders reizend: ein Liebesbrief von vor fünfundsechzig Jahren, mitten im Krieg geschrieben.«

»Aha«, gähne ich müde vom vielen Lesen.

»Und welche Nachricht hat dir Jacques mitgebracht?«

»Ah, die …«, Gigi spielt nervös mit ihrem Zungenpiercing, das Metall klickt gegen die Zähne. »Ich hab sie weggeschmissen, die war ein Fake. Aber um das Thema zu wechseln … wieso bereitest du nicht auch was fürs Fest vor? Du könntest deine Gedichte lesen. Ich finde sie wunderschön.«

In den folgenden Tagen füllen sich die Dünen mit Autos, Wohnwagen und Zelten. Ein Menschenstrom ergießt sich über das kleine Lager, und die Stimmung lädt sich immer weiter auf. Gigi hat sich in das Chaos der Vorbereitungen gestürzt, hält sich jedoch immer ein bisschen Zeit für mich frei. Oft verabreden wir uns in ihrem Zelt, rauchen Wasserpfeife und reden.

Eines Nachmittags kann ich sie nirgendwo entdecken und gehe sie suchen. Ich will gerade ihr Zelt betreten, als ich gedämpfte Stimmen höre. Lautlos strecke ich den Kopf hinein.

Gigi ist nackt, wachsweiß auf ihrem riesigen blutroten Kissen. Neben ihr ist Stefano, hält sie an den Handgelenken fest und beugt sich über sie.

»Ach komm, heute hab ich keine Lust«, murmelt sie und schiebt ihn sanft von sich.

»Wieso?«

»Weil ich keine Lust hab!«

»Hast du dich verliebt?«

»Hör schon auf!«

»Ich kenne dich seit Jahren, aber so bist du nie gewesen. Gib's zu, es ist mir nicht entgangen, du hast dich verliebt … in *ihn.*«

Während ich mich lautlos zurückziehe, habe ich das Gefühl, den Halt zu verlieren. Mein Instinkt sagt mir, abzuhauen. Doch vielleicht hat dieses ganze Durcheinander auch sein Gutes. Vielleicht kann ich wirklich versuchen, nicht an dich zu denken. Nur einen Moment lang. Kann mir eine kleine Auszeit von dir nehmen.

»Wie lange hast du nicht mehr Liebe gemacht?«, fragt Gigi mich unvermittelt.

»Was?«

»Liebe machen, *ficken*, verstehst du?«

Die Sache kommt mir unglaublich komisch vor, und ich pruste los.

»Hey, ist bei dir noch nicht angekommen, dass ich eine Amnesie habe? Ich erinnere mich an nichts!«

Wir lachen beide, unser Lachen befeuert sich gegenseitig und artet in einen regelrechten hysterischen Anfall aus. Doch es ist überhaupt nicht komisch. Ich schließe die Augen.

Ich sehe denselben vertikalen Tunnel vor mir, in den ich in jener Nacht vor fünfzehn Jahren in Seattle stürzte. Wie damals flitzen die Bilder haltlos und schwindelerregend schnell an mir vorbei. Wo ist oben? Wo unten? Was ist reglos und was in Bewegung? Alles verändert sich unaufhaltsam. Es gibt nur einen Fixpunkt, an den ich mich klammern kann.

Das bist du.

Doch inmitten dieses Chaos bereitet mir ausgerechnet dieser Fixpunkt Übelkeit.

»Du … das ist sehr merkwürdig …«, murmele ich und sehe

Gigi in die Augen. »Es ist, als wärst du ein Teil von Karin. Ihr ungebundener und wildester Teil. Ich habe ihn immer in ihr gespürt, auch wenn sie sich stets geweigert hat, ihn zu zeigen. Und trotzdem kannte ich diese Seite an ihr gut. Ich war der Einzige, der sie kannte, und das war ein Privileg für mich, eine Ehre, die mich glücklich machte. Ich habe diese versteckte Seite an ihr wahnsinnig geliebt.«

# 60

# Chris und der Brief

*San Francisco*
*24. Februar 2010*

Chris starrte durch die Fensterfront seines Büros im siebenundzwanzigsten Stock eines glitzernden Wolkenkratzers in *Downtown* San Francisco. Von dort oben hatte man einen atemberaubenden Blick, mit der Spitze der Transamerica Pyramid, die in der Sonne funkelte.

Er legte die Stirn gegen das kalte Glas und seufzte. Er hatte dieses Panorama immer geliebt, doch inzwischen bedeutete es ihm nichts mehr. *Die Miete für dieses Büro kostet ein Vermögen,* dachte er. *Jetzt, wo Demian die Firma verlassen hat, werde ich mir das nicht mehr lange leisten können. Vielleicht sollte ich mir etwas Kleineres, Billigeres suchen.*

Chris dachte an die Miete, doch seine wahren Gefühle waren ganz andere. Das Radio spielte *Monkey Gone to Heaven* von den Pixies. Jede einzelne Note brachte eine Jugenderinnerung und brennende Traurigkeit mit sich.

*Wieso habe ich auch diesen elenden Indie-Rock-Sender reingedreht?*

Sein Blick wanderte durch das Büro, das er jahrelang mit Demian geteilt hatte. Harte Arbeit, Erfolge und Schlappen, Triumphe und Mühen. Der Anblick von Demians leerem Schreibtisch erfüllte ihn mit Angst. Er spürte die Abwesenheit seines Freundes und hatte Angst um ihn.

Ihr letztes Telefongespräch lag einen Monat zurück. Seitdem

war Demians Handy stets unerreichbar. Chris konnte sich einfach nicht damit abfinden.

Von Jugend an hatten sie alles gemeinsam gemacht. Ihre Garage-Grunge-Gruppe, die Lieder, den ersten Job, die erste Zigarette, die ersten Seelenqualen, die ersten Ferien allein.

Dann hatte sich ihr Leben mit einem Schlag geändert.

Es gab eine klare Grenzlinie zwischen diesen beiden Phasen ihres Lebens. Alles war in einer Nacht passiert, die bei ihnen *die zweite Nacht von Seattle* hieß. Sie erinnerten sich daran, als wäre es gestern gewesen.

Der 15. Mai 1995, ein Jahr nach dem Schulfest. Chris und Demian waren achtzehn und zusammen mit den beiden anderen Bandmitgliedern Gaz und Jay nach Seattle gefahren. Dann überschlugen sich die Ereignisse. Ihre Wege trennten sich. Demian fasste den wichtigsten Entschluss seines Lebens, der ihn und Karin betraf, und floh an einen Ort namens Cottage Grove.

Chris hingegen war unfähig, etwas zu entscheiden. In derselben Nacht starben seine Eltern Hunderte Meilen entfernt bei einem Autounfall.

Der Schmerz war unerträglich. Schluchzend wiederholte er immer wieder, er habe sich nicht einmal von ihnen verabschieden können. Seine letzte Erinnerung war ein heftiger Streit, die letzten Worte, die er seinen Eltern gesagt hatte, waren voller Hass gewesen. Worte, die ihn ewig verfolgen sollten.

Plötzlich musste Chris sein eigenes Leben und das seines kleinen Bruders auf den schwachen Schultern tragen. Von einem Tag auf den anderen wurde er erwachsen und unterwarf sich allen Regeln, denen er sich stets widersetzt hatte. Dank des Erbes seiner Eltern beendete er sein Studium an derselben Uni wie Demian, und gemeinsam gründeten sie ihr Unternehmen und arbeiteten Seite an Seite.

Die Jahre vergingen, und ein neues Gleichgewicht und eine

neue Heiterkeit schienen sich eingestellt zu haben. Zumindest bis vor ein paar Monaten.

*

Das Klingeln des Telefons riss ihn aus seinen Gedanken. Er redete ein paar Minuten lang mit einem Kunden, dann blätterte er abwesend durch die Post. Ein rotblau geränderter Luftpostumschlag fiel ihm in die Hände, seine Finger begannen zu zittern. Hastig drehte er ihn um und las den Absender.

Demian Sideheart

Der Umschlag rutschte ihm aus der Hand. Er hob ihn auf, öffnete ihn behutsam, zog den Brief hervor und begann zu lesen.

Taiwan,
12. Februar 2010

Lieber Chris,
Du kannst Dir nicht vorstellen, wo ich in diesem Augenblick bin! Ich gebe Dir einen Tipp: Es ist ein Ort, wo wir leben wollten, als wir siebzehn waren... eine Kommune von Backpackern, Punks, Hippies und ähnlichen Durchgeknallten. Ironie des Schicksals, oder? Seit drei Wochen schlafe ich in einer Höhle, es gibt weder Strom noch fließend Wasser, abends essen wir selbst gefangenen Fisch, und es herrscht ein ständiges Kommen und Gehen von Freaks. Ich denke in diesen Tagen viel an Dich, Chris. Wenn Du bloß hier wärst! Oder noch besser, wenn wir vor fünfzehn Jahren zusammen hier gewesen wären!
Vor fünfzehn Jahren...
In letzter Zeit muss ich oft an diese sorglose Zeit unserer Jugend denken. Ich flüchte mich in die Erinnerungen und suche nach einem Funken Licht. Aber dann gehen meine Gedanken unaufhörlich weiter, bis zu unserer »zweiten Nacht von Seattle«. Ich denke

an das, was mich bis dorthin gebracht hat. Und wie die Schicksale dreier Menschen sich unlöslich miteinander verwoben haben.
Aber ich schreibe Dir nicht, um von alten Zeiten zu reden. Es gibt einen wichtigen Grund, eine Sache, um die ich nur Dich bitten kann.
Im Umschlag findest Du eine Fotokopie meines Passes und eine unterzeichnete Vollmacht. Nimm sie und lies sie. Ich weiß, Du wirst Deinen Augen nicht trauen, aber es geht alles mit rechten Dingen zu, und sei versichert, dass ich Herr meiner Sinne bin. Du sollst meinen gesamten Besitz spenden. Der Empfänger ist die Einrichtung, deren Daten ich hier angehängt habe. Du sollst auch meinen Gesellschafteranteil auflösen, ich hoffe, es bereitet Dir nicht allzu große Probleme.
Du wirst dich fragen, wozu das alles. Aber Du kennst mich gut, und wenn Du ein wenig drüber nachdenkst, kommst Du von selbst drauf. Ich vertraue Dir und weiß, dass Du tun wirst, worum ich Dich bitte.
Wir werden eine ganze Weile nichts voneinander hören. Denk immer daran, dass Du ein großartiger Mensch bist und der beste Freund, den ich je gehabt habe!
Danke für alles, Chris!
Demian

Ungläubig las Chris den Brief und die Vollmacht mehrmals durch. Dann ließ er sich in seinen Stuhl fallen.

*Ich weiß, dass du das alles für Karin tust,* dachte er. *Für wen sonst. Aber ich weiß, was euch verbindet. Ich erinnere mich gut, wie du mit achtzehn warst, als Karin dir fehlte. Nicht einmal meine Freundschaft hätte genügt. Und ich weiß noch, wie die zerstörerische Kraft, die dich in jener verfluchten Nacht leitete, sich verwandelt hat. Ein Wunder hat dich gerettet. Du warst praktisch wiedergeboren, und deine neue Energie hat auch mich gerettet, im dunkelsten Moment meines Lebens.*

Doch dieses Mal war die Hoffnung, dass Demian Karin wiederfand, ungleich viel geringer.

Chris' Augen füllten sich mit Tränen. Jetzt spürte er die Gewissheit. Es war, als hätte man ihm ein Stück Seele herausgerissen.

Er würde seinen Freund nie mehr sehen.

***

*Taiwan,*
*12. Februar 2010*
*(zwölf Tage zuvor)*

Das Buch liegt geschlossen vor mir. Mit einem scharfen Messer ritze ich den Rand des dicken Buchdeckels auf.

»Verzeih mir, Dylan«, murmele ich mit zusammengebissenen Zähnen. »Ein letztes *Sakrileg* deines Werkes. Und verzeihen auch Sie mir, Sir Llendebux, ich weiß, Sie werden sich im Bett umdrehen.«

Ich lache leise, stoße die Klinge in den Buchdeckel und drehe sie leicht hin und her, bis er ein wenig aufklafft. Dann kratze ich mit dem Messer die Pappfasern heraus.

Gestern bin ich in Taipeh gewesen. Ich habe den Brief an Chris abgeschickt. Dann bin ich zur Bank gegangen und habe mein Schließfach aufgelöst. Die Angestellte hat mich voller Ekel betrachtet, wahrscheinlich, weil ich entsetzlich stinke. Ich habe die Kreditkarte zerstückelt und das Portemonnaie weggeworfen. Beides brauche ich nicht mehr. Alles, was ich auf der Welt besitze, trage ich bei mir.

Nur du fehlst.

Ich nehme den Pass und schiebe ihn in den ausgehöhlten Buchdeckel, dazu noch zehn Hundert-Dollar-Noten. Das einzige Geld, was ich behalten habe. Ich hatte mir geschworen, dass ich es nur für die Reise zu dir ausgeben würde.

Und das tue ich jetzt.

Mit Klebstoff und ein wenig Papier versiegele ich den Einband wieder. Es ist gut geworden, man sieht nichts. Ich wickle das Buch in seine weißen Plastiktüten und stecke es in den Rucksack zurück.

Ich bin bereit.

Langsam wandere ich zur Spitze des Kaps. Heute ist ein sonniger, dabei kalter und windiger Tag. Ich schlage den Kragen meiner Jacke hoch. Es liegt etwas Lächerliches in diesem nicht kleinzukriegenden Selbsterhaltungsinstinkt. Ich habe eine Flasche Whisky aus Stefanos Vorrat mitgenommen und trinke sie im Gehen. Damit wird alles leichter werden.

Wie gern hätte ich Balths Brief gelesen. Aber inzwischen bin ich sicher, dass er mitsamt seinen Geheimnissen verlorengegangen ist. Was wollte Dylan Thomas ihm sagen, als er noch ein Junge war? Was ist der Sanduhr-Strand wirklich?

Die Dämonen verfolgen mich. Ihr unaufhörlicher Singsang treibt mich in den Wahnsinn. Sie haben die Stimmen von Kasumi, Jacques und Gigi.

Und sie haben deine Stimme.

*Eines Tages wirst du mich nicht mehr suchen können… Such Karin in dir… Dann wirst du akzeptieren müssen, dass das, was du dein ganzes Leben lang gesucht hast… nicht gefunden werden kann…*

Um mich herum ist alles reglos. Selbst die Wellen sehen aus wie versteinert, Momentaufnahmen aus Wasser, Gischtskulpturen. Die Möwen schreien nicht mehr.

Ich habe dich verloren, und es gibt keinen weiteren Weg, auf dem ich dich finden könnte. Und es interessiert mich nicht, *dich in mir zu suchen.* Was soll das überhaupt heißen?

*Aber wenn ich dich nicht finden kann…*

Ich bin wie ein Schlafwandler, der auf einem dünnen Sandstreifen entlangbalanciert. Rechts und links der Abgrund. Über mir, wie in Kristall gegossen, riesenhafte Kumuluswolken, Berge auf der Schwelle zu einer erstarrten Katastrophe. Der Himmel schwebt im Nichts, und das Nichts ruft nach mir. Es ist lau und einladend. Die Kälte des Wassers wird nur einen winzigen Augenblick dauern.

*... dann wirst du mich finden müssen.*

Ich springe.

Eine Stimme schreit im Dunkeln.

Das Seil spannt sich.

Es ist hauchdünn, aber stärker, als ich erwartet habe.

Da war noch ein Detail, das ich nicht richtig entziffern konnte. Eine Tür, die offengeblieben war.

Da ist noch eine Sache, die du mir sagen musst, hier, in dieser Welt.

Da ist noch eine Hoffnung, dich wiederzusehen, wenn auch nur für einen Augenblick. Auch wenn es schmerzvoll sein und mir Angst machen wird.

Jetzt weiß ich, dass ich dich noch einmal wiedersehen werde. Und zwar in dieser Nacht.

## 61

# Der wiederkehrende Albtraum (2. Teil)

Das Platschen von durch Wasser rennenden Füßen.

»Brrr! Es ist eisig!«

Diese Stimme …

»Karin!«, rufe ich verblüfft, als du vor mir stehst. Dein Name hallt allzu laut durch die vollkommene Stille, die uns umgibt. Du trägst einen feuerroten Bikini, der vor dem Blau des Wassers und dem Weiß der Felsen zu lodern scheint. Dein braungebrannter Körper ist mit einer Gänsehaut überzogen, du zitterst und ziehst vor Kälte die Schultern hoch, sodass dein Rücken und dein Hintern ein verführerisches S bilden.

»Was schreist du denn so, du Blödi?« Du lachst und spritzt mir mit dem Fuß eisiges Wasser ins Gesicht.

Dein Lachen und das Spritzen des Wassers bilden eine kristalline Melodie. Dein Gesicht hat einen bitteren Zug, dein Blick lässt mich wehmütig an unsere Jugend denken.

Du watest durch einen Wildbach, über Steine, die unter der Wasseroberfläche liegen. Hinter dir ragen riesige Mammutbäume auf. Die Luft ist prickelnd, es riecht nach Regen und Harz. Bergluft.

Ist das eine Erinnerung? Nein, all das passiert in diesem Moment. Aber dann … bist du wirklich hier bei mir?

*Hier bei mir* – wie ist das möglich?

Ich habe dich wiedergefunden! Und wann?

Oder vielleicht erinnere ich mich nicht richtig. Wir haben uns nie verloren, wir sind immer zusammen gewesen.

Eine überwältigende Freude durchflutet mein Herz und jede Pore meines Körpers. Aber warte, warte kurz… Irgendetwas überzeugt mich noch nicht. Eine Kleinigkeit, die ich nicht klar benennen kann.

Wo sind wir hier?

Eine schattige Lichtung in der Krümmung eines schäumenden Bachs. Plötzlich bin ich mir sicher, dass wir im Yosemite-Nationalpark sind. Das ist sehr seltsam … ich war nie dort!

Oder etwa doch?

»Hey, Nervensäge!«, blaffe ich dir feixend zu. »Siehst du, dass ich dich besuchen gekommen bin?«

»Nein, du irrst dich. Das hier ist nur ein …«

Dann lenkt dich etwas ab.

»Mann, so ein Mist!«, schnaubst du genervt. »Und was wollen die jetzt hier?«

Du zeigst auf etwas hinter meinem Rücken.

Als ich mich umwende, ist es, als würde die Landschaft zur Seite weichen, eine Drehbühne, die eine neue Kulisse freigibt, einige Figuren, die die Bühne verlassen, und andere, die sie betreten. Hinter uns ist jetzt ein von hohen Felswänden umgebener Bergsee. Seine Oberfläche ist glasklar und reglos, Wolken und Berge spiegeln sich gestochen scharf darin, und ich habe Mühe, die Wirklichkeit von ihrem Spiegelbild zu unterscheiden: Der Himmel ist sowohl oben als auch unten, mir schwindelt.

Etwas pikst in die nackten Fußsohlen. Kies. Wir sind an einem kleinen weißen Strand, der den See umgibt und sanft zum Wasser hin abfällt. Eine Menschenmenge tummelt sich am Ufer. Einige haben sich hingelagert wie Fakire, jeder mit seinen besonderen Kennzeichen: langes Haar, Dreadlocks, Punkmähnen, Tattoos, Piercings. Doch ihre Eigenarten sind nicht an der Kleidung festzumachen, denn alle sind nackt.

Ein FKK-Strand mitten im Yosemite?

Weiß und braun, fest und schlaff leuchtet die Haut in der

Sonne, die dunkle Schambehaarung sticht von den rosigen Körpern ab. Erst jetzt höre ich das Murmeln ihrer Stimmen: Sie rufen, schreien, lachen. Bis eben noch war es vollkommen still ... Was geht hier vor?

»Wie widerlich!«, bricht es aus dir heraus. »Sind die da vorne nicht viel zu alt, um ... sich so zu zeigen?«

Auch Sylvia und Jack sind da. Sie reden mit jemandem, den ich nicht richtig sehen kann. Dann macht Sylvia einen Schritt zur Seite.

Es ist Jacques. Ich erkenne ihn kaum wieder. Narben und Verbrennungen bedecken seinen ganzen Körper, nicht einmal das Gesicht ist davon verschont. Sein blondes Haar sprießt aus einer roten, pulsierenden Wunde, aus der zwei riesige weiße, irre Augen hervorblitzen.

Der Anblick stößt mich dermaßen ab, dass ich wegsehen muss. Ein Stück weiter hält mein Blick wieder inne: Entspannt hingestreckt liegt Gigi auf dem Kies. Einen Moment lang mustere ich ihren nackten Körper. Sie hat sich auf die Ellenbogen gestützt, der Rücken ist leicht durchgebogen, der Kopf nach hinten gebeugt, die Brüste gen Himmel gereckt, die Beckenknochen werfen Schatten auf den flachen Bauch. Ich spüre, wie ich rot werde.

»Und wer ist die da?«, fragst du ärgerlich.

»Eine Freundin ...«, huste ich. »Ich hab sie auf der Suche nach dir kennengelernt.«

»Und wo hast du mich gesucht?«

»Ich war im Wald ... und dann ... in Seattle, glaub ich.«

»Aber klar, du hast dich sicher wahnsinnig ins Zeug gelegt, so gut, wie du dich erinnerst! Und jetzt komm mit. Lass uns von hier verschwinden, hier gefällt's mir nicht.«

Du nimmst meine Hand, und wir folgen einem Bergpfad, der durch dichtes Gehölz führt. Du bewegst dich sicher, als wärst du ihn schon oft gegangen.

*Du leitest mich durch den Wald.*

Der Pfad bringt uns zu einer Lichtung, auf der ein kleines Campingzelt steht.

»Das ist das Zelt, in dem ich meine Liebe verstecke«, sagst du sehr ernst und siehst mir in die Augen. Mit einer Hand öffnest du den Reißverschluss, mit der anderen schiebst du den Vorhang zur Seite.

*Das ist das Zelt, in dem ich meine Liebe verstecke* …, murmele ich vor mich hin, während ich mich bücke und dir ins Dunkel folge.

Das Zelt ist sehr viel größer, als ich erwartet habe. Allzu groß. Wir können sogar aufrecht stehen, man sieht die Decke kaum. Und es ist leer: keine Schlafsäcke, keine Rucksäcke oder Wanderschuhe. In der Mitte erhebt sich eine Art weißer Altar in Form einer umgedrehten Nussschale. Auf der gekrümmten Oberfläche stehen verschiedene Gegenstände. Ein Buch, die BrynCoedwyg-Ausgabe der Dylan-Thomas-Gedichte von 1951. Dann eine riesige schwarze Perle und daneben ein seltsames Geflecht aus Schnüren, Stäbchen und Muscheln. Auch zwei Eheringe liegen da, weiß und glänzend, einer im anderen, zwei perfekt konzentrische Kreise.

»Was ist das?«, frage ich mit leiser Unruhe.

»Das Wrackstück unseres Bootes.«

Erst jetzt kann ich es richtig erkennen. Der seltsame Altar ist das umgedrehte Bruchstück eines Bootsrumpfs.

»Von welchem Boot sprichst du?« Ich höre die Angst in meiner Stimme.

»Was stellst du denn für Fragen?« Du siehst mich an, als wäre ich irre. »Von *diesem* Boot!«

Auffordernd breitest du die Arme aus.

Das, was ich sehe, lässt mich heftig schwindeln.

Das Zelt schwankt beängstigend, doch es ist kein Zelt mehr. Wir sind unter Deck eines zerstörten Segelbootes. Das Heck hinter uns ist durchschlagen. Durch das Loch sehe ich den hypnotischen Wechsel zwischen Meer und bleiernem Himmel, ungeheuerliche Wellen tauchen in der Ferne auf und verschwinden wieder.

»Karin!«, ich rufe dich, mein Herz rast wie verrückt.

Du bist nicht mehr da.

Meine Hand berührt einen kalten Gegenstand: die metallene Sprosse der Leiter, die an Deck führt.

Deine aufgeregte Stimme ruft nach mir.

Mit einem Satz bin ich oben.

Ich höre deine Schreie.

Aber ich sehe nichts, ich bin blind.

Jetzt begreife ich. Es ist nur ein Traum. Ein Albtraum, den ich schon geträumt habe. Gott, ich bitte dich, gib, dass ich aufwache. Ich ertrage das nicht. Ich will ihn nicht noch einmal durchmachen.

Aber ich wache nicht auf. Ich schaffe es nicht allein.

Deine Stimme gellt in meinen Ohren. Deine Angst drückt gegen meine Trommelfelle. Du bist hier neben mir, ganz nah, und trotzdem kann ich nicht verstehen, was du sagst.

Dann brichst du in einen markerschütternden Schrei aus. Mein Gott, was passiert?

In der totalen Finsternis spüre ich die Gegenwart deiner Hände, die mich verzweifelt suchen. Deine Fingernägel kratzen über meinen Arm.

Doch ich greife panisch ins Leere, ich kann dich nicht finden, kriege dich nicht zu fassen.

Ich schreie und sitze plötzlich aufrecht auf der Pritsche. Mein Handgelenk brennt, es trägt einen blutenden Kratzer, so intensiv war der Traum. Draußen regnet es leicht, die Höhle trieft vor Feuchtigkeit. Ich bin schweißgebadet, Schauder schütteln mich, und ich klappere mit den Zähnen.

Ich höre Schritte im Sand. Dunkle Schatten tauchen im Höhleneingang auf.

»Alles in Ordnung, Bruder?«

Das ist Stefano.

»Ja, ja, keine Sorge«, antworte ich, doch meine Stimme bebt.

»Du hast geschrien wie ein Wahnsinniger, ich hab gedacht, du stichst dich ab.«

»War nur ein übler Traum.«

»Wir haben uns Sorgen gemacht und sind sofort losgerannt.« Das ist Gigis Stimme. Ich denke an sie in meinem Traum und bin erleichtert, dass die Dunkelheit sie verhüllt.

»Wie auch immer«, sagt Stefano. »Hier holst du dir den Tod. Es ist kalt geworden heute Nacht. Besser, du schläfst in der Kaserne, wir sind schon alle dort.«

Ich folge ihnen in den zweiten Stock. In dem Raum befinden sich mindestens dreißig Menschen, in der Dunkelheit kann ich die durcheinanderliegenden Körper erahnen. Ich höre das schwere Atmen derer, die schon schlafen, irgendjemand murmelt und schnarcht im alkoholschweren Schlaf. Die Luft stinkt, aber wenigstens ist es warm. Stefano zeigt mir eine leere Matratze, die neben einem mit Plastikplane abgedichteten Fenster liegt. Vorsichtig steige ich über ein paar Liegende hinüber, lege mich darauf und versuche vergeblich einzuschlafen.

Am nächsten Tag fühle ich mich nicht gut. Von einem seltsamen Fieber geschüttelt, verbringe ich den Tag in der Kaserne. Gigi kümmert sich um mich, sie zwingt mich, liegenzublieben, bringt mir zu essen und zu trinken und legt mir feuchte Lappen auf die Stirn.

In dieser Nacht kehrt der Albtraum zurück.

Diesmal kann ich mich nur an das Ende erinnern, das sich identisch wiederholt. Die Leere, die mich umgibt. Deine verzweifelten Schreie, die zu meinem Schrei werden, während ich auf der Matratze hochfahre.

»Teufel, mein Freund!«

Keuchend sitze ich da und brauche einen Moment, ehe ich weiß, wo ich bin.

»Da kriegt man ja ’nen Herzschlag, verdammt!«

Schemen rühren sich im Halbdunkel. Alle sind wach geworden, manche sitzen, eine Taschenlampe leuchtet auf und strahlt mir unangenehm in die Augen.

»Hey, hast du vor, jede Nacht zu brüllen, als würdest du abgestochen?«

»Genau wie letzte Nacht. Was für Zeug ziehst du dir eigentlich rein?«

Irgendjemand lacht. Stefano hockt sich auf meine Matratze.

»War das wieder dein Albtraum?«

»Ja … entschuldige … entschuldigt«, murmele ich und versuche wieder zu mir zu kommen. »Jetzt geht’s mir gut.«

Fünf Minuten lang muss ich einen Haufen Fragen über mich ergehen lassen, die ich ausweichend beantworte. Dann ebbt die Neugier langsam ab, alle schlafen weiter, das Flüstern verstummt, das Schnarchen wird vielstimmiger.

Ich hingegen bleibe wach. Ich muss nachdenken.

Es ist das vierte Mal, dass ich diesen Albtraum träume. Das erste Mal im Pazifik, als ich am *Tara’wanay*, dem Perlentaucherfieber litt. Das zweite Mal in San Francisco, in der Nacht, in der ich glaubte, du seist tot. Und jetzt hier, zwei Nächte hintereinander. Trotz der kleinen Abweichungen hat er immer das gleiche, entsetzliche Ende. Und jetzt fürchte ich mich fast, wieder einzuschlafen.

So grauenvoll der Traum ist, er stellt die letzte Verbindung dar, die ich zu deinem Bild habe. Der letzte Ort der Welt, wo ich dich noch treffen, noch deine Stimme hören kann.

Dann begreife ich endlich.

*Aber natürlich!*

Ich schlage mir mit der Faust in die Hand, in der nächtlichen Stille klingt es wie klatschendes Wasser.

*Warum bin ich nicht eher darauf gekommen?*

Die Worte, die du am Ende des Albtraums schreist!

»Psst! Stefano! Bist du wach?«, flüstere ich zur Matratze neben mir.

»Jetzt ja«, nuschelt er.

»Hör mal«, wispere ich aufgeregt, »hast du meine Schreie gehört?«

»Die hat man bis nach Taipeh gehört, mein Freund.«

»Ich meine, hast du *verstanden*, was ich geschrien habe?«

»Hmmmm … Teufel, nein, irgendwie nicht.«

»Versuch nachzudenken, es ist wichtig!«

»Ich weiß nicht, das hat keinen Sinn ergeben. Oder es waren Worte einer anderen Sprache.«

»Was für Worte?«

Stefano überlegt einen Moment, dann schüttelt er den Kopf.

»Entschuldige, aber ich erinnere mich echt nicht mehr. Ich dachte nicht, dass das wichtig wäre.«

Als Stefano wieder schnarcht, stehe ich lautlos auf und ziehe mich an.

»Zigarette?«

Eine Stimme hinter mir lässt mich zusammenzucken. Auf dem Fensterbrett sitzend, hebt sich Jacques' Silhouette gegen das Mondlicht ab, die übliche Gitanes zwischen den Lippen.

»Ich kann auch nicht schlafen. Wollen wir uns ein bisschen die Beine vertreten?«

Wir tasten uns die Treppe hinunter und treten in die sternklare Nacht hinaus. Er sagt nichts, nur sein pfeifender Raucheratem ist zu hören. Ich spüre, dass er mir etwas sagen muss und nach den richtigen Worten sucht. Dann bricht seine Stimme das Schweigen.

»Hast du noch nie daran gedacht, dass es … einige *Substanzen* gibt, die dir helfen könnten? Dann würde dieser grässliche Albtraum aufhören. Solches Zeug findet man hier problemlos.«

Ich bleibe stehen und sehe ihn an.

»Willst du mir Drogen verticken?«

Grinsend zündet sich Jacques die nächste Gitanes an und bietet mir eine an. Diesmal lehne ich energisch ab.

»Demian, es gibt nur wenige Auswege für Menschen wie uns, die vergessen müssen.«

»Aber ich will nichts vergessen! Ich muss mich *erinnern*. Ich brauche diesen Albtraum. Du verstehst das nicht, darin liegt eine Botschaft meiner Frau.«

Jacques schüttelt den Kopf.

»Du machst einen schweren Fehler, Demian. Jetzt sieh mich an.«

Bedächtig öffnet er sein Hemd, Knopf für Knopf, und entblößt seinen Oberkörper.

Trotz des Grauens, das mich übermannt, kann ich den Blick nicht losreißen. Es ist wie in meinem Traum: Jeder Zentimeter seiner Haut ist von tiefen Narben verunstaltet.

»Verbrennungen an neunzig Prozent meines Körpers. Durch ein Wunder habe ich überlebt. Und Gott weiß, wie oft ich dieses nie erbetene Wunder verflucht habe.«

Es war der 20. Juli 1998. Pünktlich um zehn Uhr morgens setzte Jacques' Flugzeug zur Landung am Flughafen von Seoul an. Er reiste mit seiner Frau Amèlie und seinem Sohn André, der erst vier Jahre alt war. Wegen eines Fehlers beim Check-in hatten sie Plätze über der rechten Tragfläche zugewiesen bekommen, während Jacques im Mittelteil saß. Das Flugzeug, eine uralte Boeing 747, die sich, wie Jacques später erfuhr, auf ihrem letzten Flug befand, machte ein langes Anflugmanöver. Es war ein schöner, sonniger Tag, nach einem nächtlichen Wolkenbruch war der Himmel strahlend blau. Das Flugzeug sank rasch, die Landebahn glitt unter ihnen dahin, es fehlten nur noch wenige Meter.

Es gab eine Explosion.

*Die Luft macht einen Ruck, ein wirbelndes Vakuum folgt einem ohrenbetäubenden Knall. Die Flamme ist riesig, sie verschlingt die Sitzreihen über der rechten Tragfläche. Ich sehe meine Frau und meinen Sohn lebend verbrennen, das Feuer tötet sie in wenigen Augenblicken.*

Im Krankenhaus kam Jacques wieder zu sich. Er musste sich dem Leid seiner Verbrennungen und dem Schmerz um die Zerstörung seiner Familie stellen. Sämtliche Passagiere auf der rechten Seite des Flugzeugs waren sofort tot, vom Feuerball verkohlt. Weitere hundertsiebzig starben an Gasvergiftung oder erlagen nach langem Leiden ihren Verletzungen. Sechs überlebten.

Jahrelang träumte Jacques jede Nacht von der Explosion. Er durchlebte jeden Augenblick noch einmal, nahm selbst die nebensächlichste Kleinigkeit mit entsetzlicher Klarheit wahr.

*Ich sehe die drei dunklen Flecken auf dem Sitzbezug vor mir, die von der Hitzewelle jäh durchdrungen werden. Um mich bricht die Hölle los, ganz deutlich nehme ich die Hitze und den Geruch von verbranntem Fleisch wahr. »Papa! Papa!«, »Jacques! Hilf uns!«, schreien meine Frau und mein Sohn. Mit übermenschlicher Anstrengung versuche ich mich in das Inferno zu stürzen, um sie aus den Flammen zu reißen. Doch mein Fleisch löst sich auf, Haut, Muskeln und Fett zerrinnen wie Gelatine, verwandeln sich in Leim, der mich an den Sitz fesselt. Der Sicherheitsgurt verschmilzt mit meinem halb aufgelösten Fleisch. Ich kann mich nicht rühren. Ohnmächtig höre ich ihre Schreie, die zu meinen werden.*

»Jahrelang bin ich jede Nacht schreiend aufgewacht, genau wie du. Mit der Zeit ist der Albtraum dann seltener geworden und mein Schmerz stiller, aber nicht weniger entsetzlich.«

Jacques verstummt. Dann bin ich mit der Schilderung meines Albtraums dran. Als ich fertig bin, versinken wir in ein langes Schweigen.

»In meinem Albtraum«, sagt Jacques nachdenklich, »sehe ich alles gnadenlos deutlich vor mir. Du hingegen siehst nichts: Eine schwarze Welle macht dich blind. Ich glaube, diese Welle ist keine wirkliche Erinnerung, sondern ein Symbol deines Unterbewusstseins. Ein Schleier, der die Wahrheit vor dir verbirgt. Du ringst darum, ihn zu zerreißen, aber das solltest du nicht. Halt ein, solange noch Zeit ist.«

Ungläubig starre ich ihn an, während er sich die x-te Zigarette anzündet.

»Ich hätte alles dafür gegeben, mein Gedächtnis zu verlieren. Es ist mir nie gelungen, nicht einmal eine Sekunde lang. Demian, diese schwarze Welle versteckt eine Wahrheit vor dir, die du besser nicht erfährst. Sie ist ein gnadenvolles Geschenk deines Verstandes und vielleicht Gottes, wenn es einen solchen denn gibt. Eine hingehaltene Hand, die dich ins Leben zurückholen will. Wieso versuchst du so verzweifelt, dich zu erinnern? Bist du wirklich sicher, dass du das willst?«

Wieder verletzen mich Jacques' Worte. Ich will etwas erwidern, doch ich kann nicht. Plötzlich verwandelt sich die Wut in Selbstmitleid und unendliche Erschöpfung. Ich bin kurz davor, zusammenzubrechen.

»Ich habe dich um nichts gebeten!«, schreie ich mit Tränen in den Augen. »Wieso lässt du mich nicht in Ruhe?«

Verstört starrt Jacques mich an.

»Weil es etwas gibt, das ich dir sagen könnte. Aber du musst dir ganz sicher sein, dass du es willst.«

Angst durchzuckt seine blauen Augen.

»Ich weiß, was du am Ende deines Albtraums schreist.«

»Du ...«

Jacques nickt.

»Und? Worauf wartest du? Ich will es wissen!«

»Du hast nichts begriffen!«, ruft Jacques verzweifelt. »*Non, mon Dieu*, alles Reden für die Katz!«

»Wenn du etwas weißt, musst du es mir sagen!«

Jacques spuckt aus und zündet sich noch eine Gitanes an.

»Sag es mir, ich hab keine Angst!«

»Hör mal, Demian«, seufzt er, »ich bin todmüde. Lass uns wenigstens bis morgen früh warten. Geh zurück zum Camp und schlaf drüber. Wenigstens das, *d'accord*? In ein paar Stunden erzähle ich dir alles, wenn du es denn wirklich willst.«

Ich weiß nicht, was mich reitet. Mit voller Wucht ramme ich ihm meine Faust ins Gesicht.

»*Merde!*«, schreit er. »Du hast mir die Nase gebrochen, verdammt!«

Dann lacht er wie ein Irrer los. Ich weiß nicht, wer von uns beiden wahnsinniger ist. Er sackt zu Boden und hält sich die Nase mit beiden Händen. Nach einer Weile hört es auf zu bluten.

»Ungeduldig, was? *Ça va bien, alors.* Bitteschön«, er streckt die Beine aus und holt tief Luft.

»Fangen wir ganz vorne an. Bei einer Legende des Pazifiks, die ich vor Jahren von einem alten Fischer gehört habe. Der, welch ein Zufall, ausgerechnet aus Kanku-Shi stammte. Besonders glaubhaft fand ich ihn nicht, denn er war sturzbesoffen. Doch seine wirre Geschichte hat mich tief berührt. Sie handelte von einem seltsamen, wunderschönen und unerreichbaren Strand irgendwo mitten im Meer. Ich glaube nicht, dass es den wirklich gibt, *mon ami*, das ist nur pazifische Mythologie, genau wie der Gott Qat und die Prinzessin Airaro. Jetzt fragst du dich bestimmt, weshalb ich dir das alles erzähle.«

Jacques macht eine theatralische Pause.

»Denn ehe du aus deinem Albtraum hochschreckst, hast du den Namen gerufen, den dieser Ort trägt: *Poy'Atewa.*«

*Poy'Atewa.*

Ein Schwindel packt mich.

Ja. Diese Worte klingen wie etwas, das ich schon einmal gehört habe. Vielleicht … auf Horus Insel? Nein, das war vorher.

»Jetzt frag mich nicht, was das zu bedeuten hat und wo *Poy'Atewa* liegt, denn mehr weiß ich nicht!«

*Poy'Atewa … rosa Perle …*

»*Rosa Perle*«, sage ich eisig. »In der alten Sprache des Pazifiks heißt *Poy'Atewa rosa Perle.*«

Ich habe alles falsch gemacht.

Im Aufwachen habe ich nicht das geschrien, was du schriest. Nein, du hast nicht *Poy'Atewa* geschrien.

Jetzt höre ich deine Stimme ganz deutlich.

Deine Worte leuchten auf der schwarzen Leinwand meiner Lider auf, sie entstehen aus tausend flirrenden Lichtpünktchen, die zusammenrücken, größer werden, zu einer unaufhaltsamen Lichtwelle heranwachsen. Das Licht ergießt sich in die Dunkelheit und erreicht mich wie eine Flamme.

Eine neue Erinnerung zerreißt den Schattenkegel.

# 62

## Poy'Atewa

*Archipel von Kanku-Shi*
*6. April 2009 (vor zehn Monaten)*
*– Noch zweiundsiebzig Stunden bis zur Amnesie –*

*Du kannst sagen, du hast etwas erlebt, das dem reinen Glück am nächsten kommt.* Die *Aloha 27* taumelt friedlich auf dem Wasser.

»Hör mal zu. Aus dem ›*Reiseführer für Kanku-Shi. Die Entdeckung des letzten Paradieses*‹ von Kapitän Awame Toruiki:

›*Die Inselgruppe von Kanku-Shi besteht aus dreizehn großen Lagunen. Vor Urzeiten in den Kratern verloschener und im Pazifik versunkener Vulkane entstanden, bilden sie eine rund hundert Seemeilen lange, von langen Korallenriffs und Sandbänken umgebene Kette, die sich von Ost nach West erstreckt. Auf den Hauptinseln befinden sich zwei mit der nötigsten Grundversorgung (Strom, Trinkwasser) ausgestattete Dörfer. Darüber hinaus gibt es rund ein Dutzend kleine Fischersiedlungen.*‹«

Das Wasser schmiegt sich in zwei perfekten Kreisen um deine Schenkel. Du bist lauwarm und himmelblau.

Dein Haar tanzt im Wind, nasse Medusententakel. Sie berühren mein Gesicht, kitzeln mich.

Reglos sitzen wir da. Nach kaum einer Minute nähert sich lautlos ein Schwarm Trompetenfische. Die Fische umschwirren uns und berühren uns mit ihren langen gelben Rüsseln. Es sieht fast so aus, als küssten sie uns.

»Von wegen küssen, die haben Hunger!«
Dein Lachen hallt in den Himmel.

Schon neunzehn Tage sind vergangen. Ziellos lassen wir uns durch die Lagunen treiben, ziehen über den flüssigen Himmel dahin, durch den blauen Raum zwischen den Planeten, der Schatten eines Wassertropfens, die drei Farben, aus denen das Universum ist.

Etwas Urzeitliches liegt in dieser Art zu leben. Alles hat so angefangen, ganz genau so, vor Millionen von Jahren. Ein Mann und eine Frau. Ein Spiegel im Spiegel, eine Doppelhelix. Das Abbild jedweder Schönheit der Welt.

»Die Ferien sind bald vorbei, Dem … ich könnte heulen.«

Wir sehen zu, wie der Mond sich dunkel färbt und den Himmel zum Leuchten bringt. Spritzer endlos weit entfernter Sterne regnen auf uns hernieder, das Licht irgendeiner im leeren Raum explodierten Galaxie. Du entfesselst die Gezeiten jenseits aller bewussten Grenzen.

»Ja … nur noch vier Tage, dann geht's zurück nach Hause. Hat dir dein Geburtstagsgeschenk gefallen?«

Ich sehe dich an. Du bist ein Meer in stillem Sturm, ein Ozean kostbaren Iridiums. Du bist ein Schweigen, das man nicht füllen kann, eine Explosion der Sterne im Nichts. Du lässt mich in deinem Dunkel schwimmen und ertrinken.

»Es ist das Schönste, was ich je erlebt habe. Und dir?«

Wenn ich die Augen schließe, kollabieren die Welten, die Raum-Zeit-Kurve schließt sich, das Universum tilgt jegliche Distanz. Wenn du dich nicht bewegst und ich mich nicht bewege, fügt sich alles wieder zusammen. Da, schau uns an, von weit oben. Wir beide. Die erste Frau und der erste Mann, hier sind sie wieder vereint.

***

*Archipel von Kanku-Shi*
*7. April 2009*
*– Noch achtundvierzig Stunden bis zur Amnesie –*

Gegen elf Uhr morgens segeln wir an einer Landzunge aus weißem Sand entlang, die in der Sonne leuchtet und jenseits von Wuz Mana liegt, Kanku-Shis größtem Korallenriff, das sich über dreißig Meilen von Nordosten nach Südwesten erstreckt. Auf dem unberührten Sand ist ein rosa Fleck zu erkennen. Mit einem geschickten Manöver bugsieren wir uns näher heran, inzwischen sind wir ziemlich geübte Segler.

Der rosa Fleck entpuppt sich als der reglose Körper eines kleinen Jungen, der unnatürlich verrenkt auf dem Sand liegt. Wir stürzen zu ihm.

»Gütiger Himmel… ist er tot?«, rufe ich entsetzt.

Das Kind ist ganz steif, die Hände und Finger sind verkrümmt, als wollte er sich die eigenen Handgelenke aufkratzen. Die Augen sind weit aufgerissen und derart verdreht, dass nur das von winzigen roten Äderchen durchzogene Weiß zu sehen ist. Am Kinn klebt getrockneter Schaum aus dem halb geöffneten Mund. Den Zügen nach ist er ein pazifischer Ureinwohner. Du beugst dich über ihn und fühlst seinen Puls.

»Er lebt noch. Vielleicht… ein epileptischer Anfall?«

Wir tragen ihn aufs Boot und wickeln ihn in eine Decke. Allmählich kommt der Junge zu sich. Wir geben ihm Wasser, das er gierig trinkt. Er ist völlig verstört.

»Wie heißt du?«, frage ich ihn. »Kannst du mich verstehen?«

Er starrt mich irre an und beginnt zu schreien.

»*Taravana! Taravana!*«

Immer wieder sagt er dieses Wort. Als er sich beruhigt, bringen wir ihn nach Hause, in eine nur wenige Meilen entfernte winzige Fischersiedlung in einem Mangrovenhain. Am Strand stehen die Eltern und suchen verzweifelt den Horizont ab. Als sie uns sehen, stürzen sie uns entgegen. Weinend schließen sie ihren Sohn in die Arme und hören nicht auf, uns zu danken und die Hände zu schütteln. Sie stellen uns viele Fragen, aber wir verstehen kein Wort und breiten mit bedauerndem Kopfschütteln die Arme aus. Also befragen sie den Jungen. Am Anfang sagt er nichts, doch dann schluchzt er los und stammelt unter Tränen: *Taravana* …

Bei dem Wort schreit die Mutter auf, und der Vater wird kreidebleich. Währenddessen hat sich der Strand mit Schaulustigen gefüllt. Eine Gruppe Jungen steht ein wenig abseits und stiert schuldbewusst zu Boden. Unter den Neugierigen ist auch ein Mann, der Englisch spricht.

»Der Junge war mit seinen Freunden Perlen fischen«, erklärt er uns. »Nach dem letzten Tauchgang ist er dem Dämon des *Taravana* anheimgefallen. Seine Freunde haben gesehen, dass er wie ein Besessener herumgetorkelt ist, mit verdrehten Augen und Schaum vor dem Mund. Sie kennen den Dämon, seit frühester Kindheit wurde ihnen von ihm erzählt: Er kommt aus den Tiefen und bemächtigt sich des Körpers irgendeines armen Perlentauchers. Also sind sie panisch weggerannt und haben ihren Freund alleingelassen.«

»Der *Taravana*-Dämon?«, fragst du skeptisch. »Und was soll das sein?«

»Nun, inzwischen mögen wir in Kanku-Shi zwar Strom und Satellitenfernsehen haben, doch mancher in unserer Tradition verwurzelter Aberglaube hält sich hartnäckig. Bestimmt gibt es für all das eine wissenschaftliche Erklärung.«

»Nach Ihrer Beschreibung scheint es etwas mit unzureichendem Druckausgleich zu tun zu haben«, schalte ich mich ein. »Das geschieht beim Tauchen ziemlich häufig.«

Der Mann lächelt.

»Stimmt.«

Die Schreie der Mutter zerreißen die Luft. Mit flehendem Blick wendet sie sich an die Anwesenden und schluchzt immer wieder: *Poy'Atewa? Poy'Atewa?* Alle sehen sie mitleidig an und nicken. Der Vater steht reglos und mit geballten Fäusten da, starrt zu Boden und sagt nichts. Der Junge liegt zusammengekauert auf dem Sand und verbirgt das Gesicht in den Händen.

»Was ist los?«

»Der Dorfrat hat sein Urteil gefällt. Wer vom *Taravana*-Dämon befallen wird, kann nur auf eine Weise geheilt und wieder in die Dorfgemeinschaft aufgenommen werden. Er muss *Poy'Atewa* finden«, raunt der Mann.

»*Poy'Atewa*. Das hat die Frau geschrien«, sagst du.

»Ganz genau. In unserer Sprache bedeutet das *rosa Perle*. Es ist ein geheimer Ort von solch reiner und absoluter Schönheit, dass der Dämon davor flieht und den Körper seines unglückseligen Opfers freigibt. Doch *Poy'Atewa* ist sehr, *sehr* schwer zu finden. Deshalb wird, wer vom *Taravana* befallen ist, häufig im Stich gelassen und gnadenlos dem Tod ausgeliefert, so wie es die Freunde dieses Jungen getan haben. Er ist nur dank euch am Leben.«

»Schöne Freunde, wirklich«, bemerke ich. »Und wo muss dieser arme Junge nun hin?«

»Jeder würde darauf etwas anderes antworten …«

»Das ist nur eine Legende!«, ruft ein Alter dazwischen, der unsere Unterhaltung mit angehört hat. »*Poy'Atewa* gibt es nicht, und dir ist es nicht gestattet, über diese Dinge mit Fremden zu reden! Ihr könnt nicht hierbleiben«, sagt er an uns gewandt. »Danke, dass ihr den Jungen zurückgebracht habt, aber jetzt müsst ihr gehen!«

Dann knurrt er: »Für ihn wäre es besser gewesen, ihr hättet ihn sterben lassen.«

Am nächsten Tag suche ich zu deinem immer größeren Unwillen nach Informationen über *Poy'Atewa*. Leider bringe ich nicht viel mehr in Erfahrung.

Einige behaupten, es existiere nicht, andere tun so, als wüssten sie nicht, wovon ich rede. Manch einer sieht mich feindselig an, anderen jagt das Gespenst, welches diese beiden einfachen Worte wecken, Angst ein. Ein paar Alte kneifen die Lider zusammen und scheinen fernen Erinnerungen nachzuhängen. Doch nur wenige sind bereit, darüber zu reden.

Am Abend erreichen wir ein weiteres Dorf. In einer heruntergekommenen Bude unter Palmen fangen zwei sturzbetrunkene Alte an zu streiten.

»Ich bin dort gewesen, jawohl! Es ist der schönste Ort im Pazifik und auf der ganzen Welt. Aber wer nach *Poy'Atewa* kommt, wird verrückt! Er will nicht mehr fort. Als …«

»Jetzt versteh ich, weshalb du so dusselig bist!«, fällt ihm der andere ins Wort. »*Poy'Atewa* ist nur ein winziger rosa Sandstrand rund hundert Seemeilen Richtung Ostnordost.«

»Du irrst dich! Es ist ein Hügel, auf dem Hunderte seltsamer rosa Vögel schlafen. Du bist nie dort gewesen!«

»Nein, du bist derjenige, der lügt!«

»Ruhe!« Eine Faust saust auf den Tisch und bringt beide zum Schweigen. »Ihr lügt gleichermaßen. *Poy'Atewa* existiert nicht!« Der Mann, vielleicht der Häuptling des Dorfes, setzt der Diskussion ein Ende.

***

*Archipel von Kanku-Shi*
*8. April 2009*
*– Noch vierundzwanzig Stunden bis zur Amnesie –*

*Poy'Atewa,* der *geheime Strand.*

So haben wir ihn genannt, als wir plaudernd im Mondlicht an Deck unseres Segelbootes lagen.

»Also, fassen wir noch mal zusammen. Angenommen, es ist keine Erfindung, dann muss *Poy'Atewa* eine kleine Insel jenseits des Kanku-Shi-Archipels sein, irgendwo Richtung Ostnordost. Die Leute, die sie gesehen haben, reden von einem magischen Ort, dessen Schönheit einen ins Delirium versetzt: Manche haben himmlische Stimmen gehört, andere hatten seltsame Visionen. Was sein Aussehen und seine Lage betrifft, sagen alle etwas anderes. Es ist, als würde er auftauchen und wieder verschwinden, vielleicht hängt das mit den Gezeiten oder seltsamen Bewegungen auf dem Meeresgrund zusammen. Doch in einer Sache sind sich alle einig: Keiner ist ein zweites Mal dort gewesen, und wer zu hartnäckig danach gesucht hat, ist nie mehr wiedergekehrt.«

»Wow, ich hab das Gefühl, ich guck Discovery Channel! Du solltest Dokumentarfilmer werden, weißt du das?«

»Da gibt's nichts zu lachen! Erinnerst du dich, wie du mich letztes Jahr in Wales gefoppt hast? Aber dann …«

*Poy'Atewa.* Noch ein geheimer Strand, wie der *Sanduhr-Strand* in Laugharne. Erinnerst du dich?

Ich spüre, da gibt es eine Verbindung. Es liegt etwas in der Luft, ein seltsames Schicksal erwartet uns.

***

*Archipel von Kanku-Shi*
*9. April 2009*
*– Noch zwölf Stunden bis zur Amnesie –*

Im lauen Morgenlicht liegst du am Bug. Dein langes, von Sonne und Salz gebleichtes Haar wellt sich über deine gebräunte Haut. Du bist wunderschön.

»Ich weiß, woran du gerade denkst«, sagst du und siehst mich schief an.

Ohne dir etwas zu sagen, segele ich Richtung Ostnordost. Doch mein Manöver ist deinen wachsamen Augen nicht entgangen.

»Das ist nichts für uns, Dem. Wir sind blutige Anfänger.«

»Genau. Und ich bin nicht Jacques Cousteau.«

»Ist dir das hier nicht paradiesisch genug?« Du deutest auf das Panorama ringsum.

Ich antworte nicht.

»Erklär mir eins … musst du auch irgendeinen Dämon verscheuchen?«

»Nein, keinen Dämon.«

Ich lächele dich an.

»Komm schon, nur ein kleiner Versuch. Heute Abend sind wir wieder zurück. Vielleicht können wir dem armen Jungen ja helfen.«

Die weißen Wolken ziehen über das Himmelsrund.

»Und außerdem ist es auch ein bisschen deine Schuld«, sage ich nach einer langen Pause. »Wäre ich allein hier, würde die Sache mich ziemlich kaltlassen. Aber du bist hier bei mir. Und wenn es wirklich einen derart schönen Ort auf der Welt gibt, dann will ich ihn finden und ihn mit dir bestaunen.«

Nach ein paar Stunden lässt die *Aloha 27* das letzte Korallenriff hinter sich. Rasch entfernen wir uns von Kanku-Shis östlicher Grenze jenseits der dreizehnten Lagune und steuern in den weiten Ozean hinaus.

Ein plötzliches Schaukeln, das dunkle Zischen des Segels.

Jetzt segeln wir durch unergründliche Gewässer und unter einem schwindelerregend tiefen Himmel.

# 63

# Der Kuss

»Das ist alles. Die Erinnerung ist noch nicht vollständig, aber …«

»Jetzt weißt du etwas mehr, bist du zufrieden?«

Mit demonstrativ gelangweiltem Blick bläst Gigi eine Rauchwolke aus.

»Begreifst du denn nicht? Der tote Winkel, der mein Leben entzweit, wird immer schmaler, der Moment der Berührung ist ganz nah!«

Das rötliche Abendlicht sickert durch die Zeltwände und schafft eine unwirkliche Monochromatik. In einem mit funkelnden Perlenschnüren verzierten Bikini liegt Gigi hingelagert auf dem großen Kissen. Ihre Finger spielen mit den klimpernden Perlen.

»Gefällt er dir?«, fragt sie kokett. »Das ist mein Bühnenoutfit. Den trage ich heute Abend, wenn ich bei dem Fest spiele. Aber vielleicht sieht's ein bisschen zu sehr nach Bauchtänzerin aus?«

»Hörst du mir überhaupt zu?«, frage ich ungehalten. »*Ich weiß jetzt, was in Kanku-Shi passiert ist!*«

»Ja, schon gut, beruhig dich, okay? Unterm Strich ändern deine neuen Erinnerungen nämlich nicht viel.«

»Was meinst du damit?«

Sie lächelt nur und klopft auf das Kissen.

»Komm, setz dich zu mir«, raunt sie. Dann hält sie mir den Schlauch der Wasserpfeife hin. »Nimm einen Zug und entspann dich ein bisschen.«

»Bist du verrückt geworden?«, rufe ich wütend. »Ich will das

Zeug nicht mehr sehen! Seit Monaten ruft Karin mich mit diesem Traum, und das Einzige, was dir dazu einfällt, ist, *komm runter und dröhn dich mit Hasch zu*?«

Ich fege die Wasserpfeife zu Boden. Die rosa Glut verteilt sich über den Teppich.

»*Merde!*« Gigi springt auf und drischt auf der glühenden Kohle herum. Schwarze Brandflecken bleiben auf dem Teppich zurück.

»Was machst du für Scheiße? Willst du uns grillen?« Ihre Stimme bebt.

»Entschuldige.« Mehr bringe ich nicht heraus. Mit gesenktem Blick und geballten Fäusten stehe ich da. Seufzend wirft sich Gigi wieder aufs Kissen und verzieht das Gesicht zu einem Lächeln.

»Demian, so geht es nicht weiter. Du jagst einer Wahnvorstellung nach. *Du kannst nicht zu ihr gelangen.*«

Sie betont jedes einzelne Wort, als wetze sie Messer.

»Du hast ein neues Stück deiner Vergangenheit entdeckt, *d'accord.* Aber was nützt es dir? Weißt du jetzt, wo du deine Frau findest?«

Ich bin wie versteinert, mir fällt keine Antwort ein. Fast eine Minute lang ist nur mein nervöser Atem zu hören.

»Irgendwie beneide ich sie wahnsinnig«, murmelt Gigi. »Ich will auch so geliebt werden, so, wie du sie liebst. Dafür würde ich mein Leben geben.«

»Du weißt nicht, was du redest, Gigi.« Ich schüttele den Kopf. »Wenn es so wäre, dann hätte ich Karin jetzt bei mir. Es war alles meine Schuld.«

»Wo auch immer sie heute ist: Die Liebe, die du ihr beweist, wird sie für jeden Schmerz entschädigen.«

Dann steht Gigi plötzlich mit ernstem Blick auf.

»Dem, du musst mir einen Gefallen tun. Vergiss all das bitte für einen Moment. Nur für heute Abend. Ich verspreche dir, danach reden wir weiter. Aber da ist etwas Wichtiges, was ich dir unbedingt zeigen muss. Du bist der Erste, den ich darum bitte.«

***

*Im Zug von San Francisco nach Seattle*
*14. Mai 1995*
*(Demian ist achtzehn)*

Letzter Wagen des 10-Uhr-*Coast Starlight* zwischen San Francisco und Seattle.

Ich starre aus dem Fenster. Die Welt fliegt vorbei. Bäume, Häuser, Wolken, alles in seiner eigenen Geschwindigkeit. Je weiter die Dinge entfernt sind, desto länger brauchen sie, um aus meinem Blickfeld und meinem Leben zu verschwinden.

Merkwürdig … das Gefühl wird stärker, je weiter ich mich entferne.

Es ist genau ein Jahr her, dass ich dich kennengelernt habe.

Ich dachte, du wärst aus meinen Gedanken verschwunden.

Wie gern würde ich mir selbst sagen können: *Ich denke nicht mehr an dich.*

Aber so ist es nicht.

»Hey, Sid, bist du da?«

Vom Sitz gegenüber sieht Chris mich mit gerunzelter Stirn an.

In unserem kleinen Sechserabteil sitzt unsere gesamte Band: Gaz, Vocals und Bass, Chris, Gitarre, Jay, Schlagzeug. Und ich, das vierte, unsichtbare Mitglied, der Texter ihrer Lieder.

»Na los, mach dir den hier an, das heitert dich ein bisschen auf.«

Chris beugt sich über den Rucksack und holt ein bereits gestopftes Shillum heraus. Sofort ist das Abteil vom Geruch nach Tabak und Hasch erfüllt.

»Bist du bescheuert?«, raunze ich ihn an.

»Komm schon«, schaltet Gaz sich ein, »der Kontrolleur ist gerade da gewesen, die Fenster sind offen und die Abteiltür zu. Was soll sein.«

»Ich hab grad keinen Bock«, sage ich knapp und sehe wieder aus dem Fenster.

»Au Mann, Sid, was ist eigentlich los?«

»Okay, die Reise wird lang«, sagt Chris. »Heben wir ihn uns für später auf.«

Am Morgen sind wir am Emeryville-Bahnhof losgefahren. Eine vierundzwanzigstündige Reise erwartet uns: zwanzig Stopps und drei Bundesstaaten. Morgen früh um acht werden wir in Seattle sein.

»Ätzend, Jungs«, gähnt Gaz. »Achthundert Meilen im Zug, und alles, um Alice in Chains zu sehen.«

»Das ist die einzige Gelegenheit.«

»Layne Staley ist nicht so gut beieinander. Das ist das einzige Konzert dieses Jahr.«

»Aber singt Layne nicht bei Mad Season?«

»*Leaving… on a southern train…*«, summt Jay und klimpert die Akkorde des *Interstate Love Song* auf seiner Gitarre.

»Hey, Blödmann, spiel was von Alice!« Chris verpasst Jay eine Kopfnuss. »Dann berappelt sich Sid vielleicht wieder!«

Der Zug verlangsamt und kommt mit kreischenden Bremsen zum Stehen. *Sacramento*. Es ist Mittag. Ein paar steigen aus, ein paar steigen ein. Dann geht es weiter.

Meine Ungeselligkeit hat einen konkreten Grund. Vor zwei Tagen habe ich zufällig Chrystal getroffen. Eine halbe Stunde lang haben wir über Nichtigkeiten geplaudert. Erst zum Schluss hab ich mich vorgewagt.

»Und wie geht's Karin?«, hab ich gespielt gleichgültig gefragt, meine Stimme hat nur ein bisschen gezittert. »Hat sie noch mal von mir gesprochen?«

»Wenn du's genau wissen willst, eine ganze Zeit lang hat sie von nichts anderem gesprochen. Aber schließlich ist sie zur Vernunft gekommen.«

Dann hat Chrystal es mir gesagt. Und mein Herz hat angefangen zu rasen.

*Sie ist jetzt praktisch mit einem anderen zusammen.*

Ein gewisser Mark, den Namen kenne ich schon: das Arschloch, bei dem du letzten Sommer im Yosemite gewohnt hast. Die Neuigkeit trifft mich tiefer als erwartet. Sehr viel tiefer.

»So ganz überzeugt scheint sie nicht zu sein«, sagt Chrystal noch. »Ich glaube, das wird sich dieses Wochenende entscheiden.«

»Ah … und wieso?«

»Wir fahren nach Cottage Grove zur Party der Football-Jungs. Eine gute Gelegenheit, um Nägel mit Köpfen zu machen. Aber ich nehme an, du bist nicht dabei.«

»Nein. Wir fahren nach Seattle zum einzigen Konzert von Alice in Chains.«

Und so sitze ich hier im Zug und fahre davon.

Ich flüchte nach Seattle. Genau wie der von Dylan Thomas' Gedichten besessene Fünfzehnjährige, der ich vor drei Jahren war. Wie damals suche ich nach etwas, das mich retten kann. Ich lächle bitter: Es hat sich nicht viel für mich geändert.

»Hey, Dem, warst du seitdem mal wieder in Seattle?«, fragt Chris mit einem Grinsen. »Erinnerst du dich an diesen durchgeknallten Ort?«

»Und ob! Wer könnte den vergessen?«, antworte ich, und meine Lippen verziehen sich zum ersten Lächeln des Tages. »Die vor Dealern wimmelnde Müllkippe am Kanal!«

»Wir könnten hinpilgern, um der guten alten Zeiten willen.«

»Gar nicht nötig«, schaltet Gaz sich lakonisch ein. »Ich hab bereits eine kleine Überraschung für euch.«

Mit theatralischer Geste zieht er sein Portemonnaie aus der Jeanstasche.

»Hier ist die Neuigkeit«, sagte er, öffnet ein Päckchen aus Alufolie und zeigt uns bunte Papierschnipsel, auf denen Teile von Bart Simpson zu sehen sind. Es ist ein *SuperSimpson*, ein Trip aus LSD und Amphetaminen.

»Du hast sie nicht mehr alle … das Zeug will ich nicht!«, protestiert Jay lahm und sieht halb von seiner Gitarre auf.

»Hey, wir müssen einen Liedtext von Sid ehren: ›*SuperSimpson unter der Zunge*‹ und so weiter!«

»Aber das war doch nur ein Spiel!«, ereifert sich Chris. »Ein blödsinniges Wortspiel – nichts für ungut, Dem –, um unsere beschissene Musik machen zu können!«

»Leute, wollt ihr, dass unsere Gruppe als ein Haufen Bluffer in die Geschichte eingeht? Jetzt ist der Moment gekommen, das von uns besungene Zeug zu testen!«

»Ja, Gaz hat recht«, sage ich ruhig und setze mich auf. Schweigend starren alle drei mich an. »Ich bin dabei.«

»Das ist ein Wort, Sid! Wir werden in Seattle Spaß haben, Jungs!«

Er steckt seinen kleinen Schatz wieder in die Tasche.

Die Reise scheint ewig zu dauern und vergeht zugleich wie im Flug. Ich betrachte die Gegenwart, die sich vor meinen Augen in eine bleibende Erinnerung verwandelt. Ich liebe dieses Gefühl. Das gibt es nur auf Reisen.

Der Zug hält in Dunsmuir und Klamath Falls. Es wird dunkel.

Während der Nacht wechseln sich lange Schlaflosigkeit und kurze Schlafphasen ab, Mike Pattons Stimme gellt aus dem Kopfhörer, *Präludien und Notturni* wird zum hundertsten Mal durchgeblättert, Bier, Zigaretten und heimlich gerauchte Joints. Das kreischende Bremsen des Zuges ist der Wecker, der jeden Halt ankündigt: Wir durchfahren Albany, Salem, Portland. Hinter der Bahnhofsanlage von Vancouver sehen wir die Sonne aufgehen.

Gegen acht beendet der *Coast Starlight* seine lange Fahrt.

King Street Station.

Seattle, endlich.

Mit geschulterten Rucksäcken und johlend wie Kinder auf Klassenfahrt springen wir aus dem Zug. Den Morgen über wandern wir ziellos herum, Pilger an den Stätten unserer musikalischen Idole. Um drei Uhr nachmittags sind wir in Capitol Hill, gehen an der Jimi-Hendrix-Statue vorbei und schlagen uns in die Büsche des Volunteer Park.

WIR SIND NACKT UND ZUR SCHAU GESTELLT, WIR BRAUCHEN EIN GEGENÜBER, EIN PUBLIKUM …

Eine Art Guru mit Jesusbart und schmutziger weißer Tunika brüllt von einer improvisierten Bühne hinab, vor der nur vier verblödete Stadttauben hocken.

… JEMAND WIRD UNS ZU HILFE KOMMEN …

Erschöpft lassen wir uns auf den Rasen fallen.

»Jungs, der Moment ist da«, verkündet Gaz feierlich. »Es ist für alle das erste Mal. Sind alle dabei?«

… WIR SIND WEHRLOS UND BRAUCHEN EINEN RETTER, EINEN LEHRER, EINEN GÖNNER, EINEN FÜHRER, MEISTER UND HERRN …

Das Stanniolpäckchen wandert von Hand zu Hand. Skeptisch stecken wir uns je ein Pappschnipsel mit den Bildfetzen von Bart Simpson in den Mund und schieben es unter die Zunge. Jay hat die Hose abgekriegt.

»Vielleicht sagt Bart deshalb *Eat my shorts*«, krächzt er und verfällt in nervöses Kichern.

… IST NICHT SEIN ABBILD!

Jetzt geht das Zeug ins Blut. Binnen einer halben Stunde steigt die Wirkung, eine Welle Lysergsäure schwappt uns ins Hirn.

***

Gigi schlüpft in ein knappes Squaw-Kleidchen und zieht sich den Pailletten-Bikini darunter aus. Dann schnappt sie sich ihren Gitarrenkasten, hakt mich unter und zieht mich aus dem Zelt. Das *Koh-Ley-Reh*-Fest ist bereits in vollem Gange, und im Camp herrscht ein nie dagewesenes Gedränge. Der Geruch nach Grillfleisch erinnert mich daran, dass ich seit Stunden nichts gegessen habe. Wir hasten zur improvisierten Bühne auf der Rückseite der Kaserne. Man hört das Brummen des Generators, der die Verstärker versorgt.

»Wann spielst du?«

»Später, so gegen Mitternacht. Ich hab noch Zeit. Und jetzt folge mir.«

Wir nutzen das Durcheinander, verschwinden heimlich im Unterholz und kraxeln den Pfad hinauf, der zu den Felsen an der Nordseite der Bucht führt.

»Pass auf, wo du hintrittst!«, ruft Gigi, während wir im Dunkeln über das lose Geröll stolpern. »Jetzt sind wir da!«

Wir bleiben vor einem kleinen runden Erdloch stehen, das aussieht wie ein Brunnen ohne Brüstung. Gigi drückt mir den Gitarrenkasten in den Arm, knipst eine Taschenlampe an und steckt sie zwischen die Zähne. Dann hangelt sie sich hinunter. Ich sehe sie im gelblich zuckenden Lichtstrahl verschwinden.

»Gib mir die Gitarre!«, ruft sie aus dem Dunkel empor. »Okay, und jetzt komm runter!« Mit der Taschenlampe beleuchtet sie eine Art natürliche Steintreppe. Schritt für Schritt lasse ich mich hinab.

Auf dem Grund des Brunnens öffnet sich eine Grotte, die so rund ist, als hätte jemand eine Luftblase in den Fels geblasen. An einer Stelle ist die Wand eingestürzt und gibt den Blick auf die schwarzen Wellen des Ozeans frei. Ein mattes, bläuliches Flimmern liegt in der Luft. Es ist sehr kalt.

Gigi kniet sich hin und entzündet eine Kerze.

»*Très charmant, n'est-ce pas?*«, fragt sie lächelnd. Das schwache Echo lässt ihre Stimme dumpfer klingen. »Sonst kennt niemand diesen Ort. Du bist der Erste, dem ich ihn zeige.«

Sie fordert mich auf, mich neben sie zu setzen.

»Wenn ich mal allein sein muss, suche ich dieses Plätzchen auf und spiele. Die Akustik ist sensationell. Hör mal: UAAAAAAAAHH!«

Das Echo vervielfacht den Schrei, er scheint von überall herzukommen.

»Verdammt … ich hätte fast 'nen Schlag gekriegt!«, protestiere ich. Wir müssen lachen.

Dann nimmt Gigi meine Hand. Drückt sie.

»Ich weiß, dass du bald fortgehst.«

»Ja, das stimmt.«

Sie kann die Enttäuschung in ihrem Gesicht nicht verbergen.

»Okay. In Ordnung. Aber warte wenigstens das Ende des Festes ab! Ich habe eine Überraschung für dich. Ich werde ein neues Lied singen. Ein *eigenes* Lied. Zuerst wollte ich, dass du es erst beim Fest hörst. Aber dann … na ja, ich hab gedacht, vielleicht sollte ich es dir vorher vorspielen. Die Musik ist von mir, aber der Text …«

Gigi holt die Gitarre aus dem Kasten. Sie setzt sich, nimmt sie in den Arm und stimmt sie. Dann spielt sie eine seltsame Melodie. Der Stil erinnert an die Chansonniers aus ihrem Repertoire, aber es ist noch etwas anderes darin. Ein wunderschönes, hypnotisch kreisendes Motiv.

Sie fängt an zu singen, ihre sanfte, warme Stimme legt sich um die Musik. Ich brauche einen Moment, ehe ich begreife, *was* sie singt.

Sobald ich die Worte erkenne, versuche ich aufzuspringen.

Ich bin nicht bereit dafür. *Bitte, hör auf.*

Doch die Welt fängt an, sich um mich herum zu drehen. Reglos hocke ich da, derweil die Musik mich fortreißt und erblinden lässt.

***

*Seattle, 15. Mai 1995*
*(Demian ist achtzehn)*

Anfangs ist es, als wäre man betrunken. Die erste Welle kommt, als wir im Bus Richtung Ballard Avenue sitzen. Wir sehen uns an und lachen uns grundlos schlapp. Wir biegen uns vor Lachen, dass es fast wehtut. Die Fahrgäste werfen uns empörte Blicke zu, eine Frau beschwert sich, der Fahrer nötigt uns, auszusteigen.

Dann bemerke ich Strahlungen.

Ja, die Dinge senden Strahlungen aus. Als ich aus dem Bus steige, geht mir diese absolute Wahrheit auf: Die Dinge existieren nicht wirklich, sie sind nur Strahlungen, die wir auf der Leinwand unserer Augen abbilden. Sie treffen mich mit Wucht, nehmen mir den Atem. Ich bin in etwas Ungreifbarem gefangen, nicht das Material lässt sich berühren, sondern seine Strahlung, sein Nichts, das Wellen aussendet.

»Sid, sieh mich an!« Jays Stimme klingt verzerrt und verlangsamt. Hastig bewegt er die knochigen Arme, schüttelt sie vor meinen Augen. Sie wirken gummiartig, die Finger und Gliedmaßen werden überlang und dehnen sich über mein Gesichtsfeld hinaus. Jay lacht.

»Siehst du es auch? Siehst du mich?«

Und ob ich es sehe.

Der Effekt erreicht seinen Höhepunkt, als wir einen Supermarkt betreten. Die Farben stürzen auf mich ein, und die Geräusche sind abgehackt, wie wenn man sich ganz schnell hintereinander die Ohren zuhält. Die Dinge bewegen sich ruckweise.

Oder nein, nicht die Dinge, die Zeit bewegt sich ruckweise.

Sie bleibt stehen und schnellt vor, um die verpassten Sekunden wieder einzuholen. Die Wirklichkeit besteht aus Sätzen und Hüpfern. Dazwischen das Nichts.

Mein Hirn flimmert, ich bin hellwach und aufnahmefähig. Die Welt hat eine überwältigende Tiefe, unzählige Dimensionen verstecken sich hinter dem dünnen, von unseren Sinnen gespannten Schleier.

»Hey! Wo bleibt Gaz? Ich hab ihn schon eine ganze Weile nicht mehr gesehen!«

»Du bist Gaz, du Volltrottel!«

Wir lachen. Die Visionen wechseln sich ab.

»Ist das nicht so, als würden wir in unserem Gehirn herumwandern?«

Nein, nicht bloß so, als ob. Ich bewege mich tatsächlich durch das, was mein Hirn mir vorgibt, indem es die formlose Masse an Impulsen, Wellen und raumzeitlichen Krümmungen auswertet. Und das Schöne ist, dass es *immer* so ist. Nur heute führe ich zusammen mit Stanley Kubrick Regie. Wir schneiden den Film immer wieder um, ändern die Abfolge, schaffen Flashbacks und Flashforwards. Wir verlieren uns in den Windungen der Zeit.

Darsteller: Jay, Gaz, Chris und Demian.

Zu viert gleiten wir dahin, trennen uns, verlieren uns, finden uns wieder, vereinigen uns. Ohne zu wissen, wie, stehen wir auf einmal vor dem The Vogue. Obwohl das Konzert erst in ein paar Stunden beginnt, sind schon massenweise Leute da, und wir stellen uns an. Die Schlange schiebt sich voran, irgendwann sind wir in einem dunklen Tunnel. An den Wänden Spiegel, alte Konzertplakate, Graffiti. Stroboskoplichter zucken, aus den Lautsprechern unter der Decke wummert New Wave.

»Lasst uns versuchen, hinter die Bühne zu kommen!«, brüllt Gaz.

Allmählich durchbohren die Stimmen mein Gehirn, sie sind scharf wie Klingen. Zusammenhanglose Satzfetzen, deren Sinn ich nicht verstehe.

*Scheiße, ich glaub's nicht! Die blasen das Konzert ab? Wer hat das gesagt? Wer spielt jetzt? Mudhoney… Layne geht's schlecht! Layne Staley, der Sänger von Alice!*

Ein Mädchen bricht in Tränen aus. *So bringen sie ihn um… Dreckskerle! Wie Kurt… bis zum Ende… zu sensibel… so ein Quatsch, sein Problem ist das H! Der haut sich so viel von dem Zeug rein… Okay, und das Geld von… Speedball in der Vene… für Alice hingeblättert… für deine Scheißkröten…*

Und in dem Moment beginne ich zu fallen.

Der Tunnel kippt nach vorn und wird zu einem Schacht.

Ich stürze hinein, kann mich nicht festhalten, versuche mich an die Wände zu klammern, rutsche ab. Die Gedanken überschlagen sich, wirbeln durcheinander, Spiegel tun sich zu neuen Abgründen auf, Spiegelbilder in Spiegelbildern. Ich suche nach Chris, seinem lächelnden Gesicht, doch alles wirbelt in atemberaubender Geschwindigkeit um mich herum, verzerrt sich, ich weiß nicht mehr, wo oben und unten ist.

*Dem… Demian…*

Chris' Stimme kommt von weit her… ich versuche mich an diesen Klang zu heften, mich darauf zu konzentrieren. Ich verliere ihn wieder. Stürze.

Ich schreie, aber aus meinem verdorrten Mund dringt kein Geräusch.

*Helft mir! Was zum Teufel geschieht mit mir?*

Eine Million Stecknadeln durchlöchern meine Haut.

*Die Bilder sind so schnell, dass daraus ein neues, regloses Bild entsteht.*

Stopp.

Meine Augen im Spiegel. Das Schwarz der Pupille lässt die ganze Iris verschwinden, geht über das blutunterlaufene Weiß hinaus. Kollabierte Sterne.

*»ich war es selbst, gespiegelt in den unterirdischen Scheiben*
*zwischen Broadway und Bowery, mit riesigen roten Augen*
*von Hofmannschem SuperSimpson unter der Zunge, weißt du noch?«*

*Mein prophetisches Gedicht bewahrheitet sich, Sir Dylan Thomas.*

Ich lache. Falle wieder.

»Nein! Halt!«, brülle ich. Doch im Chaos des Tunnels hört mich niemand. Mir fehlt Sauerstoff. Mein Herz rast so sehr, dass es in meiner Brust zu vibrieren scheint. Es kriecht in die Kehle. Ich falle wirklich, gleich zerschelle ich am Boden.

Die Musik von *Still Remains* dröhnt durch den Tunnel. Das verzerrte Gitarrenriff, dann der Refrain.

*Pick a song and sing*
*a yellow nectarine*

Ein Fallschirm öffnet sich. Zitternd wie in einem Traum erscheint dein Gesicht. Es ist genau vor mir.

*Take a bath, I'll*
*drink the water that you leave*

Ich erwidere dein Lächeln. Strecke die Hand aus, berühre deine Lippen. Bist du hier, um mich zu retten?

Eine Gewissheit bricht sich Bahn.

*Ich werde mir nie abgewöhnen können, bei allem, was ich tue, zu denken, dass du das beobachtest. Mich in Gedanken an dich zu wenden, als würdest du mich hören und verstehen. Ich schildere dir, was ich erlebe. Ich sage: Siehst du? Diese Dinge wirst du niemals verstehen. Wofür lohnt es sich zu leben?*

Auch jetzt beobachtest du mich, nicht wahr?

Ein heller, warmer Lichtstrahl trifft mich. Er bremst meinen Fall, fängt mich auf. Sanft lässt er mich mit den Füßen voran zu Boden gleiten. Der Tunnel wird wieder horizontal und reglos.

*Bin ich gerettet?*

Den Rücken an die Wand gelehnt, halte ich die Augen geschlossen und keuche.

*Was war dieser Lichtstrahl?*

Es ist so einfach. Ich musste in einem *bad trip* ohne Rückfahrschein versinken, um zu begreifen, was ich schon längst wusste.

Das werde ich mein Lebtag nicht vergessen. Dass nur du mich retten konntest.

Chrystals Stimme.

*Wir fahren nach Cottage Grove zur Party der Football-Jungs. Sie ist jetzt praktisch mit einem anderen zusammen.*

Ja, ich erinnere mich. Du bist über das Wochenende bei der Party in Cottage Grove. Und dort ist auch Mark, das Arschloch von diesem Sommer.

Ich kann nicht mehr tatenlos hierbleiben.

Ich packe Chris bei der Schulter.

»Ich muss sofort weg, Chris!«, schreie ich ihm ins Ohr.

»Was verzapfst du da für eine Scheiße? Geht's dir nicht gut? Halt durch, verdammt, wir stehen seit zwei Stunden in der Schlange, um zur Bühne zu kommen, wir können jetzt nicht aufgeben!«

»Ich erklär's dir später. Tschüs, Chris. Danke.«

Ich mache auf dem Absatz kehrt und drängele mich durch die protestierende, fluchende Menge. Chris folgt mir ein Stück. »Verdammt … Dem!« Doch schon ist die Menge weniger dicht, und ich beginne zu laufen. Ich stolpere zwei Mädchen über die Füße, falle hin, kann mich gerade noch beherrschen, ihnen auf die Füße zu kotzen. Auf allen vieren erreiche ich den Ausgang, und als ich endlich aus dem Tunnel bin, macht mich die frische Abendluft ein wenig nüchtern.

Verstohlen streiche ich im orangefarbenen Licht der Straßenlaternen zwischen den Autos auf dem Parkplatz hinter dem The Vogue umher. Mit vom Amphetamin doppelt geschärften Sinnen ziehe ich an den Griffen sämtlicher Türen. Bei mindestens zwanzig tut sich nichts, dann lässt sich zu meiner großen Verwunderung ein weißer Mustang Coupé öffnen.

Ich schlüpfe hinein.

»Au Mann, Scheiße!«, schreie ich aufgekratzt, als meine Finger spüren, dass der gedankenlose Fahrer sogar die Schlüssel hat steckenlassen. Ich drehe den Zündschlüssel – der Mustang röhrt auf. Ich schalte den Rückwärtsgang ein, und das Jaulen der Gangschaltung klingt wie ein Hilfeschrei. Ein kalter Schweißtropfen rinnt mir über die Schläfe.

Ich bin zugedröhnt.

Ohne Führerschein.

Ich habe gerade ein Auto geklaut.

Aber ich muss dich finden, sofort, egal wo du bist.

Dann ein letztes Zögern.

Eine Plüsch-Mickey-Mouse sitzt auf dem Beifahrersitz. Ich nehme sie, steige aus und setze sie dorthin, wo eben noch der Mustang stand. Dann stecke ich ihr einen Zettel zwischen die Pfoten: *»Der Wagen ist nicht gestohlen, sondern für einen edlen Zweck geliehen. Morgen gebe ich dir Bescheid, wo du dir den Wagen zurückholen kannst. Ich weiß, dass ich dir Schwierigkeiten bereite, aber du musst wissen, dass du womöglich ein Leben rettest. Danke!«*

Du tust den größten Schwachsinn deines Lebens.

Ich weiß. Aber wenigstens ist mir das bewusst. Inzwischen ist der Effekt des LSD fast verpufft, das Amphetamin hingegen arbeitet auf Hochtouren. Wie ein Irrer rase ich die Interstate 5 entlang, die Straßenbeleuchtung sticht mir in die Augen. Mir bleiben noch rund vier Stunden, ehe der Wagenbesitzer aus dem Konzert kommt, den Diebstahl bemerkt und Anzeige erstattet. Meine Reise nach Cottage Grove dauert mindestens eine Stunde länger. Aber ich muss daran glauben, dass ich es schaffen kann.

Ich schalte das Radio an und schiebe die Kassette rein.

»*What I see is unreal… I've written my own part…*«

Das sind Alice!

»*Eat of the apple so young… I'm crowling back to start…*«

Sie begleiten mich in diesem Wahnwitz. Fast besser als das Konzert. Hoffen wir nur, dass es zu etwas gut ist.

Nach zwei Stunden lassen die Straßenschilder mich wissen, dass ich gerade an Longview vorbeifahre. Auch die Wirkung der Amphetamine hat nachgelassen, die Erregung weicht der Erschöpfung. Ich spüre die Last der Welt auf den Schultern. Die ganze Idiotie meines Handelns wird mir klar. Ich stelle mir vor, wie du gerade lachst, mit diesem Arschloch Mark tanzt, ihn umarmst, ihn küsst.

»Scheiße, Scheiße…«, murmele ich und schlage die Stirn gegen das Lenkrad des dahinrasenden Mustang.

*Nein, komm schon, gib jetzt nicht auf.*

Ich werde nicht aufgeben. Aus einer unbekannten Quelle beziehe ich neue Energie. Das, was ich für dich empfinde, ist der Treibstoff, der in mir brennt und mich auffrisst, mehr noch als die stärkste Droge.

***

Gigis Hände tanzen über die Gitarrensaiten. Der metallische Klang der Bünde, ihre warme, leicht nasale Stimme. Und diese Worte…

*Du weißt nicht viel von der Liebe, Junihelldunkel vor einem Fenster.*

*Ich habe einen Himmelswinkel gesucht, in dem ich dich küssen kann.*

*Ein von der Düne deines Rückens gelutschter Eiszapfen.*

*Der Atem blieb mehrmals stehen, doch ich bin nicht gestorben.*

*Die im Halbschlaf so süße Stimme, ich kehrte aus dem Paradies zurück.*

*Unsere Beine trugen uns nicht mehr bei unserem Gang übers Wasser*
*– in den Gängen der Schule und die Hindernisse und Taufen hundert Tage Durcheinander, in dem alle Gesichter Marmelade waren,*
*und jede Melodie brachte mich zu Tränen, wenn ich allein war.*

*Und wir sind an einem Ort voller Schatten und Lichtkegel gelandet,*
*zwei blinde Münder und vier bebende Hände und flüssige hohle Augen,*
*die Ferientage im Regen, der Ausschnitt deines T-Shirts,*
*ausgefranst von meinen Küssen …*

Diese Worte. Herangeweht aus einem fremden Ort, geflüstert von deiner fernen Stimme. Ich war in Wales, oben auf dem Leuchtturm am Strand, als wir es gemeinsam geschrieben haben.

Unser letztes Gedicht.

Nach einem langen Arpeggio hört Gigi zu spielen auf. Jetzt sieht sie mich an und versucht im Halbdunkel vergeblich, meinen Gesichtsausdruck zu entziffern. Die Musik hallt von den Felswänden wider.

»Ich weiß, was du denkst«, sagt sie bebend. »Du hast mir die Geschichte dieses Gedichtes erzählt. Ich weiß, wo und wie es entstanden ist. Und vielleicht wollte ich es genau deshalb vertonen.«

»Es ist so seltsam«, murmele ich. »Vielleicht hättest du es nicht tun dürfen.«

»Hat es dir nicht gefallen?« Ihre Stimme bricht.

»Versteh mich nicht falsch, die Melodie ist wunderschön. Es ist nur …«

»Es ist nur, dass du glaubst, du hättest diese Worte für sie geschrieben!«, platzt es frustriert aus Gigi heraus, »für sie, die sie niemals lesen oder hören kann! Aber ich glaube, du hast sie für *mich* geschrieben. Weil sie mich beim Lesen bezaubert haben. Weil ich für sie eine Melodie schreiben und aus ihnen ein Lied machen wollte. *Unser* Lied.« In Gigis Augen glühen blaue Tränen. »Denn durch diese Worte … habe ich mich in dich verliebt.«

***

*Cottage Grove, 16. Mai 1995*
*(Demian ist achtzehn, Karin sechzehn)*

Es ist halb drei Uhr nachts, als ich durch das Zentrum von Cottage Grove fahre. Ich biege in den Shoreview Drive, die Küstenstraße entlang des Dorena Lake, und parke den Mustang hinter ein paar Sträuchern. Dann gehe ich die Seepromenade entlang. Zwei junge Leute taumeln Arm in Arm über die Straße. Ich kriege fast einen Schlag: In der Dunkelheit sieht das Mädchen aus wie du. Aber das ist nur der Rest Drogenparanoia. Ich lasse mir zeigen, wo die Party stattfindet: ein kleines weißes Haus mit einem langen Steg für die Boote, ich kann es von hier aus sehen.

»Du bist ein bisschen spät dran!«

*Du weißt gar nicht, wie spät,* denke ich. Ich renne auf das Haus zu, doch dann bleibe ich stehen, verstecke mich im Gebüsch und bleibe über eine Stunde dort hocken, bis die letzten Lichter im Haus verlöschen. Es ist fünf Uhr vorbei, als ich beschließe, hineinzugehen.

Überall liegen schlafende Leute, Bier- und Rumflaschen, Teller und umgekippte Gläser, Essensreste und sonstiges herum, das ich mir lieber nicht genauer anschaue. Ein Junge sitzt mit dem Rücken zu mir rauchend auf dem Sofa und bemerkt mich nicht.

Ich habe schon eine Idee, wo ich dich finden könnte, bestimmt nicht in diesem Chaos. Ich gehe in den ersten Stock hinauf, wo die Schlafzimmer sind. Lautlos öffne ich die Türen, bis ich ein Zimmer mit vier gemachten Betten finde, das einzige, das nicht nach Rauch und Alkohol stinkt. Ich schlüpfe hinein.

Trotz der Dunkelheit erkenne ich dich sofort. Dein entspanntes, schlafendes Gesicht, der von einer duftigen, kastanienfarbenen Wolke umrahmte Kopf auf dem Kissen.

Etwas in mir lächelt.

Ich trete an dein Bett und beuge mich über dich.

Meine Hand zittert, als ich sie auf deine lege.

***

*Denn durch diese Worte … habe ich mich in dich verliebt.*

Ohne mich aus den Augen zu lassen, legt Gigi die Gitarre hin. Sie steht auf und stellt sich vor mich. Sie nimmt meine Hände und zieht mich hoch. Dann tritt sie einen Schritt zurück. Mit unendlich langsamen Bewegungen streift sie sich die dünnen Kleidträger von den Schultern. Der leichte sandfarbene Stoff gleitet mitsamt den indianischen Fransen zu Boden.

Gigi ist völlig nackt. Ihr Bauch bewegt sich zum raschen Rhythmus ihres Atems, darunter die flaumige blonde Behaarung, die zur Scheide hin dunkler wird. Bebend kommt sie näher. Ich spüre, wie ihr Körper sich an meinen schmiegt. Ihre Hüften drängen sich in meine Handflächen, ihre glatte Haut legt sich unter meine Finger. Fiebrige Schauder durchzucken uns.

Jetzt sehe ich nur noch ihren weißen Hals. Ihr Haar berührt mein Ohr. Ihre Wange streichelt meine Wange.

Dann spüre ich ihre Lippen auf meinen. Ihr blinder, vor Begehren verflüssigter Mund.

***

Ich streichele deine Hand, flüstere deinen Namen.

Deine Lider flattern. Jetzt siehst du mich an, allerdings siehst du mich nicht wirklich, eher so, als wäre ich durchsichtig.

Dann endlich begreifst du, deine Augenbrauen heben sich

leicht. Ich lege einen Finger an die Lippen, *bitte nicht schreien*, flüstert mein flehender Blick dir zu.

Aber ich sehe, dass du das gar nicht vorhast.

»Hallo«, flüsterst du leise. Du blickst dich um. Niemand scheint uns zu bemerken, nur der ruhige Atem der Nacht ist zu hören.

»Hallo. Entschuldige, wenn ich dich erschreckt habe.«

»Du hast mich nicht erschreckt. Stell dir vor, ich habe gerade von dir geträumt.«

Du setzt dich ein wenig auf, deine Hand greift nach meiner. Drückt sie.

»Bist du nicht überrascht?«

»Nein, kein bisschen. Es ist, als … ja … als hätte ich dich erwartet.«

Ich gebe mir einen Ruck und umarme dich. Deine warmen Arme schmiegen sich um meinen Hals. Ich spüre deinen rasenden Herzschlag, es pocht unglaublich laut, *Vorsicht, ganz ruhig*, möchte ich ihm sagen.

»Mann, du stinkst vielleicht!« Du lachst leise und tust so, als wolltest du mich wegschubsen. »Jetzt hast du so lange gewartet, da hättest du wenigstens duschen können!«

»Ich musste eine ganze Reihe Abenteuer bestehen, um zu dir zu gelangen«, gebe ich zurück und zwinge mich, nicht loszulachen.

»Na, das kann ich mir vorstellen …«

Plötzlich wirst du ernst.

»Deine Augen, Dem. Deine Pupillen sind …«, aber du sprichst nicht zu Ende.

»Und du?«, flüstere ich ungeduldig. »Gibt's irgendein Abenteuer, das du mir erzählen willst?« Ich versuche, gelassen zu klingen, doch die Angst, zu spät gekommen zu sein, macht meine Stimme hart.

Eine ewig lange Minute sagst du nichts.

»Willst du wissen, ob ich seit heute Abend mit Mark zusammen bin?«

***

Weich und ruhelos gleitet ihre Zunge in meinen Mund. Ihre Hände umklammern meine angespannten Halsmuskeln.

Die Höhle dreht sich, ein Wirbel aus Felsen, brackigen Tropfen, Hohlräumen, leeren Körpern. Rollenden Wellen.

Instinkt und Verlangen, Strömungen über Tausende von Meilen. Brandung, Fluchten, Zuckungen.

*Wenn wir uns jetzt liebten*, Muschelsplitter auf dem Rücken

*stürzten wir an den dunkelsten Ort der Welt*

*und ich hätte für dich keinen Namen mehr*, nur herben Geschmack, Geruch,

*die Namen der Tage und Städte werden keinen Sinn mehr haben.*

Wenn ich die Augen schließe, wenn ich nicht nachdenke, ist mir, als wärst du hier, in meinen Armen.

Ich bin jetzt in Cottage Grove.

Wenn du jetzt am Leben wärst, könnte ich dich wiedersehen.

Und wenn ich bis zum Tod warten müsste, um dich wiederzusehen …

Da ist eine große Zärtlichkeit, der ich mich hingeben könnte, um den Schmerz einen Moment lang zu vergessen. Vielleicht hat Gigi recht. Vielleicht hat ihr Durst recht, ihre Gier, ihr unter meinen noch reglosen Fingern bebender Körper, der meine noch fühllose Haut sucht. Spiel und Leichtigkeit, Reinheit und Gewalt.

Das Gefängnis des Instinktes.

*Das reinste Geräusch, das es gibt.*

*Eine einzige Wahrheit gegen tausend mögliche Lügen.*

*Welche andere derartige Kostbarkeit könntest du so leicht zerstören?*

***

*Willst du wissen, ob ich seit heute Abend mit Mark zusammen bin?*

Ich rühre keinen Muskel. Warte ab.

»Ich kann mir schon vorstellen, wer dir das erzählt hat«, du wirfst einen Blick auf die ahnungslos im Bett nebenan schlummernde Chrystal. »Na ja, Mark ist ein netter Kerl, er ist liebevoll, einfühlsam, aber …«

Jetzt blickst du mir direkt in die Augen.

»Vielleicht habe ich deshalb von dir geträumt. Vielleicht bist du deshalb hier: Du hast gehört, dass ich dich gerufen habe.«

Wieder sinkst du mir in die Arme. Ich drücke dich fest an mich. Trotz deiner ermutigenden Worte packt mich eine plötzliche Angst.

»Und was ist mit diesem Mark?«

»Keine Sorge, da läuft nichts Ernstes, für ihn auch nicht. Er wird's verkraften. Und außerdem wusste er es. Ich hab dauernd nur von dir geredet!«

Nur mühsam unterdrücke ich ein glückliches Lachen.

»Ich hab so lange auf diesen Moment gewartet«, flüsterst du. »Ich hab bis zuletzt gehofft. Ich hab sogar gebetet, damit all dies passiert und ich dich wiedersehen kann, weißt du?«

»Gebetet?«, knurre ich sarkastisch. »Ein Glück, dass ich gehandelt hab …«

»Hör auf.«

Du umarmst mich so fest, dass mir die Luft wegbleibt.

»Ich mag dich so sehr, Dem.«

»Ich dich auch.«

Du drückst dein Gesicht an meinen Hals.

»Aber … ich hab Angst, mein Herz an dich zu hängen.« Deine Stimme ist ein unterdrücktes Flüstern. »Erinnerst du dich an das Lied, das du mir beim Fest vorgespielt hast? Ich hab es so oft gehört, dass meine Stereoanlage fast explodiert ist. Du musst mir versprechen, dass es bei uns nicht so sein wird.«

»Was meinst du?«

»*If you should die before me …*«

Unmerklich holst du Atem. Die Zeit scheint für einen winzigen Moment stillzustehen.

»*... ask if you can bring a friend.*«

»Und ich soll makaber sein!«

Deine Augen funkeln mich an. Sofort wird mir klar, dass mein Spott total daneben ist.

»Ich mache keinen Witz. Ich hab Angst, dass, wenn ich mich in dich verliebe ... Dem, du darfst mich nie mehr verlassen.«

»Hab verstanden. In Ordnung. Das ist unser Pakt.«

»Lass uns von hier abhauen. Sofort. Nimm mich mit.«

»Das ist keine so gute Idee. Weil ... ich ein geklautes Auto zurückgeben muss.«

»Was?« Du schlägst dir die Hand vor den Mund. »Du bist verrückt!«

»Sonst hätte ich gar nicht zu dir kommen können! Ich muss dieses Auto von hier fortschaffen und den Besitzer anrufen. Da will ich dich nicht reinziehen. Und wenn du einfach so verschwindest, machen sich die anderen morgen Sorgen.«

»Das ist mir gleich. Lass uns die Sache mit dem Auto regeln, und dann nehmen wir den Zug. Lass uns zusammen nach San Francisco zurückfahren.«

In deinen Augen glüht ein wildes Leuchten. Langsam nähert sich dein Mund dem meinen. Endlich, nach Monaten des Wartens, berühren sich unsere Lippen. Wir küssen uns, und wieder spüre ich, dass ich falle. Doch diesmal nach oben.

***

Ich lege ihr die Hände auf die Schultern.

»Entschuldige, Gigi ... ich kann nicht.«

Ich schiebe sie sanft von mir. Dann bücke ich mich nach ihrem Kleid. Als ich aufsehe, sind ihre Augen voller Tränen.

»Gigi ... verzeih mir ...«

»Nein, Demian, du musst dich nicht entschuldigen. Das, was du empfindest, ist wunderbar. Ich hatte es noch nicht begriffen. Aber jetzt habe ich es deutlich gespürt.«

Gigi macht einen Schritt zurück und hüllt sich in das Kleid.

»Du musst mir verzeihen.«

Dann dreht sie sich um und rennt davon. Mit einem hässlichen Dröhnen schlägt ihre Gitarre auf den Boden. Ich bleibe stehen, ich weiß nicht, wie lang. Ein Mondstrahl fällt in die Grotte und füllt sie mit bläulichem Licht. Es sind nur wenige Augenblicke, dann kehrt die Finsternis zurück.

Es ist seltsam. Als Gigi mich in den Armen hielt, habe ich die Worte von *Still Remains* gehört. Nie hätte ich geglaubt, dass dieses Lied einmal so wichtig werden würde. Jetzt sind seine Worte der Talisman, der mir die Gewissheit gibt, *dass du nicht tot bist.*

Erst jetzt beginne ich den eigentlichen Sinn dessen zu begreifen, was Jacques gesagt hat. Die wahre Bedeutung meiner Suche.

Du bist in mir.

Niemals wirst du sterben können.

# V

# DIE GABE

# 64

# Es ist ein Strand oder vielleicht eine Wüste (2. Teil)

Ich bin eine Ameise, verloren zwischen gigantischen Spuren.

Um mich herum nichts als Sand. Die Dünen tanzen unter meinen Füßen, ziehen mich hinab und heben mich wieder hoch – erstickende, schattenlose, spiegelglatte Mauern, so weit das Auge reicht. Teuflisches Weiß, das mich auslöscht.

Verblichene Bilder taumeln durchs Licht. Ich versuche sie festzuhalten, zu erkennen. Es sind *Erinnerungen*.

Etwas, jemand, liegt hinter und vor dieser unveränderlichen Landschaft.

*Jenseits der letzten Düne.*

Aber gibt es überhaupt eine letzte Düne? Oder bin ich in einer kreisförmigen Hölle gefangen, dazu verdammt, auf ewig umherzuirren?

Ich rudere mit den Armen, schnappe mit den Händen nach Luft.

*Halt an.*

*Atme tief durch. Du musst zu Atem kommen.*

Ich inhaliere heißen Wind und Staub. Glühenden Sand, der die Haut zerschürft, die Lippen und Schleimhäute reißen lässt. Meine Kehle ist ein in Lehm gegrabener Tunnel.

Ich brauche Hilfe, aber hier ist niemand. Inzwischen rede ich mit mir selbst, bin Anwalt und Richter, Anklage und Verteidigung, schleudere mir Urteile entgegen. Vielleicht werde ich wahnsinnig.

Ich habe seine Stimme im Wind nicht mehr gehört.

Dennoch ist er der einzige Grund, der mich zum Weitergehen zwingt.

Für ihn trete ich diese Spuren in den Sand. Es sind mit meinen Füßen geschriebene Buchstaben. Schritt für Schritt werden daraus Worte, Sätze einer fremden Sprache, die mich verfolgen wie ein langer Schatten.

*Kannst du sie von dort oben sehen?*

Als ich schlafend zusammenbreche, kommt mir ein seltsamer Traum.

Ich fliege wie ein Vogel, gleite über einen kleinen See, in seinem klaren Wasser spiegeln sich die Bäume ringsum. Es ist alles unglaublich lebendig. Winzige Wassertropfen bedecken meine Haut und lassen mich aufjauchzen, geben mir ein nahezu überwältigendes Gefühl von Frische.

Am anderen Ufer erscheint ein Haus mit weißem Dach. Ich segele dicht über dem Wasser dahin, dann schwinge ich mich empor und fliege durch ein offenes Fenster im zweiten Stock ins Haus.

Dort ist ein riesiges Zimmer mit langen Bettenreihen, die sich im Halbdunkel verlieren. In einem liegt ein schlafendes Mädchen.

*Das bin ich*, denke ich. Ich weiß nicht, wie mein Gesicht aussieht, doch es besteht kein Zweifel: Ich sehe mich selber schlafen.

Am Fußende des Bettes *sitzt du*.

Du hältst meine Hand. Unsere Finger sind ineinander verschränkt wie Wurzeln in der Erde.

*Weißt du*, sagst du zu mir, *bei allem, was ich tue, habe ich das Gefühl, du siehst mir zu. Jeden Gedanken, der mir durch den Kopf geht, sage ich laut, damit du ihn hören kannst. Ich rede mit mir selbst, um mit dir zu reden. Du siehst und hörst mich, immer.*

Ich halte den Atem an, will die anderen geheimnisvollen Zimmerbewohner nicht wecken. Plötzlich fällt mir der Name dieses Ortes ein: Cottage Grove. Wir sind zusammen dort gewesen. Wir waren Teenager.

Es ist ein Strand oder vielleicht eine Wüste.

Als ich aufwache, verflüchtigen sich die Umrisse des Traumes sofort. Nur die brennende Sehnsucht nach etwas Verlorenem bleibt. Fetzen deiner Stimme hallen nach wie das Echo eines Schreis.

Von hier aus kann ich dich nicht mehr sehen oder hören.

Doch ich muss glauben, dass *du* es jetzt an meiner Stelle tust.

Ich schreie deinen Namen, den ich nicht kenne.

Kannst du mich sehen, jenseits der Dünen?

Kannst du meine Stimme hören?

# 65

# Unterwassermond (2. Teil)

*Tokashiki-jima, Okinawa*
*19. November 2009*
*(vor drei Monaten)*

Der Steckbrief war lange Zeit zusammengefaltet gewesen. Entlang der beiden Knicke, die sich in der Mitte des Blattes trafen, war das Foto ausgeblichen, fast zerrieben, doch die beiden Gesichter waren noch zu erkennen. Ein Mann und eine Frau, lächelnd, als Brustbild aufgenommen. Der Mann war zweifellos Mauke Nuha: ohne Bart, mit kurzem Haar und ein wenig jünger, als Aruke ihn kannte. Neben ihm das strahlende Gesicht einer jungen schönen Frau.

*Das ist Mauke Nuhas Frau*, dachte Aruke. *Die Frau, die er im Traum gesehen hat … und nach der er vielleicht noch immer sucht.*

Unter dem Foto war ein Schriftzug in einer Sprache, die Aruke nicht verstand.

*Mann und Frau vermisst.*
*Biete Belohnung für Informationen.*

Dann die Nummer von Ian Sidehearts Satellitenhandy und, handschriftlich hinzugefügt, eine Art Adresse:

Tokashiki Bungalows #97
Tokashiki - Okinawa.

Aruke lehnte sich gegen die Hütte seines Onkels Waremu und ließ sich in den Sand gleiten.

»Du willst also damit sagen, dass …«, stammelte er ungläubig.

»… *Mauke Nuhas Vater hier gewesen ist,* ja! Und ich habe mit ihm geredet!«, sagte Yukiko. Sie wiederholte den Satz bereits zum dritten Mal.

»Aber wie hast du …«

»… ihn gefunden?«, beendete sie den Satz ungeduldig. »Nachdem ihr zum Tempel aufgebrochen seid, habe ich oben im Feriendorf dieses Flugblatt entdeckt.« Yukiko wedelte mit dem zerknitterten Zettel. »Ich hätte fast einen Schlag bekommen: Jemand sucht Mauke Nuha! Ich bin zu den *Tokashiki Bungalows* gerannt und habe wie eine Irre gegen die Tür #97 gehämmert, aber niemand hat geöffnet! Also habe ich den Zettel genommen, einen Plan draufgezeichnet, wie man zu unserem Strand kommt, und auch eines der Passbilder von Mauke Nuha drangeheftet, als Beweis meiner Glaubwürdigkeit. Dann habe ich die Nachricht unter der Bungalowtür durchgeschoben, bin nach Hause gegangen und habe gewartet. Drei Tage lang habe ich gewartet.«

Bedächtig zählte Yukiko sie an den Fingern ab. Aruke und Waremu machten ihr ungeduldig Zeichen, weiterzuerzählen.

»Nach drei Tagen ist dieser amerikanische Herr aufgetaucht.«

»Amerikanisch?«

»Ja, amerikanisch! Zuerst hat er mir einen Haufen Fragen gestellt, dann hat er gesagt, er sei Mauke Nuhas Vater. Ich hab ihm alles gesagt, was ich wusste, dass es Mauke Nuha gut geht und dass er vor zwanzig Tagen nach Wales gereist ist. Er hat vor Freude geweint und mir eine Belohnung angeboten, die ich natürlich abgelehnt habe.«

»Aber das ist ein Zeichen!« Aruke sprang auf. »Jetzt können wir Mauke Nuha finden und ihm alles sagen! Es ist einfacher, als wir dachten.«

Waremu nickte lächelnd.

»Wie hieß der Mann?«, fragten sie gleichzeitig.

Yukiko wurde rot und senkte den Kopf.

»Ich … er hat es mir nicht gesagt«, stammelte sie. »Oder vielleicht … hab ich es vergessen.«

»Dumme Frau!«, bellte Waremu. »Und was sollen wir jetzt machen?«

»Du bist dumm! Und ein beschränkter Wilder noch dazu!«, keifte Yukiko zurück. »Siehst du nicht die Telefonnummer hier? *Te-le-fon*, verstehst du?«

Sie rannten ins Feriendorf und baten darum, einen Anruf tätigen zu dürfen. Yukiko wählte die Nummer, horchte in den Hörer, und gebot Aruke, der ihr pausenlos über die Schulter redete, still zu sein.

Doch eine metallische Stimme am anderen Ende der Leitung ließ sie wissen, dass die Nummer zur Zeit nicht erreichbar sei.

»Wir versuchen es morgen noch mal«, seufzte Yukiko.

Am nächsten Tag kehrten sie zurück, und auch in den folgenden Tagen, immer mit dem gleichen Ergebnis: Das Telefon war abgeschaltet.

Denn Ian Sidehearts Satellitentelefon lag im Gestrüpp der *Tokashiki Bungalows* direkt gegenüber dem Bungalow #97 unter einer dicken feuchten Laubschicht begraben, seit fast einem Monat, seit dem Abend, als Ian einen Herzinfarkt erlitten hatte und bewusstlos die Bungalowstufen hinuntergestürzt war.

Nachdem er seinen Sohn wiedergefunden hatte und in die Heimat zurückgekehrt war, hatte Ian den Diebstahl des Telefons angezeigt und alles versucht, um seine Nummer zurückzuerhalten. Doch aufgrund der verzwickten internationalen Mobilfunkabkommen war ihm das nicht zugebilligt worden.

»Elende Bürokraten!«, schimpfte Ian wütend. In der ganzen Welt waren noch Hunderte Steckbriefe im Umlauf. Sollte jemand Informationen zu Karin haben, könnte er ihn nicht verständigen.

Nach zwei Wochen unermüdlicher Versuche gaben Aruke und Waremu die Hoffnung auf. Yukiko wollte den Besitzer der Telefonnummer ausfindig machen, doch die Information wurde ihr verweigert. Schutz persönlicher Daten nach einer Diebstahlsanzeige, hatten ihr die Polizisten erklärt.

»Und wie sollen wir es ihm jetzt sagen?«, fragte Aruke verzweifelt.

»Uns wird schon was einfallen«, sagte Waremu beschwichtigend und legte ihm die Hand auf die Schulter. »Es gibt bestimmt einen Weg.«

»Aber die Zeit ist abgelaufen! Wir müssen zurück nach Hause!«

*Wenn bloß Horu bei uns wäre,* dachte Waremu. *Er wüsste bestimmt, was zu tun ist.*

Damit Aruke nicht noch mehr verzweifelte, behielt Waremu seinen Gedanken für sich.

Zwei Monate später, am 14. Januar 2010, wurde Ian endlich die Nutzung seiner alten Nummer gewährt. Er legte die SIM-Karte in sein neues Satellitentelefon ein, lud über Nacht die Batterie auf und schaltete es am nächsten Morgen ein. Doch das Telefon klingelte nie. Ian sollte von all den verzweifelten Versuchen, mit ihm Verbindung aufzunehmen, nie erfahren.

# 66

# Die letzte Nacht bei den Soul Travellers

*Taiwan, Strand der* Soul Travellers
*14. Februar 2010*

Reglos sitze ich da und warte, dass sich meine Augen an die Dunkelheit gewöhnen. Dann mache ich ein paar Schritte. Ich taste den Boden der Höhle ab, bis ich Gigis Gitarre zu fassen kriege. Ich hebe sie auf und lege sie in den Gitarrenkasten zurück. Auch die Taschenlampe liegt am Boden. Ich versuche sie anzuschalten, doch sie geht nicht mehr. Ich taste mich aus der Grotte hinaus, bis ich wieder das Mondlicht sehe.

Trotz der Wellen, die gegen die Felsen branden, höre ich den ohrenbetäubenden Lärm des Rave bis hierher. Eine leuchtende Rauchblase steigt hinter den Dünen auf.

Ich kehre zum Fest zurück und stürze mich ins Getümmel aus Lagerfeuern, Verkaufsständen, Straßenkünstlern, taumelnden Menschen, die im Chor grölen oder mit geweiteten Pupillen schweißgebadet durch den Sand tanzen. Bratgestank und süßliche Marihuanaschwaden. Zahllose verzerrte Wahrheiten, die versuchen, einander zu überbieten.

»LSD? Meskalin?«, fragt mich ein Alter mit einem Mexikanerhut auf dem Kopf.

»Nein, danke.«

In einer Runde aufgedunsener Gesichter sitzt ein Mädchen. Kurzes schwarzes Haar, eine Gitarre im Arm. Ich renne zu ihr.

»Gigi!«, rufe ich und lege ihr eine Hand auf die Schulter.

Sie dreht sich um.

»Ah, nein … Entschuldigung«, stammele ich. Das Mädchen sieht mich an und lacht, dann spielt sie weiter.

Am Wasser drehen sich ein paar Frauen in langen schwarzen Gewändern mit zum Mond erhobenen Armen wie Derwische im Kreis und zelebrieren irgendein *Wicca*-Ritual. Ich mische mich unter sie, sehe jeder ins Gesicht oder halte sie an den Schultern fest. Ich ernte böse Blicke und Beschimpfungen, doch Gigi ist nicht dabei.

Eine Stunde lang streife ich umher, suche sie im Wohnwagen, in meiner Höhle, in der Kaserne: keine Spur. Und niemand ist nüchtern genug, um mir weiterzuhelfen.

»Stefano! Hast du Gigi gesehen?«

»Nein«, blafft er genervt.

»Miguel, hast du sie gesehen?«

»Schon 'ne ganze Weile nicht. Bestimmt ist sie mit irgendeinem Kerl im Gebüsch verschwunden, die ist bald wieder da. Um Mitternacht spielt sie.«

Ja, nur schade, dass ich ihre Gitarre habe. Ich hocke mich vor die Bühne und warte. Mitternacht vergeht, doch Gigi lässt sich nicht blicken. Stattdessen betritt eine exzentrische Balkangeigertruppe die Bühne, die sich »God plays Punk Tzigano« nennt. Der treibende Rhythmus ihrer Musik versetzt mich in Panik, und ich suche das Weite.

Jetzt, wo ich darüber nachdenke, habe ich auch Jacques nicht gesehen. Ob sie zusammen fortgegangen sind?

Aber da ertönt ein unverwechselbares Lachen aus dem Gewirr. Ich drehe mich um und sehe Jacques, der an einer Bude hockt, in der stinkende *Pancakes* gebacken werden. Witzelnd und gestikulierend sitzt er vor zwei strohblonden Skandinavierinnen. Als er mich bemerkt, hört er auf zu lachen, springt vom Tisch und eilt mir entgegen.

»Demian!«

»Hi, Jacques.«

»Ich wusste, dass du ihr das Herz brechen würdest. Aber sie wollte ja nicht auf mich hören.«

»Hast du sie gesehen?«

»Ja, vor ein paar Stunden ist sie in Tränen aufgelöst zu mir gekommen. Dann ist sie abgehauen.«

»Weißt du, wohin?«

Jacques zuckt die Achseln.

»Ich habe nicht die leiseste Ahnung. Vielleicht nach Taipeh. Bestimmt wird sie Taiwan nicht verlassen, sie hat kein gültiges Visum. Keine Sorge, in ein paar Tagen ist sie drüber weg.«

Jacques mustert mich prüfend.

»Aber du wirst nicht hier sein, um auf sie zu warten, stimmt's?«

Ich nicke langsam.

»Dann hast du dich entschieden.«

»Ja. Ich kann nicht länger bleiben. Ich hätte mich gern von ihr verabschiedet, aber dazu ist jetzt keine Zeit mehr.«

Jacques zündet sich eine Zigarette an und nimmt einen tiefen Zug.

»Und wo willst du hin?«

»Ich bin immer noch am selben Punkt: Ich muss nach Kanku-Shi und weiß nicht, wie.«

»Brauchst du Geld?«

»Nein. Ich habe meine letzten tausend Dollar hier.«

Wir sehen uns in die Augen und suchen im Blick des anderen die Antwort auf unsere Qualen. Zwar habe ich diesen Mann erst vor wenigen Wochen getroffen, doch mir ist, als kennte ich ihn ein Leben lang.

»Nimm.« Ich gebe ihm Gigis Gitarre. »Pass gut drauf auf, sie stammt von ihrem Großvater, und sie hängt sehr daran. Gib sie ihr zurück und sag ihr, dass ich sie gern habe.«

Jacques' Gesicht verdüstert sich.

»Gigi hat mir das hier dagelassen.«

Er drückt mir einen Umschlag in die Hand. Ich halte ihn nervös zwischen den Fingern und habe nicht den Mut, ihn anzusehen.

»Sie hat ihn mir gegeben, bevor sie sich aus dem Staub gemacht hat. Sie meinte, er sei für dich, sonst nichts. Es könnte wichtig sein.«

Dann umarmt er mich zum Abschied.

»Denk an das, was ich dir gesagt habe.«

»Das mache ich. Wie könnte ich es vergessen? Ich muss es mir gut merken, um das genaue Gegenteil zu tun.«

Wir lachen beide, zum ersten und zum letzten Mal.

»Ich weiß, es klingt vielleicht merkwürdig, Dem, aber denk dran: Die Lebenden sind wichtiger als die Toten.«

»Tschüs, Jacques.«

»*Adieu,* Demian.«

Mein Abschied von den *Soul Travellers* kann nur an der Spitze der Landzunge erfolgen. Ich stehle mich aus dem Festtrubel und schleiche mich an den unsichtbaren Liebespaaren vorbei, die keuchend und stöhnend im Dunkel liegen. Dann nehme ich zum letzten Mal den schmalen Pfad, der in den Ozean hinausführt.

Endlich bin ich allein. Die Musik und das Gejohle klingen nur noch gedämpft durch den schwarzen Schleier der Nacht. Ich setze mich, lasse die Beine über den Wellen baumeln und drehe Gigis Brief zwischen den Fingern. Dann gebe ich mir einen Ruck: Ich reiße den Umschlag auf und ziehe einen gefalteten Zettel heraus.

Ich entzünde mein Feuerzeug und fange beim schwachen Licht der Flamme an, ihren Brief zu lesen.

# 67

## Unterwassermond (3. Teil)

*Hallo Dem,*
*ich bin noch ganz aus der Puste, mein Herz rast ... aber mir bleiben nur zwei Minuten, um Dir zu schreiben, und deshalb tue ich es mit zitternden Händen. Dann gehe ich fort, so weit weg von Dir wie möglich.*
*Versteh mich nicht falsch: Ich tue es nicht, weil Du mich abgewiesen hast oder ich Dich verführen wollte, obwohl das Grund genug wäre. Nein, Dem. Der Grund ist ein anderer.*
*Und er ist sehr viel schlimmer.*
*Etwas hätte ich Dir schon vor langer Zeit sagen sollen und habe es vor Dir geheimgehalten.*
*Erinnerst Du Dich an das Geschenk, das Jacques mir bei seiner Ankunft mitbrachte? Wie Du bereits weißt, war es ein zerknitterter Zettel für meine »Flaschenpost«-Sammlung. Ich sagte Dir auch, dass es sich um eine Fälschung handelte und ich ihn weggeschmissen hätte.*
*Ich habe Dich angelogen. Die Sätze der Nachricht hatten in mir sofort etwas zum Klingeln gebracht: Irgendwie standen sie mit Deinen Schilderungen in Verbindung. An dem Abend bestürmte ich Dich mit Fragen zu Deinem Abenteuer im Pazifik, erinnerst Du Dich? Besonders zu der wertvollen schwarzen Perle, die Du gefunden hattest. Ich fragte Dich, ob sie einen Namen hatte, und Du nanntest sie »Warama'ay'mitwy«, den »Unterwassermond«. Das war der Beweis, dass die Nachricht für Dich bestimmt war.*
*Aber ich beschloss, sie für mich zu behalten. Wieso? Weil ich*

*schon damals in Dich verliebt war und Angst hatte, Dich zu verlieren.*
*Ich will mich nicht rechtfertigen. Jetzt ist mir die Schwere meines Fehlers voll bewusst. Als wäre ich plötzlich aus einem wunderschönen Traum erwacht. Wie egoistisch und dumm ich gewesen bin! Zu glauben, Du könntest mich lieben, wenn ich Dir die Wahrheit vorenthielte! Ich ekle mich vor mir selbst, vor meiner unsäglichen Tat, und kann nicht mehr aufhören zu weinen.*
*Die Nachricht ist im Umschlag.*
*Ich weiß, dass Du mich hassen wirst. Doch ich hoffe, Du kannst mir eines Tages verzeihen und wieder mein Freund sein. Aber vor allem hoffe ich, dass Du die Frau wiederfindest, die Du so verzweifelt liebst.*
*In Zuneigung und – bestimmt noch lange Zeit – Liebe,*
*Deine Gigi*

Mit angehaltenem Atem stecke ich die Finger in den Umschlag. Ein zerknittertes Stück Papier klemmt darin. Hektisch pule ich es heraus. Als ich das Feuerzeug daran halte, um es zu lesen, fällt es mir fast aus der schweißnassen Hand.

Auf den ersten Blick sieht es aus wie ein Werbeflyer mit chinesischen oder japanischen Schriftzeichen, wie ich sie schon unzählige Male in den Schaufenstern und vor den Supermärkten gesehen habe.

Dann erkenne ich, dass zwischen den Zeilen und an den Rändern etwas hingeschrieben ist, in verschiedenen Handschriften und Sprachen.

Sind es Übersetzungen der Schriftzeichen?

Ich finde die englische Version und beginne mit klopfendem Herzen zu lesen.

***

*Tokashiki-jima, Okinawa*
*3. Dezember 2009*
*(zweieinhalb Monate zuvor)*

»Seit zwei Wochen rufen wir diese verdammte Nummer an«, knurrte Aruke, das müde Gesicht in den Händen vergraben. »Das kann nicht der richtige Weg sein!«

»Und wenn wir irgendwo eine Nachricht hinterlassen und hoffen, dass Mauke Nuha sie findet?«, meinte Waremu, der vor seiner Hüttentür hockte.

»Das funktioniert niemals.«

Waremu antwortete nicht.

»Und wo würdest du diese Nachricht überhaupt lassen wollen?«

»Keine Ahnung. Vielleicht hier in Tokashiki.«

»Wieso sollte Mauke Nuha hierher zurückkehren? Wer weiß, wo er jetzt ist! Außerdem könnte so eine Nachricht Übelgesinnte anlocken. Riyoko war ganz deutlich, die Lage des Tempels darf nicht bekannt werden!«

»Ich weiß, ich weiß. Wir dürfen ihr Vertrauen nicht missbrauchen. Es müsste eine Nachricht sein, die nur Mauke Nuha versteht.«

»Etwas, das um die Welt gehen kann«, überlegte Aruke laut, »das die Leute in der ganzen Welt interessant finden und in Umlauf bringen. Eine Nachricht, die man nicht wegwirft, sondern weiter auf Reisen schickt. Dann bestünde die Hoffnung, dass sie Mauke Nuha erreicht!«

»Doch zugleich darf nur er sie verstehen.«

Lange saßen sie ratlos schweigend da. Sie fühlten sich ohnmächtig, wie zwei Kinder vor einer allzu schwierigen Aufgabe.

»Warte!«, Aruke sprang auf. »Vielleicht hab ich's!«

Wild gestikulierend erklärte er seine Idee.

»Natürlich!«, rief Waremu. »Das ist die Lösung: einfach, aber genial! Aruke, dein Vater wäre stolz auf dich!«

Waremu biss sich auf die Lippen, er hatte zu viel gesagt. Dann fügte er leise hinzu:

»Du wirst deinem Dorf ein großartiger Häuptling sein, wenn du wieder zurück bist.«

Aruke fühlte sich geschmeichelt, doch er musste sich sehr zusammenreißen, um nicht in Tränen auszubrechen. Er drückte seinem kleinen Bruder Iruie die Hand, der ihm seit der jüngsten Tragödie, die sie ereilt hatte, nicht mehr von der Seite wich.

Sie rannten zum Hafen und betraten schüchtern das Postamt. Yukiko diktierte die Nachricht in Japanisch und ließ zweihundert Kopien davon machen. Dann verteilten sie das Flugblatt auf der ganzen Insel, legten es in Hotels und Kneipen aus und gaben es den abenteuerlustigen, gierigen Seeleuten mit.

In ihren Herzen glomm eine Hoffnung: dass eines dieser Flugblätter irgendwann in Mauke Nuhas Hände gelangen würde.

Fünfundsiebzig Tage später sollte sich ihre Hoffnung erfüllen.

# 68
# Der Aufruf

*Auf dass sich der Kreis der Zeremonie der Gaben schließe. Der rechtmäßige Besitzer der Waramá'ay'mitwy, des Unterwassermondes, legendäres Schmuckstück von unschätzbarem Wert, ist aufgerufen, dieses wieder in Besitz zu nehmen. Er kehre zur Insel des Letzten Abschieds zurück, wo er schon bald niemanden mehr antreffen wird, und gehe dort zum Strand, an dem der Schatz ihn erwartet.*

Ich lösche die Flamme, sehe zum Himmel auf und schlucke gallenbitteren Speichel.

Einen winzigen Moment lang hatte ich geglaubt, dieser Zettel könnte eine Nachricht von dir enthalten. Mir sagen, dass du am Leben bist, oder den Weg zeigen, wie ich zu dir komme. Eine völlig irrige Hoffnung. Zu so etwas wäre Gigi nicht fähig gewesen. Dennoch verpasst mir die Wirklichkeit eine eisige Dusche.

Ich schließe die Augen und atme tief durch.

Die Worte des Zettels hallen durch meinen Kopf.

*Die Zeremonie der Gaben. Die Waramá'ay'mitwy.*

Ein Bild entsteht vor meinen Augen. Die riesige schwarze Perle, die ich dem Grund des Ozeans entrissen habe.

*Ist diese Nachricht für mich?*

Ich öffne die Augen und lese die kryptischen Sätze des Zettels noch einmal, ohne sie zu begreifen.

Doch eine Sache wundert mich: An den Rändern des Blattes sind lange dunkle Striche zu sehen, typisch für Fotokopien. Und davon gibt es viele, sie überschneiden und kreuzen sich, offenbar ist dies die zigste Kopie einer Originalnachricht, die sonstwo in Umlauf gebracht wurde.

»Aber klar«, murmele ich. »Der Zettel enthält die Aussicht auf einen geheimnisvollen Schatz. Deshalb hat er sich wie ein Virus unter den Seeleuten verbreitet. Kopie nach Kopie, Übersetzung nach Übersetzung, bis er in Jacques' Hände gelangt ist, dann zu Gigi und schließlich zu mir!«

Ich lache los.

Was für eine geniale Idee! Wer darauf gekommen ist, hat es geschafft, mir seine Nachricht zu übermitteln, ohne zu wissen, wie ich wirklich heiße oder wo ich bin!

*Ist das Horus Werk?*

Dann entdecke ich ein weiteres seltsames Detail: eine zarte Zeichnung unter der Schrift, eine Art kompliziertes Diagramm, ähnlich den Bildern, bei denen man Punkte verbinden muss. Es besteht aus Strichen, Kurven, kleinen Kreisen. Das Bild ist kaum zu sehen, es sieht aus wie durchgepaust, doch vielleicht ist es nur eine willkürliche Kritzelei.

Ich bin viel zu durcheinander, um all das nüchtern zu analysieren. Ich lösche das Feuerzeug und stecke die Nachricht in den Umschlag zurück. Ihre Bedeutung bleibt rätselhaft, aber die vage Hoffnung, Horu und Aruke wiederzusehen, gibt mir neue Zuversicht. Neben der Liebe, die uns verbindet, gibt es noch einen Grund, weshalb ich sie dringend wiedersehen möchte: Mit ihnen könnte ich endlich nach Kanku-Shi. Zusammen könnten wir jede Militärbarriere umgehen. Wir könnten sogar *Poy'Atewa* finden. Mit ihnen könnte ich die Suche nach meiner Vergangenheit fortsetzen. Mich weiter *erinnern*.

Ich weiß nicht, ob Horu und Aruke mich suchen oder ob die Nachricht tatsächlich von ihnen stammt. Doch jetzt muss ich es glauben. Das Zeichen, auf das ich gewartet habe, ist endlich gekommen.

***

Nachdem sie Jacques den Brief gegeben hatte, rannte Gigi fort, ohne auf die spitzen Steine zu achten, die ihr die Füße zerschnitten, der Blick von Mondlicht und Tränen verschleiert. Sie kraxelte über die Dünen, durchquerte den Wald und erreichte die Küstenstraße, die nach Taipeh führte. Blut sickerte ihr über die Wange, sie hatte sich an einer Augenbraue verletzt, ohne es zu merken.

Die Scham für das, was sie getan hatte, verfolgte sie und ließ sich nicht abschütteln. Sie rannte mehrere Meilen, bis sie erschöpft strauchelte und stürzte. Sie schlug sich Knie und Ellenbogen auf dem löcherigen Asphalt auf, doch ehe sie den Schmerz spüren konnte, war sie bereits in einen Schlummer gefallen. Die Rufe der Nachttiere gellten ihr in den Ohren, und dennoch schlief Gigi stundenlang tief und fest am Straßenrand.

Sie träumte von Demian.

Es war ein seltsamer Traum: Demian war zusammen mit ihrem Großvater Georges an einem riesigen Strand.

Gen Osten ging die Nacht bereits ins Morgengrauen über.

Gigi riss die tränennassen Augen auf. Diesmal waren es süße, im Traum geweinte, glückliche Tränen.

Sie schloss die Augen und blieb reglos liegen. Sie fürchtete, das allzu lebendige Bild könnte verlöschen, wenn sie vollends erwachte. Sie wollte es nicht vergessen.

Sie musste zurückkehren. All ihre Schuld und ihre Scham rückten in den Hintergrund. Sie würde Demian auf Knien um Vergebung anflehen, doch vor allem brauchte sie ihn jetzt, denn sie hatte eine Frage, die wichtigste ihres Lebens, und nur er konnte die Antwort kennen.

Sie rappelte sich hoch und machte sich wieder auf den Weg, von der Angst erfüllt, er könnte bereits fort sein.

***

Der Sonnenaufgang findet mich an der Spitze des Kaps, mit ins Leere baumelnden Füßen und auf die spitzen Felsen gestützten Ellenbogen. Der Rave ist noch immer nicht ganz vorüber: Eine kleine Menschenmenge tanzt und lärmt weiter am Ufer, weicht den Schlafenden aus und wartet auf die erlösenden ersten Sonnenstrahlen.

Und da ist die Sonne, rot und riesig steigt sie aus dem spiegelblanken Wasser. Die klare Luft glüht rosa auf. Kein Schatten verfinstert mehr den Horizont. Inzwischen sind meine Erinnerungen Hunderte Meilen jenseits, jenseits von Kanku-Shi, jenseits unserer himmlischen Ferien, unterwegs zur geheimnisvollen *Poy'Atewa*.

Es ist Zeit, diesen Ort zu verlassen.

Mit schmerzenden Gliedern stehe ich auf und schwinge mir den Rucksack über die Schultern. Am Strand kann ich Stefano, Daria und die anderen Dauergäste erkennen, die mit Aufräumen beschäftigt sind. Gerne würde ich sie richtig verabschieden und umarmen, doch dazu ist keine Zeit.

Ich gehe über die Landzunge zurück. Stehle mich davon wie ein Dieb, lasse die verfallene Kaserne und den Strand der *Soul Travellers* hinter mir. Ohne mich noch einmal umzudrehen, überquere ich die Dünen und schlage mich durch den Wald. Ich gehe denselben Weg zurück, den Gigi mir am Abend unseres Kennenlernens gezeigt hat.

Ich sehe ihr lächelndes Gesicht vor mir.

*Wie konnte sie so unfassbar egoistisch sein? Ein Monat. Ein wertvoller Monat sinnlosen Wartens, nur wegen ihr.*

Ich trete aus dem Wald und stehe auf der kleinen asphaltierten Freifläche, der Endstation *Su Hua*. Der Bus steht mit laufendem Motor da, bereit zur Abfahrt. Es kommt mir vor, als hätte er sich nie von dort wegbewegt, als hätte er seit der Nacht meiner Ankunft auf mich gewartet. Auch der Fahrer ist derselbe.

»Nach Taipeh?«, frage ich und behelfe mir mit Gesten. Er nickt.

Um sieben Uhr morgens sitzen außer mir nur noch vier andere an Bord, ich könnte schwören, es sind dieselben wie auf der Hinfahrt. Mit einem mechanischen Röcheln schließt sich die Tür, und der Bus bricht zu seiner ersten Tour nach Taipeh auf.

***

Gigi rannte. Alles tat ihr weh, doch sie rannte so schnell sie konnte zurück zum Strand der *Soul Travellers.*

»*Que je sois maudite!* Wie viel bin ich letzte Nacht denn gelaufen?«

Sie rannte so lange, bis sie keine Luft mehr bekam. Mit hämmerndem Herzen stützte sie die Hände auf die Knie. Dann gab sie sich einen Ruck und taumelte weiter.

Ein dumpfes Röhren erfüllte die Luft. Aus einer Kurve hinter den Bäumen tauchte der Morgenbus auf und kam ihr entgegen.

***

Am Straßenrand hebt sich eine Silhouette gegen die niedrig stehende Sonne ab. Sie schleppt sich auf uns zu, wirft sich mitten auf die Straße, rudert schreiend mit den Armen, um den Bus anzuhalten.

Gigi.

Ihr verzerrtes Gesicht mit den verweinten Augen ist das Letzte, was ich durch das Fenster sehe, ich rutsche tief in meinen Sitz. Ich will von ihr nicht gesehen werden, ihr nicht gegenüberstehen.

Ich weiß nicht, wie ich reagieren würde.

***

»*Merde!* Halt an, verdammt!«, brüllte Gigi, als sie sah, dass der Bus nicht die leisesten Anstalten machte zu bremsen. Sie sprang zur Seite und wäre um ein Haar überfahren worden. Während der Bus an ihr vorbeirauschte, versuchte Gigi hineinzusehen, doch wie Zerrspiegel warfen die Fensterscheiben nur ein formloses Bild von ihr selbst, der Straße und den Bäumen zurück.

*Lieber Gott, gib, dass Demian nicht im Bus sitzt. Gib, dass er noch nicht fort ist.*

Sie rannte weiter und blieb erst stehen, als sie den Strand erreicht hatte. Die Zeichen der nächtlichen Ekstase waren deutlich zu sehen, überall schliefen Menschen, der Strand starrte vor Müll, Urin und Erbrochenem. Sie betrat die Kaserne und ließ den Blick suchend über die bleichen, aufgedunsenen Gesichter schweifen, sie stürzte in die Höhle und zu ihrem Wohnwagen, doch von Demian keine Spur. Schließlich ging sie zur Spitze der Landzunge.

Dort fand sie Jacques. Mit ihrer Gitarre.

»Er ist fort!«, rief er zur Begrüßung in das Heulen des Windes. »Er hat mir die hier für dich dagelassen.« Er drückte Gigi die Gitarre in den Arm.

Ausgebrannt von ihrem langen Lauf und der Bestätigung, dass Demian nicht mehr da war, stand Gigi kurz vor einer Ohnmacht. Jacques packte sie am Handgelenk, damit sie nicht einknickte. An seine Schulter geklammert brach Gigi in Tränen aus.

»Ich fühle mich so schuldig«, stammelte sie unter Tränen. Als sie sich ein wenig beruhigt hatte, erzählte sie Jacques, was am Abend zuvor passiert war: von dem Lied, dem Kuss, dem Brief. Und vor allem von der Nachricht, die sie Demian vorenthalten hatte.

»*Mon Dieu!*« Jacques riss die Augen auf. »Du willst damit sagen, das Flugblatt, das ich dir mitgebracht habe … ist für Demian? Bist du sicher?«

Gigi nickte.

»Diesmal bist du wirklich zu weit gegangen, *ma chérie.*«

»Ich weiß. Ich komme mir so schäbig vor. Erst recht nach der letzten Nacht. Hör mir zu, Jacques, und halt mich bitte nicht für verrückt.«

Den Blick auf den Horizont geheftet, erzählte ihm Gigi aufgewühlt ihren Traum der letzten Nacht. Als sie Jacques ansah, stellte sie überrascht fest, dass auch in seinen Augen Tränen standen.

»Vor zwei Nächten ist mir das Gleiche passiert«, flüsterte er. »Eine Art Traum mit offenen Augen. Ich wollte Demian nach der Bedeutung fragen, ich wollte wissen, ob es sich bloß um die Wahnvorstellung eines Betrunkenen gehandelt hatte oder ob es tatsächlich wahr sein könnte. Aber dann habe ich mich nicht getraut.«

Jacques verschränkte die Arme.

»Im Grunde bin ich mir gar nicht sicher, ob ich die Wahrheit wissen will.«

Schweigend hingen sie ihren Gedanken nach. Beide wussten, dass nur Demian die Antwort kannte. Aber beiden war klar, dass sie ihn niemals wiedersehen würden.

»Wozu dann das alles?«, fragte Gigi schließlich wütend. »Welchen Sinn soll das haben? Und ich … hab ihn nicht verdient!«

»Ich denn? Vielleicht geht es gar nicht darum, wer ihn verdient oder nicht. Vielleicht müssen wir ihm einfach nur dankbar sein. Und für ihn beten.«

Jacques hatte recht, Gigi wusste es. Doch sie hatte in ihrem Leben noch nicht gebetet und hatte keine Ahnung, wie man das machte.

Sie warf den Kopf zurück und ließ sich von den Sonnenstrahlen streicheln.

*Gott … wer auch immer du bist,* dachte sie wirr, *gib, dass es noch nicht zu spät ist. Gib, dass Demian findet, was er sucht. Egal, was das bedeutet.*

Dann überließ sie sich dieser neuen, flüchtigen, unerwarteten Zuversicht.

# 69
# Die Karte

Als ich sicher bin, dass Gigi weit weg ist, setze ich mich wieder auf. Voller Wut umklammere ich die Kopfstütze des Vordersitzes und presse sie so heftig zusammen, dass der Bezug reißt.

Ich muss Gigis Gesicht aus meinem Gedächtnis tilgen, ich darf nicht daran denken, welche Folgen ihr Handeln haben könnte. Jetzt muss ich mich einzig und allein auf den Zettel konzentrieren. Ich hole ihn heraus und lese ihn weitere zehn oder zwanzig Mal. Doch die Hochstimmung der letzten Nacht scheint im Tageslicht verpufft zu sein. Was gibt mir die Gewissheit, dass diese Nachricht wirklich mich meint? Und falls das nur ein Scherz ist?

Unterdessen hat der Bus das Stadtzentrum *Xinyi* erreicht. Ich werfe dem Busfahrer ein verlegenes Lächeln zu und steige aus, ohne für die Fahrt zu zahlen. Wir sind am Fuß des *Taipeh 101*, und ich kann nicht anders, als in die Höhe zu starren: Bis vor ein paar Jahren war dies der größte Wolkenkratzer der Welt. Sich in seinem Schatten zu bewegen, ist beeindruckend.

Zu Fuß erreiche ich die Fed-Ex-Filiale. Ich trete ein und gehe zu der mit Postfächern bedeckten Wand. Meines ist die Nummer 897. Ich tippe den Geheimcode ein. Mit einem elektrischen Summen öffnet sich ein Schlitz, gerade breit genug, um eine Hand hineinzustecken.

Das Fach ist leer.

Ein Angestellter erklärt mir, mein Postfach sei am 1. Februar abgelaufen.

»Die Zahlung war überfällig, Sir«, entschuldigt er sich mit aufrichtigem Bedauern.

»Und die Post, die nach dem 1. Februar eingegangen ist?«

»Wurde zum Absender zurückgeschickt.«

»Aber wissen Sie, ob ich Post erhalten habe?«

»Das kann ich Ihnen nicht sagen, Sir.«

Ich bin fassungslos. Die letzte Hoffnung, Balths Brief zu bekommen, ist dahin.

»Möchten Sie telefonieren, Sir? Wir haben sehr gute Auslandstarife.«

Ich verlasse das Postamt und gehe in einen stillen Park im Schatten eines kleinen *Shinto*-Tempels. Ich setze mich auf eine sonnige Bank und vergrabe den Kopf in den Händen. Nur das Blätterrascheln und ein über die Wiese hüpfender Ball sind zu hören.

*Meine Hände, die fieberhaft im Lehm wühlen.*
*Die Knochen des kleinen Llywelyn in meinen Armen.*
*Die totale Finsternis auf dem Grund der Erdspalte.*
*Die ferne Stimme von Balth, der mich retten kommt.*

Ich schließe die Augen.

Ich wandere durch die staubige Ebene vor der Küste von Laugharne.

Ein plötzlicher Schwindel, das Herz im Hals. Die Erinnerung meines Sturzes in die Spalte packt mich mit aller Wucht. Noch einmal erlebe ich den Flug ins Nichts, schmecke die Erde, die mir in Mund und Nase dringt, spüre, wie mir der Atem stehenbleibt. Der Rucksack federt den Sturz ab, schützt meinen Rücken und rettet mir das Leben. Horus *Re'wellib*, das beim Aufprall zerbricht.

Dann verknüpfen sich die Fäden meiner flüchtigen Gedanken, die Synapsen schließen den Schaltkreis.

*Das kaputte Re'wellib.*

Ich öffne den Rucksack. Ganz behutsam, aus Furcht, eine hastige Bewegung könnte meine Intuition verscheuchen.

Ich hole das Flugblatt heraus und betrachte gegen die Sonne die seltsame, wasserzeichenartige Skizze aus Linien und Kreisen. Und endlich kommt mir die Lösung des Rätsels.

Die Zeichnung ist ein stilisiertes *Re'wellib*!

Genau so ein *Re'wellib*, wie Horu es mir zu lesen beibrachte und zu unserem Abschied schenkte. Nur dass dieses nicht aus Stöckchen und Muscheln besteht, sondern gezeichnet ist.

»*… Er kehre zur Insel des Letzten Abschieds zurück, wo er schon bald niemanden mehr antreffen wird, und gehe dort zum Strand, an dem der Schatz ihn erwartet.*«

Ein *Re'wellib* ist eine Seekarte, anhand präziser Ausgangs- und Bezugspunkte zeigt es den Kurs über den Ozean an. Häufig setzt es bestimmte Informationen als selbstverständlich voraus, sodass nur Eingeweihte es richtig lesen können. Der erste Schritt, um es zu lesen, ist also, den Ausgangspunkt zu ermitteln:

»*… die Insel des Letzten Abschieds …*«

Die offensichtlichste Deutung ist die Insel Tokashiki in Okinawa. Dort habe ich mich von Horu und meinen Reisegefährten verabschiedet. Je mehr ich darüber nachdenke, desto sicherer bin ich. *Der letzte Abschied*. Doch da ist eine Sache, die sich mir nicht erschließt: Auf Tokashiki leben Waremu und Yukiko. Wieso sollte man deswegen ein *Re'wellib* zeichnen? Wäre es nicht einfacher gewesen, ihnen Informationen zu hinterlassen, die sie mir bei meiner Rückkehr dorthin übermitteln könnten?

»*… wo er schon bald niemanden mehr antreffen wird …*«

Ist das die Antwort? Vielleicht leben Waremu und Yukiko nicht mehr in der Strandhütte? Wieder geraten meine Gedanken durcheinander.

Ich muss einen Schritt nach dem anderen machen. Und der

erste wird sein, nach Tokashiki zurückzukehren. Bestimmt klärt sich einiges auf, sobald ich dort bin.

Ich nehme das Buch zur Hand und schlitze mit dem Daumennagel den Rand des Einbands auf. Dann ziehe ich den Pass und die letzten tausend Dollar hervor.

Erinnerst du dich? Ich hatte dir versprochen, dieses Geld nur für einen einzigen Zweck zu verwenden.

*Für die Reise, die mich zurück zu dir bringen würde.*

Ich werde anfangen, es auszugeben, und kaufe ein Flugticket nach Okinawa.

# 70

# Rückkehr nach Tokashiki

Am 16. Februar um sechs Uhr morgens hebt das Flugzeug vom Chiang-Kai-shek-Flughafen in Taipeh ab, um zwei Stunden später in Naha, Präfektur von Okinawa, zu landen.

Von hier aus kenne ich den Weg. Mit einem Bus und zwei Fähren mache ich den gleichen Weg rückwärts, den ich vor fünf Monaten genommen habe, als ich noch Sebastian Haller hieß und ahnungslos nach Wales aufgebrochen bin.

Zur schwülen Mittagszeit gehe ich im kleinen Hafen von Tokashiki an Land. Die reglose Luft lässt alles flirren wie eine Fata Morgana. Ich kehre in einem Gasthaus ein, esse *Ramen*, trinke ein Bier und entdecke eines von Horus Flugblättern, das zwischen haufenweise anderen Touristenblättchen hinter der Tür hängt. Ich stehe auf und sehe es mir genauer an. Es ist keine Fotokopie wie meines, sondern muss eines der nur in Japanisch verfassten Originale sein, dem noch keine handschriftlichen Übersetzungen zugefügt sind. Die Zeichnung des *Re'wellib* ist sehr viel klarer zu erkennen. Unbemerkt reiße ich es ab und stecke es ein.

Vom Hafen aus wandere ich zu Waremus Hütte. Ich gehe am Kiosk vorbei, in dem ich vor fünf Monaten das Foto für den falschen Pass machen ließ und die westliche Kleidung samt dem Rucksack kaufte, den ich noch immer auf den Schultern trage. Ich komme zur Feriensiedlung, durchquere den Wald und erreiche gegen drei Uhr nachmittags den Strand.

Oder besser das, was davon übrig ist.

Vor mir ist eine Baustelle in vollem Gange. Dort, wo Waremus

Hütte stand, hat ein Bagger ein tiefes Loch gegraben. Die Hütte selbst ist zusammen mit Sand, Erde und Wurzelwerk zu einem Schutthaufen zusammengeschoben worden.

Entsetzt gehe ich auf einen der Arbeiter zu und bitte um eine Erklärung.

»Was machen Sie hier? Der Zutritt zur Baustelle ist verboten!«, brüllt ein Japaner in Schlips, gelbem Schutzhelm und mit zusammengerollten Plänen unterm Arm.

»Was hat das alles zu bedeuten?«

»Sehen Sie das nicht? Es wird gearbeitet«, grinst der Mann. »Wir erweitern das Resort. Wir bauen *Beach Bungalows* am Strand, und dort hinten auf dem Wasser entstehen *Overwater Bungalows.*«

»Aber hier haben Freunde von mir gewohnt! Das da vorne war ihr Haus!« Ich zeige auf die Reste von Waremus Hütte.

»Ah, ja.« Sofort wird der Mann wieder ernst. »Es tut mir sehr leid. Ich kannte Waremu und Yukiko gut, zwei sehr nette Menschen. Ich bin Oishikawa, der Resortbesitzer.«

Der Mann hält mir seine Hand hin, doch ich ignoriere sie.

»Geschäft ist nun mal Geschäft«, fährt er irritiert fort. »Die Regierung hat uns die Bebauung des Strandes genehmigt, und wir arbeiten auf Hochtouren, um pünktlich zur nächsten Saison fertig zu werden.« Oishikawa zuckt die Achseln. »Ihre Freunde haben leider widerrechtlich hier gelebt, früher oder später hätte sich die Polizei ihrer angenommen. Außerdem ist Waremu bestimmt glücklicher auf seiner Heimatinsel, und Yukiko wird sich dran gewöhnen.«

Ich kann nichts erwidern, so sehr muss ich mich zusammenreißen, ihm nicht die Faust ins Gesicht zu rammen.

»Seit einer Weile haben hier noch andere seltsame Typen gelebt, eine Gruppe Wilder. Waremu und Yukiko sind mit ihnen in Kanus verschwunden. Wer weiß, wo die jetzt sind!«

Ein paar Arbeiter prusten los.

»*Wo er schon bald niemanden mehr antreffen wird.*«

Jetzt habe ich die Bestätigung, dass Waremu und Yukiko ihr Zuhause verlassen haben. Darum ist das *Re'wellib* auf dem Flugblatt: Unsere Verabredung, wenn man es denn so nennen kann, musste zwangsläufig auf einer anderen, mir unbekannten Insel anberaumt werden.

Eine bleierne Schwermut überkommt mich.

»Ihre Freunde haben ein paar Sachen dagelassen«, sagt Oishikawa. »Wenn Sie wollen, können Sie die mitnehmen. Sie sind dort, hinter den Bäumen.«

Neugierig kämpfe ich mich durch Gestrüpp und Lianen.

Aus dem dichten Unterholz lugt ein *Wa'hay* hervor.

Es ist in mehrere Bruchstücke zerlegt, Bootsrumpf, Ausleger, Segelmast; alles wurde zusammengepackt und zwischen die Sträucher geschoben. Mühsam zerre ich die Einzelteile aus dem Unterholz und schleife sie unter dem Gelächter der gaffenden Arbeiter an den Strand. Ich wette, diese elenden Idioten haben das Kanu so zugerichtet.

Es befindet sich wirklich in einem beklagenswerten Zustand. Vor allem das Segel ist mehrfach gerissen und praktisch unbrauchbar. Trotz der Schäden erkenne ich es wieder: Es ist das *Wa'hay*, auf dem ich mit Aruke gereist bin.

Die Erinnerung an unsere dramatische Ozeanüberquerung trifft mich mit ungeahnter Heftigkeit. Meine Schwäche und Zerbrechlichkeit stehen mir erschreckend klar vor Augen.

Dennoch weiß ich, dass dieses *Wa'hay* extra für mich hier ist, und das aus einem ganz bestimmten Grund. Tränen steigen mir in die Augen: Ausgerechnet jetzt kommt die unerwartete und unbezahlbare Hilfe dieser außergewöhnlichen Menschen, und sie bieten mir die Lösung für ein gewaltiges Problem, das ich in meiner Naivität verdrängt hatte. Mit diesem *Wa'hay* bin ich bereit, mich abermals dem Ozean zu stellen.

Ich muss es nur reparieren. Das ist nicht schwer. Aruke hatte mir beigebracht, wie man es macht. Ich kehre zum Hafen zurück und gebe den Rest der tausend Dollar für ein neues Segel und sämtliches nötige Material aus: Holz, Tau, Abdichtmittel. Werkzeug bekomme ich von den Bauarbeitern geliehen, die meine täglichen Fortschritte belustigt beobachten und mir ein ruhiges Plätzchen für meine Arbeit einräumen. Sie behandeln mich wie einen Irren und haben vielleicht nicht ganz unrecht.

Nachts schlafe ich am Strand, abends sitze ich am Lagerfeuer, versuche mithilfe einiger Seekarten das *Re'wellib* zu entziffern und stelle verschiedene Vermutungen auf. Anfangs beiße ich mir fast die Zähne daran aus: Schon mit einem echten *Re'wellib* aus Stöckchen und Schnur hätte ich meine Schwierigkeiten, aber die Deutung dieses gezeichneten *Re'wellib* ohne dritte Dimension gelingt mir nur äußerst bruchstückhaft. Nachdem ich die am wenigsten wahrscheinlichen Vermutungen ausgeschlossen habe, bleiben noch fünf Möglichkeiten. Jede verläuft auf einem anderen Kurs, doch glücklicherweise liegen alle unweit der Inselgruppe Okinawa. Erleichtert atme ich auf: Wenigstens dürfte die Reise nicht allzu weit und nicht allzu gefährlich sein. Mich beunruhigt nur, dass alle Routen den Seekarten zufolge geradewegs ins Nichts führen.

Während meiner täglichen Arbeit denke ich über den Sinn der Nachricht nach. Nicht nur, dass ich das Ziel dieser Reise lieber ignoriere, ich habe auch keine Ahnung, wieso ich sie antrete. Selbst wenn Horu und Aruke versucht haben, mit mir Kontakt aufzunehmen, bleibt die Frage, weshalb.

Werden wir uns am Ende einer dieser Routen wiedersehen? Ich glaube es nicht. Es erscheint mir sehr unwahrscheinlich, dass sie noch immer in Okinawa sind. Außerdem konnte Aruke die Geburt seines Kindes kaum abwarten. Gibt es einen ernsten Grund, der sie an der Rückkehr gehindert und zum Bleiben gezwungen hatte?

Und wieso sollten sie mich treffen wollen? Bestimmt nicht, um mir die Perle wiederzugeben. Horu hatte sie vor unserer Abreise den Boten von *Mahana'mo* geschenkt.

Ich denke an die Überschrift des Flugblattes:

*»Auf dass sich der Kreis der Zeremonie der Gaben schließe.«*

Einmal hatte Aruke mir von dieser »Zeremonie der Gaben« erzählt, auch *Kula* genannt. Es ist ein unter den Pazifikvölkern noch sehr lebendiger Brauch, dessen Wurzeln sich in der grauen Vorzeit verlieren. Ein Austausch von Gaben mit symbolischem, zuweilen magischem oder religiösem Wert zwischen den Völkern verschiedener Inseln, die sich so für das gegenseitige Vertrauen bedankten. Die Seeleute nahmen Hunderte Meilen lange Reisen auf sich, nur um einander diese Gaben zu bringen, die wiederum nicht behalten werden durften, sondern weitergegeben wurden und ständig in Umlauf gehalten werden mussten, sodass regelrechte Zeremonienrouten entstanden, auf denen die Gaben unermüdlich hin und her reisten. Aruke hatte mir eine dieser Gaben gezeigt: eine Kette, der die Macht über die Geister des Ozeans zugesprochen wurde.

Um welche Gabe konnte es sich in meinem Fall handeln? Das Rätsel, das diese Nachricht umgibt, lässt etwas Geheimes und sehr Wertvolles vermuten.

Als ich eines Nachts zum schwindelerregend sternübersäten Nachthimmel aufblicke, grüble ich über eine weitere mögliche Bedeutung nach. *Horu zeigt mir gar kein Ziel, das ich erreichen soll. Vielleicht ist die Reise selbst das Ziel. Eine Initiationsreise, zur Reinigung. Er streckt mir damit seine Hand entgegen.*

Nach einer Woche Arbeit ist das *Wa'hay* wie neu. Nachmittags mache ich eine Testfahrt rund um die Insel, und das Ergebnis befriedigt mich sehr. Auch die Wettervorhersage klingt ermutigend.

Am Abend vor meiner Abreise beschließe ich, meinen Eltern zu schreiben. Ich weiß nicht, wo ich landen werde und wohin mich diese letzte Wahnsinnstat bringt, aber bestimmt werde ich sie eine ganze Weile lang nicht mehr kontaktieren können. Ich reiße eine weiße Seite aus dem Buch und fange an zu schreiben. Ich muss noch viele weitere ausreißen, und als ich den Brief endlich fertigstelle, ist es fast Morgen. Während die Worte aufs Papier fließen und die zusammengeknüllten Blätter im Lagerfeuer landen, regt sich allmählich etwas in mir.

Es sind die brennenden, ziehenden Ränder der Wunde, die sich schließt.

Die ersten Sonnenstrahlen sehen mich lächeln. Ja, ich kann wieder liebevoll an meine Eltern denken. Endlich empfinde ich keinen Groll mehr für das, was geschehen ist. Ich spüre, dass ich ihnen vergeben habe. Dass ich vergessen habe.

Hallo Mama, hallo Papa!
Als Erstes sollt Ihr wissen, dass es mir gut geht. Euch hoffentlich auch. Ihr macht Euch bestimmt Sorgen. Ich hab eine ganze Weile nichts von mir hören lassen, mal abgesehen von dem Brief an Chris, der Euch sicher in noch größere Sorge versetzt hat. Ich weiß, er klang wie die Nachricht eines zu Tode Verurteilten, und ich will Euch nicht verschweigen, dass ich sehr, sehr schwierige Momente durchgemacht habe.
Doch jetzt habe ich eine neue Spur. Meine Suche wird mich an einen weit abgelegenen Ort führen, von dem aus ich Euch vermutlich weder schreiben noch anrufen kann.
Ich habe viel über das nachgedacht, was zwischen uns vorgefallen ist, und schließlich habe ich Euch verstanden. Es ist schwer, spontan zu entscheiden, vor allem, wenn es um Menschen geht, die wir lieben. Ich bin nicht mehr wütend, vielmehr danke ich Euch für das, was Ihr für mich und Karin getan habt, für die Suche und alles andere, und Ihr sollt wissen, dass ich Euch liebe.

Ich habe einen gewissen Jacques getroffen, den Du, Papa, kennst und der Dich grüßen lässt. Er bewundert Dich sehr für das, was Du getan hast. Und ich auch.
Ich weiß, dass dieser Brief wie ein Abschiedsbrief klingt, aber das ist er nicht! Sobald ich kann, rufe ich Euch an. Gebt dem kleinen Scheusal Jakie einen Kuss von mir und grüßt Rebecca, Chris und Samuel. Wie gern wäre ich jetzt bei Euch.
Ich umarme Euch,

Demian

*

Ich gehe zur Feriensiedlung hinauf und werfe den Brief ein. Dann kehre ich zum Strand zurück und schiebe das *Wa'hay* ins Wasser.

So beginnt meine letzte Reise.

# 71
# Horu und die Bodhisattva

*Eine kleine, namenlose Insel jenseits der Ostspitze von Okinawa*
*20. Oktober 2009*
*(vor vier Monaten)*

Steil fiel die Felswand zum Dschungeldickicht ab. Von dort oben erschien das Dunkelgrün so dicht und üppig, dass es selbst das Röhren der Brandung verschluckte.

Langsam stieg Horu die in den Fels gehauenen Stufen empor. So gebeugt und außer Atem schien er plötzlich um viele Jahre gealtert zu sein. Als er fast oben war, hielt er inne und atmete tief durch.

»Horu!«

Oben an der Treppe hob sich eine Silhouette vom Gegenlicht ab.

»Riyoko!«

Horu schleppte sich die letzten Stufen empor und wurde vom Licht verschluckt. Die beiden Figuren schlossen einander in die Arme.

»Ich habe von Same erfahren. Es tut mir leid.«

Horu nickte mühsam.

»Es war eine verzweifelte Reise. Sie …«, seine Stimme versagte. Die beiden umarmten sich noch einmal.

»Folg mir. Die ehrwürdige Mutter ist sehr schwach, doch sie wird dich empfangen.«

Eingeschlossen oder vielleicht geschützt von den dunklen Wänden des Urwaldes lag der Garten da wie ein Edelstein aus

Licht. Der Gegensatz zwischen diesen beiden angrenzenden, einander durchdringenden und doch so verschiedenen Welten aus Farbe und Schatten, Harmonie und Chaos schuf eine irreale Atmosphäre. Die Blumen verströmten einen berauschenden Duft, Tausende Schmetterlinge taumelten durch die Zweige.

*Wie friedlich es hier ist,* dachte Horu. *Sogar mein Schmerz scheint eine Pause zu machen.*

Ein Schmetterling setzte sich auf seine faltige Nase und zauberte ein kindliches Lächeln in sein Gesicht.

*Was für ein wunderschöner Ort … schade, dass Mauke Nuha nicht kommen konnte.*

Erst vor zwanzig Tagen hatten sie auf Tokashiki voneinander Abschied genommen. Der Entschluss des Jungen, nach Wales zu reisen, war unumstößlich, und Horu hatte ihn nicht zurückhalten können.

*Doch es war richtig so, er ist dem Weg gefolgt, den ihm sein Herz vorgegeben hat.*

Bewegt von der zerbrechlichen Schönheit des Ortes, folgte er dem weiß gepflasterten Pfad.

*Tritt näher. Bist du Horu?*

Die Stimme, die sich im Spiel aus Licht und Schatten unter dem Geäst der Bäume verbarg, schien nur in seinem Kopf zu sein, als würde sie telepathisch mit ihm kommunizieren.

»Ja, das bin ich«, antwortete er. Seine Beine gaben nach, und er fiel auf die Knie. »Doch ich bin zu spät gekommen.«

*Steh auf, Horu. Du bist nicht zu spät. Ich hätte sowieso nichts tun können: Das, was du brauchtest, hätte ich dir nicht geben können.*

»Ja, ich verstehe. Aber das ist gleich, jetzt bin ich nicht um meinetwillen hier. Vielleicht könnt ihr meinem *Fa'wa'amu* helfen: Ich habe einen Adoptivsohn, den der Ozean mir gegeben hat, er heißt Mauke Nuha. Wie gern hätte ich ihn mit zu euch gebracht, ehrwürdige Mutter, aber er ließ sich nicht überreden. Er musste einem anderen Weg folgen.«

*Erzähl mir von ihm.*

Horu erzählte. Dann folgte eine Stille, die wie ein Brüllen in seinen Ohren klang.

Die Frau beugte sich vor, ihr weißes, zeitloses Gesicht tauchte aus dem Schatten auf. Sie hielt die Augen geschlossen und atmete langsam und gleichmäßig, als würde sie tief schlafen. Dennoch wirkte sie aufgewühlt.

*Wirst du ihn hierherbringen?*

Horu schüttelte den Kopf.

»Ich habe ihn verloren. Ich weiß nicht, wo er jetzt ist. Und außerdem …«, stammelte Horu, »kann ich es nicht. Bald werde ich zu Same gehen.«

Horu starrte auf seine Handflächen.

»Ich muss zu ihr. Kannst du mir helfen? Kannst du das für mich tun?«

Er brach in Tränen aus.

Die *Bodhisattva* von Okinawa lächelte traurig. Dann hob sie ihre durchscheinende Hand, der drei Finger fehlten, und berührte Horus Gesicht. Als er die zärtliche Geste spürte, durchzuckte ihn die erschreckende Wahrheit.

*Wenn er das bloß erfahren könnte … Mauke Nuha … das ist nicht möglich …*

Hätte Horu diese Insel verlassen können, hätte er seine Vision bestätigt gefunden. Doch die Gabe, um die er die *Bodhisattva* gebeten hatte, sollte ihm bald zuteilwerden und Horu nie mehr nach Hause zurückkehren.

# 72

# Auf dem Kurs des Re'wellib

*Archipel von Okinawa*
*21. März 2010*

Träge rollt das *Wa'hay* durch die Dunkelheit und lässt schwarzes Wasser aufspritzen. Ich beuge mich vor und suche den von der Nacht verschluckten Horizont ab.

Seit fast einem Monat drifte ich über das Meer von Okinawa. Die Bedingungen waren immer gut: steter Wind um die fünfzehn Knoten, ausgezeichnete Sicht, selten ein wenig Regen. Häufig bin ich an der Küste entlanggesegelt, manchmal habe ich an unbewohnten Stränden oder in kleinen Fischersiedlungen geschlafen. Doch bisher hat sich meine Deutung des *Re'wellib* leider als falsch erwiesen: Wie von den Seekarten vorhergesagt, finde ich am Ende der beiden ersten Routen nichts. Nur das tiefe Blau und im Umkreis von Meilen nicht der kleinste Felsen.

Heute Nacht werde ich die dritte Route beenden. Doch der Wind hat sich gelegt, und das *Wa'hay* taumelt richtungslos dahin. Ich kneife die Augen zusammen und bete, ein unmerklich dunklerer Schatten von Land möge vor mir auftauchen.

Ich fahre zusammen.

»Land! Ja! Ja! Land!«

Dort vor mir hebt sich ein kaum wahrnehmbarer Schemen gegen den sternlosen Himmel ab, die schmale Linie einer sandigen Küste, die zur Mitte hin ein wenig ansteigt, die dunkleren Flecken der tropischen Vegetation. Kein Licht in der Finsternis. Ich packe das Paddel.

»Verdammte Flaute«, knurre ich. »Dann rudere ich eben an Land.«

Aber ich bin so erschöpft, dass ich auf den Boden des Kanus rutsche und sofort einschlafe.

*Eine ewig lange Steintreppe, die sich zwischen verschlungenen Lianen bis zu der Fassade eines kleinen orientalischen Tempels emporwindet. Die weiß gelackten Pagodendächer werfen ihren Schatten auf den Boden.*

*Vor mir ist ein Mann. Langsam steigt er die Stufen empor.*

*Es ist Horu. Ich versuche zu schreien, ihn zu rufen, aber kein Laut dringt aus meinem Mund. Ich folge ihm, aber meine Füße sind schwer wie Blei. Ich bekomme Angst.*

*Dann verschwindet Horu. Oben an der Treppe erscheint eine alte Kirche. Mit strenger, steinerner, von einem Kreuz gekrönter Fassade und einem mächtigen, schmiedeeisern eingefassten Fenster. Es ist die Kirche von Laugharne.*

*Ein dichter Nebel steigt auf, so schnell, als wäre er Rauch.*

*Die Erde beginnt zu schwanken, erst ganz schwach, dann immer stärker.*

*Ein Erdbeben?*

Ich fahre zusammen und reiße die Augen auf.

Der gleiche dichte Nebel wie im Traum umgibt mich.

Habe ich lange geschlafen? Ein fahles Licht durchdringt die Nacht, ein milchiger Schimmer, der Meer und Himmel verschmelzen lässt. Das Boot bewegt sich leicht, doch ich habe nicht die leiseste Ahnung, wohin. Mit den Händen wedele ich mir vor dem Gesicht herum. Dieser klebrige Nebel hat etwas Unnatürliches. Er ist so dicht, dass ich kaum den Bug des *Wa'hay* erkennen kann.

Mich beschleicht ein beunruhigend irreales Gefühl. Träume ich immer noch?

Ein dumpfer Schlag unterm Boot lässt mich aufschrecken.

Ein schleifendes, kratzendes Beben, das sich vom Holz über meinen Rücken fortsetzt und meine Brust durchdröhnt. Zuerst erschrecke ich, doch dann erfüllt mich das erfreuliche Geräusch des Sandes, der das *Wa'hay* empfängt.

Ich hatte Glück: Während ich geschlafen habe, hat eine leichte Strömung das Boot zur Insel getrieben. Jetzt bin ich auf den flachen Grund gelaufen.

Ich springe aus dem Boot und versinke bis zum Gürtel im eisigen Wasser. Der Umriss der Insel ist nicht mehr als ein grauer, im leuchtenden Nebel schwimmender Fleck. Ich greife mir ein Tau, ziehe das *Wa'hay* Richtung Ufer und hole es auf den Sand.

Im Gegenlicht sehe ich die Silhouette eines Mannes: Reglos und mit in die Hüften gestemmten Händen steht er an der Wasserlinie und sieht aus, als würde er seit Ewigkeiten auf mich warten. Gedrungener Körper, runder Kopf. Ich meine, dieses geliebte Profil zu erkennen.

»Horu!«, rufe ich und stürze stolpernd über den Strand.

Als ich aufblicke, mustern mich zwei von einer Maske aus tiefen Furchen umgebene, längliche Augen. Das ist nicht Horu.

Es ist nicht einmal ein Mann.

Eine alte Japanerin lächelt mich mit leerem, wässrigem Blick an. Sie hat ein rundes, gütiges Gesicht, dünnes weißes Haar und zwei Zahnlücken. Sie muss mindestens achtzig sein, oder über hundert.

»Guten Tag!«, rufe ich. »Verstehen Sie meine Sprache?«

Die Alte schweigt und scheint nicht die Absicht zu haben, mit mir zu reden. Ich beginne zu gestikulieren, sie lächelt, macht aber nicht die leisesten Anstalten, auch nur eine Braue zu heben.

»Verdammt!«, knurre ich verzweifelt. »Diese Bekloppte hat mir noch gefehlt!«

»Reg dich nicht so auf, ich verstehe dich perfekt«, antwortet sie gelassen.

»Ah! Ja … gut.«

»Ich kenne deine Sprache sehr gut.«

»Entschuldigen Sie, aber ich …«

»Sag mir, was du auf meiner Insel vorhast.«

»Ihre Insel? Ja, also …«

Ich hole das Flugblatt heraus und zeige es ihr. Die Japanerin liest es stumm, dann faltet sie es zusammen und bricht in Lachen aus.

»Was finden Sie daran so lustig?«, frage ich irritiert.

Die Alte antwortet nicht, sondern dreht sich um und geht kichernd davon.

»Hier bei mir gibt's kein *Schmuckstück von unschätzbarem Wert*«, ruft sie vom Ende des langen grauen Strandes.

Ich stehe da wie betäubt. Die geballte Erschöpfung dieses endlosen Segelmonats senkt sich bleiern auf meine Schultern.

»Hey, aber … ist hier denn niemand sonst auf der Insel?«

Die Frau ignoriert meine Frage, und ich laufe ihr nach. Der Sand geht in feuchten Morast über, auf dem sich eine üppige, tropische Vegetation erhebt. Direkt vor der dichten dunkelgrünen Mauer, fast so, als würde es von Palmen und Lianen verschluckt, steht auf kurzen Pfählen ein hübsches japanisches Häuschen mit Pagodendach und umlaufender Holzveranda.

Ich habe die Alte fast erreicht, als ich etwas sehe, was mir die Kinnlade herunterfallen lässt: Neben dem Haus steht ein großer, auf drei Seiten von festen, miteinander verknoteten Planen geschlossener Unterstand. An der offenen Seite schaut die Schnauze eines kleinen Militärflugzeuges heraus. Ein Sonnenstrahl lässt den Propeller und den blanken Rumpf aufblitzen. Das Flugzeug sieht sehr alt aus, es stammt mindestens aus dem Zweiten Weltkrieg. Neben dem Haus der Alten steht tatsächlich ein winziger Hangar aus Bambus und Lianen mit einer Maschine aus der Kamikaze-Zeit!

Ich zwinge mich, diesen surrealen Anblick nicht weiter zu beachten.

»Bei dem Schmuckstück muss es sich um eine Perle handeln.

Sind Sie sicher, dass Sie nichts davon wissen? Oder war vielleicht schon jemand anderes da?«

»Zuerst antwortest du mir: Bist du wegen einer Perle hier oder wegen etwas anderem?«

Ich verstumme. Wer, zum Teufel, ist diese gnatzige Alte? Ich will schon anfangen, von Horu zu reden, doch dann beiße ich mir auf die Zunge. Er hat alles getan, damit nur ich diese Nachricht verstehe, es ist besser, wenn ich das Geheimnis zunächst für mich behalte: Erst muss ich wissen, ob ich ihr trauen kann.

»Na gut, ist egal«, seufze ich. »Vielleicht habe ich mich wieder mal verfahren.«

Sie zuckt mit den Achseln.

»Ich glaube nicht, dass hier irgendetwas für dich ist. Aber Platz ist genug für uns beide, und du scheinst sehr müde zu sein. Wenn du willst, kannst du hierbleiben, bis du wieder bei Kräften bist.«

Ich nicke und murmele ein verlegenes Dankeschön.

»Aber wenn du bleibst, musst du mir etwas versprechen.« Die Frau hört auf zu lächeln. »Wenn du meinst, das Versprechen nicht halten zu können, bitte ich dich, die Insel sofort zu verlassen.«

Ich nicke neugierig.

»Du musst mir versprechen, niemals den Wald hinter meinem Haus zu betreten. Auf keinen Fall. Ansonsten kannst du dich überall frei bewegen, aber nur an der Küste.«

»Und wieso?«

»Es ist gefährlich. Dort leben Tiere, du könntest verletzt oder sogar getötet werden. Und ich bin zu alt, um dir zu helfen.«

Ich nicke wenig überzeugt. Aber von hier aus wirkt der Dschungel tatsächlich nicht sonderlich vertrauenerweckend: dunkle, verwachsene Pflanzenwände, nur hier und da von einem Rinnsal durchbrochen, das über den Sand ins Meer sickert, verschlungene Mangroven, die aussehen wie gekrümmte Klauen.

»In Ordnung. Sie haben mein Wort. Ich werde ohnehin nicht lange bleiben.«

»Hast du etwas zu essen bei dir?«

»Nein, ich habe all meine Vorräte aufgebraucht.«

»Hmmm … dann wollen wir mal sehen. Wie könntest du dich für meine Gastfreundschaft erkenntlich zeigen? Was kannst du?«

»Na ja … ich kann Fischernetze weben und flicken. Ich kann mit dem Speer fischen und mit dem Kanu auf offener See segeln.«

»Gut! Fischen!«, applaudiert sie. »Ist das deine Arbeit? Bist du Fischer?«

*Ist das meine Arbeit?* Schöne Frage! Die Stimme der Frau hat etwas Hypnotisches, einen Moment lang driften meine Gedanken weit ab, und ich sehe die Zeit vor mir, in der ich mit Chris in unserem Büro mit Blick auf die Golden Gate saß. Ich verspüre einen wehmütigen Stich. Doch ist mir von diesen Momenten nichts Handfestes geblieben, nichts, was mir jetzt helfen könnte zu überleben.

»Nein, ich bin kein Fischer. Aber meine frühere Arbeit würde mir hier nichts nützen, ich habe nichts gemacht, das auf einer tropischen Insel sinnvoll wäre.«

Die Alte scheint meine Antwort nicht zu hören. Sie hebt ein großes Buschmesser auf, das in der Erde steckt, und geht auf das Baumdickicht zu.

»War es denn nicht verboten, den Dschungel zu betreten?«, rufe ich ihr nach.

»Nur für dich!« Das Buschwerk, in dem sie verschwunden ist, dämpft ihre Stimme. »Ich gehe Obst sammeln! Seit Tagen habe ich nur Bananen gegessen. Aber heute Abend gibt es Fisch! Was für ein erfreulicher Tag!«

Inzwischen hat sich der Nebel verzogen, und die Sonne strahlt. Die fransige Inselküste besteht aus hervorspringenden Felsen und sandigen Furchen. Von hier aus sieht die Insel sehr viel größer aus, als es gestern Nacht den Anschein hatte. Wirklich seltsam, dass keine Karte sie verzeichnet.

Das Meer ist unglaublich fischreich. Bei Sonnenuntergang komme ich mit zwei vollen Körben zurück, ich habe sogar Krebse und einen Kraken gefangen. Die Alte sitzt vor ihrer Tür und erwartet mich. Sie freut sich wie ein kleines Kind und singt mit kehliger Stimme seltsame Liedchen vor sich hin. Während es dunkel wird, sitzen wir schweigend auf der Holzveranda und essen. Dann bereitet sie einen Krug mit heißem Sake zu, den wir aus zwei kleinen hellblauen Keramikbechern trinken. Der Alkohol steigt mir sofort zu Kopf, ich fühle mich angenehm leicht. Meine Zunge löst sich, und ich fange an zu reden.

»Es ist seltsam, wissen Sie. Als Sie mich heute fragten, was ich arbeite, habe ich gemerkt, dass mir von all dem, was ich im Leben gelernt habe, nichts geblieben ist, nichts, das mir wirklich nützlich wäre.«

»Ach ja? Was hast du denn gemacht? Hast du gedient oder erschaffen?«

»Wie bitte?«

Die Frau lacht.

»Als ich ein kleines Mädchen war, hat mein Vater mich etwas sehr Weises gelehrt. ›Es gibt zwei *do*, zwei Wege‹, sagte er, ›nach denen wir sämtliche Taten der Menschen einteilen können. Alle, ausnahmslos. Der Mensch kann *dienen* oder *schaffen*. Manche verrichten Arbeiten, mit denen man Probleme löst, andere verrichten Arbeiten, mit denen Dinge hergestellt werden. Oft überschneiden und vereinigen sich diese Wege. Schafft der Koch ein Gericht, oder sättigt er seine Gäste? Beide Sichtweisen sind wahr, die Welt bringt die Dinge nun einmal gern durcheinander.‹«

Sie leert ihren Sake in einem Zug.

»›Doch es gibt zwei ideale Extreme‹, meinte mein Vater. ›Die Kunst, die reines Schaffen ist, und die Religion, die reines Dienen ist. Und es gibt ein Bindeglied, das diese beiden Extreme perfekt vereint: Gott, der zugleich vollkommene Kreativität und die Lösung selbst des größten menschlichen Problems ist.‹«

Wieder machte sie eine Pause.

»›Und dennoch‹, schloss mein Vater und sah mir fest in die Augen, ›auch wenn sich diese beiden Wege nie ganz klar voneinander trennen lassen, musst du entscheiden, auf welcher Seite du sein willst: schaffen oder dienen. Wir Menschen müssen eine Wahl treffen, uns an eines der beiden Extreme halten. Entscheide dich, ob du dich dem formenden Wind aussetzen willst – dem heftigen, ermüdenden Atem aus Gottes Mund –, oder ob du dich von der Brandung zu Ihm tragen lassen willst. Je eher du dieses Dilemma löst, desto schneller wirst du eine echte Frau!‹«

Die alte Japanerin lächelt mich entzückt an. Ich bin nicht sicher, ob ich alles verstanden habe, aber ihre Worte haben mich fasziniert. Oder vielleicht ist es eher ihre Stimme, von der eine geheimnisvolle, tönende Kraft ausgeht. Sofort schüttele ich diesen seltsamen Eindruck ab.

»Ihr Vater war wohl so eine Art japanischer Gibran«, bemerke ich ironisch.

»Mein Vater war sehr weise. Dann kam der Krieg. Ich sah ihn nie wieder.«

Sie seufzt tief.

»Und«, sagt sie schließlich fröhlich, »gibt es nichts anderes, was du kannst? Hast du auf deinem Weg nichts hinter dir gelassen?«

»Na ja … da ist noch etwas«, sage ich schüchtern. »Ich habe Gedichte geschrieben. Oder besser gesagt, Liedtexte.«

»Schön!«, applaudiert sie belustigt. »Das ist was Wunderbares!«

»Nun … Einige habe ich in ein Tagebuch geschrieben, das ich immer bei mir trage.«

»Wieso zeigst du es mir nicht?«

Ich öffne den Rucksack und hole das Buch heraus. Sie blättert bedächtig darin und bewegt beim Lesen die Lippen. Ich beobachte ihre unglaublich ausdrucksstarke Mimik: Sie runzelt die Stirn, entspannt sie wieder, kneift die Augen zusammen, bleckt die Zähne und scheint zig Spielarten von Schmerz und Freude zu durchlaufen.

»*Hai,* schön, schön«, bemerkt sie zum Schluss. »Glaube ich zumindest. Ich habe viel westliche Literatur gelesen, als ich Englisch gelernt habe, aber ich fürchte, eure Dichtung ist nichts für mich.«

Sie schlägt das Buch auf einer weißen Seite auf.

»Darf ich?« Sie tut so, als würde sie schreiben.

»Bitte.« Ich hole einen Stift aus dem Rucksack und halte ihn ihr hin. Mit raschen Bewegungen bringt sie Schriftzeichen aufs Papier und hält mir die Seite hin.

只居れば
居るとて
雪の降にけり

»*Tada oreba, oru tote yuki, furi ni keri*«, sagt sie feierlich und gibt diesen für mich unleserlichen Zeichen einen Klang.

»Und was bedeutet das?«

»*Ich war nur.*
*War.*
*Der Schnee fiel.*«

Ihre heisere Stimme katapultiert mich in eine Klangdimension, in der es nur das ferne Rauschen des Ozeans gibt. Eine unglaubliche Erfahrung, ich frage mich, ob diese Frau hypnotische Kräfte besitzt.

»Haben Sie diese Verse geschrieben?«

»Kobayashi Issa!«, entgegnet sie lachend. Mit einem seidenen Rascheln steht sie auf und verschwindet unter dem Sternenzelt.

# 73
# Demian und Siddhartha

Ich schlafe die ganze Nacht tief in meinem auf den Strand gezogenen *Wa'hay*. Als ich aufwache, kehre ich zum Haus der alten Japanerin zurück, um mich zu verabschieden und für ihre Gastfreundschaft zu bedanken. Ich habe sie noch nicht einmal nach ihrem Namen gefragt, doch inzwischen ist das nicht mehr wichtig: Bald werde ich fort sein. Ich muss mich wieder auf den Weg machen und die beiden letzten Routen ausprobieren.

Ich springe auf die Veranda und stecke den Kopf in die offene Tür. Das Sonnenlicht fällt durch die Fenster und Wandsprossen und bringt alles zum Leuchten. Ich sehe ein kleines Wohnzimmer mit nichts als einem niedrigen kleinen Tisch, auf dem wohl die Reste eines Frühstücks stehen: eine inzwischen kalte Tasse Tee und ein Teller mit schwarzen, nicht sonderlich appetitlich aussehenden Streifchen, vielleicht getrocknete Algen.

Von meiner betagten Gastgeberin keine Spur.

Ich will mich gerade wieder zurückziehen, um sie draußen zu suchen, als mich der unwiderstehliche Drang überkommt, ihre Abwesenheit auszunutzen und alles ein bisschen genauer zu betrachten.

Das Zimmer ist in der Mitte durch eine dünne Schiebewand aus Reispapier geteilt. Dahinter befindet sich ein kleines Schlafzimmer: ein zusammengerollter *Futon* auf dem Boden und eine halb geöffnete Truhe, aus der ein sorgfältig zusammengefalteter weißer Kimono hervorlugt. Dann sehe ich auf, und der Mund bleibt mir offen stehen.

Die Wand, die auf den Wald hinausgeht, hat keine Fenster

und besteht aus einem riesigen, mit Glastüren versehenen Bücherregal aus massivem Holz. Es ist ein höchst elegantes, zweifellos äußerst kostbares Möbelstück, das im krassen Gegensatz zur Kargheit des Hauses steht. Die Regalfächer sind mit Hunderten Büchern vollgestopft. Ich überfliege die Buchrücken und stelle verblüfft fest, dass es sich fast ausnahmslos um Klassiker der westlichen Literatur und Dichtung handelt: Huxley, Salinger, Poe, Rimbaud, Kafka, Saint-Exupéry, Pavese … und Dylan Thomas.

Ein seltsames Gefühl der Verzögerung befällt mich. Mein Blick hat ein Detail wahrgenommen, doch mein Hirn hat es noch nicht registriert.

Mein Blick wandert zurück, bis ich zwei Bücher von Hermann Hesse sehe. Das erste hat einen schmalen weißen Rücken und heißt *Demian*. Das daneben ist ein wenig dicker und hellblau und heißt *Siddhartha*.

*Demian* und *Siddhartha*.

Ich öffne die Vitrine und hole die beiden Bücher heraus. Ich betrachte sie und wiege sie nachdenklich in den Händen.

Dann merke ich, dass hinten in der Lücke, wo die beiden Hesse-Bücher standen, ein weiteres Büchlein querliegt.

Vielleicht ist es von einem höheren Regalbrett hinuntergerutscht. Oder wurde es absichtlich dort versteckt?

*Damit du es findest*, sagt mir eine Stimme.

Ich schüttle den Kopf und versuche, jegliche absurden Gedanken im Keim zu ersticken.

Ich greife hinein und hole es hervor. Es ist in Leder gebunden und trägt keinen Titel. Ich schlage es auf und blättere darin herum. Jemand hat es sauber mit der Hand geschrieben, in Englisch. Auf den ersten Blick sieht es aus wie ein Tagebuch. Auf der zweiten Seite lese ich:

*»Eine Samurai des Himmels.*
*(Notizen über eine Frau auf der Suche nach der letzten Erinnerung)«*

Daneben steht eine Widmung:
*»Für Riyoko Nagai.*
*Mit Zuneigung und Respekt. Dr. Clive Sammington«*

Ein trockenes Geräusch lässt mich zusammenfahren.

Ein Schlag, dann noch einer und ein weiterer, hinter dem Haus. Leere, dumpfe Schläge, wie eine scharfe Axt, die auf Holz trifft.

In Windeseile lege ich alles an seinen Platz zurück und stürze hinaus. Das Geräusch scheint aus dem Wald zu kommen. Ich zögere einen Moment, dann dringe ich entgegen meinem Versprechen in das feuchte, dunkle Buschwerk vor.

Doch ich gelange nur wenige Meter weit. Schon bin ich auf einer kleinen Lichtung, wo die alte Frau mit dem Rücken zu mir vor einem Baum steht und mich offenbar nicht bemerkt hat. Ihre flache Hand ruht auf einem an einen Stamm gebundenen Holzkästchen, das mit weißem, ornamentverziertem Stoff ausgeschlagen ist.

Die Frau atmet tief ein und reißt den Arm hoch.

Als ich begreife, was hier geschieht, muss ich grinsen: Die Alte praktiziert irgendeine Kampfsportart!

Doch sofort erstirbt mein Grinsen. Ein Vibrieren scheint im Boden aufzusteigen, wie ein Stromschlag, der ihren Körper von den Fersen an durchläuft, die Seide ihres Kimonos rascheln lässt und ihre Glieder spannt. Dann entlädt er sich, begleitet von einem heftigen Atemstoß, durch ihren rechten Arm. Mit der Handfläche schlägt sie auf das Holzkästchen. Wie ein Hilfeschrei hallt der trockene, ohrenbetäubend laute Schlag durch den Wald. Tiefe Stille senkt sich herab.

Reglos und ohne zu atmen stehe ich da, benommen von der

Schnelligkeit und Energie, die ihrem alten Körper entfahren ist.

»Komm ruhig näher.«

Herrisch und ohne sich umzudrehen ruft mich die Japanerin zu sich. Ertappt mache ich ein paar Schritte nach vorn. Sie dreht sich zu mir um, kreuzt die Unterarme und verbeugt sich feierlich.

»Willst du lernen, das *Makiwara* zu treffen?«

»Wie? Ah … Danke, sehr gern. Aber ich weiß nicht, ob dazu genug Zeit ist.«

»Ha! Ha, ha!«, sie lacht herzlich. »Natürlich! Ob dazu genug Zeit ist! Du hast recht.«

»Ihre Bewegung wirkt so … vollkommen. Niemand kann das von heute auf morgen lernen. Es bräuchte zu viel Zeit, und die habe ich nicht. Ich werde nicht mehr lange bleiben.«

Die Frau scheint gar nicht hinzuhören.

»Es ist immer Zeit, um zu lernen. So schwer ist es nicht. Du schreibst Gedichte, oder? Dann verstehst du auch *Karate-do*. Man lernt das ganze Leben, um Bewegungen ausführen zu können, die jedem Außenstehenden ganz natürlich vorkommen. Das Gleiche gilt fürs Schreiben: Worte immer und immer wieder, bis es ganz unmerklich dahinfließt. Je natürlicher das Ergebnis deines Handelns erscheint, ob es nun eine Kampftechnik oder ein Gedichtvers ist, desto härter hast du dafür arbeiten müssen, um ihn zu schaffen, zu korrigieren, zu vervollkommnen. Die Vollkommenheit der Form führt zur Reinheit der Substanz, die Reinheit zeigt die Tiefe. Damit Form und Substanz verschmelzen. Das verwendete Mittel, die Hülle, verschwindet, einzig die Essenz bleibt.«

Diese Frau besitzt zweifellos die Gabe, mich mit ihren Worten zu verwirren. Doch diesmal zwinge ich mich zu widersprechen.

»Hmmm … was mich betrifft, ist Schreiben etwas Instinktives und kein künstlicher Prozess. Aber es ist sehr faszinierend, Ihnen beim Karate zuzuschauen. Machen Sie das schon lange?«

»Ich habe damit angefangen, noch ehe ich laufen konnte! Mein Vater machte Karate, mein Großvater machte Karate. Hier in Okinawa machen alle Karate! Als Frau war es schwierig für mich, in die Kunst eingeweiht zu werden. Ich habe so lange gebettelt, bis die Männer nachgegeben haben und ich bekam, was ich wollte.«

Die Alte runzelt die Stirn, als hätte sie gerade etwas vergessen. Dann verzieht sich ihr Gesicht zu einem Lächeln.

»*Hai.* Ich heiße Nagai Riyoko.« Sie macht eine artige Verbeugung. »Und du, Junge?«

»Demian Sideheart.« Ein wenig linkisch erwidere ich ihre Verbeugung.

»Demian Sideheart.« Sie nickt nachdenklich. Vielleicht ist es nur Einbildung, doch in ihren Augen scheint ein Funke Mitleid aufzublitzen. »Lass uns gehen, Demian-*kun*.«

Sie hakt mich unter, und wir gehen an den Strand, auf dem mein *Wa'hay* liegt. Dann bricht sie ihr langes Schweigen.

»Sieh die Felsen dort drüben.«

Mit der Hand zeigt sie auf eindrucksvolle, von Wind und Wasser geformte Kalksteinformationen. Sie erinnern mich an die Felsen in *Zabriskie Point*.

»Ein unsichtbarer Tropfen hat sie ausgehöhlt und im Laufe der Zeit nach seinem Willen geformt. Du bist wie diese Felsen. Und weißt du, was der Tropfen ist?«

Ich schüttle neugierig den Kopf.

»Dein Name. Diese Kombination von Buchstaben, diese Klänge, mit denen du jeden Tag deines Lebens gerufen worden bist, haben dich gezeichnet und nach ihrem Bild geformt. In jedem Namen liegt ein versteckter Sinn, ein dichtes Flechtwerk aus kleinen und großen Geschichten. Geschichten, die inzwischen aus der Erinnerung der Menschen verschwunden sind, die der Name jedoch allesamt in sich trägt. Keine Bedeutung geht verloren. Jeder Mensch fügt seinem Namen die eigene Geschichte hinzu und schafft ein Omen für die, die ihm nachfolgen.«

»*Nomen est omen*, ›Der Name enthält das Schicksal‹. Sie überraschen mich, Mrs. Nagai, Sie kennen die Sprüche der alten Lateiner!«

»Lateiner! Was haben die damit zu tun? Du hast etwas damit zu tun, Demian Sideheart. Kennst du Hermann Hesse?«

Mir wird schwindelig.

»Ich verstehe nicht, worauf Sie hinauswollen, Mrs. Nagai.«

»Nein? Das ist wirklich ein merkwürdiger Zufall, dass du jetzt, am Ende deiner Pilgerreise, hier bist, Demian Sideheart. Kennst du die Geschichte nicht? Der Sohn des Brahmanen, der junge *Samana*, der skrupellose Kaufmann, der eitle Spieler, der kunstreiche, unermüdliche Liebhaber, der, als er seine Kamala und die Frucht ihrer Liebe verliert, seinen Frieden am Ufer des Flusses findet, in der Gesellschaft eines dümmlichen Alten.«

»Sie sind sehr geistreich, Mrs. Nagai«, unterbreche ich sie brüsk, »aber ich habe nicht die Absicht, den Rest meines Lebens hier zu verbringen! Wir sind nicht in Indien, wir sind nicht an einem Fluss, und Sie sind zwar alt, aber bestimmt nicht so dümmlich, wie Sie einem weismachen wollen!«

»*Hai! Arigato!* Danke, Demian-*kun*!«

Sie verbeugt sich und lacht. Schließlich lasse ich mich von ihrem unwiderstehlichen Lachen anstecken.

»In einem gebe ich Ihnen recht. Sie müssen eine Art Buddha sein, wie der alte Vasuveda am Ende von *Siddhartha*.«

Die Japanerin lacht noch lauter. Ihre Aura macht mich benommen und leicht, als stünde ich unter einer Droge. Ihr Lachen lässt die dünnen Wände einer Wirklichkeit erzittern, die mir allmählich zu entgleiten scheint.

# 74
# Wir liegen bei Seesand

Ich bin nicht mehr aufgebrochen.

Die Tage begannen zu fliegen. Duftig und leicht wie Träume. Es sind so viele vergangen, dass ich aufgehört habe, sie zu zählen.

Was mache ich noch hier? Ich kenne die Antwort nicht. Ich habe nicht einmal mehr Lust, mir diese Frage zu stellen. Hat Horu mich hierhergeführt? Habe ich seine Botschaft falsch verstanden? Oder bin ich Worten gefolgt, die für jemand anderes bestimmt waren? Und wenn ich all diese Zweifel habe, wieso habe ich das *Wa'hay* noch nicht ins Wasser geschoben und bin aufgebrochen?

Ich habe der Japanerin keine Fragen mehr gestellt. Es wäre so einfach. Aber ich habe sie um nichts gebeten, um keine Bestätigung, um keine Erklärung.

Es liegt etwas Heiliges in der Luft. Dem Frieden hier wohnt etwas Übernatürliches inne. Vielleicht ist es das, was mich zurückhält, vielleicht hindert mich die Furcht, diesen Frieden zu zerstören, am Sprechen.

Doch ich sollte nicht hier sein.

Ein Jahr ist seit unserem Verschwinden vergangen, und noch immer habe ich keine Ahnung, was passiert ist. Ich weiß nur, dass die Hoffnung, dich wiederzufinden, mit jedem Tag schrumpft.

Ich versuche, mich mit einigen schrecklichen Gedanken abzufinden.

Wenn mir das gelänge, würde mir das vielleicht genügen.

*Ein Himmelswinkel, um dich zu beweinen.*

Ist das das *Schmuckstück von unschätzbarem Wert*, auf dessen Suche mich Horu geschickt hat?

Aber wie kann ich ein Leben ertragen, das nicht mehr uns gehört?

Seit Monaten schrieb ich nicht mehr in mein Tagebuch, mir fehlte der Mut. Hier, bei diesem Satz, habe ich aufgehört:

*Aber wenn ich dich nicht finden kann …*

Ich lasse ein Stück des Blattes weiß. Nicht viel, nur wenige Zeilen.

Weiter unten schreibe ich weiter.

*Auf einer Insel im Nirgendwo, an irgendeinem Frühlingstag.*
*Mein Leben hier ist sehr einfach. Ich verbringe die Tage allein mit Schwimmen und Fischen. Nachts schlafe ich im Sand unter den Sternen. Gewissermaßen tue ich das Gleiche, was ich bei Horu getan habe, doch jetzt habe ich keinen Vorsatz mehr. Kein Ziel, das ich in der Hoffnung erreichen will, dich wiederzufinden.*
*Siehst du mich jetzt?*
*Siehst du, was ich mache, was deine Liebe mich tun lässt?*
*Lachst du mich aus, wie du es früher so gern getan hast?*
*Wenn du kannst, antworte mir bitte. Wenn es dich wirklich nicht mehr gibt, wieso bin ich dann noch hier? Hast du unser Versprechen vergessen?*

Im Schatten des unwirklichen Bambushangars scheint das kleine japanische Militärflugzeug über uns zu wachen. Frau Nagai widmet ihm mindestens eine Stunde täglich, um es zu putzen, ein heiliges Ritual, bei dem sie Rumpf, Flügel und Leitwerk mit innigen Bewegungen von der Salzschicht befreit.

»Dieses Schmuckstück stammt aus dem Zweiten Weltkrieg«, ruft sie, den Kopf in der Kanzel. »Es ist eine Mitsubishi A6M.«

»Kann die noch fliegen?«

»Wenn man Treibstoff reinfüllt, vielleicht.« Sie lacht.

Frau Nagai ist wirklich unglaublich. Manchmal erwische ich mich dabei, wie ich sie beim Verrichten einfacher Arbeiten beobachte, etwa wenn sie Fisch säubert, Obst pflückt oder Karateübungen macht. Wie viel Harmonie und gelassene Weisheit ihr alter Körper verströmt!

Diese Frau, die ich bei meiner Ankunft für eine arme Schwachsinnige gehalten habe, sehe ich jetzt als eine Art Heilige, durchdrungen und verklärt vom Glanz, der die Insel umgibt. Ihr Lächeln erinnert mich an das von Horu. Jede Pore ihres zerfurchten Gesichts ist ein eigenständiger Mikrokosmos. Wenn sie lacht, lacht selbst der kleinste Bestandteil dieser Mini-Universen, wenn sich ihr Gesicht entspannt, hält jede mögliche Wirklichkeit in ihren Wirren inne und leistet ihr bei ihrer Meditation Gesellschaft.

Oft verbringe ich die letzten Nachmittagsstunden ausgestreckt auf dem Strand, das Gesicht dem blauen Himmel zugewandt.

»Schau dir die Wolken an, Demian-*kun*. Schau, wie viele Formen sie in ihrem kurzen Leben annehmen. Sie können all deine Worte und all deine Gedanken aufnehmen und dennoch weiß und rein bleiben. Lass das, was du in dir trägst, zu den Wolken aufsteigen. Lass es sich im Weiß verlieren, seine Form mit den Wolken verändern. Die Wolke ändert ihre Form, aber niemals ihre Essenz.«

Ich schließe die Augen und versuche zu vergessen, wer ich bin.

Doch die Wolken haben alle die gleiche Form: Es sind ungestüme Wellen, schäumende, hellweiße Gischt. Bei ihrem flüchtigen Flug werfen sie dunkle Schatten auf mein Gesicht, schreien mir zu, dass ich meine Vergangenheit noch nicht ganz kenne.

*Bin ich hier, um die letzte Erinnerung zu finden?*
*Oder sie für immer zu vergessen?*

Frau Nagai lächelt.

»Das kannst nur du wissen.«

Ich antworte nicht. Wie kann sie meine Gedanken gelesen haben? Aber ich will mich nicht mehr wundern. Überwältigt starre ich in die schwindelerregende Tiefe des Blaus über mir.

»In Wirklichkeit weiß ich gar nicht, warum ich hier bin. Ich habe Ihnen noch nichts über mich erzählt, und dafür entschuldige ich mich. Vorher muss ich Ihnen eine Frage stellen. Vieles auf dieser Insel macht mich neugierig: das Verbot, den Wald zu betreten, das Militärflugzeug am Strand … aber eine Sache mehr als alle anderen.«

»Und die wäre?«

»Ein seltsames Büchlein, das sich in Ihrer Bibliothek verbirgt. Eine Art Tagebuch mit einem Ledereinband, in Englisch geschrieben. Ich habe mir ein wenig Ihre Bücher angesehen und es gefunden.«

Frau Nagai nickt lächelnd, sie scheint weder überrascht noch verärgert zu sein.

»Es ist das Tagebuch eines guten Freundes, der vor vielen Jahren gestorben ist. Hast du es gelesen?«

»Ich hoffe, Sie sind nicht beleidigt: ja. Oder zumindest habe ich es versucht. Von diesem Büchlein ging eine ungeheure Anziehungskraft aus. Zuerst habe ich mich zusammengerissen und es an seinen Platz zurückgestellt. Doch in den darauffolgenden Tagen konnte ich nicht widerstehen, ich bin zurückgekehrt, habe es aufgeschlagen – und habe so gut wie nichts verstanden. Es scheint in einer Art Code verfasst zu sein.«

»*Hai!* Ja!«, lacht die Frau. »Seit dem Krieg schrieb er alles in Geheimsprache. Er wollte auf jeden Fall verhindern, dass seine Studien in falsche Hände gerieten.«

»Ich weiß nicht, ob Sie darüber sprechen möchten, aber ich

würde die Geschichte dieses Tagebuchs gern erfahren. Der Titel hat mich neugierig gemacht: *Eine Samurai des Himmels. Notizen über eine Frau auf der Suche nach der letzten Erinnerung.*«

»Das ist eine alte Geschichte. Sie geht zurück in die Nachkriegszeit. Ich erzähle sie dir gern. Komm, lass uns ein paar Schritte gehen.«

Sie steht auf und wandert am Wassersaum entlang. Ich folge ihr.

»Der Verfasser des Tagebuchs hieß Clive Sammington. Er war amerikanischer Psychiater, spezialisiert auf die psychischen Auswirkungen von Kriegstraumata: Schizophrenie, Amnesie, suizidale und mörderische Anfälle, Depression. 1946 kam er nach Japan, um ein paar ungewöhnliche Fälle zu studieren. Ich lernte ihn kennen, weil ich einer von diesen Fällen war. Zuerst war ich seine Patientin, dann, nachdem ich geheilt war, wurde ich zu seiner Assistentin, und wir wurden Freunde. Er blieb acht Jahre in Japan. Ich half ihm, sich in unserer Kultur zurechtzufinden, und er brachte mir Englisch bei und steckte mich mit seiner Begeisterung für die westliche Literatur an. Als er ging, das war 1954, hinterließ er mir seine große Bibliothek, die er aus Amerika mitgebracht hatte. Sämtliche Bücher, die du im Haus gesehen hast, einschließlich das Bücherregal, sind ein Geschenk von ihm. Ich sah ihn zwanzig Jahre lang nicht wieder. Er schrieb mir regelmäßig lange Briefe, in denen er mich über seine Studien auf dem Laufenden hielt. Natürlich ebenfalls verschlüsselt. Im Sommer 1974 kehrte er nach Japan zurück. Er hatte gerade eine bedeutende internationale Auszeichnung erhalten: ›Ich muss dir danken‹, sagte er mir und verbeugte sich tief. ›Die Entdeckung, der ich mein ganzes Leben gewidmet habe, ist nur dir und deiner schrecklichen und einmaligen Geschichte zu verdanken.‹ Damals schenkte er mir das in Leder gebundene Büchlein: das Tagebuch, in dem er all seine Notizen und Gedanken zu meinem Fall festgehalten hat.«

»Zu Ihrem Fall? Also … die Frau, auf die sich der Titel bezieht, die *Samurai des Himmels* … das sind Sie, Mrs. Nagai?«

»Überrascht dich das?«

»Und was … dieser Name wurde doch während des Zweiten Weltkrieges für die verdientesten Kamikazejäger verwendet.«

»Genauso ist es, Demian-*kun.*« Frau Nagai lächelt ihr zahnloses Lächeln. »Das war ich.«

»Sie sind doch …«

»… eine Frau? Die Geschichte lässt das unerwähnt, aber in den Cockpits dieser kühnen Mörderflugzeuge verbargen sich damals viele Frauen. 1945 war ich fünfundzwanzig. Dem Rat meines Vaters folgend entschied ich mich für meinen Weg: dienen oder schaffen? Das Wort *schaffen* hat in Kriegszeiten keinen Sinn. Das Wort *Samurai* selbst bedeutet *sich in den Dienst stellen*. Ich gab mich für einen Mann aus, und im Mai desselben Jahres wurde ich zusammen mit meinem kleinen Bruder Takumi zum Dienst bei Admiral Takijiro Onishi eingezogen. Wir wurden der Spezialeinheit Tokubetsu Kougekitai zugeteilt. Wir waren zwei Kamikaze geworden. Einige Offiziere hatten durchschaut, dass ich eine Frau war. Aber was machte das schon? Unser Schicksal war es, in der Luft zu explodieren und ›*eines Tages als Kirschblüten im Garten des Heiligtums Yasukuni wiedergeboren zu werden*‹. Sehr poetisch, diese Militärpropaganda! Am Morgen des 8. August sollte meine Einheit zu ihrer letzten, endgültigen Mission aufbrechen. Wir sollten uns dem Geleitzerstörer *Johnnie Hutchins* entgegenwerfen, der gerade zwischen Leyte und Okinawa unterwegs war. Ich erinnere mich noch, dass es ein strahlender Tag war, die Flugzeuge funkelten wie Diamanten im Sonnenlicht. Gemäß der Tradition wurde uns vor dem Abflug das *Hachimaki* um die Stirn gebunden, wir bekamen den letzten Sake zu trinken, und dann sangen wir alle zusammen, dem Kaiserpalast zugewandt: ›*Stürze ich ins Meer, kehrt mein Körper von den Wellen getragen zurück. Stürze ich auf die Erde, ist ein Grasteppich mein Leichentuch. Das Leben ist wie eine zarte Blume: Wie können wir glauben, dass ihr Duft ewig währt?‹* Eines nach dem anderen stiegen die Flugzeuge in den Himmel. Aber als ich an der Reihe war, soff der Motor meines A6M unerklärlicherweise ab und wollte sich partout nicht mehr zünden lassen. Die Einheit, einschließlich meines Bruders, konnte nicht länger auf mich warten, und so stand ich da und sah sie für immer hinter dem Horizont verschwinden. Ich brach in Tränen aus. Mein kleiner Bruder würde ohne mich an seiner Seite sterben. Was würde ihm durch den Kopf gehen? Würde er Angst haben? Und was würde aus mir werden? War ich es nicht wert, mein klägliches Leben dem Kaiser zu schenken? Ich griff mein *Wakizashi* und richtete es gegen mich selbst, bereit zum rituellen *Seppuku.* Admiral Onishi fiel mir in den Arm. ›Halt‹, sagte er, ›die Schande gebührt mir. Ich hätte zwei Geschwister zusammen in den Tod geschickt. Das ist der Wille des Himmels: Du musst leben. Kehr nach Hause zurück und verkünde den heldenhaften Tod deines Bruders.‹ Ich konnte nicht glauben, dass Admiral Onishi das gesagt hatte: Er war ein *Bushi*, er hatte den Krieg und die Treue zum Kaiser über die Liebe gestellt, über die Blutsbande, über alles. Doch Onishi wusste Dinge, die wir einfachen Soldaten uns noch nicht einmal vorstellen konnten. Der Krieg hatte sein dramatisches Nachspiel erreicht. Eine Woche später, am 16. August 1945, sollte Onishi *Seppuku* machen. Wundersamerweise sprang mein Flugzeug am nächsten Tag wieder an. Ich wurde mit einer letzten Mission betraut: Ich sollte die A6M zur Basis nach Mishima zurückbringen, dann würde ich heimkehren.«

Frau Nagai verstummt und kneift die Lider zusammen. Sie sammelt Kraft, um fortzufahren.

»Am selben Morgen brach ich auf. Aber ich erreichte die Basis von Mishima nicht. Ich kehrte nicht heim und sollte meine Familie nie wiedersehen. Was während dieses letzten Fluges passierte, blieb für mich acht lange Jahre ein unbegreifliches Rätsel. Ich saß am Steuer meiner A6M. Doch plötzlich war es nicht mehr ich. Ich wusste nicht mehr, wer ich war, wo ich war, weshalb ich dort war. Ich erinnerte mich an nichts mehr. Noch heute frage ich mich, wie ich überhaupt landen konnte, denn ich wusste nicht einmal mehr, was das ist, ein *Flugzeug*! Ich stürzte in die Tiefe. Mitten im Blau des Ozeans entdeckte ich ein Stück grünes Land, das unter mir größer wurde. Es war eine entsetzliche Glückslandung: Das Flugzeug zerschellte im Dschungel, und ich überlebte wie durch ein Wunder. Ich war im Cockpit eingequetscht und an den Beinen und am Kopf schwer verletzt. Außerdem war ich auf einer winzigen Pazifikinsel gelandet.« Mit ausgebreiteten Armen deutet Frau Nagai auf die Landschaft ringsherum. »*Auf dieser Insel*. Und das, was du da hinten siehst«, sie zeigt auf den Bambushangar, »ist meine A6M. Sie wurde später repariert, und ich behielt sie. Einige Soldaten fanden mich und retteten mich vor dem grausigen Verbluten. Der Krieg war vorüber, ich wurde nach Tokio transportiert und in einem der zahlreichen Lazarette der Stadt untergebracht. Die physischen Verletzungen waren bald verheilt. Aber die geistigen nicht: Ich war nicht viel mehr als eine menschliche Puppe, unfähig zu kommunizieren, fast ohne jedes Ichbewusstsein. Ich konnte mich nicht an meine Sprache erinnern, weder ein Wort noch einen kompletten Gedanken formulieren. Kannst du dir eine solche Qual vorstellen, Demian-*kun?*«

*Ja, ich weiß genau, wie das ist, Mrs. Nagai*. Das denke ich, doch ich will sie nicht unterbrechen.

»Damals lernte ich Doktor Sammington kennen. Er interessierte sich sofort für meinen Fall und hat mich geheilt. Innerhalb von neun Monaten erlangte ich meine kompletten mentalen Fähigkeiten zurück und konnte meine Identität und meine Vergangenheit rekonstruieren. Es war ein langer, mühseliger Prozess. Leider war die Heilung nicht vollständig. *Eine* Erinnerung fehlt mir.«

»Eine?«, frage ich verblüfft.

»Ja. Die letzten Stunden vor der Amnesie. So sehr ich mich

auch bemühte, ich konnte mich nicht erinnern, was sie ausgelöst hatte. Was während meines letzten Fluges vorgefallen war.«

Mit einem Schlag hört sie auf zu reden. Überrascht sieht sie mich an.

»Offenbar nimmt dich meine Erzählung zu sehr mit«, bemerkt sie mit ironischem Unterton. »Weshalb bloß?«

Ich sehe weg und antworte nicht.

»Demian-*kun*, ich gebe dir meine innersten Geheimnisse preis, und du versuchst beharrlich, dich zu verstecken. Ehe ich weiterrede, will ich etwas sehr Einfaches von dir wissen. Wer bist du wirklich?«

Ich zögere. Ich weiß nicht, warum, aber ich habe ihr nie etwas anvertrauen wollen. Nicht einmal den Grund, weshalb ich auf der Insel bin.

»Auch du hast dein Gedächtnis verloren, stimmt's? Und deshalb interessiert dich dieses Büchlein so sehr.«

»Ja, stimmt«, seufze ich.

»Du kannst es mir erzählen, wenn du willst. Du wirst doch wohl keine Angst vor einer harmlosen Alten haben?«

Frau Nagai lacht aus voller Kehle.

»Vielleicht, Demian-*kun*, hilft es dir, wenn ich dir sage, dass ich den größten Teil deiner Geschichte bereits kenne.«

»Entschuldigung, wie meinen Sie das?«

»Die Geschichte von Mauke Nuha. Das bist du, oder?«

Ich zucke zusammen.

»Woher kennen Sie diesen Namen?«

Sie antwortet nicht und sieht mich nur belustigt an.

»Kennen Sie Horu und Aruke?«

»Du hast schlaue Freunde.«

»Sind sie hier gewesen? Haben sie von mir gesprochen? Ja, das bin ich, ich bin Mauke Nuha!«

Frau Nagai schüttelt lachend den Kopf.

»Antworten Sie mir bitte!«

»*Hai*, natürlich kenne ich sie. Wir sind so gut wie verwandt: Yukiko, Waremus Frau, ist meine Nichte.«

»Dann kam die Nachricht von ihnen? Ja, natürlich … ich habe mich nicht geirrt! … Wollte Horu, dass ich Ihnen begegne?«

»Wer weiß. Vielleicht hat er geglaubt, ich könne dir helfen. Du wirst sehen, am Ende hat meine Geschichte überraschende Parallelen zu deiner. Aber ich habe schon zu viel geredet, es ist dunkel geworden, und wir haben noch nicht zu Abend gegessen. Jetzt, da wir uns einander endlich vorgestellt haben, sollten wir uns ein bisschen den Bauch vollschlagen.«

Die Sonne ist untergegangen, ohne dass ich es gemerkt habe. Wir brechen unseren Spaziergang ab und kehren zum Haus zurück. Ich grille Fisch und verschlinge ihn, ohne ihn überhaupt zu schmecken, begleitet von Frau Nagais Gelächter, die es wie immer sehr gemächlich angehen lässt. Sie erzählt erst weiter, nachdem sie ihr Gläschen Sake intus hat und gemütlich auf der Holzveranda sitzt.

»Also, wo war ich stehengeblieben? Ach ja. Die *letzte Erinnerung*. Von meinem Abflug bis zu meiner Landung auf der Insel verdunkelte ein undurchdringlicher Schattenkegel mein Gedächtnis.«

Ich nicke.

»Aber Sammington war fest entschlossen, meinem Geheimnis auf den Grund zu gehen. Da er mich nicht mehr als Patientin betreuen konnte, bat er mich, seine Assistentin zu werden, und ich willigte sofort ein. Anfangs war er überzeugt, dass ich das Erlebnis dieses Fluges so genau wie möglich noch einmal durchmachen müsse. Ich sollte ihn auf die Insel begleiten, zum Absturzort. Es wunderte ihn, dass ich so weit von der vorgegebenen Route abgekommen war. Er untersuchte das Flugzeug, um sicherzugehen, dass mich kein Geschoss getroffen hatte. Er ließ es reparieren. Er ließ mich den Flug wiederholen. Aber ich erinnerte mich an nichts. Also legten wir meinen Fall beiseite und reisten durch Japan, auf den Spuren ähnlicher Geschichten, die allesamt durch Kriegstraumata hervorgerufen worden waren. Nach sieben Jahren Forschung kam Doktor Sammington schließlich der Wahrheit näher. Selbst in den toten Winkel meiner Erinnerung brachte er Licht. Und so konnte er, ausgehend von meinem Fall, seine Theorie aufstellen. Er nannte sie ›Theorie des *mnemonischen Symbols*‹.«

Ich hänge an Frau Nagais Lippen. Aber sie hört auf zu reden und schließt die Augen. Nach einer Weile fängt sie an, hörbar zu schnarchen.

»Bitte, Mrs. Nagai!« Ich schüttle sie sanft. »Erzählen Sie mir von Doktor Sammingtons Theorie!«

»Hä? Ach ja! Kurz gesagt, wenn ein Trauma so heftig ist, dass es das Gedächtnis auslöscht, kann man unmöglich die Erinnerung an den auslösenden Schock, die *letzte Erinnerung*, wiedergewinnen. Um sich zu schützen, verweigert unser Gedächtnis uns den Zugang, es schließt sie wortwörtlich weg. Doch oft gibt es einen Schlüssel, um ihr auf die Spur zu kommen. Und den nannte Sammington das ›*mnemonische Symbol*‹.«

Sie lächelt feierlich.

»Jetzt fragst du dich bestimmt, was das genau sein soll, dieses *Symbol*.«

Ich nicke.

»Das ist nicht ganz leicht zu verstehen. Unser Gedächtnis speichert Gedanken und Fakten, die uns die Sinne übermitteln. Die Augen registrieren Bilder, die Ohren Geräusche, die Nase Gerüche. Aber wir häufen dabei nicht, gleich einem Fotoalbum, einen Stapel chronologisch geordneter Wahrnehmungen auf. Etwas Unerklärliches durchdringt unsere Erinnerungen in dem Moment ihres Entstehens. Etwas, das aus unserem innersten *Ich* stammt, über das wir keine Kontrolle haben und mit dem wir meistens noch nicht einmal in Kontakt stehen. Stell dir vor: Jetzt gerade lebt dein Körper, ohne dich überhaupt zu brauchen, dein Herz schlägt, die toten Zellen werden ersetzt, und du musst dich um nichts kümmern. In uns existiert ein geheimer, ungehörter Teil, mit dem wir jedoch zuweilen über unvorhersehbare und verschlungene Pfade in Verbindung treten können. Die Kunst, die Liebe, die Träume, der Schmerz, die Reise, das Gebet sind einige dieser Wege. Von dort stammt die geheimnisvolle Rohmasse, aus der die Erinnerungen sind. Jetzt zurück zu uns. Diese unsagbare Materie verknüpft sich auch mit der letzten Erinnerung. Doch die Heftigkeit des Traumas sorgt dafür, dass dieses *Etwas* sich sogar in einem physischen Gegenstand materialisiert, um nicht fortgewischt zu werden, und dieser Gegenstand wird zum einzig möglichen Schlüssel, der uns erlaubt, die Tür der Erinnerung gänzlich zu öffnen. Der Geist wartet nur auf diesen Funken, auf die Aktivierung dessen, was sich unerklärlicherweise mit dem Rätsel der Amnesie verbunden und im *mnemonischen Symbol* vergegenständlicht hat.«

Sie sieht mich abwartend an.

»Es tut mir leid, ich glaube, das habe ich nicht verstanden.«

»So abstrakt gesehen, ist es sehr kompliziert. Aber es wird einfacher, wenn man es selbst erlebt. Ich will dir erzählen, wie ich meine letzte Erinnerung wiederfand.«

***

*Auf dem Flug von Okinawa nach Mishima*
*9. August 1945*
*10:30 Uhr*

*Soldat Nagai! Im Namen des Kaisers sind Sie aus dem Militärdienst entlassen. Bringen Sie Ihr Flugzeug zur Basis von Mishima und kehren Sie zu Ihrer Familie zurück. Treten Sie das Erbe Ihres heldenhaften Bruders an, der ehrenvoll für den Tenno Heika Hirohito gestorben ist!*

Noch heute habe ich die Worte des Admirals Onishi genau im Ohr, durchdrungen vom Dröhnen der Motoren. Ich umklammere den Steuerknüppel und zwinge mich, die Flugroute trotz des Tränenschleiers nicht aus den Augen zu lassen.

Es heißt, der Krieg sei vorbei, wir ergäben uns dem Feind. Keiner spricht darüber, aber ich weiß, dass vor drei Tagen in Hiroshima etwas derart Entsetzliches geschehen ist, dass der ganze Konflikt sich mit einem Schlag erledigt hat.

*Was ist aus dir geworden, mein Bruder? War dein Opfer genauso sinnlos wie das meines geliebten Haruki?*

*Du warst noch so jung … es ist alles meine Schuld …*

Die Tränen machen mich blind, ich sehe nichts mehr.

*Hör auf zu heulen, du steuerst ein Flugzeug!*

Aber es ist mir gleich, sollen sie mich doch abschießen! Ich muss die ganze Zeit an meinen Bruder denken, an meinen Mann, ich kann nicht aufhören zu weinen. Das Schuldgefühl nagt in mir, und so schnell ich auch fliege, es lässt sich nicht abschütteln.

Ein Sonnenstrahl bricht durch die Wolkendecke und bringt die A6M zum Funkeln.

Ein irres Hochgefühl packt mich.

Was hat das zu bedeuten?

Ich will es unterdrücken, aber es gelingt mir nicht. Obwohl ich mich schäme, ist es stärker als ich.

Der Wind streichelt meine Haut, zart wie die Berührung eines Geliebten.

Während das Flugzeug durch die Wolken taumelt, stecke ich eine Hand in die Tasche und hole unsere Zeichnung hervor.

***

»Am 18. Februar 1953 kommt Doktor Sammington die entscheidende Eingebung. Ich weiß noch, dass wir in einem Kyotoer Hotel abgestiegen waren. Er platzte in mein Zimmer, aufgeregt wie ein Kind, und fing an, mich mit Fragen zu bestürmen, vor allem wollte er die intimsten Details eines Themas ausloten, das bis dahin tabu gewesen war: mein Mann Haruki.«

»Ihr Mann? Sie waren verheiratet?«

»Ja. Da gibt es eine wichtige Sache, von der ich dir noch nicht erzählt habe, Demian-*kun*: der Grund, weshalb ich zu den Kamikaze gegangen bin. 1940 hatte ich geheiratet. Gleich danach brach der Krieg aus, der mich viel zu früh von meinem Mann trennte. Im März 1945 erhielt ich die schreckliche Nachricht: Die hinterhältige Militärpropaganda hatte meinen Mann überzeugt, oder besser, *gezwungen*, Kamikaze zu werden. Meine verzweifelten Appelle blieben ungehört: Er konnte nicht zurück. Am 5. April erhielt ich seinen letzten Anruf: ›Morgen werde ich an der Operation Kikusui teilnehmen‹, sagte er mir. ›Mittags werde ich sterben. Wenn es zwölf Uhr schlägt, bitte ich dich, mit mir zusammen die *Kraniche auf den schneebedeckten Pinien* anzuschauen. Ich werde sie bis zum letzten Moment vor mir auf den Knien liegen haben. Wirst du das mit mir zusammen tun?‹ Natürlich werde ich das, antwortete ich und brach in Tränen aus, obwohl ich mir immer wieder gesagt hatte, ich würde stark bleiben. Die *Kraniche auf den schneebedeckten Pinien* ist ein Bild des großen Hokusai. Während unserer Flitterwochen in Hokkaido kaufte Haruki mir eine Reproduktion. Den Grund dafür erfuhr ich erst Wochen später, kurz vor seinem Aufbruch in den Krieg: Ein Kranich stand für mich und einer für ihn. ›Dieses Kranichpaar im Abflug sind wir beide‹, sagte er. ›Schau dieses Bild jeden Abend vor dem Einschlafen an, ich werde das Gleiche tun. Dann wirst du mir näher sein.‹ Tags darauf zur Mittagszeit kniete ich mich vor das Bild, meine brennenden Augen verloren sich in den Strichen und Farben dieses Fluges, für immer im Tod gebannt. Am selben Tag beschloss ich, selbst Kamikaze zu werden. Leider entschied mein kleiner Bruder Takumi, mir zu folgen, und niemand konnte ihn davon abhalten. Ich selbst unternahm nicht genug, um sein Opfer zu verhindern, und würde mir das niemals verzeihen. Er war erst vierzehn. Über all das, über meine Beziehung zu Haruki und unsere dramatische Geschichte, hatte ich nie zuvor mit Doktor Sammington gesprochen. Irgendeine besondere, unerklärliche Verbindung zwischen uns hatte es stets verboten, direkt über meinen Mann zu sprechen.«

Frau Nagai lächelt verträumt.

»Vielleicht ahnst du es schon, in jenen Jahren verliebte ich mich in Doktor Sammington. Ich habe nie erfahren, ob er meine Gefühle erwiderte. Er hatte eine Familie in Amerika, und ich war eine dem Andenken an Haruki verpflichtete Kriegswitwe. Niemals hätte ich es für möglich gehalten, dass ich meinen Mann vergessen könnte, und stattdessen … Aber kehren wir zu jenem Morgen in Kyoto zurück. Sammingtons Eingebung ließ ihn jedes Zögern überwinden. Mit rotem Gesicht fragte er mich, ob ich Haruki wirklich geliebt hatte oder ob es eine Zweckehe gewesen war. Aufrichtig erzählte ich ihm von meiner tiefen Zuneigung und wie sehr mich sein Tod getroffen hatte. ›Wir haben nie darüber gesprochen‹, fuhr Sammington fort, ›aber ich weiß, dass am Abend vor dem Selbstmordkommando zwischen einem Kamikaze und seiner Familie ein Anruf stattfindet. Und jetzt möchte ich, dass Sie mir jede Einzelheit dieses Telefonats schildern.‹ Das tat ich. Als ich Hokusais Bild erwähnte, fuhr Sammington auf seinem Stuhl hoch. Ohne ein Wort der Erklärung nahm er mich bei der Hand und zerrte mich durch sämtliche *Ukiyoe*-Läden Kyotos, bis wir eine Reproduktion dieses Bildes fanden. Er hielt es mir vors Gesicht. ›Ja, genau das ist es‹, sagte ich verständnislos. ›Konzentrieren Sie sich‹, sagte er. ›Dieses Bild kann eine große Bedeutung für Sie haben, größer, als Sie ahnen. Sie könnten ihm *den Schlüssel zu Ihrer letzten Erinnerung* anvertraut haben.‹ Ich wollte dieser absurden Idee etwas entgegensetzen, doch ich war nicht schnell genug. Sofort begriff ich. Und mir war klar, dass Sammington endlich gefunden hatte, was wir seit Jahren so verzweifelt suchten. Mein Blick verlor sich in den Linien und Farben der Kraniche und im Kobaltblau ihrer ausgebreiteten Flügel. Und da erinnerte ich mich.«

***

*Auf dem Flug zwischen Okinawa und Mishima*
*9. August 1945*
*11:02 Uhr*

Ich fliege, getrieben von einer egoistischen, primitiven Freude, die ich nicht mehr kontrollieren kann.

*Der Krieg ist vorbei, ich lebe!*

Wie Inseln in einem Meer aus Licht jagen die Wolken unter und über mir dahin. Und während ich in all dem Blau meine Pirouetten drehe, falte ich auf den Knien unser Bild auseinander. Ich habe es immer bei mir getragen.

*Die Kraniche auf den schneebedeckten Pinien.*

*Erinnerst du dich, mein Liebster? Diese Kraniche waren wir beide. Wie oft habe ich geträumt, eines Tages würden wir uns auch in die Luft erheben, gemeinsam …*

Am Horizont taucht die Silhouette meiner geliebten Stadt auf.

Dort unten sind mein Vater, meine Mutter, die wenigen Überlebenden meiner Familie. Ich weiß, es geht ihnen gut, ich habe vor zwei Tagen mit ihnen gesprochen, am Abend vor meinem Selbstmordkommando.

Dann verliert sich mein Blick wieder in den Farben und Linien von Hokusais Zeichnung. Es ist, als wären seine Formen lebendig geworden. Die Pinienwipfel wiegen sich im Wind, der Schnee rieselt herab. Schlagend breiten die Kraniche ihre Flügel aus, ein Schauder, der das Leben mit dem Tod in Berührung bringt.

Was ich jetzt sehe, ist *dein* Flug.

Unter mir ziehen die Wälder der Halbinsel von Kabashima dahin, die Krümmungen der Omura-Bucht.

*Unser geliebtes Zuhause! Schau, wie schön es ist, Haruki!*

Meine Augen verlieren sich im tiefen Blau, das Hokusai für die Kranichflügel verwendete. Alles passiert genau in diesem Moment.

Die Lichtblase bläht sich, riesig wie ein Berg, und verschlingt die Materie.

Inflation und Deflagration. Ein Atemzug, der im Bruchteil einer Sekunde alles von der Erdoberfläche fortbläst, was mir noch lieb war.

Das Licht lässt mich erblinden, der Knall löscht mich aus.

*Kamikaze* bedeutet *göttlicher Wind*, aber wäre Gottes Atem wirklich im Wind zu hören, dann nicht als Zischen eines belanglosen Kriegsflugzeuges.

Nein, er wäre die Wellenfront einer Atomexplosion.

Ich weiß nichts mehr. Der Energieschub bringt mich von einem Kurs ab und schiebt die Schnauze meines Flugzeuges Richtung Süden. Ich fliege weiter, aber ich bin die leere Schale einer Muschel. Krampfhaft umklammere ich den Steuerknüppel und trudele haltlos durch die Luft, bis der Treibstoff alle ist und ich auf das Blau zustürze.

***

Der Abwurf von *Fat Man* über Nagasaki verursachte einen achtzehntausend Meter hohen Atompilz. Der Kern des Feuerballs hatte eine Temperatur von einer halben Million Grad, und die Druckwelle dehnte sich mit einer Geschwindigkeit von hundert Metern pro Sekunde aus.

»Wie oft habe ich nach dem Krieg diese Daten gehört, die in meinen Ohren so leer und sinnlos klangen! Ist das nicht unglaublich? Sammington hatte mir Dutzende Fotos des Atompilzes gezeigt, aber um mich an die Explosion zu erinnern, die meine Stadt, meine Familie und meine Seele ausgelöscht hatte, musste ich ein Bild wiedersehen! Das war der Schlüssel, um zum Kern der Amnesie vorzudringen. Einen anderen Weg gab es nicht. Verstehst du jetzt? Dieses Bild war für mich das, was Sammington später in seiner Theorie *mnemonisches Symbol* nennen sollte.«

Frau Nagai verschränkt die Arme vor der Brust und schließt die Augen. Sie ist erschöpft. Ein tiefes Mitleid schnürt mir die Brust zusammen.

»Was ist aus Doktor Sammington geworden? Was ist passiert, nachdem er 1974 wieder nach Japan kam und Ihnen das Tagebuch schenkte?«

»Wir verbrachten einige Tage zusammen. Dann verabschiedeten wir uns innig, aber zurückhaltend. Ich sah und hörte ihn nie wieder. Zehn Jahre später, am 20. August 1984, erhielt ich ein Telegramm mit der Nachricht seines Todes. Plötzlich begriff ich, dass ich nur aus einem einzigen Grund all die Jahre über in Tokio geblieben war: Ich hatte gehofft, er würde eines Tages zu mir kommen. Doch jetzt war es damit vorbei. Also beschloss ich, auf diese Insel zurückzukehren. Seitdem habe ich immer hier gelebt, mit meinem Flugzeug und Doktor Sammingtons Büchern.«

Eine tiefe, nur vom nächtlichen Atem des Meeres erfüllte Stille tut sich zwischen uns auf.

Das *mnemonische Symbol*.

Reglos und von ihrer Erzählung aufgewühlt, sitze ich da. Das Mitleid, das ich für diese Frau habe, ist dem für mich selbst empfundenen sehr ähnlich. Ich gebe mir einen Ruck und stelle ihr die Frage, auf die wir beide warten.

»Und Sie glauben, für mich … gibt es auch etwas in der Art?«

»Ja. Unsere Geschichten ähneln sich. Wieso sollten sie nicht die gleiche Lösung haben?«

Zweifelnd schüttle ich den Kopf.

»Das ist meine letzte Erinnerung: meine Frau und ich auf dem Segelboot im offenen Ozean. Auf der Suche nach *Poy'Atewa*, einer geheimnisvollen Insel, die es vielleicht gar nicht gibt.

Woher soll ich wissen, woran ich in dem Moment, als ich das Gedächtnis verlor, gedacht habe?«

»Das kannst du eben nicht wissen. Vorher musst du den Gegenstand finden, das *Symbol*. Das wird dich leiten.«

*Etwas, dem ich den Schlüssel zu meiner letzten Erinnerung anvertraut habe.*

»Vielleicht … das Dylan-Thomas-Buch?« Ich zeige auf meinen Rucksack. »Es hat beim Wiederfinden meiner Erinnerungen eine wichtige Rolle gespielt. Aber ich habe keine Ahnung, in welcher Verbindung es mit den Augenblicken vor der Amnesie stehen könnte.«

»Hab keine Eile. Erzähl mir von diesem Buch.«

»Meine Frau schenkte es mir nach ein paar Tagen Ferien in Wales. Bei unserem Schiffbruch ist es ins Wasser gefallen und wurde fast zerstört. Nach einem Sturm fand ich es auf Horus Insel wieder. Das einzige Gedicht, das der Ozean verschont hatte, ist der *Prolog*. Beim Lesen kehrten meine vollen geistigen Fähigkeiten zurück, die Erinnerung an meine Sprache und der Teil des Gedächtnisses, den man *unpersönlich* nennen könnte. Einige Elemente des Gedichts führten mich nach Wales. Dort kehrten nach und nach meine Erinnerungen wieder. *Fast alle* meine Erinnerungen. Ich stieg auf den alten Leuchtturm oberhalb eines sanduhrförmigen Strandes. Es heißt, auf diesem Leuchtturm habe Dylan Thomas vor mehr als sechzig Jahren einige seiner größten Gedichte verfasst. Ich war schon einmal dort gewesen, ein Jahr zuvor, mit meiner Frau, aber daran erinnerte ich mich noch nicht. Dort oben fand ich das letzte intakte Exemplar des gleichen Buches. Da überrollte mich die Welle der Erinnerungen und flutete mein Gehirn. Mir fiel mein Name ein, der Name meiner Frau, unsere Geschichte, unsere Wohnung, alles, nur nicht das, was direkt mit der Amnesie zusammenhing.«

»Was war dort oben auf dem Leuchtturm passiert?«

»Nichts. Ich nahm das Buch, öffnete es willkürlich irgendwo

und fing an, ein Gedicht zu lesen. Ich weiß nicht einmal mehr, welches. Dann durchzuckte mich ein Blitz, und sofort waren die Erinnerungen wieder da.«

»Willkürlich irgendwo, sagst du?« Frau Nagai schüttelt den Kopf. »Versuch dich zu konzentrieren. Der Moment, in dem du dein Gedächtnis verloren, und der, in dem du es wiedererlangt hast, sind mit etwas verbunden. Mit etwas *Bestimmtem.* Es muss dir nur bewusst werden. Laut Sammington ist das Symbol niemals undefiniert oder abstrakt, es hat immer eine bestimmte Bedeutung. Da muss zwangsläufig etwas sein, was du gesehen, gehört, getan oder gedacht hast, ehe du dein Gedächtnis verloren hast. Und dieses Etwas ist nun eindeutig mit diesem Buch verknüpft.«

»Aber… ich habe ganz zufällig ein Gedicht aufgeschlagen. Ich habe das Buch aufgeschlagen und… oder nein…«

Ich zucke zusammen.

»Nein! Jetzt, wo ich drüber nachdenke, nein! Ich hab's nicht willkürlich aufgeschlagen! Ich habe es wie in Trance durchgeblättert, bis Seite 27. Und da stand… liegen bei Seesand… Aber klar!«, rufe ich und springe auf. »*Wir liegen bei Seesand!* Ich hab dieses Gedicht gelesen, vom Buch aufgesehen… dann hatte ich eine Vision: Da war ein rosafarbener Strand… da war Karin… Ja! Das war erst, nachdem die Erinnerungen zurückgekehrt waren, eine Welle, die alles andere fortgespült hat!«

Frau Nagai lächelt zufrieden.

»Also ein Gedicht. Und wieso hast du ausgerechnet diesem Gedicht deine letzte Erinnerung anvertraut?«

Sie wartet meine Antwort nicht ab: Sie steht auf und geht davon.

*Wir liegen bei Seesand…*

Ich durchwühle mein Hirn und versuche, mir die Verse ins Gedächtnis zu rufen.

*Wir liegen bei Seesand…*

Aus der Dunkelheit meines Verstandes steigt eine flüssige

blaue Landschaft auf. Die letzten Augenblicke, die sich noch hinter der Amnesie verbergen, nehmen allmählich vor meinen Augen Formen an.

Die Welt um mich herum verschwindet und
– zum letzten Mal –
*erinnere ich mich.*

# 75
# Der geheime Strand

*Auf einem Segelboot, inmitten des Pazifiks*
*9. April 2009*
*– nur noch wenige Stunden bis zur Amnesie –*

Das Segel knattert im Wind. Du stehst auf dem Oberdeck, kontrollierst nervös die unter Hochspannung stehenden Leinen. Nie sind wir schneller gefahren, und jedes Ächzen des Baumes, jedes Knarren der Schoten ist für dich ein Alarmsignal.

Ich umklammere das Ruder. Ich weiß, dass du sauer wirst, wenn ich dich so anstarre, aber in diesem feuerroten Bikini, den du heute Morgen angezogen hast, siehst du unglaublich sexy aus. Egal, was du machst.

»Was glotzt du denn so?«, fauchst du. »Kontrollier lieber den Kurs!«

»Okay, entschuldige!«

Ich lenke den Blick auf die endlose blaue Weite, die uns umgibt. Es ist ein herrlicher Tag: hervorragende Sicht, perfekter Wind. Es scheint fast, als würden wir fliegen und die Wasserdecke, die unter uns dahinschießt, kaum berühren. Alles ist in azurblaues Licht getaucht, Luft und Wasser spiegeln sich gegenseitig.

»Auf dem offenen Ozean zu segeln, ist doch was ganz anderes!«, rufe ich dir zu. »Findest du nicht?«

Du antwortest nicht oder tust so, als würdest du mich nicht hören.

*Klar. Etwas ganz anderes. Herrlich, und zugleich auch sehr beunruhigend.*

Meine Sinne sind in Alarmbereitschaft. Ich bin angespannt, und du hast es längst gespürt. In manchen Dingen bist du ein echter Spürhund.

Aber letztlich ist es besser, sich zu entspannen und diese Augenblicke zu genießen. Von Inseln, ob geheim oder nicht, ist keine Spur zu sehen, und in ein paar Stunden kehren wir um nach Kanku-Shi, zurück in seine friedlichen, sicheren Lagunen.

Und weil du sowieso schon ziemlich nervös bist, verschweige ich auch, dass wir seit rund zehn Minuten offiziell den Kurs verloren haben. Ich schlucke trocken. Vielleicht ist *verloren* ein bisschen zu hoch gegriffen. Sagen wir, ich folge dem Kurs nicht mehr, den ich anhand der Beschreibungen der Eingeborenen errechnet hatte. Wie nebenbei schiele ich ständig auf die Karte und die Navigationsinstrumente. Da ist mir so einiges nicht klar.

»Okay, ich gebe auf!«, versuche ich das Pfeifen des Windes zu übertönen. »Wir kehren um!«

»Echt?«

Mit einem katzenhaften Sprung fällst du mir um den Hals und legst dein Kinn auf meine Schulter.

»Aber klar, was soll's«, flüsterst du mir ins Ohr und tröstest mich wie ein Kind, das eine schlechte Note bekommen hat. »Du wusstest es schon, oder? *Poy'Atewa* gibt es nicht. Die Pazifikbewohner lachen sich hinter unserem Rücken tot. Sie wickeln uns mit ihren Legenden ein, und die dämlichen Touristen und Träumer fallen reihenweise drauf rein.«

»Ach ja? Und was sind wir beide?«

»Ich bin eine Träumerin. Und du natürlich ein Tourist!«

»Ha, ha, sehr freundlich.«

Wir kehren Richtung Kanku-Shi zurück. Oder zumindest hoffe ich das. Langsam mache ich mir Sorgen, ich könnte die dünnen Landstreifen des Archipels verfehlen. Je weiter wir segeln, desto kleiner werden die Gewissheiten, und die Anspannung wächst. Die Vorstellung, auch nur eine Nacht auf dem offenen Ozean zu verbringen, beunruhigt mich. Die Aussicht, es dir sagen zu müssen, versetzt mich in Panik. *So ein verdammter Mist!*, schreie ich innerlich. *Und alles, weil wir einem blöden Märchen aufgesessen sind!*

Vielleicht passiert es, weil wir uns verfahren haben.

Ja. Das ist sie. Ich weiß es sofort.

*Poy'Atewa* taucht vor uns auf.

Ich drehe mich zu dir um. Du traust deinen Augen nicht.

*Der geheime Strand … siehst du, es gibt ihn wirklich!*, will ich dir sagen, aber ich kann nicht mehr sprechen.

Während die Insel näherkommt, habe ich das Gefühl, mit offenen Augen zu träumen. Ein uralter Traum, von Menschen geträumt, die es nicht mehr gibt, ein vorgeburtlicher, sofort vergessener Traum.

Alles schmiegt sich an die Rundung der Welt: die fransigen Wolken, der Horizont, der Raum und die Zeit. Da sind nur das blendende Licht und die Farbflecken. Farben, die sämtliche Sinne betäuben.

Das Rosa des Sandes. Das Blau des Himmels, das im Türkis des Meeres zerfließt. Die weiß strahlenden, kreisförmig angeordneten Felsen, ausgehöhlt vom Wind und in zauberhafte Bögen verwandelt. Überall flirren schillernde Punkte, zwischen sandbeperlten Wimpern gebrochenes Sonnenlicht.

»Sie ist wunderschön …«

Deine Stimme hat einen eigentümlichen Nachhall, der sich vervielfacht und vergeht. Die Dämonen, die uns folgten, fliehen in einem wilden Tanz, vergrault von all der Schönheit.

Wir strecken uns auf dem rosa Sand aus, der in unendlich vielen Nuancen schimmert. Eine wohlige Wärme durchdringt meinen Körper.

Ich drehe mich auf die Seite und sehe dich an. Ausgestreckt

im Sand, neben mir. Du bist die freudestrahlende Quelle all dieses Lichts. Der Grund, weshalb ich hier bin, in diesem Augenblick, weshalb ich solch ein reines, kindliches, unbändiges Glück empfinde.

Du hast die Arme entspannt längs ausgestreckt, deine langen Beine leicht angewinkelt, dein strahlendes Gesicht dem Himmel zugewandt, mit geschlossenen, im Sonnenlicht flatternden Lidern. Ich würde dich zu gerne berühren, aber du bist von einem wunderbaren Zauber umgeben, den ich nicht zerstören will.

Du rollst dich auf die Seite und blinzelst.

»All das hier … erinnert dich das nicht an diesen seltsamen Strand in Wales?«, fragst du mich lächelnd. »Dieser Strand mit der komischen Sanduhrform.«

»Klar doch, der Strand von Dylan Thomas«, antworte ich.

»Ach, genau!«, rufst du und schlägst dir die Hand vor die Stirn. »Was hast du mich genervt, weil du unbedingt dahin wolltest. Weißt du was? Dieser hier ist tausendmal schöner!« Du lachst glücklich. »Und natürlich war es meine Idee. Was für ein Glück, dass du mich hast und ich dich an Orte bringe, die es wirklich wert sind!«

»Wie bitte?!«, rufe ich ungläubig. »Wie kannst du es wagen, dich damit zu brüsten?«

Du hältst dir den Bauch vor Lachen.

»Aber du hast recht mit Wales. Den Strand zu finden, war genauso mühsam. Da haben auch alle ganz geheimnisvoll getan und wollten mit nichts rausrücken. Wer weiß, warum!«

»Und dann haben wir ihn auch zufällig gefunden!«

Du drehst dich wieder der Sonne zu.

»*Es lohnt sich, ausschließlich zu geheimen Orten zu reisen*«, flüstere ich dem Himmel zu.

»Tja, inzwischen sind wir wahre Entdecker!«, rufst du ausgelassen. »Entdecker sagenumwobener, verbotener Orte! Wir könnten zur Archäologie wechseln, oder?«

»Da kommst du ein bisschen spät…«

»Wie meinst du das?«

»Nenn mich doch Jones, Schatz. Indiana Jones.«

»Ach, hör auf! Immer musst du dich lustig machen.«

Du trittst nach mir.

»Aua!«

Ich versetze dir einen schallenden Klaps auf den Hintern.

»Was erlaubst du dir!«

»Und ob ich mir was erlaube.«

Ich stürze mich auf dich, und nach einem kurzen Kampf, bei dem wir kaum Luft kriegen vor Lachen, berühren sich unsere Lippen endlich und lassen einander nicht mehr los. Dein Körper ist ein rosafarbener Schatten, überhaucht vom flüchtigen, roten Aufblitzen deines Bikinis, den du bald nicht mehr anhast.

Wir lieben uns eine Endlosigkeit lang. Die Lust, die ich empfinde und die ich in dir spüre, ist fast unerträglich ekstatisch.

Vielleicht wissen unsere Körper bereits, dass dies das letzte Mal sein wird.

Unsere fließenden, keuchenden Körper auf dem Sand.

»Die Sonne geht unter«, hauchst du mir ins Ohr und zeigst auf den Horizont. »Schau, wie schnell sie sinkt.«

»Ja. Bald ist es dunkel, und wir sind noch immer hier. Ich habe mein Versprechen nicht gehalten. Es tut mir leid.«

»Aber warum denn? Das heißt, wir schlafen heute Nacht hier.«

»Hast du keine Angst?«

»Ich habe keine Angst. Und jetzt sag nichts mehr und schau zu. Es wird ein wunderbarer Sonnenuntergang.«

Die Sonne stürzt in den Ozean und zerrinnt wie ein Blutstropfen. Der Tropfen breitet sich aus, ein paar Wimpernschläge, und schon hat er sich in einen rosa Fluss verwandelt, der bis zu uns reicht. Die Grenzen des Flusses zerfließen, das Rot verblasst zu einem dunklen, schimmernden Rosa, bis am bleifarbenen, von lila Schlieren durchzogenen Himmel nichts mehr von der Sonne übrig ist. Das Wasser hat alle Farben des Sonnenuntergangs aufgesaugt und hält sie unter seinem reglosen ultravioletten Spiegel versteckt.

Ich drehe mich zu dir um und sehe Tränen der Ergriffenheit in deinen Augen.

»Nie hätte ich geglaubt, dass es so viel Schönheit auf der Welt geben kann«, flüsterst du und legst deine Stirn an meinen Hals.

Lieben ist niemals leichter gewesen. Meine Seele malt mir diese Augenblicke unauslöschlich ins Gedächtnis. Auf einmal kommen all die schönsten Momente unserer Geschichte wieder, alle zusammen, als sprudelten sie aus dieser paradiesischen Vision hervor. Sie überwältigen mich.

*Wie viele wunderbare Dinge wir zusammen erlebt haben.*

Wird all das eines Tages für immer verloren sein? Kann Gott all diese Liebe aus der Weltgeschichte tilgen wollen?

Unsere Schatten sind inzwischen so lang, dass sie mit dem Horizont verschmelzen.

»Gehen wir aufs Boot zurück?«, fragst du.

»Warte. Eine Sache will ich noch machen.«

Ich hole das Buch von Dylan Thomas heraus.

»Hast du das etwa bis hierher mitgeschleppt? Es mag ja ein Geschenk von mir sein, aber …«

»Psst! Still.«

Langsam blättere ich durch die Seiten und lausche dem Rascheln des Papiers. Ein derart irreales Geräusch, Tausende Meilen von dieser urtümlichen Welt entfernt und dennoch Teil ihres Ursprunges, wie das Rauschen von Sand und Wasser.

»Was wird das? Eines der makaberen Gedichte deines Freundes Dylan Thomas?«

»Jetzt nerv nicht, hör zu.«

»Aye-aye, Kapitän.«

Ich blättere noch einmal um und schlage Seite 27 auf. Ich lege das Buch auf die Knie und fange an zu lesen.

*Wir liegen bei Seesand, schauen Gelb*
*Und die ernste See, verhöhnen die Spötter,*
*Die den roten Strömen folgen, wölben*
*Nische der Worte aus Zikadenschatten,*
*Denn im gelben Grab von Sand und See*
*Ruft nach Farbe ein Ruf mit dem Wind*
*Der ernst ist und froh wie Grab und See*
*Schlafend rechter und linker Hand.*
*Die Mondenstille, die stille Flut*
*Die leckt die stillen Kanäle, der trockne Gezeiten-Meister,*
*Gerippt zwischen Wüste und Wassersturm,*
*Sollt unsre Übel vom Wasser heilen*
*Mit einfarbiger Flaute;*
*Die Himmelsmusik über dem Sand*
*Klingt mit den Körnern, die eilen,*
*Verbergen die goldenen Hügel und Häuser*
*Des ernsten, frohen Küstenlandes.*
*Fest in einem Hoheitsstreifen liegen wir,*
*Schauen Gelb, wünschen der Wind bliese hinweg*
*Die Schichten der Küste und ertränke den roten Fels;*
*Doch Wünschen gebiert nicht, noch*
*Können wir wehren der Ankunft des Felsens,*
*Liegen, Gelb schauend, bis das goldene Wetter*
*Umschlägt, o Blut meines Herzens, wie Herz und Berg bricht.*

Als ich aufhöre, durchdringt Trommeln die Luft. Schließlich geht mir auf, dass es dein Herzschlag ist. Wie kann es sein, dass ich ihn so laut höre? Das muss eine der Halluzinationen sein, von denen die Eingeborenen erzählt haben, die Macht der *Poy'Atewa*. Du merkst nichts.

Ich stecke das Buch in seine zwei Plastiktüten zurück und

verschnüre sie sorgfältig. Eine Vorsichtsmaßnahme, falls das Gepäck im Wasser landen sollte.

»Für einen *poète maudit* bist du ganz schön pingelig!«

»Jaja, mach dich nur lustig. Ich will dich mal hören, wenn's nass wird!« Ich äffe deine jammernde, kieksende Stimme nach, du hasst es, wenn ich das tue: »Mein Geschenk, mein Geschenk! Du hast es kaputtgemacht! Sind dir meine Geschenke so egal?«

Wir beide wissen noch nicht, dass diese letzte Geste, diese beiden weißen, eng um das Buch gebundenen Plastiktüten mir das Leben retten werden.

Wir kennen die Zukunft nicht, alles ist Leuchten und Schönheit. Das Leben scheint aus unerhofften Geschenken zu bestehen, die man erhält, wenn man sie am dringendsten braucht.

Ich fahre mir mit der Zunge über die Lippen und schmecke den süßen Geschmack des Salzes, denke an nichts.

Das Einzige, was ich mir in diesem Moment wünsche, ist, die Zeit anzuhalten. Hierbleiben zu können, mit dir, bis an der Welt Ende.

*Bis an der Welt Ende.*

Jacques hatte recht. Jetzt, da ich kurz davor bin, der Wahrheit ins Gesicht zu blicken, fehlt mir der Mut. Ein letztes Mal gebe ich mir einen Ruck. Ich werde das durchleben, was uns getrennt hat. Ich werde das Ende des Anfangs durchmachen.

Es fehlt nur noch ein Augenblick.

Es kommt auf uns zu. Etwas Schreckliches, Finsteres holt uns ein. Gleich ist es bei uns, fegt uns hinweg.

Bald werde ich mich an nichts mehr erinnern.

# 76
# Der Strand der Erinnerungen

Ich gehe einen endlosen Strand entlang.

Der Schattenkegel, der mein Gedächtnis verdunkelte, hat sich spurlos aufgelöst.

*Jetzt erinnere ich mich an alles.*

Mein Blick schweift ins Grenzenlose. Die Amnesie mit ihrem lauen Vergessen schützt mich nicht mehr. Ich habe nichts mehr, woran ich mich klammern kann.

Ich bin allein vor der Wahrheit.

*Jetzt weiß ich, was dir passiert ist.*

Ein Stück weiter vorn läuft Frau Nagai mit über die Waden gekrempelten Hosen durch meine Erinnerungen, die Hände hinter dem Rücken gefaltet, der Rücken gebeugt. Ihre Füße plantschen durch die schwarzen schäumenden Wellen. Neben ihr liegt mein *Wa'hay* auf dem Sand.

»Nein, du wirst nicht verrückt, Demian-*kun*«, ruft sie über das Meeresrauschen hinweg. »Auch wenn es nichts gibt, was du dir gerade mehr wünschst. Ich verstehe dich, ich habe das Gleiche durchgemacht. Und so hat Doktor Sammingtons Theorie ein weiteres Leben gerettet«, fügt sie hinzu. »Oder vielleicht hat sie es für immer verdammt. Das Vergessen kann ein wertvoller Schutz sein. Aber du wusstest schon, worauf du dich gefasst machen musstest, stimmt's, mein Junge?«

Sie streichelt mir über die Wange. Meine Augen blicken sie mit einem stummen Schrei an.

»Wieso? Wieso das?«

»Quäl dich nicht. Du hast keine Schuld.«

»Wie können Sie das sagen?!«, schreie ich. »Was wissen Sie schon?«

Sie nickt traurig.

»Du hast dich auf die Suche nach deinem Geheimnis begeben und bist an deinem Geheimnis zerschellt. Genau wie ich vor sechzig Jahren. Aber wer die Liebe lebt, hat bereits die geheimnisvollste Reise angetreten, die es überhaupt gibt. Hast du gesehen, wo sie dich hingebracht hat? Durch unglaubliche und unerklärliche, allerdings unfreiwillige Abenteuer. Verstehst du, was ich sagen will, Demian-*kun*?«

»Nein.« Ich sehe ihr in die Augen. »Und ich verstehe auch nicht, wie Sie *hier* sein können. Diesen Ort gibt es nicht… er ist in mir, er ist nur eine Projektion meines Bewusstseins.«

»Ich habe keine Ahnung!« Sie breitet die Arme aus. »Ich muss eingeschlafen sein. Ich habe etwas Wunderschönes geträumt und stand auf einmal vor deinem Kanu!«

Wir schweigen lange, während Frau Nagai die Landschaft ringsum betrachtet. Ein geradezu unerträgliches Gefühl der Unwirklichkeit kriecht mir unter die Haut.

»Deshalb hat Horu mich zu Ihnen geführt. Er ahnte, dass ich hier meine letzte Erinnerung finde. Aber er wusste nicht, was das bedeuten würde.«

»Nein, du irrst dich, Demian-*kun*. Die Wiedererlangung des Gedächtnisses war nur ein interessanter, aber unerwarteter Nebeneffekt. Nicht deshalb wollte Horu, dass wir uns begegnen.«

Ich schüttle den Kopf.

»Das ist jetzt nicht mehr wichtig.«

»Wenn du dir einen Moment lang die Mühe machtest, kämst du drauf.«

»Schon möglich, nur wozu?«

»Versuch es. Was hast du noch zu verlieren?«

Eine schäumende Welle umspült uns bis zu den Knien.

»Na schön«, knurre ich. Und stelle in meinem Kopf die letzte fehlende Verbindung her. »Ehe ich nach Wales aufbrach, wollte Horu, dass ich ihn zu einem weiblichen Guru begleite, dem er heilende Kräfte zusprach und der sich auf irgendeiner Insel von Okinawa verbarg. Jetzt ist mir klar: Horu hat sie gefunden und all das geplant, damit ich sie treffe.«

»Sehr gut!« Frau Nagai klatscht lächelnd in die Hände. »Genauso ist es: Du bist auf der Insel der *Bodhisattva* von Okinawa.«

»Aber wieso, verdammt noch mal?«, bricht es wütend aus mir heraus. »Was hat Horu erwartet? Was fange ich jetzt mit seinem *Zen*-Frieden an? Jacques hatte recht: Es wäre besser gewesen, es gut sein zu lassen, im Vergessen zu bleiben!«

»Du kannst nicht mehr zurück, Demian-*kun*. Und nun, wo du dich an alles erinnerst und eine unerträgliche Wahrheit in der Hand hast, kann dir die Macht der *Bodhisattva* vielleicht helfen.«

Ich breche in bitteres Hohngelächter aus.

»Nehmen Sie's mir nicht übel, Mrs. Nagai. Aber das glaube ich wirklich nicht.«

»Wieso sollte ich dir das übelnehmen?«

»Hören Sie doch mit diesem Theater auf! Weil ich an Ihren Kräften zweifle!«

»O nein!« Die Alte lacht herzlich. »Du irrst dich gewaltig. Ich bin nicht die *Bodhisattva*!«

»Wer ist es dann? Und wo ist sie?«

»Hier, auf dieser Insel«, antwortet sie heiter, als wäre es das Offensichtlichste der Welt.

»Was?«, rufe ich ungläubig. »Da hocke ich seit Ewigkeiten auf diesem verdammten Eiland und erfahre erst jetzt, dass ich hergekommen bin, um einen weiblichen Guru zu treffen? Worauf warten Sie? Was wollen Sie denn noch von mir?«

»Demian-*kun*, beruhige dich! Die *Bodhisattva* kann warten. Zuerst musst du begreifen, *wer du wirklich bist.*«

»Sparen Sie sich Ihre *Zen*-Philosophie, Nagai-*san*.«

»Das ist keine Philosophie. Du hast dein Leben um *sie* herumgebaut. Und jetzt, ohne sie, erscheint dir dein Dasein sinnlos. Siehst du das Grauen nicht, das sich in all dem verbirgt? Begreifst du nicht, dass es falsch ist, sein Herz unauflöslich an Sterbliches zu hängen?«

»Sie wissen nicht, wovon Sie reden.«

»Das weiß ich sehr gut.«

»Na schön. Und was ist Ihrer Meinung nach richtig?«

»Das Ewige und Unveränderliche zu lieben.«

»Und Sie können es also zweifelsfrei erkennen?«

Sie lächelt traurig und schüttelt den Kopf, ohne zu antworten.

»Reden Sie von Gott? Wollen Sie mir sagen, ich soll wie Sie zum Eremiten werden? Nein, Mrs. Nagai! Selbst wenn ich den Rest meines Lebens damit zubringen würde, die Wellen und die Wolken zu betrachten, Karins Liebe hat mir bereits alle Antworten gegeben!«

Nadelspitze Tränen bohren sich durch meine Augen.

»Das mag Ihr Weg sein, Nagai-*san*. Meiner ist ein anderer. Und Karins Liebe ist meine Verbindung zu dem, was Sie *ewig und unveränderlich* nennen. Und es interessiert mich nicht, ob es den Himmel oder die Hölle gibt oder ob ich Gottes Antlitz schauen werde. Ich will in kein anderes Leben hineingeboren werden. Ich will sie nur wiedersehen. Und wenn ich dafür auf den Tod warten müsste. Ich bin bereit, es mit Gott und dem ganzen Universum aufzunehmen. Aber der Sinn jedes meiner Atemzüge, die innerste Bedeutung meines Daseins, das Schicksal, das sich in meinem Namen verbirgt … das ist schon alles hier.«

»Auch, falls es nur eine Illusion wäre?«

»Das wird es nicht sein. Ich kann nicht glauben, dass die Liebe einfach so endet, dass sie nur besteht, *bis dass der Tod uns scheidet.*«

»*Hai*, Demian-*kun*. Dann ist der Moment gekommen. Hier ist dein Kanu. Ich werde dich an einen Ort bringen. Aber vorher musst du *das hier* trinken.«

Frau Nagai kniet sich hin und hält die gewölbten Hände in eine trübe Welle. Entgeistert starre ich sie an.

»Trink, hab keine Furcht.«

»Meerwasser? Und wieso?«

»Du wirst schlafen.«

»Ich will nicht schlafen!«

»Vertrau mir. Für die Liebe dieser Frau bist du einen langen Weg gegangen, aber das letzte Stück kannst du nur so bewältigen.«

Verwirrt und ratlos stehe ich da: Frau Nagai hat jetzt eine sonore, männliche Stimme. Balths Stimme.

»Der Moment ist gekommen, dass du die *Bodhisattva* triffst.«

Ich beuge mich zu ihren runzligen Händen hinab und trinke gierig daraus.

Es schmeckt widerlich, und ich muss einen Brechreiz unterdrücken.

Nach wenigen Sekunden wird mein Kopf schwer, mein Blick trübt sich, die Bilder verschwimmen.

Wieder höre ich Balths Stimme.

*»… einen auf der ganzen Welt einzigartigen Ort, an dem wir die Menschen wiedertreffen können, die wir in unserem Leben am meisten geliebt haben …«*

Das hatte Balth am Sanduhr-Strand gesagt, als er die Knochen seines Sohnes Llywelyn in den Armen hielt.

Mein letzter, wirrer Gedanke gilt seinem verlorengegangenen Brief. *Wer weiß, wo der gelandet ist …*

Dann breche ich schlafend auf Frau Nagais Schulter zusammen.

# 77
# Balths Brief

*Laugharne, Wales*
*10. November 2009*
*Mein lieber Sebastian,*
*oder besser, mein lieber Demian (verzeih mir, wenn mir dieser Fehler öfter unterlaufen sollte, aber mein Gedächtnis ist nicht mehr so gut, und in meinen Gedanken trägst Du noch immer den Namen, mit dem ich Dich kennenlernte!), inzwischen sind zehn Tage vergangen, seit Du deine Erinnerungen wiedergefunden hast und nach Hause gefahren bist. Ich hatte vor, Dich anzurufen, doch dann wollte ich Dich nicht stören. Ich habe keine Ahnung, was Dich bei deiner Rückkehr erwartet hat, und die Tatsache, dass Du Dich nicht mehr bei mir gemeldet hast, gibt mir ein ungutes Gefühl.*
*Ich weiß, ich habe auf eine Deiner Fragen nicht geantwortet.*
*Ich wollte es nicht sofort tun, und dann war keine Zeit mehr. Jetzt werde ich es tun, nachdem ich in meinem Kopf ein wenig Ordnung geschaffen habe.*
*Wie konnte ich wissen, dass Du am Morgen des 26. Oktober dort unten in dieser Erdspalte warst?*
*Ich will ganz vorn beginnen. Ich erzählte Dir bereits vom Verschwinden meines Sohnes. Doch ich habe Dir nicht gesagt, dass ich ein paar Tage lang die irrige, aber süße Hoffnung genährt habe, Du könntest dieser verlorene Sohn sein. Ich glaubte, Aeronwy, die wenige Monate zuvor*

*gestorben war, hätte mir vom Himmel aus dieses riesige Geschenk gemacht. Ich war mir dermaßen sicher, dass ich in der Nacht des 25. Oktober in Dein Zimmer gekommen bin, wild entschlossen, Dir das zu erzählen. Als ich sah, dass Du geflohen warst, war mir, als müsste ich sterben. Ich hatte Dich abermals verloren und vielleicht für immer. »Alter Narr!«, habe ich mir gesagt. »Wieso hast du ihm nicht sofort alles gesagt? Worauf hattest du gewartet? Jetzt ist es zu spät!«*

*Also habe ich mich wie schon viele Male nachts in mein Arbeitszimmer eingeschlossen und meinen Schmerz im Whisky ertränkt. Ja, ich gebe es zu: Das, was ich Dir jetzt erzählen werde, ist geschehen, während ich sturzbesoffen war. Anfangs glaubte ich, es wären Halluzinationen im Delirium tremens, wie Dylan Thomas sie vor seinem Tod hatte. Aber als ich Dich im Morgengrauen mit Llywelyns Knochen in der Erdspalte fand, begriff ich, dass all das, was ich gesehen hatte, wahr sein musste, so unglaublich es sein mochte.*

*Ich war also in meinem Arbeitszimmer, abgefüllt mit Alkohol und Schmerz, als eine zarte Stimme nach mir rief und immer wieder diesen Namen sagte, mit dem mich seit fast dreißig Jahren niemand mehr angeredet hatte: Papa. Sofort bin ich aufgesprungen, so dass der Stuhl umkippte, und folgte der Stimme die Treppe hinunter bis in die Küche. Der Tisch war gedeckt, eine schöne Blumenvase stand in der Mitte, und es duftete herrlich nach frisch gebackenem laverbread. Aeronwy zog gerade das Blech aus dem Ofen, drehte sich um und lächelte mich an, wunderschön und alterslos. Sie war kein Geist, es war sie selbst in Fleisch und Blut, das schwöre ich. Nach vierzig Jahren Ehe weiß ich, wovon ich rede!*

*»Bitte zu Tisch, alles ist fertig«, sagte sie.*

Die Hoftür stand offen. Auf der Schwelle habe ich meinen kleinen Llywelyn gesehen. Er ist auf mich zugerannt und hat mir die Arme um den Hals geworfen.
»Llywelyn! Mein Junge«, habe ich gerufen, und die Tränen sind mir übers Gesicht gelaufen. Das ist nur ein Traum, habe ich mir wieder und wieder gesagt, das ist nur ein Traum. Aber mein Herz barst vor einer Freude, wie ich sie seit gut dreißig Jahren nicht mehr empfunden habe.
»Papa!«, hat er mit dem ernsten Blick gesagt, den nur Kinder aufsetzen können. »Komm mich holen!«
»Wie meinst du das?«, habe ich gefragt und ihm übers Haar gestreichelt. »Du bist doch hier. Wo soll ich denn hin?«
»Zu Demian!«
»Demian? Ich kenne niemanden, der so heißt.«
»Jetzt habt ihr genug gequatscht«, hat Aeronwy sich eingeschaltet. »Jetzt essen wir, und danach können wir weiterreden.«
»Nein, Papa, du musst sofort mitkommen!«
Ich hatte plötzlich die Ahnung, dass diese bis dahin so reale Vision sich im nächsten Moment auflösen würde. Also habe ich meinen Sohn und meine Frau umarmt und sie ganz fest an mich gedrückt, bis ich spürte, wie ihre Körper unter meinen Händen vergingen. Ich dachte, ich müsste sterben … der Traum war vorbei. Und die Küche wieder leer und kahl.
Als ich aufgehört hatte zu weinen, bin ich losgegangen. Ich bin den Strand von Laugharne entlanggerannt. Noch immer spürte ich Llywelyns Gegenwart an meiner Seite. Ich konnte ihn nicht sehen, fühlte nur, dass er meine Hand hielt. Er führte mich, und ich folgte ihm.
Dann hat er mit mir geredet. Er sagte seltsame Dinge, allzu weise und tiefsinnige Sätze für seine zarte Kinderstimme. Aber ich habe ihm ganz genau zugehört.

*»Demian bringt uns wieder zusammen. Er setzt seine Schritte entlang der Grenze, auf dem Sandsaum, der den Strand des Lebens vom Meer des Todes trennt. Er kann…*

Hier riss der Brief ab.

Balthasar war über seinem Schreibtisch zusammengebrochen.

Er war sanft gestorben. Ohne den Brief zu beenden und ohne noch mehr zu leiden.

# 78
## Die Bodhisattva

Meine Zunge ist geschwollen, ich habe den bitteren Geschmack von Galle im Mund. Das Licht lässt meine geschlossenen Lider rot aufglühen. Sobald mein Körper wieder etwas spürt, bemerke ich etwas Weiches, Kühles unter meinem Rücken, vielleicht Gras. In der Ferne erklingen Vogelschreie. Oder sind es Affen?

Ich öffne die Augen einen Spalt, und blendendes Licht verschluckt mich, durchbohrt meine Schläfen und lässt mich vor Schmerz aufstöhnen. Ich sehe dunkelgrüne, von flirrenden weißen, windbewegten Punkten durchbrochene Blitze.

*Bin ich im Dschungel?*

Ja. Und gleich werde ich hinter das Geheimnis kommen. Als ich mich endlich an die Helligkeit gewöhne, bin ich einen Moment lang überwältigt.

Ein Garten von unsagbarer Schönheit verbirgt sich im Herzen der wilden Vegetation. Die dunkle Kathedrale aus knorrigen Bäumen und Riesenfarnen, die Spitzbögen aus verschlungenen Zweigen und Lianen, alles, was Finsternis und Chaos ist, bleibt hier zurück und lässt das Sonnenlicht auf einen gepflegten Rasen, von hellblauen und gelben Blüten übersäte Sträucher, wilde Orchideen und blühende Pfirsiche fluten. Ein betörender Duft liegt in der Luft, überall tanzen lautlose Schmetterlingswolken. Eine leichte Brise bewegt Stängel und Blätter, hin und wieder löst sich ein Blütenblatt und taumelt zwischen den flatternden Schmetterlingsflügeln zu Boden.

Die zerbrechliche, irreale Harmonie dieses Gartens versetzt mir einen Stich ins Herz. Ein Déjà-vu überkommt mich, als hätte ich schon von diesem Ort geträumt …

… *mit deinen Augen.* Aber jetzt ist es kein Traum: Die Empfindungen sind zu stark, ich bin mir sicher, hellwach zu sein.

Jenseits der blühenden Zweige sehe ich den Wasserspiegel eines kleinen Sees und höre das Rauschen des Wassers. Ich stehe auf und mache ein paar taumelnde Schritte darauf zu, entlang eines weißen Kieselpfades, der sich zwischen den Pflanzen hindurchschlängelt. Ich umrunde eine Hecke aus blutroten Blumen und bleibe vor einer laut sprudelnden Felsenquelle stehen. Auf dem Beckenrand sitzt, mit dem Rücken zu mir, eine Frau. Sie trägt einen weißen, von einer goldenen Seidenschärpe gehaltenen Kimono, ihr Kopf ist gesenkt, das Gesicht im ellenlangen, kastanienbraunen Haar verborgen, das so glatt ist, dass es ebenfalls wie Seide aussieht.

Die *Bodhisattva* von Okinawa.

Mit klopfendem Herzen nähere ich mich. Was kann diese Frau schon für mich tun?

***

*Im Zug zwischen Cottage Grove und San Francisco*
*16. Mai 1995*
*(Demian ist achtzehn, Karin sechzehn)*

»Woran denkst du?«

»Daran, was ich im Mustang alles angefasst habe. Ich hoffe, ich habe alle Fingerabdrücke gut abgewischt. Ich habe keine Lust, vom Zug aus direkt in ein Polizeiauto umzusteigen.«

Du unterdrückst ein Lachen.

»Was gibt's da zu kichern? Du hast Beihilfe zum Autodiebstahl geleistet!«

»Was? Ich hab mit deinem Irrsinn nichts zu tun!«

»Ach nein?«

»Nein!« Du reißt deine wunderschönen braunen Augen auf. »Aber ich muss zugeben, dass …«

Du zögerst einen Moment und wickelst dir eine Haarsträhne um den Finger.

»Dass …?«

»… dass es wunderschön war, aufzuwachen und dich vor mir zu sehen. Das war der unglaublichste Moment meines Lebens.«

»Für mich auch. Aber ich hatte einen Riesenschiss, du würdest schreien.«

Du schüttelst den Kopf.

»Du hast mich nicht erschreckt. Obwohl … es war, als … *als würde ich dich zum ersten Mal sehen.*«

Du wendest den Blick ab und verfällst in gedankenverlorenes Schweigen.

Seltsam: Draußen vor dem Fenster sehe ich keine Landschaft mehr, nur noch strahlendes Blau. Als würde der Zug über den Himmel fahren oder unter Wasser. Plötzlich drückst du dich an mich, so heftig, dass ich kaum atmen kann. Dein Gesicht ist dem meinen ganz nah, deine langen Wimpern kitzeln meine Wange.

»Dem …«, flüsterst du, »erinnerst du dich, als du mich zum ersten Mal gesehen hast?«

»Hmhm, ja. Wieso fragst du?«

»Erinnerst du dich oder nicht?«

»Na klar. Im Park.«

»Falsch. Im Park war das erste Mal, dass wir miteinander geredet haben, aber vom Sehen kannten wir uns schon. Ich meine etwas anderes: *den exakten Moment, in dem du mich das erste Mal gesehen hast.* Das erste Mal, dass dein Blick auf mein Gesicht gefallen ist und es sich eingeprägt hat. Der Augenblick, in dem ich zu einem der unendlich vielen Dinge wurde, die du in deinem Leben gesehen hast.«

Ich zögere einen Moment, deine Frage bringt mich in Verlegenheit. Der Eindruck, unter Wasser zu fahren, wird immer stärker, nicht einmal mehr das rhythmische *Ta-tam* des Zuges auf den Schienen ist zu hören.

»Natürlich erinnere ich mich. Das war in der Schule. Zu Beginn des dritten Jahres, in der Sportstunde.«

»Und hast du etwas gedacht, als du mich gesehen hast? Erinnerst du dich daran?«

»Dinge, die ich jetzt nicht wiederholen kann«, grinse ich. »Wir sind in der Öffentlichkeit.«

»Blödmann. Als ich dich das erste Mal gesehen habe, hab ich sofort gedacht, dass ich dich unsympathisch finde. Weißt du was? Es wäre total toll, wenn zwei Menschen, die sich das erste Mal sehen, gleich eine Ahnung davon bekommen würden, was das Schicksal für sie bereithält. Das wäre unglaublich.«

»Du meinst *Liebe auf den ersten Blick*?«

»Nein, ich meine *eine Vorahnung der Zukunft*.«

»Hmmm … bist du sicher, dass du gestern nicht auch irgendwas geraucht hast?«

»Ich meine es ernst.«

»Okay, okay. Ich weiß nicht. Vielleicht ja, aber ist es nicht besser, das Tag für Tag zu entdecken? Sonst gäb's doch keine Überraschungen mehr.«

Du hebst den Kopf und siehst mich entsetzlich ernst an.

»Heute Morgen, als ich aufgewacht bin, ist mir das passiert.«

»Echt?« Ich lächle halb ungläubig, halb beunruhigt.

Du nickst feierlich.

»Und was hast du gesehen?«

»Nichts Genaues. Es war so eine Art Flash. Wir zwei, seit einer Ewigkeit zusammen, vielleicht schon Jahre. Aber frag mich nicht, wieso, es ist, als würden wir uns zum ersten Mal begegnen, als hätten wir beide unsere gemeinsame Vergangenheit vergessen. Zufällig begegnen sich unsere Blicke, und *Boom!*, plötzlich ist alles wieder da. Unglaublich heftig, als würde sich der gesamte Ozean in den Spielzeugeimer eines Kindes ergießen.«

Ich schweige und bin mir bewusst, dass ich die Bedeutung

deiner Worte nicht ganz erfassen kann. Ich spüre das Ruckeln des Zuges nicht mehr. Reglos schweben wir in einem unendlichen Augenblick und nehmen all die Zeit in uns auf, die es nie gegeben hat.

»Es ist schön, so eng umschlungen«, flüsterst du.

»Ja.«

»Ich spüre, dass du mich beschützt. Dass du mich für immer beschützen wirst.«

»*Für immer* ist ein großes Wort.« Ich streichle deinen Hals mit den Lippen. »Aber ich werde sehen, was sich machen lässt.«

»Gib dir Mühe.« Ein lustvoller Schauder läuft dir über den Rücken, du bekommst eine Gänsehaut am Hals. Ich will nur eine einzige Sache auf der Welt: dass diese Umarmung dich vor jeglicher Gefahr, vor jeglichem Schmerz bewahrt, der unsere Leben kreuzen könnte.

***

Während ich mich der *Bodhisattva* nähere, tut sich die Erde unter mir auf.

*Am Rand des Brunnens.*

Die Schwingungen, die Raum und Licht zusammenhalten, geraten ins Stocken.

*In Seide gehüllt.*

Meine Füße baumeln im Nichts.

*Bist du.*

*Karin!*

Wie ein Schrei hallt mein Gedanke durch die Stille des Gartens.

Ich stürze auf dich zu. Atemlos zapple ich in der Luft.

*Eine Erinnerung, eingebrannt ins Fleisch.*

Ich sterbe vor Durst, inmitten des Ozeans.

Ich setze die Füße aufs Festland.

Waremu kommt auf mich zu, er hat eine Kelle in der Hand. Es ist Wasser.

Ich trinke es. Wie ein Phönix steige ich aus der eigenen Asche empor.

*Das stärkste Gefühl, das man im Leben empfinden kann.*

Ich irrte mich.

*Du lebst! Du …*

Du siehst auf.

Dein Blick trifft den meinen.

Eine magnetische Kraft übermannt mich. Ich bremse meinen Lauf und bleibe schließlich stehen.

Deine Augen …

Die Pupillen geweitet, deine Iris leer.

*Du erkennst mich nicht.*

Ich falle vor dir auf die Knie. Greife deine Hand.

Du blickst mich mit erloschenem Lächeln an.

*Ich bin's, Karin, Geliebte! Ich bin's, Demian!*

Doch ich bringe nichts über die Lippen. Ich will dich an mich drücken, dein Gesicht streicheln, aber ich muss mich beherrschen, ich habe Angst, dich zu erschrecken.

Du bist katatonisch. Du siehst mich an, schaust um dich, doch dein Blick schwebt in einem Sonstwo, das ich nicht kenne, deine Seele irrt durch eine Wüste, in der ich dich nicht erreichen kann.

Was ist mit dir geschehen, Geliebte? Du bist so zerbrechlich, hängst an einem hauchdünnen Faden, eine Seiltänzerin ohne Netz. Ich kann nicht weinen, ich kann noch nicht einmal atmen. Eine Hand legt sich auf meine Schulter.

»Komm jetzt mit«, murmelt Frau Nagai knapp. »Sie muss sich ausruhen.«

Widerstandslos und unter Schock lasse ich mich von ihr fortbringen. Sie führt mich aus dem Garten und eine schwindelerregend steile Felstreppe hinunter, die sich im Dschungeldickicht verliert. Auf der Hälfte der Treppe bleibt sie stehen, lässt mich auf den moosbewachsenen Stufen Platz nehmen und setzt sich neben mich. Dann fährt sie sich mit den Händen übers Gesicht und fängt an zu erzählen, was sie bis jetzt vor mir geheimgehalten hat.

»Am vergangenen 12. April wurde vom Ausguck des Hochseefangschiffs *Nejimakidori* zweihundert Meilen südöstlich von Tsuken ein auf einem Wrackteil dahintreibender Körper entdeckt. Unter den besorgten Blicken der ganzen Mannschaft ruderten zwei Seeleute im Beiboot zu ihm hin. ›Es ist eine Frau!‹, rief einer von ihnen. Dann fühlte er ihren Puls. ›Sie lebt!‹ Die Nachricht wurde mit Freudenjubel aufgenommen. Doch in der allgemeinen Aufregung löste sich plötzlich eine Harpune, die in Richtung des Beiboots flog und einen der beiden Seeleute in die Seite traf. Mit einem Schmerzensschrei riss sich der Mann den Stahl aus dem Fleisch, verlor das Bewusstsein und lag in einem See aus Blut. Die reglosen Körper der Frau und des verletzten Seemannes wurden auf das Fangschiff gehisst und nebeneinander aufs Deck gelegt. Die Schiffbrüchige war vollkommen dehydriert, ihr Atem kaum wahrnehmbar, doch sie konnte es schaffen. Der Mann hingegen war dem Tode geweiht und würde binnen einer Stunde an Blutverlust sterben. Da geschah etwas Einzigartiges und Unerklärliches. Die Fischer erzählten es später in ganz Okinawa herum und schufen so die Legende der *Bodhisattva*. Während die beiden Körper dort lagen, berührte die reglose Hand der Frau die verletzte Seite des Seemannes. Dort, wo ihre Hand ihn berührt hatte, begann die Wunde zu verheilen und war in wenigen Sekunden spurlos verschwunden. Der Matrose konnte sofort aufstehen und seine Arbeit wieder aufnehmen, als wäre nichts gewesen. Die Seeleute waren fassungslos und glaubten an ein Wunder. Sie verehrten sie wie eine Göttin und brachten sie zum Tempel von Kudaka, wo sie einige Zeit blieb. Im Laufe der Wochen erholte sich die Frau zwar körperlich, blieb jedoch katatonisch: Sie sprach nicht und reagierte nicht auf Reize. Ihre angeblichen, von den Seeleuten bezeugten Fähigkeiten zeigten sich nicht wieder. Dennoch breitete sich die Legende der wundersamen *Bodhisattva* in den folgenden Monaten wie ein Lauffeuer aus. Es hieß, selbst einige abergläubische Yakuza-Bosse würden sich für sie interessieren. Und so beschlossen die Mönche, sie auf dieser Insel zu verstecken und sie in meine Obhut zu geben. Danach hatte ich die Gelegenheit, alles meiner Nichte Yukiko zu erzählen. Sie berichtete Waremu davon, die Nachricht änderte ihre Form und Substanz und gelangte bis zu Horus Insel. Daraufhin seid ihr sofort aufgebrochen, in der Hoffnung, die Fähigkeiten der geheimnisvollen *Bodhisattva* könnten Same von ihrer Krankheit heilen.«

Frau Nagai seufzt tief.

»Doch Same schaffte es nicht bis Okinawa. Horu wollte trotzdem wie ursprünglich geplant zur *Bodhisattva* pilgern und hätte dich so gern mitgenommen. Aber du hattest es eilig, deinem Schicksal zu folgen und nach Wales aufzubrechen.«

Frau Nagai liest die Erschütterung in meinem Blick.

»Ja, Demian-*kun*. In dem Moment bist du deiner Frau unglaublich nah gewesen. Du hättest sie treffen können. Aber zieh keine voreiligen Schlüsse, denn vielleicht musste es so kommen, vielleicht warst du noch nicht bereit. Tatsächlich wird sich etwas Wundersames auf diesem Fangschiff zugetragen haben, wenn du jetzt hier bist: Die unerklärliche Heilung, ob es sie nun gab oder nicht, hat dazu geführt, dass ihr euch wiederseht. Und das ist noch nicht alles. Nachdem du nach Wales aufgebrochen warst, kam Horu hierher und traf die *Bodhisattva*. Entgegen seinen Vorstellungen stand Horu einer jungen Frau gegenüber. Ich erzählte ihm, wie sie wenige Monate zuvor aus dem Ozean gerettet worden war, und er erkannte die Parallelen zu deiner Geschichte. Sofort ahnte er die Wahrheit. Er sprach mit

Aruke und betraute ihn mit einer Mission: Er musste einen Weg finden, dich hierher auf diese Insel zu führen, um jeden Preis. Aruke wusste es nicht, aber das sollte der letzte Wille seines Vaters sein. Horu war in der Hoffnung zur *Bodhisattva* gekommen, sein Schmerz um Same könnte Linderung erfahren. In gewisser Weise gelang das auch. Er setzte sich genau hierhin, auf diese Stufe. Ich war bei ihm. Ein Windstoß ließ eine Wolke hellblauer Blütenblätter auf uns herabregnen. Er schloss die Augen und öffnete sie nie wieder.«

»Horu …?«, stammele ich.

»Ja. Der Schmerz von Aruke und dem kleinen Iruie war unerträglich. Binnen weniger Tage hatten sie Mutter und Vater verloren. Horu hatte den Tod wie ein Geschenk empfangen und hatte seine Söhne mit seinem letzten Wunsch betraut: dich zu retten. Ein unglaublich großzügiger Mann.«

Tränen steigen mir in die Augen. Die Nachricht von Horus Tod ist eine Ohrfeige, die mich sofort in die Realität zurückholt. Ich breche in lautloses, gequältes Weinen aus.

Frau Nagai wartet geduldig, bis ich meine Erschütterung herausgelassen habe, dann erzählt sie weiter.

»Aruke nahm all seine Kraft zusammen, schließlich hatte er eine Mission zu erfüllen. Doch wie konnte er sich mit dir in Verbindung setzen? Hier kommt dein Vater ins Spiel, Demian-*kun*. Als sie nach Tokashiki zurückkehrten, wurde Horus Ahnung bestätigt: Einer der Steckbriefe deines Vaters war bei Yukiko gelandet. Du kannst dir nicht vorstellen, wie verblüfft sie waren, als sie dein Gesicht neben dem der *Bodhisattva* von Okinawa sahen. Wochenlang riefen sie die auf dem Zettel angegebene Nummer an, doch die war nicht erreichbar.«

»Ja«, murmele ich, »mein Vater hatte in Tokashiki einen Herzinfarkt und verlor dabei sein Telefon.«

»Deine Freunde gaben nicht auf und ersannen ihren Plan: eine Botschaft, die sich möglichst weit in der Welt verbreitet, aber die nur du verstehen würdest. Das Versprechen der

*Waramaʼayʼmitwy* war perfekt. Anfangs überlegten sie, dich nach Tokashiki zu lotsen, von wo Waremu dich dann hierhergebracht hätte. Aber es kam abermals etwas dazwischen: Waremu und Yukiko wurden von ihrem Strand vertrieben und beschlossen, mit Aruke mitzufahren. Also hatten sie die Idee des stilisierten *Reʼwellib*. Anfangs war ich dagegen, weil ich fürchtete, es würde Neugierige und Abenteurer anlocken, aber Aruke versicherte mir, du seist der Einzige auf der Welt, der die Botschaft richtig deuten könne. Und er hatte recht. Vor seiner Rückkehr nach Hause überließ er mir den Steckbrief mit deinem Foto, damit ich dich erkennen würde.«

»Aber … Wenn Sie schon alles wussten, wieso haben Sie so lange gewartet, mich zu meiner Frau zu bringen?«

Die Frau schüttelt den Kopf.

»Es war nicht so einfach. Du hast sie selbst gesehen: Sie ist völlig verändert. Sie ist nicht mehr der Mensch, den du kanntest. Sie kann nicht …«

»Was zum Teufel faseln Sie da?!«, brülle ich und umklammere in blinder Wut ihren Hals. Sie schließt die Augen und löst sich gelassen aus meinem Griff. Dann legt sie mir eine Hand auf die Stirn. Sie glüht. Weinend breche ich auf ihrer Schulter zusammen.

*Karin ist hier. Hier bei mir.*

»Ich will sie sehen! Jetzt!« Ich springe auf und wische mir die Tränen aus den Augen. Frau Nagai macht eine traurige Geste der Zustimmung.

Wir steigen die Stufen wieder empor, durchqueren das dunkle Labyrinth aus Pfaden, die sich zwischen den Riesenfarnen verlieren, bis der Wald sich schließlich öffnet und der leuchtende *Zen*-Garten vor uns liegt. Wir kommen unterhalb eines kleinen Grashügels heraus, auf dem ein kleiner Tempel steht, dessen Pagodendächer weiß lackiert sind und der mit schwarzen

Schriftzeichen bemalte Wände hat. In den bunten, unterschiedlich geformten Vasen vor dem Eingang stecken wunderschöne Blumensträuße. Etwas sagt mir, dass du sie gemacht hast, und die Vorstellung, dass du all die Monate in diesem goldenen Käfig verbracht hast, zieht mir das Herz zusammen.

Behutsam öffne ich die kleine Holztür und trete mit einem Sonnenstrahl ein. In der Mitte des kahlen, dämmrigen Raumes bist du. Du liegst auf einem weißen *Futon* und schläfst einen tiefen, lautlosen Schlaf. Vorsichtig schleiche ich näher. Aus Angst, dich zu wecken, halte ich sogar den Atem an.

Dein Gesicht ist gedankenvoll, als träumtest du etwas sehr Ernstes. Du siehst aus wie immer, du bist es, trotz allem. Ich muss mich zusammenreißen, um nicht abermals loszuschluchzen.

Deine Arme liegen sanft zu beiden Seiten deines Körpers. Mein Blick zeichnet ihre Linien nach. Dann sehe ich deine linke Hand. Erst jetzt fällt es mir auf.

Der kleine Finger, der Ringfinger, der Mittelfinger.

O mein Gott, Karin … deine Hand!

Doch ich wusste es bereits. Das ist die unvermeidliche Folge dessen, was mir die letzte Erinnerung offenbart hat. Wie die Narbe auf meinem Rücken ist diese Verstümmelung, die deine Hand verunstaltet, sind diese drei sauber abgetrennten Finger das entsetzlich sichtbare Zeichen deiner Liebe für mich. Es ist dein Liebesbeweis, der mich zu dir zurückgebracht hat, deshalb haben wir uns hier wiedergefunden.

Ich knie mich neben dich, berühre dein wunderschönes Gesicht fast mit den Lippen und flüstere dir unsere Geschichte zu.

Ich möchte, dass du sie noch einmal erlebst, damit du hierher zu mir zurückkommst.

Hör mir zu, Karin, wo immer du sein magst.

Kannst du mich hören, Geliebte?

# 79

# Es ist ein Strand oder vielleicht eine Wüste (3. Teil)

Ist da jemand?

Plötzlich nehme ich eine neue Gegenwart wahr. Als würde sich hinter dem feinen Luftschleier ein Gesicht verbergen.

»Es reicht jetzt!«, brülle ich.

Es reicht, sich etwas vorzumachen.

Das hier ist nur eine Wüste. Ohne Leben. Endlos und ohne Grenzen. Sie wird nie zu einem Strand, ich werde jenseits der Dünen kein Wasser finden. Das war nur ein Traum. Oder besser ein Wahnsinn.

Wieder trägt der Wind eine Stimme her. Ein Raunen, das sich mit dem ewigen Sirren des Sandes vermischt.

»Ich bitte dich, hör auf!«, rufe ich und halte mir die Ohren zu. »Lass mich in Ruhe!«

Aber die Stimme wird immer lauter, so laut wie nie. Als würde jenseits des trüben Windes wirklich jemand Worte in den Himmel flüstern.

*Das bist du. Das ist deine Stimme.*

Kann ich diesen Vorhang mit den Händen beiseiteschieben und dein Gesicht wiedersehen?

Vergeblich greife ich in die Luft und kämpfe gegen das Nichts, das mich umgibt.

Nein, es geht nicht.

Aber du redest und erzählst unermüdlich weiter. Ich kann

dich nicht verstehen, ich merke nur, aus welcher Richtung deine Stimme kommt.

Ich fange an, gegen den Wind zu laufen. Deine Stimme wird stärker, deutlicher.

Stolpernd kraxele ich eine riesige Düne hoch, die größte, die ich je gesehen habe. Ich rutsche, falle, rappele mich hoch. Ich keuche, mein Herz zerbirst, der Sand dringt mir in Mund und Nase, ich huste, kann nicht mehr atmen, will mich dem Unmöglichen ergeben … aber schließlich erreiche ich den Gipfel.

Und von dort oben eröffnet sich meinem Blick eine neue Welt.

*Die letzte Düne.*

Jenseits des Kamms fällt sie sanft ab und verwandelt sich in einen endlosen Strand. Das schwarze Meer nimmt den gesamten Horizont ein, dröhnend rollen die Wellen ans Ufer und lassen weißen Flaum aus Gischt zurück, die Brise weht zu mir empor und umfängt mich mit feuchtem Salzduft.

Ich stürze mich hinab und wirble Staubwolken auf. Ich renne so schnell ich kann, verfolgt von der Angst, all das könnte eine bloße Fata Morgana sein, und halte erst an, als eine eisige Welle mir die Füße leckt und ich bis zu den Knöcheln im nassen Sand versinke.

Währenddessen hast du nicht aufgehört, mit mir zu reden. Gegen das Rauschen des Meeres ist deine Stimme nur noch ein Flüstern.

Aber *ich kann dich verstehen.*

Du redest von mir, von uns beiden.

*Du heißt Karin.*

Ich?

*Ja. Karin Weiland. Der süßeste Name, den die Welt je gehört hat. Die einzige Frau, die ich je geliebt habe.*

Deine Stimme malt meine Erinnerungen in den Sand. Die Linien werden dichter. Sie werden Namen, Bilder, Geschichten.

Demian …

Demian! Das bist du, oder? So heißt du!

*Ja! Genau!*

Ich fange an, mich zu erinnern. Aber …

Wo bin ich? Wieso bin ich hier?

Ich habe so schreckliche Angst gehabt, Dem … ich habe noch immer so viel Angst!

*Du brauchst keine mehr zu haben.*

*Endlich habe ich dich gefunden. Jetzt bin ich hier, bei dir.*

*Ich halte deine Hand.*

Aber wieso kann ich dich nicht sehen?

*Warte. Deine Augen sind noch geschlossen. Lass mich dir erst unsere Geschichte erzählen. Das ist das Einzige, was ich hier tun darf.*

Während ich über den Strand wandere, erzählt mir deine Stimme unsere Vergangenheit. Deine Worte werden zu Leben, das vor meinen Augen abläuft. Ich erfahre alles noch einmal, was die Wüste verschlingen und für immer in Staub verwandeln wollte. Ich lache, weine und empfinde all jene Gefühle, von denen ich nicht einmal wusste, dass es sie gibt.

Dann schweigst du.

Für einen langen Moment befällt mich die Panik, du seist nicht mehr da.

Wieso sprichst du nicht mehr mit mir?

*Entschuldige, aber… was jetzt kommt… fällt mir sehr schwer zu erzählen.*

Tu es, bitte.

*Alles begann am geheimen Strand.*

*Dort haben wir aufgehört, uns zu erinnern. In einem gewissen Sinne hat am geheimen Strand alles aufgehört.*

Ich kann dir jetzt nicht mehr folgen. Was bedeutet »alles hat aufgehört«?

*Warte. Gedulde dich einen Moment.*

*Da ist noch etwas, das du wissen musst.*

Ich verstehe.

Jetzt wirst du mir unsere letzte Erinnerung erzählen.

*Ja.*

Und wird sie mir Angst machen?

*Ich fürchte, ja.*

*Dann explodiert die Sonne.*

*Die Luft wird schwarz und reißt entzwei.*

Es kreischen alle Vögel im Himmel
und die Fische im Meer.

*Die Wolken und die Sterne stürzen nieder*
*und werden Schatten. Werden Wasser.*

Nichts atmet mehr.
Nichts ist mehr.

# 80

## Die letzte Erinnerung

*Am geheimen Strand*
*9. April 2009*
*– noch wenige Augenblicke bis zur Amnesie –*

Anfangs ist es nur ein dumpfes Geräusch.

Ein gedämpftes, kaum wahrnehmbares Dröhnen, nicht mehr als ein Zittern. Im Schatten der Abenddämmerung kommt es auf uns zu.

Wir bemerken nichts.

Das ultraviolette Glühen der soeben verloschenen Dämmerung erfüllt unsere Blicke. Dylan Thomas' Gedicht hallt noch nach. Hand in Hand gehen wir zum Segelboot zurück, ohne ein Wort zu sagen, unsere Füße streifen durch das perlfarbene Wasser.

Dann ein beunruhigendes Gurgeln.

Wie unter dem Sog einer gewaltigen Saugpumpe zieht sich das Wasser ringsum zurück.

»O Gott!«, höre ich dich schreien. Aber ich kann dir nicht in die panischen Augen sehen.

Unser am Ufer festgemachtes Boot wird zusammen mit dem Wasser fortgezerrt. Der Rückfluss erfolgt so schnell, dass das Boot nicht mitkommt: Nach ein paar Metern sitzt es auf der Sandbank auf, die sich um die Insel gebildet hat. Für einen endlosen Augenblick scheint das Boot still dazustehen, es balanciert auf dem Schwert, das aussieht wie die Flosse eines riesigen, gestrandeten Fisches. Dann kippt es mit einem ohrenbetäubenden Klatschen in den Schlick.

Eine unmögliche Landschaft umgibt uns. Das Wasser hat sich Hunderte Meter weit zurückgezogen und den Meeresgrund, die schlammigen Krater, die felsigen Untiefen, die nach Luft schnappenden Fische und das phosphoreszierende Plankton freigelegt, das im Dunkeln schimmert.

Wir sind gelähmt vor Grauen. Trotzdem drängt uns ein Instinkt, Seite an Seite, Hand in Hand rückwärtszugehen, bis zur Mitte der Insel, bis wir inmitten des Kreises aus Felsenbögen stehen, die uns doch keinerlei Schutz gewähren.

Das Geräusch schwillt an.

Im Dämmerlicht sehe ich die schwarze Silhouette, die auf uns zukommt. Das Schicksal, das uns in Form einer gewaltigen Wasserwand droht.

*Wie hoch ist sie? Fünf Meter? Zehn Meter?*

Das ist der letzte Gedanke, der mein fieberndes Hirn durchzuckt.

Die Welle trifft das Segelboot mit solcher Wucht, dass es wie ein Spielzeug in die Luft geschleudert wird.

Dann ist sie bei uns, das Grollen eines endlosen Donners, die gigantische Front, die alles überrollt und verschluckt.

Das Letzte, was ich spüre, ist ein dröhnender Knall: das Boot, das an den Felsbögen zerschellt.

Das Letzte, was ich sehe, ist die schwarze Mauer und davor, wie ein weißer Ritter an der Spitze eines rasenden Heeres, der zerbrochene Bug, der auf uns zuschießt.

Ein urzeitlicher Selbsterhaltungstrieb wirft mich mit über dem Kopf verschränkten Armen auf den Sand. Zuvor lässt ein anderer, womöglich gegenteiliger Instinkt meine Hände trotz allem nach dir suchen. Ich packe dich bei den Schultern, zerre dich zu Boden. Werfe mich über dich, schütze dich mit meinem Körper, habe deinen Kopf unter meinen Armen, zusammengekauert wie ein Fötus.

Aber ich weiß – und du ebenfalls –, dass das alles umsonst ist: Das Wrackteil wird uns zerquetschen, die Welle wird uns töten.

Ich schließe die Augen.

Ich schwebe in der stillen Luft, überfliege die Insel.

Von oben sehe ich die weißen, kreisförmig angeordneten Felsen, die Wellenfront, die sich über uns erhebt, die Bruchstücke des Segelbootes, die in der Luft hängen.

Alles ist reglos, zu einem perfekten Standbild eingefroren.

Und im Zentrum: wir beide.

Was ich jetzt sehe, ist nur eine winzige, sinnlose, wunderbare Liebesgeste.

Niemand auf der Welt wird je davon erfahren.

Du legst die Arme um meinen Körper, der auf deinem liegt. Mit der rechten Hand bedeckst du meinen Kopf. Mit der anderen umfasst du meinen Rücken. Trotz der Angst, die dich lähmt, ist dein letzter Gedanke, mich zu schützen.

In dieser Umarmung werden wir sterben.

Während ich von oben auf uns hinunterblicke, füllt sich mein Herz mit unsagbarer Zärtlichkeit. Ich spüre es jubeln, in meiner Brust schwellen.

*Nicht einmal der Tod kann dieser Umarmung etwas anhaben.*

Aber meine Erleichterung währt nur einen Moment.

Langsam setzt die Zeit sich wieder in Bewegung, Einzelbild um Einzelbild, mit millimetergenauer Präzision, registrieren meine Augen den Aufprall.

Der zerborstene Bug nähert sich unseren schutzlosen, zu einer Einheit verschmolzenen Körpern. Das Zischen, das die Luft zerschneidet, scheint Stunden zu dauern, doch es sind nur Sekundenbruchteile. In Zeitlupe gesehen, trifft das Trümmerteil deine Hand auf meinen Rücken, genau dort, wo du mich schützen wolltest, und der Aufprall ist so heftig, dass er dir den kleinen Finger, den Ringfinger und den Mittelfinger der linken Hand abtrennt.

Greller Schmerz durchfährt dich, du reißt die Augen auf, starrst mich an. Doch nicht der Schmerz ist deine stärkste Empfindung in diesem Moment, sondern die Angst. Nicht die Angst vor dem Tod, sondern die Angst, dies könnte *das letzte Mal* sein. Die Angst, mich zu verlieren und nie mehr wiederzusehen.

In der folgenden Millisekunde reißt das scharfe Wrackstück die gespannte Haut meines Rückens vom Schulterblatt bis zum Kreuzbein auf. Ein groteskes Grinsen klafft in meinem Fleisch.

Unsere Umarmung löst sich.

Aber vorher dreht sich die ganze Welt für einen winzigen Moment nur um uns. Wir sind das Zentrum des Universums. Wie ein ins Endlose projizierter Wirbel löscht unsere Umarmung Raum und Zeit.

Deine verstümmelte Hand streicht über meinen verletzten Rücken. Das Blut hört auf zu strömen, es gerinnt zu schwebenden Tropfen.

Zum letzten Mal berühren sich unsere Körper.

Ein Blitz löst sich aus dem Zentrum des Wirbels, das Licht breitet sich schneller aus als dein markerschütternder Schrei und ist heftiger als die auf uns niederstürzende Welle. Der Blitz umhüllt alles, verschlingt uns, macht uns blind.

Dann reißt die Welle uns fort.

# 81

# Die Gabe

Es gibt einen schmalen Strand, der das Leben vom Tod trennt. Die warme Wiege aus Sand, das unter den Wellen verborgene Grab.

Meine Schritte versinken auf dieser unsteten Grenze, willkürliche Schöpfung der Gezeiten. Lange bin ich hier gewandert, ohne es zu wissen. Einen Schritt nach dem anderen, *auf der Suche nach dir.*

*Es gibt für jeden von uns einen auf der ganzen Welt einzigartigen Ort, an dem wir die Menschen wiedertreffen können, die wir in unserem Leben am meisten geliebt haben.*

Dieser Ort liegt verborgen auf dieser Grenze.

Und genau hier habe ich dich gesucht.

Aber ich habe mich geirrt: Hier bist du nicht. Du bestehst noch aus weicher Erde, aus Leben.

Dennoch musste ich dich hier treffen.

Ich drehe mich um.

Das ungestüme Wasser blüht weiß um meine Spuren auf, doch es kann sie nicht verwischen. Da sind auch andere Spuren, Schritte, die meinen Weg gekreuzt haben, an meiner Seite gegangen sind.

Ich erkenne jede einzelne von ihnen. Es sind eure Spuren.

Ahnungslos und ohne es zu wissen, seid auch ihr bis hierher gekommen.

*(Chris)*

Ich heiße Chris McKean.

Ich bin der Große mit den schulterlangen blonden Haaren à la Kurt Cobain, dem schwarzen *Bleach*-T-Shirt und den über die Wade aufgekrempelten Armeehosen, damit sie nicht nass werden.

Der, der neben mir geht, ist mein bester Freund.

Wir versinken im grauen Sand eines endlosen Strandes. Der Himmel über uns sieht aus wie Rauch, das Meerwasser ist ölig schwarz. Die Wellen, die die Spuren hinter uns überrollen, sind schneeweiß und gischtleuchtend.

»Ist das ein Traum, Dem?«

Er antwortet nicht. Seltsam: Sein Gesicht sieht jünger aus, als ich es in Erinnerung hatte. Blass, eine halb erloschene Zigarette zwischen den bläulichen Lippen, zerschlissene Jeans, ein vollkommen zerlöchertes Sonic-Youth-T-Shirt. Ich kenne diese Klamotten: Das letzte Mal trug er sie in Seattle. Wir waren achtzehn.

Ich lege eine Hand an meine Wange. Da ist ein langer, struppiger, wolliger Bart. Nach *jener Nacht* hatte ich mir nie wieder einen wachsen lassen.

Ich atme tief durch. Dann, als wäre es die natürlichste Sache der Welt, fange ich an, dir vom Tod meiner Eltern zu erzählen.

»Du weißt es schon, Dem. Du weißt, was ich meinen Eltern an den Kopf geschmissen habe, bevor wir nach Seattle abgehauen sind. Ich habe ihnen gesagt, dass ich sie hasse und nie wieder sehen will. Das waren meine letzten Worte, ehe sie gestorben sind.«

Er hört zu, ohne etwas zu sagen.

»Ich habe zwölf Jahre gebraucht, um über all das hinwegzukommen. Es war ›das sinnlose Gerede eines rebellischen Teenagers‹, meinte die Psychologin. Ja, ich bin drüber hinweg, aber nur, um auf andere Worte zu stoßen, die mich noch mehr verletzen: die, die ich ihnen gern gesagt hätte, die, die ich gern gehört hätte und die es nie mehr geben wird.«

Demian deutet in die Ferne. Etwas funkelt auf dem Sand. Ich kneife die Augen zusammen: Es sieht aus wie ein Autowrack. Wir eilen darauf zu, bis mir vor ungläubiger Ergriffenheit die Beine versagen.

Es ist unser alter roter Ford Tempo. Leicht geneigt steht er da, die Reifen im nassen Sand versunken. Das Auto meiner Kindheit, das sich in eure tödliche Falle verwandelt hat.

Ich streiche über den salzverkrusteten Kofferraum, lasse die Finger über die Fahrertür gleiten, fasse nach dem Griff. Ich traue mich nicht, sie zu öffnen, spähe nur durch das beschlagene Fenster. Auf den Sitzen liegen Kleider, sauber und ordentlich zusammengefaltet.

Ich erkenne sie. Wie könnte ich sie je vergessen.

Ich habe sie blutdurchtränkt an euren Körpern kleben sehen, die wie zerquetschte Vogeljunge im zusammengedrückten Blech eingeklemmt waren, die Blaulichter der Polizei blinkten erbarmungslos in meinen Augen, ich konnte nicht glauben, was ich sah, und alles zerfloss in meinen Tränen.

Das Auto beginnt sich zu bewegen. Ich versuche es anzuhalten und klammere mich an die Tür, aber sein Gewicht zieht mich zu Boden. Es gleitet ins Meer und versinkt mit einem dumpfen Gurgeln in den Wellen.

Dann sehe ich plötzlich euch.

Ihr schwimmt aufs Meer hinaus, winkt mir zu, vielleicht traurig, vielleicht aber auch voller Liebe.

»Kommt zurück!«, rufe ich. »Ich muss euch sagen … dass ich euch liebe.«

*Und wieso? Das wissen sie schon.*

Demians Stimme hallt wie Musik in meinem Kopf.

*Am Ende des Lebens liegt Musik in allen Dingen*
*Schritt für Schritt steigen wir zum Himmel auf.*

*Jetzt geh, lauf fort,* sagt er mir. *Weit weg von diesen Wellen.*

*vielleicht werden wir wieder zu Kindern*
*und erinnern uns nur an die Liebe*

Aber ich kann es nicht. Ich kann nicht auf ihn hören.

*alles andere vergessen wir*
*es wird so leicht sein, wie aufhören zu atmen*
*zu schwimmen, nur zu hoffen, dich wiederzufinden*

Ich stürze mich ins Wasser und schwimme auf euch zu, verschwinde in den dunklen Wogen.

***

Es ist ein Strand, riesig wie eine Wüste.

Am Ufer wartet ein Mann. Ungeduldig hüpft er von einem Bein aufs andere, seine blassen Füße tauchen im Takt der eisigen Brandung auf und verschwinden wieder.

Er erwartet mich. Er weiß, dass es um Sekunden geht.

Dieser Mann bist du. Du heißt Demian.

*Es ist ein Strand, riesig wie eine Wüste.*

*Ohne zu blinzeln halte ich den Blick starr auf die Dünen gerichtet und ignoriere den Wind, der mir in den Augen brennt.*

*Grundlos haben wir uns hierhergeschleppt, meine Geliebte, ohne Ziel. Ohne Identität, ohne Erinnerungen. Leere Hüllen, Muschelschalen.*

*Aber dort, über den am weitesten entfernten Dünen, taucht eine Frau auf.*

*Das bist du. Du heißt Karin.*

*Der Duft der Blumen dringt in den kleinen Tempel und wird im Dämmerlicht noch intensiver. Durch einen Spalt unter einem Deckenbalken sickert ein Sonnenstrahl. Das helle Licht fällt auf dein schlafendes, von einer Wolke langen Haars eingerahmtes Gesicht.*

*Ich strecke die Finger nach deiner Wange aus. Zu gern würde ich dich berühren, doch ich zwinge mich zum Innehalten. Du bist müde, über alle Maßen erschöpft. Hauchfeine Linien verästeln sich um deinen Mund und deine Augen.*

*Mein Gott, wie schön du bist…*

*Wie das letzte Mal, als ich dich sah, ausgestreckt auf dem rosa Sand von Poy'Atewa.*

*Ich kann nicht aufhören, dich anzusehen, mit aufgerissenen Augen, ohne zu blinzeln, bis zu den Tränen.*

Ein weißer, warmer Schein umhüllt mich. Das Gefühl einer Gegenwart neben mir. Die Vision einer Welt, die sich meinen Sinnen wieder öffnet.

Das Licht lässt nicht nach, und ich kann die Augen nicht öffnen.

Aber ich habe Angst, aufzuwachen, ich hatte so einen schönen Traum…

*Das Flattern deiner Lider. Eine kurze Verstörtheit, so lang wie das Aussetzen eines Herzschlages.*

*Kannst du mich jetzt sehen? Erinnerst du dich, wer ich bin?*

Dann war es nicht bloß ein Traum…

*Ich habe alles in dich gegossen, was ich in mir trug. Ich habe dir deinen Namen wiedergegeben. So wie du es vor langer Zeit bei mir getan hast.*

… du bist wirklich hier.

*Ja. Du und ich. Die beiden Hälften des Geheimnisses. Meer und Strand, Welle und Sand.*

»Demian …«

»*Karin!*«

*Ich bin zu überwältigt, um etwas anderes zu sagen. Ich streichele dich. Drücke dich an mich.*

Mein Körper bebt so heftig, dass ich schluchzen muss. Ich verliere mich in deiner Umarmung. Wir stürzen ineinander, ein konzentrischer Abgrund, ein Spiegel im Spiegel.

Es ist wundervoll, Dem. Dein Geruch. Deine Haut. Das ist das Wasser, nach dem ich gesucht habe. Die Sehnsucht, die mich vor dem Wahnsinn bewahrt hat.

»*Karin, meine Geliebte … entschuldige, wenn ich dich erschreckt habe.*«

»Erschreckt? Nein, Dem. Ich … ich habe auf dich gewartet. Oder besser: Ich habe dich gesucht.«

»*Ich weiß. Und du hast mich gefunden.*«

Ein Kuss. *Dann noch einer.* Dann noch einer.

Deine Lippen auf den meinen. *Deine Lippen auf den meinen.* Ein Abtauchen in den tiefsten Abgrund. *Sekunden, Minuten, vielleicht Stunden,* ohne uns voneinander trennen zu können.

»Es war so hart, Dem.« *Deine Stimme ist ein Wispern unter den Küssen.* »Doch ich habe bis zuletzt gehofft. Ich habe gebetet, dass dies geschieht.«

»*Du hast gebetet?*«, *pruste ich freudig gegen deinen Hals.* »*Ein Glück, dass ich gehandelt habe!*«

»Du bist genauso blöd wie immer.«

*Du drückst mich so heftig, dass mir der Atem wegbleibt.*

»Diese Worte … erinnerst du dich? Es sind die gleichen, die wir uns vor Jahren in Cottage Grove gesagt haben.«

*Die Nacht, in der wir zusammenkamen. Es scheint, als wären wir dorthin zurückgekehrt.*

Die Augen zu öffnen und dich zu sehen, war, wie unsere ganze Liebe in einem einzigen Moment noch einmal zu leben. Jetzt weiß ich, was ich spürte, als wir vor fünfzehn Jahren in diesem Zug nach Hause fuhren, der durch den Himmel zu fahren schien. Es war dieser Moment.

***

*(Gigi)*

Unter einer im Zenit stehenden Sonne versinken meine schattenlosen Schritte in heißem, weichem Sand. Meine Füße verschwinden und tauchen wieder auf, wirbeln kleine Staubwolken hoch.

Eine geheimnisvolle Kraft drückt mir den Kopf nieder.

Jemand geht neben mir. Ich kann nur einen Zipfel seines Schattens sehen, doch ich weiß, es ist Demian. Schweigend begleitet er mich.

Irgendwann bleibt er stehen, legt mir zwei Finger unters Kinn und lässt mich aufblicken.

Vor uns erhebt sich eine mächtige Holztür, einsam und surreal inmitten der Dünen, wie ein Gemälde von Edgar Ende. Ich gehe darauf zu. Diese Tür hat etwas Vertrautes. Und als ich meinen Namen auf einem Messingschildchen lese, zieht sich mein Herz zusammen.

»Großvater! Großvater!«, rufe ich und hämmere mit den Fäusten gegen die im Nichts stehende Tür, bis sie sich öffnet. Auf der Sandschwelle erscheint ein Schemen.

»*Salut, ma petite!* Was hast du denn?«

Hinter der Tür kann ich dein Wohnzimmer erkennen, die Pendeluhr, die Galeone, deine Gitarren auf dem Sofa, aber es gibt weder Wände noch Fußboden. Alles steht auf Sand, die Brise weht durchs Zimmer, der blaue Himmel ist die Decke, der klare Horizont und die Dünen sind die Wände.

»Großvater!«, kiekse ich außer mir. »Was tust du an diesem absurden Ort?«

»Na, das ist meine Wohnung! Du machst ein Gesicht, als würdest du sie zum ersten Mal sehen!«

Du gehst einen Schritt zur Seite und lässt mich eintreten. Die Wellen wischen sanft über den Sandboden. Eine der Gitarren, die später *meine* Gitarre wird, ist hinuntergefallen und taumelt, sanft von der Brandung gewiegt, vor und zurück.

Mir dreht sich der Kopf. Plötzlich fühle ich mich, als hätte ein anderes Ich meinen Platz eingenommen.

Ein hellblauer Blitz auf meinem rechten Ringfinger: ein Plastikring. Ich hebe die Hand vor die Augen. *Dieser Kinderring…* ich erinnere mich gut an ihn, ich habe ihn weggeworfen, als ich mit meinem Straßenleben begann.

Ich betrachte den kleinen Tageskalender auf deinem Schreibtisch: Heute ist der *9. Oktober 2003*.

Da, endlich, begreife ich.

Ich bin siebzehn. Und dies ist das letzte Mal, dass ich dich sehen kann. Dies ist der letzte Abschied, der, den das Leben uns verwehrt hat. Heute ist der Tag deines Todes.

Ein Stich nimmt mir den Atem. Ich werfe dir die Arme um den Hals und drücke mich an deine Brust, presse das Gesicht gegen dein Herz, das dich schon bald im Stich lassen wird.

*Großvater! Ich fahre dieses Wochenende nicht weg. Ich bleibe hier bei dir! Dann geht es dir gut, du wirst sehen!*

Ich will diese Worte herausschreien, aber nicht der kleinste Hauch dringt aus meinen Lungen.

»Du weißt, dass das nicht möglich ist«, raunst du mir ruhig ins Ohr.

Deine Hand streichelt mein Gesicht. Träume ich? Die Wärme, die ich auf meiner Wange spüre, ist unglaublich deutlich und real.

»Übst du fleißig mit deiner Gitarre?«, fragst du.

Ich zucke schluchzend mit den Achseln.

»Bestimmt tust du das. Und du bist sehr gut geworden. Erinnerst du dich an *La Chanson pour l'Auvergnat*?«

Nickend schließe ich die Augen und lege meine Hand auf deine.

»Dann wünsche ich mir etwas«, flüsterst du. »Sing dieses Lied hin und wieder. Und wenn du es tust, denk an mich. Und wenn du es mir ab und zu widmest, würdest du mich sehr glücklich machen.«

Ich hebe den Kopf, um dich anzusehen, aber das Licht blendet mich. Ich kann nur mit geschlossenen Augen nicken.

*Ja, ich werde es für dich singen.*

»Und jetzt ist genug geweint. Lass hören, wie du dich schlägst!«

Eine Welle spült uns die Gitarre vor die Füße. Du hebst sie auf und hältst sie mir tropfend hin.

*Elle est à toi, cette chanson …*

Das Letzte, was ich höre, als ich aufwache: deine tiefe Stimme, während du singst, die Stimme meiner Kindheit, mein blauer Ring, die Gitarre, die du mir geschenkt hast … Unsere Stimmen, gemeinsam, zum letzten Mal in meinem Leben. Die wunderbare Hoffnung, dass du mich noch hören kannst.

***

*Ich versuche, deine Hände in meine zu nehmen. Aber du willst nicht, ziehst sie zurück.*

»Nein, lass mich! Meine Hand …«

»*Was ist?*«

»Es ist schrecklich. Ich fühle mich wie ein Monster.«

*»Erzähl keinen Blödsinn!«*

Dein Blick ist so süß, ich muss es einfach zulassen, dass sich deine Finger mit dem verschränken, was von meinen noch übrig ist: Daumen, Zeigefinger und drei grauenhafte Stummel.

»Ist dir das wirklich egal?«

*»Vollkommen! Du bist wunderschön. Und so brauche ich dir in Zukunft keine Ringe zu schenken.«*

»Blödmann … die rechte Hand habe ich schließlich noch!«

*»Hey, du kannst darüber lachen, das ist gut!«*

»Und das nur dank dir.«

*Es ist wunderbar. Als wären wir immer zusammen gewesen. Als wäre kein Tag vergangen, an dem wir uns nicht gesehen haben.*

So treten wir Hand in Hand aus dem kleinen Tempel. Ohne dass ich es wusste, ist dieser Ort all diese Monate über mein Zuhause gewesen. Wir durchqueren den Garten und steigen die Felsentreppe hinab. Das Licht sickert durch die Zweige und lässt lautlose Funken auf uns niederregnen. Von hoch oben sehen wir den Ozean. Ein paar Dutzend Meter unter uns atmet das Wasser und säumt die schwarzen Felsen mit weißer Gischt.

*Wir erreichen den Strand und kommen an Frau Nagais Haus vorbei, ich schaue hinein und rufe nach ihr, doch sie ist nirgends zu sehen.*

*Dann blicke ich zu dem Bambushangar hinüber: Auch ihr kleines Militärflugzeug ist verschwunden!*

Ich höre ein fernes Dröhnen. Ein laufender Motor. Ich blicke auf. Hoch oben am Himmel fliegt ein kleines Flugzeug vorbei.

»Schau mal, da oben! Hey! Wir sind hier! Wir sind hiiiier!« Wie eine Besessene fuchtele ich mit den Armen. Du hingegen stehst reglos da, mit offenem Mund, gebannt von diesem Flug. »Hey, Dem, mach doch auch was!«

*»Und was? Es ist ein Einsitzer, es kann keine Passagiere mitnehmen.«*

*Ich winke in den Himmel und wünsche Frau Nagai eine gute Reise.*

*Ihr letzter Flug.*

»Jetzt ist sie weg! Was für ein seltsames Flugzeug. So eines habe ich noch nie gesehen, es muss uralt sein!«

*»Eine Mitsubishi A6M. Ein japanisches Kriegsflugzeug. Damit sind viele Kamikaze am Ende des Zweiten Weltkrieges geflogen.«*

»Und woher weißt du das?«

*»Ich kenne die Pilotin: Riyoko Nagai. Eine außergewöhnliche Frau. Sie hat sich in all diesen Monaten um dich gekümmert.«*

Ich nicke bedächtig. Ja, es stimmt: Da war eine alte Japanerin. Jetzt, wo du es sagst, kommt mir die vage Erinnerung an ein sanftes Lächeln, ich höre das Echo einer fürsorglichen Stimme. Ich sehe zum Himmel auf und murmele ein Danke, aber von ihrem Flugzeug ist nichts mehr zu sehen. Dann drehe ich mich zu den Wellen um.

*Mein Wa'hay liegt dort vor uns auf dem Sand.*

»Und mit dieser Art Kanu bist du hergekommen?«

*»Ja.«*

*Neugierig gehst du darauf zu, streichst mit der Hand über den Bootsrumpf, wischst die Salzschicht ab. Dann setzt du dich auf einen der Ausleger. Mit den Fußspitzen malst du feine Spuren in den Sand.*

»Fahren wir mit dem nach Hause?«

*Ich schüttele den Kopf, unfähig, dir zu antworten.*

»Mach dir keine Sorgen. Vor dem Ozean habe ich trotz allem keine Angst. Ich hoffe nur, dass ich bald wieder zu Hause bin. Was wohl mit Papa ist … ihm geht's gut, oder?«

*»Ja, es geht ihm gut, auch wenn er schrecklich gelitten hat. Etwas musst du noch wissen, wenn du wieder in San Francisco bist. Also …«, ich habe Mühe, die richtigen Worte zu finden. »Also, kurz gesagt … es könnte sein, dass wir keine Wohnung mehr haben.«*

*Ich erzähle dir von dem Brief an Chris.*

»Was?! Willst du damit sagen, wir besitzen nichts mehr?« Das ist entsetzlich, aber ich muss lachen. Je länger ich dein fassungsloses Gesicht ansehe, desto mehr muss ich lachen. »Da habe ich mich derartig reingehängt, um dich zur Vernunft zu bringen, und kaum bin ich ein Weilchen weg, wirst du mit einem Schlag wieder zum obdachlosen Hippie!«

*»Na, ich bin ja froh, dass du's so sportlich nimmst.«*

»Was wir durchgemacht haben … und trotzdem sind wir wieder zusammen, und alles ist so vollkommen! Ich muss lachen, wenn ich darüber nachdenke! Ich weiß, es ist absurd, aber je mehr ich darüber nachdenke …«

*Inzwischen hast du einen regelrechten Lachkrampf. Diese Lachflut ist wie Sauerstoff und steckt mich an. Wir können uns nicht mehr auf den Beinen halten und fallen auf den Sand, biegen uns vor Lachen, bis wir keuchend und erschöpft auf dem Rücken liegenbleiben.*

»Du wirst mich für verrückt erklären: Ich habe Lust, den geheimen Strand wiederzusehen. Mit dir zusammen dorthin zurückzukehren.«

*»Aber …«*

»Ich weiß. Dort hat alles seinen Anfang genommen. Trotzdem ist es das Schönste, was ich je in meinem Leben gesehen habe. Und das habe ich dir zu verdanken.«

*»Bist du nicht wütend wegen all dem, was passiert ist?«*

»Nein, überhaupt nicht! Du darfst dich nicht schuldig fühlen.«

*»Ich wusste nicht, wie ich es dir hätte sagen sollen, aber mir geht es genauso. Es macht mir zwar ein bisschen Angst, aber ich würde Poy'Atewa auch gern wiedersehen.«*

»Wer weiß, ob es sie nach diesem entsetzlichen Tsunami noch gibt.«

*»Ich glaube schon.«*

»Das erscheint mir unmöglich. Ein so kleiner, verletzlicher Ort, solchen vernichtenden Kräften ausgesetzt – dennoch von unvergänglicher Schönheit.«

*»Erinnert dich all das nicht an etwas?«*

***

*(Jacques)*

Ein endloser Strand. Es gibt keine Horizonte, die Linie zwischen Land und Wasser geht über sie hinaus, in der Schwebe zwischen Schwindel und Wahnsinn. Der heftige Wind bläst mir die Zigarette aus, reißt sie mir von den Lippen, wirft sie in die grollenden Wellen.

»*Merde!*«, fluche ich und durchwühle meine Taschen nach dem Gitanes-Päckchen.

Ein Schatten legt sich auf meinen.

»Demian!«, rufe ich und drehe mich um. »*Mon ami*, ich wusste, dass du hinter all dem steckst! *C'est un rêve, n'est-ce pas?*«

Aber er kommt nicht dazu, mir zu antworten. Ein ohrenbetäubender Knall zerschlägt den Himmel.

Die Druckwelle wirft uns zu Boden. Wie der Schatten eines chinesischen Drachens schießt die Boeing 747 haarscharf über unseren Köpfen hinweg und kracht mit einem Schweif aus Flammen und Rauch auf den Strand. Die Schnauze bohrt sich in den

Sand, der Schwanz bricht unter seiner eigenen Last. Die Explosion ist so heftig, dass sie die Wirklichkeit bremst. In schwarzen, sich kräuselnden Schwaden schrumpfen die Flügel wie Styropor zusammen.

Das ausgeweidete Flugzeugwrack scheint sich zu krümmen wie ein riesiger sterbender Vogel. In seinem Inneren ist alles mit glühendem Magma überzogen. Ein ekelerregender Gestank nach verbranntem Fleisch nimmt uns den Atem.

Aus dieser Flammenhölle höre ich den verzweifelten Ruf der beiden Stimmen, die mir die liebsten auf der Welt sind.

*Papa! Jacques!*

Ich schließe die Augen, verberge den Kopf zwischen den Armen.

*Du hast uns nicht schützen können, Papa. Du hast es nicht geschafft, uns aus den Flammen zu retten.*

»Aufhören!«, brülle ich. »Lasst mich in Ruhe!«

Ich hatte geglaubt, ich hätte mich davon befreit. Es ist Demians Schuld, seine Geschichte hat mich beeinflusst, sein Albtraum hat meinen geweckt.

»Dieser Junge, *qu'il soit maudit*!«, fluche ich. Ich balle die Fäuste und stürze mich ins Inferno.

Auch ich werde der Wahrheit ins Gesicht sehen. Genau wie er.

Ich erwarte den Hitzestoß, doch er bleibt aus. Als ich die Augen wieder öffne, ist das böse Leuchten verschwunden. Stattdessen nur weiße Enttäuschung. Die Flammen sind verloschen. In dem zerstörten Flugzeug, zwischen verschmorten Koffern und Sitzen und wie Kerzenwachs geronnenem Plastik ist niemand mehr.

Ich drehe mich zu Demian um. Er sieht mich stumm an, ein seltsames Leuchten liegt in seinen Augen.

Und da sehe ich dich.

Hingestreckt in den Wellen, den Blick zum Himmel gerichtet.

*Amélie.*

Du bist so schön, dass es wehtut. Du lächelst mir zu.

»Warum suchst du uns dort drinnen, *mon amour*?«, fragst du mich mit banger Zärtlichkeit. »Wir sind hier draußen! Du hast ganz schön lange gebraucht, um das zu merken!«

Ich kann nicht antworten. Reglos stehe ich zwischen den versengten Sitzreihen.

»Na los, komm schon aus dem Wrack heraus! Schwimmen wir eine Runde?«

Du stehst auf, und die Schönheit deines nackten Körpers nimmt mir den Atem. Mit aufgesperrtem Mund stehe ich da, und du musst lachen. Dann deutest du mit einer Kopfbewegung neben dich.

Gegen das warme Licht des Sommernachmittags sehe ich unseren kleinen André. Juchzend bespritzt er dich mit Meerwasser.

»Du kannst nicht lange hierbleiben, weißt du?«, flüsterst du mir zu.

»Das genügt mir«, antworte ich und belüge mich selbst.

***

Ich hebe mir deinen Rucksack auf meine Knie und ziehe den abgenutzten Reißverschluss auf. Mit einer Hand taste ich vorsichtig darin herum und hole ein raues, aufgequollenes Buch hervor.

»Und das«?, frage ich dich neugierig.

»*Erinnerst du dich an den Gedichtband, den du mir zu unserem Hochzeitstag geschenkt hast?*«

»Natürlich. Ich bin dafür zweitausend Meilen gereist und habe einen alten vertrottelten Walliser reich gemacht!«

»*Ganz genau das Buch meine ich. Du hältst es gerade in der Hand. Es ist mit uns untergegangen und fast zerstört worden.*«

Ich blättere es bedächtig durch.

»Aber … mein schönes Geschenk!«, jammere ich. »Schau mal, was du daraus gemacht hast! Wie konntest du nur? Sind dir meine Geschenke so egal?«

Ungläubig und mit beleidigtem Kindergesicht starrst du mich an.

»Hey, das war nur ein Witz!«

Und außerdem ist nicht alles daraus getilgt. Beim aufmerksamen Durchblättern finde ich einige Seiten, die mit deiner Handschrift beschrieben sind. Als mir klar wird, dass du es zu deinem Reisetagebuch gemacht hast, läuft mir ein Schauder über den Rücken.

***

*(Aruke)*

Das Abendlicht fällt auf einen endlosen Strand, das gewaltige Haus von *Tayga'ha*.

Neben mir sind meine beiden Brüder: links der kleine Iruie, rechts Mauke Nuha. Auf der flirrenden Horizontlinie nähert sich ein *Wa'hay*, umgeben von einem Schimmer, der kaum heller ist als der Himmel.

Das seid ihr. *Mutter, Vater.*

»*Tane! Twahine!*«, rufe ich euch entgegen.

Ihr winkt mit den Armen.

Du bist sehr weit weg, Horu-*tane*, aber ich höre deine Stimme wie ein Flüstern in meinem Ohr. Deine Hand legt sich auf meinen Kopf.

*Nicht weinen, Aruke. Du bist jetzt ein Mann. Du wirst ein großartiger Häuptling unseres Volkes sein.*

*Nun musst du fort von hier.* Jetzt redest du, Mutter. *Lauf nach Hause, mein Enkelchen wartet auf dich! Weißt du schon, wie du ihn nennen willst?*

»Ja, Mutter! Wie seinen *T'wana*, seinen Onkel, meinen großen Bruder: Mauke Nuha.«

Das Licht wird blendend hell, dann sehe ich euch nicht mehr. Aber ich weiß, dass ihr lächelt.

Auf dem Boden des schaukelnden *Wa'hay* erwache ich, eng umschlungen mit Iruie, die Augen voller Tränen. Ihr fehlt mir so sehr. Morgen wird der letzte Reisetag sein. Ich denke an meinen Sohn, der mich zu Hause erwartet und den ihr nicht sehen werdet. Ich lege meine Hand auf das Wasser. Die Wellen eilen dahin.

***

Die ersten Seiten des Tagebuches hast du im Oktober geschrieben, in Wales, als du noch nicht wusstest, wer du bist. Du warst verloren und von einem quälenden Wunsch durchdrungen: zu wissen, wer ich bin.

Dann, im November, als du nach Hause zurückgekehrt bist und feststellen musstest, dass ich nicht dort war, um dich zu empfangen, hast du deinen gesamten Schmerz auf diese Seiten fließen lassen.

Und dann hast du sämtliche Gedichte und Lieder unserer Jugend abgeschrieben.

Und auch ein neues hast du geschrieben. Während ich es lese, empfinde ich eine unerklärliche Vertrautheit, als würde ich es schon kennen. Oder besser, *als hätte ich es geschrieben.*

Urplötzlich geht mir die volle Bedeutung der tiefen Bande auf, die uns vereint haben. Eine erschütternde Vision, die mir die Tränen in die Augen treibt.

Ich trockne mein Gesicht und schlage das Buch in der Mitte auf. Dann bitte ich dich um den Stift.

Jetzt werde ich dir auch etwas schreiben.

Aber du sollst noch warten, ehe du es liest.

***

*(Riyoko)*

Was für ein schönes Geschenk du mir gemacht hast, Demian-*kun*! In meinem Alter an einem Ort wie diesem zu wandern, mit den Füßen noch im Leben und den Blick schon auf den Tod gerichtet, ist ein wahres Privileg.

Es ist Nacht auf diesem endlosen Strand. Ein Ruderboot nähert sich vom Horizont. Schlag für Schlag kommt es auf das Ufer zu und durchschneidet den goldenen Streifen des Mondlichts. Als ich den Mann an den Rudern erkenne, seufze ich wie ein Backfisch: Es ist kein anderer als Doktor Clive Sammington!

Mit einem Satz springst du aus dem Boot und läufst mir entgegen. Nicht schlecht, mein Lieber, ganz schön in Form für jemanden, der seit einem Vierteljahrhundert tot ist!

»Riyoko-*san*!«, rufst du schüchtern wie ein Pennäler.

»Doktor Sammington! Finden Sie nicht, dass Sie ein bisschen spät dran sind?«

»Ja, und ich bitte um Verzeihung. Aber wenn es möglich wäre, würde ich meinen Fehler gern wiedergutmachen. Würden Sie mit mir kommen?«

»Clive-*chan* … meinst du nicht, wenigstens als Tote sollten wir uns duzen? Und wenn ich schon von hier wegsoll, dann richtig, und nicht mit dieser albernen Nussschale.«

Dein vor Anstrengung gerötetes Gesicht wird noch dunkler vor Enttäuschung.

»Versteh mich nicht falsch, Clive-*chan*. Natürlich will ich mit dir kommen, aber auf meine Weise! Einverstanden?«

Ich blinzele in Richtung der A6M hinter mir und zwinkere dir zu. Du protestierst.

»Dein Flugzeug ist zu klein für uns beide!«

»Ach was, man muss halt ein bisschen zusammenrücken! Jetzt sei ein Gentleman und hilf mir hinein, Doktor Sammington. Es geht los!«

Wir quetschen uns ins Cockpit, und ich zünde den Motor. Inmitten des Meeres tut sich der Tod auf. Und ich denke, dass er mich vielleicht nur mit der Illusion lockt, die unmögliche Liebesgeschichte zwischen einem amerikanischen Arzt und einer japanischen *Kamikaze* könnte wahr werden.

Aber das ist egal.

Mühelos heben wir im Mondlicht ab, und ich fühle mich geradezu kindisch glücklich, während ich in die Wellen stürze. Der Tod verschlingt uns wie ein bodenloser Strudel.

***

*Wir liegen bei Seesand, schauen uns in die Augen, linkisch wie zwei Teenager bei ihrem ersten Date. Du wirst rot, siehst weg. Spielst mit den Seiten des Buches, das auf deinen bleichen Beinen liegt.*

*Dann machst du plötzlich ein finsteres Gesicht.*

Ich habe das Buch bis zum Ende durchgeblättert. Auf der letzten Seite oben habe ich ein Datum entdeckt.

*Das Datum von heute*, hast du mir ins Ohr geflüstert.

Gleich darunter ein Gedicht. Das letzte, das du geschrieben hast.

*Am Ende des Lebens liegt Musik in allen Dingen*
*Schritt für Schritt steigen wir zum Himmel auf.*
*vielleicht werden wir wieder zu Kindern*
*und erinnern uns nur an die Liebe*
*alles andere vergessen wir*
*es wird so leicht sein, wie aufhören zu atmen*
*zu schwimmen, nur zu hoffen, dich wiederzufinden*

Was bedeutet das? Warum diese Worte?

Während wir uns lieben, während ich keuchend rittlings auf deinen Schenkeln sitze und deinen Rücken umklammere, spüre ich deine Narbe unter meinen Fingern. Das gekrümmte Relief ihres Saums, die glatte, gespannte Haut dazwischen. Es ist nur eine der zahllosen Empfindungen, die mich bei der Berührung mit deinem Körper durchlaufen, doch sie steigert sich, bis sie stärker ist als alle anderen.

Dann quillt mir ein heißer Strom zwischen den Fingern hindurch.

Die Narbe hat sich geöffnet.

Ich drücke sie mit aller Kraft zusammen, versuche, das rote Sprudeln aufzuhalten. Aber es nützt nichts, unter uns ist schon alles voller Blut, wie die grotesken Zinnen einer Sandburg bilden sich dunkle Klumpen.

Dem, was ist los?! Ich möchte schreien, doch du scheinst nichts zu merken, stößt weiter in mich, zwingst mich, gegen meinen Willen vor Lust zu stöhnen, hörst nicht auf, als wäre es das letzte Mal und du wüsstest es.

*Es muss einen Grund geben, dass wir uns auf dieser Grenze getroffen haben.*

*Und wenn dies nur noch ein kleines bisschen mehr Leben wäre, das du mir geschenkt hast, und ich nur bis jetzt durchgehalten hätte, um dich wiederzufinden, um dich ein letztes Mal zu sehen?*

»Ich bitte dich, Dem … Du machst mir Angst.«

Ich zittere, während wir uns weiterküssen und ich mit den Händen versuche, dein Blut aufzufangen.

»Dem, du bist nur müde, aber jetzt hast du alle Zeit der Welt, um dich zu erholen! Von uns beiden warst immer du der Starke und ich die Schwache, erinnerst du dich? Du sagtest einmal, meine Schwäche sei meine wahre Stärke, weil sie uns beiden Grenzen setzt!«

*Nun weiß ich, dass es nicht so ist.*

*Ich habe dich vor einem Jahr nicht schützen können, als ich dich einer tödlichen Gefahr aussetzte. Ich kann dich auch jetzt nicht schützen. Ich kann dir all diesen Schmerz nicht ersparen, all diese Traurigkeit.*

»Das stimmt nicht! Du warst immer an meiner Seite, damals wie heute. Und das ist das Einzige, was zählt, Dem, du hast mich wiedergefunden, jetzt bleib bei mir! Etwas anderes wünsche ich nicht!«

*Mein ganzes Leben habe ich nur versucht, dich glücklich zu machen. In diesen Augenblicken wird mir klar, dass ich nicht die Kraft dazu habe. Niemand kann sie haben. Es war ein Fehler, unser Leben darauf zu gründen. Diese Reise kann man nicht unbeschadet überstehen. Ich kann dich nicht retten. Ich kann dich nicht lieben wie Gott.*

»Wieso sagst du das?«

*Karin, hör mir zu. Du hast mir all das gegeben, was mir am teuersten ist. Du hast mir all das beigebracht, für das es sich zu leben lohnt. Jetzt… will ich dir nur danken.*

Ein Knoten schnürt mir die Kehle zu, aber ich muss ihn niederkämpfen.

»Dem …«, ich zögere ein letztes Mal. »Am Ende der letzten Erinnerung ist um uns eine Lichtwoge explodiert. Sie war so intensiv, dass sie alles durchdrungen und uns blind gemacht hat.«

Ich lasse mich auf die Wahrheit zufallen.

»Du weißt, was sich darin verbarg, stimmt's?«

*Ja.*

*In dem Moment, als die Wucht des Tsunami uns fortgerissen hat, hat deine Liebe gestrahlt wie ein Stern, wie ein Blitz, der das gesamte Universum erhellt hat.*

*Eine solche Liebe ist die Essenz der Materie, sie ist die Kraft, die Raum und Zeit verbindet, die den Lauf der Dinge ändern kann, die die Regeln des Kosmos beugt. Eine solche Liebe kann Wunder vollbringen.*

*Verstehst du? Es war deine Umarmung, deine schützende Geste, die uns beide gerettet hat. In dem Moment, stell dir vor, hast du um eine Gottesgabe gebeten: dass ich überlebe, um dich wiederzufinden.*

*Diese Gabe hat uns zueinandergeführt. Aber das, was uns zusammengebracht hat, nimmt mich jetzt mit sich.*

*Es ist schon hier. Es kommt mich holen.*

*Doch wir dürfen nicht traurig sein. Ich habe dich wiedergefunden, du hast mich wiedergefunden.*

*Und wenn es nur für wenige Augenblicke war.*

*Nichts anderes hat jetzt noch Bedeutung.*

*(Demian)*

Ich bin deinem Ruf durch die Welt gefolgt.

Bin Schritt für Schritt auf dem feinen Sandsaum entlanggewandert, der das Leben vom Tod trennt.

Habe mich jeden Moment davor gefürchtet, auf was ich stoßen könnte.

Dass du dort bist, wohin ich dir nicht folgen kann.

Wirst du unser Versprechen halten?, fragte ich mich.

*Pick a song and sing*
*a yellow nectarine*

Jetzt weiß ich, dass du es nicht vergessen hast. Die Worte dieses Versprechens sind das Letzte, was du mir ins Buch geschrieben hast.

*Take a bath, I'll*
*drink the water that you leave*

Aber du lebst, und diese Worte haben keine Bedeutung mehr.

Verstehst du, weshalb wir Hand in Hand auf dieser Grenze wandern? Schau in die Welle aus Licht: Alles wird dir klar erscheinen. Unausweichlich.

Ein Jahr lang bin ich hier gewandert, unermüdlich, das Herz beklommen vor Angst, dich nicht mehr einholen zu können.

Und am Ende erkennen zu müssen, dass *du mich nicht mehr einholen kannst.*

Meine Angst war begründet. Aber ich bin derjenige, der auf der falschen Seite steht, ich bin derjenige, dem du nicht folgen kannst.

*If you should die before me*
*ask if you can bring a friend*

Als ich endlich begreife, weshalb meine Narbe aufgerissen ist, und dass diese Odyssee nur dazu diente, dich ein letztes Mal wiederzusehen,

und dass ich diese Welle nicht hätte überleben können, dass ich dieser tote Körper bin, der auf hoher See treibt,

erst da schiebe ich das *Wa'hay* ins Wasser. Jetzt, da ich dich wiedergefunden habe und weiß, dass es dir gut geht und du nach Hause zurückkehren wirst, kann ich beruhigt gehen.

*Pick a flower, hold your breath*
*and drift away…*

»Erinnerst du dich nicht mehr an unser Versprechen?«, fragst du mich und brichst in Tränen aus.

Du legst mir das aufgeschlagene Buch in die Hand, die Seite, auf die du diese Worte geschrieben hast.

»Ist dir das gar nichts wert?«

»Du verstehst nicht, Geliebte. Unser Versprechen kann nicht gehalten werden. Es war nur das Spiel zweier verliebter Kinder, ihr dummer, pathetischer, sinnloser Kampf gegen den Tod. Ich will, dass du weiterlebst. Ich bin so lange gereist, um dich zu finden, dich ein letztes Mal zu sehen. Um dich nach Hause zu bringen.«

»Ich will nicht nach Hause!«

Du versuchst mich zurückzuhalten, aber ich lasse dich nicht.

Bleibt nur noch ein letzter Kuss.

*

Jetzt liege ich reglos auf dem Boden des *Wa'hay*.

Der Himmel ist ein hellblauer Pilz, der über mich hinwegzieht, duftige Wolken sind seine weißen Sporen, in meinem Hirn schreibt sich das letzte Gedicht.

Ein einfaches Gebet: Ich bitte darum, du mögest immer glücklich sein.

Dylan Thomas' Gedichte haben keinen Sinn, meine Lieder keine Bedeutung mehr. Es stimmt, am Ende bleibt nur die Liebe, das Lächeln meiner Eltern zieht an mir vorbei, das von Chris, von meiner Schwester mit ihrem kleinen Mädchen im Arm, zarte Blume, Blätteraufguss auf den Lippen – doch nicht, um den Durst zu löschen, an der Singelgracht beim Tulpenmarkt, Geburtstag im Keukenhof, in der Strøget in den Fängen der kleinen Meerjungfrau, im blauen Himmel von Seattle, Layne auf der Suche nach Demri, an die Erde genagelt, weite Augen, verkrampfte Hände, die Fotos aus dem Zion-Nationalpark, unter Anne Franks Bett, indigoblaue Koffer im Schrank, wirklich umarmen, wen man liebt, nicht nur die Erinnerung, im Zickzack ins Chaos, den Ort reinhalten, an dem ich dich aufbewahre, und da ist nichts mehr, was es mir erklären kann, deine Liebe ist der Weg, auf dem ich die Augen schließe, und die Reise endet.

Mit ohrenbetäubendem Brausen stürzt der Ozean über den Horizont, ein grausamer Wasserfall, der mich mit sich reißt.

Die Pforten meines Himmels öffnen sich,
Duft des unbekannten Todes.

Jetzt habe ich wirklich Angst.

*(Karin)*

*9. April 2009*
*In der Woge aus Licht, die mir deinen Tod verborgen hat*
*– der letzte Moment vor der Amnesie –*

Es ist nur eine winzige, sinnlose, wunderbare Liebesgeste.

Niemand auf der Welt wird je davon erfahren.

Trotz der lähmenden Angst lege ich die Arme um deinen Körper, der auf mir liegt. Mit der rechten Hand fasse ich deinen Nacken, bedecke deinen Kopf, mit der anderen umschlinge ich deinen Rücken.

Es riecht nach Angst und Tod. Wir werden in dieser letzten Umarmung vergehen.

Dann überrollt uns die Welle, ein gellender Schmerzensblitz, dein Gesicht, vielleicht zum letzten Mal, das Licht zerbirst in Tausende konzentrische Strahlen.

*Mein letzter Wunsch.*

*Dass diese Welle uns nicht trennen möge.*

***

*(Demian)*

Hört ihr auch die Welle, die in den Abgrund rauscht?

Was wird aus mir, wo gehe ich hin?

Werde ich ich selbst bleiben? Werde ich mir dessen bewusst sein oder mich auflösen?

Werde ich zu Licht? Werde ich Gott schauen?

Ich muss dich haben, aber zugleich will ich es nicht.

Darf ich mir wenigstens vorstellen, dass du hier an meiner Seite bist?

***

Ich habe getan, worum du mich gebeten hast, Dem. Ich habe in das Licht gesehen, das den Tod vor uns verbirgt.

Und ich habe meinen Wunsch wahr werden sehen.

Kannst du mich noch hören? In einer Sache hast du dich geirrt.

Du hast die Gottesgabe, um die ich für uns beide gebeten habe, nicht vollständig erfasst.

Ja, du hast mich gefunden. Aber nicht, um mich zu retten. Nicht, um mich ein letztes Mal zu sehen. Die Gabe, um die ich gebeten habe, war nicht, die Welle zu überleben, sondern

*dass diese Welle uns nicht trennen möge.*

Ganz egal, was das heißt.

So ist es gewesen: Wir haben uns verloren, doch du bist mich holen gekommen, um meinen letzten Wunsch zu erfüllen.

***

Wieso bist du hier?

Auf dem Boden des *Wa'hay*, an meiner Seite?

Du blickst mich mit deinem leuchtenden Lächeln an, die Hände hinter dem Kopf verschränkt.

Willst du mich ein weiteres Mal überraschen, bis zum Ende? Der einzige Mensch auf der Welt, dem das stets ganz selbstverständlich gelungen ist.

Aber ich will dich hier nicht. Wieso hörst du nicht auf mich, bis zum Schluss? *Ich will dich hier nicht!*

Und außerdem … hast du keine Angst?

***

Nein, Dem, ich habe keine Angst.

Wieso sollte ich welche haben?

Es ist nur eine weitere Reise.

Ich habe mich dafür entschieden. Ich habe sie gewollt.

Und jede Reise birgt ein Geheimnis, das es zu entdecken lohnt, wenn du mich dabei begleitest.

***

*Jeder Augenblick birgt ein Geheimnis, wenn ich ihn mit dir teilen kann. Jeder Moment bedeutet, ein Geheimnis zu durchschreiten: unser Dasein, das Mann-und-Frau-Sein.*

*Nicht einmal der Tod kann diese Umarmung lösen.*

Du bist dickköpfig bis zum Schluss, du willst um jeden Preis das kindische Versprechen zweier Teenager halten, und ich kann dich nicht mehr davon abbringen, es ist keine Zeit mehr, hier, wo die Zeit in einem ewigen Wasserfall endet.

Der Ozean neigt sich nach vorn, wird immer schneller, das *Wa'hay* senkt sich und stürzt hinab.

deine Haut wird durchscheinend unter all meinen Küssen,
und auch ich löse mich im Licht auf
das Getöse ist ohrenbetäubend
wie dumm du warst, nur für die Liebe zu leben
… *du auch, genau wie ich.*

Wir lassen uns gehen, stürzen hinab, lächelnd schließen wir die Augen, zum letzten Mal in diesem Leben.

*Es ist nur eine weitere Reise*, drück mir die Hand.

# Dank

*Ich danke Chiara, weil sie diese Geschichte in mir geschrieben hat.*

*Ich danke meiner ganzen Familie. Ich danke meinen Freunden für ihre Unterstützung. Und all denen, die mich in diesen Monaten gelesen, ermutigt und begleitet haben. Demian und Karin danken euch ebenfalls …*

# HARUKI MURAKAMI

Gefährliche Geliebte. Roman

Mister Aufziehvogel. Roman

Naokos Lächeln. Roman

Tanz mit dem Schafsmann. Roman

Nach dem Beben. Roman

Kafka am Strand. Roman

Afterdark. Roman

Hard-boiled Wonderland und das Ende der Welt.Roman

Blinde Weide, schlafende Frau. Erzählungen

Untergrundkrieg. Der Anschlag von Tokyo

Wie ich eines Morgens im April das 100%ige Mädchen sah.
Erzählungen

Der Elefant verschwindet. Erzählungen

Wovon ich rede, wenn ich vom Laufen rede

1Q84 (Buch 1&2). Roman

1Q84 (Buch 3). Roman

btb